D1179055

ANGEL, MON AMOUR

BARBARA TAYLOR BRADFORD

ANGEL, MON AMOUR

FRANCE LOISIRS
123, boulevard de Grenelle, Paris

Une édition du Club France Loisirs, Paris,
réalisée avec l'autorisation des Éditions Belfond

Cet ouvrage a été publié sous le titre original
Angel par Random House, New York
Traduit de l'américain par Jean Autret

ISBN : 2-7242-7872-0

A mon cher mari Bob,
avec qui j'ai toujours partagé les splendeurs aux
multiples visages.

Les anges dans leur grande sagesse restent
toujours là où ils ont trouvé leur place.
Fais comme eux, ne va pas chercher
le bonheur à l'autre bout du monde.
Sinon tu passeras à côté de la splendeur
aux multiples visages.

Francis THOMPSON.

Première Partie

Étoiles au firmament

1

Debout près de l'un des énormes piliers de pierre, elle se tenait légèrement de côté, dans l'ombre, et regardait le combat. Cette femme, qui s'appelait Rosalind Madigan, était en proie à une nervosité extrême.

Les mains crispées sur sa poitrine, les lèvres entrouvertes, elle retenait son souffle. L'angoisse se lisait dans ses yeux.

Les épées s'entrechoquaient avec un bruit métallique.

Les deux combattants se livraient une lutte sans merci dont la mort était l'unique issue; Rosalind le savait : il ne pouvait y avoir qu'un seul vainqueur.

Une vive clarté, pénétrant par les ouvertures ménagées au sommet des murs du château, se reflétait sur les lames rapides et redoutables.

Gavin, le plus petit des deux hommes, était vif, souple et agile. Il se montrait sans cesse offensif. Se déplaçant avec une grande célérité, sa rapière toujours pointée vers l'avant, il constituait une menace perpétuelle. Il repoussait en arrière son adversaire... l'obligeant sans relâche à reculer sur les dalles de pierre de la grande salle.

Et soudain, il se déchaîne, il prend l'avantage : James, l'autre chevalier, plus grand, plus large, plus massif, se trouve acculé dans un coin, le dos au mur. Sous l'effet d'un mélange de crainte et de fureur ses traits blêmissent.

La femme sent que le combat va cesser plus vite que prévu. Il n'y a plus de doute, Gavin est sur le point de triompher.

Pourtant, à son grand étonnement, James a réussi à se dégager. Sans qu'elle ait pu voir comment il s'y était pris, il est parvenu à manœuvrer pour placer son corps massif dans une position plus favorable.

Contrairement à toute attente, le voilà qui se jette en avant, avec une détermination farouche. Elle aspira l'air d'un mouvement convulsif. Il avait repris l'initiative des opérations.

Gavin, surpris par ce brusque revirement, se trouvait contraint à la défensive. Manifestement, ce n'est pas ainsi que le combat aurait dû se dérouler, songea-t-elle. Elle se pencha en avant, les yeux rivés sur les deux hommes.

Gavin reculait très vite, se déplaçant avec son agilité habituelle, souple comme un danseur, et il parait les coups de boutoir que lui portait James avec une adresse et une puissance considérables.

James continuait de l'obliger à battre en retraite. Il soufflait bruyamment, brandissant son épée avec une dextérité remarquable, mais ses jambes n'avaient ni la légèreté ni la mobilité de celles de Gavin.

Les deux hommes se trouvaient maintenant au centre de la grande salle de la baronnie; ils se battaient avec frénésie. Attaques et parades se succédaient sans trêve, avec une précision implacable.

James se mit à respirer avec difficulté; le souffle court, il se déplaçait plus lentement. Gavin regagnait le terrain perdu; cette fois, il affirmait une supériorité incontestable. Superbement maître de lui, il s'apprêtait à porter le coup fatal.

Alors, James trébucha et s'abattit à terre. Son épée lui échappa des mains et tomba hors de sa portée, sur le sol de pierre, dans un grand fracas métallique.

Vif comme l'éclair, Gavin bondit en avant et se posta près de son adversaire, le dominant de toute sa taille, la lame de son épée pointée sur la gorge de l'infortuné chevalier.

Leurs regards se croisèrent avec une intensité puissante. Aucun des deux hommes ne pouvait quitter son adversaire des yeux.

« Allez, tue-moi, finissons-en une fois pour toutes, s'écria enfin James.

— Je n'ai nulle envie de souiller mon épée avec ton sang, répliqua Gavin d'un ton glacial mais avec le plus grand calme. Il me suffit bien d'avoir remporté ce dernier combat et de savoir que ma victoire est définitive. Maintenant, tout est véritablement fini entre nous. Disparais de ces lieux et n'y reviens jamais sous peine de mort. »

Reculant de quelques pas, il remit son épée au fourreau et, sans le moindre regard en arrière, il gagna le large escalier qui s'élevait à l'autre bout de la salle. Ce n'est qu'une fois arrivé en haut des marches qu'il lança un bref coup d'œil en direction de James avant de disparaître dans les ténèbres.

Il y eut un moment de silence total. Puis la voix du metteur en scène retentit avec force :

« Coupez ! Maintenant, on va tirer tout ça ! » cria-t-il.

Promenant sur l'assistance un regard enthousiaste, il ajouta :

« Ça va faire un tabac, les gars ! »

L'acteur qui incarnait le personnage de James se releva ; le metteur en scène se précipita vers le cameraman pour lui donner ses instructions et tout le monde se mit à parler en même temps, s'affairant de part et d'autre sur le plateau. Les rires et les plaisanteries fusèrent, accompagnés de grandes tapes dans le dos.

Indifférente à ce charivari, Rosalind saisit son sac, traversa la salle à pas pressés et monta l'escalier à la recherche de Gavin. Il se tenait dans l'ombre, sur la plate-forme à laquelle aboutissaient les dernières marches.

Quand elle arriva près de lui, elle vit une certaine raideur dans son maintien ; ses yeux trahissaient l'effort auquel il se contraignait et malgré le maquillage elle devina (en voyant les mille aspérités qui hérissaient sa peau) qu'il avait la chair de poule.

« Tu as mal, dit-elle.

— Un peu. Comme si un étau d'acier me serrait l'arrière du crâne. J'ai besoin de remettre ce maudit collier, Rosie. »

Elle sortit aussitôt l'objet de son sac et aida Gavin à l'enfiler autour de son cou. Une semaine plus tôt, au cours d'une séance de tournage en extérieur, dans le Yorkshire, Gavin était tombé de cheval, se foulant la nuque et l'épaule gauche. Depuis, la douleur ne l'avait plus quitté.

Une fois la minerve attachée, il fixa sur la jeune femme un regard reconnaissant ; il sourit, visiblement soulagé. Il s'était aperçu, après son accident, que s'il avait la tête ainsi soutenue, il souffrait beaucoup moins qu'en prenant des analgésiques.

« Je me suis fait du souci pour toi pendant le tournage de la dernière scène, dit Rosie d'un ton admiratif. Je me demande comment tu as pu tenir jusqu'au bout.

— C'est toute la magie... la magie du théâtre, ou du cinéma. Dès que j'ai commencé à jouer, l'adrénaline s'est déversée à flots et la douleur a disparu. En tout cas, je ne la sentais plus. J'étais réincarné dans le personnage de Warwick, je m'étais complètement identifié à lui. J'étais devenu Warwick. Tu vois, quand je tourne une scène, il en est toujours ainsi et j'oublie complètement tout ce qui est étranger à l'instant présent.

— Oh, je sais. N'empêche que je me suis fait du souci. »

Elle lui décocha un petit sourire et reprit :

« Depuis le temps que nous nous connaissons, tu pourrais peut-être admettre que j'ai fini par comprendre, hein ? Surtout que j'ai toujours été la première à affirmer que ta faculté de concentration est l'un des secrets de ton succès. »

Elle s'interrompit soudain et lui saisit le bras.

« Mais il faut que nous descendions, Charlie nous attend avec James, Aïda et toute l'équipe. »

Lorsque Rosie et Gavin apparurent au haut des marches, une clameur s'éleva et les applaudissements éclatèrent avec un enthousiasme qui se prolongea tout le temps qu'ils descendirent l'escalier. Tout le monde savait que la vedette du film souffrait le martyre depuis plusieurs jours, et on admirait Gavin Ambrose non seulement pour son talent d'acteur mais aussi pour le stoïcisme dont il avait fait preuve après son accident afin de ne pas compromettre la fin du tournage.

Tous appppréciaient qu'il se comportât en vrai professionnel dont la seule priorité était de terminer le film en respectant les délais impartis. Tous voulaient rendre hommage à son abnégation et exprimer leur estime.

« Tu as été formidable, Gavin. Absolument formidable, déclara Charlie Blake, le metteur en scène, en saisissant la main de Gavin dès que celui-ci eut atteint au côté de Rosie la dernière marche de l'escalier. Et, je tiens à te le dire : jamais je n'aurais pu imaginer que tu viendrais à bout de la scène en trois prises de vues seulement.

— Ce que je regrette, c'est qu'une seule n'ait pas suffi, répliqua Gavin d'un ton convaincu. Mais je te remercie, Charlie, et je te remercie surtout de nous avoir permis de réaliser ce combat exactement comme prévu. Tout s'est bien passé, cette fois, n'est-ce pas ?

— Tu as été formidable ! Et je n'ai aucunement l'intention de couper le moindre centimètre de pellicule, crois-moi !

— Tu es un vrai bretteur, Gavin, s'exclama Aïda Young, la productrice, en s'avançant vers l'acteur pour lui donner une accolade toute maternelle, sans le brusquer toutefois afin de ménager les muscles de son cou. Un escrimeur professionnel n'aurait pas fait mieux. Tu es tout à fait convaincant dans ce rôle.

— Merci, Aïda. Ce compliment me va droit au cœur, surtout venant de toi. »

Gavin se tourna vers James Lane, son adversaire malheureux de la dernière scène; il le gratifia d'un sourire.

« Félicitations, Jimbo », lança-t-il.

James lui rendit son sourire.

« Félicitations à toi aussi, mon vieux.

— Et merci de m'avoir facilité la tâche, continua Gavin. Un combat est toujours difficile à régler dans le détail mais tu as su faire le geste qu'il fallait au bon moment. En fait, il n'y a absolument rien à redire.

— Allons, il faut regarder la réalité en face. Nous sommes, toi et moi, deux Errol Flynn tout crachés, répondit James en adressant un clin d'œil à Gavin. Dommage que Kevin Costner vienne de terminer ce remake de *Robin des bois* ! On aurait pu y donner quelques échantillons de nos talents ! »

Gavin éclata de rire et approuva d'un hochement de tête. Puis, remarquant la mine soucieuse d'Aïda, il s'empressa d'ajouter :

« Voyons, ne fais pas cette tête, ma jolie ! Je n'ai plus du tout mal à la nuque. Parole ! D'ailleurs, je compte bien assister à la soirée d'adieu tout à l'heure.

— Formidable ! Voilà qui me fait le plus grand plaisir, répondit la productrice, mais à condition que tu sois vraiment en forme », s'empressa-t-elle de préciser.

Gavin considéra du regard l'ensemble de l'équipe.

« Merci à tous, dit-il avec la plus grande sincérité. Merci pour tout, vous avez été formidables et nous allons arroser ça tout à l'heure.

— Alors, là, vous pouvez compter sur nous », approuva le preneur de son.

Les autres membres de l'équipe s'approchèrent et firent cercle autour de Gavin pour lui faire part de leur admiration. Il était bien le meilleur, le plus grand de toute la corporation. Chacun tenait à lui serrer la main.

Quelques minutes plus tard, Rosie et Gavin quittaient l'immense plateau rond sur lequel la grande salle du château de Middleham avait été reconstituée et ils s'engagèrent dans le couloir qui longeait l'arrière du studio.

Il y avait là un enchevêtrement de câbles électriques d'où émergeait un échafaudage s'élevant jusqu'au plafond. On l'avait aménagé pour recevoir les projecteurs Kleig qui produisaient la lumière imitant les rayons du soleil censés éclairer les murailles par l'extérieur.

Rosie et Gavin avançaient avec précaution dans ce fouillis de fils et de matériel hétéroclite; tous deux, bien que ce fût pour des raisons différentes, étaient soulagés à l'idée que la dernière scène était terminée et qu'on avait donné le dernier tour de manivelle au film.

Abîmés dans leurs pensées, ils partirent en direction de la loge de Gavin, qui se trouvait derrière les studios.

« As-tu vraiment l'intention de partir pour New York à la fin de la semaine ? » demanda Gavin.

Il s'était posté dans l'embrasure de la porte de la salle de bain qui jouxtait sa loge. Tout en resserrant la ceinture de son peignoir en tissu éponge, il dirigeait sur Rosalind un regard interrogateur.

Rosie releva la tête de son carnet pour le fixer longuement avant de répondre.

« Oui, dit-elle enfin en remettant son calepin dans son sac. J'ai rendez-vous avec des producteurs de Broadway. C'est à propos d'une nouvelle comédie musicale. Et il faut aussi que je voie Jan

Sutton. Elle envisage de monter une nouvelle version de *My Fair Lady*. »

Gavin se mit à rire.

« J'ai l'impression que ce projet ne t'apportera pas grand-chose de bien intéressant. Tu ne crois pas ? demanda-t-il en venant vers elle à pas rapides. Cecil Beaton a fait quelque chose de tellement inoubliable avec les costumes qu'il a conçus pour la production originale que sa performance est restée gravée dans toutes les mémoires.

— C'est vrai, convint Rosie. Mais d'un autre côté il y a là une sorte de défi à relever, et cela ne me laisse pas indifférente, loin de là. Après tout, on verra bien. »

Elle haussa les épaules et reprit, d'un ton précipité :

« De New York, je pousserai jusqu'à Los Angeles pour voir Gary Marshall. Il veut que je fasse les costumes de son prochain film...

— Mais tu ferais l'un ou l'autre, ou bien les deux ?

— Les deux !

— Rosie, tu es folle ! C'est beaucoup trop ! Tu es en train de te tuer, et ça fait déjà un bon bout de temps que ça dure. Regarde : rien que cette année, tu as fait deux pièces à Londres plus mon film, et là tu reconnaîtras volontiers, j'espère, que ça n'a pas été facile. Je dirais même qu'il a fallu que tu en mettes un sacré coup, si j'ose employer cette expression. As-tu vraiment l'intention de continuer sur ta lancée l'année prochaine ? Trois ou quatre réalisations ? Mais enfin, trop c'est trop, bon sang de bois !

— J'ai besoin d'argent.

— Mais je peux t'en donner, moi, tout ce dont tu peux avoir besoin. Je te l'ai déjà dit, non ? Tout ce qui est à moi est à toi.

— Je le sais. Et je t'en remercie, Gavin. J'apprécie beaucoup ta générosité, crois-moi. Mais les choses ne sont pas aussi simples. Comprends-moi... Si l'argent vient de toi, ce n'est pas pareil que si c'est moi qui le gagne. D'ailleurs, cet argent, ce n'est pas vraiment pour moi. Tout ce que je peux grappiller à droite et à gauche, ça va à ma famille.

— Mais ce n'est pas ta famille ! » se récria Gavin avec une véhémence inhabituelle chez lui, les traits assombris par une irritation soudaine.

19

Rosie le fixa avec surprise et ravala les paroles qu'elle allait prononcer. Elle observa un silence prudent, déconcertée par cette explosion brutale qui trahissait un accès de colère qu'elle n'attendait nullement.

Gavin avait fait volte-face pour s'asseoir sur la chaise qui se trouvait devant sa table de toilette. Il saisit un pot de cold-cream et une boîte de Kleenex, dans l'intention évidente de retirer son maquillage.

« Il s'agit pourtant bel et bien de ma famille, dit-elle enfin.
– Non. Ta famille, c'est nous. Moi, Nell et Kevin ! » s'exclamat-il en repoussant la crème et les serviettes en papier d'un geste rageur de la main.

Refusant de se laisser impressionner par cette impatience, elle songeait : et Mikey, il fait partie de sa famille, lui aussi, quel que soit l'endroit où il se trouve. Et Sunny !

Ses pensées s'étaient assombries tout à coup et elle poussa un soupir, vite réprimé, prise d'une inquiétude soudaine à la pensée de ces êtres chers.

Un instant plus tard, Rosie se leva du canapé et se dirigea vers Gavin, pour aller se camper derrière lui, les mains posées sur le dossier de sa chaise. Ses cheveux châtain satiné dominaient ceux, plus foncés, de Gavin et de ses yeux verts elle interrogeait anxieusement son compagnon dont elle voyait le visage se refléter dans le miroir.

Comme pour répondre à la question qu'elle n'avait pas formulée, il murmura d'une voix radoucie :

« Nous avions dit que nous formions une famille, tu t'en souviens ? »

Puis il baissa les yeux et concentra son regard sur la photo posée sur la table devant lui.

Rosie suivit la direction de ses yeux, contemplant elle aussi l'image qu'entourait un cadre d'argent. Ils étaient tous là : elle et Nell, Gavin, Kevin, Mikey et Sunny, bras dessus, bras dessous, le visage épanoui dans un sourire où se lisaient l'espoir et le bonheur de chacun. Il s'était écoulé bien du temps depuis lors ! Ils étaient si jeunes alors, et si seuls...

« Nous nous étions promis que nous serions toujours prêts à nous épauler les uns les autres, quoi qu'il arrive, tu t'en souviens,

Rosie. Nous avions décidé que nous formerions une famille, insista Gavin. Eh bien, rien n'a changé. Rien ne doit changer !

– C'est vrai, souffla-t-elle. Une famille, Gavin. »

Elle refoula un brusque accès de tristesse qui menaçait de la submerger... Le drame était qu'ils avaient tous rompu les engagements pris les uns envers les autres.

Gavin releva la tête, croisa de nouveau son regard dans le miroir et lui adressa ce sourire qu'elle connaissait si bien, ce sourire en coin qui l'avait rendu célèbre et qui, en l'occurrence, lui éclairait le visage de cette affection et de cette tendresse dont il ne se départait jamais à son égard.

« Si tu tiens vraiment à te tuer à la tâche, autant que ce soit avec mes films à moi. Comme ça, au moins, je pourrai toujours ramasser les morceaux, si le besoin s'en fait sentir. Alors, qu'est-ce que tu en dis ? Tu me le fais, mon prochain film ? »

Toute trace de gravité disparut du visage de Rosie. Ses yeux perdirent leur solennité et elle éclata de rire.

« C'est d'accord, monsieur Ambrose, s'exclama-t-elle. Marché conclu ! »

On frappait à la porte. Will Brent, employé au service des costumes, entra en disant d'un ton empressé :

« J'étais venu t'aider à ôter ton accoutrement, Gavin, mais je vois que tu t'es déjà débrouillé tout seul. Excuse-moi de ne pas être arrivé plus tôt.

– Pas de problème, Will. J'ai uniquement enlevé mon doublet. Pour le reste, tu es le bienvenu, surtout ces maudites bottes. »

Gavin adressa un sourire à Will et allongea une jambe.

« J'arrive, dit Will en se précipitant vers l'acteur.

– On se reverra ce soir, avec toute l'équipe, pour le repas d'adieu », murmura Rosie en déposant un baiser aérien sur le sommet de son front.

Elle repartit vers le canapé pour récupérer son sac à main.

« Rappelle-toi ce que je t'ai dit, mon ange. Je t'embauche pour mon prochain film », lança Gavin avant de concentrer toute son attention sur la minerve : avec beaucoup de précautions il la serra autour de son cou, sans pouvoir réprimer tout à fait une grimace de douleur.

2

Une brusque bouffée d'air froid frappa Rosie au visage lorsqu'elle sortit. Elle resserra sa veste en frissonnant et leva les yeux.

Le ciel avait un aspect sinistre, avec ses gros nuages couleur de plomb. Bien que l'après-midi ne fût pas très avancé, il faisait déjà sombre et la nuit paraissait imminente. C'était vraiment la journée typique d'un hiver anglais, semblable à celles auxquelles elle commençait maintenant à s'habituer depuis quelque temps.

Une légère bruine flottait dans l'air et Rosie ne pouvait s'empêcher de se demander ce que les petits enfants anglais allaient pouvoir faire s'il se mettait à pleuvoir pour de bon.

On était le 5 novembre. La nuit des feux de joie, comme ils disaient tous. Aïda lui en avait parlé, la semaine précédente, au moment du déjeuner, et la productrice lui avait même déclamé une comptine ancestrale, transmise depuis le fond des âges, et qu'elle avait apprise lorsqu'elle était enfant :

Souviens-toi, souviens-toi du 5 novembre :
La poudre, la trahison et le complot.

Aïda lui avait alors expliqué qu'en 1605, un certain Guy Fawkes avait tenté de faire sauter le Parlement et d'assassiner le roi Jacques Ier par la même occasion. Dénoncé par ses complices et arrêté avant d'avoir pu causer des dégâts irréparables, Guy Fawkes avait été jugé, déclaré coupable de trahison et exécuté. Et depuis lors, les Anglais s'étaient souvenus du 5 novembre, le jour de Guy Fawkes, que l'on considérait comme un jour de fête.

Partout en Grande-Bretagne, des feux de joie allaient flamber cette nuit-là, on allait jeter dans les flammes des mannequins représentant Guy Fawkes. Et on allait s'en donner à cœur joie avec les pétards, les châtaignes et les pommes de terre que l'on ferait rôtir dans les cendres, ainsi que l'exigeait la tradition. A condition qu'il ne pleuve pas, bien entendu.

« Si tout se passe bien, c'est le 5 que nous donnerons le dernier tour de manivelle, lui avait dit Aïda en grignotant son sandwich au restaurant du studio le mardi précédent. Cependant, je crains fort que nous n'ayons pas le droit d'allumer un feu de joie. Pour des raisons de sécurité, manifestement. Mais nous trouverons peut-être un moyen de fêter la nuit des feux de joie en même temps que nous arroserons la fin du tournage. »

Elle n'avait pas précisé alors quel moyen elle comptait employer, mais on n'allait pas tarder à le savoir : la petite fête en question aurait lieu dans quelques heures.

Rosie jeta un coup d'œil circulaire avant de traverser l'espace désert qui s'étendait derrière les studios de Shepperton pour se diriger vers son bureau, dans le local réservé à la production.

C'est là qu'elle avait établi son quartier général au cours de ces neuf derniers mois, et elle s'était tellement bien habituée à ce décor qu'elle avait l'impression d'y être chez elle. D'ailleurs, elle avait beaucoup apprécié de travailler avec Aïda et son équipe; bien qu'ils fussent tous britanniques, elle s'était sentie à l'aise avec eux dès le premier contact.

Tout à coup, elle fut surprise de constater qu'elle allait beaucoup regretter de devoir quitter Shepperton et tous les gens qui avaient collaboré à la réalisation du film. Il n'en était pas toujours ainsi : parfois, elle éprouvait un véritable soulagement à l'idée que le dernier coup de manivelle était enfin donné et qu'elle allait pouvoir s'enfuir, le plus vite possible, sans lancer un seul regard en arrière.

Mais pendant le tournage de *Kingmaker*, de véritables liens s'étaient créés entre acteurs, techniciens et réalisateurs, et pendant

23

les longs mois qu'avait duré leur cohabitation, cette atmosphère de confiance et d'affection n'avait fait que se renforcer de jour en jour. Peut-être était-ce dû au fait qu'on avait rencontré beaucoup de difficultés au début, si bien que tout le monde s'était serré les coudes pour lutter contre l'adversité et assurer le succès de la production.

Personnellement, Rosie était persuadée que *Kingmaker* allait faire un tabac. Dans les milieux cinématographiques, on disait toujours qu'un film ayant eu des problèmes au début avait de fortes chances de créer l'événement une fois le montage terminé; et si la musique était bonne, on pouvait avoir la certitude qu'il allait « crever l'écran ».

Tous avaient travaillé comme des forçats, sans ménager leur peine même quand ils étaient au bord de l'épuisement. Et ils avaient réussi à tenir. Quant à Gavin, il s'était donné corps et âme pour se mettre dans la peau de son personnage, Richard Neville, comte de Warwick, et avait accompli une performance remarquable, une véritable prouesse qui pouvait lui valoir de décrocher l'oscar du meilleur acteur. En tout cas, Rosie en était convaincue; il est vrai qu'en l'occurrence, elle était bien incapable de se montrer tout à fait impartiale.

Rosie poussa la double porte vitrée du bâtiment de la production et enfila l'étroit couloir qui menait à son bureau. Une fois entrée, elle referma derrière elle et resta un moment appuyée contre le mur, promenant son regard dans la pièce comme pour mieux se pénétrer du décor qui s'offrait à sa vue : longuement, elle contempla les dessins épinglés aux cloisons puis l'énorme table couverte d'esquisses, où s'entassaient les accessoires d'une infinie variété qu'elle avait été amenée à réaliser.

Au cours de ces neuf mois, elle avait accumulé d'innombrables trésors et elle se rendit soudain compte qu'il allait falloir, au cours des prochains jours, procéder à un véritable déménagement. Heureusement elle avait ses deux assistantes, Val Horner et Fanny Leyland, pour l'aider à dresser le catalogue des dessins qu'il faudrait ensuite emballer avec les costumes qu'elle voulait conserver pour ses archives. Sans oublier naturellement les livres et les photographies qui lui avaient servi pour ses recherches.

Les principales esquisses des costumes de Gavin étaient épinglées au mur sur toute la longueur de la pièce. Elle s'en approcha et les observa longuement, la tête inclinée sur le côté. Puis elle dodelina du chef d'un air approbateur.

Gavin avait raison : si *Kingmaker* avait été un film difficile à réaliser, c'était non seulement à cause de sa longueur, de l'importance de sa distribution et de la complexité de la mise en scène, mais aussi parce qu'il avait fallu se livrer à de très importantes recherches pour rendre tout ce côté grandiose et fastueux qu'exigeaient les éléments historiques inclus dans le scénario. Il y avait eu là un véritable défi qu'elle avait affronté avec son enthousiasme habituel, dans la mesure où elle y trouvait l'occasion de donner le champ libre à ses facultés créatrices.

D'emblée, dès les premières prises de vues qui avaient précédé la réalisation proprement dite, elle avait senti monter en elle une exaltation qui lui avait paru des plus prometteuses. Oui, il y avait bien là, elle en avait la certitude, une occasion de mobiliser toutes ses réserves d'enthousiasme et d'énergie créatrice.

C'est naturellement au personnage incarné par Gavin qu'elle avait en priorité accordé son attention : le comte de Warwick, le principal protagoniste du film, avait été l'homme le plus puissant d'Angleterre pendant les vingt années qui avaient marqué le milieu du xve siècle. C'était lui qui avait fait monter sur le trône son cousin Édouard Plantagenêt, pendant la guerre civile qui avait opposé les maisons royales de York et de Lancaster.

C'est la raison pour laquelle ses contemporains l'avaient surnommé le *Kingmaker*, le faiseur de roi, et ce nom lui était resté depuis. Le scénario, écrit par Vivienne Citrine, qui avait déjà remporté l'oscar de la meilleure scénariste, s'attachait surtout à décrire le Warwick de l'année 1461, quand le comte était au summum de sa puissance, et l'action se poursuivait encore sur deux ans, la fin de l'histoire étant censée intervenir en 1463.

La préoccupation principale de Rosie avait été de créer des costumes de style médiéval convenant au physique de Gavin et susceptibles de le mettre en valeur tout en lui assurant un confort et une liberté de mouvement de tous les instants.

Comme toujours en pareil cas, elle s'était attachée à donner à ses costumes un caractère d'authenticité susceptible de satisfaire les spécialistes les plus exigeants. Elle estimait en effet que les costumes, comme les décors, devaient restituer sur la pellicule une période historique précise de manière à rendre le film réaliste et à lui conférer une crédibilité indiscutable. C'est grâce à ce souci du détail joint à un immense talent qu'elle avait réussi à se faire un nom dans le monde du théâtre et du cinéma.

Si elle avait tenu à faire des recherches aussi approfondies pour assurer le succès de *Kingmaker*, c'était à cause de Gavin. C'est lui qui avait eu l'idée de faire ce film qu'il avait aussitôt pris à cœur, considérant qu'il s'agissait là d'une véritable affaire personnelle. Il s'était d'ailleurs associé à la production, allant même jusqu'à emprunter de l'argent pour participer au financement... Hollywood avait en effet refusé de s'intéresser au projet, malgré la présence de Gavin qui était pourtant aussi coté au box-office que Costner, Stallone et Schwarzenegger.

En fait, Gavin s'était trouvé confronté au même problème que Kevin Costner quand celui-ci avait tenté de sensibiliser les studios de Hollywood à la réalisation de *Danse avec les loups*. Personne n'avait voulu risquer le moindre dollar et Kostner avait dû tout faire lui-même avec l'aide de Jake Eberts, producteur indépendant installé en Europe.

L'idée de réaliser *Kingmaker* était venue de Gavin. Il avait cru à ce film avec une telle ferveur qu'il avait réussi à communiquer son enthousiasme à tous les gens de son entourage.

Il y avait longtemps que l'histoire de Warwick excitait son imagination. Il était fasciné par la vie de cet aristocrate anglais qui avait connu un destin glorieux avant de succomber à une fin tragique. Après avoir lu une biographie plus passionnante encore que celles qu'il avait déjà étudiées, Gavin s'était particulièrement attaché aux quelques années qui avaient le plus marqué l'existence de son héros, lorsque la carrière de Warwick avait atteint son apogée. Il avait alors demandé à Vivienne Citrine d'écrire le scénario et ils avaient ensuite travaillé ensemble sur ce texte pendant plus d'un an, jusqu'au moment où ils avaient eu la certitude de disposer d'une base suffisante pour la réalisation d'un film de tout premier ordre.

Rosie s'était elle aussi intéressée à ce projet dès le début. Gavin en avait discuté avec elle quand il l'avait vue à Beverly Hills à la fin de l'année 1988 et elle s'était aussitôt prise de passion pour le sujet et le personnage.

Bien avant que l'on procède aux repérages en Angleterre, elle avait commencé ses recherches sur les costumes de l'époque, lisant des biographies de Warwick et d'Édouard IV ainsi que des ouvrages traitant de la France et de l'Angleterre au Moyen Age. Elle avait étudié l'art et l'architecture de cette période et, une fois arrivée à Londres, avait passé de longues heures dans les musées qui présentaient les costumes d'époque.

Quand Gavin et l'équipe chargée de la réalisation du film avaient quitté le studio pour se mettre en quête d'un lieu convenant aux prises de vues extérieures, elle avait tenu à les accompagner.

Ils avaient commencé par visiter le château de Middleham, dans les landes du Yorkshire, car c'était là que Warwick avait établi son fief. Il n'en restait plus que des ruines désolées, dévastées par les intempéries, mais Gavin tenait beaucoup à se retremper dans l'atmosphère où son héros avait vécu une grande partie de son existence. Et ils n'avaient pas manqué non plus d'arpenter la campagne environnante, ces landes sombres et implacables où Warwick avait livré ses batailles les plus décisives.

Gavin avait également insisté pour visiter la cathédrale d'York, ce superbe édifice où Warwick et Édouard IV s'étaient rendus de concert, traversant la plaine sur leurs chevaux caparaçonnés à la tête de leurs troupes. Ils avaient alors été acclamés par une foule enthousiaste, le jeune roi valeureux et le *Kingmaker*, celui qui l'avait fait roi, tous deux au sommet de la gloire. Rosie avait vu là l'une des scènes les plus colorées et les plus spectaculaires du film et la perspective de reconstituer les costumes nécessaires au tournage avait stimulé au plus haut point son imagination.

Grâce à ces différents voyages dans le Yorkshire, auxquels s'ajoutaient de nombreuses heures passées dans les bibliothèques et dans les musées, elle avait fini par acquérir une connaissance assez complète des habitudes vestimentaires du xv\ :e siècle. Elle allait pouvoir s'atteler à la réalisation des maquettes des costumes.

En fait, le seul problème ardu qu'elle avait eu à résoudre était celui de la confection de l'armure. En regardant le prototype qui se dressait dans un coin de sa salle de travail, elle fronça les sourcils : elle n'oublierait jamais les difficultés rencontrées au moment de concevoir le premier modèle.

Le scénario prévoyait en effet une grande scène de combat et naturellement, Gavin tenait absolument à la conserver, en dépit du surcoût que le tournage de cette séquence allait entraîner pour les producteurs.

Mais grâce à Brian Ackland-Snow, leur *production designer*, un homme au talent immense qui avait remporté l'oscar du meilleur décor pour *Chambre avec vue*, elle avait réussi à venir à bout de son problème : il lui avait présenté un fabricant de combinaisons de plongée sous-marine qui s'était avéré capable de réaliser une copie de l'armure en utilisant un néoprène résistant et rigide ; une fois enduit d'une couche de peinture argentée, ce tissu imitait à la perfection le métal. Ce caoutchouc synthétique était léger et confortable, mais à l'écran il donnait l'impression d'une authentique armure en fer.

Rosie tourna la tête et se dirigea vers la grande table qui se trouvait à l'autre bout de la pièce. Elle allait devoir procéder à l'inventaire de tous les objets qui y étaient entassés.

Il lui faudrait au moins six grandes caisses pour emballer les trésors accumulés devant elle. Outre les livres, les dessins et les photographies, il y avait des pièces de tissu teint spécialement pour la circonstance, tweeds, serges ou popeline ; des échantillons de daim et de cuir pour les bottes, les pantalons, les pourpoints et les doublets, des fourrures, et un fastueux déploiement de velours et de soies. Des paniers et des plateaux contenaient une collection de bijoux des plus variés : broches, bagues, colliers, boucles d'oreilles, bracelets, boutons fantaisie, diadèmes et couronnes en métal doré. Bref, il y avait là de quoi reconstituer la pompe et la majesté que l'on était en droit d'attendre dans un film historique de cette ampleur.

Quelle superbe réalisation, se disait-elle, avec un émerveillement rétrospectif. Plus compliquée et plus coûteuse qu'on ne l'avait prévue au début, certes. Sans parler des problèmes innombrables dus au mauvais temps ou à la maladie, ni des dissensions qui s'élevaient parfois, provoquant des scènes pénibles et des explications orageuses au sein de l'équipe. Pourtant, le tournage s'était finalement plutôt bien passé, dans une ambiance enthousiaste le plus souvent, et le résultat offrait une des plus splendides productions de tous les temps. Jamais encore Rosie n'avait participé à une entreprise de cette ampleur et de cette qualité, et elle n'était pas certaine d'en avoir à nouveau l'occasion.

Aussi souvent qu'elle l'avait pu, elle était allée voir avec Gavin les rushes, les séquences tournées la veille et montées au laboratoire pendant la nuit. Toutes les scènes visionnées au studio lui avaient littéralement coupé le souffle. La reconstitution était admirable, l'intérêt dramatique ne faiblissait pas un seul instant. On était tenu en haleine, fasciné par la splendeur du décor, la vérité des personnages et l'intensité de l'action. En dépit des inquiétudes de Gavin, inquiétudes qu'à des degrés divers tous partageaient d'ailleurs, Rosie avait l'intime conviction, surtout depuis qu'elle avait assisté au tournage de la dernière scène, que Gavin avait réussi là un film dont les qualités et les dimensions le situaient à un niveau tout à fait comparable à celui du *Lion en hiver*. Il ne pouvait que récolter une moisson d'oscars.

Au bout d'un moment, Rosie s'arracha à ses souvenirs, mesurant soudain l'ampleur de la tâche qui l'attendait au cours des trois prochains jours.

Elle s'assit à sa table de travail et décrocha le téléphone pour composer un numéro. La sonnerie retentit longuement avant que quelqu'un ne décroche. Une voix féminine, au timbre presque enfantin, s'éleva à l'autre bout du fil.

« Allô, Rosalind. Excuse-moi d'avoir mis tant de temps à répondre. J'étais grimpée sur l'escabeau pour mettre tes dossiers sur l'étagère du haut.

— Comment as-tu su que c'était moi ? s'étonna Rosie en riant.

— Voyons, Rosalind, réfléchis un peu. Il n'y a que toi qui peux m'appeler à ce numéro, tu le sais bien !

— C'est vrai. Ça m'avait complètement échappé. Bon, à part ça, comment vas-tu ?

— Très bien ; et les autres aussi, d'ailleurs. Mais Collie et Lisette sont sorties. Tu voulais parler à Collie ?

— Oui, en effet, mais ce n'est pas grave si je ne peux pas le faire tout de suite. Je voulais simplement vous prévenir que je m'apprêtais à me rapatrier et que je vous avais envoyé deux chèques hier soir. Un pour toi et l'autre pour Collie.

29

– Merci beaucoup, Rosalind.

– Écoute, ma chérie, je pars pour New York samedi et je...

– L'autre jour, tu m'as dit que tu prendrais l'avion vendredi ! s'exclama Yvonne d'un ton devenu un tout petit peu plus aigu.

– C'était en effet mon intention, mais j'ai un tas de choses à remballer alors j'ai préféré remettre mon départ à samedi. Au fait, je vais t'envoyer quelques cartons, tu n'auras qu'à les empiler dans un coin de mon studio dès que tu les auras reçus. Je m'en débrouillerai à mon retour.

– C'est-à-dire ? »

Décelant une expression plaintive dans le ton de la jeune femme et désireuse de la rassurer, Rosie s'empressa de préciser :

« En décembre. Je viendrai en décembre. Ça ne va pas être tellement long !

– Tu le promets ?

– Je te le promets.

– C'est dur, quand tu n'es pas là. Tu me manques beaucoup, tu sais !

– Oui, bien sûr. Toi aussi, tu me manques beaucoup. Mais il n'y en a plus pour longtemps maintenant. »

Après avoir hésité un court instant, Rosie demanda :

« Au fait, est-ce que Guy est revenu ?

– Oui, mais il n'est pas ici en ce moment. Il est sorti avec Collie et Lisette. Et avec son père. »

Cette dernière précision causa une telle surprise à Rosie qu'elle ne put s'empêcher de s'exclamer :

« Mais où sont-ils donc allés ?

– Eh bien, chez Kyra. C'est son anniversaire aujourd'hui.

– Ah, oui, c'est vrai ! »

Rosie marqua un nouveau temps d'arrêt, puis s'étant éclairci la voix, elle reprit :

« Dis-leur bien des choses de ma part, et je t'embrasse bien fort, toi aussi, Yvonne. Merci d'avoir bien voulu t'occuper de tout à ma place, j'apprécie vraiment ta gentillesse, tu sais. Je me demande comment je ferais sans toi.

– Ce n'est rien. C'est un plaisir pour moi de te rendre service, Rosalind. »

Après qu'elles se furent dit au revoir, Rosie raccrocha et resta un moment le regard perdu, toutes ses pensées concentrées sur Guy. C'était vraiment bizarre qu'il soit allé avec les autres chez Kyra. Cela ne lui ressemblait absolument pas.

Une fois de plus, Rosalind se trouvait déconcertée par le comportement de ce garçon, dont les motivations ne laissaient jamais de lui paraître bien mystérieuses. Dès qu'il était question de Guy, elle ne pouvait avoir qu'une seule certitude. La politesse scrupuleuse dont il faisait preuve dans ses relations avec Kyra n'était qu'un masque destiné à dissimuler l'aversion profonde qu'il ressentait à son égard. Il était jaloux d'elle, cela ne faisait aucun doute.

Rosalind avait découvert depuis longtemps l'existence de ce sentiment regrettable : Guy était jaloux de Kyra ; il ne pouvait supporter que son père entretienne avec cette jeune Russe des relations amicales inspirées par la très vive affection que ce dernier éprouvait à son égard.

Rosie se cala bien sur sa chaise, l'œil toujours fixé sur la photo posée sur le coin de son bureau où l'on voyait Guy en compagnie de Lisette et de Collie. Elle l'avait prise elle-même pendant l'été et avait été tellement ravie par l'atmosphère de bonheur insouciant qui s'en dégageait qu'elle avait décidé de la faire agrandir et encadrer.

Pourtant, ces sourires détendus cachaient en fait bien des rancœurs et bien des souffrances, du moins en ce qui concernait Guy et Collie : elle ne les connaissait que trop. Lisette, elle, n'avait que cinq ans ; elle était beaucoup trop jeune pour avoir conscience des réalités qui se dissimulaient derrière cette façade.

Guy, indiscutablement, posait un problème, Rosie en avait maintenant la quasi-certitude. Et ce problème trouvait sa source non seulement dans ses relations avec son père mais aussi dans ses relations avec tous les autres, surtout avec elle, Rosalind, et avec Collie à laquelle il imputait, fort indûment d'ailleurs, la cause de tous ses maux.

« Complètement à côté de ses pompes », tel était le diagnostic porté par Gavin sur Guy. Il n'avait jamais éprouvé pour Guy une sympathie débordante et il se plaisait à répéter qu'il aurait dû vivre pendant les années soixante à Haight Ashbury.

« Il a tout du soixante-huitard sur le retour, mal intégré dans son époque et complètement déphasé par rapport aux réalités actuelles », avait-il déclaré quelques jours plus tôt à Rosie d'un ton où perçait une pointe d'acrimonie.

Évidemment, sa remarque ne manquait pas de justesse mais Rosie ne pouvait rien faire pour modifier le comportement de Guy ; elle en arrivait d'ailleurs parfois à se demander s'il n'était pas engagé dans un processus d'autodestruction.

N'empêche que, malgré les réflexions de Gavin sur Guy et sur les autres, ils faisaient bel et bien partie de sa famille à elle, elle les aimait et se sentait des responsabilités envers eux. Même Guy, dans une certaine mesure, lui paraissait digne de sa sollicitude, bien qu'il ne la méritât pas réellement.

Elle ne put réprimer un soupir de regret. Guy n'était vraiment pas psychologue, il manquait totalement de perspicacité, sinon il s'y serait mieux pris avec son père, avec Collie et avec Rosie elle-même. Et son immaturité n'avait fait que croître et embellir avec l'âge ; Rosie s'était d'abord imaginé qu'il était surtout un faible mais maintenant elle en était arrivée à le considérer comme l'être le plus égoïste qu'elle eût jamais connu.

Et puis son regard s'égara vers l'autre photo qui se trouvait également sur le bureau. C'était la même que celle que l'on pouvait voir sur la coiffeuse de Gavin. Avec le même cadre, de chez Tiffany. Un cadeau de Nell, à l'occasion de Noël, quelques années plus tôt.

Penchée en avant, elle scruta le visage de Nell. Comme elle paraissait fragile avec ses traits finement ciselés, ses cheveux satinés d'un blond cendré et ses yeux rêveurs, aussi bleus qu'un ciel d'été d'une limpidité idéale. Bien que menue, avec son ossature délicate et sa stature d'enfant, Nell ne manquait pas de vigueur. En fait, c'était elle, aux yeux de Rosie, qui apparaissait parfois comme la plus forte de toute la famille. Un cran d'acier et une volonté de fer, voilà ce qu'elle voyait maintenant dans sa petite Nell.

Toute souriante, juste à côté, se trouvait leur jolie Sunny, leur Golden Girl. Elle était aussi blonde que Nell, mais ses cheveux étaient d'un blond doré. Elle était plus grande et plus robuste d'aspect, et très jolie avec son type slave bien marqué. A la voir, on devinait tout de suite ses origines paysannes ; ses parents, des

Américains de la première génération, étaient issus d'une famille originaire de Pologne.

Pauvre Sunny! Malgré la solidité de son apparence, elle avait été victime de la fragilité de son caractère. Oui, elle était bien à plaindre, vraiment! A force de séjourner dans cette horrible maison, elle avait fini par perdre complètement l'esprit, et elle dérivait maintenant, loin du reste de la famille, isolée de la réalité, à tout jamais sans doute.

Kevin se tenait au côté de Gavin. Un beau garçon brun, avec ses yeux d'Irlandais pétillants de malice. Lui aussi, à sa manière, il avait disparu de leur univers, depuis qu'il vivait sa vie dans les entrailles du monstre, en pleine marginalité, courant d'un danger à l'autre et emporté par un tourbillon qui risquait à tout moment de mettre fin à son existence.

Et puis il y avait Mikey, coincé sur la photo entre Kevin et Sunny, encore une victime de la période pendant laquelle ils avaient grandi, lui aussi perdu pour le reste de la famille. Nul ne savait où il se trouvait maintenant, ce paisible géant au visage plein de séduction, qui avait toujours manifesté la plus grande gentillesse à l'égard de chacun.

Personne ne savait où il était. Il avait disparu, il s'était évanoui purement et simplement, et Gavin avait eu beau multiplier ses efforts pour le retrouver, engageant même les détectives privés les plus cotés de New York, il n'avait jamais pu déceler la moindre trace ni le moindre indice.

Finalement, elle était la seule, avec Nell et Gavin, à avoir réussi. Tous trois avaient atteint les sommets et réalisé leurs rêves d'adolescents, même si Kevin, son frère, affirmait que lui aussi, il avait atteint ses objectifs... à sa façon. Indiscutablement, il faisait ce qu'il avait toujours voulu, et il le faisait très bien, du moins le supposait-elle.

Rosalind saisit la photo et la porta à la hauteur de ses yeux, étudiant avec la plus grande attention chacun de ces visages. Oui, autrefois, ils s'étaient tous tenu les coudes, et il y avait eu bien de la tendresse et de l'affection au sein de ces existences étroitement mêlées les unes aux autres!

Au bout d'un moment, elle dirigea son regard sur l'image de Gavin. Ces traits étaient maintenant connus du monde entier, le visage osseux, tout en méplats et en angles, avec des pommettes saillantes, et cette fossette qui lui marquait le menton. Ses yeux, très écartés et profondément enfoncés dans leurs orbites, avaient la teinte gris-bleu de l'ardoise. Des yeux d'une fraîcheur limpide, c'est ainsi qu'elle aimait les qualifier. Ombrés par de longs cils, ils brillaient sous d'épais sourcils noirs, bien assortis à la couleur des cheveux. Des yeux francs et directs, qui avaient le don de mettre mal à l'aise ceux dont les intentions n'étaient pas toujours aussi pures qu'ils voulaient bien le laisser paraître.

Quant à la bouche, sensible, presque tendre, et ce sourire en coin qu'elle connaissait si bien, ils étaient aussi célèbres que le reste du visage. C'était, en un sens, son image de marque.

Les femmes du monde entier étaient tombées amoureuses de ce visage, peut-être à cause de l'impression qui s'en dégageait : celle de la souffrance que peut éprouver un poète romantique, avec aussi un côté un peu médiéval.

En effet, sans se laisser pour autant influencer par le rôle qu'il tenait dans le film qui venait de s'achever, elle trouvait que Gavin avait le type de visage si souvent représenté dans les tableaux du XVe siècle européen.

Finalement, cela n'avait rien d'étonnant, étant donné l'ascendance écossaise de Gavin, du côté maternel – son prénom en était un témoignage –, et italienne par son père qui lui avait légué le nom d'Ambrosino, un patronyme légèrement modifié par la suite pour les besoins du show-business.

En dépit de la célébrité, de la fortune et de la réussite, Gavin Ambrose était resté fidèle à lui-même, tel qu'elle l'avait toujours connu. A bien des égards, il n'avait aucunement changé au regard de ce qu'il était lors de leur première rencontre en 1977. Elle avait alors dix-sept ans, comme son amie Nell. Gavin, lui, était âgé de dix-neuf ans. Kevin et Mikey en avaient vingt et Sunny, à seize ans, était leur cadette à tous.

Leur petite bande s'était constituée par un beau soir de septembre, pendant la San Genarro, cette fête italienne qui se déroule sur Mulberry Street, dans Little Italy, au sud de Manhattan.

Que de temps s'était écoulé depuis! Quatorze ans, très précisément. Maintenant Nell et elle avaient trente et un ans, Gavin trente-trois et son frère Kevin trente-quatre. Oui, il s'était passé bien des choses, depuis lors!

34

On frappait à la porte. Rosie sursauta et se redressa sur sa chaise. Avant qu'elle n'ait eu le temps de prononcer une simple parole, la porte s'ouvrit à la volée et Fanny Leyland, l'une de ses assistantes, fit irruption dans la pièce.

« Excusez-moi de n'avoir pu assister au tournage de la dernière scène ! » s'exclama Fanny d'un ton volubile en s'approchant à grands pas du bureau dans un froufrou de jupes soyeuses.

Menue, tirée à quatre épingles, la jeune femme était pétrie de talent et débordante d'énergie, un vrai bourreau de travail.

Fanny vouait à Rosalind un véritable culte. Lui adressant un sourire navré, elle reprit :

« Figurez-vous que j'ai été accrochée par une actrice qui m'a tenu la jambe et dont je n'arrivais plus à me débarrasser. Vous n'avez pas eu trop besoin de moi, j'espère. »

Plantée devant le bureau, elle paraissait passablement ennuyée.

« Non, pas vraiment, mais demain il faudra à tout prix que tu viennes m'épauler, répondit Rosie. Il va falloir tout vider ici et emballer mes esquisses dans des cartons.

— Aucun problème. Val et moi nous allons rappliquer pour nous mettre à votre disposition, en bons esclaves que nous sommes, et tout sera prêt dès demain soir.

— Ne rêvons pas, s'esclaffa Rosie. Mais tu sais que tu vas énormément me manquer, Fanny ! J'ai beaucoup apprécié ta bonne humeur et ton inlassable énergie. Et quelle efficacité aussi ! Oui, tu m'es vraiment devenue indispensable, surtout que tu m'as beaucoup gâtée, il faut bien le reconnaître.

— N'exagérons rien ! Mais vous me manquerez beaucoup à moi aussi ! Pensez à moi, Rosalind, je vous en prie, si vous faites un autre film ou une autre pièce. Dès que vous m'appelez, j'arrive en deux temps trois mouvements, où que vous soyez. Je courrais jusqu'au bout du monde pour avoir de nouveau l'occasion de travailler avec vous. »

Rosie sourit à la jeune femme et hocha la tête en signe d'assentiment.

« Bien sûr, je ferai appel à toi pour m'aider à réaliser un autre projet, Fanny. Et je n'oublierai pas Val non plus. J'en serais enchantée. Vous êtes l'une et l'autre les meilleures assistantes que j'aie jamais eues.

35

– Oh, chouette, merci beaucoup. Ça me fait rudement plaisir de vous entendre dire une chose pareille. C'est super ! Au fait, si je n'ai pas pu venir tout à l'heure, figurez-vous que c'est à cause de Margaret Ellsworth. »

Fanny fit une petite grimace avant de reprendre ses explications.

« Elle veut à tout prix récupérer cette robe, vous savez, celle qu'elle a portée pour la scène du couronnement, à l'intérieur de l'abbaye de Westminster. Elle est prête à faire n'importe quoi pour l'avoir. »

Surprise, Rosie fronça les sourcils.

« Qu'est-ce qui lui prend, pour l'amour du ciel ? Pourquoi peut-elle vouloir cette robe médiévale ? Surtout qu'elle n'est même pas particulièrement jolie... En tout cas, ce n'est pas celle que j'ai le mieux réussie, bien que j'aie eu un mal de chien à la dessiner.

– Vous savez comment elles sont, ces actrices. C'est vraiment une race à part. Enfin, certaines d'entre elles en tout cas, marmonna Fanny entre ses dents. Heureusement, il y en a qui sont très bien, et ce sont les plus nombreuses, Dieu merci !

– C'est vrai, convint Rosie. Quoi qu'il en soit, le mieux c'est que tu discutes de ce problème avec Aïda. Si les producteurs acceptent de vendre cette robe, ou même de la donner à Maggie, c'est leur problème, après tout. Moi, je n'y vois aucun inconvénient. Cette robe ne m'appartient pas et je ne tiens pas le moins du monde à la conserver dans mes réserves. Tu ferais peut-être mieux d'aller voir Aïda dès maintenant. Règle ça avec elle et reviens ici aussitôt que possible. Je voudrais bien commencer dès cet après-midi à dresser le catalogue de mes esquisses.

– D'accord, je reviens dans une minute. Val va arriver d'un moment à l'autre. Elle est allée voir les costumes dans la garde-robe. A nous trois, on aura vite expédié ça. »

Sitôt dit, Fanny tourna les talons et sortit en trombe, refermant la porte avec une telle violence derrière elle que les lampes se mirent à trembler au plafond.

Rosie réprima un sourire et saisit le téléphone en secouant la tête. Un phénomène vraiment à part, cette Fanny. La séparation allait lui paraître dure, et Val allait bien lui manquer, elle aussi.

Elle consulta son répertoire téléphonique et trouva le numéro qu'elle cherchait. Il fallait qu'elle contacte sans tarder les producteurs de Broadway qui voulaient monter leur nouvelle comédie musicale. Elle jeta un coup d'œil à sa montre.

Trois heures et demie de l'après-midi ici, en Angleterre... Cinq heures de décalage horaire... il était dix heures et demie du matin à New York : le moment idéal pour appeler là-bas.

3

Près de trois cents personnes avaient été invitées à la soirée d'adieu, et dès que Rosie apparut dans l'embrasure de la porte, elle eut la nette impression que tout le monde avait décidé de venir s'y montrer.

La totalité des techniciens et l'ensemble des acteurs se trouvaient là, de même que les producteurs et un nombre non négligeable de gens venus de l'extérieur, ceux qui n'avaient de rapport avec le film que par l'intermédiaire d'un conjoint ou d'un parent et que les producteurs avaient inclus sur la liste de leurs invités dans un pur souci de courtoisie.

Le verre à la main, tous parlaient avec animation, serrés au coude à coude dans le plus vaste des studios d'enregistrement de Shepperton, à l'endroit même où l'on avait reconstitué la grande salle du château de Middleham.

Avançant de quelques pas pour se mêler à la foule, Rosie constata que le plateau avait été quelque peu modifié depuis le tournage de la dernière scène, quelques heures plus tôt. On avait enlevé les meubles de style médiéval et installé dans un coin une estrade destinée à un petit ensemble de musiciens qui jouaient des airs à la mode. En outre, les traiteurs avaient dressé une grande table qui occupait toute la longueur de la pièce.

Les nappes blanches empesées étaient recouvertes d'amuse-gueule variés : les canapés au saumon d'Écosse, fumé ou poché, et les tranches de poulet et de dindes, de jambon braisé, de gigot et de rôti de bœuf côtoyaient les salades en tous genres et les assortiments de fromages venus du continent. Quant aux desserts, ils comprenaient aussi bien les pâtisseries françaises que la mousse au chocolat à la crème fouettée, les salades de fruits ou les diplomates à la sauce anglaise.

On avait également aménagé en comptoirs deux tables derrière lesquelles s'affairait une alignée de barmen, tandis que des douzaines de serveuses et de serveurs allaient d'un groupe à l'autre en offrant sur des plateaux à manger et à boire.

Comme l'un d'eux passait à sa portée, Rosie saisit au vol une coupe de champagne, remercia et s'enfonça dans la foule, espérant y trouver Aïda ou ses assistantes, Fanny et Val.

En quelques secondes, elle repéra la productrice qui discutait avec l'un des patrons du studio. Dès qu'Aïda aperçut Rosie, elle s'excusa auprès de son interlocuteur et s'avança vers elle.

Une fois les salutations échangées, Rosie s'exclama :

« Eh bien, voilà une soirée d'adieu qui me paraît tout à fait réussie! Félicitations.

— Mais, moi, je n'ai absolument rien fait, protesta Aïda avec modestie. Je me suis contentée de décrocher le téléphone pour appeler le traiteur. »

Rosie ne put s'empêcher de sourire.

« Allons, allons, c'est quand même vous qui avez eu l'idée de cette soirée. C'est déjà énorme. Ah, au fait, qu'est-ce que vous avez prévu pour tout à l'heure ? »

Aïda la fixa un moment sans comprendre.

« Comment cela, ce que j'ai prévu ?

— Rappelez-vous, la semaine dernière, pendant que nous déjeunions, vous m'avez dit que vous envisagiez quelque chose de spécial, quelque chose qui cadrerait avec la nuit des feux de joie, au cours de la soirée d'adieu.

— Et si on brûlait une effigie de Margaret Ellsworth ? suggéra Fanny à mi-voix en venant se poster à côté d'elles, escortée par Val.

— Quelle langue de vipère elle a, cette petite », s'offusqua Rosie, d'un ton amusé qui démentait la sévérité de ses propos.

Une lueur ironique brillant au fond de ses prunelles, elle adressa un clin d'œil à la productrice et demanda :

« Alors, qu'avez-vous fait pour cette histoire de robe médiévale ? Vous l'avez vendue à Maggie ? »

Aïda secoua négativement la tête.

« Non, expliqua-t-elle, je la lui ai donnée. Mais j'ai beau me creuser la cervelle, je n'arrive pas à imaginer pour quelle raison elle a voulu cette robe.

— Peut-être est-ce pour jouer lady Macbeth, suggéra Fanny. C'est un rôle qui lui irait comme un gant.

— Moi, je la verrais plutôt en vampire, renchérit Val, roulant les yeux en direction du plafond pour simuler l'horreur. Personne ne pourrait faire ça mieux qu'elle.

— Eh bien, je vous remercie du fond du cœur, toutes les trois, dit Rosie. Maintenant, je n'ai plus beaucoup d'illusions à me faire sur mes costumes.

— Tes costumes sont toujours formidables, les plus sensationnels de tous », intervint Gavin qui, arrivé derrière elle, venait de poser une main sur son épaule.

Il resserra les doigts, d'un geste affectueux, avant d'ajouter à mi-voix avec un petit rire :

« Regarde qui j'amène dans mon sillage. »

Rosie pivota aussitôt sur ses talons, les yeux soudain agrandis, et se trouva nez à nez avec Nell, impeccablement maquillée, et coiffée à la perfection. Elle avait l'air de sortir d'une boîte, avec son élégant tailleur noir et son collier de perles étincelantes.

« Tu as réussi à te libérer, Nelly ! » s'exclama Rosie d'un ton ravi.

Les deux femmes, qui étaient amies depuis de nombreuses années, s'embrassèrent avec fougue et quand elles se furent enfin séparées, Nell déclara :

« Comment aurais-je pu ne pas venir à cette soirée d'adieu ? Après tout, c'est aussi un peu mon film, non ?

— Ça, c'est vrai, approuva Aïda en s'avançant d'un pas pour serrer la main de Nelly. Bienvenue parmi nous.

— Merci, Aïda, et je dois dire que cela me fait rudement plaisir de vous revoir tous », répondit Nelly en adressant à la ronde un sourire chaleureux qui incluait Fanny et Val.

Les assistantes de Rosie lui rendirent son sourire et la saluèrent avec beaucoup de bonne grâce. Puis elles s'éclipsèrent discrètement.

Aïda ne tarda pas à les imiter, expliquant :

« Bon, je vais jeter un petit coup d'œil sur ce qui se passe. Et demander à cet orchestre de nous jouer quelque chose d'un peu plus entraînant. Ah, au fait, à propos de cette nuit des feux de joie, Rosie, j'ai fini par trouver la solution. Mais c'est une surprise. A tout à l'heure. »

Là-dessus, elle s'éloigna prestement.

Gavin prit deux verres de vin blanc sur le plateau d'une serveuse qui passait à proximité et en tendit un à Nell. Puis ils se mirent tous les trois à l'écart, dans un coin du studio où régnait une tranquillité relative.

Rosie saisit le bras de Nell avec beaucoup d'affection.

« Ça me fait drôlement plaisir de te voir, tu sais. Quand es-tu arrivée à Londres ?

— Tout à l'heure. Je viens de Paris.

— Ah bon ? Et que faisais-tu à Paris ?

— J'ai eu une réunion de travail ce matin. J'y suis arrivée hier soir, de New York, après avoir pris un Concorde d'Air France... en compagnie de Johnny Fortune. Il venait pour le concert qu'il va donner au printemps prochain. Les Français sont fous de lui, tu sais. Il fallait que nous voyions l'imprésario ensemble, mais une fois que tout a été réglé, dès la fin de la réunion, je me suis précipitée à l'aéroport afin de prendre le premier avion pour Londres.

— Tu restes combien de temps ? demanda Gavin.

— Pas plus de deux ou trois jours. Johnny doit me rejoindre jeudi matin. Il a un concert au Royal Albert Hall samedi soir, alors vous voyez que j'ai du pain sur la planche. Ensuite, je repars pour New York, aussitôt après que j'aurai vu la tante Phyllis, lundi ou mardi sans doute.

— Ce que je suis contente qu'on puisse se rencontrer ici ! murmura Rosie. J'aurais vraiment été désolée de te manquer. Nous nous voyons trop peu en ce moment et je me réjouis de savoir que nous allons passer quelques jours ensemble.

— Et moi donc, ma chérie. Mais nous allons nous voir tant et plus, rassure-toi. Et pour commencer, avant que j'oublie, voici une clé de mon appartement de New York. »

41

Tout en parlant, Nelly fourrageait dans son sac dont elle sortit une clé qu'elle tendit à Rosie.

« Tu connais les règles en vigueur là-bas : fais comme chez toi et ne lève pas le petit doigt. Laisse Maria se charger de tout, elle s'occupera de toi à la perfection.

– Merci, Nelly », dit Rosie en rangeant soigneusement la clé dans son sac à main.

Les deux jeunes femmes se mirent alors à parler de ce qu'elles allaient faire lorsque Rosie serait à New York, et Gavin se mit un peu à l'écart pour leur permettre de discuter ensemble tranquillement pendant quelques minutes.

Adossé à un mur, il dégusta lentement son verre de vin, en se disant qu'il espérait voir sa foulure s'améliorer bientôt.

Il avait d'abord décidé de ne pas mettre sa minerve pour assister à la soirée car cet encombrant accessoire lui interdisait le port d'une cravate. Pourtant, à la dernière minute, il avait dû se raviser car la douleur ne le quittait pas un seul instant, ce qui ne manquait pas de l'inquiéter quelque peu. Il avait alors opté pour un costume un peu moins cérémonieux que celui qu'il mettait d'habitude en pareille circonstance, choisissant une chemise de soie bleu marine, ouverte au col, un pantalon gris en tissu léger et une veste de cachemire, bleu marine elle aussi ; ces vêtements étaient fort agréables à porter et il se sentait assez à l'aise en dépit de cette minerve qui lui emprisonnait le cou.

Tout en buvant son vin à petites gorgées, il observait à la dérobée Rosalind Madigan, qui était sa meilleure amie et son unique confidente. Plus tôt dans la journée, il l'avait trouvée pâle et très fatiguée, et c'était là une des raisons pour lesquelles il avait tenté de la dissuader d'entreprendre quoi que ce soit si peu de temps après l'achèvement de *Kingmaker*. Et voilà que maintenant, il la voyait toute ragaillardie, avec un teint on ne peut plus resplendissant. Les cernes noirs avaient disparu sous ses yeux et ses joues arboraient une jolie couleur rose. Il fut heureux de constater cette miraculeuse résurrection mais il ne tarda pas à en deviner les raisons.

Elle avait recouru aux services de la maquilleuse. C'est pour cela que maintenant sa peau affichait ce merveilleux teint de pêche qui lui allait si bien. Katie Grange, la responsable du département du maquillage, n'avait pas sa pareille pour donner aux actrices surmenées une merveilleuse apparence de santé et de jeunesse. Manifestement, Katie avait déployé tous ses talents et, à grand renfort de cosmétiques, elle avait réussi à dissimuler les marques de fatigue et d'inquiétude qui avaient donné au visage de Rosie ce teint blême et ces traits tirés que Gavin déplorait depuis quelque temps.

Et elle est certainement allée aussi chez le coiffeur, continua-t-il en son for intérieur, se penchant imperceptiblement en avant pour mieux voir Rosie. Elle avait des cheveux magnifiques, d'un brun tirant sur le roux, qui retombaient sur ses épaules en vagues satinées et chatoyantes. L'œil exercé de Gavin devinait sans peine qu'elle les avait confiés aux mains expertes de Gill Watts, le coiffeur des studios Shepperton.

Tant mieux, après tout, si Rosie avait pu tirer quelque bénéfice de l'intervention de ces spécialistes ; Gavin ne pouvait manquer de s'en réjouir pour elle. Il y avait des mois qu'il ne l'avait pas vue aussi belle, malgré cette robe de laine qu'elle avait cru bon d'arborer pour la circonstance. Gavin n'aimait pas du tout la couleur de cette robe, bien que la coupe en fût irréprochable. Elle était beaucoup trop sombre à son goût. Gris foncé, quelle erreur !

Au fond, c'était normal. Rosie était tellement occupée à dessiner des costumes pour les autres qu'elle n'avait plus le temps de songer à ses propres toilettes. Lui, ce qu'il aimait, c'étaient les couleurs vives dont elle se parait autrefois, au temps de son adolescence : le rouge écarlate, le jaune, le bleu et aussi le vert, quelle qu'en fût la nuance, car il mettait en valeur la couleur de ses grands yeux émeraude, si expressifs.

Gavin étouffa un soupir en songeant aux multiples problèmes que Rosie devait sans cesse affronter, tous ces fardeaux dont elle avait cru bon de s'encombrer au cours de ces dernières années. Il y en avait beaucoup trop pour une seule personne ! Il ne cessait de le lui répéter, mais elle ne voulait jamais l'écouter, le faisant taire d'un ton qui mettait aussitôt fin à la discussion.

Confusément, tapie dans un coin de son esprit, une pensée le taraudait sans cesse : lui aussi, il devait faire siens ces problèmes, là se trouvait son devoir, un devoir dicté par l'amour et par la tendresse. Mais elle repoussait son aide et refusait l'argent qu'il lui proposait. Pourtant, Dieu sait s'il en avait gagné avec ses films au cours de ces dernières années. A quoi cela lui servait-il d'emplir ainsi son bas de laine s'il ne pouvait même pas faciliter la vie d'un être cher ? Il regrettait vraiment cette intransigeance qui ne faisait que compliquer une existence déjà bien difficile à gérer.

Ces refus répétés qu'elle lui opposait avaient fait naître en lui un sentiment de frustration profond et permanent qui se prolongeait, d'une manière presque viscérale, en une rancune sourde à l'égard de ces gens exaspérants qu'elle s'obstinait à considérer comme des membres de sa famille. Des parasites, tous autant qu'ils sont, se dit-il soudain, saisi d'un brusque accès de colère.

Rosie était trop bonne pour eux. Cela ne faisait pas l'ombre d'un doute !

Rosalind Madigan était la femme la plus délicieuse et la plus charitable qu'il eût jamais connue. Il n'y avait pas en elle le moindre atome qui ne fût imprégné de bonté ou de générosité. Elle ne prononçait jamais la moindre remarque désobligeante à l'égard de qui que ce fût et s'efforçait toujours de venir en aide à ceux qui avaient eu moins de chance qu'elle.

Au fond, c'est là que se trouve le nœud du problème, se dit Gavin. Elle est beaucoup trop bonne, et cela lui complique singulièrement l'existence. Et depuis l'adolescence elle a toujours été ainsi, ne voyant que le bon côté des gens et s'attendant toujours à ce qu'ils donnent le meilleur d'eux-mêmes. Décidément, elle ne changerait jamais. A-t-on déjà vu un léopard se dépouiller des taches qui constellent son pelage ?

Pour Gavin, Rosie était le type même de la jeune Américaine. Une rose épanouie au sommet d'une haute tige. Belle et resplendissante. Car elle était belle, Rosie. Et pleine de vitalité, d'enthousiasme, d'intelligence. C'était ce qu'il aimait le plus en elle, son enthousiasme et son intelligence. Il pouvait aborder tous les sujets avec elle, elle comprenait toujours où il voulait en venir, et son enthousiasme ne faisait que rehausser encore davantage ses capacités de compréhension.

Elle n'était jamais fatiguée. Jamais il n'avait vu quelqu'un manifester une telle vitalité, une telle connaissance des milieux les plus variés et des problèmes les plus complexes. Et malgré l'étendue de ses connaissances et la diversité des expériences auxquelles elle avait été confrontée, elle ne faisait jamais preuve du moindre cynisme. A aucun moment, il ne l'avait vue blasée ou désabusée.

C'était là une attitude tout à fait exceptionnelle pour quelqu'un de si étroitement mêlé à ce monde frelaté, impitoyable, cruel et hypocrite qu'est l'univers du show-business.

S'apercevant soudain qu'il l'avait peut-être observée avec une attention trop visible, Gavin orienta ses regards en direction de Nell Jeffrey. Bien qu'elle fût de taille moyenne, un mètre soixante-cinq environ, Rosie faisait l'effet d'une véritable géante à côté de Nell, qui était beaucoup plus petite et d'une ossature infiniment plus fragile.

Gavin la comparait souvent à une minuscule poupée en porcelaine, avec son teint rose et blanc, si typiquement britannique, et ses cheveux d'un blond cendré. Pourtant, il n'ignorait pas que cette apparence fluette cachait une ténacité indomptable ainsi que l'esprit le plus fin qu'il eût jamais eu l'occasion de rencontrer, sans oublier une obstination hors du commun qui confinait parfois à l'entêtement.

Oui, c'est un sacré phénomène, notre petite Nell, pensait-il en l'observant discrètement, l'œil au ras du bord supérieur de son verre.

Il l'avait connue quatorze ans plus tôt, lorsqu'elle était venue pour la première fois de Londres à New York et depuis cette date, Nell avait effectué un parcours sans faute, devenant l'une des plus brillantes et des plus prestigieuses publicitaires d'Amérique. Outre qu'elle défendait les intérêts de Johnny Fortune, le chanteur de bel canto le plus représentatif et le plus célèbre des années quatre-vingt-dix, elle promouvait également la carrière de Rosie et celle de Gavin lui-même, multipliant ses efforts pour faire connaître les films auxquels ses amis participaient. Mais elle dirigeait également le département des relations publiques d'une prestigieuse société cinématographique de Hollywood et comptait dans sa clientèle un grand nombre de stars, de scénaristes, de metteurs en scène et de producteurs, sans oublier une bonne poignée de romanciers dont on s'arrachait les best-sellers aux quatre coins de l'univers.

Après avoir travaillé pour plusieurs sociétés de relations publiques de New York, ce qui lui avait permis d'apprendre le métier et d'en assimiler toutes les ficelles, Nell s'était mise à son compte à l'âge de vingt-sept ans. En quatre ans, sa société s'était développée au-delà de toute espérance et maintenant Nell possédait des succursales à New York, à Los Angeles et à Londres.

Pourtant malgré ses indiscutables succès commerciaux, Nell avait une vie personnelle aussi peu gratifiante et aussi mal remplie que celle de Rosie. Le plus grand espoir de Gavin était que les deux femmes finiraient un jour par trouver enfin l'homme de leur vie.

Gavin but une longue gorgée de chablis, sincèrement surpris que cette idée lui eût traversé l'esprit. Comment pouvait-il en arriver à formuler de tels souhaits ? Surtout lui !

Tous les problèmes de Nell provenaient de Mikey. Depuis longtemps, Gavin était conscient qu'elle ne s'était jamais vraiment remise de la liaison qu'elle avait eue depuis l'adolescence avec Mikey, et quand il s'était pour ainsi dire évaporé dans la nature deux ans plus tôt, elle avait décidé de tirer un trait définitif sur ses rapports avec les hommes.

Pour Rosie, il en allait différemment.

En un sens, ses problèmes personnels étaient beaucoup plus graves que ceux de Gavin ou de Nell. Mais il n'avait pas envie d'y penser pour l'instant.

Déjà complexe de nature, Rosie avait en outre le don de s'engluer dans des complications sans nombre qui trouvaient toutes leur origine dans le type d'existence qu'elle avait choisi de mener. Bien sûr, elle refusait obstinément d'admettre qu'il en fût ainsi, de même s'esclaffait-elle à l'idée de passer pour un être complexe. Mais lui, Gavin, savait à quoi s'en tenir.

Nell l'arracha soudain à ses pensées en s'exclamant :

« Tu as l'air vraiment songeur, dis donc ! Évidemment, je sais bien qu'on est toujours un rien mélancolique quand un film vient de se terminer, mais étant donné les circonstances, tu devrais plutôt éprouver un certain soulagement... Car enfin, comme producteur exécutif tu dois te dire : Ouf ! le dernier coup de manivelle a été donné. Il n'y a plus de catastrophe à redouter. Enfin ce genre de truc. Tu n'es pas d'accord ? »

Elle levait vers lui un sourcil interrogateur.

Gavin hocha la tête en signe d'assentiment.

« Oh, pour être soulagé, je le suis, Nell, tu peux me croire. En fait, ce n'est pas au film que je pensais. Pour être très franc, c'est vers vous deux qu'allaient mes préoccupations. Je me disais qu'il était vraiment dommage que vous ne vous soyez pas trouvé des types bien, pour fonder une famille...

— Ah non, merde alors! Tu vas pas remettre ça sur le tapis! s'indigna Nell en marquant un léger mouvement de recul. Je suis très heureuse comme ça, moi, ajouta-t-elle en coulant vers lui un regard en biais. Merci beaucoup.

— Moi aussi, Gavin, renchérit Rosie. Alors, je t'en supplie, cesse de nous rebattre les oreilles avec tes obsessions.

— Oh, moi, ce que j'en disais, c'était pour vous, hein? Il n'y a vraiment pas de quoi en faire un drame si je me tourmente à votre sujet, un peu comme le ferait un frère aîné. »

Nell lui adressa un large sourire et affirma d'un ton péremptoire :

« Je sais que tu nourris les meilleures intentions du monde à notre égard, Gavin, et que tu nous aimes plus que quiconque. Seulement, vois-tu, nous sommes tout à fait capables de mener notre barque toutes seules. Nous sommes de grandes filles, tu sais! Allez, amène-toi. On va essayer de trouver quelque chose à boire et après on ira se plonger au sein de cette cohue. »

Elle lui décocha un clin d'œil moqueur, ajoutant avec une petite grimace malicieuse :

« Qui sait, il y a peut-être une âme sœur à dénicher au cœur de la mêlée, non? »

Il rit de bon cœur, imité par Rosie.

« OK, dit-il, allons-y. De toute manière, j'ai envie de circuler un peu. Les techniciens et les acteurs ont été tellement formidables que je meurs d'envie de trinquer et d'échanger quelques mots avec eux. Il faut à tout prix que je les remercie personnellement à tour de rôle. »

La surprise qu'Aïda avait préparée pour commémorer la nuit des feux de joie n'était autre qu'un feu d'artifice en bonne et due forme.

Il commença à neuf heures, une fois le souper terminé, et fut tiré dans la cour qui s'étendait à l'arrière des studios. Tous les invités sortirent pour admirer le spectacle, applaudissant et s'exclamant bruyamment chaque fois qu'un effet spécial illuminait le ciel. Tourniquets, cascades et chutes d'eau, gerbes de fleurs, arcs-en-ciel, chutes de neige et parasols multicolores se succédèrent sans interruption, emplissant la voûte céleste de leurs motifs délicats et complexes. Ce fut un conte de fées splendide et enthousiasmant, un festival de couleurs et de lumières qui se poursuivit pendant plus de vingt minutes.

Mais le moment le plus spectaculaire, ce fut le bouquet, quand le titre du film apparut en lettres lumineuses au sommet d'une structure géante. Et juste après *Kingmaker,* chacun put lire « Merci, Gavin ».

Quand la nouvelle salve d'applaudissements et d'acclamations enthousiastes provoquée par cette apparition se fut calmée, la voix limpide d'un baryton entonna : « *For he's a jolly good fellow* * » et toute l'assistance se joignit à elle aussitôt.

Rosie, qui elle aussi avait repris les paroles, savait que la sincérité de chacun était totale et sans réserve, et elle prononça chaque mot en y mettant toute son âme et tout son cœur.

« Tu n'as pas l'impression, toi, que le ménage de Gavin ne tourne pas très rond en ce moment ? » demanda Nell en adressant à Rosie un regard pénétrant.

Rosie fut si déconcertée par cette question posée à brûle-pourpoint, qu'elle faillit en lâcher sa tasse de thé. Elle fixa longuement sur son amie un regard chargé d'une interrogation muette. Quand elle eut enfin retrouvé sa voix, elle articula :

« Mais qu'est-ce qui peut t'amener à dire une chose pareille ? »

Cette fois, ce fut Nell qui resta silencieuse. Elle se cala contre le dossier du canapé d'un air songeur.

Rosie continuait de l'observer dans l'attente d'une réponse.

La nuit était déjà fort avancée : une heure du matin avait sonné depuis longtemps et les deux femmes se reposaient dans la suite de

---

* Chanson entonnée en chœur par l'assistance lorsque quelqu'un est à l'honneur. Les paroles signifient : « Car c'est un type formidable, oui vraiment un type formidable, et cela personne ne peut le nier » (variante américaine) *(N.d.T).*

Rosie, à l'hôtel Athenaeum de Piccadilly. Gavin et la quasi-totalité des Américains qui travaillaient au film y étaient également installés depuis plusieurs mois et Nell avait l'habitude de descendre dans cet hôtel chaque fois qu'elle venait à Londres.

Elles étaient revenues de la soirée d'adieu dans la limousine de Gavin et il était monté avec elles dans la suite de Rosie pour prendre un dernier verre. Mais il était reparti depuis plus d'une heure, faisant valoir qu'il était à bout de forces. Indiscutablement, il paraissait épuisé, il avait les traits tirés et le teint blême. Il ne supportait plus la minerve qui lui emprisonnait le cou.

« Il faut que j'enlève cette saleté tout de suite. Je vais prendre un ou deux cachets pour calmer la douleur et me mettre au lit sans tarder », avait-il murmuré en prenant congé.

Rosie et Nell avaient continué de parler longuement, échangeant les dernières nouvelles sur leurs relations communes. Quelques minutes plus tôt, Rosie était allée dans la kitchenette, au bout du salon, pour préparer un peu de thé.

La tasse serrée entre les doigts de ses deux mains jointes, elle fixait le visage de Nell.

« Qu'est-ce qui te fait penser une chose pareille, Nell ? Pourquoi le ménage de Gavin courrait-il le moindre danger ? demanda-t-elle à nouveau. Pourquoi ? »

Nell la regarda bien en face et expliqua lentement, à voix basse :

« Louise n'est pas venue à la soirée d'adieu. C'est la première fois qu'elle fait un coup pareil. Voyons, tu es bien d'accord, elle a toujours assisté à ses soirées d'adieu, que ce soit à New York, Los Angeles, ou n'importe où dans le monde.

— Mais il fallait qu'elle retourne en Californie, riposta Rosie, afin de tout préparer pour Noël.

— Noël ! Mais enfin, voyons, nous ne sommes qu'au début novembre !

— Bon, alors c'était peut-être pour Thanksgiving, je ne me rappelle pas vraiment. De toute façon, elle est venue à Londres des tas de fois, elle n'a jamais hésité à prendre l'avion pour faire la navette entre Londres et Los Angeles. Je suis sûre que tout va très bien entre eux. D'ailleurs, elle a ses obligations professionnelles, elle aussi.

— Quelles obligations professionnelles ? A part les réunions des organisations caritatives, elle ne fait rien de ses dix doigts. »

Le dédain qui transparaissait sous les propos de son amie éveillèrent l'attention de Rosie, qui fixa Nell d'un œil attentif.

« Non mais, tu n'aurais pas tendance à la déprécier un tant soit peu, par hasard ?

— Et après ? Figure-toi que je n'ai aucune espèce de sympathie pour Louise Ambrose, et cela remonte au premier jour où nous nous sommes rencontrées, elle et moi, quand elle est venue tourner autour de Gavin. Je me demande encore ce qu'il a trouvé en elle à ce moment-là, et ce qu'il lui trouve maintenant. On ne peut vraiment pas dire qu'elle se soit améliorée avec l'âge. Pour moi, elle n'a fait qu'empirer. Si tu veux mon avis, cette femme est d'un ridicule achevé et je ne comprendrai jamais comment ils peuvent rester unis l'un à l'autre. Non, jamais. De toute façon, c'est toi que Gavin aurait dû épouser.

— Arrête, Nelly. Ne remets pas cette rengaine sur le tapis à une heure pareille. Tu sais très bien que quand Gavin et moi nous avons vécu cette amourette, nous n'étions l'un et l'autre que des gosses, bon sang !

— Il est encore amoureux de toi. »

L'expression de Rosie se fit plus intense, puis elle explosa : « Alors là, tu dérailles complètement. Il n'est pas plus amoureux de moi que je ne le suis de lui.

— Tu veux parier ?

— Pas le moins du monde.

— Tu as peur de la vérité, Rosie chérie.

— Pas du tout. Mais permets-moi de te dire que tu es complètement à côté de la plaque, Nelly. Complètement. J'ai travaillé pendant neuf mois, vingt-quatre heures sur vingt-quatre, ou presque, avec Gavin, alors j'ai quand même l'impression que s'il était amoureux de moi je m'en serais aperçue. Quant à cette aventure que nous avons eue ensemble à New York, nous étions tellement jeunes qu'il s'agissait en fait d'une simple passade, rien de bien sérieux en tout cas.

— Allons, ne raconte pas d'histoire à la Petite Nell, Bel Ange. C'est toujours ainsi qu'il t'appelle, n'est-ce pas ? Mais revenons à nos moutons. J'ai l'œil, pour ces choses-là, tu sais, et on ne me la fait pas à moi. Tu étais amoureuse de lui, Rosie Madigan, en tout cas c'est ce que tu me disais à l'époque, pour le cas où tu l'aurais oublié. Moi, je me souviens très bien que tu étais folle de lui, à tel point que tu avais complètement perdu la notion des réalités. Et pour Gavin, c'était exactement la même chose. Il t'aimait comme un fou à l'époque et il t'aime encore comme un fou maintenant.

– Tu délires complètement. Mais enfin, voyons, si c'était vrai, je le saurais, non ?

– Mais non, pas du tout ; tu t'es beaucoup trop impliquée dans tes relations avec ces maudits Frenchies !

– Ah non, je t'en prie, Nell. Pas maintenant ! Je suis crevée, dit Rosie d'un ton presque suppliant.

– Moi aussi. Écoute, pour en revenir à mon point de départ, je pense vraiment que Gavin n'est pas heureux avec Louise.

– Et moi, je suis persuadée qu'il est très épris d'elle. J'ai été avec eux pendant le tournage du film, pratiquement en permanence, beaucoup plus que toi en tout cas. Il adore Louise et son comportement envers elle ne s'est aucunement modifié depuis leur mariage.

– Qu'est-ce que ça prouve ? N'oublie pas que c'est un acteur. »

Rosie fronça les sourcils mais elle ne fit aucun commentaire. Au bout d'un moment, elle déclara d'une voix résolue :

« Tu ne m'as toujours pas donné le moindre argument pour étayer ta thèse selon laquelle leur couple serait en danger. »

Elle marqua une courte pause et reprit :

« Y a-t-il quelque chose que tu saches et que moi j'ignore ?

– Non, pas du tout. Bon, eh bien, n'en parlons plus ! » rétorqua Nell avec un peu trop de vivacité.

Elle haussa les épaules et adressa à Rosie un sourire à peine esquissé et un peu contrit.

Un silence s'installa entre elles, que Nell ne tarda pas à rompre :

« Non, vois-tu, c'est seulement une impression que j'avais, Rosie. Comme j'avais commencé à te l'expliquer tout à l'heure, il m'a paru étrange qu'elle ne soit pas là ce soir. Dieu sait, et moi aussi, que d'histoires elle a faites les autres fois pour être présente, quoi qu'il en coûte, aux soirées organisées à l'occasion de la fin du tournage d'un film. »

51

Nell secoua la tête d'un air pénétré avant de reprendre :

« C'en était même incroyable! En fait, si j'ai pensé à elle ce soir, c'est parce que son absence crevait littéralement les yeux. Enfin, tu la connais : il n'y a qu'elle pour venir au studio lui prodiguer ses encouragements, en coulisses ou même au milieu du plateau. Vaniteuse comme elle l'est, il faut toujours qu'elle se mette en vedette, sous le feu des projecteurs. A plus forte raison quand il s'agit d'un film comme *Kingmaker*, dont la réalisation va figurer dans les annales. Elle ne pouvait pas rater une occasion pareille de se faire valoir en venant le caresser dans le sens du poil. »

Reconnaissant que cet argument ne manquait pas de poids, Rosie hocha la tête. Puis elle énonça avec une lenteur calculée :

« N'empêche que ça me paraît encore bien léger pour affirmer qu'ils ont des problèmes dans leur couple, tu ne crois pas? »

Nell laissa échapper un léger soupir puis elle secoua la tête :

« Ce n'est pas mon avis. Mais, comme je l'ai dit tout à l'heure, ne parlons plus de cette histoire, Rosie. Je me fais sûrement des idées. »

Nell bondit sur ses pieds avec détermination et ajouta d'une voix ferme :

« Il vaut mieux que je te laisse te coucher.

— Oui, surtout qu'il va falloir que je me lève de bonne heure », murmura Rosie en posant sa tasse sur la table avant de se lever.

Elles traversèrent le salon côte à côte; Rosie ouvrit la porte et se tourna vers Nell.

« Gavin n'a aucun problème avec sa femme, je peux te le garantir en toute sincérité. Je te jure que je suis bien placée pour le savoir. »

Faux, se dit Nell; tu serais incapable de distinguer l'arbre de la forêt. De toute façon, ce n'est pas Gavin qui pourrait te dire ce qu'il ressent. Il en serait bien incapable lui aussi!

Elle se pencha vers Rosie et l'embrassa sur la joue.

« Bonne nuit. Je te verrai demain. Je vais aux studios voir les clichés que le photographe de plateau a pris la semaine dernière. J'y resterai toute la journée, car j'en profiterai pour voir avec l'attaché de presse quels articles on pourrait faire au sujet de *Kingmaker*.

– On pourrait peut-être déjeuner ensemble au studio ?

– Avec joie, Rosie. Bonne nuit.

– Dors bien, Nell. »

Rosie referma la porte et partit lentement vers sa chambre en repassant dans son esprit les propos extravagants de son amie.

4

Un soleil superbe brillait sur la ville.

Pas le moindre nuage dans le ciel bleu et le soleil avait beau n'être pas très chaud, en cette fraîche journée de début novembre, il apparaissait comme un disque d'or resplendissant qui conférait à cette matinée dans Park Avenue un charme et une joie de vivre tout à fait inespérés.

Rosie avançait d'un pas alerte, heureuse d'être de retour à New York, la tête emplie d'une foule de souvenirs. Agréables dans l'ensemble, si bien que les problèmes qui la préoccupaient s'en trouvaient, au moins temporairement, relégués au second plan ; ils s'étaient estompés comme par miracle dès l'instant où elle avait posé le pied sur le sol américain. Et maintenant, elle était décidée à profiter au maximum des quelques semaines qu'elle allait passer ici. Rien ne pouvait gâcher le plaisir qu'elle éprouvait à se retrouver dans sa ville natale.

Elle était arrivée quelques heures plus tôt de Londres, à bord du Concorde, après avoir franchi l'Atlantique en trois heures quarante minutes. C'est Gavin qui avait insisté pour lui offrir son billet, l'obligeant presque à accepter ce présent. Comme à l'accoutumée, lorsqu'il lui proposait son aide, elle avait manifesté quelque réticence, pour le principe, mais maintenant, elle était heureuse de s'être laissé convaincre. Il lui avait dit que le Concorde n'était pas un luxe mais une nécessité, étant donné les contraintes horaires auxquelles ils étaient soumis dans leur métier ; elle ne pouvait que reconnaître le bien-fondé de son argument.

L'avion avait atterri à neuf heures et demie ; franchissant sans encombre les contrôles de la douane et de la police, Rosie avait pris un taxi pour se rendre à l'appartement de Nelly, au carrefour de Park Avenue de la Quatre-Vingtième Rue, et à onze heures et demie, elle avait déjà déballé toutes ses affaires, refait son maquillage et dégusté la tasse de thé que la gouvernante de son amie avait préparée à son intention, insistant pour qu'elle prenne quelque chose de chaud avant d'aller affronter les rigueurs de l'automne new-yorkais.

Craignant le froid, Rosie avait abandonné son tailleur noir et le manteau assorti pour enfiler un ensemble pantalon en loden vert et un pull à col roulé lie-de-vin, se chaussant de ses bottines de cow-boy favorites, de merveilleuses Lucchese en cuir de Cordoue d'un brun-rouge superbe. Elle s'était ensuite drapée dans une cape autrichienne, style bandit de grand chemin, une sorte de pèlerine longue et ample qu'elle avait achetée à Munich quelques années plus tôt et qu'elle avait fait doubler de cachemire pour la rendre encore plus chaude.

Pourtant, ce qu'elle appréciait le plus dans cette cape, c'était l'allure romantique qu'elle lui donnait et aussi une sorte de vitalité qui s'emparait d'elle aussitôt qu'elle l'endossait.

Admirablement équipée pour lutter contre le froid, elle avait quitté l'appartement dans la ferme intention de héler un taxi, mais l'air vif lui avait paru si agréable après être restée enfermée dans l'atmosphère confinée de l'avion qu'elle avait finalement décidé de partir à pied.

Elle s'arrêta un moment avant de s'engager dans Park Avenue.

L'air était si limpide que rien n'arrêtait le regard jusqu'au building de la Pan Am, là où la grande artère aboutissait à la gare de Grand Central. Bien qu'elle eût choisi de résider à Paris, Rosie adorait New York, cette ville gracieuse et élégante, lumineuse et belle. Une ville unique au monde, qu'aucune autre cité ne pouvait égaler.

Quelques heures plus tôt, quand elle était arrivée de l'aéroport Kennedy, le chauffeur de la limousine avait décidé de pénétrer dans Manhattan par le pont qui aboutit à la Cinquante-Neuvième Rue. En traversant l'East River, elle avait dû étouffer un cri d'admiration en voyant le panorama qui s'offrait à ses yeux.

Juste en face d'elle se dressaient comme des falaises géantes, resplendissant au soleil, les immeubles résidentiels de l'East Side, avec, en arrière-plan, les gratte-ciel imposants du centre de Manhattan qui semblaient flotter au-dessus d'eux. Elle avait surtout admiré l'Empire State et le Chrysler Building avec sa tour art déco et sa flèche élancée. Ces immenses édifices pointés vers l'azur constituaient de formidables canyons de verre et d'acier et Rosie s'était dit qu'ils ne lui avaient jamais paru aussi impressionnants qu'à ce moment précis. En cette matinée ensoleillée, les gratte-ciel de Manhattan semblaient avoir été taillés dans du cristal par la main de quelque colossale divinité et le spectacle était si surprenant qu'il semblait presque appartenir à un autre monde.

Mais si elle s'était toujours dit que cette ville superbe, pleine de vitalité et de puissance, offrait la possibilité de mener une vie excitante à ceux qui possédaient le talent, l'ambition et la chance, son frère, en revanche, affirmait à qui voulait bien l'entendre que New York n'était qu'une autre version, moderne, de Sodome et Gomorrhe. Il fallait se rappeler évidemment que Kevin avait eu l'occasion, dès l'enfance, de faire connaissance avec son côté décadent et ténébreux, ses entrailles sordides et nauséabondes, en entrant en contact avec la corruption, la cruauté et l'abjecte pauvreté qui côtoyaient à New York le succès, le luxe et la fortune des classes privilégiées.

L'image de son frère avait fait surgir en elle un sursaut d'anxiété et elle crispa imperceptiblement les lèvres. La seule ombre au tableau, depuis qu'elle était rentrée au pays, c'était le silence de Kevin. Elle l'avait appelé tous les jours au cours de la semaine précédente, laissant au répondeur d'abord son numéro de Londres, puis, la veille, étant donné qu'elle était sur le point de partir, les coordonnées de Nelly à Manhattan.

Il n'avait pas rappelé jusqu'à présent, et elle commençait à s'inquiéter sérieusement. Ce matin, avant de quitter l'appartement, elle lui avait téléphoné une fois de plus, ajoutant à la fin de son message : « Je t'en prie, Kevin, appelle-moi le plus tôt possible pour me dire que tu vas bien. Je suis morte d'inquiétude. »

Je vais avoir de ses nouvelles aujourd'hui, se dit-elle avec confiance, tandis qu'elle s'engageait dans Park Avenue d'un pas plus alerte encore, sa cape volant derrière elle comme un drapeau déployé au vent. Elle avait vraiment fière allure dans ce costume un peu théâtral, et la masse de ses cheveux cuivrés qui captait les rayons du soleil faisait comme un casque rutilant autour de son visage en forme de cœur et au teint velouté.

Nombreux étaient les hommes qui fixaient sur elle un regard de convoitise, et plusieurs femmes se retournèrent d'un air admiratif tandis qu'elle allait d'un pas décidé, l'œil sur l'horizon, vers la destination qu'elle s'était fixée.

Rosie était indifférente à l'effet produit par la hardiesse de sa démarche et la beauté de ses traits. Elle n'avait jamais été vaniteuse et avait beaucoup trop de problèmes et de soucis pour passer plus de temps que nécessaire à se pomponner ou se refaire une beauté.

Si elle était passée chez le coiffeur et entre les mains expertes de la maquilleuse avant de se rendre à la soirée d'adieu, c'était uniquement parce que Fanny et sa collègue l'avaient littéralement entraînée de force. Elle avait fini par céder aux supplications de Fanny quand Val avait affirmé qu'elle avait l'air complètement épuisée. Gavin allait lui en faire la remarque et la dernière chose qu'elle souhaitait, c'était d'entendre ses remontrances, surtout qu'il n'allait pas manquer d'en profiter pour décocher quelques réflexions sévères sur Collie et sur Guy, qu'il rendait responsables de la fatigue et des soucis de sa grande amie. Pour lui, c'était à eux qu'il fallait imputer tout ce qui arrivait de fâcheux à Rosie.

Quand elle eut atteint la Cinquante-Sixième Rue, Rosie obliqua à droite et longea le Mayfair Regent Hotel où elle aimait tant à se rendre pour prendre le thé de cinq heures. Puis, ce fut Le Cirque, l'un des restaurants qu'elle préférait à New York, et elle ne tarda pas à atteindre Madison Avenue.

Tout comme le Faubourg-Saint-Honoré à Paris, Bond Street à Londres ou Rodeo Drive à Beverly Hills, Madison Avenue lui apparaissait comme un endroit privilégié, investi d'un intérêt tout à fait particulier. Les trottoirs étaient bordés de boutiques élégantes présentant à leurs devantures les toilettes des grands couturiers et des articles d'un luxe raffiné, qui ne manquaient jamais de susciter son admiration ni de flatter le sens de l'esthétique exigé par son métier de costumière.

Pourtant, ce matin-là, Rosie allait se contenter de jeter un simple coup d'œil aux vitrines de Madison. Sa véritable destination, c'était Bergdorf Goodman, parce qu'elle voulait commencer ses emplettes de Noël.

Évidemment, on n'était encore que le 9 novembre et Thanksgiving était encore à deux semaines de là, mais il flottait pourtant déjà dans l'air une ambiance qui annonçait Noël, que ce fût à cause des articles exposés aux étalages ou du fait de la présence des employés municipaux qui accrochaient des guirlandes d'ampoules au-dessus de la chaussée.

Rosie avait toujours été sensible au charme des vitrines, en particulier celles de Lord & Taylor parce qu'elles témoignaient immanquablement d'une imagination et d'une originalité qui dépassaient tout ce qu'on pouvait voir ailleurs. Chacune d'entre elles avait été aménagée pour représenter une scène spécifique, qu'il s'agisse d'un épisode de l'histoire sainte ou d'une péripétie d'un conte de fées. Il y avait là de quoi ravir l'âme d'un enfant ou d'un adulte ayant gardé toute sa fraîcheur d'esprit. Elle se rappelait la fascination que ce spectacle avait exercée sur elle, quand elle collait son nez sur ces vitres, hypnotisée par ces personnages et ces décors enchanteurs.

Oui, elles l'avaient vraiment enchantée, ces vitrines, pendant sa petite enfance, lorsqu'elle venait en ville au moment de Noël. Sa mère manifestait le même enthousiasme qu'elle, s'extasiant à tout propos, et une fois qu'elles s'étaient toutes les deux régalées du spectacle, elles allaient manger au restaurant du magasin.

Rosie adorait ce restaurant de Birdcage parce qu'elle avait le droit de choisir tout ce qu'elle voulait pour célébrer l'approche de Noël. Invariablement, elle prenait une banana split pour son dessert. Et sa mère, qui pourtant ne cessait de clamer qu'elle devait surveiller son poids, ne manquait jamais d'en commander une pour elle également.

Rosie avait quatorze ans quand sa mère était morte. Le lendemain de l'enterrement – c'était un samedi, elle s'en souvenait comme si cela s'était passé la veille –, elle était venue toute seule au restaurant de Birdcage pour tenter de faire renaître sa mère à la vie, pour revivre le passé; oui, c'était pour cela qu'elle était revenue à Manhattan. Mais elle avait comme une boule au fond de la gorge et n'avait rien pu avaler, pas même le dessert. Elle était restée immobile à fixer sa banana split, les joues ruisselantes de larmes, saisie par un profond désarroi, le cœur miné par le chagrin.

Elle pensait souvent à sa mère, presque tous les jours en fait, bien que sa mort remontât maintenant à plus de dix-sept ans. Sa mère faisait partie intégrante de sa propre existence, installée quelque part en elle, au plus profond de son cœur, et elle savait que tant qu'elle vivrait, sa mère continuerait de vivre elle aussi, car la mort ne faisait pas partie des choses dont elle admettait la réalité. Et puis, tapis au fond de sa mémoire, il y avait aussi les merveilleux souvenirs de son enfance, des souvenirs qui lui procuraient un précieux réconfort et une confiance renouvelée quand elle était en proie à la solitude ou à la tristesse. Quelle chance ils avaient eue, Kevin et elle, d'être si tendrement aimés pendant leur enfance!

Kevin! Elle se demandait ce qu'elle pourrait bien lui offrir pour Noël; et puis il y avait aussi Gavin, Guy, Henry et Kyra sans oublier Nell, sa grande amie. Tous ces noms se mirent à danser dans sa tête au moment où elle traversa la Cinquième Avenue au niveau de la Cinquante-Neuvième Rue et passa devant le Plaza pour s'engager sur la petite place qui menait au célèbre magasin.

Pendant le voyage en Concorde, elle avait fait une petite liste, accordant une priorité toute spéciale à Lisette, Collie et Yvonne qui étaient bloquées à la campagne sans avoir jamais l'occasion de se rendre dans des boutiques intéressantes.

Après avoir déambulé pendant une heure au milieu des rayons, elle choisit un foulard de soie crème pour Collie. Il était garni d'une frange dorée et orné d'un paon en broderie qui étalait son immense queue multicolore comme un éventail bleu, vert et or avec ses tons iridescents. Elle acheta également une paire de boucles d'oreilles très originales, en forme de fleurs, faites de faux diamants aux teintes pastel.

Une fois ses emplettes achevées, elle sortit de chez Bergdorf et reprit la Cinquième Avenue pour aller chez Saks, jetant un coup d'œil rapide sur les devantures mais sans jamais s'arrêter ni même ralentir l'allure. Elle monta tout droit au rayon des enfants et, moins d'un quart d'heure plus tard, elle avait jeté son dévolu sur une robe du soir destinée à Lisette. Très joliment confectionnée dans un beau velours vert sapin et agrémentée d'un col et de manchettes en dentelle écrue, elle avait un petit air victorien qui ne pouvait qu'être fort seyant pour une fillette de cinq ans. La robe était chère, mais Rosie ne put résister à la tentation...

Elle eut l'impression que le froid s'était encore accentué lorsqu'elle sortit de chez Saks pour repartir dans la Cinquième Avenue. Afin de mieux résister au vent glacial, elle resserra sa cape autour d'elle, se félicitant une fois de plus d'avoir eu la bonne idée de se vêtir aussi chaudement.

En passant devant St. Patrick, elle eut le soudain désir de pénétrer à l'intérieur de cette superbe cathédrale et elle resta un moment à admirer ses redents gothiques. Mais elle repartit bientôt. Elle voulait en finir avec son shopping et rentrer au plus vite pour le cas où Kevin aurait téléphoné.

Les deux derniers magasins de sa liste étaient Le Cap et Banana Republic, heureusement proches l'un de l'autre dans Lexington Avenue. Il n'y avait pas de meilleur endroit à New York pour se procurer les tee-shirts et les jeans destinés à Collie et à Yvonne, qui ne manquaient jamais une occasion d'admirer ceux que Rosie portait. Elle aimait en effet s'habiller ainsi les weekends, c'était pour elle une sorte d'uniforme qu'accompagnaient obligatoirement les chaussettes de laine blanche et les mocassins en cuir brun verni. Naturellement, Collie et Yvonne mouraient d'envie de se vêtir de la même manière.

Comme elle n'aurait pas le temps de faire de nouveaux achats avant de rentrer à Paris, elle avait décidé de se les procurer tout de suite. Les jeans et les tee-shirts constituaient des présents tout à fait convenables, une fois emballés dans des papiers cadeaux et déposés au pied du grand sapin dans le hall de la propriété de Montfleurie.

5

Il n'y avait guère eu de changement dans l'appartement depuis qu'elle y était venue pour la dernière fois deux ans plus tôt, pensait Rosie en déambulant d'une pièce à l'autre au cours de l'après-midi, dans l'attente du coup de téléphone de Kevin. En fait, tout était resté pratiquement dans le même état.

Rosie y était venue pour la première fois en 1977. Elle avait fait la connaissance de Nell pendant le printemps et elles étaient très vite devenues amies, sans doute parce qu'elles avaient tout de suite apprécié leur goût mutuel pour l'indépendance. Peu après leur première rencontre, Rosie s'était vu inviter à venir déjeuner chez son amie.

Dès l'instant où elle avait franchi le seuil de cette demeure, un vaste appartement donnant sur Park Avenue, Rosie s'était sentie parfaitement à l'aise, et son œil exercé lui avait permis de voir que la personne qui avait aménagé les lieux connaissait parfaitement les meubles anciens et avait, en matière de décoration, un goût extrêmement sûr allié à un savoir-faire infaillible.

En fait, c'était la tante de Nell, Phyllis, la sœur de son père, qui s'était chargée de ce travail. Elle avait vécu chez son frère depuis que l'épouse de ce dernier, Helen Treadles Jeffrey, était morte d'une tumeur au cerveau. En août 1976, quand Adam Jeffrey, le père de Nell, avait été nommé responsable du bureau américain de son journal, le *London Morning News*, sa sœur avait accouru à New York pour l'y rejoindre. Elle n'avait pas mis bien longtemps à trouver cet appartement et s'était employée à le décorer sans perdre une minute.

Quand Nell était arrivée à son tour, au moment de Noël, après avoir quitté pour de bon le pensionnat anglais où elle avait poursuivi ses études, l'appartement était déjà devenu la réplique exacte de l'élégante demeure qu'ils avaient autrefois occupée à Londres.

A l'occasion de cette première visite, Nell avait expliqué à Rosie que la plupart de ces jolis meubles d'époque qu'elle admirait tant avaient été expédiés de leur ancien appartement de Chelsea. Nell avait ensuite ajouté que tante Phyllis s'était mise en quête des plus beaux tissus et papiers muraux que l'on puisse trouver à New York, sélectionnant les cretonnes les plus raffinées et les soies françaises les plus délicates tant était grand son désir de recréer un cadre qui fût à la hauteur de la réputation dont elle jouissait à Londres, où on la considérait comme l'une des meilleures décoratrices de la capitale britannique.

Soudain, en 1979, alors qu'il n'était encore âgé que de cinquante-deux ans, Adam Jeffrey était mort d'une crise cardiaque. Tante Phyllis était restée à New York car elle s'y était constitué une clientèle importante au sein de laquelle figuraient de nombreux notables et de richissimes hommes d'affaires. Mais lorsque Nell eut atteint l'âge de vingt-trois ans, sa tante décida de rentrer à Londres, laissant sa nièce seule à New York.

Nell avait trouvé un bon emploi et la plupart de ses amis habitaient près de chez elle : elle n'avait donc aucune envie de quitter Manhattan où elle vivait depuis six ans dans un bonheur sans mélange. Son père lui avait transmis par héritage l'appartement de Park Avenue et elle continua de l'occuper sans rien changer au décor, tant elle appréciait la façon dont sa tante l'avait aménagé.

Aux yeux de Rosie, l'une des pièces les plus jolies et les plus douillettes était la petite bibliothèque à laquelle tante Phyllis avait accordé un soin tout particulier dès son arrivée à New York. Les murs étaient tendus d'un tissu aux rayures abricot et le sol recouvert d'un tapis de haute laine vert et noir ; des rideaux de chintz, vaporeux à souhait, ornaient les fenêtres et c'était le même tissu qui recouvrait le canapé de ses motifs floraux vivement colorés.

Sur toute la longueur, les murs étaient garnis d'étagères blanches alternant avec des gravures anglaises du Staffordshire représentant des animaux ; les magazines les plus récents et les journaux du soir étaient disposés çà et là, sur de petites tables.

C'est donc de ce côté que Rosie vint se réfugier avec sa tasse de thé, vers cinq heures de l'après-midi. Elle alluma la radio et s'installa sur le canapé pour feuilleter le *New York Times*. Puis, elle renversa la tête en arrière et ferma les yeux, laissant vagabonder ses pensées.

Mon Dieu, se disait-elle, pourvu que Kevin appelle aujourd'hui !

Quand elle était rentrée de son expédition dans les magasins, la première chose qu'elle avait faite avait été d'interroger le répondeur de son frère. A sa grande déception, il n'avait laissé aucun message pour elle.

Bercée par la musique douce qui provenait de la radio, Rosie somnola un moment. Mais une vingtaine de minutes plus tard, elle se réveilla en sursaut, vaguement désorientée, et elle se redressa sur le canapé en se demandant où elle était. Il lui fallut plusieurs secondes pour reprendre conscience qu'elle se trouvait à New York, chez son amie Nell.

Elle se leva soudain et se dirigea vers la cuisine, emportant avec elle sa tasse et sa soucoupe qu'elle rinça dans l'évier avant de les ranger dans le placard.

Elle resta plantée au milieu de la grande cuisine bleue et blanche, ne sachant que faire, puis ouvrit le réfrigérateur pour en inspecter le contenu, se demandant ce que Maria lui avait préparé pour son souper. Elle trouva un poulet rôti et un fort appétissant ragoût de veau aux petits légumes dans un plat protégé par un couvercle en verre, un assortiment de viande froide et de salades, une tarte aux pommes et des fromages de toutes sortes alignés sur un autre rayon. Manifestement, Maria ne voulait pas qu'elle risque de mourir de faim pendant son absence.

Rosie se dit alors que si son frère ne téléphonait pas elle n'aurait aucun problème pour se nourrir sur place. Elle pourrait toujours prendre un souper léger et regarder la télévision.

A six heures et demie, l'inquiétude de Rosie avait atteint la limite du supportable; toujours pas de nouvelles de Kevin! Elle s'apprêtait à l'appeler une fois de plus lorsque la sonnerie retentit. Elle décrocha aussitôt, espérant entendre la voix de son frère. C'était bien lui.

« Excuse-moi, Rosie, mais je n'ai pas pu te joindre, expliqua-t-il avec la plus grande tendresse, j'ai eu un emploi du temps absolument dingue toute la semaine. Un boulot d'enfer! Je viens seulement de rentrer chez moi et d'entendre tes messages sur le répondeur.

– Mais je comprends très bien, Kevin », s'empressa-t-elle de répliquer.

Elle était si heureuse de l'avoir au bout du fil qu'elle avait instantanément oublié l'anxiété qui la rongeait.

« J'espère pouvoir te voir bientôt. Est-ce qu'il est terminé ce... boulot ? »

Il hésita, mais seulement une fraction de seconde, avant de répondre :

« Euh, eh bien, oui, je crois. Et je serais ravi de te voir. Le plus vite possible, bien entendu.

– Dès que tu le pourras, Kev.

– Alors, ce soir. Tu es libre ?

– Bien sûr que je suis libre! Où est-ce qu'on se rencontre ? Tu préfères venir ici ?

– Non. Allons plutôt dîner au restaurant. Et si on se retrouvait chez Jimmy ? Ça te dirait ?

– Comme autrefois! » s'exclama-t-elle en riant.

Il s'esclaffa lui aussi.

« Sept heures et demie, ça serait trop tôt pour toi ?

– Non, pas du tout. Dans une heure donc, chez Jimmy! A tout de suite! »

Après avoir raccroché, elle courut dans la chambre pour se recoiffer et rectifier son maquillage. Comme Gavin, son frère ne manquerait pas de lui adresser des remontrances si elle avait les traits tirés ou si son visage trahissait le moindre signe de fatigue. Et cela, elle voulait l'éviter à tout prix.

6

Kevin Madigan était adossé au comptoir du bar irlandais de Jimmy Neary, dans la Cinquante-Septième Rue Est. Il surveillait la porte d'entrée.

Rosie l'aperçut tout de suite en entrant, et fut ravie de voir le large sourire qui éclairait son large visage d'Irlandais quand elle tendit les bras dans sa direction.

Elle se blottit sur sa poitrine et resta un long moment serrée contre lui. Ils avaient été très proches l'un de l'autre pendant leur enfance; lui était le protecteur de chaque instant et elle, même toute petite, la conseillère avisée, qui lui expliquait ce qu'il fallait faire et pourquoi il fallait le faire.

La mort de leur mère les avait rapprochés davantage, chacun d'eux tirant un grand réconfort de la présence de l'autre; ils se sentaient à l'abri des dangers du monde extérieur quand ils se trouvaient ensemble.

Kevin était allé à Londres – invité par Gavin – pour assister aux séances de photographie accompagnant le début du tournage de *Kingmaker*, et ils s'étaient beaucoup vus pendant la semaine où il était resté là-bas. Mais six mois s'étaient écoulés depuis, et le frère et la sœur sentaient maintenant à quel point ils avaient souffert de cette séparation.

Leurs fraternelles embrassades terminées, Kevin regarda attentivement le visage qu'elle levait vers lui.

« Ça me fait rudement plaisir de te revoir, tu sais, sœurette. Tu es superbe !

— Mais toi aussi.

— Qu'est-ce que tu veux boire ?

— Une vodka tonic, s'il te plaît. »

Elle lui avait saisi le bras, adressant à ce frère qu'elle chérissait tant un sourire plein de tendresse. Le soulagement qu'elle éprouvait à le voir en bonne santé la submergeait totalement ; elle en perdait presque l'usage de la parole. Elle se faisait tant de souci à son sujet ! Il en serait sans doute toujours ainsi, quoi qu'il fasse. N'était-il pas pétri de la même chair et du même sang qu'elle ?

Ils restèrent au comptoir, dégustant leurs consommations et devisant gaiement. Ils étaient si heureux de se retrouver qu'ils ne voyaient même plus le temps passer. Au bout d'un moment, Jimmy Neary vint en personne saluer Rosie, qu'il n'avait pas vue depuis plusieurs années, et après quelques minutes d'une conversation animée, il l'emmena avec Kevin à la table que ce dernier occupait toujours, au fond de la salle.

Aussitôt qu'ils eurent passé commande, Rosie fixa sur Kevin un regard angoissé et murmura :

« Je voudrais bien que tu arrêtes, tu sais.

— Que j'arrête quoi ? demanda-t-il en beurrant le petit pain rond qu'il venait de rompre.

— De faire ce métier. »

Il la fixa d'un regard étonné, les yeux agrandis par la surprise ; l'incrédulité se lisait sur son visage.

« Alors, toi, tu en as de bonnes ! Si on m'avait dit un jour que tu me demanderais ça, toi, Rosalind Mary Frances Madigan ! Tous les hommes de la famille ont toujours appartenu à la police de New York.

— Il y en a aussi quelques-uns qui en sont morts, remarqua-t-elle à mi-voix. En particulier notre pauvre papa.

— Oui, je sais, mais j'appartiens à la quatrième génération d'une famille d'immigrants irlandais, tous policiers de père en fils, alors je ne vois pas comment je pourrais faire autrement. D'ailleurs, je ne sais même pas quel autre métier je serais capable d'exercer. C'est devenu une sorte de seconde nature pour moi.

– Oh, Kevin, je n'ai pas dû m'expliquer clairement. Je ne te demande pas de quitter la police mais seulement de cesser de travailler dans la police secrète. C'est une branche beaucoup trop dangereuse.

– Mais c'est la vie qui est dangereuse, et de bien des manières, tu sais! Je pourrais me faire écraser en traversant la rue, mourir dans un accident d'avion ou de voiture. Je pourrais m'étouffer en avalant une trop grosse bouchée de viande ou être foudroyé par un infarctus... »

Il laissa sa phrase inachevée, adressa à sa sœur un long regard pensif, puis haussa les épaules avec fatalisme.

« Il y a un tas de gens qui n'appartiennent pas à la police secrète et qui meurent tous les jours, Rosie. Surtout à l'époque actuelle avec ces gosses qui se baladent armés de revolvers et les balles perdues qui volent tous azimuts. Cette ville, tu l'aimes beaucoup – moi aussi, d'ailleurs, à ma façon – mais elle est complètement corrompue par le crack, le smack et la violence aveugle, pour ne citer que quelques-uns des fléaux qui l'accablent. Enfin, c'est une autre histoire, je crois.

– Je ne veux pas que tu te fasses tuer de la même manière que papa, insista-t-elle.

– Non, je sais... C'est quand même bizarre ce qui lui est arrivé, tu ne trouves pas? Un bon père tranquille comme lui, qui faisait un travail tout ce qu'il y a de plus routinier dans le dix-septième district, sans se mêler de ce qui ne le regardait pas, en somme, et il a fallu qu'il aille se faire tuer! Un accident, évidemment...

– Tu ferais mieux de dire par la mafia, rectifia-t-elle.

– Chut, parle moins fort », dit vivement Kevin.

Il jeta autour de lui un regard circonspect, bien qu'il sût parfaitement qu'il n'avait aucune raison de redouter quoi que ce soit. L'établissement où ils se trouvaient jouissait d'une excellente réputation, dans un quartier hautement respectable près de la Première Avenue, à l'est de la ville, et à quelques pas de Sutton Place. Et pourtant, c'était plus fort que lui. Depuis treize ans qu'il était dans la police, ce besoin de s'entourer de précautions en toutes circonstances et dans quelque lieu que ce fût était devenu une sorte de réflexe dont il lui était impossible de se défaire. C'est ainsi qu'il se plaçait toujours le dos au mur, face à la porte, quand il était dans un lieu public. Quand on fait ce métier, on ne peut pas se permettre de se laisser surprendre par-derrière.

Il se pencha en avant, au-dessus de la bougie qui se consumait au fond d'une coupelle rouge, pour rapprocher sa tête de celle de sa sœur. Puis il reprit :

« On peut supposer que papa s'est fait descendre par la mafia, mais il n'y a jamais eu de preuve certaine et je n'en ai jamais été intimement persuadé moi-même. Personne n'a jamais été sûr de rien, d'ailleurs, pas même Jerry Shaw qui faisait équipe avec lui. D'ailleurs, il vaut mieux bien voir les choses en face : les mafiosi n'ont pas pour habitude de faire des cartons sur les flics, ce serait trop mauvais pour leur image de marque, si tu vois ce que je veux dire. Non, les policiers, ils préfèrent les neutraliser en les intéressant à leurs affaires, par une participation aux bénéfices, en somme. Ils aiment mieux distribuer les enveloppes que les cercueils.

— Oui, tu as peut-être raison, reconnut-elle à contrecœur. Un policier malhonnête leur rend plus de services qu'un mort... dont la disparition risque de provoquer un scandale.

— Tu penses bien !

— N'empêche, Kevin, j'aimerais mieux te savoir à l'abri de ce genre de mésaventures. Tu ne pourrais pas te trouver un emploi dans les bureaux ? »

Son frère renversa le buste en arrière et partit d'un grand éclat de rire, manifestement amusé par l'absurdité d'une telle suggestion.

« Oh, Rosie, Rosie, réussit-il enfin à articuler d'une voix étranglée. Je le pourrais sans doute mais je n'y tiens pas du tout. Vraiment, je n'en ai pas la moindre envie, je t'assure. Ce que je fais en ce moment, c'est ça qui constitue l'intérêt principal de mon existence. Mais oui, Rosie, c'est ma vie, tout ça.

— Mais tu risques ta peau chaque jour de la semaine, Kev, à pourchasser les assassins, les escrocs, les criminels et les dealers, qui sont les plus dangereux, à mon avis. Oui, ce sont certainement eux qui se montrent les plus cruels et les plus violents. »

Kevin garda le silence.

Elle reprit d'un ton insistant :

« C'est vrai, ce que je dis, non ?

« — Mais oui, bien sûr, et tu sais très bien ce que je ressens pour ces salopards », articula-t-il avec violence, mais en s'efforçant de contenir sa colère afin de ne pas attirer l'attention sur sa personne. Il marqua un temps d'arrêt et reprit :

« Écoute-moi, Rosie, à l'heure actuelle, presque tous les crimes sont motivés par la drogue. C'est pour ça que je déteste tant les trafiquants, et c'est le cas de tous mes collègues, d'ailleurs. C'est la pire espèce de criminels que la terre ait jamais portée. Ils en viennent même à tuer des gamins pour augmenter leurs profits : ils vendent du crack et de la coke à la sortie des écoles, ils essaient de les accrocher à la drogue dès l'âge de sept ans! Sept ans! Tu te rends compte, Rosie! Faut-il vraiment qu'ils soient dégueulasses, non ? Et moi, c'est ça mon boulot : supprimer cette race immonde, ces... ces... salauds. Oui, tu vois, ma mission c'est d'alpaguer ces fils de pute, de les traîner devant les juges en espérant qu'ils éco- peront d'une peine fédérale. Ainsi en prendront-ils pour cinq ans au minimum, souvent beaucoup plus, selon la gravité de leurs crimes. Et souviens-toi bien de ça : dans le système fédéral, il n'y a pas de remises de peine, Dieu merci. Personnellement, ce qui me ferait plaisir, ce serait qu'on puisse les enfermer une fois pour toutes, en balançant les clés de manière à ce que personne ne puisse plus jamais leur ouvrir les portes. »

Sa bouche s'était soudain crispée, lui durcissant les traits : maintenant, il faisait beaucoup plus que ses trente-quatre ans.

« Vois-tu, Rosie, le travail que je fais en ce moment est très important pour moi. J'ai l'intime conviction que grâce à moi, le monde va peut-être changer un peu, je l'espère du moins, grâce à l'élimination du crime à laquelle je participe. De toute façon, si je veux avoir le courage de me regarder dans la glace en me rasant le matin, il faut que je continue », conclut-il en tendant la main pour étreindre les longs doigts de Rosie qui étaient posés sur la nappe rouge.

Rosie inclina la tête; elle comprenait parfaitement ce qu'il vou- lait dire. En fait, elle savait fort bien pourquoi il n'était pas ques- tion pour lui de changer de métier. C'était un homme de la même trempe que leur père. La police de New York était le centre de leur existence. En outre, Kevin avait entrepris une sorte de croi- sade, depuis six ans... à cause de Sunny.

Sunny, le petit ange blond, victime elle aussi de ce fléau! La drogue lui avait fait perdre l'esprit. Et maintenant, elle gisait sur un lit d'hôpital, dans un établissement pour malades mentaux, plongée dans un coma profond, fermée à tout jamais au monde des vivants. Arrachée à sa famille, arrachée à la tendresse de Kevin, qui l'avait tant aimée.

Sunny ne guérirait pas, elle ne serait jamais plus ce qu'elle avait été autrefois, condamnée maintenant à une vie végétative dans cette clinique de New Haven où ses deux sœurs et son frère avaient été contraints de la placer malgré le désespoir qu'une telle séparation leur infligeait. Ils dépensaient une fortune pour qu'elle puisse rester dans cette institution privée; ils avaient expliqué à Rosie qu'ils ne pouvaient pas supporter l'idée qu'elle croupisse dans un hôpital psychiatrique du secteur public. Rosie n'avait pu qu'être d'accord avec eux.

Jadis, elle avait la certitude absolue que Kevin et Sunny allaient se marier, et ils l'auraient sans doute fait si la drogue n'avait pas transformé Sunny en une véritable loque à tout jamais condamnée à l'inconscience totale.

Personne ne savait comment elle avait été amenée à sombrer ainsi dans cette dépendance aussi néfaste, comment elle avait pu s'adonner à un vice aussi destructeur ni qui lui avait fourni ces substances mortelles. En tout cas, la réalité était là.

Certes, les années soixante-dix et quatre-vingt avaient été marquées par la drogue, personne ne pouvait en douter. L'herbe et le haschich, la coke et le skag, ou le smack – c'est ainsi que Kevin appelait l'héroïne –, étaient d'usage courant durant ces deux décennies. Et certains drogués avaient été suffisamment stupides pour aggraver encore les effets de la drogue par la consommation d'alcool, ce qui ne pouvait manquer d'ajouter un risque mortel à des existences déjà gravement compromises.

Peut-être aurait-il mieux valu que Sunny Polanski meure pour de bon, plutôt que d'être condamnée à la vie qu'elle menait maintenant, ne put s'empêcher de penser Rosie. Et elle sentit un frisson lui parcourir le corps.

Rosie n'avait personnellement jamais été tentée par la drogue. Amenée, quelques années plus tôt, à aspirer quelques bouffées d'un joint que quelqu'un lui tendait, elle avait senti son estomac se crisper et avait failli vomir. Gavin avait été furieux qu'elle accepte de fumer au cours de cette soirée à laquelle ils avaient été invités l'un et l'autre, et il lui avait fait la morale plusieurs jours de suite pour la mettre en garde contre les méfaits de la toxicomanie.

Elle n'avait pas besoin qu'on lui mette ainsi les points sur les i. Elle savait fort bien à quoi s'en tenir sur les dangers encourus par les drogués. Ce qui n'avait pas été le cas de la pauvre Sunny.

« Tu penses à Sunny ? demanda Kevin à mi-voix, brisant le silence qui s'était installé entre eux.

– Oui », reconnut Rosie.

Elle eut une brève hésitation avant de demander :

« Est-ce que tu l'as vue, récemment, Kev ?

– Il y a trois mois.

– Comment était-elle ?

– Toujours pareille. Il n'y a aucun changement.

– Je me suis dit que je... je pourrais peut-être aller à New Haven avant de repartir pour l'Europe. Comme ça, je...

– Surtout pas ! » s'exclama-t-il violemment.

Puis il secoua la tête et reprit d'un air contrit :

« Excuse-moi, je ne voulais pas t'agresser, mais il ne faut pas que tu ailles voir Sunny. Elle ne s'apercevra même pas que tu es là, Rosie, et tu ne réussiras qu'à te faire de la peine. Crois-moi, il vaut mieux que tu n'y ailles pas. »

Rosie se contenta de hocher la tête, sachant qu'il ne fallait pas s'opposer à lui sur ce sujet ; elle se dit qu'il avait sans doute raison, qu'il était préférable de ne pas rendre visite à Sunny, contrairement à ce qu'elle avait d'abord eu l'intention de faire. Quel bénéfice la pauvre Sunny tirerait-elle de cette visite ? Elle ne se rendrait même pas compte de la présence de son amie. Quant à Rosie, elle ne pouvait rien faire pour améliorer son sort, elle ne réussirait qu'à raviver sa propre peine en voyant Sunny dans son état actuel. Elle ne pourrait que constater que c'était un problème de plus, qu'elle était incapable de résoudre et Dieu sait qu'elle en avait déjà assez par ailleurs.

Rosie avala une gorgée d'eau, se redressa sur sa chaise et adressa à Kevin un pâle sourire.

Il lui sourit aussi, mais il y avait une infinie tristesse au fond de ses yeux. Kevin souffrait encore beaucoup, Rosie le savait avec certitude, il éprouvait un immense chagrin devant une situation à laquelle il ne pouvait pas se résigner. Elle étouffa un soupir, malheureuse de voir qu'elle ne pouvait rien faire pour atténuer la peine de son frère.

Pourtant, elle n'ignorait pas que Kevin avait une âme combative et courageuse, et qu'il continuerait d'accomplir sa tâche, quoi qu'il arrive.

Elle observa son frère longuement, se disant que ni le tourment causé par le calvaire de Sunny, ni la vie qu'il menait dans la police secrète n'étaient parvenus à altérer la séduction de ses traits. Son frère était indiscutablement le plus beau des hommes, avec son physique de vedette de cinéma : une carrure d'athlète, d'où se dégageait une impression de force et de virilité.

Ce soir-là, la ressemblance de Kevin avec leur mère lui apparaissait de façon particulièrement frappante. Moira Madigan, qui était arrivée très jeune à New York après avoir quitté Dublin, était issue de la famille Costello.

« Je suis une Irlandaise de type méditerranéen », avait-elle sans cesse répété à ses enfants, l'air très fière d'avoir une telle ascendance.

Elle expliquait alors que les Costello descendaient de l'un des marins espagnols qui avaient fait naufrage au large de la côte irlandaise à l'époque d'élisabeth Ire, lorsque Philippe d'Espagne avait envoyé son Invincible Armada pour envahir l'Angleterre. Plusieurs galions espagnols s'étaient échoués à la suite d'une violente tempête sur les rochers qui entouraient l'Emerald Isle, et les équipages avaient été secourus par les pêcheurs irlandais. Un grand nombre de survivants s'était alors fixé en Irlande, et c'était un marin espagnol du nom de José Costello qui avait fondé la lignée dont leur mère était issue.

En tout cas, c'était l'histoire qu'elle aimait raconter, et on les avait élevés dans la croyance qu'il s'agissait de la plus stricte vérité. Et ils n'avaient aucune raison de penser qu'il en fût autrement.

Personne ne pouvait nier, en effet, que Kevin Madigan avait dans les veines un sang à la fois irlandais et méditerranéen, car il avait les cheveux d'ébène de Moira et des yeux étincelants aussi noirs que l'obsidienne.

72

« Tu ne parles pas beaucoup, Rosie... A quoi penses-tu donc ?

— Je me disais que tu ressembles comme deux gouttes d'eau à maman, ce soir, Kevin. C'est tout.

— Elle aurait été très fière de toi, maman, fière de tes exploits de costumière, et papa aussi. Tu te rappelles comme elle t'encourageait autrefois, quand tu faisais des dessins de mode ou quand tu cousais, alors que tu étais encore toute gamine.

— Oui, c'est vrai. Mais je suis certaine qu'ils seraient l'un et l'autre très fiers de toi aussi. Au fond, tout s'est très bien passé pour nous deux... Nous avons une santé de fer, la tête sur les épaules, et la chance de faire ce que nous aimons en réussissant toutes nos entreprises. Ils ne pouvaient rien souhaiter de mieux pour nous. Mais c'est de toi que papa aurait été le plus fier. Tu as perpétué la tradition de la famille Madigan en devenant le policier de la quatrième génération. Je me demande s'il y aura une cinquième génération de Madigan pour marcher sur les traces de papa et sur les tiennes.

— Ça veut dire quoi, tout ça ? »

Rosie le fixa un moment d'un regard pensif puis elle se décida enfin :

« Tu ne trouves pas qu'il serait temps que tu songes à te marier et à avoir des enfants ?

— Qui voudrait de moi ? répliqua-t-il d'une voix derrière laquelle perçait un amusement certain. Je n'ai pas grand-chose à offrir à une femme, tu sais, avec la vie que je mène et le travail que je fais.

— Mais tu dois bien avoir des petites amies, Kevin.

— Non, pas vraiment.

— C'est bien dommage !

— Ah bah, tu peux toujours parler, toi ! Depuis le temps que tu es plongée jusqu'au cou dans une situation absolument inextricable, en France. Ça fait des années que ça dure, ton histoire ! Gavin a rudement raison. Il serait grand temps que tu te sortes de cette nasse, chez les Frenchies.

— Il a vraiment dit ça, Kevin ?

— Bien sûr qu'il l'a dit. Il pense que tu es en train de te gâcher l'existence, et c'est tout à fait mon opinion, à moi aussi ! Tu aurais drôlement intérêt à déménager de là-bas et à revenir vivre aux

États-Unis. Et peut-être qu'une fois installée ici, tu arriverais à te trouver un type à la hauteur...

— Puisqu'on parle de la France, coupa-t-elle d'un ton péremptoire, est-ce que tu viens pour Noël, comme tu l'avais promis ?

— Oui, je sais, mais je ne suis pas certain de pouvoir le faire... »

Il avait un ton embarrassé mais, heureusement pour lui, il n'eut pas besoin de se lancer dans une longue suite d'excuses et d'explications car la serveuse était apparue devant leur table. Elle portait un plateau chargé de plats et s'apprêtait à leur présenter le ragoût irlandais qu'ils avaient commandé.

Kevin leva les yeux vers elle et lui adressa un sourire chaleureux :

« Mais voilà qui me paraît des plus appétissants, ma belle enfant », dit-il en déployant tout le charme dont il était capable, ce charme irlandais que la plupart des femmes trouvaient irrésistible.

En le regardant, Rosie se dit : Quand je pense qu'un bel homme comme lui envisage de rester célibataire !

7

Le bar s'appelait Ouzo-Ouzo et il était situé sur la Bowery, non loin de Houston Street.

Le quartier était plutôt mal famé mais Kevin Madigan avait l'habitude de se frotter à toutes sortes de milieux, même les moins salubres, depuis quatre ans qu'il était dans la Secrète. Il songeait parfois qu'il avait sans doute passé la moitié de son temps dans des bouges comme celui-là, dans l'attente d'un petit malfrat qui allait lui apporter ce qu'il désirait le plus au monde : un renseignement lui permettant de se lancer bientôt sur une piste.

Il réfléchissait aux servitudes de ce métier tout en sirotant sa bière, dans un recoin sombre de ce petit bistro grec à la limite de Soho et de Greenwich Village. Oui, vraiment, il commençait à en avoir assez de ce genre d'endroit, cela ne faisait aucun doute, mais d'un autre côté c'était dans des établissements de cet acabit qu'il pouvait le mieux espérer faire avancer ses enquêtes. Les indicateurs n'ont pas l'habitude de se montrer dans les palaces.

Il y avait maintenant une semaine que Rosie l'avait prié de demander sa mutation pour solliciter un emploi de bureau dans les services de la police new-yorkaise. Sur le coup, il avait bien ri mais il en était tout de même arrivé à se dire qu'elle n'avait peut-être pas entièrement tort. Malgré cela, le doute qui s'était insinué en lui n'avait pas eu le temps de prendre racine. Non, décidément,

75

un travail de gratte-papier, ce n'était pas pour lui! Il s'y ennuierait à mourir et il y perdrait son âme et sa joie de vivre...

Quand il était sur le terrain, une poussée d'adrénaline se produisait en lui et il se sentait possédé d'une vitalité qui galvanisait toutes les fibres de son corps; il était capable d'affronter n'importe quel adversaire, même le plus redoutable. Changer de fonctions reviendrait pour lui à accepter de se mutiler volontairement. Même si c'était sa sœur qui le lui demandait, il ne pouvait que refuser une telle suggestion.

Pourtant, il y avait peut-être comme un frémissement dans l'air : un changement possible dans ses attributions. C'était d'ailleurs la raison pour laquelle il se trouvait là, à sept heures, un samedi soir, à attendre Neil O'Connor malgré le rendez-vous que lui avait fixé sa petite amie dans son appartement du centre-ville.

Un type vraiment à part, ce Neil, un vieux copain à lui qui avait aussi appartenu autrefois à la police secrète. Il travaillait toujours au NYPD (New York Police Department) mais il se spécialisait maintenant dans la lutte contre le crime organisé.

Quelques jours plus tôt, Neil avait téléphoné à Kevin pour lui demander s'il serait intéressé par une mutation dans ce service. Étonné lui-même de s'entendre parler ainsi, Kevin avait répondu que ce n'était pas impossible et les deux hommes avaient convenu de se rencontrer pour en discuter.

Depuis trois ou quatre ans, Kevin travaillait en étroite collaboration avec le FBI et le Narcotic Bureau pour démanteler les réseaux de trafiquants asiatiques ou colombiens. Il avait réussi de très jolis coups de filet et mis sous les verrous pour plusieurs dizaines d'années quelques-uns des plus puissants des barons de la drogue; ceux-là, quand ils se retrouveraient libres d'aller et venir dans la rue, ils ne seraient plus très loin de la tombe!

Kevin jeta un coup d'œil à sa montre et aperçut Neil qui poussait la porte d'entrée du bar. Il leva la main pour le saluer. Neil lui répondit par un hochement de tête et se dirigea de son côté à grands pas.

Son vieil ami était grand et bien bâti. Il avait des cheveux blonds tirant sur le roux, de grands yeux d'un bleu étincelant et une masse de taches de rousseur qui constellaient son large visage d'Irlandais. Certains prétendaient qu'il ressemblait beaucoup aux

Kennedy mais il n'était apparenté, ni de près ni de loin, à cette prestigieuse famille de Boston.

Kevin se leva quand Neil fut arrivé devant sa table.

Ils se serrèrent la main et se donnèrent des tapes dans le dos comme de vieux copains qui ont traversé ensemble une foule de moments difficiles.

Puis Neil loucha vers le verre de bière à demi terminé et demanda :

« Tu en veux une autre, Kevin ? A moins que tu ne préfères quelque chose de plus costaud ?

— Non, la bière, c'est parfait. Une Bud light », répondit Kevin en se rasseyant.

Neil alla au comptoir et revint quelques secondes plus tard avec un verre dans chaque main. Après les avoir posés sur la table, il ôta son pardessus, le jeta sur une chaise voisine et s'assit à côté de Kevin. Il alluma une cigarette, en aspira une longue bouffée, et déclara sans autres préliminaires :

« Je veux t'avoir dans mon équipe, Kevin. J'ai besoin de toi, c'est urgent ; si tu acceptes, je peux obtenir ton transfert immédiatement. »

Neil se pencha en avant et plongea son regard directement dans les yeux de son ami. Il reprit, avec une ardeur féroce :

« Démanteler la mafia, c'est une cause valable, non ? Tout à fait le genre de défi qui devrait te plaire, il me semble. Je peux te promettre qu'il y aura de l'action, beaucoup d'action, crois-moi sur parole. Alors, qu'est-ce que tu en dis ? »

Pendant un moment, Kevin resta silencieux.

Il fixait Neil avec insistance, pesant avec un soin méticuleux les mots qu'il venait de prononcer. Puis il rapprocha la tête de celle de son ami et murmura à voix basse :

« Tu n'as pas été très bavard au téléphone, l'autre jour, Neil.

— Qu'est-ce que tu voulais que je t'explique de plus ? demanda Neil, les sourcils levés, avant d'ajouter succinctement : Le nom de mon service est suffisamment explicite, tu ne trouves pas ? »

Il poussa un soupir et reprit d'un ton farouche :

« Nous sommes décidés à combattre la mafia, nous voulons lui porter les coups les plus terribles qu'il soit possible d'assener.

— Oui, je comprends parfaitement, mais la question que je me pose est de savoir si je travaillerai avec vous, dans la plus totale clandestinité. Et à qui en voulez-vous plus particulièrement ? Vous attaquez-vous à la mafia dans son intégralité ?

— Pour répondre à ta première question, je dirai que tu n'es pas obligé de rester dans l'anonymat, si tu ne le souhaites pas, mais personnellement, je préférerais que ton affectation chez nous reste secrète. Avec un élément d'élite comme toi, ça ne pourrait qu'améliorer les chances d'obtenir un résultat. En ce qui concerne ta seconde question, je peux te dire que nous nous attaquons, bien sûr, à toutes les familles de New York, mais que nous concentrerons tout de même nos efforts sur la mise hors de combat des Rudolfo. »

En entendant ce nom, Kevin laissa échapper de ses lèvres un long sifflement. Des six familles qui se partageaient New York — les Gambino, les Colombo, les Genovese, les Lucchese, les Bonanno et les Rudolfo —, la dernière était la plus puissante et la plus redoutable de toute la mafia américaine. Le *don* qui se trouvait à sa tête, Salvatore Rudolfo, était considéré aussi bien par la police que par la mafia elle-même comme l'un des plus grands parrains qu'on ait jamais connus dans l'histoire du crime organisé. Il était le *capo di tutti capi*, le patron de tous les patrons, l'homme le plus respecté et le plus vénéré devant lequel se prosternaient tous les autres *dons* de la côte Est.

« Grands Dieux, Neil, vous ne manquez vraiment pas d'air dans votre service ! Il y a des années que la famille Rudolfo vous tient la dragée haute et j'ai l'impression que ça va plutôt être coton de faire quelque chose d'un peu spectaculaire pour la neutraliser. Ils vont vous donner du fil à retordre, les Rudolfo, si vous tenez vraiment à les coller derrière les barreaux d'un pénitencier !

— Peut-être pas autant que tu le crois, objecta Neil d'un ton assuré. Nous avons fait un grand pas en avant récemment, en nous infiltrant dans la famille Rudolfo. Nous avons placé une taupe chez eux et c'est pour ça que nous avons besoin de toi, Kev. Tu vas entrer en contact avec les Rudolfo dans le cadre d'un trafic de drogue bien précis, et c'est notre agent qui va te présenter à eux et veiller sur ta sécurité.

— Mais les Rudolfo ont toujours nié se livrer au trafic de drogue.

78

– Ils mentent, Kevin. Tous les mafiosi trempent dans le trafic de drogue, quelle que soit la famille dont ils sont issus, et tu le sais aussi bien que moi. Les Rudolfo ne valent pas plus cher que leurs... leurs... frères !» s'exclama Neil d'une voix qui s'était soudain faite acerbe.

Il décocha à Kevin l'un de ses regards les plus percutants.

« Toi, tu es un spécialiste, un expert en matière de répression contre la drogue et tu as réussi de très jolis coups de filet. J'ai besoin de tes compétences, de tes contacts, de ta facilité à t'immiscer dans ce monde pourri et à y évoluer avec aisance et assurance. Allez, donne-moi ta réponse, mon vieux. »

Kevin resta silencieux.

Neil ne se tenait pas pour battu.

« J'ai pensé à toi parce que je savais que tu t'étais juré de régler leur compte à tous les salauds qui trempent dans le trafic de drogue. Je t'offre une chance de porter un coup vraiment terrible à ces maudits marchands de mort, mon pote. Parce que, vois-tu, c'est la mafia qui est à la base de tout, du smack jusqu'au crack, toutes les formes de drogues, c'est elle qui se les procure et c'est elle qui les vend. Il y en a pour des millions de dollars, de cette pourriture qu'ils déversent à jet continu dans les rues de cette cité. Des milliards de dollars, même, si tu comptes toutes les familles et que tu songes aux tonnes et aux tonnes de came qu'ils introduisent sur le marché.

– OK, j'en suis », dit Kevin, prenant soudain son parti.

Il y eut un court silence. Kevin leva son verre, but une gorgée de bière et ajouta, comme si cette idée venait seulement de surgir dans son esprit :

« Et je travaillerai dans la clandestinité la plus totale, si c'est là ce que tu souhaites.

– Je savais que je pouvais compter sur toi. »

Neil paraissait soulagé d'un grand poids. Au bout d'un bref instant il reprit :

« J'entre en contact avec Eddie LaSalle dès lundi, et nous régulariserons aussitôt ta situation sur le plan administratif. Comme je te l'ai dit l'autre jour, quand je t'ai téléphoné, Eddie m'a donné le feu vert, et il m'a autorisé à te contacter. Il ne sera donc pas surpris que tu aies accepté de changer de service.

– Non, bien sûr. D'ailleurs, je lui en ai parlé, moi aussi, je l'ai prévenu que je te voyais ce soir. »

Neil finit son verre de bière et repoussa sa chaise.

« On prend quelque chose d'un peu plus costaud pour sceller notre accord ? proposa-t-il en se levant, pour s'appuyer au dossier de sa chaise.

– Si tu veux, Neil. Mais un seul verre. Après il faudra que je m'en aille. Je suis déjà en retard pour mon rendez-vous. Mais attends, je vais aller le chercher moi-même. »

Neil secoua la tête.

« Pas question, mon vieux, c'est moi qui régale. »

Un large sourire éclaira soudain son visage.

« Tu vas retrouver ta petite amie des quartiers chic, sans doute. Et je suppose aussi que pour toi ce sera un scotch on the rocks ?

– Exact. Je dirais même : doublement exact. »

Quelques instants plus tard, ils choquaient leurs verres en souhaitant qu'une réussite totale vienne couronner leurs efforts conjugués.

Et puis il y eut un silence.

Neil alluma une cigarette, en tira une longue bouffée et resta immobile, l'air pensif.

Kevin dégustait son scotch, observant son collègue avec attention. Il se demandait à quoi pouvait bien penser Neil. Son collègue s'apprêtait-il à lui faire une quelconque révélation ? Avec Neil, il fallait toujours plus ou moins s'attendre à des surprises.

Il commençait à trouver le temps long. Il en avait assez de ce troquet pourri, il voulait partir, héler un taxi pour remonter vers le centre-ville, et se dépouiller de sa défroque de flic afin de se détendre un peu, l'espace d'un week-end, vivre enfin une vie normale.

Il menait une existence difficile, exerçant un métier éprouvant, plus qu'éprouvant : un vrai calvaire!

Heureusement elle était là, un rayon de soleil, sa seule joie et son seul vrai bonheur. Il avait horreur de la faire attendre, il s'efforçait au maximum d'arriver à l'heure. Sinon, elle se rongeait d'inquiétude, persuadée qu'il avait fini par succomber sous les coups des criminels qu'il pourchassait.

Quelques semaines plus tôt, elle avait envisagé de rompre : elle avait trop de mal à supporter cette angoisse qui la tenaillait sans relâche. Il n'avait pas dit grand-chose en réponse à cette annonce mais, à sa grande surprise, il avait senti monter en lui un véritable accès de panique. Il se demanda, si elle le quittait, ce qu'il ferait sans elle...

Neil rompit soudain le silence qui s'était installé entre eux.

« Tu devrais peut-être annoncer partout que tu as l'intention de te mettre au vert un moment, que tu pars en vacances à l'étranger, que tu vas quitter la ville et en profiter pour disparaître de la circulation pendant quelque temps. Je crois que ce serait une sage précaution, Kev.

— Tu as raison. D'ailleurs, en ce moment, je ne fais rien de spécial. Je viens de réussir un gros coup avec Joe Harvey. Écoute, je vais annoncer à Eddie que je voudrais bien prendre une semaine de congé avant de rappliquer dans votre service. D'ailleurs, pour être franc, Neil, j'ai bien besoin de dételer un peu.

— Bonne idée! Prends un peu de repos tout de suite parce qu'après tu auras un sacré boulot. Comme je te le disais tout à l'heure, on a rudement besoin de toi et crois bien qu'on ne va pas se priver de recourir à tes services, vingt-quatre heures sur vingt-quatre s'il le faut. »

Kevin fit un hochement de tête compréhensif.

« Aucun problème. La seule chose qui compte à mes yeux c'est que nous parvenions à régler une fois pour toutes le compte des Rudolfo. Il faut les mettre hors d'état de nuire. Définitivement. La mafia traverse une passe difficile en ce moment, nous allons en profiter. La famille Colombo est en plein merdier, ça s'effiloche de tous les côtés. Quant aux Gambino, ils ne savent plus où donner de la tête. Vois-tu, j'ai l'impression que le lieutenant de leur parrain de mes deux s'apprête à dire tout ce qu'il sait lors du procès pour meurtre et racket qui va être intenté à Gotti. »

Neil eut un petit rire joyeux.

« Tu l'as dit, mon vieux. John Gotti, avec ses costards à deux briques, il est en plein dans le potage. Sammy Gravano, dit "Le Taureau", a des tas de choses à raconter sur lui, et il ne va pas s'en priver. Une vraie aubaine pour la justice! Te rends-tu compte, Kevin, quand on pense que ces deux mecs-là étaient unis comme les deux doigts de la main, une union scellée dans le sang qui a été complètement réduite à néant par un tout petit bout de ruban : l'enregistrement par la police d'une conversation particulièrement compromettante entre deux mafiosi. »

Un large sourire éclaira son visage.

« Gotti va en prendre plein la gueule, reprit-il. Il va rester à l'ombre pendant des années, oui, des années et des années.

– Ça va être un sacré coup dur pour le milieu. La police a fait là un fameux boulot...

– A qui le dis-tu! C'est mon service qui est à l'origine de ce coup fourré. La défection de Gravano est la plus décisive de toutes celles qui se sont produites jusqu'à présent, surtout quand on pense à l'envergure de la famille Gambino, la plus importante de tout le pays, et au rang occupé par Gravano qui était le bras droit de Gotti. »

Neil secoua la tête de l'air de quelqu'un qui ne croit pas à sa chance.

« Je n'en suis pas encore revenu qu'il ait enfreint l'*omerta*... la loi du silence que tous les mafiosi jurent solennellement de respecter quoi qu'il arrive. Et pourtant, il dit pis que pendre de son *goombah*, son meilleur ami. C'est pas étonnant, ça ? »

Sans laisser à Kevin le temps de formuler le moindre commentaire, Neil reprit :

« Car enfin, ils ont démarré ensemble au bas de l'échelle, Gravano et Gotti, de simples soldats l'un comme l'autre, des sans-grade qui ont réussi, aussi incroyable que ça puisse paraître, à se hisser jusqu'au sommet de la hiérarchie. »

Neil haussa les épaules puis il enchaîna :

« Seulement, Gravano a voulu sauver sa peau, alors il s'est dit que la loi du silence et l'amitié c'était bien gentil, mais qu'il fallait d'abord tout faire pour éviter de se retrouver en taule. Et le voilà qui chante comme un canari. »

Kevin hocha la tête d'un air approbateur.

« J'ai l'impression que le procès de Gotti à Brooklyn va valoir le déplacement. »

Il loucha vers sa montre et se leva d'un bond.

« Il est beaucoup plus tard que je le croyais. Il faut que je m'en aille, Neil.

— Moi aussi. Ma bourgeoise m'attend. Notre première sortie un samedi soir depuis plusieurs mois et voilà que je suis à la bourre. Elle va me tuer ! »

Ils enfilèrent leurs vestes à la hâte et sortirent du bar.

8

Arrivés sur le trottoir, les deux inspecteurs restèrent à parler un moment, puis Neil saisit Kevin par le bras.

« Amène-toi, mon vieux. Je t'accompagne jusqu'au bout de la rue. Tu trouveras un taxi là-bas. Elle va pas être trop fâchée contre toi, ta copine ? »

Kevin secoua la tête d'un air dubitatif.

« Non, je crois pas. Elle a l'habitude de me voir rappliquer à des heures indues. Elle aime pas ça, bien sûr, mais enfin, elle ne fait pas trop de réflexions. De toute façon, elle va être contente, ou en tout cas soulagée, quand je lui annoncerai que je suis muté dans le service de renseignements de la police criminelle. »

Neil le regarda sans comprendre.

« Mais c'est un service à hauts risques !

— Toi, tu le sais, Neil, et moi aussi. Mais elle, elle l'ignore. Tout comme ma frangine Rosie. Elles sont toujours en train de me tanner pour que je change d'affectation ; alors elles vont sauter au plafond quand je vais leur annoncer que j'ai réussi à obtenir ma mutation. Le service des renseignements de la police criminelle, ça fait plutôt bureaucrate, non ? Qu'est-ce que tu en penses ?

— Oui, évidemment, ça peut vouloir dire n'importe quoi, je le reconnais. »

Kevin frissonna sous son pardessus et enfonça les poings au fond de ses poches.

« Il fait plutôt frisquet, ce soir, et naturellement y a pas de taxi en vue. C'est toujours comme ça au moment où on en a le plus besoin.

— C'est ce que les gens disent aussi à propos des flics, ne put s'empêcher de rétorquer Neil en partant d'un grand éclat de rire.

— Pourquoi a-t-il fallu que tu me donnes rendez-vous dans ce troquet complètement pourri de la Bowery, à mille lieues des endroits civilisés ?

— Parce que je voulais être le plus loin possible du secteur où tu opères d'habitude, dans le Queens, sans être pour autant obligé de te faire aller jusque dans le New Jersey.

— Je dois t'avouer que je partirai du Queens sans regret, déclara Kevin alors qu'ils descendaient la rue en marchant d'un bon pas. Et Dieu merci, je n'aurai plus besoin de remettre les pieds au Meson Asturias. Ce boui-boui, je ne peux plus le voir en peinture ! Quand je pense qu'il y a trente ans, cette infâme *cantina* était un bar irlandais tout ce qu'il y a de plus typique, bondé de gars de Dublin sympas en diable qui sirotaient du vieux malt de chez nous en racontant de bonnes histoires sur le pays natal. Seulement, les Irlandais sont partis depuis longtemps, ils se sont installés à Woodside, comme nous l'avons fait nous-mêmes juste avant la mort de ma mère, et Roosevelt Avenue est devenue une véritable colonie colombienne. Ces Latinos, ils y font un foin de tous les diables, et si t'as pas des billets de cent dollars dans les poches, t'es considéré comme un moins que rien. Tous sapés comme des princes, dans ces discothèques où on ne joue que des salsas.

— Sans compter qu'ils ont la détente facile. Ça canarde plus dans cette rue qu'à Bogotá, Cali ou Medellín, renchérit Neil. Tu as dû t'en apercevoir. »

Il poussa un soupir vite réprimé.

« Ça me fend le cœur, Kevin, quand je vois que New York est devenue complètement maboule avec tous ces règlements de comptes. C'est le crack qui les rend fous.

— Toi et moi, Neil, nous vivons dans les entrailles du monstre. On est vraiment aux premières loges, tous les jours que le bon

Dieu fait... Ah, on peut dire qu'on en voit des sans-abri, des crève-la-faim, sans oublier les dingues, les accros et les criminels. Ouais, y a vraiment intérêt à regarder la réalité en face, mais la plupart des gens refusent de le faire, ils ne voient rien ou alors ils se mettent eux-mêmes des œillères, ce qui revient dans les deux cas à pratiquer la politique de l'autruche. Oui, on peut dire qu'on est en pleine tragédie, et il n'y a pas grand-chose à faire, j'en ai peur. »

Neil s'immobilisa soudain. Il se tourna vers Kevin et lui saisit le bras. A la lueur des réverbères, son visage paraissait empreint d'un profond désespoir.

« Il suffit de rouler un petit quart d'heure en sortant de Manhattan par le pont de Queensborough et tu te retrouves en Amérique du Sud, que tu le veuilles ou non. Et tu risques ta peau à chaque pas que tu fais, au milieu de ces barons de la drogue, des petits trafiquants, des accros et des cinglés en tout genre qui pullulent autour de toi. Bah, vois-tu, je suis rudement content que tu aies accepté de te joindre à nous, mon vieux. Oui, vraiment.

— Moi aussi. Pour être très franc, j'ai même l'impression d'avoir accru mon espérance de vie de plusieurs années. »

Neil hocha la tête. Puis il reprit :

« Et il y a Bushwick aussi ; alors là, c'est le pompon ! Un vrai trou à rats... Un bidonville où pullulent les amateurs de crack et de coke, sans oublier les héroïnomanes qui se shootent à qui mieux mieux. Des déchets de l'humanité, prêts à voler, à cogner ou à tuer juste pour avoir de quoi se payer leur dose. Ça me donne envie de gerber.

— Ce n'est que trop vrai, *compadre*, ce n'est que trop vrai, dit Kevin à mi-voix en prenant Neil par le bras pour l'obliger à repartir en direction du carrefour de Houston Street.

— Eh oui, c'est ça l'Amérique, dit Neil d'un ton rempli d'amertume. Le pays le plus riche et le plus puissant du monde. C'est plus qu'écœurant, c'est horrible. Diabolique. Mais qu'est-il donc arrivé à notre beau pays ? Et le rêve américain, qu'est-il devenu ? »

Kevin ne répondit pas. Il ne voyait pas ce qu'il aurait pu ajouter. Neil avait fort bien résumé la situation.

Kevin avait une clé de l'appartement : il entra et resta un moment dans le vestibule, attendant de la voir apparaître, comme elle avait l'habitude de le faire quand il rentrait. Mais ce soir, elle ne vint pas.

Il accrocha son pardessus dans la penderie de l'entrée et cacha tout au fond, suspendu à un cintre, le holster qui contenait son pistolet. C'était déjà bien assez qu'elle sache qu'il évoluait dans un monde où sévissait la violence, inutile de lui en mettre la preuve sous les yeux. D'ailleurs, il aimait bien établir entre sa vie professionnelle et sa vie privée une barrière quasiment infranchissable.

Intrigué par le silence qui régnait dans l'appartement, il tendit l'oreille, se demandant s'il ne s'était pas passé quelque chose d'anormal.

Aucun bruit. Rien ne bougeait. Pourtant, quand il eut commencé à traverser le hall pour se diriger vers la porte donnant sur le salon, il entendit faiblement la musique qui provenait d'un poste de radio allumé dans la cuisine. Il eut alors la certitude qu'elle était rentrée.

Il passa la tête dans le salon ; il y avait de la lumière mais le feu était en train de mourir dans l'âtre. Kevin eut l'impression que personne ne s'en était occupé depuis longtemps.

Pivotant sur ses talons, il enfila le couloir menant à la chambre. La porte était entrouverte. Il la poussa et entra. Les lampes de chevet émettaient une lueur discrète mais suffisante pour lui permettre de voir qu'elle était pelotonnée sur le lit, les yeux fermés. Dormait-elle pour de bon ? Il ne pouvait le dire avec certitude.

Il s'approcha du lit et remarqua alors une dizaine de dossiers en papier bulle étalés en éventail sur l'édredon ; certains laissaient échapper leur contenu. Manifestement, elle avait voulu travailler mais, vaincue par la fatigue, elle s'était endormie en attendant qu'il arrive.

Il se pencha vers elle en murmurant son nom, attentif à ne pas l'effrayer ou la faire sursauter ; puis il posa une main légère sur sa joue.

Elle ouvrit aussitôt les yeux. Le soulagement et le bonheur se lurent sur son visage dès qu'elle l'eut aperçu.

« Kevin, murmura-t-elle doucement. Oh, mon Dieu, je suis désolée, j'ai dû m'assoupir.

– Ce n'est pas grave, ma chérie, dit-il en s'agenouillant pour que leurs visages soient tout près l'un de l'autre. C'est moi qui dois m'excuser parce que je suis en retard. Neil O'Connor m'a tenu la jambe un peu plus longtemps que je ne l'avais cru. Tu te souviens de Neil ? Tu l'as rencontré l'année dernière... Bref, il avait besoin de me parler et on n'a pas pu trouver un autre moment que ce soir. C'était urgent.

– Ce n'est rien, Kevin, je t'assure. »

Il la regarda bien en face et expliqua :

« Neil m'a demandé de me faire muter dans son service. Je lui ai donné mon accord. »

Surprise, elle cligna les yeux plusieurs fois et esquissa un froncement de sourcils.

« Ah bon ? Dans quel service vas-tu donc être ?

– Le service de renseignements de la criminelle.

– Tu travailleras dans un bureau ?

– Une partie du temps, dit-il sans hésiter à mentir pour la rassurer.

– Et le reste du temps ? insista-t-elle, fixant sur lui avec une intensité soudaine son regard perspicace où brillait l'intelligence la plus vive.

– Oh, bah, naturellement, il faudra aussi que je sois sur le terrain, mais cette nouvelle affectation sera beaucoup moins dangereuse que la précédente. Parole ! »

Kevin marqua une courte pause, décocha un sourire enjôleur et enchaîna très rapidement :

« Et attention, j'aurai davantage de temps libre. Infiniment plus.

– Alors, ça, c'est une bonne nouvelle », s'exclama-t-elle d'un ton joyeux.

Elle tendit une main et lui toucha la joue. Elle lui sourit.

Il adorait ce sourire. C'était le sourire innocent d'un petit enfant, un sourire radieux qui illuminait son visage. Il la saisit aux épaules et l'attira vers lui. Puis il tendit les lèvres et déposa un baiser léger sur sa bouche.

Aussitôt, elle lui passa les bras autour du cou et lui rendit son baiser avec une ardeur qui lui mit le feu au sang. Il l'enlaça à son tour, la serra contre lui et l'embrassa avec passion, introduisant sa langue entre les lèvres de sa compagne. Ils restèrent ainsi un long moment, leurs deux bouches collées l'une à l'autre, sans reprendre leur respiration.

C'est Kevin qui s'arrêta le premier. Il lui dénoua le haut de sa robe de chambre en satin fleur de pêcher et baissa la tête vers sa poitrine. Elle portait une chemise de nuit de la même couleur retenue par des lacets; il n'eut aucun mal à les défaire et passa la main dans le corsage bordé de dentelle. Quand un sein eut surgi hors de la chemise de nuit, Kevin le prit dans sa bouche. Elle se mit à geindre doucement.

Kevin s'interrompit pour lui enlever sa robe de chambre, puis il se mit à lui effleurer tout le corps avant de se pencher de nouveau sur elle pour caresser et embrasser le bout de ses seins. Il releva ensuite la tête pour la regarder. Elle avait les yeux fermés et les lèvres légèrement écartées; elle respirait rapidement. Il se rendit compte qu'elle était au comble de l'excitation.

L'expression qu'il lisait sur son visage – un abandon auquel se mêlait l'extase – exacerba sa sensualité, qu'aiguisait encore davantage le contact de l'étoffe soyeuse sous ses doigts. Il souleva la chemise de nuit et fit remonter la paume de sa main le long de la cuisse...

« Oh, Kevin », murmura-t-elle en ouvrant les yeux.

Il leva un sourcil.

« Oui ?

– Continue.

– Attends. »

Il baissa la tête et amena sa bouche au centre de ce corps adorable, multipliant les baisers et les caresses de ses doigts experts. Depuis plus d'un an qu'il faisait l'amour avec elle, il la connaissait bien, il savait qu'elle était au bord de l'extase et il voulait qu'elle y parvienne le plus tôt possible.

Elle murmura :

« Viens, Kevin, déshabille-toi et couche-toi sur le lit. J'ai envie de te sentir en moi. »

Il s'allongea tout contre elle et la prit dans ses bras, murmurant son nom, le visage enfoui contre son cou. Mais au bout d'un moment, il se tourna sur le flanc et ouvrit le tiroir de la table de nuit à tâtons pour y prendre un préservatif. Il détestait cela. Pourtant il était très conscient des risques présentés par le sida et des précautions qui s'imposaient.

Il se tourna vers elle et l'embrassa sur la bouche. Puis, après quelques baisers profonds et passionnés, il baissa de nouveau la tête et s'attarda un moment sur la pointe de ses seins qui s'était dressée, toujours plus dure entre ses lèvres; au contact de cette bouche fiévreuse, elle poussait de petits gémissements de plaisir, cambrant le corps contre celui de Kevin.

Il avait envie d'elle, une envie presque douloureuse. Il l'allongea sur lui, avec une violence à peine contenue, et se remit à l'embrasser tout en lui caressant les seins. Comme toujours elle lui rendait ses baisers avec une ferveur identique, mais soudain elle se recula un peu et baissa la tête pour lui embrasser la poitrine et le ventre.

Vite, il la souleva pour l'allonger à côté de lui et la chevaucha; les mains calées de chaque côté, il pénétra en elle avec force, et imprima à son corps un mouvement de va-et-vient régulier. Passant les jambes autour de son dos, elle se colla à lui, se mouvant en rythme avec lui, mais il se rendit compte qu'elle ne se laissait pas franchement aller.

« Ne te retiens pas, murmura-t-il, la bouche tout près de sa bouche.

— Non, chuchota-t-elle. Je t'attends. »

Pourtant, elle avait à peine formulé ces mots qu'un tremblement profond la saisissait. Une vague de chaleur l'inondait, enveloppant Kevin, et elle cria :

« Mon chéri! »

L'émotion qu'elle manifestait devant ses caresses ne manquait jamais de l'exciter en retour, et il fut bientôt incapable de se contrôler plus longtemps.

« Oh, Nell, haleta-t-il. Oh, Nell, Nell! » Il semblait prêt à répéter ce nom à l'infini.

Enserrée dans les bras de Kevin, elle restait immobile, sa tête blonde reposant sur sa poitrine, les yeux clos, le souffle léger et régulier.

Kevin la regardait sans rien dire, souriant à demi. Ce qu'il aimait avec elle, c'était ce qu'il y avait après l'amour, tout autant que l'acte sexuel lui-même.

Il était aussi détendu qu'elle, l'esprit au repos, à l'aise avec elle et avec lui-même, l'esprit dégagé de toute préoccupation.

Cela provenait peut-être du fait qu'il la connaissait depuis qu'elle avait dix-sept ans. Comme sa sœur Rosie, qui était la meilleure amie de Nell, elle avait trente et un ans maintenant, mais en cet instant précis, elle paraissait beaucoup plus jeune, une vingtaine d'années tout au plus, avec sa silhouette d'adolescente, sa peau satinée et son visage sans rides.

Nell Jeffrey était très chère à son cœur et dès qu'il se trouvait en sa compagnie il se sentait comme régénéré. Chaque jour, l'exercice de sa profession l'accaparait davantage, mais la présence de Nell lui permettait de se retrouver dans un véritable état de grâce sans même qu'elle s'en rende compte. D'une certaine manière, grâce à elle, il était à même de récupérer l'intégralité de son énergie et de sa joie de vivre.

Jusqu'à un certain point, Kevin pouvait oublier le passé en présence de Nell, et une part non négligeable de la souffrance provoquée par le calvaire de Sunny s'atténuait sans disparaître totalement toutefois.

Tout compte fait, c'était un peu comme si Sunny était morte, quand on songeait à l'horrible condition qui était la sienne maintenant. Et la vie appartenait aux vivants, finalement. Cette idée avait fini par s'imposer à lui depuis quelques années, renforcée par la présence de Nell dans son univers familier.

Il pensait de moins en moins à son ex-fiancée. Six ans, c'est long, tout de même. D'ailleurs, neuf mois plus tôt, il avait commencé à espacer ses visites, sur la suggestion d'Elena, la sœur de Sunny, qui, un dimanche après-midi où il l'avait vue à la clinique, lui avait expliqué que la malade aurait moins de problèmes s'il ne venait pas la voir aussi souvent, dans la mesure où elle s'agitait davantage à chacune de ses visites. Tout se passait comme si, dans les épaisses brumes de son esprit ravagé, Sunny se souvenait qu'ils avaient été amants autrefois, ce qui provoquait en elle un émoi préjudiciable à sa sérénité. C'est du moins ce qu'Elena lui avait dit ce jour-là.

Finalement, trois mois plus tôt, il avait cessé totalement ses visites. La famille de Sunny avait eu l'air soulagée de cette décision et il s'était rendu compte qu'il s'accommodait fort bien de cette nouvelle situation.

Pourtant, il lui arrivait de se demander de temps à autre s'il n'y avait pas là de sa part une sorte de lâcheté morale. Ne fuyait-il pas, en quelque sorte, devant ses responsabilités ?

Quand il avait fait part de ses doutes à Nell, elle s'était récriée haut et fort, arguant que non seulement ne pas y aller était la meilleure solution mais que c'était aussi la seule solution possible.

« Tu ne peux plus rien pour elle, avait dit Nell. Ta présence ne fait que retourner le fer dans la plaie. Et en plus, elle constitue pour toi un handicap terrible, qui t'enlève toute ta liberté d'action. Il faut que tu renonces à aider Sunny, dans ton propre intérêt ; tu as ta vie, toi aussi, il ne faut pas l'oublier. »

Ces fortes paroles l'avaient aidé à tenir et, récemment, il s'était rendu compte qu'un lourd fardeau lui avait été enlevé. Nell avait raison : Sunny appartenait désormais au passé, un passé dont il fallait faire abstraction pour pouvoir aller de l'avant.

Maintenant, quand il évoquait l'image de Sunny, il la revoyait telle qu'elle était avant de devenir cette pitoyable loque humaine que la drogue avait faite d'elle : une jeune fille pleine de dynamisme et de joie de vivre. Et Kevin devait reconnaître qu'ainsi il pouvait envisager son propre avenir avec une confiance renouvelée : grâce à Nell, qui lui avait donné une vision plus saine des choses.

Il enfouit son visage dans les cheveux de Nell. Ils étaient soyeux et doux, et la discrète odeur de citronnelle qui s'en dégageait avait une fraîcheur comparable à celle qui émanait du corps de sa compagne.

Nell faisait désormais partie intégrante de son existence et il ne parvenait pas à imaginer comment il pourrait vivre sans elle. Ce qui le surprenait encore, c'était la manière dont ils étaient devenus amants, un an plus tôt, après s'être connus pendant quatorze ans.

Gavin était venu à New York en octobre, l'année précédente, afin de rencontrer Nell avec qui il était en affaires. Il allait ensuite à Londres pour voir les producteurs de *Kingmaker*, ayant enfin réussi à obtenir que commence le tournage du film.

Gavin avait téléphoné à Kevin pour l'inviter à dîner, précisant que Nell serait de la partie. Kevin avait accepté avec joie : il ne les avait vus ni l'un ni l'autre depuis plus d'un an! Ce fut une soirée merveilleuse, pleine de rires et de bonne humeur, de souvenirs partagés et d'affection mutuelle.

Ils avaient pris leur repas dans la suite que Gavin occupait au Carlyle Hotel et quand Kevin était reparti, bien après minuit, il avait insisté pour raccompagner Nell chez elle. Bien qu'il fît assez froid, ils avaient marché tout le long du trajet et quand ils étaient arrivés devant l'immeuble de Park Avenue où elle habitait, elle l'avait invité à monter prendre un dernier verre.

Pendant qu'elle remplissait deux verres ballons de Rémy-Martin, il avait craqué une allumette pour faire flamber le papier et les bûches préparés dans la cheminée, et ils s'étaient installés sur le canapé pour savourer leur cognac en devisant sur le passé et sur leur vie présente.

Il avait beau se creuser la tête, il restait incapable de préciser comment les choses s'étaient passées, mais tout d'un coup, Nell fut dans ses bras. Il l'embrassait et elle lui rendait ses baisers avec fougue. Et ils finirent par faire l'amour passionnément, sur un tapis devant le feu qui crépitait joyeusement.

C'était un vendredi soir et comme il n'était pas de service durant le week-end, ils avaient pu passer deux jours ensemble. Bien à l'abri dans la tiédeur et le confort de ce superbe appartement, saisis l'un et l'autre par un amour enflammé, ils avaient oublié le monde extérieur, leurs problèmes et leurs tracas pendant les quarante-huit heures de ce miraculeux répit qui leur était accordé.

Un moment, ils avaient parlé de Mikey, qui s'était évaporé l'année précédente. Tout le monde s'interrogeait sur cette mystérieuse disparition, surtout Nell. Une fois terminée leur idylle d'adolescents, ils étaient restés bons amis, se rapprochant même l'un de l'autre à mesure que passaient les années, se confiant leurs secrets ainsi que le font souvent les amis les plus intimes.

Le premier soir, Nell avait dit à Kevin qu'elle se faisait beaucoup de souci pour Mikey; elle ne parvenait pas à comprendre comment il avait pu quitter New York sans la prévenir. Personne n'avait la moindre idée de l'endroit où il se trouvait, pas même le garçon qui partageait son appartement. Il s'était tout bonnement évanoui dans la nature.

Kevin se disait souvent que Mikey avait sans doute été victime d'un mauvais coup. En tant que policier, il n'était que trop conscient de l'existence de terrifiantes statistiques : chaque année des milliers d'Américains disparaissaient sans laisser de traces. On en retrouvait très peu. La liste des personnes disparues qu'il pouvait consulter dans le commissariat auquel il était rattaché avait des kilomètres et des kilomètres de long.

Nell venait de bouger dans ses bras.

Kevin abaissa son regard vers elle.

Elle ouvrit les yeux, tourna la tête et le fixa elle aussi.

« Quel air sérieux tu as, mon amour ! Y a-t-il quelque chose qui te tracasse ? »

Bien qu'il n'y eût jamais entre eux la moindre cachotterie, Kevin préféra ne pas mentionner Mikey à cet instant précis. Le moment était mal choisi. C'est pourquoi il se contenta d'expliquer :

« Je pensais à nous, Nell. Ça fait plus d'un an que nous nous voyons régulièrement et pourtant personne ne sait que nous nous aimons.

— Si, il y a Neil O'Connor ; lui, il est parfaitement au courant de notre liaison.

— Je voulais parler de nos amis et de notre famille.

— Tu n'as rien dit à Gavin ?

— Mais je ne l'ai pas vu cette année, sauf pendant les quelques jours que j'ai passés à Londres pendant le tournage du film. D'ailleurs, tu as déjà dû te rendre compte que je ne suis pas du genre à aller raconter ce qui m'arrive à Pierre, Paul, ou Jacques. Et toi, je sais que tu n'as fait aucune confidence à Rosie, sinon elle m'en aurait parlé la semaine dernière.

— Je ne sais pas pourquoi je ne lui ai rien dit, Kev. C'est bizarre que nous ayons tenu cette histoire secrète, et pourtant, il en est ainsi. »

Elle se rapprocha de lui et passa un bras autour de son cou, le serrant bien fort. Au bout d'un moment, elle reprit :

« J'aurais peut-être dû lui en toucher un mot. Après tout, c'est ma meilleure amie.

— Ça lui fera plaisir de savoir que nous nous aimons, j'en suis absolument certain.

94

– Oh, sûrement, elle sera ravie », s'exclama Nell en renversant la tête en arrière pour mieux le voir, avant d'ajouter non sans coquetterie :

« Ça, je peux te l'assurer, mon chéri. Elle nous donnera sa bénédiction sans la moindre réticence.

– Quand revient-elle de Los Angeles ?

– Mais voyons, Kevin. Elle est partie seulement hier soir. Je suppose qu'elle rentrera en même temps que moi.

– Comment ça, en même temps que toi ?

– Bah oui, je pars pour la côte Ouest, moi aussi, pour...

– Quand donc ? demanda-t-il brusquement sans lui laisser le temps d'achever sa phrase.

– Mardi ou mercredi.

– Et moi qui me préparais à prendre une semaine de congé avant d'entrer dans mes nouvelles fonctions ! J'espérais que nous allions passer quelques jours de vacances ensemble, ma chérie. »

Nell se mordit les lèvres d'un air contrarié.

« C'est dommage que je n'en aie rien su, Kevin, ç'aurait été formidable. Mais j'ai pris un tas de rendez-vous maintenant et il n'est plus possible de modifier quoi que ce soit à mon emploi du temps. Je dois rencontrer Gavin, qui prend l'avion à Londres lundi pour aller passer une semaine à Los Angeles. Et j'ai également prévu de discuter avec d'autres clients...

– Je vois...

– Je suis désolée, vraiment désolée. Attends, il me vient une idée ! Pourquoi est-ce que tu ne viendrais pas sur la côte, toi aussi ? Ce serait formidable, on se retrouverait tous les quatre, comme autrefois : toi et moi avec Rosie et Gavin. »

Son visage s'était illuminé à l'évocation d'un tel bonheur. Elle s'exclama d'un air surexcité :

« Oh, allons, Kev, dis que tu acceptes ! Je t'en supplie, dis-moi que tu es d'accord ! »

Il hésita.

« Bah, je ne sais pas au juste... »

Il n'alla pas jusqu'au bout de sa pensée, en fait il ne savait que dire, ignorant s'il devait ou non s'engager dans un tel projet.

Nell s'assit, l'embrassa joyeusement sur le bout du nez, puis partit en direction de la salle de bain. Arrivée à la porte, elle lança :

« En tout cas, ça mérite réflexion, non ?

— J'ai réfléchi. Il vaut mieux que je n'y aille pas.

— Mais pourquoi donc ?

— Je serais là-bas comme un chien dans un jeu de quilles, puisque tu seras toujours par monts et par vaux toute la journée. Et puis j'ai un tas de trucs à régler, de mon côté, à New York. Tu sais bien, des affaires personnelles que je remets sans cesse à plus tard parce que je n'ai jamais le temps d'y penser. »

Elle hocha la tête et entra dans la salle de bain.

Quand elle en ressortit, quelques instants plus tard, elle avait enfilé un peignoir en coton éponge et en tenait un autre à la main.

« Tiens, mets ça, et allons manger un morceau. Le dîner est en train de mijoter dans la cuisine.

— Mais j'avais l'intention de vous emmener au restaurant, très gente dame. »

Elle lui décocha un sourire.

« Donne-moi un peu l'occasion de mettre en valeur mes talents de femme d'intérieur. J'ai préparé une poule à la cocotte ; comme ça fait des heures qu'elle est sur le feu, j'espère qu'elle n'est pas complètement brûlée. Sinon, tu n'auras plus qu'à m'emmener au MacDo du coin, à moins que tu ne préfères montrer tes talents à ton tour en me faisant des œufs brouillés. »

Il la suivit en riant hors de la chambre tout en nouant la ceinture du peignoir.

« Je n'ai pas faim à ce point-là, Nelly, dit-il. Mais si tu as un verre de vin à m'offrir, il sera le bienvenu. »

La poule en cocotte était succulente. Ils la dégustèrent dans la cuisine, accompagnée d'un beaujolais village de la meilleure cuvée.

Un moment, au cours du repas, Kevin choqua son verre contre celui de Nell.

« Qui aurait jamais pu penser que notre petite Nelly deviendrait une femme d'affaires aussi prestigieuse et se trouverait un jour à la tête d'une société internationale, sautant d'un avion dans un autre pour courir aux quatre coins du monde ?

— Moi », répondit-elle en lui décochant un clin d'œil, une lueur amusée au fond des prunelles.

96

Il lui adressa un sourire admiratif.

« Je suis fier de toi, tu sais. Et de Rosie aussi, d'ailleurs.

— Pour ta sœur, il y a vraiment de quoi être fier, murmura Nell d'une voix soudain empreinte de gravité. Les costumes qu'elle a réalisés pour *Kingmaker* sont tout simplement géniaux. Tout le monde va en rester comme deux ronds de flan. Attends de voir le film! L'oscar des meilleurs costumes, c'est dans la poche pour elle, et pour très bientôt.

— Ça alors, c'est formidable! Au fait, elle m'a parlé du prochain film de Gavin. Est-ce que c'est elle qui va le faire?

— Je ne sais pas, répondit Nell en haussant imperceptiblement les épaules. Il ne m'a pas dit de quoi il s'agissait, et elle l'ignore aussi d'ailleurs. Peut-être ne le sait-il pas lui-même. Remarque bien que s'il a décidé quelque chose, il ne peut s'agir que d'un truc qui va faire un tabac.

— J'ai dû mal comprendre ce qu'elle m'a expliqué. J'ai cru que c'était à cause de ce projet qu'elle allait à Los Angeles.

— Pas vraiment. Elle veut voir Gary Marshall, pour discuter avec lui de son prochain film. C'est une comédie romanesque, qui se passe de nos jours. Il adore tout ce qu'elle fait, lui aussi.

— Je ne peux pas l'en blâmer, approuva Kevin. A mon avis, un type qui a réalisé des films comme *Beaches* ou *Pretty Woman* ne peut proposer que des projets valables. J'espère donc que Rosie acceptera de travailler avec lui, ça serait idiot de refuser, à mon avis. »

Il prit une petite gorgée de vin et enchaîna :

« Et vous avez l'intention de rester là-bas combien de temps toutes les deux?

— Oh, quelques jours, une semaine au grand maximum. Ça dépendra de Johnny Fortune.

— Comment ça? demanda Kevin d'un air étonné.

— Je dois le rencontrer pour que nous mettions au point l'organisation du concert qu'il doit donner à New York au printemps ou l'été prochain. Au Madison Square Garden, une fois de plus. Il y a pas mal de choses à régler.

— Tu as fait de lui une véritable star, Nelly. »

Elle fit non de la tête.

« Pas du tout, Kev. C'est lui qui s'est fait lui-même. Avec sa

97

voix. Sans oublier son physique et son charme : toutes les femmes se pâment en le voyant. »

Kevin prit une expression amusée. Au bout d'un moment, il remarqua :

« Toi et Rosie, vous faites vraiment la paire ! Ni l'une ni l'autre vous n'acceptez de vous attribuer le mérite des succès que vous remportez. Crois-moi, Nell, sans toi il ne serait jamais devenu une vedette internationale.

— Tu n'as pas une vue impartiale des choses, mon chéri.

— Il est un peu mystérieux, ce type, non ?

— Qui ? Johnny ? Non, pas du tout. »

Elle fronça les sourcils d'un air perplexe et ne put s'empêcher de demander :

« Qu'est-ce que tu entends par mystérieux ?

— Bah, il surgit du néant, il fait deux albums, emballe tout son auditoire féminin et hop, le voilà lancé sur sa trajectoire. Tu interviens pour le conseiller sur la façon de mener sa carrière et d'un jour à l'autre il devient une superstar mondiale. Une mégastar.

— Ça n'a pas été si facile ! Les choses sont tout de même plus compliquées que tu ne le crois. Johnny a dû se produire dans des salles on ne peut plus modestes à Las Vegas ou Atlantic City pendant des années, sans parler des night-clubs où il lui a fallu ramer, courant comme un dératé d'un bout à l'autre du pays : Los Angeles, Chicago, Boston, New Jersey, Philadelphie, New York, une vraie galère ! Je te défie de me citer le nom d'une seule boîte de nuit où Johnny n'a pas chanté à un moment ou à un autre !

— N'empêche que grâce à toi, il est devenu l'équivalent américain de Julio en personne. »

Nell éclata de rire et secoua la tête en signe de dénégation.

« Pas d'accord. Il n'y aura jamais qu'un seul Julio Iglesias. Tiens, lui, c'est une vraie mégastar. C'est aussi l'un des garçons les plus sympathiques que je connaisse. Quant à Johnny Fortune, je crois qu'on peut trouver en lui un peu de ce qui existe chez tout le monde... Perry Como, Vic Damone, Little Old Blue Eyes lui-même, et naturellement Julio. C'est pour cela que tout le monde adore Johnny : il est l'incarnation de tous les chanteurs que chacun admire. »

Kevin eut un petit rire.

98

« Vraiment, tu es unique, Nell. Tu as le chic pour dire les choses exactement comme elles sont, mais je ne suis pas certain que Johnny apprécierait beaucoup de t'entendre parler ainsi de lui... Tu as l'air de suggérer qu'il n'est que le produit d'un faisceau d'influences multiples.

— C'est un peu le cas. Mais cela ne l'empêche pas d'avoir une certaine originalité, bien entendu. Pour moi, il est le baladin du *bel canto* des années quatre-vingt-dix.

— Belle formule !

— Et elle est de moi, rétorqua-t-elle en se penchant en avant pour lui planter un baiser sur la joue. Tu vois qu'il m'arrive de temps en temps d'admettre mes mérites, Kev. »

9

La maison se dressait au-dessus de Benedict Canyon, au sommet d'une colline boisée qui dominait Bel Air.

Elle avait été construite au début des années trente, au moment où Hollywood atteignait l'apogée de son âge d'or. Bien qu'elle fût de style colonial espagnol, la décoration intérieure avait été entièrement refaite vers 1950 par un producteur légendaire dont la femme était alors une vedette de cinéma de renommée mondiale.

Dans ces vastes pièces nombreuses et confortables, ils avaient apporté, avec un goût irréprochable, les lambris de bois rare, les cheminées élégantes et de vastes baies s'ouvrant du plancher jusqu'au plafond pour permettre au merveilleux cadre naturel de s'intégrer dans le décor intérieur de la maison.

Des terrasses ombragées, des jardins fleuris, ornés de fontaines et de statues, et une pool-house érigée au bord d'une piscine hors du commun achevaient de souligner la beauté bucolique de l'ensemble.

Aux yeux de Johnny Fortune, « la maison sur la colline » – c'est ainsi qu'il l'appelait toujours – était un lieu magique, et il lui vouait une tendresse à laquelle n'avait encore jamais eu droit aucun objet, à l'exception de la guitare que son oncle lui avait donnée bien des années auparavant.

Bien qu'elle ne manquât ni de distinction ni d'élégance, cette demeure était totalement dépourvue de prétention. Les pièces spacieuses étaient bien proportionnées et aérées à la perfection ; la lumière y entrait à flots. Toutes, ou presque, pouvaient s'enorgueillir d'une cheminée, même la pool-house.

A chaque fois qu'il se trouvait dans cette maison, Johnny éprouvait un profond sentiment de bien-être ; en aucun autre endroit il ne se sentait si proche du bonheur parfait. Cette béatitude trouvait sans doute sa source dans les qualités intrinsèques de la demeure mais aussi à l'idée qu'elle avait été autrefois habitée par des propriétaires prestigieux, des gens qui avaient marqué à jamais l'histoire de Hollywood, parmi lesquels figurait d'ailleurs Greta Garbo en personne.

Johnny n'avait jamais imaginé, même dans ses rêves les plus fous, qu'il viendrait un jour s'installer dans un tel paradis, surtout quand il songeait aux origines plus que modestes qui avaient été les siennes.

Johnny Fortune, en réalité Gianni Fortunato, était né en 1953 et avait grandi dans les rues populeuses des quartiers sud de Lower Manhattan. Le logement familial n'était rien d'autre qu'un appartement exigu et sinistre de Mulberry Street, et c'est là qu'il avait vécu avec son oncle et sa tante, Vito et Angelina Carmello.

Son père, Roberto Fortunato, il ne l'avait jamais connu. Quant à sa mère, Gina, il n'en gardait qu'un très vague souvenir. Après la mort de sa tante, il avait alors tout juste cinq ans, son oncle Vito, le frère de sa mère, avait joué auprès de lui à la fois le rôle de père et de mère jusqu'à ce qu'il eût atteint l'âge de quinze ans. C'est alors qu'il décida de quitter l'école, comprenant que de toute façon il n'avait aucune chance d'accéder un jour à l'université.

C'est donc dans les rues de New York qu'il fit ses études. Très vite, il apprit à se protéger, à ouvrir l'œil, toujours sur ses gardes pour parer aux dangers qui risquaient de surgir à tout moment.

Pourtant Johnny n'était jamais devenu un voyou ; l'effronterie, l'agressivité, le langage vulgaire et les démêlés avec la justice n'avaient jamais été son lot. L'oncle Vito était là pour veiller au grain.

Il faut dire aussi que Johnny avait un don particulier qui le rendait différent des autres gamins, qui le hissait au-dessus du

101

commun et qui, d'une certaine manière, lui apportait une protection indiscutable : il avait une voix. Une voix si pure, si douce, si mélodieuse qu'elle semblait investie d'un pouvoir magique. Quand ils l'entendaient, les collègues et les amis de son oncle l'écoutaient avec ravissement, pénétrés d'une véritable vénération, et le récompensaient en faisant pleuvoir sur lui les billets d'un dollar.

Tous lui disaient et lui répétaient qu'il chantait comme un ange. D'après l'oncle Vito, cette voix était un cadeau du ciel : Gianno se devait de la traiter avec respect et de manifester en toutes circonstances sa reconnaissance envers le Créateur qui avait eu la générosité de le gratifier d'un tel don.

Gianno s'en laissa convaincre sans difficulté.

Pendant un temps, il songea à se faire appeler Johnny Angel, se référant à la chanson populaire qui portait ce titre. Mais finalement, il décida d'opter pour Johnny Fortune, se contentant en somme d'angliciser son nom dans l'espoir secret, peut-être, que ce patronyme lui apporterait un jour la gloire et la richesse. Cet espoir ne fut pas déçu, bien que Johnny ait dû attendre de nombreuses années avant d'atteindre la consécration.

A présent, par cette froide soirée de novembre, Johnny avait d'autres chats à fouetter que de se remémorer le passé. Il pensait à l'avenir, et plus précisément à son programme pour l'année prochaine. Il avait l'impression que 1992 allait filer à toute vitesse, finissant avant même d'avoir commencé, surtout avec cette tournée internationale et les interminables séances d'enregistrement pour son nouvel album que son directeur artistique avaient prévues dans les studios de New York. Une fois Noël passé, il se rendait compte qu'il ne serait plus maître de son emploi du temps; pour les douze mois suivants, il n'aurait plus qu'à suivre les rails.

Johnny savait bien que plus il avait de succès, moins il avait de temps libre, mais il préférait le surmenage, l'épuisement et les pressions de toutes sortes, même si sa vie privée ou ses relations sociales s'en trouvaient pratiquement réduites à zéro, plutôt que de devoir renoncer à la richesse et à la fortune. Il avait enfin atteint le but qu'il s'était fixé. Tout ce qu'il avait désiré, il l'avait à sa portée.

Johnny poussa un léger soupir, et, un sourire à peine esquissé flottant sur ses lèvres, il s'assit devant son Steinway quart de queue pour laisser ses longs doigts effilés effleurer les touches, faisant jaillir les notes de sa chanson favorite, celle qui était devenue son air fétiche : *You and Me (We Wanted It All)*, paroles et musique de Carole Bayer Sager et Peter Allen.

Soudain, il cessa de jouer et pivota lentement sur son tabouret. Puis il resta dans une immobilité absolue, le regard fixe, absorbé dans la contemplation de ce salon qu'il aimait et admirait tant. Il avait beau avoir vécu pendant des années dans cette maison sur la colline, il continuait de tirer un immense plaisir du spectacle que ce décor lui offrait.

Le salon dans lequel Johnny se trouvait était vraiment superbe, avec ses teintes crème qui alternaient avec la couleur sombre du bois sur lesquelles tranchaient les tons vifs des bibelots, des reliures des livres, et des fleurs fraîchement coupées disposées dans des vases en cristal.

Un tapis beige occupait le centre du parquet ciré, devant la cheminée, et deux sofas crème, profonds et cossus, se faisaient face, séparés par un guéridon chinois ancien en acajou sculpté. Des bergères françaises de l'époque de Louis XVI, recouvertes d'un tissu rayé de soie crème, flanquaient la cheminée et il y avait çà et là des petites consoles anciennes avec une longue table basse supportant une miniature de Brancusi et une urne en basalte noir d'où jaillissaient des branchages et des fleurs. L'ensemble baignait dans une lumière tamisée émanant des nombreuses lampes en porcelaine à abat-jour en soie.

Mais c'étaient surtout les tableaux qui attiraient l'œil et retenaient l'attention, ces toiles de maîtres qu'il avait commencé à collectionner dès qu'il avait emménagé dans cette maison en 1987 : un paysage de Sisley au-dessus de la cheminée, un Rouault et un Cézanne sur le mur d'en face, et deux Van Gogh première période sur le mur auquel était adossé le piano.

Tout était d'un goût parfait et Johnny, qui n'avait personnellement participé en rien à l'aménagement de la pièce, se félicitait de l'œuvre accomplie par Nell. C'était elle, en effet, qui avait trouvé la maison et, avec l'aide d'un décorateur choisi par elle, avait créé l'atmosphère suprêmement raffinée qui imprégnait l'ensemble de la demeure.

103

En fait, tout ce que possédait Johnny portait le sceau de son amie, car c'était elle qui avait tout acheté avec lui. Mais Johnny ne le regrettait aucunement, ayant depuis longtemps épousé sans réserves les conceptions artistiques de son mentor.

Ce que Johnny appréciait surtout, c'était de pouvoir distinguer ce qui était excellent de ce qui était inférieur. Il savait maintenant reconnaître la qualité et le style, en matière d'art et d'ameublement bien sûr, mais aussi dans une foule d'autres domaines. Et il n'était pas peu fier de cette compétence toute fraîche.

Jusqu'à sa tenue vestimentaire qui avait changé depuis que Nell l'entourait de ses conseils. Et il aimait le look qu'il avait fini par adopter : plus classique et plus élégant que jamais. Grâce à Nell il bénéficiait maintenant d'une image tout à fait personnelle.

Johnny se leva pour aller s'adosser à la cheminée. En somme, le seul domaine où il avait su imposer sa propre personnalité était celui de la musique et de la chanson. Et de ce côté-là, il avait toujours manifesté un goût infaillible, sans jamais commettre le moindre faux pas.

Pour le reste, il avait des excuses. Après tout, il n'avait jamais eu beaucoup de contacts, pendant son enfance, avec les milieux artistiques. Sa tante Angelina avait empli l'appartement de Mulberry Street de tout un fatras d'images pieuses, des vignettes aux couleurs crues représentant le Christ et les saints, avec des crucifix et des statues religieuses en plâtre aux teintes invraisemblables. Après la mort de son épouse, l'oncle Vito n'avait voulu toucher à rien, par amour pour sa femme et pour mieux perpétuer son souvenir, sans doute.

Dès que Johnny avait pu s'évader de cet univers étriqué et sinistre où il se trouvait avec son oncle, il était parti sur la route, passant sa vie dans des chambres de motel bon marché ou dans des hôtels minables de Hollywood, Las Vegas, Chicago, Atlantic City et Manhattan. Difficile dans ces conditions de s'initier à la connaissance des œuvres artistiques et des objets précieux !

Johnny eut un petit rire intérieur en traversant le salon pour se diriger vers le hall spacieux sur lequel donnait la salle à manger. Il pensait à l'oncle Vito qui, il le savait, refuserait de rester dans cette élégante demeure s'il avait un jour l'occasion de la connaître : il courrait à l'hôtel le plus proche car il aurait l'impression d'y être plus à l'aise.

Il avait invité l'oncle Vito à venir sur la côte du Pacifique quelques années plus tôt, juste après son emménagement, mais le vieil homme avait refusé de se déplacer. Johnny n'avait pas insisté, renonçant même à proposer une autre date. Après tout, si son oncle ne se sentait pas dans son élément dans un tel cadre, Johnny l'aimait beaucoup trop pour risquer de le mettre mal à l'aise.

La salle à manger était dans les tons abricot et crème avec d'éclatantes touches framboise. L'ameublement, qui était de la plus grande simplicité, comportait une table ancienne en if, venue du sud de la France, entourée de chaises au dossier haut en cerisier sculpté. Un élégant vaisselier et un bahut également en cerisier complétaient l'ensemble, les murs étant ornés d'aquarelles signées par le grand artiste anglais Sir William Russell Flint.

Ce soir-là, la table était parée d'argenterie anglaise, des porcelaines les plus fines et de cristal étincelant. Des roses champagne en pleine floraison, disposées dans des vases d'argent, emplissaient l'air de leur parfum capiteux ; quatre chandeliers et deux plateaux à dessert, également en argent, achevaient de donner à la table un aspect raffiné et suprêmement élégant.

Trois couverts avaient été préparés et en les regardant, Johnny s'aperçut qu'il éprouvait un léger sentiment de contrariété. Il aurait préféré que Nell vienne seule ce soir, ainsi qu'ils l'avaient d'abord projeté. Mais voilà qu'au dernier moment, elle avait demandé la permission d'amener une de ses amies!

Dieu sait pourtant s'il avait des choses à discuter avec elle, à commencer par le programme de l'année prochaine. En présence d'une étrangère, il allait falloir couper court afin d'observer les règles de la plus élémentaire courtoisie. La veille, à la fin du déjeuner, quand Nell lui avait demandé si elle pouvait amener quelqu'un, il avait accepté, ne sachant que dire. Il ne lui restait plus maintenant qu'à faire bonne figure.

Johnny tourna les talons et regagna le hall pour monter d'un pas léger l'escalier qui menait à sa chambre. Comme les pièces du rez-de-chaussée, sa chambre était vaste et lumineuse car elle ouvrait sur l'extérieur par une large baie vitrée qui intégrait le paysage boisé dans la décoration intérieure.

Les meubles anciens en cerisier ou autres arbres fruitiers venaient eux aussi des provinces françaises, et les coloris rappelaient ceux que l'on trouvait en bas. Les tons crème, café et jaune pâle se mêlaient aux verts clairs du céladon et au rose que l'on trouvait dans le superbe tapis d'Aubusson étalé sur le plancher et qui avait servi de base aux coloris utilisés dans la pièce.

Johnny ôta son blue-jean, son tee-shirt et ses mocassins de daim marron. Puis il entra dans la salle de bain pour prendre une douche. Quelques minutes plus tard, il ressortait de la cabine, nouait une grande serviette autour de ses reins et en saisissait une autre plus petite pour se sécher les cheveux.

Johnny Fortune avait trente-huit ans. Son corps souple n'avait pas un pouce de graisse et il était en parfaite condition physique. Il nageait beaucoup, se rendait au gymnase chaque fois qu'il le pouvait et exerçait sur son régime alimentaire une surveillance de tous les instants. Il avait un visage fin et sensible qui trahissait très vite la fatigue et, en cas de surmenage, il faisait nettement plus que son âge. Justement, ce jour-là, en se regardant dans le miroir, il se dit qu'en dépit de son teint bronzé il avait une mine à faire peur.

Après avoir soigneusement passé ses mèches brunes, striées de blond, au sèche-cheveux, il les ramena en arrière à la brosse et se rapprocha de la glace en esquissant une grimace. Les excès de la nuit passée se montraient dans toute leur rigueur. Il avait des cernes bleuâtres sous les yeux et des traits tirés qui indiquaient clairement qu'il n'avait pas suffisamment dormi.

En effet, pour la première fois depuis plusieurs années, il avait un peu trop forcé sur les boissons alcoolisées la veille, à Little Santa Monica. Ils avaient vidé force bonnes bouteilles, lui et son ami Harry Paloma, au cours d'un dîner à la Dolce Vita.

Et le pire de tout c'est qu'il avait emmené l'une des groupies qui le harcelaient sans cesse dans un hôtel des environs où il avait une suite réservée en permanence. Pas question, en effet, de faire venir ce genre de filles chez lui. La maison sur la colline était un lieu sacro-saint. C'est pour cette raison qu'il voulait toujours avoir une suite à sa disposition dans cet hôtel, afin de lui permettre de se défouler de temps en temps, ce qui lui arrivait de moins en moins fréquemment, d'ailleurs.

Dieu merci, il avait eu le bon réflexe la nuit précédente, car il s'était souvenu au dernier moment de la nécessité de se protéger.

Son arrangeur, Gordy Lanahan, venait de mourir du sida et le spectre de cette terrible maladie le hantait désormais jour et nuit.

Johnny laissa tomber la serviette de bain et pénétra dans sa chambre pour gagner le vaste dressing-room qui la jouxtait. Il y avait là autant d'espace que dans la chambre, avec d'innombrables alignées de cintres où étaient rangés les costumes les plus coûteux et les plus chic qu'il avait pu se faire confectionner par les tailleurs les plus prestigieux de Londres, Rome ou Paris ; des tiroirs à façade en plexiglas contenaient les chemises les plus fines, et les pulls et tricots en cachemire ou en soie adaptés à toutes les circonstances.

Sur d'autres rayonnages se trouvaient des dizaines et des dizaines de paires de souliers vernis, façonnés à la main dans les cuirs les plus raffinés, tandis que les mocassins et les chaussures en daim s'alignaient sous les tenues de sport et les vestes de week-end. Des cravates en soie pendaient à des tringles parallèles à l'une des cloisons.

Après avoir passé une ou deux minutes à examiner ses costumes les plus décontractés, Johnny opta pour un pantalon léger gris foncé, un blazer de cachemire noir, une chemise en voile suisse bleu pâle et une paire de mocassins de cuir noir. Puis il alla se choisir un mouchoir de soie pour en faire une pochette.

Quelques instants plus tard, Johnny Fortune redescendait l'escalier en courant, s'étant rendu compte que Nell Jeffrey allait arriver d'une minute à l'autre.

10

Non, décidément, Johnny Fortune ne l'aimait pas du tout, l'amie de Nell.

Il avait beau multiplier les efforts pour lutter contre l'antipathie qu'elle lui inspirait, rien n'y faisait. Il y avait quelque chose en elle qui le gênait, l'exaspérait, et chaque fois qu'elle parlait il éprouvait aussitôt une envie irrépressible de la contredire. Et en plus, il devait faire des efforts surhumains pour rester simplement poli avec elle.

En fait, Rosalind Madigan avait tout simplement le don de faire remonter à la surface tout ce qu'il pouvait y avoir de moins reluisant chez Johnny. Car Johnny était un homme qui avait constamment besoin qu'on le rassure sur son propre compte, et sans qu'il en fût conscient, l'aversion qu'il éprouvait à l'égard de Rosie venait uniquement de là.

Pour l'instant, il n'avait pas encore tenté d'analyser les raisons de son hostilité. Il était beaucoup trop occupé à la critiquer dans son for intérieur, énumérant sans cesse ses défauts les plus marquants : aucune beauté, sentiment de supériorité, suffisance, snobisme : la liste était longue.

Ce qui était totalement faux, bien entendu, mais dès l'instant où Johnny avait posé son regard sur Rosie, il avait senti d'instinct combien elle était différente des autres femmes qu'il rencontrait et il ne savait plus comment se comporter avec quelqu'un qui avait autant de classe. Sa réaction consistait donc à la déprécier, à transformer ses qualités en défauts et à voir non pas ce qu'elle était mais ce qu'il voulait qu'elle soit.

Rosie ne manquait pas de beauté, mais elle portait une toilette tout à fait classique; elle ne se croyait pas supérieure, elle se conformait simplement aux règles de la courtoisie. Quant à son snobisme, c'était uniquement une manifestation de la timidité qu'il lui inspirait.

L'observant du coin de l'œil, Johnny se disait qu'elle avait vraiment un air sinistre. Il ne pouvait pas sentir les femmes qui s'habillaient d'une manière aussi terne; elles lui ôtaient tous ses moyens. Lui, ce qu'il appréciait, c'était une certaine exubérance dans la toilette, de l'extravagance; le brillant, le charme, voilà ce qu'il aimait chez une femme, et c'était sans doute aussi à cause de cela qu'il goûtait si fort la compagnie de Nell Jeffrey. Bien que leurs relations fussent purement professionnelles, il tirait un plaisir et une fierté immenses de la présence à ses côtés de cette fille blonde qui attirait tous les regards avec sa beauté fracassante.

Il buvait son vin à petites gorgées, écoutant les deux femmes parler de leur ami commun, Gavin Ambrose, la fameuse vedette de cinéma. C'est alors qu'il eut une sorte d'illumination, un éclair comme il s'en produisait rarement chez lui dès qu'il s'agissait de comprendre les motifs de ses comportements : ce qui le perturbait en fait chez cette Rosalind Madigan, c'était son intelligence.

Les femmes intelligentes faisaient peur à Johnny Fortune, devant elles il se sentait tout bête, inférieur, parce qu'il n'avait pas fait d'études.

Nell était intelligente, elle aussi, et très fine, mais elle avait un physique tellement attirant et des attributs féminins si visibles que Johnny ne remarquait jamais ses qualités intellectuelles, tant qu'elle se trouvait en sa présence du moins. En revanche, dès qu'elle avait le dos tourné, il était frappé par la qualité de l'argumentation qu'elle avait développée, toujours dans l'intérêt de Johnny, bien entendu. Nell Jeffrey était à ses yeux beaucoup plus qu'une attachée de presse ordinaire, il la considérait plutôt comme une conseillère commerciale et il appréciait ses talents, qu'il trouvait considérables. Depuis qu'elle défendait ses intérêts, elle avait transformé son existence de fond en comble.

Maintenant qu'il comprenait la raison de son hostilité à l'égard de Rosie, Johnny se sentait beaucoup mieux. Il saisit sa fourchette et commença à y enrouler des spaghetti.

Nell, Rosie et Johnny étaient assis à la table de la salle à manger, devant le premier plat du dîner que Giovanni, le cuisinier de Johnny, avait préparé à leur intention. Sophia, l'épouse de Giovanni, venait de servir la pasta primavera, pendant qu'Arthur, un sommelier américain qui avait appris le métier en Angleterre, versait un vin blanc sec dans des verres à pied en cristal.

Le silence se prolongea un moment, tandis qu'ils mangeaient les premières bouchées, dégustant les pasta au fumet délicat. Ce fut Nell qui parla la première. Elle s'exclama :

« Délicieux, Johnny, ça faisait des années qu'on ne m'avait pas donné des pâtes aussi succulentes. N'est-ce pas qu'elles sont bonnes, Rosie ?

– Délectables, approuva Rosie qui ajouta, le regard tourné vers Johnny : Elles sont même meilleures que celles que l'on sert chez Alfredo... à Rome.

– Giovanni est un chef génial », rétorqua Johnny d'un ton sec.

Puis il se tourna vers Nell, excluant délibérément Rosie de la conversation, pour demander d'une voix radoucie :

« Alors, on va vraiment faire tous ces concerts l'année prochaine ? J'ai l'impression que je vais me retrouver sur un brancard à la fin de la tournée. »

Nell lui lança un regard très direct et décida de lui dire ce qu'elle avait eu sur le bout de la langue depuis la veille, quand ils avaient discuté de la tournée qu'il projetait d'effectuer dans le monde entier.

« Je ne trouve pas judicieux de faire tout ce qui a été prévu, Johnny, annonça-t-elle avec précaution. C'est beaucoup trop. Trop de villes dans des pays trop lointains. Ça serait épuisant. Non, à mon avis, il faudra limiter la tournée à Los Angeles, New York, Londres, Paris et Madrid, là où nous avons déjà pris des engagements fermes. Il faut laisser tomber le reste. »

Johnny ne s'attendait pas à une telle déclaration et il ne cacha pas son étonnement. Il la fixa d'un regard ébahi.

« Ça alors, je n'en reviens pas ! mais c'est une idée formidable ! Seulement je me demande si mon imprésario va marcher dans la combine. Surtout qu'il a déjà commencé à poser des jalons un peu partout sur la planète.

— D'accord, mais il n'a pris aucun engagement définitif nulle part, ni avec les organisateurs ni avec les directeurs de salle ou d'auditorium. J'ai mes renseignements là-dessus et...

— Comment le sais-tu ? coupa Johnny en fronçant les sourcils.

— Je le lui ai demandé hier, avant de partir. Tu étais au téléphone dans l'autre bureau. Vois-tu, pendant que nous discutions, je me suis aperçue que cette tournée serait trop fatigante, qu'elle était peut-être même mal conçue. Les distances sont beaucoup trop grandes, il aurait fallu passer sans cesse d'un continent à l'autre. Ça t'aurait accaparé pendant la quasi-totalité de l'année et condamné à passer pratiquement toute ton existence à bord d'un avion. Tu as dû t'en rendre compte toi-même. De toute façon, Johnny, ce genre de tournée ne peut qu'épuiser un artiste, aussi robuste soit-il. A mon avis, il vaut mieux s'en tenir aux États-Unis et à l'Europe pour cette année. Tu pourras faire le Japon, l'Extrême-Orient et l'Australie en 1993.

— Voilà qui me paraît bien combiné, approuva Johnny avec un large sourire. J'espère simplement que Jeff ne se fera pas trop tirer l'oreille.

— Aucun problème, surtout si nous présentons les choses de façon judicieuse. Le mieux, c'est que tu me laisses poser le problème moi-même à notre réunion de demain après-midi. Je lui redirai la même chose qu'à toi ce soir. Ah, il ne faudra pas non plus oublier les séances d'enregistrement pour ton nouvel album ; elles vont te prendre plusieurs mois d'un travail très éprouvant. Tu sais à quel point tu peux être perfectionniste. Tiens, je lui en parlerai aussi, ça ne serait pas une bonne idée ? »

Une lueur admirative passa dans les yeux de Johnny. Il hocha la tête d'un air approbateur.

« Toi alors, on peut dire que tu ne perds pas le nord. Je suis aux anges quand tu te mets à penser à ma place. OK, entendu comme ça ! C'est toi qui vas annoncer la nouvelle à Jeff. Moi, je resterai la tête dans les épaules pendant que tu essuieras le tir roulant de ses objections. Et quand le calme sera revenu, je vous inviterai tous à dîner, annonça Johnny avec un large sourire. Parfait, parfait. Tu sais que Jeff t'admire beaucoup, ma chérie. Dès

111

que tu dis quelque chose, il boit tes paroles comme du petit-lait. Avec toi, ça passera comme une lettre à la poste.

— Merci de ta confiance, Johnny, et de ces paroles aimables. Mais... »

Elle s'était interrompue brusquement, sans finir sa phrase.

« Mais quoi ? s'inquiéta-t-il en se penchant un peu plus vers elle.

— Non, rien. »

Elle hésitait à lui faire part d'une impression qui s'était imposée à elle ces derniers temps : Johnny avait l'air intimidé par son imprésario, Jeff Smailes. Elle se contenta d'expliquer :

« Non, je m'apprêtais à dire qu'au stade où tu en es arrivé maintenant, il est préférable de ne pas trop donner de toi-même.

— Mais les concerts en direct favorisent la vente de mes disques.

— Je le sais bien. N'empêche que tu as intérêt à observer une certaine réserve, à ne pas trop te livrer à ton public. Ça ne changera rien à ton image et tu ne pourras en tirer que des bénéfices à la longue.

— Ah oui ? »

Il resta silencieux un moment, fixant sur son verre de vin un regard pensif. Puis, relevant la tête, il déclara :

« Mais Julio vient de terminer une tournée mondiale. D'ailleurs, il en a fait plusieurs au cours de ces dernières années, et il n'en a subi aucun préjudice. Absolument aucun.

— Exact. En revanche, Streisand ne chante plus en public depuis six ans et la vente de ses disques s'est maintenue constamment au même niveau.

— D'accord, mais Barbra tourne dans des films, objecta vivement Johnny.

— Mais elle ne chante pas toujours dans tous, rétorqua Nell, qui ajouta en riant : Nous reparlerons de tout ça demain. Nous pourrons même nous revoir samedi, si tu veux. Je ne quitte pas Los Angeles avant dimanche.

— Formidable. »

Désireuse de changer de sujet, afin d'éloigner Johnny des soucis et des préoccupations que lui causait sans cesse le déroulement de sa carrière, Nell enchaîna sur un ton différent :

« Les costumes que Rosie a dessinés pour *Kingmaker*, le dernier film de Gavin, sont absolument extraordinaires, Johnny. Il faut à tout prix que tu les voies. J'espère que tu viendras à la séance inaugurale, l'année prochaine. Je peux d'ores et déjà prédire que Rosie va encore remporter l'oscar du meilleur costume. »

Le visage de Rosie s'empourpra. Elle s'exclama :

« Franchement, Nell, tu en rajoutes ! Et pour ce qui est de remporter un oscar... »

Elle n'acheva pas, gênée au plus haut point par ces compliments qu'elle trouvait exagérés.

Pour une fois, Johnny la regarda bien en face. Il déclara d'une voix singulièrement dépourvue de chaleur :

« Vous pouvez me croire sur parole, les prophéties de Nell se réalisent toujours. Il ne faut surtout pas la contredire. »

Rosie ne sut que dire. Elle prit son verre et but une gorgée de vin en se demandant pourquoi cet homme manifestait une telle hostilité envers elle. Dès l'instant où elle avait franchi la porte de cette demeure, elle avait perçu cette aversion qu'il ne cherchait même pas à dissimuler, son comportement frisant parfois la pure et simple grossièreté. Elle regrettait bien d'avoir cédé aux instances de son amie. Elle aurait mieux fait de rester à son hôtel ; elle se serait fait servir un repas dans sa chambre et aurait passé la soirée devant la télévision.

Nell se taisait elle aussi. Elle n'avait pas manqué de remarquer la froideur de Johnny et elle s'interrogeait sur ses causes. Ce comportement lui paraissait étrange et même complètement illogique.

Cherchant un moyen pour détendre l'atmosphère et mettre fin au silence glacial qui s'était abattu sur eux, elle inspira profondément. Elle allait parler du nouveau compact de Johnny ; tout juste sorti des presses, il se trouvait déjà en tête du Top cinquante. Mais elle n'en eut pas le temps. La porte s'ouvrit et Sophia entra.

La gouvernante se mit en devoir d'enlever les assiettes, suivie de près par Arthur qui en mettait une propre en face de chaque convive. Puis, ils servirent le turbot rôti au four avec des herbes aromatiques et un assortiment de légumes frais cuits à la vapeur.

Johnny but une gorgée de vin, puis il demanda à Nell :

« Alors, qu'est-ce que tu feras à cette heure-ci jeudi prochain, le jour de Thanksgiving ?

113

— Je préparerai le repas pour Kevin, lâcha Nell étourdiment, s'empressant d'ajouter : Et pour Rosie aussi, bien entendu.

— Kevin ? Qui est-ce ?

— Mon ami, déclara Nell après avoir décidé que la meilleure chose à faire maintenant était de dire la vérité. C'est le frère de Rosie. »

Comme Rosie fixait sur elle un regard étonné, elle enchaîna aussitôt :

« Nous aurons réintégré la côte Est, alors j'inviterai mes deux amis les plus chers et je leur mitonnerai un bon dîner bien conforme à la tradition avec de la dinde, de la sauce aux airelles, des patates douces à la pâte de guimauve et du pain de maïs ; bref, le grand jeu, quoi. Tu vois, Johnny, j'ai beau être anglaise, Thanksgiving, ça me branche tout à fait.

— Plus américaine que le hamburger ! s'exclama Johnny en riant, avant d'ajouter avec une note de regret dans la voix : ça a l'air rudement tentant !

— Pourquoi tu ne viendrais pas te joindre à nous ? Tu seras à New York, toi aussi. Ça me ferait plaisir de t'avoir à ma table, tu sais.

— Je ne peux pas. J'ai promis à mon oncle de passer les fêtes avec lui et ses... enfin, ses amis. Merci tout de même de ton invitation. »

Il piqua sa fourchette dans son poisson et murmura soudain : « Ton ami. Eh bien, dis donc, c'est bien la première fois que je t'entends parler d'un petit ami. »

Moi aussi, se dit Rosie, et du regard, elle télégraphia ce message à Nell qui était assise juste en face d'elle.

Nell se mordit la lèvre, comprenant fort bien la surprise de Rosie, et détourna le regard. Elle se contenta de répondre à la remarque de Johnny par un petit rire et concentra son attention sur le contenu de son assiette.

Au bout d'un court instant de silence, Johnny se remit à parler à Nell de ses problèmes professionnels, évoquant les soucis qu'ils lui causaient et les engagements qu'il avait pris pour l'année à venir. Consciente qu'il était incapable de penser à autre chose tant que rien ne serait réglé, Nell lui accorda la plus grande attention et s'efforça de lui donner les meilleurs conseils possibles.

De son côté, Rosie pensait à Nell et à Kevin. Naturellement, elle était dévorée par la curiosité mais elle savait qu'elle allait devoir ronger son frein jusqu'à ce qu'elles rentrent à l'hôtel avant de pouvoir interroger Nell sur ce nouvel aspect de leur existence. Mais était-ce vraiment une nouveauté? Peut-être cette liaison remontait-elle à une époque déjà ancienne. Dans ce cas, pourquoi ne lui en avaient-ils rien dit?

Son étonnement se teintait d'un certain sentiment de satisfaction. Une telle liaison ne pouvait que la combler de joie car elle était sûre qu'ils ne pouvaient qu'être parfaitement heureux tous les deux. C'était surtout pour Kevin qu'elle se réjouissait. Il menait une existence tellement dangereuse! Il avait grand besoin du réconfort procuré par un amour véritable.

S'immergeant davantage dans ses préoccupations personnelles, Rosie en venait maintenant à ses projets de Noël pour Montfleurie; elle pensait à la manière de décorer la maison et de composer le menu du réveillon. Elle repassait dans sa tête sa liste de cadeaux, cochant mentalement ceux qu'elle avait déjà achetés, et cherchait ce qu'elle pourrait bien offrir aux deux ou trois personnes qui n'étaient pas encore « servies ».

Finalement, ses pensées s'orientèrent vers un avenir plus immédiat centré sur la fin de son séjour à Los Angeles. Demain, elle allait rencontrer Gavin. Ils déjeuneraient chez lui pour parler de son prochain film. Il ne lui en avait pas encore révélé le sujet, mais elle savait que, de toute façon, c'était à elle que reviendrait le soin de dessiner les costumes.

Elle avait déjà rencontré Gary Marshall au début de la semaine et il lui avait fait part du plaisir qu'il aurait à la compter parmi ses collaboratrices pour son nouveau projet. S'il n'y avait pas eu la perspective de ce film avec Gavin, elle aurait accepté l'offre de Marshall avec empressement, mais étant donné les circonstances, elle s'était contentée de rester dans le vague. Sans lui cacher qu'elle s'était déjà engagée envers Gavin, elle l'avait assuré qu'elle reviendrait à sa proposition si elle en voyait la possibilité.

Pourtant, Rosie savait que les films de Gavin auraient toujours la priorité auprès d'elle. Il avait un extraordinaire talent d'acteur, il choisissait infailliblement des sujets d'une grande originalité et, pour couronner le tout, elle lui vouait une affection que rien ne pourrait jamais démentir.

Nell venait de dire quelque chose qui arracha Rosie à ses pensées. Elle dirigea son regard vers son amie, fronçant légèrement les sourcils, et fit un effort pour chasser l'image de Gavin de son esprit.

« Si vous voulez bien m'excuser, il faut que j'aille donner un coup de fil, murmurait Nell en écartant sa chaise pour se lever.

— D'accord. Tu n'as qu'à téléphoner de mon bureau.

— Merci, Johnny », dit Nell en se dirigeant vers la porte de la salle à manger.

Johnny se cala bien sur sa chaise, saisit son verre et but une gorgée de vin, sans accorder la moindre attention à la présence de Rosie.

Rosie l'avait regardé un moment. Puis elle détourna les yeux, incapable de trouver la moindre chose à lui dire. L'antipathie qu'elle lui inspirait manifestement était tellement tangible qu'elle perdait toute envie de faire le moindre effort pour tenter de trouver un centre d'intérêt commun qui aurait pu servir de point de départ à un quelconque échange de propos entre eux.

Un silence mortel s'abattit sur la salle.

11

Rosie était mortifiée.

Elle se tenait le buste raide sur sa chaise, regardant droit devant elle. Elle ne bougeait pas d'un cil et respirait à peine. Elle se demandait ce qu'elle allait pouvoir faire.

Depuis que Nell était sortie pour donner son coup de téléphone, il régnait dans la salle à manger un silence impressionnant, et Rosie se sentait mal à l'aise. Aucun doute n'était possible : Johnny se comportait comme un mufle et elle avait beau s'efforcer de lui trouver une excuse, elle n'y parvenait pas.

Elle n'avait plus qu'une envie : s'excuser et quitter la table, aller trouver Nell et lui expliquer qu'elle avait décidé de rentrer au Regent Beverly Wilshire. Nell comprendrait. Les deux femmes avaient déjà, à plusieurs reprises, échangé des regards chargés de sous-entendus, et l'expression navrée de Nell avait clairement indiqué qu'elle était aussi surprise que son amie par le comportement incroyable de Johnny Fortune.

Elle détourna un moment ses yeux qui vinrent se poser, l'espace d'un bref instant, sur les deux présentoirs à dessert qui se trouvaient de chaque côté des chandeliers. Dès le début du repas, elle avait noté leur remarquable beauté ; jamais encore elle n'avait eu l'occasion d'admirer d'aussi jolies pièces. Deux *putti* se dressaient sur une plate-forme, séparés par un léopard et tenant à bout de bras une coupe en argent doublée de cristal. Le métal présentait une patine remarquable et l'ensemble des ciselures avait une précision dans le détail absolument stupéfiante.

Rosie avait tout de suite vu que seul un grand orfèvre avait pu exécuter de telles pièces, qu'elles étaient uniques et qu'elles avaient dû coûter fort cher.

Elle détourna son regard de ces deux petits chefs-d'œuvre et le dirigea vers Johnny, s'apprêtant à le remercier pour prendre congé. Mais à sa grande surprise, elle s'entendit prononcer :

« Ces présentoirs sont vraiment magnifiques. C'est le style Régence anglaise, n'est-ce pas ? Et si je ne me trompe pas, ils sont de Paul Storr. »

Johnny la regarda un long moment bouche bée. Puis il hocha la tête en signe d'approbation.

« Je viens de les acheter. A Londres. »

Il était surpris qu'elle connût le nom de l'artiste qui les avait confectionnés, et charmé de voir qu'elle appréciait des objets auxquels il attachait un grand prix et qui étaient à la fois sa joie et sa fierté. Il mettait en effet un point d'honneur à constituer lui-même sa collection d'argenterie, et Nell ne l'avait même pas accompagné quand il s'était rendu dans sa boutique favorite de Bond Street, au début du mois, pour voir quels trésors il allait pouvoir y dénicher. Francis et Toni Raeymaekers, les propriétaires des lieux, avaient mis ces deux articles de côté spécialement pour lui, persuadés qu'il serait ravi de les ajouter à sa collection.

« Comment avez-vous pu savoir qu'ils étaient de Paul Storr ? demanda Johnny en se déplaçant légèrement sur sa chaise de manière à pouvoir la regarder bien en face.

— J'ai une amie qui s'y connaît parfaitement en argenterie, expliqua Rosie. Surtout pour les pièces de la période géorgienne et Régence anglaise. Elle en vendait autrefois.

— Elle a arrêté ?

— Oui.

— Dommage ! Je suis toujours à la recherche de pièces intéressantes et il est toujours préférable de s'adresser à des revendeurs compétents et en qui on puisse avoir confiance. »

Il s'éclaircit la voix avant de reprendre :

« D'après ce que j'ai entendu dire, il arrive souvent que les gens qui se sont retirés des affaires continuent de suivre le marché des œuvres d'art. Alors si votre amie a un jour l'occasion de dénicher une pièce valable, je...

– Impossible, trancha Rosie. Elle a cessé toute activité.

– Elle est en retraite ?

– En quelque sorte... »

Rosie ne précisa pas davantage. Elle baissa les yeux, et vit en esprit l'image de sa chère Collie. Oui, il aurait certainement mieux valu qu'elle soit encore capable de travailler. Tout se passerait alors sans doute beaucoup mieux pour elle. Une vague de tristesse envahit Rosie, mais elle se secoua aussitôt, et fixant son regard sur Johnny, elle crut bon de préciser :

« Collie est une de mes meilleures amies; elle a eu beaucoup de problèmes ces dernières années. Son mari a été tué dans un terrible accident et elle est tombée malade juste après. Elle est restée sans travailler pendant très longtemps et quand elle a voulu reprendre ses activités, elle s'est aperçue qu'elle en était totalement incapable. Le moindre effort l'épuisait, alors elle a abandonné, du moins pour l'instant. »

Rosie esquissa un sourire un peu forcé avant de poursuivre :

« Qui sait, elle s'y remettra peut-être un jour, quand elle se sentira plus forte. Elle est possédée d'une véritable passion pour les objets en argent ancien et elle a toujours éprouvé une joie intense à découvrir des pièces rares qu'elle aimait ensuite revendre à des amateurs éclairés.

– Je suis vraiment désolé que votre amie ait eu de tels problèmes, murmura Johnny qui n'avait pas été sans remarquer la tristesse de la jeune femme. Est-ce qu'elle habite New York ? »

Rosie secoua négativement la tête.

« Non, elle vit en France. Elle est française, en fait.

– Et c'est elle qui vous a appris tout ce que vous savez sur la vaisselle d'argent ?

– Oh, oui. Elle m'emmenait très souvent dans des ventes, à Londres... »

La voix de Rosie se brisa sous le coup de l'émotion provoquée par les souvenirs qui l'assaillaient brusquement. Elle se disait : Nous avons vraiment passé de bons moments ensemble,

119

pendant des années, avant que tout ne s'écroule autour d'elle. Et autour de moi.

Elle étouffa un soupir au souvenir de ces temps heureux, l'époque où elle vivait à Montfleurie, et elle battit soudain des paupières en sentant sa gorge se nouer sous l'effet d'un nouvel accès de tristesse.

Mais elle se reprit bien vite. Prenant un ton enjoué, elle lança :

« Paul Storr était un orfèvre extraordinaire, n'est-ce pas ? Collie l'appréciait plus que tout autre, moi aussi, d'ailleurs. Si elle pouvait voir ces présentoirs, elle serait folle de joie. Moi-même, j'en ai le souffle coupé, ils sont absolument superbes ! »

Johnny hocha la tête.

« C'est Nell qui m'a amené à apprécier l'orfèvrerie anglaise. Elle m'a aidé à acheter mes premiers bougeoirs et un service à café. Mais la plupart des autres pièces de ma collection, c'est moi qui les ai trouvées tout seul. »

Esquissant un sourire, il ajouta :

« Il faut quand même que je précise que si je les ai trouvées, c'est grâce à l'aide de quelques-uns de mes bons amis qui tiennent une boutique à Londres : Toni et Francis Raeymaekers. Ils ont beaucoup de goût et j'ai appris beaucoup sur l'orfèvrerie anglaise ancienne grâce à eux. »

Il se tut et le silence s'installa de nouveau, mais cette fois il n'y avait plus aucune tension entre eux. Johnny était heureux de voir que cette jeune femme approuvait les choix qu'il avait opérés. Maintenant, elle lui paraissait beaucoup moins antipathique et il commençait à avoir un peu honte de s'être montré aussi brusque envers elle. Après avoir bu une gorgée de vin, il murmura :

« Nell dit toujours que je n'ai pas les yeux dans ma poche.

— Tu parles de quoi, là ? demanda Nell qui venait d'apparaître dans l'embrasure de la porte.

— De mon goût pour l'orfèvrerie, expliqua Johnny en riant. Rosie a remarqué les présentoirs à dessert de Paul Storr et elle m'en disait le plus grand bien.

— C'est vrai qu'ils sont magnifiques, approuva Nell en s'asseyant.

120

– Ça s'est bien passé? lui demanda Rosie. J'ai cru que tu n'allais jamais revenir.

– Je sais, excuse-moi. Je suis désolée de vous avoir fait attendre.

– Ce n'est rien, chérie, dit Johnny.

– Je crois que les choses vont se régler, continua Nell, mais il va falloir que je repasse un ou deux coups de fil tout à l'heure. Après le dîner. Oui, je sais, c'est assommant mais je ne peux pas faire autrement. »

Elle haussa les épaules avec philosophie et secoua la tête. Une expression de regret apparut sur son visage.

« Quand on est attachée de presse, c'est toujours comme ça. On est constamment sur la brèche. Taillable et corvéable à merci. Alors, je vais encore abuser de ta complaisance Johnny, puisque tu es assez gentil pour me prêter ton téléphone.

– Aucun problème. Tu peux retourner dans mon bureau quand tu veux et passer autant de coups de fil que nécessaire. Tu sais que tu es chez toi ici, tu n'as aucunement à te gêner avec moi. Mais en attendant, on pourrait peut-être attaquer le dessert. Giovanni a préparé de la *crostata di mele alla crema*.

– Grands dieux, s'exclama Nell en levant les sourcils. Mais c'est de la provocation! Moi qui voulais perdre les kilos que j'ai en trop!

– Allons, Nell, tu n'as aucun souci à te faire pour ta ligne. Un petit dessert de temps à autre, ça n'a jamais fait de mal à personne.

– C'est quoi au juste, la *crostata*? demanda Rosie.

– Une tarte aux pommes avec de la crème anglaise. Vous allez adorer ça », expliqua Johnny.

Il lui adressa un rapide regard avant d'ajouter :

« D'ailleurs, vous non plus, vous n'avez aucun souci à vous faire pour votre ligne. »

Aussitôt le dîner terminé, Nell courut au bureau pour passer ses autres coups de téléphone et Johnny emmena Rosie vers la bibliothèque qui donnait sur l'arrière de la maison.

En ouvrant la porte, il dit :

121

« J'ai pensé que nous pourrions prendre le café ici. J'aimerais vous montrer quelques-unes de mes autres trouvailles... des pièces d'orfèvrerie que j'ai achetées à Londres.

– Je serais ravie de les voir », dit Rosie avec beaucoup de sincérité.

Elle était stupéfaite par le changement qui s'était opéré dans le comportement de son hôte, et soulagée de constater qu'il lui parlait avec amabilité. Une telle métamorphose pouvait-elle s'expliquer uniquement par l'intérêt qu'elle avait manifesté pour ses pièces de collection? Elle avait peine à croire qu'un fait aussi insignifiant puisse avoir une telle importance pour lui.

« Il y a des bougeoirs de l'époque de George III, confectionnés également par Paul Storr; ils datent de 1815 environ, expliqua Johnny en l'amenant à la longue table, derrière le canapé qui faisait face à la cheminée. Je les ai achetés dans la même boutique de Bond Street. Je suis toujours sûr d'y dénicher quelque chose de valable, grâce à Toni et à Francis. »

Rosie admira longuement les bougeoirs, hochant la tête d'un air connaisseur. Puis elle tourna son attention vers la grande coupe d'argent qui occupait le centre de la table.

« Cette coupe n'a pas été faite par Storr, n'est-ce pas? »

Il secoua négativement la tête.

« Elle date de bien avant. Au moins un siècle. C'est un *monteith* (coupe à punch aux bords festonnés) de la reine Anne, qui date de 1702. C'est l'œuvre d'un autre très grand orfèvre anglais nommé William Denny.

– Vous avez vraiment de jolies choses. En fait, la maison tout entière est superbe », dit Rosie.

Elle avança de quelques pas et alla s'asseoir sur le canapé.

« Merci, dit Johnny en lui emboîtant le pas pour s'installer dans un fauteuil près de l'immense cheminée de pierre. Voulez-vous boire quelque chose? Une liqueur? Un cognac? proposa-t-il aimablement.

– Non, le café seulement, ce sera suffisant, merci beaucoup. »

Arthur entra alors, portant le café sur un plateau; Sophia arriva juste après lui avec les tasses et les soucoupes. Quand ils eurent fini de servir, ils s'éclipsèrent sans tarder.

Rosie et Johnny commencèrent à déguster leurs espressos.

Aucun d'eux ne parlait, mais cette fois, leur silence n'était accompagné d'aucun malaise. L'antipathie de Johnny envers Rosie s'était maintenant complètement évaporée. Elle avait laissé place à une curiosité amicale.

Johnny avait vraiment l'impression de s'être comporté comme un imbécile avec cette jeune femme au début de la soirée, et il s'en voulait à mort de sa stupidité. Lui qui, dans le monde entier, était réputé pour son charme, en particulier auprès du beau sexe, il en était encore à se demander ce qui avait bien pu lui passer par la tête dès l'instant où elle avait franchi le seuil de cette demeure.

« De qui est cette toile ? » demanda Rosie en levant les yeux vers le paysage, accroché au mur au-dessus de la cheminée, qui représentait deux paysans dans un champ de blé ondulant au vent ; Rosie trouvait ce tableau charmant et elle se prit à songer avec nostalgie à la propriété de Montfleurie.

Johnny se redressa sur son fauteuil et son regard suivit celui de Rosie.

« Oh, elle a été peinte par Pascal, un artiste local dont j'aime beaucoup les œuvres. J'en ai d'autres de lui au premier étage.

– J'adore les impressionnistes modernes... ce champ me rappelle tout à fait la France », murmura Rosie en contemplant le tableau.

Elle ne pouvait en effet s'empêcher de penser aux terres qui entouraient le château de Montfleurie.

« Mais il s'agit bel et bien d'un paysage français. Pascal peint beaucoup en France », expliqua Johnny.

Il trouvait décidément la conversation de cette jeune femme de plus en plus intéressante. Il fixa sur elle un regard pensif.

Rosie soutint ce regard, les sourcils légèrement froncés, les yeux interrogateurs.

C'est Johnny qui mit fin le premier à cet échange muet. Posant sa tasse sur le guéridon, il se leva et vint s'asseoir à côté de Rosie sur le canapé.

En principe, Johnny ne s'excusait jamais de rien auprès de personne. Pourtant, il n'hésita pas à exprimer les regrets que lui inspirait maintenant la façon dont il s'était d'abord comporté auprès de Rosalind Madigan. D'une voix légèrement embarrassée, il expliqua, précipitamment :

123

« Écoutez, je suis désolé. J'ai l'impression que je me suis conduit comme un rustre tout à l'heure avec vous. Je ne sais pas ce qui m'a pris. »

Il s'interrompit un moment et secoua la tête avant de reprendre :

« Oui, je vous prie de m'excuser. Je n'aurais jamais dû vous parler ainsi... Seulement, voyez-vous, la journée avait été difficile, j'avais eu un tas de problèmes professionnels à régler, bredouilla-t-il maladroitement dans ses efforts désespérés pour se montrer sous un meilleur jour.

— Je sais très bien ce que vous voulez dire, répondit Rosie. Il m'arrive aussi parfois d'avoir des journées très difficiles.

— Alors, je suis pardonné ?

— Bien sûr. »

Elle lui adressa un sourire qui illumina son visage d'un éclat instantané, donnant à sa bouche une douceur soudaine, et fit passer dans ses yeux une lueur charmante. Elle sourit de nouveau, et il eut l'impression que quelque chose venait de le toucher au plus profond de son être. Étonné, il resta figé sur place, le regard fixé sur elle.

Rosie continuait de le regarder, de contempler les yeux les plus bleus et les plus limpides qu'elle eût jamais eu l'occasion de voir. Elle changea de position sur le canapé, la tête penchée sur le côté, et son expression se mua en surprise. Non, décidément, cet homme était bien étrange. Elle n'en avait encore jamais rencontré de semblable de toute son existence.

Maintenant qu'elle était dans cette nouvelle position, Rosie avait la lumière qui lui éclairait directement le visage.

Johnny put alors apprécier la véritable couleur de ses superbes yeux verts et le ton cuivré de ses cheveux satinés. Il fut frappé par la beauté de cette femme. Oui, elle était vraiment séduisante. Il se demanda comment il avait pu la trouver aussi terne tout à l'heure. En fait, Rosalind Madigan était une femme superbe.

Encore intriguée par cet homme et un peu gênée par le sentiment de regret embarrassé qui se lisait sur son visage, Rosie lui prit la main.

« Allons, n'en parlons plus, dit-elle. Je vous comprends très bien et je vous pardonne très volontiers. »

Elle sourit de nouveau. Elle le trouvait sympathique. Elle oubliait déjà la grossièreté dont il avait fait preuve au début de la soirée, pour ne plus discerner que les côtés les plus agréables de sa personne, ainsi qu'il en était toujours avec elle dans ses rapports avec autrui.

Johnny hocha la tête. Il n'en était pas encore conscient, mais il avait bel et bien été touché au cœur.

12

Longtemps après le départ des deux jeunes femmes, Johnny resta abasourdi par l'image extraordinaire que Rosie avait laissée en lui. Cette femme lui avait littéralement mis la tête à l'envers.

Comment avait-il pu lui vouer une telle antipathie lors des premiers instants de leur rencontre pour opérer ensuite un tel revirement ? Un virage à cent quatre-vingts degrés ! Incapable de répondre à cette question, il restait allongé en pyjama sur son lit, tentant d'analyser ce qui se passait exactement en lui.

La sonnerie stridente de sa ligne privée interrompit sa méditation et tout en tendant la main vers le combiné, il loucha vers le réveil posé sur sa table de nuit. Il était plus de onze heures. Ce ne pouvait être que quelqu'un de son entourage, un proche parent sans doute, car fort peu de gens connaissaient ce numéro qu'il réservait aux intimes.

C'est pourtant avec une certaine circonspection qu'il prononça dans le micro :

« Allô ?

— Johnny, comment ça va ? demanda une voix bourrue aux accents rocailleux.

— Oncle Vito ! Pour l'amour du ciel, que fais-tu à une heure aussi tardive ? Il est plus de deux heures du matin à New York !

— Tout juste, mon gars. J'appelle peut-être au mauvais

moment ? Est-ce que je te dérange dans une occupation intéressante ? »

Johnny eut un petit rire amusé.

« Non, absolument pas. Je suis tout seul.

— Dommage, soupira le vieil homme. Mais enfin, vas-tu m'écouter un jour ? Trouve-toi une jolie petite Italienne, bon sang, et épouse-la. Fais-lui une flopée de petits bambinos et vous serez tous comme des coqs en pâte. Pourquoi tu fais pas ce que je te dis, Johnny ?

— C'est pour bientôt, oncle Vito ; très, très bientôt.

— Tu le promets ?

— Oui, c'est promis.

— Je reviens de Staten Island. Pour le repas qui a été prévu. C'est toujours un jeudi, tu t'en souviens. Bref, le grand patron m'a chargé de te transmettre toutes ses amitiés. Il t'a à la bonne, tu sais. Ne l'oublie jamais. Il nous attend pour Thanksgiving. C'est toujours d'accord, hein, Johnny ?

— Oui, bien sûr. Tu sais bien que je ne rate jamais cette petite réunion de famille. Pour rien au monde je ne te ferais faux bond, au grand patron non plus, bien entendu. Mais d'où appelles-tu donc ?

— D'une cabine, pourquoi ?

— Je t'en prie, rentre vite chez toi. Tu n'as besoin de rien, au moins. Ça va ?

— Parfaitement, gamin. Ça n'a jamais été mieux. »

Là-bas, à l'autre bout du fil, frissonnant dans l'air froid de la nuit, Vito Carmello se mit à rire.

« En revanche, on peut pas en dire autant de certains, Johnny. Y en a qui l'ouvrent un peu trop. Ils causent à tort et à travers. Mauvais pour la santé. Mauvais pour les affaires, *capisce* ?

— Oui, répondit Johnny en riant, je comprends. Maintenant, fais-moi un grand plaisir. Rentre vite te coucher. Je te verrai la semaine prochaine. J'arriverai mercredi, assez tard dans la soirée.

— A quel hôtel vas-tu descendre ?

— Au Waldorf. »

Une fois de plus, le rire de Vito retentit, à des milliers de kilomètres de là.

« Bonne nuit, Johnny.

– Bonne nuit, oncle Vito. »

Johnny se rallongea et il pensa à son oncle un moment. Vito allait sur ses quatre-vingts ans, il en avait soixante-dix-neuf pour être précis, et il était maintenant beaucoup trop vieux pour continuer ses activités. L'heure était venue pour lui de se retirer ; mais le vieil homme était têtu, il ne voulait rien entendre. Pas plus qu'il n'acceptait la moindre aide financière de la part de Johnny. « J'ai besoin de rien, gamin, j'ai tout ce qu'il me faut. Plus que je peux en dépenser. Garde tes sous pour les périodes de vaches maigres », marmonnait-il à chaque fois que Johnny lui offrait de l'argent.

Oncle Vito était sicilien et fier de l'être, et il vouait une fidélité indéfectible à son vieux *goombah*, Salvatore Rudolfo, le grand patron, comme beaucoup l'appelaient, et c'est pour cela qu'il ne voulait pas se retirer des affaires. « Pas avant que le *don* ne passe la main, répétait-il toujours à Johnny. Quand il arrêtera, j'arrêterai moi aussi. Nous avons commencé ensemble, nous arrêterons ensemble. »

Et c'est pourquoi Vito Carmello était encore *caporegime*, c'est-à-dire capitaine, dans l'organisation de Rudolfo, conservant le grade auquel il avait accédé dès le début de sa vie d'adulte.

Vito et Salvatore étaient amis depuis la plus tendre enfance. Ils venaient de Palerme, leurs parents ayant pris le même bateau pour quitter le Vieux Pays quand les deux garçons étaient enfants, en 1920. Les deux familles s'étaient installées dans le même quartier de Lower Manhattan, restant très proches l'une de l'autre, comme elles l'avaient été en Sicile.

Johnny avait souvent entendu son oncle lui raconter la vie de ces immigrés à leurs débuts dans la grande cité. Les temps étaient durs et les parents des deux jeunes garçons n'avaient pas tardé à se rendre compte qu'ils n'étaient ni plus riches ni plus heureux à New York qu'à Palerme. Que de fois ils avaient exprimé leur désir de retourner dans la mère patrie !

Comment avaient-ils pu commettre la folie de venir en Amérique, la terre d'abondance où les rues étaient pavées d'or ? L'abondance existait bien, certes, mais elle n'était pas pour eux !

Les deux chefs de famille travaillaient comme des forcenés : ils avaient repris leur métier d'ébénistes, mais la vie n'était pas facile, et ils avaient toutes les peines du monde à joindre les deux bouts, entre le loyer à payer et la nourriture qu'il fallait réussir à mettre sur la table familiale.

Pourtant les deux garçons, eux, adoraient la ville, et dès qu'ils eurent une connaissance suffisante de la langue, ils firent de la rue leur domaine, enivrés par la fièvre qui y régnait. Ce bruit, cette agitation, tout était différent de Palerme, où le sommeil semblait régner en maître.

L'école les ennuyait mais la rue leur apportait la fascination, l'aventure et parfois l'argent.

Dès l'âge de treize ans, les deux adolescents avaient déjà formé leur propre bande, leur *borgata*, comme on dit en italien. C'est Salvatore qui avait eu cette idée car il était le plus fort, le plus brutal et le plus malin des deux. Un véritable chef par vocation.

Naturellement, ils ne tardèrent pas à sortir de la légalité et la délinquance porta vite ses fruits; ils dévalisaient les marchands des quatre-saisons, cambriolaient les entrepôts, volaient de toutes les manières possibles, sans oublier de rendre de menus services aux mafiosi locaux, et ramenaient ainsi souvent plus d'argent à la maison que leurs pères qui s'échinaient toute la journée à faire un travail honnête.

Grâce à la vivacité de son esprit et à l'ambition qui le tenaillait, Salvatore avait réussi à se hisser au rang d'homme de main dans la mafia, abandonnant sans regret son rôle de chef de bande de délinquants juvéniles. Il fut pris en amitié par un *capo* qui avait vite remarqué les talents naturels de ce jeune Sicilien, appréciant particulièrement son astuce, ses nerfs d'acier et sa force brutale. Salvatore entraînait Vito dans son sillage; chantant ses louanges auprès du *capo*, il réussit à intégrer son fidèle *goombah* au sein de la « famille ».

Il fallut peu de temps à Salvatore pour prendre du galon, en dépit de son extrême jeunesse, et il devint bientôt membre à part entière de la mafia, imité par Vito, qui réussit à se faire intégrer lui aussi.

Salvatore Rudolfo s'était désormais acquis la réputation d'un mafioso endurci, avec lequel il y avait intérêt à compter, et qui n'allait pas tarder à arriver au faîte de la hiérarchie. Outre ses qualités de truand averti, Salvatore avait également un sens commercial et une cruauté hors pair, une perfidie instinctive et une capacité à se concilier chez les autres une fidélité indéfectible. Outre Vito, il réunit autour de lui une équipe solide de *goombata*, constituée d'éléments prêts à tout pour lui obéir, y compris commettre les meurtres les plus sanglants. Ce qu'il exigeait fréquemment.

Vint enfin le moment où Salvatore, mû par une ambition et un goût inextinguible pour le pouvoir, décida de s'affranchir de la tutelle de cette famille qui l'avait employé jusqu'alors. Avec Vito dans son sillage, il entreprit de mettre sur pied sa propre organisation.

La chance le favorisa alors, car cette rupture eut lieu en 1930 – ils avaient alors dix-neuf ans – au moment où un changement capital s'était produit dans la mafia américaine.

Un groupe de jeunes Turcs, lassés de se plier à la domination incessante des *dons* – ceux qu'ils surnommaient ironiquement les Pépés à moustaches –, se révoltèrent contre une autorité jugée d'autant plus inacceptable qu'elle leur paraissait dater d'une époque complètement révolue.

La révolution terminée, en 1931, la plupart des anciens chefs avaient été limogés ou exécutés, et les antiques méthodes de gestion abandonnées ; la mafia moderne américaine était née. Et la « famille » Rudolfo aussi, par la même occasion. Comme Salvatore et Vito avaient aidé à la réussite du coup de force, les nouveaux dirigeants les autorisèrent à poursuivre leurs activités comme ils l'entendaient, leur accordant – ou plutôt accordant à Rudolfo – une totale indépendance.

La famille Rudolfo ne tarda pas à grandir, en taille et en importance, et au bout de quelques années, elle commença à jouer un rôle prépondérant dans l'organisation de « l'honorable société », cette branche américaine de la mafia sicilienne, que l'on appelle aussi *Cosa Nostra*. Salvatore en était le patron, son frère Charlie le vice-président, son cousin Anthony le *consigliere*, c'est-à-dire le conseiller, et Vito à la fois l'un des capitaines et également le plus proche confident de Salvatore.

Lorsqu'il était enfant, Johnny Fortune ne s'était jamais rendu compte de la nature exacte des activités de son oncle ; il savait seulement que Vito travaillait en famille avec ses « oncles » Salvatore, Charlie et Tony. Plus tard, il finit par comprendre que tous ces gens étaient des truands et appartenaient à la mafia, mais cette révélation ne le troubla pas outre mesure, du fait qu'il avait grandi dans un environnement exclusivement italien, où la mafia faisait partie de l'univers quotidien. Il ne savait pas grand-chose en fait de ce qui se passait en dehors de ce monde insulaire où les *amici*, les membres de l'honorable société, étaient toujours mentionnés avec un respect qui n'était pas exempt d'une certaine crainte.

Conformément aux règles ancestrales qui étaient de rigueur dans la mafia, on ne parlait jamais affaires à la maison, si bien que Johnny ne savait rien des occupations quotidiennes de l'oncle Vito ni de la nature exacte de sa profession. La seule chose qui comptait aux yeux du jeune Gianni, c'était que ses oncles l'aimaient, le protégeaient et faisaient tout pour qu'il ne lui manque jamais rien d'essentiel.

Chaque fois que Vito avait besoin d'argent pour lui acheter des chaussures ou des vêtements, payer le docteur, le dentiste ou des leçons de musique, et célébrer une petite fête en son honneur, c'était toujours oncle Salvatore qui fournissait les subsides. Et bien que l'appartement de Mulberry Street fût exigu et sinistre, Johnny avait toujours le nécessaire, tant dans le domaine affectif que sur le plan financier.

C'est l'oncle Salvatore qui le premier avait remarqué le talent de Johnny ; déclarant un jour qu'il chantait comme un ange, il lui avait aussitôt donné un billet de cinq dollars pour le récompenser. Dès l'instant où Johnny avait commencé à se produire en public, Salvatore lui avait acheté son premier costume de scène et s'était arrangé pour que toutes les boîtes de nuit des environs, qui étaient tenues par des amis à lui, ouvrent grandes leurs portes au nouveau chanteur.

Dès lors, bien que d'une manière discrète, presque occulte, Johnny avait été plus ou moins pris en main par Salvatore Rudolfo qui considérait comme son protégé ce jeune prodige au physique divin. Bien qu'il n'y eût entre eux aucun lien de parenté, Salvatore le traitait comme quelqu'un de sa famille, sans doute à cause de l'indéfectible loyauté que lui vouait Vito et de la solide amitié qui liait les deux hommes depuis si longtemps.

Quoiqu'il eût grandi dans l'ombre de la mafia sicilienne à New York, Johnny n'avait jamais trempé dans aucune de ses activités et à aucun moment l'idée ne lui était venue d'embrasser une carrière criminelle. Seule la musique comptait pour lui et l'oncle Vito, comme l'oncle Salvatore, en étaient ravis, ils multipliaient leurs encouragements et l'aidaient à progresser dans cette ascension semée d'embûches sans qu'il courût jamais le moindre risque de subir un quelconque préjudice du fait de leurs activités criminelles.

Sous aucun prétexte, personne ne devait s'aviser un jour des liens de parenté qui pouvaient exister entre Johnny et eux. Rien ne devait ternir l'image de l'idole. Sur ce point, leur réussite avait été totale.

Salvatore n'avait jamais rien demandé à Johnny en retour, rien d'autre que sa présence, une fois par an, au dîner qu'il donnait le jour de Thanksgiving. C'est à cette occasion que le chanteur se rendait chez l'oncle Salvatore, dans sa propriété de Staten Island, et au milieu du repas, on lui demandait d'interpréter quelques-uns des airs favoris du maître de maison.

L'atmosphère était on ne peut plus familiale et tout se passait dans la plus totale décontraction. Si bien que chacun gardait ensuite un excellent souvenir de cette réunion de famille.

A présent, Johnny pensait à ce dîner. Il se demandait quelles chansons l'oncle Salvatore aimerait entendre. Les grands classiques, bien entendu, tels que *Sorrento, O Sole mio,* ainsi qu'une autre chanson qu'il aimait particulièrement : *My Way.* Mais Johnny savait aussi qu'il lui faudrait sélectionner quelques succès plus récents afin de satisfaire les goûts des membres les plus jeunes de la famille. Il se devait de contenter tout le monde pour que l'intérêt ne faiblisse à aucun moment pendant la demi-heure où il assurerait sa prestation.

Johnny sourit intérieurement en pensant à Salvatore et à la tendresse que lui vouait le vieil homme. Il y avait entre eux un lien très particulier, qu'aucune parole n'avait jamais concrétisé mais qui n'en était pas moins présent, aussi loin que Johnny pût remonter dans ses souvenirs. Il se sentait à certains égards plus proche de Salvatore que de son oncle Vito, et il lui vouait une grande tendresse et un respect de tous les instants. Bien que le terme de « parrain » fût très rarement utilisé dans la mafia, c'est ainsi que Johnny considérait son oncle : comme son parrain, au meilleur sens du terme. Et aussi comme un grand homme, un personnage de légende en quelque sorte. Jamais il n'était venu à l'idée de Johnny que l'oncle Salvatore était à la tête d'une vaste organisation criminelle, qu'il était devenu le *capo di tutti capi,* le chef de toutes les familles de la côte Est. Pour lui, Salvatore Rudolfo était simplement son oncle, un oncle à qui il devait beaucoup.

Johnny jeta un bref regard à sa montre et poussa un soupir en voyant l'heure. Il prit la télécommande et éteignit le poste de télévision qui fonctionnait sans le son depuis déjà plus d'une demi-heure. Puis il se glissa entre les draps et essaya de s'endormir.

Mais le sommeil refusait de venir ce soir-là.

Johnny resta longtemps allongé dans le noir, ses pensées ne tardant pas à passer de Vito et de Rudolfo à Rosie, sur laquelle elles se fixèrent durablement. Il ne pouvait plus chasser de son esprit l'image de la jeune femme, une image qui provoquait en lui un sentiment de légèreté euphorique abolissant toutes les préoccupations qui l'obsédaient depuis si longtemps.

Et puis une impression de chaleur tout à fait inattendue se répandit en lui et il éprouva une telle sensation de bonheur qu'il faillit suffoquer. L'étonnement le saisit. Lui qui, de toute son existence, avait complètement ignoré cette émotion, il se sentait heureux et c'était grâce à Rosie. Pour Johnny, cela tenait tout simplement du miracle.

Il ne savait rien d'elle. Était-elle célibataire, mariée ou divorcée ? Il s'en moquait totalement. Rosie Madigan était la première femme, la seule femme, qui lui eût jamais fait éprouver cette sensation, une sensation qu'il voulait toujours conserver en lui. Cette pensée domina son esprit des heures durant, jusqu'au moment où il commença enfin à s'assoupir.

J'espère la revoir.

Je veux la revoir.

Il faut que je la revoie.

Je la reverrai.

13

« Allez, raconte, Rosie de mon cœur, qu'est-ce que tu lui as fait pour qu'il finisse par te manger dans la main comme un petit agneau ?

– Que veux-tu dire ? » demanda Rosie d'une voix qui monta d'un ton tandis qu'elle fixait sur Nell un regard étonné dans la pénombre du foyer de leur hôtel.

Nell éclata de rire et, passant son bras sous celui de son amie, elle l'emmena vers le salon de la suite qu'elles partageaient à l'hôtel Regent Beverly Wilshire.

« Tu le sais très bien, ce que je veux dire, ma chérie, alors ne fais pas semblant de ne pas comprendre. La première fois que je suis sortie pour aller téléphoner, Johnny se comportait exactement comme si tu n'avais pas été là, ou pire encore, comme si tu avais été sa pire ennemie, choisis toi-même. Et quand je suis revenue, l'atmosphère s'était déjà nettement dégelée. En tout cas, il avait cessé de faire la gueule. Et la deuxième fois, je vous retrouve dans la bibliothèque, blottis l'un contre l'autre sur le canapé devant le feu. Et il est aux petits soins pour toi, tout juste s'il n'est pas devenu complètement gâteux. Alors, je ne suis pas folle, Rosie, il a dû se passer quelque chose entre vous. Notre pousseur de romances était tellement métamorphosé que j'avais du mal à en croire mes propres yeux. »

Rosie ne put s'empêcher de sourire. Dégageant son bras de l'étreinte de Nell, elle se tourna vers son amie et repartit vivement :

« Il ne s'est rien passé du tout. Je lui ai simplement adressé un compliment à propos de ses pièces d'orfèvrerie ancienne. Mais n'essaie pas de noyer le poisson, s'il te plaît. Je vois clair dans ton jeu, tu sais. En fait, tu es en ce moment en train d'essayer de m'asticoter parce que tu es toi-même un peu gênée; à propos de tes relations avec Kevin et du fait que tu ne m'en avais jamais parlé. Allons, c'est ton tour maintenant, Nelly, raconte un peu. Ça a commencé quand, cette idylle avec mon frère ? »

Nell jeta sa cape sur le dossier d'une chaise et partit de l'autre côté de la pièce sans répondre. Décrochant le téléphone, elle composa le numéro de la réception et, regardant Rosie, demanda :

« Une bonne tasse de thé avant d'aller au lit, ça te dirait ? »

Rosie hocha la tête en signe d'assentiment.

« Bonne idée. Tout à fait d'accord ! »

Après avoir passé la commande, Nell se laissa tomber sur le canapé et poussa un grand soupir.

« Nous ne cherchions pas du tout à te faire des cachotteries, tu peux me croire sur parole. D'ailleurs, on en a parlé tous les deux, Kevin et moi, l'autre nuit. »

Elle haussa les épaules et secoua la tête avant de reprendre :

« En fait, nous n'en avons rien dit à personne. Je ne sais pas trop pourquoi d'ailleurs. Sauf à un collègue de Kevin, un flic nommé Neil O'Connor. Il est le seul à être au courant. »

S'étant débarrassée de son manteau à son tour, Rosie alla rejoindre Nell sur le canapé et lui dit à mi-voix :

« Je ne suis pas du tout fâchée contre toi, Nelly. Vraiment pas. Bien au contraire. Je suis même très heureuse que Kevin soit devenu ton ami. »

Tout en prononçant ces paroles, elle avait tendu la main pour la poser affectueusement sur le bras de Nell.

« C'est sérieux entre toi et Kev ? »

Nell fixa longuement Rosie. Finalement un léger sourire étira ses lèvres.

« Je ne sais pas, et c'est peut-être pour ça que nous ne t'avons jamais rien dit, pas plus qu'à Gavin ni à personne d'autre. Nous hésitions sans doute à donner des explications ou à analyser nos propres sentiments. A moins que ce ne soit, tout simplement, pour éviter de subir des pressions de la part des autres. »

Rosie la regarda bouche bée.

« Grands dieux, Nell, je n'exercerai jamais la moindre pression sur toi ou sur Kevin! Je t'en supplie, ne va surtout pas imaginer des choses pareilles! Je voulais simplement savoir ce qu'il en était au juste pour vous deux, c'est tout. Je t'aime beaucoup et j'aime aussi beaucoup mon frère, et naturellement ce serait formidable s'il y avait entre vous un amour profond qui puisse déboucher sur une relation durable. Mais je reconnais bien volontiers que cela ne me regarde pas le moins du monde.

— Évidemment, j'aurais dû t'en parler plus tôt, seulement on n'a pas tellement eu l'occasion de se voir ces derniers temps. Je crois en fait que nous préférions garder le secret pour éviter que nos problèmes personnels ne deviennent un sujet de discussion public.

— Je comprends, dit Rosie en lui serrant affectueusement le bras.

— Je l'espère, ma chérie, et je ne voudrais surtout pas que tu croies que nous cherchions à t'exclure. Comme je te l'ai dit tout à l'heure, Kevin et moi, nous nous sommes seulement posé la question l'autre nuit. »

Elle se racla la gorge pour s'éclaircir la voix et reprit, très bas : « Kevin, vois-tu, je l'aime comme une folle. C'est un être absolument exceptionnel. Nous nous entendons à merveille, nous sommes d'accord sur tout, nous aimons les mêmes choses, et au lit, c'est tout simplement fantastique.

— Mais tu n'es pas obligée d'entrer dans le détail. Il me suffit de savoir que vous êtes bien et heureux ensemble.

— C'est tout à fait le cas, et pourtant il n'est pas question de mariage entre nous. »

Rosie resta un moment silencieuse, s'interrogeant sur le sens de cette dernière précision. Puis elle demanda :

« C'est Kevin qui ne veut pas se marier avec toi?

— Je le crois, répondit Nell avec une moue de regret. Mais en fait je n'en sais rien. En tout cas, il n'a jamais parlé de mariage, ni moi non plus, d'ailleurs. Je suppose que ça ne nous est jamais

136

venu à l'esprit. Il est tellement pris par ses obligations professionnelles, comme moi, finalement.

– Quand est-ce que ça a commencé, enfin, je veux dire, entre vous.

– Il y a à peu près un an. Un soir où Gavin était à New York avant de repartir sur Londres pour commencer le tournage de *Kingmaker*. Tu ne te rappelles pas ? Je t'ai raconté au téléphone que nous avions dîné tous les trois au Carlyle. Kevin m'a raccompagnée à mon appartement et je l'ai invité à boire un dernier verre. Et voilà ! Un quart d'heure plus tard, nous étions dans les bras l'un de l'autre.

– Merveilleux ! s'exclama Rosie. Tiens, je vais te donner un conseil. Profitez-en bien tant que vous le pouvez et dites-vous : après nous, le déluge. Maintenant, c'est comme ça que je raisonne.

– Vraiment ? »

Nell avait levé les sourcils, étonnée au plus haut point par ces paroles imprévues. Elle ne put s'empêcher d'exprimer sa surprise.

« Alors là, tu peux dire que tu me sidères, commenta-t-elle. C'est la deuxième fois de la soirée, depuis l'extraordinaire volte-face de Johnny tout à l'heure. Tiens, revenons un peu sur son cas, à celui-là. Comment as-tu donc été amenée à lui parler de ses pièces d'orfèvrerie ? »

Rosie fit un large sourire.

« J'étais consternée par son attitude et je m'apprêtais à venir te trouver pour te dire que je rentrais à l'hôtel. Mais au lieu de prendre congé, je me suis mise à le complimenter sur ses présentoirs à desserts. Ceux qui ont été confectionnés par Paul Storr.

– Ah bon ! Eh bien, tu ne pouvais pas mieux tomber. Ces présentoirs sont sa joie et sa fierté. Ce sont ses amis de Londres, les Raeymaekers, qui les lui ont trouvés et il a failli tomber en pâmoison en découvrant ces petites merveilles au début du mois.

– Ce qui m'a étonnée, c'est qu'il soit aussi bien renseigné sur la valeur de l'argenterie ancienne. C'est drôle, non ?

– Oui, plutôt, en effet. Surtout quand on sait ce qu'a été son enfance, dans le Bronx ou à Brooklyn, je crois. Et sans avoir reçu la moindre instruction, pas plus dans le domaine scolaire que sur le plan artistique, sauf en ce qui concerne le chant, peut-être. Et ensuite, il était beaucoup trop préoccupé par le déroulement de sa carrière pour avoir le temps de s'intéresser à l'art. Il a toujours fallu qu'il veille au grain pour parer au plus pressé, d'après ce qu'il m'a raconté du moins. Je crois qu'il a lu beaucoup de choses sur l'Italie et qu'il s'intéresse énormément au pays de ses parents. C'est peut-être là que réside le secret de cette passion pour les objets d'art. Surtout qu'il n'a pas les yeux dans sa poche. »

Rosie hocha la tête puis elle alla à la fenêtre pour regarder à travers la vitre. L'appartement qu'elles occupaient dominait Rodeo Drive qui scintillait déjà des décorations et des lumières de Noël bien qu'on ne fût encore qu'en novembre. Elle pensait à Johnny, et avant d'avoir mobilisé suffisamment de forces pour s'en tenir à des considérations générales, elle s'entendit demander :

« Est-ce qu'il est libre ?

— A ma connaissance, oui », répondit Nell dont l'intérêt fut soudain éveillé par la question qui lui était posée. Puis, observant étroitement le visage de son amie pour tâcher de déceler sa réaction, elle poursuivit :

« En fait, je peux te dire, sans risque de me tromper, que la réponse est oui. »

Mais on frappait à la porte. Nell alla ouvrir ; un serveur entra avec un plateau.

Quelques secondes plus tard, quand elles furent de nouveau seules, Nell versa le thé et reprit :

« Je ne pense pas que Johnny ait jamais eu une seule femme dans sa vie. Du moins d'après ce que j'ai pu comprendre. En tout cas, ces dernières années, depuis que je le connais, il n'y a eu personne, cela je peux le garantir. Naturellement, il a eu quelques aventures, avec des danseuses, des groupies ou des actrices, mais il ne s'agissait que de coucheries sans importance qui n'avaient jamais de lendemain.

— Et à ton avis, pourquoi ne s'est-il pas marié ? »

Nell secoua la tête dans un geste d'ignorance.

« Dieu seul le sait, et Il ne me le dira pas. Allez, viens t'asseoir pour boire ton thé. Quant à Johnny Fortune, je serais bien incapable de hasarder la moindre hypothèse sur les raisons de son célibat prolongé ou de l'absence de toute liaison sérieuse dans sa vie sentimentale. Maintenant que j'y pense, il y a bien eu quelques bruits qui ont couru, à plusieurs reprises, sur ses aventures avec des femmes, mais il ne s'agissait jamais de relations sérieuses. »

Nell but une ou deux gorgées de thé puis elle s'exclama d'un ton où perçait une certaine surprise :

« Au fait, j'y pense maintenant ; c'est peut-être parce qu'il n'a jamais été amoureux. Pourquoi aller chercher plus loin ?

— C'est possible, en effet. »

Après être restée silencieuse un moment, Rosie demanda soudain :

« Quel genre d'homme est-ce, en fait ? »

Nell leva les sourcils et fixa sur Rosie un regard interrogateur.

« Il m'est très difficile de te donner une réponse précise. Tu sais, il n'a pas l'habitude de me faire ses confidences. Ni à moi ni à d'autres, d'ailleurs. Il est toujours très distant avec tout le monde... du moins sur le plan personnel.

— Pourtant vous avez l'air très proches l'un de l'autre.

— Au niveau professionnel, oui. Il est toujours en train de se poser des problèmes sur la façon de mener sa carrière, tu l'as certainement remarqué ce soir, et il semble que j'aie le don de le rassurer sur ce plan. En fait, il est du genre à se faire du souci dans tous les domaines ou presque. Mais c'est un garçon charmant et il est toujours aux petits soins pour moi. Naturellement, ce dont il souffre le plus, c'est de son manque d'assurance. Il est également très égocentrique et il ramène toujours tout à son cas personnel. Mais c'est normal chez les gens du show-business. Tu sais aussi bien que moi quel genre de cinglés on peut trouver dans la profession.

— En tout cas, Gavin n'est pas comme ça, protesta Rosie.

— C'est vrai, mais Gavin est l'exception qui confirme la règle. Pour en revenir à Johnny, c'est un garçon très bien, gentil et même tout à fait charmant, comme je viens de te le dire. Et pourtant...

— Pourtant quoi... ? »

Nell poussa un soupir.

« Je ne peux rien dire avec certitude... mais il y a quelque chose en lui qui m'échappe un peu. Il est toujours très discret pour tout ce qui touche à sa famille. On dirait qu'il y a là une sorte de mystère qu'il veut sauvegarder à tout prix dès que l'on commence à s'y intéresser.

« — Il a de la famille ?

— Il a un vieil oncle quelque part. Je crois qu'il habite en Floride. La tante est morte. C'est cet oncle et cette tante qui l'ont élevé. Il m'a seulement dit un jour que sa mère était morte quand il était encore très jeune. Il n'a ni frères ni sœurs, pas d'autre famille que son oncle, en somme. Je crois qu'il a eu une enfance assez difficile, et qu'il a souffert de la solitude et de la pauvreté, bien que son oncle ait fini, je ne sais comment, par sortir de la médiocrité financière. Mais, tu sais, Johnny ne m'a jamais dit grand-chose : il n'est pas du tout du genre à faire ses confidences. Remarque bien que je ne l'ai jamais questionné non plus, sans doute à cause du mystère qu'il aime entretenir autour de sa personne, de son passé et de sa vie intime. D'ailleurs il n'a pratiquement pas d'amis. Il préfère la solitude.

— Je le trouve très attirant.

— Oh, je le sais bien.

— Vraiment ?

— Bien sûr.

— Comment t'en es-tu aperçue ? »

Nell éclata de rire.

« C'est vraiment la première fois depuis bien des années que tu manifestes un tel intérêt pour quelqu'un que je te présente. D'ailleurs, le simple fait que tu m'aies posé toutes ces questions à propos de Johnny est déjà suffisamment révélateur à lui seul. J'ai la nette impression qu'il pique ta curiosité. »

Nell adressa un large sourire à son amie avant de poursuivre :

« Et je dois reconnaître que je suis tout simplement ravie de voir que tu as le béguin pour quelqu'un. »

Rosie rougit.

« Mais je n'ai pas le béguin pour lui. »

Nell éclata de rire.

« Bien sûr que si, Rosie. Ne le nie pas. Et je vais te dire encore autre chose : Johnny Fortune a également le béguin pour toi.

— Ne sois pas ridicule !

— Tu dis toujours ça quand j'énonce une évidence. Eh bien non, ce n'est pas ridicule. D'ailleurs, tu sais ce que je vais faire ? »

Nell fixa sur Rosie un regard malicieux ; une lueur de gaieté scintillait au fond de ses prunelles.

« Je n'en ai aucune idée, murmura Rosie.

– Je vais m'arranger pour que vous vous retrouviez quelque part. Organiser une rencontre...

– Mais tu es folle! Tu ne vas tout de même pas faire ça, s'exclama Rosie, les yeux agrandis par l'indignation.

– Si tu crois que je vais me gêner, déclara Nell d'un ton décidé. Tiens, je vais l'inviter le lendemain de Thanksgiving. Il nous a dit qu'il viendrait à New York pour dîner avec son oncle. Je trouve mon idée formidable. Géniale, même, toute modestie mise à part. Comme ça, nous serons quatre : moi et Kevin, toi et Johnny. C'est pas merveilleux ?

– Ce jour-là, je pars pour Paris, objecta Rosie.

– Retarde ton départ. Remets-le à samedi. Ne laisse pas filer une telle occasion, je t'en supplie, Rosie.

– Je ne peux pas remettre mon départ. Il y a déjà trop longtemps que j'ai quitté la France. J'ai téléphoné à Yvonne aujourd'hui et elle m'a dit que Collie n'était pas bien. Il faut que je rentre. De toute façon, même s'il n'y avait pas eu de problèmes du côté de Collie, ma présence à Montfleurie est indispensable à cause de tout ce qu'il y a à faire pour Noël.

– Alors, toi et Montfleurie! » s'exclama Nell d'une voix exaspérée.

Bien qu'elle ne voulût pas vexer son amie, elle ne put s'empêcher d'ajouter :

« C'est vraiment la barbe! Je me demande d'ailleurs comment tu pourrais t'intéresser à un homme tant que tu seras entichée de cette foutue baraque! »

Rosie regarda son amie bouche bée.

« Il faut que tu sois folle, Nell, pour dire une chose pareille. Je ne suis pas du tout entichée, comme tu dis, de cette maison. Où peux-tu donc aller chercher des idées pareilles ? Ce qu'il y a, c'est que j'ai beaucoup d'affection pour Collie, Lisette et Yvonne. Elles m'aiment, elles aussi, ce qui fait que cela me crée des obligations envers elles. Je ne peux pas les laisser tomber. »

Nell buvait lentement son thé, le visage soudain assombri. Elle bouillait intérieurement. Il y avait des moments où Rosie lui faisait perdre patience, surtout quand elle faisait passer en premier ces gens qui vivaient à Montfleurie, en donnant la priorité à leur

141

bien-être au lieu de penser d'abord à elle-même. Elle était beaucoup trop bonne à bien des égards, et Nell pensait que nombreux étaient ceux qui exploitaient la générosité de Rosie. En particulier ces Frenchies.

« Je t'en prie, ma chérie, nous n'allons tout de même pas nous disputer pour ça. Nous avons tellement peu l'occasion de nous voir en ce moment, et tu me manques tant quand nous ne sommes pas ensemble ! »

Nell la regarda en silence et hocha la tête, lui adressant un petit sourire accommodant. Puis, toujours sans dire le moindre mot, elle se mit debout et partit dans sa chambre.

Rosie la suivit des yeux. Elle regrettait amèrement d'avoir parlé de Johnny Fortune. Elle s'apprêtait à aller dans la chambre pour rejoindre Nell afin de faire la paix avec elle lorsque celle-ci réapparut, une cassette à la main. Elle vint se rasseoir sur le canapé et la tendit à Rosie sans prononcer le moindre mot.

Rosie examina l'enregistrement. C'étaient les dernières chansons de Johnny, qui venaient de sortir et qui étaient déjà au sommet du Top cinquante. Le titre principal en était *Fortune's Child* (L'Enfant de fortune), et il y avait une photo en couleurs de l'interprète. Indiscutablement, Johnny était bel homme. Rosie étudia longuement ce visage délicat et sensible puis, relevant la tête, elle adressa à Nell un regard interrogateur.

« Johnny, dit alors Nell, est beau et riche ; il est pétri de talent et c'est un type bien à tous points de vue. Qui peux-tu trouver de mieux ? Or il se trouve qu'il s'intéresse à toi, Rosie. Je le sais, parce que j'ai observé son comportement pendant que nous prenions le café. Je ne l'avais encore jamais vu comme ça.

— Que veux-tu dire ?

— D'abord, il buvait littéralement toutes tes paroles. Et il ronronnait comme un chat. Ensuite, il n'arrivait pas à détacher son regard de ta personne. Et quand nous avons pris congé, il cherchait à nous retenir par tous les moyens. Je suis sûre que si je n'avais pas été là, il aurait manifesté ses intentions beaucoup plus clairement. Si tu avais été seule avec lui il aurait essayé de te séduire. J'en donnerais ma main à couper.

— Mon Dieu, ce que tu peux avoir comme imagination !

— Mais je sais quand même bien ce que j'ai vu, rétorqua Nell

142

avec véhémence. Pourquoi ne lui donnes-tu pas une petite chance ? Laisse-moi vous inviter tous les deux à dîner ou même à déjeuner avant que tu ne partes pour la France.

— Non, je ne peux pas, Nell, je t'assure. Je ne peux pas risquer de décevoir Collie. Elle a tellement hâte de me voir rentrer. Je suis déjà restée très longtemps loin d'elle à cause du film, et ensuite mon voyage aux États-Unis a encore prolongé mon absence. »

Elle a peur, se dit Nell. Peur de se lier avec un homme après ce qui est arrivé la dernière fois qu'elle l'a fait. C'est ça le fond du problème. Elle se cache dans cette maison ridicule parce qu'à Montfleurie elle se sent en sécurité. Et pourtant, il n'en est rien. Il n'y a nulle part au monde un endroit où elle courrait un danger plus grand. Il faut que je la convainque de quitter cette maison une fois pour toutes, avant qu'il ne soit trop tard. Avant qu'il ne se produise quelque chose de terrible.

14

« Il y a déjà plus d'un quart d'heure que je suis ici et tu ne m'as toujours pas parlé du film », se plaignit Rosie en lançant un bref regard en direction de Gavin.

Ils étaient assis tous les deux sur la terrasse dominant les jardins de sa maison de Bel Air, attablés devant un verre de vin blanc, prélude au déjeuner qu'ils allaient prendre à l'issue de cette matinée fraîche et ensoleillée.

Il eut un petit rire moqueur.

« Alors toi, tu me surprendras toujours! Tu n'as pas arrêté de parler depuis que tu es ici, je n'ai pas eu une seule fois l'occasion d'en placer une. D'abord, le compte rendu détaillé de ton entrevue avec Gary Marshall, ensuite la nouvelle au sujet de Nell et de Kevin. Remarque bien que là, tu m'as drôlement intéressé! »

Rosie ne put qu'opiner du bonnet. Elle renchérit :

« A vrai dire, en ce qui me concerne, je m'attendais à tout sauf à ça.

— Cela m'a surpris, moi aussi. J'étais tellement persuadé que Nell en pinçait encore pour Mikey. Faut croire que je me trompais complètement.

— Et moi, je croyais que Kevin était toujours amoureux de Sunny. Décidément, nous étions tout à fait à côté de la plaque, l'un comme l'autre, commenta Rosie en riant.

– Est-ce que c'est sérieux ? demanda Gavin en croisant les jambes.

– Je ne sais pas. J'ai posé la question à Nell mais elle m'a donné une réponse plutôt évasive. Je crois que c'est le mot qui convient.

– En tout cas, ils ont bien réussi à garder le secret. A notre égard, du moins.

– Je t'ai déjà dit pourquoi, Gavin. Ils ne voulaient pas que nous allions nous mêler de leurs affaires ou exercer sur eux une pression quelconque.

– Comme si c'était notre genre ! Nous avons d'autres chats à fouetter, non ?

– A propos du film, Gavin, je...

– Tu vas trouver l'idée géniale et me dire que tu veux t'occuper des costumes, l'interrompit-il en souriant.

– Cela va sans dire, n'est-ce pas ?

– Je l'espère, chérie », répondit-il en lui adressant un large sourire.

Il se leva, traversa la terrasse et alla s'adosser à la balustrade, regardant Rosie droit dans les yeux.

« Ce film va raconter l'histoire d'un grand homme... commença-t-il.

– Encore ! s'exclama Rosie. Tu es donc fasciné par les grands hommes... Les personnages historiques, car je présume que c'est bien de cela qu'il s'agit.

– Mais naturellement. A notre époque, il y a très peu de grands hommes, sauf peut-être Gorbatchev, mais pour celui-là, nous attendrons que l'eau ait un peu coulé sous les ponts. D'ailleurs, comme tu n'es pas sans le savoir, à mon avis le seul vrai grand homme que le XXᵉ siècle ait produit, c'est Winston Churchill. Il mérite de figurer au même rang que les géants de l'histoire, et... »

Elle ne put en entendre davantage. Très vite, elle demanda :

« Tu veux dire que ton nouveau film va avoir Winston Churchill comme personnage principal ? »

Gavin secoua la tête.

« Pas du tout. Le héros de mon prochain film a vécu deux cents ans avant Winston Churchill, c'est un homme au sujet duquel on a écrit plusieurs milliers de livres et qui a été le personnage le plus important de toute la planète à l'époque où il a vécu.

— Qui est-ce ?

— Napoléon. »

C'était le dernier nom auquel Rosie s'attendait. Elle resta bouche bée, fixant sur Gavin un regard incrédule.

« Gavin, il faut être fou pour vouloir essayer de porter à l'écran la vie de Napoléon ! s'écria-t-elle avec beaucoup de conviction. C'est vraiment avoir les yeux plus grands que le ventre ! La tâche est tout bonnement impossible ! Il y a là un défi autrement plus difficile que celui présenté par *Kingmaker*.

— Tu as tout à fait raison. Mais je n'ai pas l'intention de traiter sa vie en tant que telle. Je ne suis pas idiot à ce point-là. Je vais seulement m'intéresser à une partie de son existence. Je suis tout à fait conscient que vouloir s'attaquer à une biographie complète de Napoléon coûterait beaucoup trop cher, et cela ferait un film beaucoup trop long. Non, je cherche seulement à retracer une période particulière de sa vie.

— Laquelle ? Son ascension vers le pouvoir ?

— Non ; la période où il a déjà conquis le pouvoir, où le grand général s'est mué en premier consul, bientôt en empereur. L'époque où il fut le plus heureux, selon moi, après avoir enfin réalisé toutes ses ambitions. Ce sera donc beaucoup plus une histoire d'amour, l'histoire d'un couple, que le récit des succès militaires remportés par un stratège qui ébranlait les fondations de l'Europe tout entière. Je veux raconter l'histoire d'un homme, ou plus exactement, l'histoire d'un homme et d'une femme... Napoléon et Joséphine.

— Et à quel moment précis commencerait-elle, cette histoire ?

— Eh bien, juste au moment où il se couronne lui-même empereur et pose sur Joséphine la couronne d'impératrice, pour montrer leur immense tendresse réciproque et la puissance de l'amour qu'ils éprouvent l'un pour l'autre. Naturellement, il faudra bousculer un peu la chronologie pour amener l'histoire jusqu'au moment où Napoléon décide qu'il doit divorcer d'avec Joséphine. Dans l'intérêt de son pays, pour l'amour de la France.

— Ce sera donc un film psychologique autant qu'historique ?

— Tout à fait. Je veux montrer le terrible combat intérieur

146

auquel il s'est livré, une fois arrivé à la conclusion qu'il devait répudier la femme qu'il aimait afin de sauvegarder les intérêts de sa patrie.

– Au fond, son attitude a été dictée surtout par des préoccupations politiques.

– Exactement. Il avait besoin de cimenter son alliance avec la Russie et quel meilleur moyen que le mariage pouvait-il trouver pour y parvenir? Il a donc demandé la main d'Anna, la sœur du tsar Alexandre. Il voulait que ce mariage soit le garant d'une paix durable entre les deux pays.

– Mais ce mariage n'a pas pu se faire?

– Non. Le tsar y était tout à fait favorable, mais leur mère, l'impératrice, ne voulait pas en entendre parler, si bien que Napoléon a été finalement éconduit. Pourtant il avait besoin de faire régner la paix, et il lui fallait un autre allié au sein des grandes puissances européennes.

– Mais s'il cherchait à se remarier avec une telle obstination, c'était aussi pour une autre raison, non?

– Naturellement. Il se disait depuis longtemps qu'il lui fallait un héritier, il désirait ardemment avoir un fils à qui il pourrait léguer son pouvoir, sa gloire, son trône. Et il a fini par épouser la princesse autrichienne, tu le sais certainement.

– Oui, Marie-Louise d'Autriche, fille de l'empereur François; elle lui a donné le fils qu'il convoitait de toute son âme. Elle était très jeune, je crois. Tandis que Joséphine avait six ans de plus que lui. »

Gavin hocha affirmativement la tête et fit quelques pas en avant.

« Viens, nous allons entrer un moment. Je voudrais te montrer quelque chose. »

Il lui prit le bras et l'emmena de l'autre côté de la salle à manger pour enfiler le long couloir qui menait à son bureau. C'était la pièce qu'il préférait dans la maison, il s'y réfugiait toujours dès qu'il avait du travail à faire.

C'était une vaste salle très bien aérée, avec un plafond voûté comme celui d'une église, et des murs entièrement garnis de livres. De hautes fenêtres s'ouvraient sur une pelouse entretenue avec soin qui se déroulait jusqu'à un petit étang recouvert de nénuphars.

147

Une gigantesque table d'acajou, du type de celles que l'on trouve dans les salles de conseils d'administration, lui servait de bureau, avec çà et là des fauteuils et des canapés confortables, recouverts de cuir souple dans les tons café au lait.

Gavin approcha une chaise pour Rosie et ils s'assirent côte à côte devant la table. Puis il saisit un calepin qu'il ouvrit vivement et expliqua :

« Je crois avoir découvert quelque chose. Selon moi, en quittant Joséphine, Napoléon a amorcé sa chute. Il semble que ce soit à ce moment précis que la chance a tourné pour lui. La répudiation de Joséphine, cette femme qui était le seul véritable amour de sa vie, a été la plus grande erreur qu'il ait jamais commise. Selon moi, après ce divorce, plus rien n'a été comme avant pour lui.

— C'est une histoire bien triste, en tout cas, murmura Rosie.

— Tout à fait d'accord, approuva Gavin en feuilletant son carnet. Tiens, je crois qu'il y aurait là une scène formidable, Rosie. C'est une froide journée d'automne, le 30 décembre 1809. Nous sommes au palais des Tuileries, avec Napoléon et Joséphine. Il lui annonce que leur mariage va être annulé. Voilà les paroles qu'il prononce : " Je t'aime encore, mais en politique, le cœur ne compte pas ; c'est la tête qui décide. " Joséphine s'évanouit, revenue à elle, elle supplie, puis s'effondre complètement et elle pleure, bouleversée par le chagrin. Mais lui reste inflexible. Il le faut. Il n'a pas d'autre issue.

— Oh, Gavin. C'est terrible. Que s'est-il passé ensuite ?

— Elle est allée à Malmaison, la demeure qu'il avait achetée pour elle quelques années plus tôt et où ils avaient coulé des jours si heureux, dans la paix et la sérénité. Elle est partie le 15 décembre, disparaissant à jamais de l'existence de cet homme avec qui elle avait vécu pendant quatorze ans. Pourtant il n'a jamais cessé de l'aimer. Nous avons des masses de documents pour le prouver. Tiens, un mois plus tard, il lui envoyait une lettre pour lui dire qu'il voulait la revoir. Leur séparation lui a brisé le cœur, c'est évident. Enfin, j'en suis intimement persuadé et ce sera le sujet, ou une grande partie du sujet, de mon prochain film : l'histoire d'un homme et d'une femme, pas seulement celle d'un grand homme. »

Gavin s'interrompit, prenant le temps de feuilleter son carnet.

« Tiens, écoute ça, dit-il soudain. C'est une lettre qu'il a écrite quand il avait vingt-six ans, juste après avoir fait l'amour avec Joséphine pour la première fois. Elle avait trente-deux ans et à cette époque, elle n'était nullement amoureuse de lui. C'est plus tard que la passion a commencé pour elle. Écoute.

– Je suis tout ouïe. »

Manifestement, Gavin connaissait le texte par cœur. Il ne regarda même pas son carnet pour énoncer ces phrases :

« *Je me réveille plein de toi. Ton portrait et le souvenir de l'enivrante soirée d'hier n'ont point laissé de repos à mes sens. Douce et incomparable Joséphine, quel effet bizarre faites-vous sur mon cœur ! Vous fâchez-vous ? Vous vois-je triste ? Êtes-vous inquiète ? Mon âme est brisée de douleur, et il n'est point de repos pour votre ami... Mais en est-il donc davantage pour moi, lorsque, me livrant au sentiment profond qui me maîtrise, je puise sur vos lèvres et sur votre cœur une flamme qui me brûle. Ah ! C'est cette nuit que je me suis aperçu que votre portrait n'est pas vous ! Tu pars à midi, je te verrai dans trois heures. En attendant, mio dolce amour, reçois un million de baisers ; mais ne m'en donne pas, car ils brûlent mon sang.* »

Rosie était incapable de prononcer la moindre parole ; elle ne pouvait plus détacher son regard de l'extraordinaire acteur qu'était Gavin. Il avait énoncé ce texte avec tant de naturel et avec un tel talent qu'elle avait eu l'impression de se trouver devant Napoléon en personne. Il allait réaliser une prouesse sans précédent dans ce film, elle en avait l'intime conviction.

Il fronça légèrement les sourcils et lui demanda :

« Alors, qu'en penses-tu ? Tu ne dis pas un mot. Moi qui trouvais qu'il y avait là une magnifique lettre d'amour écrite par un homme considéré uniquement comme un général dévoré par l'ambition de conquérir le monde, ce qui n'était pas du tout le cas. Car il était beaucoup plus que cela.

– J'étais émue, Gavin. C'est pour cela que je ne disais rien. Mais je suppose que tu as déjà un scénario tout prêt, n'est-ce pas ?

– Ah, décidément, on ne peut rien te cacher ! Tes yeux d'ange, tu ne les as pas dans ta poche ! Eh bien, oui, le script est plus ou moins terminé. Mais il faut encore lui apporter quelques petites touches ici et là pour le mettre bien au point.

149

« – C'est Vivienne Citrine qui l'a écrit ?

– Tout juste.

– J'en suis très heureuse. Elle est la meilleure. Et avec toi, elle fait toujours un excellent travail.

– Tu vas apprécier de faire partie de notre équipe. Primo, le film va être tourné dans ton pays d'adoption, la France. Je vais établir mon quartier général à Paris, dans les studios de Billancourt, et beaucoup de scènes seront tournées dans la capitale et dans les environs, en particulier à Malmaison. Si l'administration française nous autorise à filmer les extérieurs, bien entendu.

– Ce serait dommage qu'elle refuse. C'est une si belle résidence ! Mais je suis sûre qu'il n'y aura aucun problème. On vous laissera même peut-être filmer l'intérieur. Le gouvernement français est toujours très coopératif quand il s'agit de tourner un film historique de ce genre.

– Je sais. De toute façon, nous avons déjà commencé les démarches et j'espère que tu pourras entreprendre tes recherches sur les costumes aussitôt après Noël. Ça te paraît possible ?

– Et comment ! »

Gavin ne put s'empêcher de rire.

« Je savais que je pouvais compter sur toi. Ah, au fait, comme je sais que tu te feras un plaisir de dessiner quelques-unes des robes vaporeuses portées par Joséphine et les autres femmes de l'époque, il faut que tu saches que Napoléon désapprouvait ces toilettes.

– Vraiment ?

– Vraiment. Une fois, il a fait pousser les feux si fort à Malmaison que tout le monde suait sang et eau. On se serait cru dans un four et lui ne cessait de s'exclamer, d'un air entendu, qu'il voulait que les femmes aient chaud pour pouvoir se parer uniquement de leur nudité. »

Rosie éclata de rire.

« Je vois qu'il avait beaucoup d'esprit. N'empêche que ce projet m'excite énormément. J'ai hâte de me mettre à l'ouvrage.

– J'étais sûr que tu réagirais ainsi.

– Quand pourrai-je avoir un exemplaire du scénario ?

– Au début janvier. Je te l'apporterai moi-même. Je vais à Paris à la fin du mois, aussitôt après avoir fini la postproduction de *Kingmaker*.

– Parfait. Le temps va me sembler long d'ici là. »

Le téléphone posé à l'autre bout de la table s'était mis à sonner. Gavin se leva pour aller répondre. Rosie promena alors son regard sur les piles de liv. es, les cartes et les dossiers étalés et vit de nombreux volumes sur Napoléon, Joséphine, la politique française de l'époque et les campagnes militaires entreprises par le génial stratège. Il y avait aussi des ouvrages écrits par des contemporains comme Barras ou Talleyrand dont elle savait qu'ils avaient fini par se ranger dans le parti hostile à l'empereur. Manifestement, ainsi qu'il en avait l'habitude, Gavin avait procédé à de longues études préliminaires, et il s'était acquitté de cette tâche avec beaucoup de conscience.

Après avoir raccroché, Gavin lança :

« A table, Angel Face. Miri va servir le déjeuner sur la terrasse. »

Vers la fin de l'après-midi, longtemps après le départ de Rosie, Gavin travaillait au scénario, dans son bureau, quand la porte s'ouvrit brusquement.

Contrarié d'être dérangé, il leva la tête et aperçut sa femme, Louise, à l'autre bout de la pièce.

Il la regarda fixement, sans chercher le moins du monde à dissimuler son irritation.

Louise, toute menue, son joli visage encadré par d'abondants cheveux bruns, était élégamment vêtue comme à son habitude d'une toilette sortant de chez un très grand couturier. Elle lui rendit son regard peu amène, après avoir décelé la colère qu'il y avait en lui, une colère dont il était de plus en plus coutumier ces derniers temps.

« Je m'en vais », annonça-t-elle sèchement.

Comme il ne répondait pas, elle ajouta :

« Je pars pour Washington.

– Naturellement, lança enfin Gavin d'une voix acerbe. En ce moment, tu ne te plais que là-bas. »

Du bout du pied, elle referma la porte car elle ne tenait pas à être entendue par les domestiques. Puis elle s'avança de quelques pas, l'œil toujours aussi sombre. Une rougeur subite envahit son visage lorsqu'elle s'écria :

« Au moins, à Washington, je suis bien accueillie quand j'arrive. Ce qui n'est pas le cas dans cette maison.

— Cette maison, comme tu le dis si bien, c'est ta maison, Louise. Cesse de faire ton cinéma, s'il te plaît. L'acteur c'est moi, ne l'oublie pas. Et tu comptes revenir quand ?

— Ah, on dirait que l'on manifeste un certain intérêt à mon égard, tout d'un coup. Ce n'est pas trop tôt. Eh bien, je ne sais absolument pas quand je reviendrai, figure-toi. »

Des lignes profondes se creusèrent sur le front de Gavin.

« Et Thanksgiving, tu l'oublies ?

— Et alors, quoi ? Qu'est-ce qu'il a, Thanksgiving ?

— Tu ne seras pas là ?

— Pourquoi faudrait-il que je sois là ?

— Pour David.

— David n'a d'yeux que pour son père, et tu ne le sais que trop bien, puisque c'est toi qui l'as monté contre moi.

— Ne sois pas stupide, Louise ! s'exclama Gavin d'une voix irritée qui ressemblait presque à un cri. C'est complètement idiot ! Pourquoi est-ce que j'irais monter mon fils contre sa mère, pour l'amour du Ciel ? »

Gavin secoua la tête. Il était sincèrement indigné par une telle mauvaise foi. Comment avait-elle pu s'imaginer qu'il cherchait à dresser une barrière entre elle et leur enfant ?

Mais Louise, voyant qu'elle ne pouvait aller bien loin dans cette voie, préféra changer de sujet.

« Et toi, tu restes combien de temps ici ? Jusqu'à quand allons-nous avoir le plaisir de goûter ta présence à Los Angeles ?

— Il faut que je retourne à Londres à la fin novembre. Je dois m'occuper de la postproduction de *Kingmaker*, ainsi que tu ne peux l'ignorer.

— Et tu seras rentré pour Noël ?

— Bien sûr. Pourquoi veux-tu que je n'y sois pas ?

— Je croyais que tu commençais ton nouveau film dans la foulée. Puisque c'est devenu la mode, maintenant, en ce qui te concerne du moins : enchaîner les films les uns après les autres sans le moindre répit. Et en s'arrangeant à chaque fois pour que le tournage s'effectue à l'étranger, naturellement. Ce qui prouve bien que tes films passent avant ta femme et ton fils.

152

« – C'est faux, Louise, et tu le sais très bien. D'ailleurs tu as beau annoncer à qui veut bien t'écouter que tu détestes mes films, il n'en reste pas moins que tu es bien contente de pouvoir dépenser l'argent qu'ils rapportent. »

Louise lui décocha un regard venimeux, mais elle s'abstint de tout commentaire.

Gavin reprit :

« Je vais commencer la préproduction du film en février ou mars.

– Tu as bien de la chance!

– Oh, Louise, arrête tes sarcasmes, je t'en prie. »

Elle avança encore de quelques pas pour s'approcher de la table et jeta un coup d'œil aux livres éparpillés devant son mari.

« Ah! Napoléon! Il ne manquait plus que ça! J'aurais dû m'en douter, que tu en arriverais un jour ou l'autre à vouloir te mettre dans la peau de ce mégalomane. Un nabot possédé par sa folie des grandeurs! » persifla-t-elle, les yeux semblables à des boules d'acier bleu dans son visage blême.

Mais Gavin préféra ne pas relever l'insulte. Il se contenta de préciser d'une voix neutre :

« Je vais te laisser tranquille un bon moment. Je resterai en France pendant six mois sans discontinuer, tout le temps que durera le tournage du film.

– En France. Évidemment, je m'en serais bien doutée toute seule.

– Ça veux dire quoi, ça, au juste ?

– Ta chère Rosalind Madigan vit et travaille en France, non ? Et toi, tu ne supportes pas d'être séparé d'elle pendant plus de deux jours.

– Ah, non! Arrête! Cette jalousie congénitale en arrive à brouiller complètement ton jugement. C'est à cause de ça que notre couple s'en va à vau-l'eau.

– C'est ça, dis que c'est ma faute! Cesse de divaguer, Gavin Ambrose! Je ne suis absolument pour rien dans nos problèmes conjugaux. C'est toi le responsable. Toi et toutes ces bonnes femmes! »

Gavin comprit alors que cette discussion risquait de dégénérer, une fois de plus, en une abominable scène de ménage. Il fallait

153

couper court, et sans délai. Adoptant un ton plus calme et parlant d'une voix à peine perceptible, il dit :

« Je t'en prie, Louise, restons-en là. Tout de suite. Je travaille et je dispose de peu de temps pour mettre ce scénario au point. Et toi, ne risque pas de rater ton avion. Amuse-toi bien à Washington et transmets toutes mes amitiés à Allan. »

Louise marqua sa surprise par un léger retrait du buste.

« Si je vais à Washington, ce n'est pas pour voir Allan. Je vais rendre visite aux Mercier. C'est l'anniversaire d'Alicia. Ils donnent une soirée et je vais rester chez eux quelque temps. »

Tu parles ! Comme si je ne savais pas que tu cours retrouver cet Allan Turner, songea-t-il. Mais il se contenta de déclarer :

« Alors transmets toutes mes amitiés aux Mercier. Et amuse-toi bien. Je suppose que je te verrai avant de prendre l'avion pour Londres.

– Je suppose », marmonna-t-elle.

Elle tourna les talons et sortit d'un pas impérieux, claquant la porte derrière elle.

Gavin resta immobile un moment, le regard fixé sur cette porte qui venait de se refermer si brutalement, puis il baissa les yeux sur son manuscrit. Il ne s'agissait que d'un brouillon de scénario mais le texte était déjà si travaillé que l'on aurait déjà pu l'utiliser pour le tournage définitif.

Il faut tout de même introduire quelques changements, se dit-il en saisissant son crayon. Il y a quelques nuances à apporter de place en place.

Mais au bout d'un petit moment, il se rendit compte qu'il avait toutes les peines du monde à se concentrer. Les paroles de Louise retentissaient encore à ses oreilles. Elle avait insinué, ou plutôt affirmé, sans mâcher ses mots, que s'il voulait travailler en France, c'était parce que Rosie y était installée. Or rien n'était plus faux.

Mais pouvait-il le jurer ?

Il resta longtemps à réfléchir à ce problème, oubliant le manuscrit étalé devant lui.

Deuxième Partie

Amitiés sacrées

15

Bien que la circulation fût intense dans la capitale, le flot s'écoulait à une allure relativement rapide et Rosie constata sans déplaisir qu'elle aurait quitté le centre de Paris en moins d'une demi-heure.

Mais ce ne fut qu'après avoir engagé sa Peugeot sur l'autoroute en direction d'Orléans qu'elle commença vraiment à se détendre. Bien calée sur son siège, elle poussa un soupir de soulagement. On était le 6 décembre et, après avoir passé une semaine à Paris à ranger son bureau en réglant quelques affaires pour elle-même et pour Gavin, elle pouvait enfin rentrer à Montfleurie, son port d'attache, où elle se sentait toujours si bien.

Comme chaque vendredi, il y avait un peu plus de trafic que d'habitude sur la route, les Parisiens rejoignant leur résidence secondaire pour le week-end; mais l'après-midi venait tout juste de commencer et la circulation restait fluide. Rosie roulait donc à une allure régulière. Ses pensées se tournèrent soudain vers Johnny Fortune.

Machinalement, elle saisit la cassette que Nell lui avait donnée à Beverly Hills et qu'elle avait mise quelque temps plus tôt dans son fourre-tout en toile, au moment de quitter son appartement de la rue de l'Université, dans le VIIᵉ arrondissement. Elle avait déjà passé une partie de l'enregistrement chez elle, au début de la semaine, mais elle n'avait entendu que quelques chansons.

Soudain, dès les premières mesures de *Toi et moi, nous avons tout voulu*, la voix qui emplit l'espace réduit de la voiture la frappa par sa force émotionnelle et par l'authenticité des sentiments exprimés.

A sa grande surprise, elle constata que ces mots tout simples la touchaient au plus profond d'elle-même; jamais elle n'aurait cru qu'une chanson populaire pourrait produire sur elle un tel effet.

Une étrange émotion l'envahit et des larmes inexplicables perlèrent sous ses paupières. Elle éprouvait un vif sentiment de désespoir en songeant à la vie qu'elle aurait pu avoir et à celle qu'elle menait en fait. Les paroles que Johnny chantait étaient d'une tristesse poignante, profondément lancinante. Et singulièrement prophétique, en ce qui la concernait. Oui, il était si facile de briser le cœur de quelqu'un et de briser aussi son propre cœur. Hélas, elle ne le savait que trop!

Johnny interprétait maintenant un autre air, sa voix mélodieuse enveloppant Rosie de toute sa chaleur, et par un enchaînement naturel, elle se revit au cours de cette soirée qu'ils avaient récemment passée chez lui, dans sa maison de Californie. Maintenant, tout cela lui paraissait bien lointain et pourtant il n'y avait guère plus d'une semaine qu'elle avait été à Beverly Hills et qu'elle avait rencontré le célèbre Johnny Fortune pour la première fois, éprouvant d'emblée une curieuse attirance pour cet homme.

Maintenant, elle roulait en voiture en direction du cœur de la France, pour mener une existence qui n'aurait rien de comparable à celle qu'elle avait vécue là-bas. Comme ils étaient différents ces deux mondes, que séparaient un océan et des milliers de kilomètres! Et ce n'était pas seulement une question de distance! Tout était infiniment plus structuré en Europe et il fallait vraiment effectuer un bond énorme pour passer du style décontracté des vedettes de Hollywood au formalisme guindé de l'aristocratie française. C'est du moins ce que ne cessait de lui répéter Nell, qui n'en reconnaissait pas moins que son amie d'enfance avait parfaitement réussi à s'adapter à des modes de vie aussi diamétralement opposés. Elle lui avait téléphoné de New York la veille, pour lui annoncer que plusieurs cadeaux de Noël, expédiés par la voie des airs, allaient arriver incessamment à Montfleurie. Puis elle avait ajouté, avec un petit rire malicieux :

« Johnny n'a pas cessé de me harceler pour que je lui communique ton numéro de téléphone. Comme je n'étais pas certaine que tu serais d'accord pour qu'il le connaisse, je me suis contentée de lui donner le numéro du studio de Londres. Ensuite j'ai envoyé un fax à Aïda, au studio, pour lui dire qu'elle ne devait donner tes coordonnées à personne. Mais alors à personne ! »

Nell avait encore ri, avec une espièglerie plus marquée encore, avant d'ajouter d'un ton de conspiratrice :

« Naturellement, je lui ai dit que je me conformais à tes instructions et que tu ne voulais parler à personne pendant quelques semaines parce que tu tenais avant tout à prendre un repos total à Montfleurie. Mais écoute-moi, ma petite Rosie, j'ai eu raison, tu sais. Johnny est vraiment mordu. Il en pince pour toi, ma chérie, oh oui ! Tu lui as tapé dans l'œil. »

Rosie eut un petit sourire en se rappelant la manière dont elle avait dit à Nell que tout cela n'était que le fruit de son imagination. Pourtant, elle était bien obligée de reconnaître qu'elle avait été plutôt flattée quand Nell lui avait parlé de l'intérêt éprouvé par Johnny. Elle trouvait qu'il avait quelque chose de spécial et elle éprouvait une certaine attirance pour cet homme. Il était tout à fait différent de ceux qu'elle avait connus dans le passé et elle avait décelé un grand nombre de qualités en lui. Indiscutablement, elle aurait aimé le revoir, mais comment aurait-ce été possible ? D'ailleurs, elle n'était aucunement fondée à penser à lui... de cette manière, du moins. Après tout, il y avait un obstacle.

Allons, il serait peut-être temps de cesser de rêver, se dit soudain Rosie en arrêtant son radio-cassette. La voix s'éteignit aussitôt et le silence se fit à l'intérieur de la voiture.

Tandis qu'elle continuait de rouler, le mot « obstacle » tournait et retournait dans sa tête. C'était un mot qui lui paraissait bizarre à employer et elle revit en pensée un vieux film que l'on avait passé à la télévision pendant son enfance. Il s'agissait de *Jane Eyre*, une adaptation de ce merveilleux roman anglais écrit par Charlotte Brontë, une œuvre qu'elle avait toujours admirée, qu'il s'agît du livre ou de la version cinématographique.

159

Il y avait une scène qui demeurait à jamais inscrite dans sa mémoire : Jane et Mr. Rochester dans l'église du village, en face du prêtre qui demandait s'il existait un obstacle à leur mariage. Et soudain, à la surprise générale, devant l'assistance scandalisée, un homme s'avançait pour déclarer qu'il y avait en effet un obstacle. Une femme que Mr. Rochester avait déjà épousée pendant sa jeunesse, et cette femme, pour ne rien arranger, avait complètement perdu la raison. Elle était enfermée dans une chambre capitonnée, sous les combles, surveillée en permanence par Grace Poole, ce qui ne l'avait pas empêchée de mettre le feu au château.

Eh bien, oui, il existe toutes sortes d'obstacles, je suppose, se dit Rosie, et certains sont plus insurmontables que d'autres.

Elle fut arrachée à sa rêverie par le grondement du tonnerre. Des éclairs zébraient le ciel, elle se trouvait en plein cœur de l'orage. Mettant les essuie-glaces en route, elle se pencha en avant pour mieux voir la chaussée. Maintenant, sous cette pluie battante, elle ne pensait plus à rien d'autre qu'à la conduite de cette voiture qu'elle manœuvrait avec adresse sur une autoroute devenue glissante et dangereuse.

Rosie affectionnait particulièrement la vallée de la Loire et la région qui s'étendait de part et d'autre du fleuve. Elle appréciait le climat, qui restait toujours très doux, même en hiver, et le cadre naturel vert et paisible, rehaussé par la présence de nombreux châteaux qui comptaient parmi les plus beaux du monde.

Rosie n'avait roulé que pendant une heure et demie depuis son départ de Paris, et elle s'apprêtait déjà à pénétrer au cœur même de cette région bénie. Elle jeta un coup d'œil par la vitre et, aussitôt, son visage s'illumina de plaisir. La pluie avait cessé de tomber depuis longtemps et le ciel d'un bleu délicat et limpide recouvrait le bleu plus profond de la Loire dont les bancs de sable jaune pâle et argentés scintillaient dans l'air pur et serein.

Je vais être bientôt arrivée, se dit-elle avec une exaltation qui ne cessait de croître à mesure qu'elle approchait de sa destination. Bientôt je vais retrouver mon vrai chez-moi, le château de Montfleurie, l'un des plus beaux parmi les grands châteaux de la Loire, du moins aux yeux de Rosalind Madigan.

Rosie quitta l'autoroute avant d'arriver à Tours et, au niveau d'Amboise, s'engagea sur une départementale au tracé plutôt sinueux. Décrivant le dernier virage avant de toucher au but, elle ralentit puis arrêta complètement la voiture ainsi qu'elle le faisait toujours après une longue absence, pour savourer le spectacle offert par ce château dont l'élégance ne manquait jamais de la surprendre. Il se dégageait de ces murs une impression d'intemporalité qui semblait provenir d'un passé que rien ne paraissait pouvoir abolir.

Dominant une courbe enchanteresse du Cher, Montfleurie avait été édifié avec des pierres locales, ces fameuses pierres de la Loire qui changent lentement de couleur au fil des années pour devenir finalement presque blanches. Il se dressait au sommet d'une colline avec la même majesté que plusieurs siècles auparavant, ses murs pâles resplendissant au soleil lumineux de cette fin d'après-midi, détachant sur le ciel d'azur la silhouette sombre de ses tourelles et de ses clochetons coniques.

Son cœur se mit à battre à tout rompre et elle sentit la joie monter en elle, quelques minutes plus tard, lorsqu'elle franchit le pont-levis pour pénétrer dans la cour intérieure qui s'étendait devant le château. Avant même qu'elle ait eu le temps de serrer le frein à main, la lourde porte de chêne s'ouvrait à toute volée et Gaston, le gardien, dévalait à grandes enjambées les marches du perron.

Rosie descendit de voiture. Il se précipita vers elle, le visage fendu par un large sourire.

« Madame de Montfleurie! Bonjour, madame de Montfleurie. Quel bonheur de vous voir! s'exclama-t-il en saisissant la main qu'elle lui tendait pour la serrer avec vigueur.

— Moi aussi, je suis enchantée de vous voir, répondit Rosie en lui rendant son sourire. Et ravie d'être enfin de retour ici. Vous avez une mine resplendissante, Gaston... Et comment va Annie?

— Très bien, madame, et elle va être encore plus heureuse quand elle saura que vous êtes arrivée, bien sûr. »

Il fronça les sourcils et secoua la tête.

« Mais vous arrivez de bonne heure. M. le Comte ne vous attendait pas avant cinq heures. Je suis désolé mais il n'est pas ici. Il n'est pas encore rentré de déjeuner...

« – Aucune importance », coupa Rosie.

Juste à la limite de son champ visuel, sur le côté, elle avait aperçu une frêle silhouette vêtue de rouge qui descendait les marches du perron et se dirigeait vers elle. Rosie ouvrit les bras pour accueillir Lisette, la cueillant au vol au moment où l'enfant se jetait contre elle, la tête la première.

« Tante Rosie, tante Rosie ! J'ai bien cru que tu n'allais jamais arriver ! »

Rosie étreignit farouchement cette fillette de cinq ans qu'elle aimait d'un amour si sincère. Elle lui caressa les cheveux puis elle saisit le menton de l'enfant, plongeant son regard dans le petit visage radieux qui se levait vers elle.

« Tu m'as beaucoup manqué, ma chérie, murmura-t-elle doucement avant d'embrasser Lisette sur la joue. Mais maintenant, je suis ici et nous allons avoir un Noël absolument formidable.

– Je sais. Je sais », cria Lisette d'une voix vibrante.

Yvonne n'était pas loin, le visage plissé par son sourire. Ce qu'elle a pu grandir pendant mes trois mois d'absence, se dit Rosie, elle est devenue adulte du jour au lendemain, ou presque.

D'un rapide regard, elle jaugea la nouvelle apparence de cette adolescente de dix-huit ans : l'éclatante chevelure rousse frisée de bouclettes et nouée en un chignon au sommet de la tête, le léger soupçon de rouge à lèvres sur la bouche vulnérable et puérile, le nuage de poudre sur le visage constellé de taches de rousseur.

« Bonjour, Yvonne chérie », lança Rosie en lui décochant un regard admiratif.

Elle se dirigea vers elle, tenant toujours Lisette par la main.

« Ce que tu es élégante, dis donc. Est-ce que c'est toi qui as fait cette robe ? »

Yvonne saisit le bras de Rosie et se blottit contre elle, lui donnant un baiser retentissant sur chaque joue.

« Je n'arrive pas à croire que tu es enfin revenue, Rosie. C'est tellement triste ici quand tu n'es pas là. Oui, tu as deviné juste, cette robe, je l'ai faite moi-même, et naturellement je l'ai copiée sur l'une des tiennes.

– C'est ce que j'avais remarqué, s'esclaffa Rosie. Eh bien, tu t'es débrouillée de façon remarquable. Je ferai de toi une excellente costumière.

162

– Oh, tu crois ? Ce serait merveilleux ! Mes rêves les plus chers se réaliseraient enfin ! Mais viens donc, ne reste pas dehors. Collie t'attend, elle meurt d'envie de te voir. Elle n'arrête pas de compter les jours.

– Tout comme moi. Attends, je récupère mon sac, j'en ai pour une minute. »

Rosie repartit à grands pas vers la voiture et après avoir saisi le fourre-tout en toile sur le siège avant, elle se tourna vers Gaston qui prenait dans le coffre les valises et les paquets.

« Vous pourrez mettre tout ça dans ma chambre. Merci beaucoup, Gaston.

– De rien, madame, de rien. »

Rosie attrapa Yvonne et Lisette, et elles pénétrèrent toutes les trois en même temps à l'intérieur du château, Lisette babillant sans discontinuer. Elles étaient arrivées au milieu du vaste hall d'entrée lorsque Rosie leva instinctivement les yeux.

Au sommet de l'escalier, sanglé dans son costume de cheval, se tenait Guy de Montfleurie. Il les observait avec attention.

L'espace d'un moment, Rosie resta paralysée ; immobile, le cœur en suspens, elle était incapable de faire le moindre mouvement. La seule personne qu'elle n'aurait jamais voulu voir à Montfleurie était justement en face d'elle, une des premières sur lesquelles s'étaient portés ses regards.

Arrivé en bas des marches, il se dressait maintenant devant elle, avant qu'elle n'ait eu le temps de reprendre ses esprits.

Il la fixait avec attention.

Elle lui rendit son regard, mobilisant toute son énergie pour garder un visage neutre qui ne trahissait aucune émotion.

Il dit :

« Nous ne t'attendions qu'en fin d'après-midi ou en début de soirée, Rosalind.

– C'est ce que m'a déjà dit Gaston. »

Guy avança encore d'un pas, scrutant son visage avec une insistance gênante.

« Et comment vas-tu, très chère ?

– Bien, merci. Et toi ?

– Pareil. »

Il y eut une courte pause pendant laquelle aucun d'eux ne

parla. Puis il eut un demi-sourire et l'un de ses sourcils se leva, lui donnant une expression sardonique.

« Alors, nous n'aurons donc pas droit au baiser conjugal ? »

Rosie resta silencieuse.

Il éclata de rire.

« Quel dommage. Mais n'aie crainte, ma chère, je survivrai à cette froideur. Ce ne sera pas la première fois. »

Riant toujours, il la contourna et partit vers l'autre bout du hall, avec une nonchalance délibérée, faisant claquer sa cravache contre sa botte de cuir. Arrivé à la porte, il s'arrêta, pivota sur ses talons et lança :

« A tout à l'heure, très chère. Je suppose que nous dînerons ensemble. »

Rosie réprima un mouvement de répulsion.

« Où voudrais-tu que j'aille dîner si ce n'est ici, avec ton père et avec les filles », s'écria-t-elle avec une impatience inhabituelle chez elle.

Passant un bras autour de la taille de Lisette, elle entraîna l'enfant vers l'escalier, qu'elles montèrent ensemble, suivies d'Yvonne qui s'était empressée de leur emboîter le pas.

En gravissant les marches, Rosie promenait son regard autour d'elle, observant tous ces objets qui lui étaient si familiers... le gigantesque lustre de cristal qui pendait au plafond, les tapisseries du XVIIᵉ siècle sur les murs, les portraits des ancêtres de Montfleurie alignés comme à la parade ; et elle pensa à Guy avec une certaine tristesse. Quel dommage qu'il ne fût pas différent de ce qu'il était maintenant, qu'il ne fût pas devenu tel que son père l'avait toujours souhaité : un adulte conscient de ses responsabilités. Non, Guy était un être faible, inconstant et égoïste. Un véritable raté. Il avait profondément déçu son père. Et il l'avait cruellement déçue elle-même.

Huit ans plus tôt, elle était arrivée dans ce château juste après l'avoir épousé. Elle ne ressentait alors qu'amour et admiration pour lui, le futur comte de Montfleurie. Mais leurs relations s'étaient vite détériorées. En quelques années ils étaient devenus de véritables étrangers l'un pour l'autre. Aujourd'hui, il ne lui inspirait plus rien qu'un vague sentiment de pitié.

16

Rosie regarda Collie et dit à mi-voix :

« Ça m'a fait une drôle de surprise de voir Guy si tôt. Je croyais qu'il n'était pas au château.

— Il n'y était pas, jusqu'à ce matin, expliqua Collie, et puis il est arrivé sans crier gare, comme un chien dans un jeu de quilles, si tu me passes l'expression. »

Elle marqua une courte pause et reprit :

« Je ne devrais peut-être pas me montrer aussi méchante, soupira-t-elle. Après tout, Guy est mon frère, et je l'aime tout de même, en dépit de ses défauts. Mais je reconnais qu'il peut se montrer absolument odieux.

— Je sais, mais il ne le fait pas vraiment exprès, c'est plus fort que lui », murmura Rosie en adressant à sa belle-sœur un sourire affectueux.

Elle lui prit la main et la serra avec tendresse. Les deux femmes étaient assises dans le boudoir de Collie, au premier étage, heureuses de pouvoir se parler seule à seule maintenant que les filles étaient reparties.

Collie rendit son sourire à Rosie et secoua la tête avec étonnement avant de déclarer :

« Tu es vraiment incroyable ! Il faut toujours que tu voies dans chacun ce qu'il peut y avoir de meilleur... Tu trouves des excuses à tous les comportements. Moi, je t'assure que j'en suis incapable, surtout en ce qui concerne Guy. Il est vraiment odieux. Le problème, c'est que nous l'avons tous gâté pendant des années et des années : mon père, moi, et même Claude quand il était encore en vie, sans oublier ma mère, bien sûr, jusqu'au jour de sa mort. Et toi aussi, Rosie, dès l'instant où tu l'as rencontré à Paris, il y a si longtemps. Guy n'en a jamais fait qu'à sa tête, tu le sais bien. Tout le monde était à ses pieds, oui, tout le monde, sans exception.

— C'est vrai, Collie, mais il n'en demeure pas moins qu'il n'a pas mauvais fond, tu ne crois pas ? »

Sans attendre la réponse, Rosie s'empressa d'ajouter :

« Il est comme un petit garçon qui n'a jamais grandi, et cela se voit dans bien des domaines. Il lui faut toujours tout et tout de suite, et exactement comme il l'a voulu ; à quoi s'ajoutent une absence totale du moindre sens des responsabilités et l'impossibilité viscérale de tenir ses engagements.

— Surtout envers ses proches, s'exclama Collie en adressant à Rosie un regard chargé de sens.

— Oh, l'échec de notre mariage est peut-être partiellement dû à mes propres erreurs, répliqua vivement Rosie avec une sincérité totale. Comme le disait ma mère, il y a toujours du blanc et du noir en chacun d'entre nous.

— La mienne, elle, disait qu'entre la version de l'homme et celle de la femme, il y en avait une troisième qui était beaucoup plus proche de la vérité », répliqua Collie.

Rosie se contenta de rire, sans formuler le moindre commentaire car elle ne tenait nullement, en ce moment précis, à épiloguer sur l'échec de son mariage, un échec irrémédiable qui avait entraîné dans son sillage une foule de problèmes plus ardus les uns que les autres.

Collie reprit :

« De toute façon, ce n'est pas spécialement à toi que je pensais en disant que Guy était incapable de tenir le moindre de ses engagements. Je pensais aussi à Père, qui aurait vraiment besoin qu'on l'aide à régler les problèmes que pose cette demeure, mais Guy se fiche totalement de tout ce qui a trait à Montfleurie. Cela saute aux yeux, non ? L'entretien du château coûte les yeux de la tête et Père doit travailler comme un forçat, malgré l'aide que lui apporte François Graingier en ce moment. Heureusement que nous avons quelques rentrées d'argent supplémentaires, grâce à toi, car il a suivi ton conseil et ouvert le château au public. Si seulement Guy consentait à se mettre un tant soit peu à l'ouvrage, tout irait tellement mieux pour Père, et pour nous autres aussi. Non, vraiment, je n'arrive pas à comprendre mon frère.

– Je sais, ma chérie, et tu peux me croire si je te dis que je n'arrive pas à le comprendre, moi non plus », reconnut Rosie qui ajouta aussitôt d'un ton placide : « Remarque bien que j'ai renoncé définitivement à essayer de voir clair en lui. Ce manque d'intérêt total pour Montfleurie, quand on pense que cette maison fait partie de son patrimoine, qu'elle lui appartiendra un jour... »

Rosie n'acheva pas. Elle détourna la tête pour fixer les flammes d'un air pensif, une fugitive expression de tristesse passant dans son regard.

Collie resta silencieuse. Elle se renversa contre le dossier aux brocarts vert pâle du canapé Louis XVI et ferma les yeux, en proie à une lassitude soudaine. La conduite inqualifiable de son frère l'exaspérait de plus en plus. Ces dernières années, il en avait encore rajouté dans le domaine de l'égoïsme, se montrant plus entêté, plus impulsif que jamais. Elle se demanda à quoi il pouvait bien consacrer son temps, comment il vivait pendant ses interminables absences. Elle n'était pas totalement ignorante de ses activités et savait qu'il passait des semaines de suite avec ces mystiques indiens – ses gourous, comme il les appelait – dans les pays d'Extrême-Orient où il se réfugiait sans cesse pour méditer avec eux dans quelque ashram complètement isolé au sommet d'une montagne.

Pour elle, ces gens étaient des charlatans qui l'avaient dépouillé de son argent et qui continuaient encore de le déposséder du peu qu'il lui restait. Et quand il descendait de son perchoir, c'était pour aller traîner à Hong Kong ou dans d'autres pays asiatiques pendant des mois et des mois! La fascination que l'Orient exerçait sur lui ne manquait jamais de la surprendre. Mais ce qu'elle trouvait de plus bizarre, c'était son attitude odieuse envers Rosie; il avait une conduite vraiment impardonnable; en tout cas, en ce qui la concernait, elle ne pourrait jamais la lui pardonner.

« Pourquoi as-tu épousé Guy ? » demanda-t-elle brusquement,

surprise elle-même par ses paroles, après s'être redressée en regardant Rosie bien en face.

Rosie la fixa à son tour et cligna les yeux, déconcertée par la soudaineté de la question. Puis elle dit lentement :

« J'étais amoureuse de lui... Je l'admirais... et je suppose que j'ai perdu la tête. »

Elle marqua une brève hésitation puis reprit d'une voix très basse :

« Tu sais toi-même quel séducteur ton frère sait être quand il cherche à plaire à quelqu'un, quel charme et quelle chaleur il peut déployer, sans le moindre effort ; et puis il est si amusant, si entreprenant ! Je suppose qu'il m'a envoûtée, oui, c'est le mot, il m'a ensorcelée, en quelque sorte. »

Elle l'avait épousé pour d'autres raisons encore, et Rosie en était parfaitement consciente, mais elle n'avait aucune envie de pousser plus loin l'analyse.

« C'est vrai qu'il a beaucoup de qualités, reconnut Collie, et beaucoup de femmes l'ont trouvé irrésistible, même quand il était encore adolescent, dès l'âge de seize ou dix-sept ans. Mon Dieu, toutes ces conquêtes qu'il a faites avant de te connaître ! Mais je suis persuadée qu'il était moins égoïste, moins bizarre à l'époque où il t'a épousée. »

Collie regarda Rosie droit dans les yeux et s'exclama :

« Pourquoi ne demandes-tu pas le divorce ?

– Je n'en sais rien, » répondit Rosie.

Elle eut un petit rire gêné ; puis, fronçant légèrement les sourcils, elle interrogea sa belle-sœur :

« Essaierais-tu de te débarrasser de moi, par hasard ? Aurais-tu envie de m'exclure de la famille ?

– Oh, Rosie, non ! Jamais de la vie », s'écria Collie, les yeux agrandis par l'horreur à la simple évocation d'une telle hypothèse.

Elle se déplaça sur le canapé pour se rapprocher de Rosie, se blottissant contre elle avec tendresse.

« Comment peux-tu dire des choses aussi horribles ? Ou même les penser ? Tu sais pourtant bien que je t'aime. Que nous t'aimons tous. Et que je suis entièrement de ton côté. Guy n'est qu'un imbécile. »

Collie s'écarta légèrement pour mieux voir le visage délicat et si

168

expressif de sa belle-sœur, considérant avec émotion ces yeux bleu ciel où transparaissait une tendresse teintée de dévotion.

« Dès que tu t'en vas, Montfleurie n'est plus qu'un caveau mortuaire, je te le jure, ma chérie. Père est terriblement affecté par ton absence, comme nous toutes, d'ailleurs. Tout se passe comme si le soleil avait cessé de briller pour nous. Tu tiens un rôle tellement important dans nos existences, Rosie! Sans toi, notre famille n'est plus rien, tu es la sœur que je n'ai jamais eue et une seconde fille pour père. Tu ne peux pas ignorer une chose pareille.

— Non, bien sûr, mais la réciproque est vraie, tu sais, Collie, vous êtes tout pour moi, vous aussi, et si je vous aime tant c'est parce que c'est vous qui êtes ma vraie famille. Et Montfleurie est ma seule véritable demeure. Sans vous, ma vie n'aurait plus aucun sens; si je ne vivais pas ici au moins une partie de mon temps, la vie me serait insupportable. »

Rosie secoua la tête en adressant un faible sourire à Collie.

« Non, vois-tu, il ne faut surtout plus parler de Guy. Cela ne sert strictement à rien, tu le sais parfaitement, et de toute façon, il ne fait plus que de très rares apparitions ici depuis ces derniers temps. »

Collie acquiesça d'un signe de tête et se renversa contre le dossier du canapé, l'œil fixé pendant quelques secondes sur les bûches qui se consumaient dans l'âtre. Elle regrettait amèrement que son frère fût rentré, précisément à cette époque de l'année! Depuis quelque temps, pour une raison qu'elle ne parvenait pas à comprendre, il semblait les accuser, elle et Rosie, d'être à l'origine de ses problèmes et elle se demandait s'il n'allait pas leur gâcher la joie de se retrouver toutes réunies pour les fêtes de Noël en multipliant les doléances et les manifestations de sa mauvaise humeur. Yvonne et Lisette étaient si heureuses de voir cette période bénie approcher à grands pas!

Comme si elle avait lu dans les pensées de Collie, Rosie s'exclama soudain :

« Surtout, il faudra tout faire pour que les petites passent de joyeuses fêtes!

— C'est justement à cela que je pensais, s'exclama Collie. Tu as raison, il le faut coûte que coûte. »

A la fois pour changer de sujet et essayer de détendre l'atmosphère, Rosie enchaîna :

« En arrivant tout à l'heure, j'ai été frappée de voir combien Yvonne avait grandi. C'est venu tout d'un coup.

— Exactement, elle s'est épanouie du jour au lendemain; ça s'est produit juste après ton départ à la fin du mois d'août. »

Les yeux bleu pâle de Collie se détournèrent vers le guéridon qui flanquait la cheminée, laissant son regard s'attarder sur le portrait de son défunt mari, Claude Duvalier, et d'Yvonne, sa sœur cadette.

« Elle ressemble de plus en plus à Claude, tu ne trouves pas ?

— Mais c'est vrai, tu as raison, répondit Rosie. Et c'est la même chose pour le caractère : aussi gaie et ouverte qu'il l'était lui-même. Et pleine d'énergie, comme lui.

— Oui. »

Un silence attristé s'installa quelques instants, bientôt rompu par Collie qui reprit :

« Tu es vraiment gentille de lui envoyer un chèque tous les mois pour la payer des menus travaux qu'elle effectue pour toi. Mais tu n'y es pas obligée, Rosie. Elle est trop heureuse de le faire, et d'apprendre à dessiner les costumes sous ta direction. Et tu n'as aucune raison de m'envoyer de l'argent à moi non plus. C'est très généreux de ta part, mais je peux très bien me débrouiller avec ce que Claude m'a laissé. Je t'assure !

— J'y tiens beaucoup, Collie, je veux vous rendre l'existence plus facile, dans la mesure de mes moyens. Je sais très bien quels sacrifices il vous faut consentir pour entretenir cette demeure : tous les revenus de ton père y passent et il ne vous reste pratiquement rien une fois tous les frais payés, alors laissez-moi apporter mon écot, si modeste soit-il, car Dieu sait que je ne vous donne pas grand-chose, à Yvonne et à toi ! Une goutte d'eau dans la mer, en quelque sorte.

— Tu es si gentille avec nous, tu es un ange », murmura Collie en détournant son regard pour cacher les larmes qui lui montaient brusquement aux yeux.

17

« Madame Colette a vraiment meilleure mine, n'est-ce pas ? demanda la gouvernante sans relever les yeux, tout en continuant de vider la dernière des quatre valises que Rosie avait apportées avec elle.

— En effet, elle a des couleurs magnifiques et ses yeux ont un éclat que je ne leur avais pas vu depuis longtemps. Ils rayonnent littéralement, renchérit Rosie en mettant plusieurs pulls dans le tiroir d'une commode avant de le refermer. Malheureusement elle reste terriblement maigre !

— *Mais oui, c'est vrai* *. »

Annie releva la tête et regarda Rosie en hochant vigoureusement la tête. Elle prit soudain un air pensif en saisissant dans la valise une chemise de nuit qu'elle étala sur le lit.

Annie, tout comme son mari Gaston, était née dans le village et avait travaillé au château toute sa vie. Elle avait commencé à quinze ans comme fille de cuisine pour s'élever peu à peu dans la hiérarchie et maintenant, à cinquante-cinq ans, elle faisait partie de la famille après être restée quarante ans au service de ses patrons. Elle les connaissait tous intimement, se conformait sans sourciller à leurs caprices, et ne trahissait jamais la moindre confi-

---

* Les expressions en italique figurent telles quelles dans le texte *(NdT)*.

171

dence. Elle emporterait leurs secrets dans la tombe avec elle, ils en étaient convaincus, à juste titre d'ailleurs.

Annie referma la valise vide et hasarda, l'œil fixé sur Rosie :

« Collie a toujours été très maigre. Quand elle était petite, je l'appelais l'*épouvantail*... Comment dites-vous cela en anglais ? *The crow scare* ?

— Non, *the scarecrow* », corrigea Rosie en souriant d'un air amusé.

Dès le premier jour, elle avait apprécié Annie, qui dirigeait le château comme le commandant d'un navire, faisant preuve à tout instant d'une confiance indéfectible dans son jugement et dans ses compétences, car elle possédait une connaissance admirable des rouages les plus complexes de la machinerie. Elle ne ménageait jamais ses efforts ni son dévouement à l'égard du comte et de sa famille, et savait montrer à l'occasion ses facultés de compréhension et sa capacité à jauger les profondeurs de la nature humaine. Rosie, qui la considérait comme une véritable fée aux pouvoirs miraculeux, se demandait toujours comment les Montfleurie pourraient se passer de sa présence.

« Oui, c'est ça, *scarecrow*, s'exclama Annie. Maigre à faire peur, toute en bras et en jambes, et plate comme une planche à pain. Oui, eh bien, elle n'a pas beaucoup changé, n'est-ce pas ? Mais quelle importance, au fond, si c'est dans sa nature d'être maigre comme ça ? Mme la Comtesse, sa défunte mère... »

Annie s'interrompit, se signa et marmonna entre ses dents :

« Que Dieu ait son âme, la pauvre femme ! »

Puis elle toussa pour s'éclaircir la gorge et reprit :

« Mme la Comtesse était très maigre, elle aussi. Un vrai garçon manqué ! Au fond, tout le monde était comme ça dans la famille, cette prestigieuse famille des Caron-Bougival. »

Secouant la tête avec l'énergie qui la caractérisait, Annie ajouta avec une emphase encore accrue :

« *C'est pas important*, son poids. Vous connaissez Colette depuis des années, vous devez vous rappeler qu'elle a toujours été maigre comme un cent de clous.

— Ça, c'est bien vrai », reconnut Rosie.

Elle savait qu'Annie avait raison et pourtant elle ne pouvait s'empêcher de s'inquiéter. Quand elle était arrivée, quelques heures plus tôt, elle était allée voir Collie dans son bureau et n'avait pu se défendre d'un mouvement de surprise en sentant les os qui saillaient sous le pull quand elle l'avait prise dans ses bras; elle avait eu l'impression qu'il n'y avait pratiquement pas de chair sur cette ossature menue et délicate.

Annie saisit la valise et l'emporta vers la porte qui donnait sur le salon adjacent où elle avait déjà empilé les autres. Puis elle pivota sur ses talons pour faire face à Rosie :

« Y a-t-il autre chose que je puisse faire pour vous, madame de Montfleurie ? »

Rosie secoua négativement la tête.

« *Non, merci beaucoup.* »

Annie lui adressa un sourire chaleureux.

« Je suis bien contente que vous soyez revenue, et les autres aussi : Gaston, Dominique, Marcel et Fannie. Oui, tout le monde est bien content au château, car maintenant que vous êtes revenue, il ne va plus y avoir de problèmes, *bien sûr.* »

Intriguée par cette déclaration qui reprenait exactement ce qu'avait déjà dit Gaston quelques heures plus tôt, Rosie fronça les sourcils et demanda :

« Est-ce qu'il y a eu beaucoup de problèmes ici, Annie ?

– *Non, madame.* Enfin, pas vraiment. *M. le comte...* »

Elle secoua la tête d'un air chargé de sous-entendus et reprit :

« Il est tellement soucieux en ce moment, on ne le voit pratiquement plus jamais sourire; il est constamment perdu dans ses pensées. Quant à Mme Collie, elle est encore très affligée par la mort de son mari, ça se voit comme le nez au milieu de la figure. Mais naturellement, dès que vous arrivez, alors là tout change! *La famille est joyeuse, très gaie. C'est vrai, madame.* Tout le monde devient gai comme un pinson.

– Je suis bien contente de te l'entendre dire, Annie. Mais il y a autre chose que je veux te demander. Quand j'étais en Californie, il y a une quinzaine de jours, Yvonne m'a dit que Collie n'allait pas très bien. Qu'en est-il au juste ?

– Bah, je ne pense pas qu'elle était malade. C'est seulement... comment dire ? Elle était encore sous le coup de son terrible chagrin, je crois. Elle a des périodes de cafard horribles, qui viennent comme ça, tout d'un coup, mais qui passent au bout d'un moment.

C'est qu'elle l'aimait, M. Duvalier, et elle a du mal à se remettre de sa disparition. Cet accident, quelle chose abominable, mon Dieu! »

Annie fit le signe de croix en frissonnant.

« Je comprends, murmura Rosie. Alors tu crois que c'est à cause de son chagrin qu'elle ne se sentait pas bien il y a quelques semaines.

— *Oui*. Mais je vous en prie, madame, ne vous faites pas tant de souci pour elle. Tout finira par s'arranger. Je la connais depuis qu'elle est née. Elle a une forte nature, cette petite! Bon, maintenant, il va falloir que je descende aux cuisines pour aider Dominique à préparer le dîner. Je vais demander à Marcel de venir chercher les valises vides.

— Merci, Annie. Et merci de m'avoir aidée à déballer mes affaires.

— Ce n'est rien, madame de Montfleurie. C'est toujours un plaisir de faire quelque chose pour vous. »

Une fois seule, Rosie s'activa pendant une dizaine de minutes, rangeant soigneusement le reste de ses affaires, puis elle passa dans le salon situé juste à côté de sa chambre.

C'était une pièce spacieuse et élégante, très haute de plafond et bien aérée par de grandes fenêtres qui s'ouvraient sur des jardins bordés par le Cher à l'autre extrémité. Le ciel paraissait faire partie intégrante du décor de la chambre et la vue qui s'offrait aux regards était véritablement panoramique.

Tout en tons crème et bleu ciel, avec des touches de rose gris et de jaune moutarde, le salon était empreint d'une élégance un peu surannée qui témoignait du caractère aristocratique de cette demeure, mais il offrait aussi un confort au charme duquel Rosie était extrêmement sensible.

Certes les tissus en taffetas, en soie et en brocarts utilisés pour décorer la pièce avaient depuis longtemps perdu leurs couleurs d'origine et le tapis d'Aubusson, qui datait du XVIIIe siècle, était usé par endroits, mais il y avait là de véritables trésors, parmi lesquels un *bureau plat* Louis XVI en if orné d'or moulu qui, trônant entre les deux fenêtres, était véritablement digne de figurer dans un musée. Il en était de même pour une console au dessus de marbre dont la base était gravée d'un entrelacs de chérubins.

Des divans et des chaises confortables, ainsi que quelques tables en cerisier incrustées de marqueterie, complétaient l'ameublement et achevaient de donner à l'ensemble un aspect tout à fait agréable à regarder.

D'une année sur l'autre, le comte avait été contraint de vendre une partie de ses biens, sacrifiant en priorité ceux qui avaient le moins de valeur pour tenter de sauvegarder le reste, entretenir convenablement le domaine et réussir tant bien que mal à équilibrer son budget. Les investissements réalisés par ses ancêtres n'étaient en effet pas suffisants pour lui permettre de couvrir ses frais, et bien que l'État lui apportât un soutien financier, la demeure étant classée monument historique, la subvention accordée n'était qu'une goutte d'eau dans la mer.

Pourtant, au cours des trois dernières années, ses ressources avaient commencé à s'améliorer et il avait pu mettre un terme à la liquidation de ses trésors dans les salles des ventes de Paris ou chez les antiquaires du quai Voltaire; à son grand soulagement, bien entendu.

Cette bouffée d'oxygène, il la devait à sa décision d'ouvrir le château au public et de proposer aux touristes toutes sortes de souvenirs dont les plus appréciés étaient une série de jouets et de poupées du Moyen Age que Rosie avait conçus en prenant pour modèle une collection de bibelots d'époque trouvés dans les greniers.

Bien que cette pratique commerciale n'eût pas apporté la fortune, les sommes procurées par la vente des tickets d'entrée, des opuscules, des jouets et des autres objets atteignaient un total plutôt rondelet; avec ce qu'il avait gagné durant le printemps et l'été qui venaient de s'écouler, il avait de quoi faire face aux échéances des six mois à venir. Et grâce à l'ingéniosité de Rosie qui avait permis la création de cette modeste industrie familiale, le comte n'avait plus besoin de recourir à l'emprunt.

Il ne se faisait d'ailleurs pas faute de le répéter à Rosie :

« Ton talent, ton esprit pratique et tes qualités de persuasion m'ont mis en mesure d'équilibrer mon budget. Et de faire taire les réclamations des banquiers. »

Rosie pensa de nouveau à ces problèmes financiers en voyant plusieurs taches d'humidité au plafond, dans un coin, juste au-dessus d'une fenêtre. En août, il n'y avait pas de taches en cet endroit. Elle savait qu'il ne serait pas possible de trouver le moindre centime pour couvrir les frais de peinture et de réparation. Pas ce mois-ci en tout cas, avec les fêtes de Noël qui approchaient et toutes les échéances auxquelles Henri de Montfleurie allait devoir faire face.

Tant pis, se dit-elle. Je vais m'en charger moi-même, dès que le plombier aura réparé la fuite et une fois les vacances terminées. Gaston me donnera un coup de main avec son frère. Il nous suffira d'un peu de plâtre et de peinture blanche ; ça ne doit pas être bien sorcier.

Rosie était fière de ses talents pour le bricolage, acquis dans les studios auprès des charpentiers, des peintres et de tous les autres artisans qui participaient à la réalisation des décors pour les films. Et s'il fallait acheter quelques fournitures, elle les paierait tout simplement de sa poche.

Elle saisit son fourre-tout en toile et le posa sur une banquette tendue de taffetas crème pour en sortir les dossiers qu'elle avait établis en prévision du film de Gavin sur Napoléon. Elle prit également le porte-document gris, offert aux passagers voyageant en Concorde, dans lequel elle avait rangé ses papiers ainsi que différents objets personnels.

Parmi ceux-ci se trouvait la photo de groupe prise à New York si longtemps auparavant. Elle l'emportait toujours dans ses voyages, quelle que fût sa destination. Elle la posa auprès des autres qui étaient déjà placées sur une commode ancienne. Gavin, Nell, Kevin, Sunny et Mikey la regardaient maintenant, le visage souriant.

Comme ils paraissaient jeunes et beaux ! Quelle innocence chez ces êtres que la vie n'avait pas encore marqués de ses stigmates indélébiles !

Mais l'innocence, nous l'avons perdue depuis longtemps, songea-t-elle. La vie nous a agressés, changés, endurcis, déçus ; elle a détruit nos illusions et certains de nos rêves et de nos espoirs. Irrévocablement peut-être. Et nous nous sommes tous engagés sur la mauvaise route.

176

« Ces routes que nous n'avons pas prises, où nous auraient-elles menés ? » demanda-t-elle à voix haute dans le salon vide, se remémorant les paroles d'une chanson de *Follies*, cette merveilleuse comédie musicale de Sondheim, au début des années soixante-dix. Chaque fois qu'elle écoutait l'album, les voix de John McMartin, Alexis Smith, Yvonne de Carlo et Gene Nelson, accompagnées par cette musique de rêve, la transportaient de bonheur et lui apportaient un dérivatif puissant à ses soucis du moment.

Et puis elle se dit : Peut-être est-ce la bonne route que nous avons prise, tous autant que nous sommes. Ce que nous vivons en ce moment, c'est peut-être notre destinée véritable... celle qui nous était réservée.

Indiscutablement, Gavin, Nell, Kevin et elle avaient réalisé leurs rêves, sur le plan professionnel, ils avaient réussi à mener à bien la carrière qu'ils avaient choisie. Mais il n'en était pas de même sur le plan personnel ! Même pour Gavin, car, à en croire les propos tenus par Nell à Londres, le soir de la réception d'adieu, il n'était pas plus heureux que les autres dans ce domaine-là.

Étouffant un soupir, elle remit le cadre d'argent à sa place et prit la photo de Colette et de Claude prise ici même, durant l'été, sur la terrasse de Montfleurie, plusieurs années auparavant.

C'était un cliché en couleurs d'un réalisme vraiment saisissant.

Qu'elle était jolie, Collie, avec son teint hâlé, ses boucles noires ébouriffées par la brise, sa bouche généreuse épanouie par le rire et ses yeux radieux qui avaient la couleur du ciel tout bleu. Et Claude, quel bel homme avec sa silhouette juvénile et cette adoration pour sa jeune épouse qui se lisait dans son regard !

Collie paraissait déjà bien menue à cette époque et Annie avait eu bien raison de souligner qu'au fond la jeune femme avait toujours été fort mince.

Mais cette extrême maigreur ne laissait pas d'inquiéter Rosie maintenant ; il y avait là quelque chose qui lui semblait anormal ; il se dégageait de la personne de sa belle-sœur une impression de fragilité qui s'était encore accrue au cours des trois derniers mois.

Elle se détourna un moment de la commode pour se diriger vers le *bureau plat* afin d'y disposer les affaires qu'elle n'avait pas encore rangées. Levant soudain les yeux, elle vit le paysage qui

177

s'offrait à elle par la croisée et resta comme pétrifiée de ravissement.

Le ciel avait pris une teinte bleu vif, avec çà et là des nuages d'un blanc cotonneux, et la rivière roulait ses eaux tranquilles, dont l'éclat rappelait la porcelaine ancienne. La lumière de cette fin d'après-midi resplendissait sur les jardins qui étalaient devant les yeux émerveillés de Rosie leurs tons cuivrés, adoucis par l'automne, comme si on les avait arrosés d'une pluie d'or. Elle avait l'impression que toute la nature vibrait sous l'effet de cette luminosité exceptionnelle.

Pour Rosalind, rien sur terre ne pouvait être comparé à Montfleurie. Incapable de résister davantage à l'attrait de cette nature bien-aimée, elle saisit sa cape de loden posée sur le dossier d'un canapé et se précipita vers la porte. Ajustant le vêtement sur ses épaules, elle enfila le long couloir qui menait vers l'escalier de service. Elle n'avait aucune envie, à ce moment précis, de rencontrer quelqu'un qui viendrait par l'entrée principale.

18

Quelques instants plus tard, Rosie claquait derrière elle la porte ménagée à l'arrière de la propriété et s'engageait d'un pas vif sur les dalles du sentier qui menait à la rivière. Sa cape flottait derrière elle comme une voile gonflée par le vent de la course.

Rosie se dirigeait vers le lieu qu'elle aimait entre tous, dans l'immense parc du château : un amas de pierres que l'on appelait le donjon du Faucon noir, car il s'agissait en fait des ruines d'une ancienne tour construite par Foulque Nerra, comte d'Anjou, surnommé le Faucon noir.

Cet éboulis de blocs de granit, vestige de l'édifice qui avait plutôt mal survécu au passage du temps, avait été autrefois une tour de guet. Situé à un endroit stratégique, au sommet d'une éminence dominant le Cher, c'était le lieu idéal pour garder l'accès au château de Montfleurie, et tenir en respect les maraudeurs qui sévissaient au Moyen Age.

Au XVIIIe siècle, on avait planté des arbres autour des ruines et les pierres s'étaient peu à peu recouvertes de mousses et de lichens; en été, toutes sortes de fleurs surgissaient dans les moindres interstices, jetant une note de gaieté sur ce lieu unique, témoignage du passé et de l'histoire agitée de ce petit coin de France.

Malgré leur état de délabrement, ces murailles protégées par l'ombre des ormes séculaires offraient un abri discret où la famille aimait venir déjeuner sur l'herbe. Pendant des années, Rosie s'y était réfugiée pour travailler ou dessiner, lire ou se reposer, quand elle ne se contentait pas de rêvasser loin des regards indiscrets.

Elle était essoufflée en arrivant à l'arche à demi démolie qui avait autrefois servi d'entrée principale à la tour de guet. Mais elle ne ralentit l'allure que lorsqu'elle eut atteint, de l'autre côté des ruines, un endroit où personne ne pouvait la voir du château.

Elle s'assit sur le banc de pierre que l'un des ancêtres des Montfleurie avait placé là trois cents ans plus tôt et laissa son regard errer sur les eaux tranquilles du Cher dont le cours s'étirait à ses pieds. Le silence était total, elle n'entendait plus que les battements de son cœur.

Peu à peu, son pouls reprit un rythme normal; son souffle ralentit et elle commença à se détendre.

Serrant sa cape autour d'elle pour se réchauffer, elle s'adossa au tronc de l'arbre qui se dressait derrière elle et se laissa imprégner par la paix qui régnait alentour et par la beauté de la nature qui répandait généreusement ses bienfaits.

Comme tout était calme, maintenant, en ce lieu qui avait autrefois été le théâtre des violentes batailles livrées par Foulque Nerra lorsqu'il régnait en maître dans cette vallée dont il traquait et rançonnait les habitants. Le bruit des combats s'était tu depuis longtemps et Rosie appréciait particulièrement ce havre de paix où elle trouvait à la fois la solitude et la tranquillité d'esprit la plus absolue.

Ses pensées se concentrèrent sur Guy, qui était son mari depuis huit ans. Elle se demanda ce qu'ils allaient devenir l'un et l'autre. Ils se voyaient rarement maintenant, et lorsque le hasard voulait qu'ils se retrouvent face à face, un climat de sourde hostilité ne tardait pas à s'installer entre eux. Elle n'espérait plus améliorer leurs relations, après une séparation de près de cinq ans, surtout quand elle songeait à la mauvaise volonté qu'il témoignait à son endroit.

Consciente de l'animosité que Guy nourrissait envers elle, Rosie avait souvent discuté de ce problème avec Collie. Et celle-ci avait alors fait remarquer que son frère manifestait la même hostilité à l'égard de tout un chacun et que Rosie n'était pas la seule à être en butte à ses sarcasmes. Elle avait fini par convenir de la justesse de cette remarque. N'empêche que cette situation ne cessait d'empirer avec les années, et elle se sentait de plus en plus impuissante à remédier au climat malsain qui s'était créé peu à peu.

Le craquement inattendu d'une brindille et le bruissement d'un pas sur les feuilles mortes mit soudain Rosie en alerte. Elle se redressa sur son siège, comprenant que quelqu'un approchait.

Elle tourna la tête et scruta les alentours, espérant que ce n'était pas Guy qui l'avait suivie jusque-là. Elle ne se sentait pas le courage de l'affronter seule à seul. Pas encore, en tout cas. Il lui fallait d'abord se préparer à sa présence, mobiliser son énergie et ses forces, se cuirasser, en quelque sorte, pour résister à ses assauts verbaux et trouver les ripostes appropriées afin de lui montrer qu'elle n'avait pas l'intention de s'en laisser conter ; à son grand soulagement, elle s'aperçut que ce n'était pas lui.

Elle bondit sur ses pieds et un large sourire éclaira son visage quand Henri, comte de Montfleurie, apparut à sa vue, levant la main pour la saluer, une expression de tendre affection illuminant ses yeux.

Rosie courut à lui et ils s'étreignirent avec chaleur, restant un bon moment dans les bras l'un de l'autre. Puis, il l'écarta, la considérant longuement d'un œil scrutateur, ses yeux bruns fouillant le visage de la jeune femme avec une sollicitude intense. Enfin, après avoir planté un baiser sur chacune de ses joues, il demanda :

« Est-ce que tu vas bien ? Tu n'es pas inquiète, n'est-ce pas ? J'espère que Guy ne t'a pas fait de réflexion désagréable.

— Non, Henri, pas du tout. D'ailleurs, je ne l'ai vu que très peu de temps, juste après mon arrivée. Nous nous sommes trouvés nez à nez dans le hall au moment où il se dirigeait vers les écuries. Naturellement, il ne m'a pas ménagé ses sarcasmes, mais j'ai l'impression que ce cynisme fait partie du personnage qu'il a décidé d'incarner depuis quelque temps.

— Je vois très bien ce que tu veux dire. Il est pareil avec moi et aussi avec Collie, malheureusement. Je ne sais pas pourquoi il ne montre pas davantage de gentillesse envers sa sœur. Dieu sait pourtant quelle vie elle a eue ces dernières années. Enfin... »

Il poussa un profond soupir avant de reprendre :

« Mais on ne pourra pas le refaire, j'en ai bien peur. Il se prend pour le nombril du monde, il n'a jamais la moindre pensée pour les autres et il se fiche comme de l'an quarante de leurs sentiments et de leurs problèmes. »

Henri avait saisi le bras de Rosie et entraînait la jeune femme vers le banc de pierre.

Le comte était un homme mince, de taille moyenne – environ un mètre soixante-dix –, avec des cheveux grisonnants, un visage osseux plutôt agréable, et le teint légèrement hâlé des gens qui passent une bonne partie de leur temps au-dehors, ce qui était tout à fait son cas. Âgé de soixante-trois ans, il avait presque toujours vécu au château, sauf pendant quelques années passées à Paris, lorsqu'il faisait ses études à la Sorbonne.

Aussitôt sorti de l'université, il avait regagné cette vallée de la Loire qu'il aimait avec tant de passion pour apprendre auprès de son père les principes de gestion qui lui permettraient de tirer le meilleur parti du patrimoine familial, perfectionnant ainsi les quelques rudiments qu'il avait déjà reçus pendant son enfance. Fils unique, il avait hérité du domaine à la mort de son père, alors qu'il n'avait que vingt-quatre ans ; un an plus tard, il épousait Laure Caron-Bougival, une amie d'enfance.

Quand Guy était né, Henri venait d'avoir vingt-sept ans, puis Colette était venue au monde quatre ans plus tard. Veuf depuis maintenant douze ans, il n'avait pas jugé souhaitable de se remarier en dépit des conseils de sa fille.

Henri serra autour de lui son vieux veston de tweed un peu râpé et s'assit au côté de Rosie sur le banc de pierre. Il saisit la main de la jeune femme et la pressa bien fort dans la sienne en disant :

« Je suis vraiment ravi que tu sois de retour parmi nous, Rosie. Ça me réchauffe le cœur de te savoir ici, ma chérie.

– Moi aussi, je suis bien contente. Je viens de passer une année très dure, avec le tournage de ce film. Je regrettais sans cesse de ne pas pouvoir venir à Montfleurie mais il n'y avait pas moyen de faire autrement. »

Il hocha la tête puis la fixant d'un regard intense, il demanda :

« Maintenant, dis-moi comment tu vas, vraiment, du fond du cœur. Je veux la vérité, tu sais. Je ne me contenterai pas de simples formules conventionnelles.

– Mais je vais très bien », répondit Rosie avec une grande sincérité.

Soudain, elle éclata de rire mais son hilarité semblait un peu forcée. Elle reprit :

« Enfin, je vais bien quand je travaille, car alors je suis beaucoup trop occupée pour penser à autre chose. Seulement, bien sûr... »

Elle s'interrompit, prenant un air pensif et secoua la tête. Une expression de découragement crispa sa mâchoire.

Henri n'avait rien perdu de cette réaction.

« Qu'y a-t-il ? demanda-t-il en fronçant les sourcils.

– Dès que la tension professionnelle se relâche, je deviens toute triste, confia Rosie. Le moindre incident prend des proportions catastrophiques et je sens aussitôt les larmes monter. Ce n'est pourtant pas mon genre de me laisser aller à une telle tristesse. Il y a des fois où je me demande ce qui m'arrive.

– C'est pourtant bien simple à comprendre, murmura le comte en serrant plus fort la main de Rosie. Tu es très malheureuse, Rosalind. Et la vie que tu mènes n'est pas du tout normale pour une jeune femme de trente et un ans. Tu n'es pas mariée et tu n'es pas divorcée non plus. Tu flottes dans un état intermédiaire qui entretient une ambiguïté tout à fait débilitante. Moi, je crois que tu devrais faire quelque chose pour mettre fin à cette situation qui existe entre toi et Guy.

– Oh, mais il n'y a aucune chance de réconciliation ! s'exclama Rosie. Plus maintenant. Le fossé qui nous sépare est beaucoup trop grand !

– Mais je le sais très bien ! Je ne suggérais pas que vous vous remettiez à vivre ensemble. Au contraire. Je pensais à une séparation. Définitive. Bref, je pensais au divorce. »

Rosie le fixa bouche bée.

« Voyons, Rosie, ton étonnement me surprend. Le divorce n'est pas fait pour les chiens, si tu veux bien me passer l'expression. Bien que vous soyez tous les deux catholiques, je suis convaincu que le moment est venu pour vous de prendre les mesures légales qui aboutiront à la dissolution du mariage qui vous lie l'un à l'autre. »

Comme Rosie demeurait silencieuse, il reprit son argumentation :

« Ces cinq dernières années, vous n'avez eu aucune vie de couple, n'est-ce pas ?

– Non. Il y a même un peu plus longtemps que ça que nous vivons comme des étrangers.

– Eh bien alors, où est le problème ? »

Il y eut un très long silence puis Rosie avoua dans un souffle : « J'ai peur. »

Le comte eut un léger mouvement de recul. Il fixa sur Rosie des yeux agrandis par l'étonnement.

« Peur, toi! Alors là, j'avoue que j'ai du mal à comprendre. Mais de quoi peux-tu donc avoir peur ? »

Rosie se mordit la lèvre et regarda leurs deux mains jointes, se demandant comment elle parviendrait à exprimer ce qu'elle ressentait. Quand elle releva enfin la tête, elle lut dans les yeux du comte une telle sollicitude qu'elle ne vit pas d'autre issue que de lui dire la vérité. Il comprendrait.

Avalant sa salive avec effort, elle dit d'une voix à peine perceptible :

« J'ai peur de vous perdre, toi, Collie et les fillettes. Vous êtes ma seule vraie famille, depuis des années et des années, et je vous aime tous beaucoup. S'il fallait que je m'en aille, je n'arriverais jamais à le supporter; jamais je ne pourrai cesser de considérer Montfleurie comme ma vraie demeure. J'éprouverai toujours le besoin de revenir auprès de vous pour y vivre une véritable vie de famille.

– Mais il n'y a aucun risque pour que cela arrive, voyons, dit vivement le comte, saisi de l'ardent désir de la rassurer.

– Mais si je divorce d'avec Guy, je ne ferai plus partie de la famille. »

A sa grande contrariété, elle sentit des larmes jaillir sous ses paupières et ruisseler sur ses joues avant qu'elle n'ait eu le temps de les refouler.

Henri sortit un mouchoir de sa poche et le lui tendit en silence, attendant pour poursuivre qu'elle se soit essuyé les yeux.

Quand elle eut recouvré son calme, il déclara d'un ton persuasif :

« Nous t'aimons tous très fort, Rosie, moi le premier, depuis le début, dès le jour où tu es venue ici avec Collie, longtemps avant

184

que tu n'aies épousé Guy. Et je te considérerai toujours comme ma propre fille, que tu sois ou non mariée avec lui. Même si tu épouses quelqu'un d'autre, mes sentiments à ton égard ne varieront pas d'un pouce. Comment pourrait-il en être autrement ? Si je t'aime, ce n'est pas parce que tu es la femme de mon fils, je t'aime à cause de ce que tu es, parce que tu es une personne merveilleuse, Rosie. Je t'aime pour toi-même. Et maintenant, souviens-toi bien de ceci : tu es chez toi à Montfleurie, quoi qu'il arrive, et tu y seras toujours chez toi. Jamais tu n'y seras considérée comme une intruse, je ne le voudrais à aucun prix. »

Il passa un bras autour de ses épaules et l'attira plus près de lui en disant :

« Je ne sais pas ce qui est arrivé à Guy, je n'en ai aucune idée et je n'essaie même pas de le savoir. »

Henri de Montfleurie marqua un temps d'arrêt et secoua la tête avant d'ajouter d'un ton attristé :

« La seule chose que je sache, c'est que j'ai donné la vie à un imbécile. Oui, je le reconnais, mon fils est un être profondément stupide. Qu'il ait pu se comporter de cette façon avec toi, ça me dépasse complètement ! Je ne le comprendrai jamais, pas plus que je comprendrai comment il peut se moquer aussi totalement de ce qui se passe à Montfleurie, de ce qu'il adviendra de cette demeure qui sera un jour la sienne, hélas ! J'espère pouvoir encore vivre de longues années afin d'avoir le temps de préserver ces lieux pour la génération à venir, car Dieu seul sait ce que cet idiot peut en faire une fois qu'il aura reçu le domaine en héritage. Tout s'en ira à vau-l'eau, sans aucun doute, à moins que je ne prenne les mesures nécessaires pour garantir l'avenir. Tu ne peux pas imaginer quel tracas cela peut être pour moi, quand je le vois se conduire de la sorte.

– Mais pourquoi ne peux-tu pas laisser Montfleurie à Collie ?

– Je le pourrais, conformément au Code civil – ce code qui a été créé par Napoléon –, si elle était enfant unique. Cependant, je n'ai pas le droit de défavoriser un enfant au profit de l'autre : ce serait tout à fait contraire à la loi. Mais pardonne-moi, ma chérie, de t'ennuyer ainsi avec mes propres préoccupations. Ce que je voulais, en fait, c'est insister sur ce que je t'ai dit tout à l'heure : pour moi, tu es absolument comme ma fille, et rien ne changera jamais cet état de choses. »

185

Il s'écarta légèrement pour la regarder bien en face.

« Rosie, veux-tu me rendre un service ? »

Elle fit oui d'un hochement de tête.

« Veux-tu aller voir maître Hervé Berthier quand tu retourneras à Paris ? Tu l'as déjà rencontré, tu sais, il est venu dîner ici il y a quelques années. C'est un excellent avocat, l'un des meilleurs de France, et un ami de très longue date. Je t'en prie, Rosie, va lui parler, et demande-lui de t'indiquer la marche à suivre pour te libérer de Guy. Tu n'as plus rien à espérer de ce garçon, je t'assure. En ce qui me concerne, je te promets de t'apporter un appui total et une affection de tous les instants.

— D'accord, j'irai voir cet avocat. J'ai l'impression qu'il n'y a plus autre chose à faire. Mais je tiens à te remercier du fond du cœur des choses merveilleuses que tu viens de me dire. Tu es un véritable père pour moi et la vie me serait insupportable si... si... toi et Collie vous cessiez de faire partie de mon existence.

— Tu seras toujours la bienvenue dans notre famille, ma chérie, je te le répète encore une fois pour que tu en sois bien persuadée. Ah, au fait, cela m'amène à penser à Kevin. Comment va-t-il ? Nous rejoindra-t-il ici pour Noël, ainsi qu'il nous l'avait laissé espérer ?

— Je ne le crois pas. Je le lui ai demandé à plusieurs reprises avant de quitter l'Amérique mais il vient de se faire muter dans un autre service, le service de renseignements de la police criminelle qui enquête sur les activités de la mafia. Si j'ai bien compris, la famille Rudolfo, l'une des plus puissantes de la côte Est, se trouve maintenant dans le colimateur des représentants de l'ordre et Kevin a reçu la mission de s'y attaquer.

— Un travail bien dangereux, murmura Henri. Mais il faut croire que Kevin aime les missions périlleuses. Ce qui est bien dommage, car tu vas encore te ronger les sangs pour lui.

— J'aurais préféré qu'il travaille dans les bureaux ou qu'il gagne sa vie dans une autre branche, mais il ne veut rien entendre. Pourtant, autrefois, il parlait de se faire avocat... »

Rosie laissa sa phrase inachevée, la bouche crispée par l'esquisse d'une grimace.

Henri lui sourit.

« Kevin a beaucoup de suite dans les idées, comme toi, Rosie, et

186

tout le monde sait combien il est difficile de faire changer d'avis quelqu'un d'aussi obstiné que lui. Mais ton amie Nell Jeffrey, elle ne pourrait pas dire son mot, elle aussi ? Tu m'as dit l'autre jour au téléphone qu'ils étaient très liés. »

Rosie secoua la tête en riant.

« J'en doute fort. J'avais espéré qu'elle parviendrait à persuader Kevin de venir pour les fêtes, et qu'ils feraient le déplacement jusqu'ici tous les deux mais j'ai l'impression qu'elle a beaucoup trop de travail. C'est du moins ce qu'elle m'a expliqué.

— Dommage, mais ce n'est que partie remise, j'espère. Peut-être arriveras-tu à les convaincre de venir nous voir à Pâques. Le printemps est la saison idéale pour visiter la vallée de la Loire.

— J'en reparlerai à Nell. Elle réussira peut-être à décider Kevin. »

Le silence s'installa un moment entre eux et ils restèrent immobiles sur le banc, regardant droit devant eux, savourant ces instants de parfaite détente.

Une troupe d'oiseaux s'éleva non loin de là, planant gracieusement sur un fond de nuages blancs, puis s'étira en une longue ligne qui ressemblait à un ruban de velours noir tendu très haut dans le ciel pâle et monta encore, survolant les tourelles en ardoise grise de Montfleurie. Soudain, après avoir décrit un arc de cercle au-dessus des toits, ils s'éloignèrent à tire-d'aile en direction du sud, à la recherche de cieux plus cléments.

Les nuages se pourchassaient au loin dans un ciel qui commençait à changer de couleurs : le bleu se muait en un gris teinté d'améthyste, le lilas virait au safran brûlé et, à l'horizon, des rayons écarlates et orange luisaient comme un incendie lointain.

Sur l'autre rive du fleuve, les arbres des bosquets s'assombrirent, leurs formes à peine distinctes dans la brume bleuâtre, tandis que le crépuscule tombait, atténuant encore l'éclat de la lumière.

« Que c'est beau, ici ! Rosie. Et quel calme ! murmura Henri en se tournant vers la jeune femme.

— Ma mère appelait toujours cette période de la journée l'heure du berger. »

Il sourit et lui tapota la main, l'aidant ensuite à se mettre debout.

« Je suis bien content que nous ayons pu discuter un peu tous les deux. Quand je t'ai vue tout à l'heure t'engager dans ce petit sentier, je me suis dit que c'était l'occasion rêvée pour te parler seul à seule. Mais maintenant, nous avons intérêt à rentrer, la température s'est terriblement rafraîchie, j'ai même l'impression qu'il va geler. »

Côte à côte et main dans la main, Rosie et le comte repartirent vers le grand château qui se dressait sur le sommet de la colline.

Ils marchaient d'un pas égal, en accord l'un avec l'autre, et ils se comprenaient parfaitement, comme ils l'avaient toujours fait depuis qu'ils se connaissaient. Le silence qui s'était installé entre eux n'était nullement embarrassant, ils se sentaient bien, en communion totale de pensées et de sentiments.

Juste au moment où ils allaient atteindre le château, Henri s'arrêta soudain et se tourna vers elle pour lui demander :

« Tu n'as donc toujours pas rencontré quelqu'un de bien ?

— Eh bien, non. Personne.

— Quel dommage ! Je suis vraiment désolé de te voir si seule. Et si malheureuse, car tu souffres de cette solitude. Je sais ce que c'est, vois-tu, de vivre comme tu le fais.

— Je n'en doute pas, Henri », répondit Rosie.

Elle hésita plusieurs secondes avant de demander :

« Comment va Kyra ? »

Elle sentit qu'il se raidissait et, malgré l'obscurité grandissante, elle remarqua que sa mâchoire s'était soudain crispée.

« Elle va bien, dit-il enfin. Enfin, je le suppose. Elle n'est plus ici.

— Ah bon ? s'étonna Rosie. Mais elle va revenir pour Noël, n'est-ce pas ?

— Je ne sais pas », répondit-il d'une voix assombrie en hâtant le pas pour monter le raidillon qui menait au château.

Rosie décida alors de ne pas insister. Elle se contenta de presser l'allure pour se maintenir à sa hauteur.

Soudain, il se mit à rire doucement et il s'arrêta de nouveau pour remarquer d'un ton badin :

« J'ai l'impression qu'il va falloir que tu te mettes bientôt en quête d'un petit ami, sinon je vais être obligé de le faire à ta place. »

Rosie éclata de rire à son tour.

« Tu es incorrigible!

— Non, je suis français, souviens-t'en. Et malgré mon âge, je suis resté très romantique, comme la plupart de mes compatriotes.

— Ton âge, ton âge! Mais tu n'es pas vieux! Tu es seulement un peu spécial. Et je ne connais aucune femme qui ait un beau-père comme toi.

— J'ose espérer que vous me dites cela comme un compliment, Rosalind de Montfleurie.

— *Bien sûr* », s'exclama-t-elle.

Elle était soulagée de voir qu'il avait retrouvé sa bonne humeur habituelle. Mais tout en marchant, elle ne pouvait s'empêcher de se demander s'il y avait quelque chose qui ne tournait pas rond entre lui et Kyra, la jeune femme russe à laquelle il était très attaché. Si tel était le cas, Collie la renseignerait un peu plus tard car elle était certainement au courant. Kyra était son amie et elles n'avaient pas de secret l'une pour l'autre.

Quelques instants plus tard, Rosie et le comte entraient au château main dans la main. Rosie se sentait beaucoup mieux qu'elle ne l'avait été depuis bien longtemps. Maintenant, sans qu'elle puisse en préciser la raison exacte, l'avenir lui semblait s'annoncer sous de meilleurs auspices.

19

Une heure plus tard, après avoir pris un bain, refait son maquillage et enfilé une robe de laine rouge qu'elle aimait particulièrement, Rosie prit dans l'armoire un petit carton à chapeau et sortit.

Arrivée à l'extrémité du long couloir, elle s'arrêta devant la chambre de Lisette, et lança après avoir frappé à la porte :

« C'est tante Rosie ! »

Elle ouvrit et entra.

Yvonne, qui était agenouillée à terre pour boutonner le dos de la robe de velours marron de Lisette, leva les yeux.

« Bonjour, Rosie. Nous nous apprêtions justement à aller te chercher.

— Eh bien, je vous ai devancées », rétorqua Rosie en riant.

Elle maintenait caché derrière elle le petit carton à chapeau pour que l'enfant ne puisse pas le voir.

« Je me suis dit que nous pourrions descendre ensemble pour le dîner, reprit-elle.

— Mais il faut attendre maman, objecta Lisette avec une petite moue inquiète. Nous ne pouvons pas descendre sans elle. Elle ne va pas être longue, tante Rosie. Elle est allée se changer et se recoiffer.

« — Mais bien sûr que nous allons l'attendre, ma chérie, répliqua Rosie. Il ne me serait jamais venu à l'idée de descendre sans elle. »

Elle sourit à sa nièce en se penchant en avant.

« J'ai un cadeau pour toi, mon amour. »

Le sourire radieux de l'enfant éclaira son petit visage rond et angélique, faisant jaillir un rayon de joie au fond de ses yeux noirs qui ressemblaient tant à ceux de son grand-père. Ses prunelles s'agrandirent sous l'effet de la surexcitation qui s'était emparée d'elle.

« Qu'est-ce que c'est? demanda-t-elle. C'est quoi, ce cadeau? Oh, dis-le-moi, je t'en prie, *ma tante.*

— Tu as le droit de me poser trois questions.

— Est-ce que tu l'as rapporté d'Amérique? »

Rosie hocha affirmativement la tête.

« *Un chapeau!* C'est sûrement un chapeau.

— Mon Dieu, ce que tu es futée! Comment donc as-tu fait pour deviner si rapidement? Tu as une intuition extraordinaire, ma chérie », ajouta Rosie avant de s'exclamer d'un ton taquin :

« Mais il y a sûrement quelqu'un qui t'a prévenue. Un petit oiseau, peut-être?

— Oh, non, personne ne m'a rien dit, tante Rosie. Je te le jure », protesta Lisette.

Elle prit alors un ton solennel pour déclarer :

« Seulement, tu m'avais promis de me rapporter un chapeau d'Amérique. Tu ne t'en souviens pas? Tu me l'as promis au mois d'août dernier.

— Eh bien, tu vois, je te l'avais promis et maintenant tu l'as. »

Rosie sortit alors de derrière son dos le carton à chapeau qu'elle tendit à la fillette.

Lisette fit un pas en avant et saisit la boîte.

« *Merci beaucoup. Merci beaucoup* », s'écria-t-elle d'un air ravi.

Elle défit prestement l'emballage, ses petits doigts potelés s'affairant autour de la ficelle, et sortit enfin un petit chapeau coquet, en feutre vert foncé, orné d'un ruban en tissu écossais rouge et vert et d'un bouquet de cerises rouge vif planté sur le côté.

« Oh, qu'il est joli! » s'exclama-t-elle en se jetant dans les bras de sa tante.

191

Puis elle se précipita vers l'armoire dont elle ouvrit la porte. Après avoir mis le chapeau, elle recula d'un pas et resta à s'admirer pendant quelques instants devant la glace.

« Ce qu'il est beau! Je vais le garder sur moi pour dîner, annonça-t-elle en adressant un sourire rayonnant à Yvonne et à sa tante.

— Il est très beau, en effet, déclara Yvonne, mais tu ne pourras pas le garder à table.

— Pourquoi donc? demanda la fillette en décochant en direction d'Yvonne un regard perçant.

— Tu sais très bien qu'on ne peut pas porter de chapeau dans une maison, répondit Yvonne.

— Mais si, on le peut, riposta Lisette.

— Ce n'est pas vrai, se récria Yvonne, sa voix montant d'une octave.

— Si, c'est vrai. Dans un restaurant, j'ai gardé mon chapeau sur la tête.

— La salle à manger de Montfleurie n'est pas un restaurant, protesta Yvonne en secouant la tête, et tu le sais très bien, Lisette. Alors ne dis pas de pareilles bêtises.

— N'empêche qu'on y mange tout de même », objecta Lisette.

Réprimant avec peine son envie de rire, Rosie intervint à son tour.

« Yvonne a raison, ma chérie. On ne peut pas porter de chapeau à l'intérieur d'une maison.

— Pourtant je l'ai fait à l'hôpital, non. C'est maman elle-même qui me l'a dit. »

Yvonne et Rosie échangèrent un bref regard et Rosie reprit :

« C'est vrai, et ce chapeau te sied à ravir, Lisette. Tu es très jolie avec. Mais je crois vraiment que tu dois l'enlever maintenant. Tu pourras le mettre demain. Je t'emmènerai au village en voiture et nous irons ensemble prendre une glace. Ce sera formidable, non? »

L'enfant hocha la tête en souriant. Pourtant, le chapeau resta solidement planté sur ses boucles brunes et l'expression qu'elle avait sur son visage indiquait clairement qu'elle n'avait aucunement l'intention de l'ôter.

« Viens Lisette, dit alors Rosie, nous allons mettre ce chapeau

192

avec le reste de ta collection. Y en a-t-il des nouveaux que je n'ai pas encore vus et que tu voudrais bien me montrer ? Je serais ravie de les voir, si c'était le cas.

– J'en ai deux qui sont tout neufs. Viens voir ! »

Toujours coiffée du petit chapeau de feutre vert, Lisette courut dans la salle de jeu attenant à sa chambre où l'on rangeait ses livres et ses jouets. C'est là que se trouvait son importante collection de chapeaux, comportant des pièces assez exceptionnelles, alignée sur de longues étagères.

Lisette avait toujours adoré les chapeaux et elle sortait rarement sans en avoir un sur la tête, même pour aller jouer dans le parc du château.

Depuis longtemps déjà, sa mère et sa tante Rosie s'étaient aperçues que cet amour pour les couvre-chefs avait commencé juste après sa naissance. Étant née avant terme, elle avait été placée en couveuse artificielle pendant huit semaines dans un hôpital de Paris, et on l'avait alors coiffée d'un petit bonnet pour lui maintenir la tête bien au chaud.

Lorsque Claude et Collie avaient ramené le bébé dans leur appartement de Paris, ils avaient ôté le bonnet. Aussitôt, l'enfant s'était mise à pousser des cris perçants qui s'étaient prolongés pendant plus d'une heure. Finalement, Collie s'était demandé si ce n'était pas le fait de ne plus porter le bonnet de laine qui rendait la petite fille si malheureuse. Elle le lui avait alors remis sur la tête et Lisette avait immédiatement cessé de pleurer.

A deux ans, elle réclamait toujours d'avoir un bonnet ou un chapeau et cet engouement n'avait pas diminué avec l'âge. Elle se sentait plus heureuse quand elle avait quelque chose sur la tête et tout le monde dans la famille avait fini par se plier à cette passion en encourageant même l'enfant à se constituer cette collection qu'elle avait rassemblée dans sa salle de jeu.

« Grand-père vient de me donner celui-ci, dit Lisette à Rosie en prenant une petite toque ornée de perles sur l'une des étagères les plus basses. Il l'a trouvé dans une malle du grenier et il a dit qu'il avait appartenu à ma grand-mère Laure. Il est trop grand pour moi en ce moment, mais grand-papa m'a promis qu'un jour il m'irait parfaitement.

– Il est charmant, s'exclama Rosie, mais il a l'air très vieux. Il faut que tu le manipules avec beaucoup de précautions.

– Je le sais bien », déclara Lisette en reposant la toque avec soin sur son étagère.

C'est alors qu'elle consentit à ôter le chapeau dont Rosie venait de lui faire cadeau. Elle le posa à côté de la toque et saisit une capuche de laine beige dont elle se coiffa en attachant les cordons sous son menton, s'entourant ensuite la tête d'une écharpe de fourrure brune dont elle se ceignit le front comme avec une couronne.

« Ça, c'en est un que je viens aussi de recevoir. Devine qui me l'a donné. »

Rosie pencha la tête de côté et feignit de réfléchir profondément tout en prenant un air perplexe.

« Euh, voyons... ça me rappelle... les cosaques ; attends, non pas vraiment, plutôt les Boyards de Russie. Je suis sur la bonne piste, non ? C'est Kyra qui te l'a donné ?

– Oui, c'est bien elle. Tu es très perspicace, tante Rosie.

– Bon, maintenant, retire-le, ma chérie, dit Rosie d'un ton persuasif tout en dénouant le cordon. Ensuite, Yvonne pourra te brosser les cheveux une nouvelle fois avant que nous descendions dîner. »

Lisette hocha la tête en signe d'assentiment et voyant alors sa mère qui entrait dans la chambre, elle saisit son chapeau neuf sur l'étagère et courut à elle pour le lui montrer.

« Il est adorable, décréta alors Collie, au moment où Rosie et Yvonne pénétraient dans la chambre à la suite de Lisette. Maintenant, je t'en prie, va te brosser les cheveux. »

Elle lança à Rosie un regard empreint de tendresse et ajouta :

« Ce que tu es gentille de penser toujours à lui apporter un nouveau chapeau.

– C'est un plaisir pour moi. Le seul problème, c'est qu'elle est tellement habituée à en avoir un que l'effet de surprise a totalement disparu pour elle », murmura Rosie à mi-voix.

Colette hocha la tête.

« Je sais. Nous l'avons terriblement gâtée avec tous ces chapeaux mais elle est tellement agréable, cette enfant ! Si obéissante et si affectueuse ! Elle ne me cause jamais le moindre souci.

– Et elle a grandi et mûri très vite, comme Yvonne, d'ailleurs, remarqua Rosie. Elle paraît beaucoup plus que son âge. On lui donnerait plutôt sept ou huit ans, bien qu'elle n'en ait que cinq.

— Je crois, sans vouloir la flatter, qu'elle a une intelligence hors du commun, expliqua Collie. Elle réussit très bien à l'école, où elle dépasse ses camarades de cent coudées, aussi bien par la taille que par les facultés de raisonnement. Et en plus, elle n'a peur de rien. Elle ne recule devant aucun obstacle.

— Comme sa mère, dit Rosie en souriant.

— Oh, cela, ce n'est pas si sûr. Je ne peux guère me flatter d'avoir fait des prouesses ces derniers temps, tu sais. »

Le sourire s'estompa sur le visage de Rosie.

« Est-ce que tu te sens vraiment bien, Collie ? » demanda-t-elle.

Elle passa un bras autour des épaules de sa belle-sœur en fixant sur elle un regard inquiet.

« Mais oui, je vais très bien, je t'assure. Et je dirai même que ça va de mieux en mieux, à certains égards. Seulement je me fatigue très vite et je n'ai pas assez de forces pour me remettre au travail.

— Il ne faut pas y penser pour l'instant. Tu pourras toujours rouvrir ta boutique d'orfèvrerie au printemps prochain. De toute façon, la saison touristique est terminée et le château fermé au public jusqu'en avril.

— Oui, bien sûr. Mais j'ai tellement hâte de reprendre mes activités ! Tu sais combien ce travail me plaisait. Il y avait tant d'années que je tenais cette boutique !

— Au fait, à Hollywood, très récemment, j'ai rencontré Johnny Fortune, le célèbre chanteur. Je suis allée dîner chez lui avec Nell. Il a une merveilleuse collection de pièces anciennes. Il y avait sur sa table deux présentoirs à dessert de Paul Storr qui t'auraient littéralement enthousiasmée.

— Je suis prête, maman », annonça Lisette.

Elle sortait en courant de la salle de bain où Yvonne lui avait brossé les cheveux.

« Alors, viens, je suis sûre que grand-papa nous attend », déclara Colette en prenant sa fille par la main.

Puis elle se tourna vers Rosie et dit :

« Ah bon ! Tu sais que Paul Storr est l'orfèvre anglais que je préfère... Comment étaient-ils donc, ces présentoirs à dessert ? »

Tout en descendant le grand escalier, Rosie lui décrivit les objets, donnant une foule de détails sur les autres pièces de la collection de Johnny Fortune.

20

« Que s'est-il passé entre ton père et Kyra ? Se sont-ils disputés ? demanda Rosie en attirant Collie un peu à l'écart.

— Se disputer n'est peut-être pas le mot », déclara Collie en se rapprochant de la cheminée du petit salon familial.

Elles étaient seules dans la pièce, à l'exception des deux filles qui étaient allées s'asseoir à l'autre bout, devant le poste de télévision.

Après avoir réfléchi un moment, Collie reprit à voix basse : « Je crois qu'il conviendrait plutôt de parler de désaccord entre eux. Mais pourquoi me demandes-tu ça ? Est-ce que papa t'en a parlé tout à l'heure ?

— Je lui ai seulement demandé comment elle allait et il m'a répondu d'une drôle de façon. Il m'a dit qu'elle était partie et pour être tout à fait franche, Collie, il n'avait pas vraiment l'air de savoir si elle serait revenue pour les fêtes.

— J'espère qu'elle sera là. Père est tellement plus heureux quand elle vient à la maison.

— Quel est leur problème ? s'inquiéta Rosie.

— A franchement parler, je n'en sais trop rien. A moins que ce ne soit en rapport avec... Alexandre. »

Collie avait encore baissé la voix pour prononcer ce nom dans un chuchotement à peine audible.

Les deux femmes se regardèrent d'un air entendu. Le silence se prolongea entre elles pendant quelques secondes, puis Collie se rapprocha de Rosie et murmura à mi-voix :

« Il y a toujours des problèmes avec Alexandre. Mais comme ils ne veulent se confier à moi ni l'un ni l'autre, je ne peux pas t'en dire davantage. Très franchement, je regrette qu'ils refusent de se marier, Rosie. Kyra aime papa, elle l'aime beaucoup, tu le sais aussi bien que moi. Moi, ça fait des mois que je les y pousse, que je leur répète qu'ils doivent se marier, et je croyais vraiment qu'il était sur le point de lui en faire la demande.

— On peut conduire un cheval à l'abreuvoir mais on ne peut pas l'obliger à boire, pour citer un proverbe bien connu, dit Rosie. Moi aussi, vois-tu, je voudrais bien qu'ils se marient.

— Qui ? Qui donc voudrais-tu voir convoler ? » demanda Guy qui avait soudain surgi dans l'embrasure de la porte.

Sachant combien il était jaloux de Kyra et répugnant à attiser sa vindicte aussi peu que ce fût, Rosie répliqua avec une grande présence d'esprit :

« Kevin et Nell. Ils sont ensemble depuis près d'un an et je disais à Collie que j'espérais qu'ils allaient se marier.

— Vraiment ! Il faut reconnaître que cela ferait une union fort intéressante : la riche héritière et le flic intègre ! » déclara Guy avec un rire sarcastique.

Il se dirigea vers une console faisant office de bar. Sortant une bouteille de vin blanc de son seau à glace, il se servit un verre.

Rosie, qui l'observait à la dérobée, se dit qu'il paraissait bien fatigué. De nouvelles rides s'étaient creusées autour de ses yeux, et des lignes profondes partaient du nez jusqu'à la bouche, de chaque côté du visage. Bien qu'il n'eût que trente-six ans, il paraissait beaucoup plus âgé. Et pourtant, il était encore fort séduisant et il n'y avait pas un gramme de graisse superflue sur son corps élancé et athlétique.

Manifestement, il faisait ce qu'il fallait pour se maintenir en bonne forme, physiquement du moins. Mais elle savait que mentalement il n'avait qu'une vision confuse des choses et que ses émotions le poussaient souvent à des réactions excessives. Pour elle, il était resté l'éternel petit garçon, le Peter Pan qui n'avait jamais grandi et qui bénéficiait de l'indulgence de chacun. Sa croissance s'était arrêtée net. Parce qu'il n'avait jamais eu besoin de faire face à la moindre responsabilité, il n'avait jamais développé ses ressources et il ne disposait donc d'aucune réserve dans laquelle il aurait pu puiser en cas de problème ou de difficulté.

Oui, un être puéril, un enfant gâté; un paresseux qui ne voulait pas travailler pour gagner sa vie ni aider son père à gérer le domaine, bien que cette tâche fût trop écrasante pour un seul homme. Et comme sa mère lui avait légué un petit revenu personnel, il pouvait satisfaire certains de ses caprices sans avoir de comptes à rendre à personne. Il avait donc choisi la fuite en se convertissant à une secte orientale connue pour être le refuge des faibles et des marginaux.

Gavin avait toujours dit que Guy était complètement déboussolé, ce qui correspondait à la vérité la plus stricte. Il appartenait à la catégorie de ces post-soixante-huitards qui n'avaient pas su s'adapter à l'époque actuelle et continuaient de vivre leurs rêves sans se rendre compte que les années quatre-vingt-dix annonçaient des changements spectaculaires dans un monde en pleine évolution.

Guy s'approcha de la cheminée et leva son verre en direction des deux femmes.

« *Santé*, dit-il.

— Santé », répondit Rosie.

Collie, elle, n'avait même pas pris la peine, de réagir. Elle se contenta de s'asseoir dans un fauteuil devant la cheminée. Posant son verre sur un guéridon, elle tendit les mains vers les flammes.

« Tu as froid? s'inquiéta Rosie. Veux-tu que je monte te chercher un châle?

— Non, non, ce n'est pas la peine, Rosie. Merci beaucoup.

— Ah, vous êtes déjà tous là! » s'exclama Henri en pénétrant à grands pas dans la pièce.

Il se dirigea vers la console et se versa un whisky. Il en but une petite gorgée qu'il savoura en venant rejoindre les autres près du feu.

Décochant un regard en biais vers son père qui s'était adossé au chambranle de la cheminée, Guy persifla :

« Ce n'est pas tout à fait vrai, père. Nous ne sommes pas tous là. Kyra n'a pas daigné nous honorer de sa présence, ce qui d'ailleurs ne lui était pas arrivé depuis bien longtemps. »

Il y eut un silence de mort.

Ni Rosie ni Collie n'osaient dire le moindre mot et elles évitaient de se regarder. Rosie se faisait toute petite et retenait son souffle, attendant l'explosion.

Mais aucun éclat ne se produisit. Henri avait choisi d'ignorer la remarque de son fils, dédaignant de faire le moindre commentaire. Il se contenta de boire une autre gorgée de whisky.

« Alors, où est-elle, la belle Kyra ? continua Guy d'un ton toujours aussi acerbe. Je commençais à croire qu'elle faisait partie du décor de cette maison. »

Le silence s'installa de nouveau, bientôt rompu par Henri qui déclara enfin :

« Kyra a dû aller à Strasbourg. Pour voir sa sœur Anastasia qui est malade.

– Que comptes-tu faire au juste à son sujet ? demanda Guy, ses yeux noirs intensément rivés sur ceux de son père.

– Je ne comprends pas. Que veux-tu dire ? » interrogea Henri d'un ton qui s'était légèrement durci.

Le regard qu'il adressa à son fils contenait une sorte d'avertissement.

Ou bien Guy ne le vit pas ou bien il décida de passer outre.

« Tu sais très bien de quoi je veux parler, père, dit-il. As-tu l'intention, oui ou non, d'épouser cette dame ?

– Je ne vois vraiment pas en quoi cela te regarde ! s'exclama Henri, l'œil soudain allumé par un afflux de colère.

– Eh bien moi, je le vois, rétorqua Guy avec un sourire entendu.

– Bon, écoute-moi, Guy, je n'ai aucunement l'intention de...

– Non, père. Écoute-moi, toi, rien qu'un instant », coupa Guy.

Il avait parlé avec une telle rudesse que Rosie en eut le souffle coupé. Le corps tendu en avant, elle ne perdait pas une seule des paroles prononcées.

Collie s'était renversée contre le dossier de son fauteuil, et regardait son frère bouche bée. Elle était horrifiée par ce comportement, sachant que son père, très à cheval sur le respect de la vie privée de chacun, risquait de prendre fort mal la chose.

Comment se fait-il que Guy ne le sache pas ? se demandait-elle, déroutée par tant de stupidité.

199

Mais Guy n'allait pas se laisser décourager aussi facilement. Il reprit :

« Elle est jeune, Mme Kyra Arnaud, elle n'a que trente-cinq ans et par conséquent elle peut très bien avoir encore des enfants. Tandis que moi, il est très improbable que je puisse procréer un jour. »

Un rictus amer tordit sa bouche tandis qu'il décochait un regard en biais en direction de Rosie. Il continua :

« D'autant que ma femme et moi vivons comme des étrangers depuis des années. Oh, pardon, il faut que je corrige ce que je viens de dire : il est très improbable que je puisse avoir des enfants légitimes, étant donné les circonstances. Et les choses étant ainsi, j'ai pensé que vous aimeriez sans doute assurer la pérennité de la lignée des Montfleurie en vous remariant pour donner naissance à un autre fils. En espérant que votre enfant sera un fils, bien entendu. »

Henri était furieux.

« Vraiment, Guy, tu dérailles complètement, et ton insolence n'a d'égale que ta stupidité. Enfin, réfléchis un peu, voyons : ce n'est ni le lieu ni le moment de se lancer dans une telle discussion ! »

En dépit de sa colère, le comte parlait d'une voix égale qui dénotait une parfaite maîtrise de soi.

« En outre, comme je l'ai dit tout à l'heure, mes faits et gestes ne te regardent en aucune façon », conclut-il d'un ton glacial.

Complètement inconscient de l'absurdité de son attitude, Guy ne se tenait pas pour battu.

« Oh mais si, père. Si je meurs sans enfants, la lignée des Montfleurie s'éteindra avec moi.

— C'est faux », intervint Collie avec colère.

Dressée sur son siège, elle fixait sur son frère un regard enflammé.

« Aurais-tu soudain oublié par hasard que j'ai autant de droits que toi sur ce domaine, tout comme mon enfant, d'ailleurs ?

— Mais enfin, attendez un peu pour vous quereller ainsi, je ne suis pas encore mort, que diable », protesta Henri.

Épouvanté par ces propos, il avala d'un trait le reste de son verre puis, tournant brusquement les talons, il partit vers la console pour se verser un autre whisky encore plus généreux que le premier.

S'efforçant de briser la tension qui s'était installée dans la pièce en changeant de sujet de conversation le plus vite possible, Rosie lança à la cantonade :

« Je vais rester en France toute l'année prochaine pour y travailler. »

Saisissant la balle au bond, Collie s'exclama :

« Oh, c'est formidable, ma chérie. Quel film vas-tu faire cette fois ? A moins qu'il ne s'agisse d'une pièce de théâtre ?

— Non, c'est un film. Pour Gavin.

— Naturellement », dit Guy en s'asseyant dans le fauteuil qui faisait face à Collie.

Ignorant délibérément la remarque de son frère, Collie demanda à Rosie :

« Ce sera un film sur quoi ? Raconte-nous ça.

— Sur Napoléon, répondit Rosie. Gavin va...

— Mon Dieu ! Quel culot, lança Guy. Un Américain ! Un film sur Napoléon ! C'est absolument absurde. Comment peut-il oser ? Et ne me dis pas qu'il a l'intention de jouer lui-même le rôle de l'empereur !

— Eh bien si, justement », rétorqua Rosie avec calme.

Elle avait déjà peu apprécié le ton avec lequel il avait parlé à son père ; maintenant, cet air dédaigneux et méprisant ne faisait que l'irriter encore davantage. Pourtant, elle était soulagée de constater qu'il ne pensait plus à s'en prendre à Kyra, c'est pourquoi elle se garda bien d'insister.

Guy avait commencé à ricaner d'un air sarcastique.

« En tout cas, dit-il, Gavin Ambrose a au moins un point commun avec Napoléon. »

Comme personne ne lui demandait de préciser à quoi il songeait, il crut bon d'ajouter :

« C'est la petitesse de la taille ! Napoléon était haut comme trois pommes et il en est de même pour la grande vedette du grand écran. »

Une fois de plus, il s'esclaffa, apparemment amusé par le caractère saugrenu de cette remarque.

Personne ne l'imita. Collie déclara d'une voix glaciale :

« Napoléon mesurait un mètre soixante-cinq ; il n'était pas si petit ; en tout cas, à l'époque c'était une taille tout à fait normale. Il a fallu attendre le XXᵉ siècle pour que les hommes deviennent des... géants.

— Quant à Gavin, il mesure un mètre soixante-douze, ne put s'empêcher de faire remarquer Rosie.

— Tu ne peux pas l'ignorer, on peut te faire confiance », rétorqua Guy en levant son verre de vin pour en boire une longue lampée.

Henri, qui avait réussi à recouvrer son calme, était revenu près de la cheminée. Sans prêter la moindre attention aux propos tenus par son fils, il vint s'asseoir à côté de Rosie sur le divan et dit :

« Ça me fait plaisir de savoir que tu ne voyageras pas autant l'année prochaine, ma chère enfant. Quand le tournage va-t-il commencer ?

— Pas avant six mois au moins. Il faudra d'abord procéder aux repérages et à toutes sortes de préparatifs. Moi, il faut que je me mette au travail aussitôt après le jour de l'an car j'ai pas mal de recherches à faire sur les costumes. D'ailleurs, j'ai déjà commencé.

— Où allez-vous tourner le film ? » demanda Collie qui était aussi ravie que sa belle-sœur de constater qu'elle avait réussi à détourner l'attention des préoccupations de Guy sur l'extinction de la lignée des Montfleurie. Ce sujet semblait d'ailleurs lui tenir à cœur depuis un certain temps, car il ne cessait de le remettre sur le tapis à tout bout de champ.

« Nous commencerons le film à Paris, expliqua Rosie à Collie. En studio et aussi, je l'espère, à Malmaison. Si l'administration nous y autorise, bien entendu. Et nous filmerons aussi dans d'autres régions de France. En fait, en ce moment, j'attends le scénario. J'en saurai davantage une fois que je l'aurai lu.

— C'est vraiment une entreprise assez titanesque, même pour le gigantesque Gavin Ambrose, non ? remarqua Guy avec une pointe d'ironie dans la voix.

— Pas du tout, rétorqua Rosie d'un ton ferme et assuré. Gavin est un brillant cinéaste qui occupe une place de tout premier plan parmi les grands acteurs d'aujourd'hui. Il peut s'attaquer à n'importe quel sujet avec la certitude de réussir. D'ailleurs, en l'occurrence, ce n'est pas la totalité de la biographie de Napoléon qui l'intéresse. Il concentre l'action sur une période très limitée.

202

– Ah bon ? Et laquelle ? demanda Henri avec un intérêt non feint.

– Celle qui s'est écoulée juste avant et juste après le moment où il a été couronné empereur.

– Tu devrais dire où il s'est couronné empereur lui-même, corrigea Guy.

– C'était la volonté du peuple français », déclara Collie en décochant à son frère un regard vengeur.

Elle avait de plus en plus l'impression qu'il cherchait systématiquement à créer un incident mais elle n'arrivait pas à comprendre pourquoi. En fait, il donnait libre cours à son esprit de contradiction, sans chercher vraiment à viser qui que ce fût en particulier.

« Ce que tu peux raconter comme bêtises, toi alors ! » rétorquat-il.

Il se leva, alla remplir son verre à la console et lança :

« Napoléon était un tyran. Il ne valait pas mieux que Staline ou Hitler. »

Henri se tourna alors vers Rosie pour lui expliquer d'un ton un peu doctoral :

« Il y a deux écoles de pensée au sujet de Napoléon Bonaparte, Rosie. Certains d'entre nous l'aiment, le respectent et l'admirent, considérant qu'il a accompli une œuvre gigantesque en sauvant la France à une époque où elle risquait de sombrer dans l'anarchie la plus sanglante. Et puis il y en a d'autres qui le vouent aux gémonies, affirmant, à tort à mon avis, qu'il s'est conduit en despote et en tyran belliqueux. Mais si l'on étudie avec un tant soit peu d'attention l'histoire de cette période, on s'aperçoit en fait qu'il a fait beaucoup de bien à la France et aux Français.

– Tu trouves que toutes ces guerres ont été bénéfiques pour la France ? lança Guy d'un air de défi.

– Il s'agissait surtout de guerres défensives, répliqua Henri en contenant la colère que son fils attisait en lui. Des guerres que Napoléon a été obligé de livrer pour préserver la sécurité de la France.

– C'est faux, trancha Guy. Napoléon...

– C'est on ne peut plus exact, affirma Henri avec calme en balayant d'un geste les objections que son fils s'apprêtait à lui opposer. Et si tu ne me crois pas, va dans la bibliothèque consulter les nombreux ouvrages d'histoire qui s'y trouvent. Manifestement, tu as oublié ce que tu as appris à l'école. »

Se tournant de nouveau vers Rosie, le comte reprit le cours de ses explications :

« L'Angleterre n'avait de cesse de mettre la France à genoux à cette époque, et il en était de même pour les autres pays du continent. Napoléon n'avait pas le choix, il fallait se battre pour préserver la France de l'invasion, et aussi de la défaite, devrais-je ajouter.

— Père est un grand spécialiste de Napoléon, déclara vivement Collie pour empêcher son frère d'intervenir une nouvelle fois. Un de nos prestigieux ancêtres, Jean-Manuel de Montfleurie, a participé à la campagne d'Égypte et son courage lui a valu d'être promu général de brigade par Napoléon lui-même. Par la suite, Jean-Manuel, qui était l'un des plus jeunes fils de cette famille, a été promu général de division par l'empereur, après la bataille d'Austerlitz.

— Très intéressant, s'exclama Rosie. J'ignorais complètement tout cela. »

Henri lui sourit.

« Comment aurais-tu pu le savoir, ma chère enfant ? Nous n'avons pas pour habitude de mettre constamment nos ancêtres sur le tapis et nous ne cherchons pas du tout à te donner une leçon d'histoire sur notre famille. »

Il se mit à rire et elle l'imita. Tout d'un coup, l'atmosphère s'était détendue dans le salon familial ; l'air était devenu presque respirable.

Le comte reprit à l'intention de Rosie :

« Demain, je demanderai à Marcel d'apporter un escabeau afin que tu puisses consulter les ouvrages que nous avons à la bibliothèque. Je suis sûr que tu y trouveras un tas de choses intéressantes qui te serviront beaucoup pour dessiner tes costumes.

— Merci, Henri. C'est très gentil, murmura Rosie en lui adressant un sourire reconnaissant. Cette documentation me sera infiniment précieuse.

— Père, dit alors Guy. J'aimerais te poser une question.

— Oui ?

« – L'enfant de Kyra est-il de toi ? Alexandre Arnaud est-il ton fils ? »

Rosie retint son souffle. Elle sentit que le comte s'était raidi, auprès d'elle, sur le divan ; il avait étouffé une exclamation de surprise. Elle ne put le regarder, le courage lui manquait.

Collie était pétrifiée elle aussi. Elle restait parfaitement immobile, osant à peine respirer. Elle fixait les flammes, la gorge desséchée par l'appréhension, dans l'attente de la catastrophe. Cette fois son frère était allé trop loin.

Henri ouvrit la bouche puis la referma ; il fixait Guy en observant un silence total. Mais l'expression de son visage en disait plus long que bien des discours.

Il lança un regard inquiet en direction des deux filles et constata avec soulagement que Lisette et Yvonne étaient absorbées par un jeu télévisé ; pour une fois, il ne fut pas agacé de voir qu'elles restaient hypnotisées devant le petit écran. Dieu merci, elles n'avaient pas entendu les paroles de Guy.

Posant son verre sur le guéridon, Henri de Montfleurie se hissa sur ses pieds et marcha en direction de Guy qui parut se recroqueviller sur son siège à mesure que son père approchait de lui.

Le visage d'Henri était d'une pâleur mortelle, ses yeux noirs lançaient des éclairs de colère.

« Lève-toi », ordonna-t-il en s'immobilisant devant la chaise de son fils.

Guy obéit avec nervosité.

Henri fit un pas en avant et fixa son fils droit dans les yeux. Le regard d'acier, la voix dure mais volontairement basse, il articula :

« Écoute-moi, et écoute-moi avec la plus grande attention. Jamais au grand jamais tu ne porteras plus la moindre atteinte à l'honneur et à la réputation d'une femme quand tu seras dans cette maison, qu'il s'agisse de Kyra Arnaud ou de toute autre personne. Jamais, au grand jamais, tu ne parleras plus de questions concernant uniquement les adultes en présence des enfants et jamais au grand jamais tu ne chercheras plus à semer la zizanie dans cette famille. Si tu n'es pas capable de respecter ces règles, qui ne sont que simple bon sens et courtoisie tout à fait élémentaires, alors tu prendras la porte une fois pour toutes. Et immédiatement. Je ne tolérerai pas une seconde de plus un comportement aussi scandaleux. Tu es aristocrate de naissance, et tu dois te conduire comme un gentilhomme. Si c'est au-dessus de tes possibilités, je te prierai de quitter cette maison.

— Mais père, je t'en prie. Je ne voulais pas t'offenser, pas plus que personne d'autre. Et je ne cherche nullement à semer la zizanie. J'essaie simplement de discuter avec toi. Écoute, je cherchais seulement à me renseigner sur l'avenir des Montfleurie, au cas où il m'arriverait quelque chose. Car je voyage beaucoup et je suis à la merci d'un accident. Mon intention était uniquement de te rendre service... »

Il s'interrompit. On frappait à la porte. Tous les regards convergèrent vers le panneau de bois qui s'ouvrit lentement, laissant apparaître la tête puis la personne de Gaston qui pénétrait dans la pièce.

Inclinant légèrement la tête il annonça :

« *Monsieur le comte... le dîner est servi.*

— *Merci*, Gaston, répondit Henri. Nous arrivons tout de suite. »

21

Une semaine plus tard, Kyra Arnaud était revenue dans la région.

C'est Rosie qui découvrit sa présence, d'une manière tout à fait accidentelle d'ailleurs. Elle était allée en voiture au village faire quelques courses pour Collie et revenait à Montfleurie quand elle vit Kyra à la terrasse de sa maison.

Bien que le petit manoir de pierre grise fût situé à l'écart de la route, il se dressait au sommet d'un petit monticule et restait donc parfaitement visible, au-dessus du bosquet qui l'entourait partiellement. En outre, Kyra avait une chevelure rousse dont les boucles auburn retombaient en cascades étincelantes sur ses épaules et il était impossible de se méprendre sur son identité. Cette femme, debout sur sa terrasse, ne pouvait être que Kyra, Rosie n'en douta pas un seul instant : ces cheveux en étaient la preuve indiscutable.

Elle continua de rouler sans s'arrêter car elle ne souhaitait pas imposer sa présence à la jeune femme en débarquant chez elle sans s'être annoncée. Mais dès qu'elle fut arrivée au château, elle courut au premier étage pour prévenir Collie.

Chaudement vêtue d'un pull noir, d'un pantalon gris et d'un blazer noir, celle-ci était assise à son bureau près de la cheminée, occupée à écrire des cartes qu'elle voulait épingler sur des cadeaux de Noël. Elle leva les yeux quand la porte s'ouvrit à toute volée et son visage s'éclaira à la vue de Rosie.

« Tu as fait vite ! As-tu réussi à trouver la colle et le ruban ? » demanda-t-elle.

Rosie fit oui d'un signe de tête.

« J'ai également trouvé autre chose. Enfin, quelqu'un d'autre. » Collie prit un air surpris.

« Qui donc as-tu trouvé ?

— Kyra Arnaud. Elle est revenue !

— Tu l'as rencontrée au village ?

— Non. Je l'ai vue sur la terrasse de son manoir au moment où je passais devant chez elle en voiture.

— Tu es sûre que c'est elle ? Elle a une nouvelle gouvernante, tu sais et la gouvernante a sa fille qui vit avec elle dans cette maison.

— Peut-être, mais c'était bien Kyra », répondit Rosie sans hésiter.

Elle ôta sa cape de loden et la posa sur le dossier d'une chaise, puis s'approcha de la cheminée, tournant le dos au feu.

« Avec sa chevelure rousse flamboyante, on ne peut pas la prendre pour une autre, ajouta-t-elle en souriant. A moins, bien entendu, que la gouvernante et sa fille aient également une tignasse de la même couleur.

— Non, ce n'est pas le cas, reconnut Collie. Alors, il doit bel et bien s'agir de Kyra. Je me demande si père est au courant de son retour. »

Rosie haussa les épaules puis secoua négativement la tête.

« Ça m'étonnerait. S'il y avait de la brouille entre eux quand elle est partie, pourquoi seraient-ils réconciliés maintenant ?

— Ils se sont peut-être rabibochés par téléphone, remarqua Collie. Comment pourrions-nous le savoir ? Manifestement, il n'avait aucune envie de nous parler d'elle, et moi, je n'ose plus prononcer son nom depuis vendredi dernier.

— Moi non plus, mieux valait ne pas retourner le fer dans la plaie. Rien d'étonnant à ce que Guy ait filé à l'anglaise samedi. Il n'y était pas allé avec le dos de la cuiller, cette fois.

— Tu peux le dire ! approuva Collie en poussant un profond soupir. Je ne m'en suis pas encore tout à fait remise, moi non plus. Ce qui me surprend le plus, c'est que père ait pris les choses avec une telle sérénité. »

Elle sourit soudain à Rosie et ajouta :

« Remarque bien qu'il est toujours de bonne humeur quand tu es ici. Quant à mon frère, c'est vraiment l'être le plus stupide que la terre ait jamais porté. Je frissonne encore chaque fois que je pense à ce qu'il a osé dire.

— Je sais ; dis-moi, Collie, si nous allions voir Kyra pour lui parler et voir si nous pouvons arranger les choses entre ton père et elle. Négocier une réconciliation, en quelque sorte.

— Je suis plutôt sceptique... »

Collie s'interrompit, hésitant pendant quelques instants. Puis elle reprit :

« Elle pourrait prendre ombrage de notre intervention ; tu sais, elle est parfois très susceptible. Un peu lunatique, même. D'ailleurs, papa risque de prendre la mouche si nous nous mêlons de ses affaires.

— Quand je suis venue ici en août dernier, tu m'as dit être de plus en plus frappée par la ressemblance entre Alexandre et Lisette, remarqua Rosie. J'ai noté moi aussi cette similitude de traits et j'ai acquis la quasi-certitude qu'Alexandre était un Montfleurie.

— Il aurait fallu être aveugle pour ne pas s'en apercevoir ! Et alors, où veux-tu en venir ?

— Ton père a l'air de tenir beaucoup à Kyra ; on peut même affirmer qu'il l'aime profondément. Tu penses comme moi qu'Alexandre est son fils. Eh bien, maintenant que Jacques Arnaud a divorcé d'avec Kyra, il n'y a plus rien qui s'oppose à leur mariage. Est-ce que je me trompe ?

— Absolument pas. D'ailleurs, il y a longtemps que je les pousse à se marier. Je te l'ai déjà dit l'autre jour.

— OK. Alors, qu'est-ce qui les retient encore ? »

Collie secoua la tête.

« Je n'en ai absolument aucune idée, dit-elle.

— Crois-tu que c'est ton père qui ne veut pas l'épouser ?

— En toute honnêteté, Rosie, je ne peux rien affirmer avec certitude.

— Non, bien sûr. A moins que ce ne soit elle qui refuse de se lier définitivement à lui ? »

209

Collie fronça les lèvres et demeura silencieuse, perdue dans ses pensées. Puis elle poussa un soupir.

« Je l'ignore, dit-elle enfin. Évidemment, mon père est beaucoup plus âgé qu'elle.

— Pas tellement ! Il a soixante-trois ans et elle trente-cinq. Il n'y a pas de quoi crier au scandale, surtout qu'il est encore jeune d'allure et de caractère. Il se porte comme un charme et son dynamisme est tout à fait remarquable.

— Tout ce que tu dis est vrai, Rosie, mais je ne vois toujours pas où tu veux en venir.

— A ceci. Puisque nous ne savons rien du motif de cette brouille, la seule façon de tenter d'y remédier c'est d'aller en parler à l'un des protagonistes. »

Collie poussa un grognement désapprobateur. Rosie ne se laissa pas décourager. Elle reprit :

« Il est hors de question que nous en parlions avec ton père. Moi, en tout cas, je n'oserais jamais, enfin, je ne le crois pas. Et toi, tu serais capable d'aller discuter de cela avec lui ?

— Jamais de la vie. Sûrement pas.

— OK. Alors il ne reste plus qu'une solution : aller trouver Kyra. »

Rosie marqua un temps d'arrêt, fixant Collie d'un air perplexe.

« Pourquoi me regardes-tu comme ça ? J'ai toujours constaté que Kyra était d'un abord très facile, et qu'elle se montrait toujours très aimable. En tout cas, vous êtes de très bonnes amies toutes les deux. C'est vrai, oui ou non ?

— Oui.

— Alors pourquoi prends-tu cet air ?

— Sans doute parce que ça m'embarrasserait beaucoup de parler de mon père avec elle. Oui, ça me gênerait d'aborder le chapitre de ses histoires de cœur.

— Je comprends tout à fait tes réticences. Seulement, elle est la seule personne qui puisse éclairer notre lanterne, Henri mis à part, mais puisqu'il est exclu d'aller l'interroger... »

Collie hocha la tête et garda le silence.

Rosie s'approcha de la fenêtre et resta un moment à regarder la rivière d'un air songeur. Au bout de quelques instants, elle tourna les talons et se rapprocha du feu. S'appuyant sur le bureau Louis XVI, elle dit à Collie :

« Je lui parlerai, moi. Mais es-tu d'accord pour m'accompagner chez elle afin de me tenir compagnie?

— Bien sûr, s'exclama Collie. Mais il faut lui téléphoner d'abord pour se mettre d'accord avec elle sur le jour et l'heure.

— Je n'avais aucunement l'intention de me pointer chez elle sans crier gare, dit Rosie avec un léger sourire. Tu n'auras qu'à l'appeler pour prendre rendez-vous et nous irons en voiture. Mais le plus tôt sera le mieux, à mon avis. Et si nous y allions cet après-midi?

— Pourquoi pas, en effet? »

Sans perdre davantage de temps, Collie décrocha son téléphone et commença à composer le numéro de Kyra.

22

Oui, décidément il y a quelque chose d'imposant dans la personne de Kyra Arnaud, se disait Rosie faute de trouver un meilleur terme pour décrire le comportement de la jeune Russe.

Le port de tête, d'abord, qui ne manquait certes pas de majesté,
et aussi une certaine raideur du buste; enfin la démarche,
l'ampleur de chaque geste.

Kyra était svelte, plus grande que la moyenne, avec son mètre
soixante-quinze, et bien qu'elle ne fût pas belle au sens classique
du terme, elle avait une physionomie si attirante que la plupart
des gens qu'elle croisait se retournaient sur son passage, charmés
par son élégance et sa distinction.

Le visage, long et étroit, présentait des pommettes légèrement
saillantes, un front lisse et large, des sourcils fins et recourbés et de
grands yeux gris, lumineux et très écartés.

Mais bien sûr, c'étaient ses cheveux qui retenaient tout de suite
l'attention. Abondants, luxuriants même, et d'un roux flamboyant,
ils frisaient naturellement et leurs boucles encadraient son visage
comme un halo de feu.

Vêtue ce jour-là d'un ensemble en jersey, très ample, aux couleurs de l'automne, de leggings marron et de bottes de daim assor-
ties, elle évoluait auprès de la table du salon avec la grâce infinie
et l'aisance d'une femme raffinée et sûre de son charme.

On était un samedi après-midi et Kyra servait du thé au citron à Rosie et à Collie, qui étaient arrivées chez elle quelques instants plus tôt. Tout en remplissant les hauts verres insérés dans des récipients d'argent incrustés de filigranes, elle parlait de sa sœur Anastasia qui avait eu des problèmes de santé.

« Elle a été opérée d'une crise d'appendicite, expliqua-t-elle. Mais grâce à Dieu, elle va tout à fait bien maintenant. A sa sortie de l'hôpital, elle était très fatiguée et c'est pour cela que je suis allée chez elle.

– C'est ce que m'avait dit mon père, murmura Collie d'un air compatissant. Je suis très heureuse qu'elle soit tout à fait remise.

– Moi aussi. »

Kyra et Collie continuèrent pendant quelques minutes de parler d'Anastasia et de sa famille, puis la conversation roula sur Olga, son autre sœur qui venait de s'installer récemment à New York.

Rosie était assise sur sa chaise, le dos bien calé contre le dossier; elle n'écoutait qu'à moitié, cherchant un moyen d'aiguiller la conversation sur Henri, puisque c'était là le véritable but de leur visite. Collie avait téléphoné la veille sans donner de précisions, et Kyra n'avait d'ailleurs pas jugé utile non plus de leur demander pourquoi elles venaient.

La veille au soir, Rosie avait mis sa belle-sœur en garde en lui disant que la jeune Russe ne leur révélerait peut-être pas le motif exact de sa brouille passagère avec Henri. Collie avait alors manifesté son désaccord avec cette opinion, objectant que Kyra était d'une honnêteté scrupuleuse, d'une franchise un peu brutale, même, et qu'elle n'hésiterait pas un instant à leur livrer la vérité tout entière.

Le fond sonore était constitué par un concerto peu connu de Rachmaninov, mais Rosie avait déjà entendu cette musique qui créait une ambiance apaisante dans ce salon inondé par le soleil. De hautes fenêtres s'ouvraient sur la terrasse et sur le jardin. Meublé au petit bonheur des trouvailles dans les ventes ou chez les antiquaires, le salon, de taille moyenne, possédait un charme un peu bohème, mais malgré son apparence hétéroclite, il offrait un confort indiscutable.

Rosie avait toujours trouvé Kyra Arnaud extrêmement sympathique et cette impression était encore renforcée en ce moment précis où la jeune femme parlait affectueusement de ses deux sœurs. Toutes trois étaient filles d'un diplomate russe qui s'était réfugié à l'Ouest en 1971, à l'époque où Kyra était âgée de quinze ans. Attaché d'ambassade à Washington, il avait demandé l'asile politique pour lui-même, son épouse et ses trois filles, et se l'était vu accorder par le gouvernement des États-Unis, qui avait aussitôt mis sur pied un programme de protection prévoyant qu'ils iraient s'installer dans le Middle West sous un faux nom.

Son père étant décédé de maladie en 1976, la mère de Kyra était venue s'installer en France avec ses deux filles car elle avait de la famille à Paris. A vingt-sept ans, Kyra avait épousé Jacques Arnaud, artiste peintre de réputation mondiale, mais le ménage n'avait pas tenu plus de deux ans et elle n'avait pas tardé à quitter Paris pour venir en pays de Loire, où elle avait acheté ce manoir en 1986.

Rosie connaissait l'histoire de Kyra grâce à Collie mais aussi de la bouche de Kyra elle-même. Bien qu'elle n'eût guère passé de temps jusqu'alors en compagnie de la jeune femme, elle éprouvait pour elle une vive sympathie.

« Bref, je suis revenue jeudi après-midi », disait Kyra au moment où Rosie, s'arrachant à ses pensées, se redressait un peu sur son siège pour participer plus activement à la conversation.

Kyra ajouta alors d'une voix hésitante :

« Je ne sais pas exactement combien de temps je vais rester. Pas plus de quelques jours, sans doute.

— Pourquoi donc ? » s'exclama Collie, laissant transparaître son étonnement sur son visage.

Comme Kyra ne répondait pas, Rosie intervint :

« Voulez-vous dire que vous ne serez pas parmi nous pour les fêtes de Noël ?

— Exactement, confirma Kyra. Vous savez, il n'y a pas grand-chose à faire par ici pour moi ni pour Alexandre. Je serai beaucoup mieux à Strasbourg chez ma sœur et avec sa famille. Ma mère y sera aussi et Olga nous y rejoindra de New York.

— Tu dis que tu n'as pas grand-chose à faire ici à Noël, mais ce n'est pas tout à fait exact, dit Collie en se penchant en avant pour saisir affectueusement le bras de Kyra. Tu pourrais venir chez nous. Comme tu l'as fait les années passées. »

Kyra fit non d'un signe de tête.

« Je ne le crois pas. »

Il y eut un court silence.

Rosie décida alors de se lancer.

« Y a-t-il un problème, Kyra ? Je veux dire entre vous et Henri ? »

De nouveau un silence tendu.

Rosie insista :

« Est-ce à cause de cela, en fait, que vous avez décidé d'aller à Strasbourg ?

— Plus ou moins, finit par admettre Kyra avec un pâle sourire.

— Pouvons-nous vous aider à résoudre ce problème ? » demanda Rosie.

Kyra ayant secoué négativement la tête, Collie intervint à son tour :

« Vois-tu, Kyra, c'est pour cela que nous sommes venues te rendre visite. Nous nous sommes aperçues, Rosie et moi, qu'il y avait quelque chose d'anormal et qu'il nous fallait jouer le rôle de médiatrices. Nous voulions t'amener à conclure une trêve entre toi et mon père. Car nous savons qu'il existe entre toi et lui un sentiment puissant.

— C'est exact, en effet, mais je ne pense pas qu'il y ait grand-chose à faire.

— Pourquoi donc ? demanda Rosie en la fixant intensément. Quand on s'aime, on arrive toujours à trouver un moyen de résoudre les problèmes.

— Rosie a raison, renchérit Collie. Père t'aime passionnément, Kyra. Je le sais avec certitude. En fait, j'ai cru l'avoir décidé à te demander en mariage. Maintenant, je m'aperçois que je me trompais et que mes efforts ont sans doute été vains.

— Pas du tout, dit Kyra à mi-voix en dirigeant vers Collie des yeux empreints d'une sincérité totale. Ton père m'a fait sa demande... en quelque sorte... »

Collie la regarda avec étonnement.

« Comment cela, en quelque sorte ? Que veux-tu dire par là ?

— Il m'a annoncé qu'il voulait voir notre relation prendre un caractère définitif, mais il n'est pas allé jusqu'à tomber à genoux devant moi pour me demander ma main selon les règles de la tradition. D'ailleurs, à aucun moment, il n'a prononcé le mot de mariage.

– Mais ses intentions étaient bien claires, cependant? murmura Collie.

– Bien sûr, je ne cherche pas à couper les cheveux en quatre. Seulement, comme je n'ai pas répondu oui tout de suite, il a pris ombrage de ce qu'il a considéré comme un manque d'enthousiasme. Il s'est mis à marmonner qu'il était sans doute trop vieux pour moi, qu'une différence d'âge de vingt-huit ans constituait un obstacle infranchissable et qu'il avait été bien bête de s'imaginer que je consentirais à lier mon existence à celle d'un vieillard. Et il est sorti d'un air furieux en se traitant d'idiot à mi-voix.

– Vous auriez dû le retenir, Kyra, dit alors Rosie sur un ton de reproche très atténué. Et lui dire que vous acceptiez de l'épouser, que la différence d'âge n'avait aucune importance. C'étaient là les paroles qu'il avait espéré vous entendre prononcer, non?

– Je le crois, en y réfléchissant maintenant avec un peu de recul », répondit Kyra.

Le visage soudain assombri, elle se mordit la lèvre.

« Cela s'est passé à quel moment? demanda Collie.

– Juste avant que je n'aille à Strasbourg.

– Et c'est pour ça que vous êtes partie là-bas, n'est-ce pas? déclara Rosie.

– En vérité, oui. Évidemment, Anastasia avait envie de me voir à sa sortie de l'hôpital, mais ma mère était déjà auprès d'elle, de toute façon. En fait, l'opération subie par ma sœur m'a plutôt servi de prétexte. J'avais besoin de prendre un peu de recul, de réfléchir, de mettre une certaine distance entre Henri et moi.

– Mais pourquoi n'as-tu jamais téléphoné à mon père quand tu étais à Strasbourg? Tu aurais pu lui dire que tu étais d'accord pour l'épouser? »

Kyra lança un regard furtif en direction de Collie et secoua la tête. Son visage, maintenant dépourvu de toute émotion, s'était complètement fermé. Elle se renversa en arrière, contre le dossier du canapé, en respirant profondément.

Soudain, elle se leva et se dirigea à l'autre bout de la pièce pour se poster devant la fenêtre où elle resta immobile à fixer le jardin, les yeux embués de larmes. Elle distinguait à peine les silhouettes des arbres qui dressaient leurs branches dépouillées au-dessus du gazon blanchi par le gel. En hiver, son jardin paraissait désespéré, et c'était exactement ce dont elle souffrait elle-même actuellement : de désespoir, de tristesse, de solitude.

Elle pensa à Henri de Montfleurie et sa gorge se noua ; elle avait les nerfs à fleur de peau depuis quelque temps, et son cœur paraissait toujours sur le point d'éclater. Elle savait qu'Henri souffrait autant qu'elle, parce qu'ils s'aimaient d'un amour profond et sincère, mais il n'y avait rien qu'elle pût faire pour leur permettre d'atteindre le bonheur. Elle ne pouvait rien pour Henri et elle ne pouvait rien pour elle-même.

Elle exhala un profond soupir et essuya du bout des doigts les larmes qui coulaient sur son visage. Puis elle se retourna et revint près de la cheminée, à l'endroit où Collie et Rosie s'étaient assises.

« Je n'ai pas téléphoné à Henri parce que je ne veux pas l'épouser », mentit-elle.

Collie fut tellement prise au dépourvu qu'elle resta un moment sans voix. Puis elle réussit à articuler :

« Voilà qui me paraît difficile à croire, Kyra. Oui, très difficile vraiment. Tu aimes mon père, cela ne fait aucun doute.

– Oui, dit Kyra, je l'aime en effet. Mais parfois l'amour ne suffit pas pour supprimer de grands obstacles.

– Vous voulez parler de la différence d'âge ? s'inquiéta Rosie.

– Non. Pas du tout.

– Eh bien alors, y a-t-il une quelconque... entrave, quelque chose qui vous empêche d'épouser Henri de Montfleurie ? demanda Rosie en fixant sur Kyra un regard intense.

– Sur le plan légal, aucune. J'ai divorcé d'avec Jacques.

– Mais il subsiste une difficulté, s'exclama Rosie en l'examinant étroitement. En tout cas, c'est ce que vous venez de dire. »

Kyra secoua la tête comme pour nier une vérité qui s'imposait à elle, puis elle se leva brusquement pour repartir vers la fenêtre. Cette fois, pourtant, elle ne s'attarda pas à regarder son jardin, elle pivota sur ses talons et revint vers la cheminée pour retourner aussitôt à la fenêtre. Et elle fit les cent pas de cette manière, le visage indéchiffrable, affichant l'apparence d'un grand calme, mais ses yeux trahissaient l'agitation la plus vive.

Elle s'arrêta et fixa longuement Collie et Rosie. Puis, après avoir inspiré à fond, elle articula :

« D'accord. Je vais vous dire la vérité. Mon plus cher désir est bien d'épouser Henri mais je ne le peux pas. J'ai peur de Guy. Il y a quelque chose qu'il sait à mon sujet. Un secret. Si j'épouse Henri, il le lui révélera. Uniquement pour le faire souffrir. Et cela, je ne pourrai jamais le supporter. Il faut que je m'en aille. »

Collie et Rosie étaient toutes les deux penchées en avant, fixant sur elle un regard dévoré par la curiosité et l'étonnement.

« Un secret ? s'exclama Collie. Quel genre de secret ? Qu'est-ce que Guy peut donc bien savoir à ton sujet, Kyra ? »

Kyra ne désirait plus qu'une chose : leur confier son secret, mais un ressort s'était brisé en elle. Elle ne pouvait plus prononcer la moindre parole.

23

Deux paires d'yeux étaient rivées sur Kyra, de la manière la plus déconcertante qui soit, et elle ne pouvait supporter sans ciller l'intensité de cette interrogation muette.

L'espace d'un bref instant, elle soutint le regard des deux jeunes femmes, puis elle pivota sur ses talons et se dirigea vers l'âtre devant lequel elle resta, tournée vers les flammes, la main reposant sur le manteau de la cheminée.

Son esprit partait maintenant à la dérive. Elle ne parvenait pas à comprendre comment elle avait été assez stupide pour parler de son secret à ses deux inquisitrices. Il aurait bien mieux valu se cantonner dans le mutisme le plus total, ou inventer un mensonge vraisemblable; tout aurait été préférable plutôt que de reconnaître l'existence de cet obstacle qui se dressait devant elle comme un mur infranchissable.

« Mais enfin, votre secret, il ne peut pas être si grave que cela! » s'exclama enfin Rosie.

Surprise, Kyra sursauta. Arrachée à sa rêverie par la voix de Rosie, elle tenta de rassembler ses pensées qui partaient à vau-l'eau et de mobiliser une énergie qui l'abandonnait un peu plus à chaque seconde.

Au bout d'un moment, elle se retourna très lentement, et fixa Rosie.

219

Les deux femmes échangèrent un long regard pénétrant puis Kyra dit d'une voix à peine perceptible :

« Oui, c'est très grave.

— Mais enfin, que sait donc Guy à ton sujet ? Confie-le-nous, implora Collie. Quoi que tu dises, tu peux être assurée de garder toute notre estime et toute notre affection. Rosie et moi, nous éprouvons beaucoup d'amitié pour toi et je sais que père t'aime profondément. »

Kyra resta silencieuse, perdue dans ses pensées, indécise sur le parti à prendre et ignorant quelles paroles elle allait pouvoir prononcer. Il n'était pas question de leur révéler la vérité. Son seul recours était de se réfugier dans le mensonge.

Rosie s'était penchée en avant, les coudes sur les genoux.

« Tout le monde sait chez nous que Guy ne cherche qu'à semer la zizanie. Personne ne fait plus attention à lui, ni à ce qu'il raconte ni à ce qu'il fait.

— Peut-être, mais moi je suis sûre qu'Henri accorderait la plus grande importance aux révélations que Guy pourrait lui faire, répliqua vivement Kyra.

— Et d'abord, comment Guy a-t-il pu apprendre quoi que ce soit sur toi ? demanda Collie en secouant la tête d'un air incrédule. Comment a-t-il percé ce fameux secret ?

— Il est impliqué lui-même dans cette affaire », ne put s'empêcher de préciser Kyra qui se mordit la langue aussitôt.

Elle en avait beaucoup trop dit maintenant. Elle se recroquevilla contre l'un des montants de pierre de la cheminée pour tenter d'apaiser les tremblements qui agitaient ses membres.

Rosie ne perdait rien du terrible émoi dont Kyra était la proie. Avec beaucoup de douceur dans la voix, elle suggéra :

« Moi, à votre place, je prendrais les devants, et j'irais tout raconter à Henri avant que Guy n'ait eu le temps de le faire.

— Ce n'est pas possible ! s'exclama Kyra, ses yeux gris enflammés soudain par une ardeur nouvelle.

— Eh bien alors, vous n'avez qu'à voir quel effet cette révélation pourra produire sur nous. Collie et moi, nous ne sommes pas venues ici pour vous juger, seulement pour écouter et apporter notre aide, si c'est possible. Et vous pouvez nous faire confiance. Allez, dites-nous votre secret, Kyra, essayez-le sur nous, et ensuite nous déciderons ensemble de la marche qu'il convient de suivre. A nous trois, nous trouverons bien quelque chose.

– Exactement ! C'est une idée merveilleuse, approuva Collie avant d'ajouter : Guy n'est plus du tout en odeur de sainteté auprès de mon père, et ça ne date pas d'hier. Tu n'es d'ailleurs pas sans le savoir. Mon père ne tient plus aucun compte de ses opinions. Il y a des années qu'il n'a plus pour lui la moindre estime. »

Kyra restait immobile à côté de la cheminée, sans rien dire, pesant minutieusement leurs paroles.

« En tout cas, nous savons que vous n'avez assassiné personne, alors quel forfait auriez-vous pu commettre ? s'exclama Rosie. Allons, Kyra, confiez-vous à nous et nous parviendrons peut-être à vous aider. Je suis sûre qu'il existe une solution à votre problème. »

Les regards de Kyra allaient alternativement de Collie à Rosie. Brusquement, avant qu'elle n'ait eu le temps de se retenir, les mots jaillirent de sa bouche :

« C'est que... cela risque de vous contrarier, Rosie », dit-elle.

Elle s'arrêta net, incapable de continuer.

Rosie la fixa d'un regard inquisiteur.

« Que voulez-vous dire ? » articula-t-elle.

C'est trop tard, songea Kyra. Je n'aurais jamais dû en dire autant. Maintenant, il faut que je continue, que j'aille jusqu'au bout car il n'y a plus moyen de revenir en arrière. Mais c'est peut-être mieux ainsi, finalement. A quoi bon faire tant de mystères ?

Elle commença alors à parler, lentement, en pesant ses paroles avec soin.

« Quand je suis venue m'installer dans la région, en 1986, l'une des premières personnes que j'ai rencontrées ici, Collie, c'est votre tante Sophie Roland. Et elle m'a pour ainsi dire prise sous sa protection. Au mois de septembre suivant, quatre mois après mon arrivée, elle m'a présentée à Guy. Nous avons dîné ensemble à Monte-Carlo. »

Kyra sentit sa bouche se dessécher sous l'effet de l'appréhension. Elle avala sa salive avec effort et regarda Rosie bien en face.

« Ce soir-là, il m'a dit que vous et lui vous viviez comme des étrangers. En fait, il a prétendu que vous étiez séparés, que vous l'aviez quitté pour retourner aux États-Unis...

– Je participais au tournage d'un film au Canada, précisa Rosie sans lui donner le temps de continuer.

– C'est ce que j'ai appris par la suite. »

Maintenant, Kyra était en proie à un embarras manifeste. Détournant son regard, elle ajouta très vite :

« Très sincèrement, j'espère que ce que je vais dire ne vous causera pas une trop vive contrariété, Rosie.

– Ne craignez rien, Kyra, je vous assure qu'il n'y a aucun risque. D'ailleurs il est tout à fait exact que, déjà en 1986, Guy et moi vivions comme des étrangers. La version des faits qu'il vous a présentée était tout à fait exacte. »

Kyra hocha la tête.

« Bref, reprit-elle, ce soir-là, Guy m'a demandé de lui donner mon numéro de téléphone et une semaine plus tard, une fois que nous eûmes l'un et l'autre regagné la région, il m'a appelée. Et nous avons commencé à nous voir. Sans aucune arrière-pensée, d'ailleurs, du moins de ma part. J'étais séparée d'avec Jacques, nous préparions notre divorce, et je me sentais seule. J'étais donc heureuse de fréquenter de nouveaux amis comme Sophie et Guy. D'ailleurs, Guy me répétait sans cesse qu'il vivait seul, sans aucune attache sentimentale. Je l'ai cru, naturellement. Pourquoi aurais-je mis en doute la véracité de ses propos ? Il devenait parfaitement inévitable que nos relations évoluent peu à peu au cours des mois qui s'ensuivirent.

– Il ne t'a jamais amenée à Montfleurie, murmura Collie. Il n'aurait jamais eu cette audace. »

Kyra hocha la tête en signe d'approbation.

« Je comprends pourquoi, maintenant que je suis à même de mesurer la profondeur de l'attachement qui vous lie tous à Rosie. Mais à l'époque, ça me paraissait bizarre, d'autant qu'il prétendait avoir recouvré une liberté totale, du fait que sa femme l'avait quitté. Quand je lui posais la question, il m'expliquait que son père était très collet monté et qu'il ne pouvait pas m'amener au château tant que le divorce n'avait pas été officiellement prononcé. »

Rosie et Collie échangèrent un regard entendu mais ne formulèrent aucun commentaire.

Kyra tourna la tête dans leur direction puis baissa les yeux, fixant un point précis sur le sol. Elle déglutit avec effort et reprit :

« Ce qui devait arriver arriva, et c'est alors que les choses ont commencé à se compliquer...

— Vous avez fait l'amour avec lui, dit Rosie d'une voix égale. C'est ça que vous voulez nous faire comprendre, n'est-ce pas, Kyra ? Vous êtes devenue sa maîtresse. »

Kyra se mordit les lèvres.

« Oui. Mais pas pour longtemps. En fait, cela ne s'est produit qu'une fois ou deux. »

Un léger froncement de sourcils crispa les traits de Rosie.

« C'est donc cela le terrible secret ?

— Oui. »

Collie eut un petit rire.

« A mon avis, il n'y a rien de bien terrible là-dedans, dit-elle. Je suis certaine que père ne verra pas là de quoi fouetter un chat.

— J'ai bien peur que tu ne te trompes, objecta Kyra.

— Moi, non, intervint Rosie. Et pourtant j'ai été l'épouse de Guy. En fait je le suis encore, ne serait-ce que de nom, ajouta-t-elle en adressant à Kyra un sourire encourageant pour tenter de la mettre plus à l'aise. Et combien de temps votre relation a-t-elle duré ? demanda-t-elle pour la forme car la réponse ne l'intéressait aucunement.

— Pas longtemps, environ trois mois en tout. Guy n'a pas tardé à se désintéresser totalement de moi, une fois que nous avons... fait l'amour. Il est parti pour l'Inde, comme vous le savez.

— Et il n'en est revenu que pour une semaine avant d'y retourner pour deux ans, remarqua Collie. Et c'est dans l'intervalle que tu as fait la connaissance de mon père.

— Oui. Au début, ton père et moi, nous avons vécu une amitié merveilleuse, tu t'en souviens, Collie. Nous avions énormément d'intérêts communs et nous nous entendions à la perfection. Peu à peu, cette amitié s'est muée en quelque chose de plus profond encore, et soudain nous avons compris que nous étions tombés amoureux l'un de l'autre. Ah, évidemment, c'est à ce moment-là que j'aurais dû lui parler de Guy, dès le début, mais à franchement parler je n'en ai pas eu le courage. J'avais sans doute peur de le perdre.

— Mais tu peux très bien le lui dire maintenant. Dès aujourd'hui. Et je te garantis formellement que tu ne le perdras pas pour autant, Kyra, affirma Collie. Je connais mon père, c'est un être intelligent, compréhensif et généreux. C'est un homme raffiné, qui a beaucoup d'expérience et dont la sagesse et l'humanité m'ont toujours paru admirables. Il te comprendra, tu peux me faire confiance. Et puis après tout, tu ne connaissais pas mon père quand tu as rencontré Guy.

– Je ne sais que faire... j'ai peur... »

Kyra regarda longuement Collie en secouant la tête d'un air complètement désemparé.

Rosie murmura alors d'une voix songeuse :

« Vous partez du principe que Guy ira tout raconter à son père si vous acceptez d'épouser Henri. Mais après tout, il n'en fera peut-être rien.

– Alors là, tu te fais des illusions, s'écria Collie avec vivacité. Je connais mon frère. Ce qu'il aime par-dessus tout, c'est semer la discorde, alors ne lui accorde surtout pas le bénéfice du doute, je t'en conjure.

– Collie a raison, Rosie, renchérit Kyra. Voyez-vous, bien qu'il m'ait laissé tomber pour partir en Inde, dès son retour il s'est mis à me relancer aussitôt qu'il a su que son père et moi nous nous aimions. C'est bien lui, ça, et vous devez bien le savoir puisqu'il a été votre mari. Guy veut toujours avoir ce qui est hors de sa portée et l'herbe est toujours plus verte de l'autre côté de la clôture. C'est sans doute pour cela qu'il est si volage. Il se lasse très facilement de ses nouvelles conquêtes et il faut toujours qu'il en entreprenne de nouvelles. »

Rosie ne put qu'acquiescer d'un signe de tête.

« C'est vrai, reconnut-elle. Je n'ai pas tardé à m'en apercevoir moi aussi. Et je suis sûre que c'est ce qui s'est passé aussitôt après notre mariage. Au bout d'un an à peine, il s'était déjà lassé de moi, il voulait faire l'amour avec d'autres femmes. Moi, il fallait que je poursuive mes activités professionnelles, non seulement parce qu'elles me passionnaient mais aussi parce que nous avions besoin d'argent, alors il en a profité pour courir le jupon : l'occasion était trop belle.

– En effet, acquiesça Kyra, Guy est un être bizarre et insondable à bien des égards. Mais il y a un trait de caractère chez lui, qui à mon avis réapparaît constamment, c'est qu'il aime la chasse plus que la conquête, ce qui le rend incapable de trouver le bonheur auprès d'une seule femme.

— Eh bien alors, lança Collie d'une voix ferme, il ne faut pas rester les deux pieds dans le même sabot. Nous sommes bien d'accord sur le fait que Guy va s'empresser de tout raconter à père, par pure méchanceté et dans l'unique intention de nuire. Dans ces conditions, il ne nous reste plus qu'à lui couper l'herbe sous le pied.

— Comment cela ?

— En allant trouver père pour tout lui dire toi-même. Qu'est-ce que tu as à perdre puisque tu as de toute façon renoncé à l'épouser à cause de ce fameux secret ?

— Oui, évidemment.

— Alors, allons-y, dit Collie en se levant.

— Vite, Kyra, mettez votre manteau ! s'exclama Rosie.

— Quoi ? Vous voulez que j'aille tout lui dire maintenant ?

— Bien sûr. Plus tôt ce sera fait, plus vite tu seras débarrassée. Rosie et moi nous serons là pour te soutenir moralement, déclara Collie.

— J'espère que Guy ne sera pas dans les parages ; il me déplairait fort de me trouver nez à nez avec lui, marmonna Kyra.

— Il n'est pas à Montfleurie en ce moment. Il s'est disputé avec père la semaine dernière, alors il a préféré filer à Paris », expliqua Collie.

Rosie se leva à son tour.

« Nous allons vous emmener à Montfleurie dans la voiture et nous vous ramènerons ici. Allez, il faut battre le fer pendant qu'il est chaud, sinon vous risquez de changer d'avis. »

Sans perdre une minute, elles l'emmenèrent hors du salon malgré ses protestations véhémentes, car elles voyaient bien que sa résistance manquait de conviction.

Les trois femmes rencontrèrent Henri de Montfleurie dans le grand hall d'entrée du château. Il ne put cacher sa surprise en voyant Kyra, la croyant encore à Strasbourg, mais la crispation étonnée de ses traits fut vite effacée par la lueur de plaisir qui éclaira aussitôt son regard.

225

« Kyra, très chère Kyra, dit-il avec chaleur en s'avançant vers elle, pour lui prendre les mains et l'embrasser sur les deux joues.

– Bonjour, Henri, dit-elle.

– Père, Kyra veut te parler, annonça Collie qui avait décidé de prendre les opérations en main pour en hâter la conclusion. Elle va t'expliquer la véritable raison de son départ pour Strasbourg. Nous vous laissons donc seuls et peut-être pourrons-nous tous nous retrouver plus tard pour prendre un verre ensemble. »

Se tournant alors vers Kyra, elle ajouta :

« Bien entendu, tu dîneras avec nous, Kyra. »

Sans attendre la réponse de la jeune femme, Rosie saisit Collie par le bras.

« Il faut que nous allions discuter du menu du réveillon, dit-elle. Viens avec moi.

– C'est cela. Réglons sans tarder cette importante question. A tout à l'heure », dit Collie en s'éloignant sans se retourner.

Henri emmena Kyra de l'autre côté du hall pour la faire entrer dans son bureau qui donnait sur l'arrière du château. Il l'invita à s'asseoir dans un fauteuil auprès de la cheminée et dit :

« Viens te réchauffer un peu, ma chère Kyra. Tu as l'air absolument glacée et à bout de forces. »

Sans dire un seul mot, elle se laissa tomber sur le siège, souriant avec reconnaissance. Henri était toujours tellement gentil avec elle ! Jamais de toute son existence elle n'avait rencontré un homme aussi charmant. Elle le suivit des yeux, tandis qu'il prenait place dans un fauteuil juste en face de celui qu'elle occupait et se renversait en arrière contre le dossier en croisant les jambes.

« Alors, ma chérie, de quoi s'agit-il donc ? Collie et Rosie avaient toutes les deux l'air de véritables conspiratrices et elles me paraissaient bien excitées l'une et l'autre. »

Kyra, qui était maintenant convaincue de la nécessité de se débarrasser le plus vite possible du fardeau qui l'accablait depuis si longtemps, se lança alors dans son explication, de la même manière qu'elle l'avait fait avec Collie et Rosie, sans rien laisser de côté, sans omettre le moindre détail, bien que certaines choses lui parussent particulièrement pénibles à exprimer.

Arrivant enfin au terme de son récit, elle inspira longuement et conclut :

« Comme tu le vois donc, je suis partie pour Strasbourg en prenant pour prétexte la maladie d'Anastasia parce que j'étais certaine que si je t'épousais, Guy se serait empressé de tout te raconter. Uniquement pour le plaisir de te faire mal. Et cela, vois-tu, Henri, je n'aurais pas pu le supporter. Pas plus que je ne pouvais me résigner à l'idée que tu aurais une mauvaise opinion de moi.

– Mais j'étais déjà au courant. Je le sais depuis toujours, Kyra chérie, dit Henri en lui souriant avec tendresse. Guy m'a fait ses confidences il y a plus de quatre ans, quand il est resté une semaine au château après son voyage en Inde. Il ne pouvait supporter l'idée que nous nous aimions. Juste avant de repartir là-bas pour une autre année, il m'a tout raconté dans le moindre détail. Il n'a pas pu résister à la tentation. »

Kyra était confondue.

« Mais... Mais tu ne m'en as jamais rien dit, balbutia-t-elle.

– A quoi bon ? demanda Henri en se penchant en avant pour lui prendre la main. Il m'a dit que vous aviez eu des relations et je me suis rendu compte que cela me laissait parfaitement indifférent. La seule chose qui comptait à mes yeux, c'était toi, enfin... nous. Vois-tu, Kyra, un homme le sait bien quand une femme l'aime vraiment, il y a des indices qui ne trompent pas ; et moi, j'avais alors la certitude absolue que tu m'aimais. Je ne voulais rien de plus, je n'avais rien d'autre à demander.

– Je n'arrive pas à comprendre le comportement de Guy. Quelle méchanceté, quelle hargne... »

La voix de Kyra s'était brisée. Elle ne put achever.

« Il ne peut pas supporter que les autres soient heureux, expliqua Henri. Il est devenu complètement aigri. Je ne sais d'ailleurs pas pourquoi je dis qu'il l'est devenu car il l'a toujours été, en fait : jaloux, envieux, hargneux, amer, bien qu'il n'ait jamais eu le moindre motif de se montrer ainsi. J'ai beaucoup pensé à lui au cours de la semaine qui vient de s'écouler, et avec un peu de recul je me rends compte qu'il est le type même du raté. »

Henri poussa un profond soupir et secoua la tête avec tristesse.

« Il a pourtant été élevé correctement, je crois, mais il n'a aucune personnalité, aucune énergie. Il a toujours été jaloux de Collie, tout comme il était jaloux de l'amour que me portait sa mère. Il m'a toujours considéré comme un rival en quelque sorte.

– Je crois que tu as raison, Henri. »

Elle marqua un temps d'arrêt puis reprit d'une voix à peine perceptible :

« Je suis désolée de t'avoir causé de la peine. Je te demande de bien vouloir me pardonner.

– Il n'y a rien à te pardonner. Et je n'ai jamais considéré que tu t'étais mal conduite. »

Kyra regarda longuement Henri puis elle déclara :

« Tu as beau dire, je sais, moi, que j'aurais dû te parler de ce qui s'était passé entre Guy et moi dès notre première rencontre, dès le jour où nous avons commencé à nous aimer. Ma lâcheté t'a placé dans une position fausse. Et en ne te révélant pas que j'avais été la maîtresse de ton fils, je mentais... par omission. »

Henri de Montfleurie ne fit aucun commentaire. Il resta immobile, assis devant Kyra, étudiant le visage de la jeune femme. Il voyait l'amour qu'elle éprouvait pour lui se refléter dans ses yeux et il songea à l'angoisse qu'il avait éprouvée ces dernières semaines parce qu'elle l'avait quitté; il savait qu'elle avait souffert, elle aussi. Maintenant, le moment était arrivé de mettre un terme à cette souffrance. Il aimait cette femme, il voulait vivre avec elle le reste de son existence.

Il se leva et s'approcha d'elle. Inclinant le buste dans sa direction, il embrassa avec une immense tendresse le visage qui s'était tourné vers lui.

« Veux-tu m'épouser, Kyra ? Veux-tu devenir ma femme ?

– Oh, oui, Henri. Oui. »

Un large sourire illumina son visage et il l'embrassa de nouveau en l'attirant à lui pour qu'elle se mette debout.

« Allons trouver nos deux charmantes médiatrices pour leur annoncer la bonne nouvelle. »

Rosie et Collie s'étaient installées dans le petit salon familial. Quand Henri entra avec Kyra elles relevèrent toutes deux la tête d'un air anxieux mais dès qu'elles eurent vu le sourire qui éclairait le visage des nouveaux arrivants, elles comprirent que tout était arrangé.

« Il n'y a plus de problèmes, s'écria Rosie. Je le vois écrit sur votre visage !

— Vous allez vous marier ! s'exclama Collie avec un sourire radieux.

— Oui, en effet, Dieu merci », déclara Henri en riant.

La tension qui avait assombri son visage au cours de ces dernières semaines ne laissait plus la moindre trace sur ses traits.

« Il savait déjà tout, expliqua Kyra à ses deux amies. Guy l'avait prévenu il y a quatre ans. »

Rosie et Collie la regardèrent bouche bée, abasourdies par cette révélation. Collie, ce moment de surprise passé, lança avec colère :

« Alors, tu t'es fait un sang d'encre absolument pour rien !

— Allons, ma chérie, la reprit gentiment Henri, ne t'énerve pas à cause de Guy, il n'en vaut pas la peine. Et j'ai quelque chose à vous dire, à toi et à Rosie : le petit Alexandre est mon fils. Dès que mon mariage avec Kyra aura été prononcé, je le reconnaîtrai légalement, pour qu'il porte mon nom et afin que tout soit dans les règles. »

Collie s'approcha de lui. Le père et la fille s'embrassèrent avec tendresse.

« Ma petite Collie chérie, murmura-t-il, les lèvres enfouies dans les cheveux de la jeune femme. Il faut toujours que tu penses à moi et que tu te préoccupes de mon bonheur. »

Elle le regarda et sourit.

« Rosie et moi, nous le savions bien qu'Alexandre était ton fils. Bien qu'il n'ait que deux ans, c'est ton portrait tout craché. Lui, on peut dire que c'est un Montfleurie jusqu'au bout des ongles. »

24

Collie se sentit soudain submergée par une immense fatigue. Incapable de lutter contre cet accès de faiblesse, elle reposa sa plume sur le bureau et se renversa en arrière contre le dossier de sa chaise, espérant que cette impression d'épuisement allait bientôt disparaître.

C'était un vendredi matin, cinq jours avant Noël, et elle avait encore beaucoup de choses à préparer pour le réveillon : il fallait absolument que la soirée soit réussie car, à Montfleurie, on attachait le plus grand prix à la célébration de ces festivités religieuses et familiales à la fois.

Comme toujours, Annie avait tout pris sous son bonnet, refusant de laisser Collie se mêler de choses qu'elle considérait comme son domaine réservé. Mais Collie tenait absolument à mettre la main à la pâte ; il le fallait d'ailleurs, car le personnel, réduit à sa plus simple expression, ne pouvait faire face à tous les problèmes : le domaine était vaste et difficile à gérer.

Pourtant, à cet instant précis, Collie n'avait plus la force de descendre au rez-de-chaussée pour s'occuper de la décoration des pièces du bas, une tradition très ancienne au château et dont elle s'était toujours plu à assumer la charge, dès l'enfance. Encore aujourd'hui, elle se serait attelée à cette besogne avec enthousiasme ; malheureusement, la force lui en faisait cruellement défaut.

Gaston et son frère Marcel, qui faisait lui aussi partie du personnel, avaient déjà beaucoup travaillé, des heures durant, elle le savait, pour mettre en pot le sapin géant qui allait trôner dans le grand hall d'entrée et que tout le monde allait commencer à décorer le dimanche suivant; on couperait aussi des branches de gui et de houx avec d'autres feuillages persistants, que l'on disposerait dans des vases, ou que l'on accrocherait sur les cadres des tableaux qui ornaient les murs des différentes pièces.

Comme elle avait l'impression de se sentir un peu mieux, au prix d'un gros effort, elle réussit à se hisser sur ses pieds. Puis elle se dirigea lentement vers le canapé qui faisait face à la cheminée où brûlait un feu étincelant.

A sa grande surprise, une douleur fulgurante, plus forte que tout ce qu'elle avait jamais pu éprouver jusqu'alors, lui transperça le dos. Elle suffoqua, le souffle coupé, et se plia en deux, agrippée au canapé. Elle se pencha en avant, la poitrine calée contre le dossier, attendant que la souffrance se calme.

Au bout d'un moment, il y eut une sorte de répit et elle en profita pour s'asseoir, la tête renversée en arrière sur les coussins, aspirant l'air à petites goulées prudentes. Jamais encore elle n'avait eu aussi mal au dos et elle sentit la peur monter en elle.

Et puis, tout à coup, la panique surgit. Le cancer était-il revenu? En août, les médecins de Paris lui avaient assuré qu'elle était guérie, que tout risque avait été éliminé, les métastases arrêtées net dans leur horrible progression. Ils avaient traité très efficacement son cancer de l'utérus, se félicitant ensuite du résultat atteint. Et elle s'était sentie complètement rétablie, vaillante comme autrefois.

Ces derniers temps, cependant, elle avait éprouvé une fatigue anormale et chronique, comme si toute son énergie s'était soudain vidée, et elle avait tellement perdu de poids qu'elle avait fini par s'en inquiéter. Et maintenant, cette douleur foudroyante. Pourquoi? A l'idée qu'il lui faudrait retourner un jour subir les séances de chimiothérapie, elle se sentit frissonner. Non, je n'irai pas, je ne pourrai jamais, se dit-elle avec désespoir.

Oh si, tu le peux, et tu le feras, murmura une petite voix intérieure. Tu feras n'importe quoi pour Lisette, tu es prête à affronter n'importe quelle épreuve dans l'intérêt de ton enfant. Ta fille a besoin de toi. Elle n'a pas de père.

Sa Lisette chérie. Sa petite fille qu'elle aimait tant.

Les yeux de Collie se posèrent sur la photographie de la fillette posée sur un guéridon, près de la cheminée. Elle était si jolie, si intelligente, si vive, et tellement attachante avec sa personnalité déjà bien affirmée. Une vraie petite bonne femme, comme disait souvent Annie à son propos. Oui, cette description correspondait tout à fait au caractère de l'enfant, avait toujours pensé Collie.

Que va-t-elle devenir sans moi ? se demanda Collie avec inquiétude. Mais elle chassa bien vite de son esprit cette interrogation alarmante. Elle ne voulait pas laisser l'angoisse s'installer en elle.

Non, elle n'allait pas mourir. Elle se battrait avec la dernière énergie pour rester en vie, avec sa fille, même si le cancer revenait.

Et puis s'il lui arrivait quelque chose, il y avait Kyra maintenant, Kyra qui allait bientôt devenir l'épouse de son père : elle ferait partie de la famille.

Cette pensée réconfortante acheva de la rassurer.

Collie n'avait pas ménagé ses efforts pour les réconcilier l'un avec l'autre et elle était à la fois heureuse et soulagée de voir que ses démarches n'avaient pas été vaines. Pourtant la tension nerveuse qu'elle avait alors éprouvée, surtout le samedi précédent, commençait maintenant à faire sentir ses effets, accroissant encore en elle l'épuisement et la faiblesse.

Mais elle ne regrettait pas de s'être donné tant de mal. Ça en valait la peine. Mon père est enfin heureux, se dit-elle, et Kyra aussi ; le petit Alexandre va devenir un enfant légitime et il aura enfin un père, son vrai père.

Et mon père aura un autre héritier mâle pour continuer la lignée des Montfleurie, si jamais quelque chose arrivait à Guy. Collie se rendit alors compte que c'était cet élément nouveau qui se trouvait à l'origine de l'immense soulagement qu'elle avait éprouvé la semaine précédente. Jamais elle n'avait souhaité que Lisette hérite, seule, du château et des terres : la charge aurait été beaucoup trop lourde pour ses frêles épaules.

Tout à fait naturellement, ses pensées glissèrent alors vers son frère.

Assurément, Guy était devenu un bien triste sire ! Depuis des années, elle avait vu grandir sans cesse la déception et la colère qu'il lui inspirait, tout en s'efforçant quand même de se montrer

232

indulgente à son égard, ce qui lui avait permis de garder pour lui une certaine tendresse. Mais maintenant, hélas, elle ne se sentait plus du tout disposée à l'indulgence. En fait, même, elle n'avait plus que de l'aversion pour cet être dépravé dont elle espérait bien qu'il n'aurait pas l'audace de venir au château pour les fêtes de Noël.

Mais pouvait-elle redouter son apparition, après la scène odieuse à laquelle il s'était livré quinze jours plus tôt? Il est vrai qu'avec Guy on ne savait jamais. Personne n'avait jamais pu prévoir la moindre de ses réactions. Et il avait le cuir épais, l'animal! Et pour la stupidité, il n'avait pas son pareil!

Beau et bête, se dit-elle, ajoutant dans son for intérieur que ces adjectifs pouvaient fort bien s'appliquer aux hommes, tout comme aux femmes.

Indiscutablement, l'adolescent au physique agréable qu'avait été Guy s'était mué par la suite en un homme d'une séduction irrésistible. Ah, ce qu'il avait pu être adulé par les femmes, celui-là! Et tout cela à cause de ces traits dévastateurs, de ce charme fatal qu'il pouvait déverser ou arrêter net, comme l'eau d'un robinet. Et toute sa famille l'avait gâté à outrance, on lui trouvait toujours des excuses, on se mettait à genoux devant lui.

C'est nous qui sommes responsables, se dit-elle. Nous avons tous contribué à faire de lui le monstre qu'il est devenu.

Oui, décidément, même si ce n'était guère charitable de sa part, elle se prit à espérer qu'il ne mettrait jamais plus les pieds à Montfleurie.

Collie regrettait que Rosie se soit mariée avec lui, sinon il n'aurait pas pu lui infliger tant de souffrances. D'un autre côté, si elle ne l'avait pas épousé, jamais Collie et son père n'auraient eu la joie de la voir faire partie de leur famille.

Quelle égoïste je fais, se dit-elle. Je ne pense qu'à moi et à père, et elle, je la laisse au second plan. Chère Rosalind Madigan qui nous a tant aidés et qui nous aime tant. Pour elle, notre bien-être passe avant tout le reste et elle ne ménage ni ses efforts ni son affection à notre égard. Non, il n'y a personne d'autre au monde qui puisse être comparé à Rosie. Elle est tout simplement un ange.

Et on peut être sûr qu'elle reviendra toujours à Montfleurie, aussitôt qu'elle aura cessé de travailler à son film, se dit Collie. Et elle se fera un devoir de prendre en main l'éducation de Lisette, au cas où un malheur m'arriverait.

Je ne vais pas mourir.

Je ne me laisserai pas mourir.

Je vais guérir.

Elle appuya de nouveau sa tête sur le coussin moelleux et ferma les yeux, laissant vagabonder ses pensées. Une fois passées les fêtes de Noël, elle se rendrait à Paris pour aller consulter les médecins qu'elle avait vus en août dernier. Ils sauraient quoi faire. Ils l'aideraient. Ils la guériraient si le cancer avait surgi de nouveau.

Au bout d'un moment, Collie se rendit compte qu'une partie de ses forces était revenue. Elle réussit à se lever et à s'approcher du guéridon où elle prit la photo de Claude entourée de son cadre d'argent.

Revenant s'asseoir sur le canapé, elle resta longtemps à contempler le portrait de cet homme qu'elle avait tant aimé, dont le souvenir était si profondément enraciné dans son cœur qu'il en faisait maintenant partie intégrante.

Il était mort deux ans plus tôt, à trente ans, exactement l'âge qu'elle avait elle aussi. Quel accident stupide ! Il revenait en voiture de Paris à Montfleurie quand s'était produite cette collision dont il n'était nullement responsable d'ailleurs ; n'empêche que c'était lui qui avait été tué. Fauché en pleine jeunesse.

Ce qu'il y avait de plus cruel et de plus ironique dans cette histoire, c'était qu'il avait été correspondant de guerre de *Paris Match* pendant des années sans jamais subir la moindre égratignure alors qu'il s'était toujours porté volontaire pour entreprendre les missions les plus dangereuses.

Tandis qu'elle contemplait ce visage, les mains crispées sur le cadre, son cœur se serrait, se nouait dans sa poitrine. *Oh, Claude, Claude, je ne peux plus vivre sans toi. Ton souvenir me hante chaque jour davantage. Tu étais ma vie, tu étais ce qu'il y a de meilleur dans mon existence. Sans toi, la vie ne vaut plus la peine d'être vécue.*

Les larmes perlaient à ses paupières et bientôt un flot amer se mit à ruisseler sur ses joues; elle ne pouvait rien faire pour l'endiguer. Mais elle éprouvait une sorte de soulagement à se laisser aller ainsi à sa douleur.

Claude était le seul homme qu'elle eût jamais aimé, et malgré tous les efforts qu'elle multipliait pour essayer de vivre à peu près normalement, elle voyait bien que c'était le plus souvent au-dessus de ses forces. Le souvenir de Claude l'obsédait, et cette obsession répondait à son vœu le plus cher.

Tout le monde lui avait dit que les choses s'arrangeraient avec le temps, mais il n'en était rien, et elle savait que rien ne s'arrangerait jamais, même si elle vivait jusqu'à cent ans! Mais je ne vivrai pas jusqu'à cent ans. En fait je ne serai jamais vieille...

Collie n'ignorait pas que certaines personnes guérissaient du cancer et qu'elles parvenaient ensuite à mener une vie longue et bien remplie. Mais depuis quelque temps une certitude s'ancrait de plus en plus profondément en elle : elle sentait, elle avait la conviction que sa vie approchait de son terme. Sans savoir au juste pour quelles raisons elle en arrivait à se dire de telles choses, elle avait fini par s'y résigner tout au fond d'elle-même. Il lui arrivait parfois, bien sûr, de nier l'évidence, de penser qu'il y avait encore des raisons d'espérer, mais ce n'était jamais pendant bien longtemps. Ses pressentiments resurgissaient à la première occasion.

Elle ne se révoltait plus, d'ailleurs; un calme soudain et inattendu s'était installé en elle, pénétrant toutes les fibres de son être, et elle acceptait l'inéluctable, en paix avec elle-même et avec le reste du monde. C'était comme si quelqu'un lui caressait les cheveux, la consolait en lui répétant sans cesse l'assurance d'un amour illimité, et elle ne voulait plus que cette impression disparaisse. Elle fermait les yeux et s'abandonnait à cette douce quiétude.

On dit toujours que ce sont les meilleurs qui meurent les premiers, songea Collie. Ma mère était très jeune quand elle est morte du cancer; Claude avait trente ans quand il a été tué par cette boule de feu. Si mon destin à moi est de quitter cette terre plus tôt que prévu, eh bien qu'il en soit ainsi. J'accepte mon destin parce que je sais, sans qu'il puisse y avoir l'ombre du plus léger doute, que je ne peux rien faire pour le changer. Je suis entre les mains de Dieu et Il est celui qui a créé toutes choses, le fondateur du grand tout.

Les êtres humains viennent sur terre pour remplir une mission spécifique à chacun. Quand ils ont satisfait à leurs obligations et accompli la tâche que Dieu attendait d'eux, Il les rappelle à Lui. Ce qui m'arrive à moi, comme à tous les autres, n'est autre que la volonté de Dieu.

« Maman, tu ne descends pas voir l'arbre de Noël ? »

Vite, Collie essuya ses joues humides avec ses doigts et se força à sourire car Lisette venait de surgir dans le salon. En voyant sa fille, elle sourit de nouveau, mais cette fois, son sourire venait du cœur.

Qu'elle était adorable, cette enfant, avec cette petite combinaison molletonnée que Rosie lui avait rapportée de New York! C'était un ensemble de ski jaune vif, orné de petits nœuds rouges, elle était jolie comme un cœur ainsi équipée.

« Mon petit canari tout jaune, dit Collie en lui adressant un sourire empli de tendresse.

— Gaston a planté l'arbre! Ce qu'il est grand, maman! C'est le sapin le plus haut de tout le vaste monde, d'après Gaston. »

Elle remarqua alors la photo de Claude posée sur le sofa, à côté de Collie. Elle la saisit.

« Pourquoi la photo de papa est-elle ici ?

— Parce que j'aime bien le regarder quand je lui parle.

— Quand tu lui parles ? Et est-ce qu'il te répond ? demanda Lisette en appuyant les coudes sur les genoux de sa mère pour mieux scruter son visage.

— Oui, ma chérie.

— Mais papa n'est pas ici. Il est au Ciel, avec Dieu et avec les autres anges.

— C'est vrai, Lisette. Mais cela ne l'empêche pas de me parler... tout au fond de mon cœur.

— Mais le Ciel est loin d'ici, maman. Très très loin. Comment peux-tu entendre papa quand il te parle de là-haut, tout là-haut ? »

Lisette leva les yeux vers le plafond puis au bout d'un moment elle dirigea vers sa mère un regard interrogateur, ouvrant bien grands ses yeux noirs qui paraissaient immenses dans son petit visage.

« C'est grâce à l'amour que papa a pour toi et pour moi. C'est

236

cet amour qui apporte sa voix jusque dans mon cœur, et c'est parce que je l'aime et aussi parce que tu l'aimes que je peux l'entendre et qu'il peut m'entendre lui aussi.

– Ah bon ! »

Lisette avait penché la tête sur le côté ; dans son effort pour comprendre ces explications, elle avait froncé légèrement les sourcils.

« L'amour est la chose la plus puissante du monde, Lisette. Souviens-toi toujours de cela, ma chérie. Il peut déplacer les montagnes. »

La fillette hocha la tête et dit :

« Mais moi, je ne voulais pas qu'il aille au Ciel. Alors pourquoi a-t-il fallu qu'il nous quitte ?

– Parce que le bon Dieu l'a voulu », dit Collie à mi-voix.

L'enfant réfléchit un moment pour tenter de comprendre les paroles de sa mère puis elle demanda :

« Est-ce que c'est le bon Dieu qui a voulu que le petit chat d'Annie aille au Ciel ?

– Oui, naturellement.

– Eh bien je n'aime pas du tout ce que décide le bon Dieu, annonça la fillette d'une voix perçante, une flamme de colère envahissant soudain ses yeux noirs.

– Moi non plus, murmura Collie en tendant la main pour caresser du bout des doigts le visage de l'enfant. Malheureusement, nous n'y pouvons rien, j'en ai bien peur, ma chérie. »

Il y eut quelques secondes de silence puis, changeant brusquement de sujet, avec l'insouciance particulière à l'enfance, Lisette annonça d'un ton léger :

« Yvonne et moi, on va être toutes les deux les demoiselles d'honneur au mariage de grand-père avec Kyra. Tante Rosie va nous faire des robes de velours rouge cerise.

– Vraiment ?

– Oh, oui, maman, et on aura aussi des petites toques de velours rouge avec des cerises dessus. Tante Rosie me l'a dit tout à l'heure pendant qu'on coupait des rameaux de gui dans la cuisine. C'est elle qui fera aussi les petits chapeaux. Et toi, qu'est-ce que tu vas te mettre pour le mariage de grand-papa ? Une robe rouge cerise aussi ?

– Je n'en sais vraiment rien, dit Collie en ramenant tendrement les cheveux de sa fille vers l'arrière. Viens, on va descendre pour poser la question à Rosie. D'accord ?

– Oh, oui. Mais tu vas lui demander, toi. Moi, je vais aider Marcel et Gaston à empiler les bûches de Noël.

– C'est entendu. Mais rends-moi un petit service, s'il te plaît, Lisette. Remets la photo de papa sur le guéridon, bien à sa place.

– Oui, maman », dit l'enfant en prenant avec beaucoup de précautions le cadre argenté dans ses deux petites mains.

Quand Collie essaya de se redresser, elle sentit de nouveau la douleur lui transpercer le dos. Stoppée net dans son élan, elle se laissa retomber sur le canapé, les traits crispés par la souffrance.

Lisette qui se retournait juste à ce moment-là vit le visage de sa mère. Saisie d'anxiété, elle se précipita vers elle.

« Maman ! Maman ! Qu'est-ce qu'il y a ? Tu as mal ? Qu'est-ce que tu as ?

– Rien, ma chérie. Rien du tout. Une petite crampe dans le dos, dit Collie en se forçant à rire. Je dois commencer à prendre de l'âge. J'ai déjà des rhumatismes, tu te rends compte ! »

Lisette s'agrippa à sa mère et enfouit son visage contre sa poitrine.

« Je ne veux pas que tu aies mal, maman, je ne veux pas que tu aies mal, s'écria-t-elle au bord des larmes.

– La douleur se calme, ma chérie. Donne-moi seulement une toute petite minute. »

Collie ferma les yeux et serra l'enfant dans ses bras, la berçant légèrement d'avant en arrière.

Mon Dieu, je vous en supplie, attendez un peu avant de m'enlever à elle. Je vous en prie, permettez-moi de rester avec elle un peu plus longtemps.

Rosie était juchée sur un escabeau. Depuis plus de dix minutes, elle s'efforçait d'accrocher deux grands rameaux de houx au-dessus de la glace qui surmontait la cheminée du salon familial.

Elle les avait attachés ensemble avec du fil de fer et maintenant elle essayait de les faire tenir droit, mais ses efforts restaient vains. Juste comme elle se reculait légèrement pour juger de l'effet obtenu, le téléphone se mit à sonner. Elle continua de travailler un moment puis comme personne ne venait répondre, elle finit par descendre de son escabeau en bougonnant pour aller décrocher.

« *Château de Montfleurie, bonjour* », dit-elle, le souffle un peu court.

Il y avait beaucoup de friture sur la ligne mais elle entendit tout de même assez distinctement une voix masculine qui lui disait de très loin :

« Miss Rosalind Madigan, s'il vous plaît.

— C'est elle-même. »

Elle n'avait pas réussi à identifier son interlocuteur.

« Rosie ! Salut ! C'est moi, Johnny Fortune.

— Pas possible, Johnny ! Comment vas-tu ?

— Pas mal du tout, Rosie. Et toi ?

— Très bien, en pleins préparatifs de Noël. D'où est-ce que tu appelles ? A t'entendre, on croirait que tu es sur une autre planète.

— Bah, c'est un peu le cas, tu sais. Je suis à Las Vegas.

— Mais, ça doit être le milieu de la nuit, là-bas.

— Absolument. Il est trois heures du matin. Je viens de finir mon dernier tour de chant alors je me suis dit que ce serait peut-être une bonne idée de te passer un coup de fil avant de me coucher. Je voulais te souhaiter un joyeux Noël et te dire que je vais venir en Europe. En janvier prochain. Penses-tu que nous pourrons nous rencontrer ? On pourrait peut-être dîner ensemble, par exemple ? »

Elle hésita et se demanda aussitôt pourquoi elle n'acceptait pas immédiatement. Elle allait divorcer, elle n'avait donc plus la moindre entrave. D'ailleurs, Guy n'avait jamais constitué un véritable obstacle.

« J'en serai ravie, Johnny. Je te reverrai avec grand plaisir.

— Formidable. Tout à fait formidable. Je serai à Paris. Est-ce que tu y seras aussi ?

— Oui, bien sûr.

— Je peux avoir ton numéro là-bas ?

— Naturellement. Mais au fait, comment as-tu réussi à me trouver ? Qui t'a donné mes coordonnées ici ?

— Eh bien, ça n'a pas été facile, crois-moi, déclara-t-il avec un petit rire. Hier, Nell m'a dit que tu étais à Londres, et elle m'a donné le numéro du studio. Une fois de plus, car elle me l'avait déjà indiqué. Bref, j'ai parlé à une dame très gentille, une certaine Aïda Young, qui m'a dit que tu n'étais ni à Londres ni à Paris. J'ai beaucoup insisté pour en savoir davantage et elle a fini par lâcher que tu devais être à Montfleurie. Seulement, elle ne connaissait pas ton numéro de téléphone là-bas. J'ai eu la nette impression qu'elle en savait davantage, tout comme Nell, d'ailleurs. Bref, j'ai alors appelé Francis Raeymaekers à sa boutique de Londres, tu sais bien c'est le marchand qui me fournit en orfèvrerie ancienne. Je lui ai demandé s'il avait déjà entendu parler d'un endroit qui s'appelait Montfleurie et s'il s'agissait d'un hôtel ou d'une ville et il m'a expliqué que c'était l'un des plus grands châteaux de la Loire. Il m'a donné le numéro et c'est comme ça que j'ai pu t'appeler.

— Je suis désolée que tu aies dû te donner tant de mal. Sincèrement désolée.

— Alors, pourquoi Nell et Aïda Young ont-elles refusé de me donner ton numéro, Rosie ?

— Mais je ne pense pas du tout que ce soit le cas.

— Tu es mariée, tu vis avec quelqu'un ? » insista Johnny d'un ton soudain plus incisif.

Rosie inspira profondément.

« J'étais mariée mais maintenant je suis séparée. Je suis en instance de divorce.

— Je vois. Alors, c'est quoi ton numéro à Paris ? »

Rosie le lui indiqua puis elle demanda :

« A quel moment penses-tu pouvoir arriver dans la capitale ?

— Je ne sais pas exactement. Vers le milieu janvier, je suppose. Je l'espère en tout cas. Je te tiendrai au courant. Eh bien, je te souhaite un joyeux Noël, Rosie. Bon sang, ce que je suis content de t'avoir trouvée !

— Toi aussi, passe un joyeux Noël. Et merci d'avoir appelé, Johnny. »

Rosie raccrocha et resta un moment à réfléchir, la main toujours posée sur le combiné.

De la porte du salon, Collie lança alors :

« Je n'écoutais pas la conversation, Rosie, mais je n'ai pas pu

240

m'empêcher d'entendre ce que tu disais. Est-ce que tu vas vraiment divorcer ? »

Pivotant sur place, Rosie fixa sa belle-sœur un long moment, puis elle hocha lentement la tête.

« Ton père et moi, nous en avons discuté le jour de mon arrivée. C'est lui qui en a parlé le premier et je me suis rendu compte qu'il n'avait pas tort du tout.

— Eh bien, moi, je n'ai qu'un mot à dire : bravo ! »

Collie entra dans la pièce et prit Rosie dans ses bras.

« Il est grand temps que tu retrouves ta liberté, et je suis ravie que tu aies pris cette décision. Il y a longtemps que ç'aurait dû être fait.

— Guy ne va pas venir au château pour les fêtes de Noël, j'espère. Qu'en penses-tu ? » demanda Rosie avec inquiétude.

Collie secoua la tête avec véhémence.

« Ça m'étonnerait fort. Il n'aurait quand même pas ce culot ! Il a dû se rendre compte que cette fois il avait dépassé les limites et qu'il n'avait plus rien à faire ici.

— Tu as sans doute raison. En tout cas, je l'espère, déclara Rosie d'un ton qui n'avait pas l'air très convaincu.

— Non, il ne viendra pas, répéta Collie d'une voix assurée.

— Remarque qu'il faudra bien un jour que je me retrouve face à lui pour lui annoncer mon intention d'en finir, murmura Rosie en repartant vers l'escabeau.

— Je ne vois vraiment pas pourquoi. Tu n'as aucune raison de lui manifester la moindre considération. A mon avis, du moins. Il t'a traitée d'une manière on ne peut plus odieuse alors je ne vois pas pourquoi tu devrais le ménager.

— C'est vrai. J'éviterai donc de le rencontrer. Mais je vais entamer sans tarder la procédure de divorce. »

Collie fixa sa belle-sœur d'un regard entendu, puis avec un léger sourire qui étirait la commissure de ses lèvres, elle demanda soudain :

« Le Johnny qui vient de te téléphoner, est-ce que c'est le célèbre chanteur ?

— Oui, il vient à Paris au début de l'année prochaine. Il voulait m'inviter à dîner.

— Mais c'est merveilleux, Rosie chérie. *Toujours l'amour... toujours l'amour.* »

Rosie la regarda sans rien dire et sentit que le sang lui montait aux joues; elle ouvrait la bouche pour répondre quand Annie entra en trombe dans le salon.

« Madame, ce colis vient d'arriver pour vous. Par courrier spécial. De Californie. J'ai signé à votre place.

— Merci, Annie », murmura Rosie en saisissant le paquet.

Juste avant de repartir, Annie se tourna vers Collie et l'examina avec attention.

« Vous avez l'air fatiguée. Vous êtes toute pâle. Dominique a fait une bonne soupe pour le déjeuner. *Un bon potage aux légumes. Et il y aura du poulet.* »

Puis elle sortit sans attendre la réaction de sa maîtresse.

Examinant le paquet, Rosie s'exclama :

« C'est de la part de Gavin, à Los Angeles. C'est le scénario de *Napoléon et Joséphine* ! Et il y a autre chose avec. »

Rosie plaça les feuillets sur l'escabeau et examina l'autre boîte, un cadeau manifestement, enveloppée dans un épais papier bleu et entouré d'un ruban doré. Collée sur le coffret se trouvait une enveloppe.

Rosie l'ouvrit vite et en sortit une carte sur laquelle elle lut à haute voix :

« Merci, Rosie pour les plus jolis costumes jamais réalisés; et mes remerciements vont aussi à l'amie la plus chère et à la collaboratrice la plus précieuse que j'aie jamais eue à mon côté. Joyeux Noël et mille baisers. Gavin. »

« Ce qu'il est gentil, dit Collie. Regarde vite ce qu'il y a dans ce paquet, Rosie.

— Il vaudrait peut-être mieux attendre. Je le mettrai au pied du sapin pour l'ouvrir la veille de Noël, quand nous donnerons les cadeaux à tout le monde.

— Tu plaisantes ? Je meurs d'envie de voir ce qu'il t'a envoyé. Regarde tout de suite. »

Rosie déchira le papier et eut bientôt entre ses doigts une petite boîte bleue portant dans le coin inférieur droit les initiales HW. A l'intérieur de la boîte se trouvait un écrin de cuir revêtu des mêmes lettres en relief et en or.

« Ça vient de chez Harry Winston », dit Rosie, frappée de stupeur en soulevant le couvercle.

Elle poussa un cri de surprise en voyant le contenu de l'écrin :

« Oh, Collie, regarde! Les plus magnifiques perles des mers du Sud que j'aie jamais vues! »

Tout en parlant, elle les prit entre ses doigts pour les montrer à Collie dont les yeux s'agrandirent d'émerveillement.

« Ce sont des vraies! s'exclama Collie. D'ailleurs, elles ne peuvent qu'être authentiques si elles viennent de chez Harry Winston. »

Rosie acquiesça d'un hochement de tête.

« Gavin me fait toujours un très joli cadeau dès que nous avons terminé un film, mais jamais encore il n'avait été aussi généreux. Non mais regarde ces perles. Tu as vu l'effet qu'elles font quand on les expose à la lumière! »

Elle s'était postée devant la fenêtre, tenant les pierres précieuses à bout de bras. Puis elle les tendit à Collie.

« C'est absolument fabuleux, murmura celle-ci d'un air très impressionné. Elles doivent avoir une valeur considérable.

— Sûrement. Il va falloir que j'appelle Gavin tout à l'heure pour le remercier. Pour l'instant, c'est beaucoup trop tôt, il n'est que trois heures du matin à Los Angeles. J'attendrai la fin de la soirée, là-bas il sera neuf heures du matin.

— Tiens, range-les soigneusement, dit Collie en rendant les perles à Rosie. Maintenant, si tu as cinq minutes, on pourrait peut-être discuter de la toilette que je vais porter pour le mariage de père. D'après ce que m'a dit Lisette, Yvonne et elle auront une robe de velours rouge cerise. J'espère que ce n'est pas ce qui a été prévu pour moi. »

Rosie éclata de rire.

« Non, rassure-toi. C'est seulement pour les demoiselles d'honneur. En ce qui nous concerne, toi et moi, nous pourrions mettre tout simplement quelque chose que nous avons déjà. Pour être très franche, ça va déjà être suffisamment dur comme ça pour finir dans les délais les robes des deux filles.

— Yvonne va pouvoir te donner un coup de main.

— Elle me l'a proposé et je crois qu'elle pourra coudre les toques elle-même. J'ai déjà commandé le tissu à Mme Solange, à Paris, elle va me l'envoyer par retour du courrier. Il devrait arriver demain et je commencerai les robes aussitôt.

— Tu as vraiment du pain sur la planche », murmura Collie en s'asseyant sur le canapé.

Elle regarda Rosie qui remontait sur l'escabeau.

« Le mariage est prévu pour dans dix jours seulement!

— Je sais », dit Rosie.

Elle redressa les rameaux de gui et prit un peu de recul pour examiner le résultat obtenu. Puis elle lança par-dessus son épaule à l'intention de Collie :

« Les robes seront terminées, ne t'inquiète pas. Même si je dois veiller toute la nuit, tous les jours, jusqu'à la date du mariage.

— Oh, je le sais bien, Rosie. Personne d'autre que toi n'est capable de faire ça. Tu es vraiment formidable. »

25

Le ciel de Paris roulait des nuages bas et gris, imposant aux regards une palette de teintes sans cesse plus sombres. Manifestement, il n'allait pas tarder à pleuvoir.

Gavin Ambrose, planté devant la fenêtre du salon de la suite qu'il occupait au Ritz, regardait au-dehors d'un air morose. Ce temps sinistre, un dimanche matin, annonçait une journée d'une tristesse affligeante.

Comment allait-il tuer le temps, en attendant de reprendre le Concorde qui le ramènerait à New York le lendemain ? Il avait l'impression de se trouver face à un vaste désert qui s'étendait devant ses yeux jusqu'à l'infini.

Pour comble de malheur, Rosie était partie passer les fêtes de Noël à Montfleurie. A part elle, les seules personnes qu'il connaissait à Paris étaient les directeurs des studios de Billancourt. Il les avait vus le vendredi et le samedi et maintenant, il se retrouvait sans personne.

La perspective de rester seul inquiétait Gavin et le déprimait tout à la fois.

Et pourtant, ce n'était pas son habitude de réagir ainsi. Tout le monde savait que cet homme était un solitaire, qu'il se plaisait loin des autres, et qu'il avait la précieuse faculté de toujours savoir s'occuper en toutes circonstances.

Mais ces derniers temps, il n'en était plus ainsi. Il en était arrivé à redouter de se retrouver face à lui-même. Quand il était seul, il avait le temps de penser, et depuis plusieurs mois ses pensées n'avaient rien de bien réjouissant. Sa vie personnelle était un échec. Son ménage partait à vau-l'eau et il ne lui restait plus que son travail. Un travail qui le passionnait, heureusement. C'était sa raison de vivre, le seul élément positif de son existence actuelle. Ce qui l'amenait, bien sûr, à enchaîner film sur film, sans jamais prévoir le moindre arrêt, afin de toujours avoir l'esprit occupé. De cette manière, il n'était pas obligé de réfléchir à ses problèmes personnels, ce qui lui permettait d'ignorer les démons qui le hantaient.

Il ne pouvait plus nier l'évidence : sa vie de couple n'était qu'une mascarade horrible. Il n'y avait plus rien entre Louise et lui, rien d'autre qu'un grand trou noir. Un gouffre béant et insondable. Plus la moindre émotion, pas même de la haine, rien d'autre que de l'indifférence. Il en arrivait maintenant à se demander s'il y avait jamais eu quoi que ce soit entre sa femme et lui.

Louise était un être pervers, égoïste et vaniteux, une écervelée incapable de comprendre le travail de son mari, la vie qu'il menait et les contraintes imposées par la carrière où il s'était engagé. Était-elle d'ailleurs capable de comprendre qui que ce soit ? Dès qu'il ne s'agissait plus d'elle-même, elle perdait toute faculté de sympathie et de compréhension.

Quant à lui, il n'attachait pas une importance démesurée à la notoriété qu'il s'était acquise. Elle n'était que le sous-produit de ce qu'il réalisait, l'essentiel restant son métier de comédien et de réalisateur. Mais en ce qui concernait Louise, la gloire dont il était l'objet lui avait monté à la tête et elle avait cessé depuis longtemps déjà de s'intéresser à l'homme qu'il était. Il y avait d'autres hommes qui l'attiraient plus que lui.

L'infidélité de Louise le laissait plutôt froid, en fait. Il savait d'ailleurs qu'il en était en partie responsable, dans la mesure où il avait cessé, lui aussi, de s'intéresser à elle.

Plus de cent fois, il s'était demandé pourquoi il avait épousé Louise. Question stupide! Il la connaissait bien, la réponse. S'il l'avait épousée, c'est parce qu'elle était enceinte. Et cette grossesse s'était terminée en tragédie.

C'est à cause de cet horrible dénouement qu'il était resté avec elle, pour lui permettre de se reprendre, pour qu'elle puisse surmonter la douleur physique et la souffrance morale provoquées par un tel échec. Dans son désir sincère de l'aider à guérir, il s'était rendu compte qu'il cicatriserait ses propres plaies en aidant sa femme à se remettre.

Naturellement une seconde grossesse avait suivi la première et à la naissance de David, huit ans plus tôt, il s'était pris d'un amour passionné pour son fils. S'il avait renoncé à mettre fin à une union aussi catastrophique, c'était à cause de ce petit être qu'il chérissait plus que tout au monde.

Par ses infidélités, Louise avait choisi de ruiner leur mariage à l'époque où David n'était encore qu'un nourrisson. Gavin n'avait jamais essayé de l'en empêcher, il avait cessé de s'intéresser à ce qu'elle faisait; d'ailleurs ils faisaient chambre à part.

Il se demanda soudain ce qu'il arriverait à David s'ils divorçaient. L'enfant deviendrait-il l'enjeu de sordides marchandages? Gavin renonça à imaginer les conséquences d'une telle séparation. Des images insupportables surgissaient en lui. Non. Pas ça. Pas maintenant. Il ne faudrait jamais en arriver là.

Le mieux, c'est d'attendre, se dit-il. S'il avait la patience de laisser faire les choses, Louise finirait par demander le divorce elle-même. Déjà elle se posait manifestement la question. Surtout depuis qu'elle s'était entichée de ce sénateur de Washington. Un veuf. Immensément riche, par-dessus le marché. Allan Turner, ce politicien modèle, avec ses relations influentes dans tous les milieux, était le mari idéal pour Louise.

Oui, il attendrait. Ainsi, il pourrait dicter ses propres conditions. Il n'avait aucunement l'intention d'essayer de lui enlever l'enfant; ce serait un acte tout à fait irresponsable. Non, il se contenterait de demander une participation au droit de garde et la possibilité de voir son fils à chaque fois qu'il le désirerait. Il n'en voulait pas plus.

Gavin étouffa un juron et s'écarta de la fenêtre pour retourner dans sa chambre. Il jeta un coup d'œil à sa montre. Bientôt onze heures.

Il avait besoin de sortir, de respirer l'air frais, de marcher pour se débarrasser des pensées déplaisantes qui l'obsédaient. Mais en s'exposant aux regards des autres, il se trouvait en butte à un autre genre de problème : sa célébrité d'acteur lui imposait de prendre certaines précautions s'il voulait éviter de se trouver importuné par les curieux.

Il mit une écharpe, un chapeau de feutre et son pardessus de cachemire, prenant la précaution supplémentaire de se dissimuler les yeux sous des lunettes noires. Il jeta un coup d'œil dans le miroir de l'entrée avant de sortir et sourit. Il ne se reconnaissait pas lui-même! Et personne ne l'identifia quand il traversa le hall d'entrée de l'hôtel pour émerger place Vendôme.

Gavin ne connaissait pas très bien Paris mais comme il descendait toujours au Ritz, le quartier autour de l'hôtel lui était familier. Il prit la direction de la place de la Concorde. Dès qu'il fut en contact avec l'air frais de l'extérieur, sa mélancolie et sa mauvaise humeur commencèrent à s'estomper.

Il ne tarda pas à se rendre compte que ses pensées revenaient sans cesse vers Napoléon et Joséphine. Il voyait Paris avec les yeux d'un cinéaste mais aussi avec ceux de l'empereur.

Grâce aux recherches qu'il avait effectuées, Gavin savait que Napoléon avait tenu à encourager l'architecture et la sculpture françaises pendant de nombreuses années et c'est dans cette intention qu'il avait projeté de faire construire quatre arcs de triomphe célébrant les batailles de Marengo et d'Austerlitz ainsi que la paix et la religion.

Pourtant, en définitive, il n'en avait réalisé que deux, le plus petit commémorant Austerlitz et l'autre la Grande Armée, « l'armée que j'ai l'honneur de commander », avait-il dit à son architecte.

Planté maintenant au bas des Champs-Élysées, Gavin contempla la longue et élégante avenue, pour fixer son regard sur le monument grandiose qui la dominait à son autre extrémité. L'arc de Triomphe de l'Étoile était exactement tel que l'empereur l'avait voulu : « Un monument dédié à la Grande Armée se doit d'être grandiose, simple et majestueux, sans rien emprunter à l'Antiquité », avait-il décrété.

Et c'est exactement ainsi que l'architecte Chalgrin l'avait conçu et exécuté, se dit Gavin quand il commença à remonter l'avenue, jetant des coups d'œil distraits aux décorations qui ornaient les trottoirs en prévision des fêtes de Noël.

En faisant ce film, Gavin réalisait un rêve qui le hantait depuis l'enfance. Adolescent, déjà, il avait été intrigué par les personnages historiques que leur destin avait hissés au faîte de la gloire, et, parmi ceux-ci, Napoléon l'avait particulièrement fasciné.

Pendant son enfance à New York, il avait dévoré les livres d'histoire, avide d'en savoir toujours plus sur les hommes qui avaient marqué leur époque, imposant leur empreinte originale et indélébile sur le monde où ils avaient vécu. En quoi ces personnages étaient-ils différents des autres hommes ? Pourquoi avaient-ils connu un tel destin ? Et quelle avait été la nature de leur vie sentimentale ? Pourquoi avaient-ils aimé les femmes qu'ils avaient aimées ? Il voulait aussi savoir pourquoi ils s'étaient alliés avec certains hommes plutôt qu'avec d'autres et quelle force intérieure les avait poussés vers les sommets. Y avait-il dans leur caractère un trait spécial et secret qui leur avait permis de sortir de la norme ? Bref, il voulait savoir pourquoi ils avaient été plus grands que leurs contemporains.

Il avait découvert une chose qui l'avait beaucoup étonné : les hommes qui avaient été des géants de leur vivant et que l'on avait immortalisés après leur trépas n'étaient jamais que des êtres humains souffrant, eux aussi, d'innombrables faiblesses.

Mais c'étaient ces personnages historiques dont il avait fait ses héros et non les joueurs de football ou les vedettes du base-ball ou du rock'n'roll que ses camarades avaient hissés sur un piédestal.

Il avait admiré également quelques acteurs, bien entendu, dans la mesure où il ambitionnait de monter lui-même un jour sur les planches. Paul Newman et Spencer Tracy faisaient partie de ceux qu'il idolâtrait entre tous.

Le Tracy de *Bad Day At Black Rock* était bien difficile à égaler, de même que Newman dans *Fort Apache The Bronx*. Ce dernier film était sorti en 1981 et Gavin l'avait vu quatre fois en quatre jours tant il avait été fasciné par le jeu de Paul Newman. Le film, qui racontait l'histoire d'un commissariat dans le Bronx et montrait la vie quotidienne des policiers qui y travaillaient, avait eu sur lui un impact considérable grâce à la performance stupéfiante des acteurs.

Le Bronx. Que de souvenirs ce nom faisait naître en lui. Il avait grandi dans le quartier de Belmont, un secteur beaucoup moins « chaud » que le sud du Bronx où le film était situé.

Quelle différence il y avait entre ses années d'enfance et d'adolescence à Belmont et l'existence qu'il menait aujourd'hui grâce à l'immense célébrité qui était la sienne!

Parfois, il se demandait encore comment tout cela avait pu se produire.

Pendant un temps, il n'avait été qu'un acteur de dixième zone, qui faisait des pieds et des mains pour survivre, fou de joie quand il réussissait à décrocher un rôle dans un théâtre minable ou à la télévision. Et puis, du jour au lendemain, il était devenu une star de Broadway, à l'âge de vingt-cinq ans. On le saluait comme l'un des plus grands talents depuis que Brando avait immortalisé le rôle de Stanley Kowalski dans *Un tramway nommé Désir* en 1947. Il avait toujours douté du bien-fondé de cette comparaison, depuis ses débuts dans ce même rôle. Méritait-il vraiment ce compliment décerné par les critiques ?

Tout s'était passé en 1983. Une année fertile en événements. Après la naissance de son fils, Hollywood lui avait fait signe et il avait accepté l'invitation. Après avoir fait la navette entre l'Est et l'Ouest pendant plusieurs années, il avait fini par s'installer le long du Pacifique mais on le considérait toujours comme un acteur « ethnique » de la côte Est, appartenant à la même catégorie que Al Pacino, Robert de Niro, Dustin Hoffman et Armand Assante.

La compagnie de ces géants ne manquait pas de le flatter, mais c'était surtout Pacino qu'il admirait actuellement, car il voyait en lui un acteur consommé, fascinant et superbe, ainsi qu'une vedette de toute première grandeur.

Jamais pourtant Gavin Ambrose ne s'était imaginé qu'il percerait ainsi, avec une telle rapidité, sans avoir pu pressentir le moindre signe précurseur, et il en était resté longtemps abasourdi. Tout s'était passé comme s'il avait été catapulté dans l'espace à une hauteur vertigineuse sans jamais avoir subi la moindre retombée, sans que sa trajectoire ne l'ait ramené brutalement sur le sol. Pour l'instant du moins.

Un petit sourire étira ses lèvres à cette pensée. Le succès était pour lui d'essence avant tout éphémère. Dans ce métier, tout pouvait être remis en question d'un moment à l'autre. Votre gloire n'était que celle de votre dernier film.

Gavin était heureux de son succès. Il aimait le travail qu'il faisait, s'y consacrait avec passion et trouvait naturel que l'on applaudisse aux prouesses qu'il multipliait. Son seul regret était que ni sa mère ni son grand-père n'avaient vécu assez longtemps pour assister à son triomphe et savourer avec lui les fruits de sa réussite. Quand il avait décroché le rôle principal dans *Un tramway nommé Désir*, atteignant ainsi une célébrité immédiate, tous deux étaient déjà morts depuis longtemps, décédés la même année, en 1976. Lui-même n'avait alors que dix-huit ans.

Tony Ambrosini, son père, avait été foudroyé par une crise cardiaque quand Gavin avait neuf ans, et Adelia, la mère du bambin, était allée avec lui s'installer chez ses beaux-parents. Elle n'arrivait plus à joindre les deux bouts avec ce qu'elle gagnait.

Ils avaient été accueillis avec beaucoup d'affection dans leur nouvelle famille mais malheureusement sa grand-mère Graziella était morte quelques mois après son fils. Son grand-père et sa mère s'étaient alors mutuellement consolés de leurs chagrins respectifs en unissant leurs ressources matérielles pour continuer à subsister. Et ils avaient concentré sur lui la totalité de leur tendresse et de leur attention.

Sa mère, vendeuse au rayon des bijoux chez Macy, et son grand-père, ébéniste de grand talent, n'étaient certes pas riches mais ils avaient tout de même réussi à l'élever dans des conditions plus que convenables et Gavin ne nourrissait aucune amertume au souvenir de cette adolescence qu'il évoquait maintenant avec beaucoup d'attendrissement.

Sa mère et son grand-père ne lui avaient jamais ménagé ni leur affection ni leurs encouragements. Le logis était confortable, même si le luxe en était absent, et le grand-père Giovanni avait beaucoup gâté l'enfant, prenant plaisir à l'emmener chaque samedi au gigantesque marché italien qui se tenait dans Arthur Avenue, en plein cœur du Bronx. C'est là que Giovanni achetait les bons petits plats, importés du pays natal, qu'il partageait ensuite avec sa belle-fille et son petit-fils.

Mais c'est sa mère qui l'avait emmené au cinéma dès sa plus

251

tendre enfance. C'était sa façon à elle de se donner un peu de distraction, deux fois par semaine, et il en profitait comme elle. C'est là qu'il était entré en contact avec le monde des acteurs, en regardant ces personnages évoluer sur l'écran et donner le meilleur d'eux-mêmes.

Plus tard, il s'était pris de passion pour l'Actor's Studio de Lee Strasberg, décidant de se mettre à son école jusqu'à la mort de ce dernier en février 1982 ; mais c'est bien au cours de son enfance, en allant au cinéma avec sa mère, qu'était né son désir de devenir acteur.

Sa mère avait été sa confidente, sa conseillère, sa critique et son public, l'encourageant dans son ambition, lui répétant sans cesse qu'il était assez beau pour faire du cinéma. Mais il n'avait jamais vraiment ajouté foi à ces propos. A cette époque, il se trouvait trop petit. Elle s'était contentée de rire, affirmant que la taille n'avait aucune importance. Seul le talent comptait. Et puis de toute façon, il allait grandir avec les années.

Elle ne s'était pas trompée. Pourtant, il n'était pas devenu aussi grand qu'il l'aurait voulu.

Peu après la mort de son grand-père et de sa mère, il avait rencontré Kevin, Rosie et Nell ainsi que Mikey et Sunny. Ils avaient constitué une petite bande, se jurant de ne former qu'une seule et même famille dont tous les membres étaient prêts à s'épauler, quoi qu'il arrive.

Il vivait alors chez une parente de son père, une cousine au deuxième degré nommée Thérèse, qui était mariée à un certain Vittorio. Ils lui laissaient l'usage d'une petite chambre dans leur appartement, en échange d'une somme symbolique, et il travaillait le week-end dans un supermarché pour les dédommager de leurs frais. Dès qu'il l'avait pu, il était parti de chez eux pour s'installer dans une pension de famille de Greenwich Village, s'acquittant de tâches diverses et travaillant comme serveur dans un café. Et il jouait la comédie, sautant sur tous les rôles que l'on pouvait lui proposer, le plus souvent dans des petits théâtres de quartier.

Son grand-père et sa mère ne l'avaient pas laissé complètement dénué de ressources. Il avait de l'argent sur son compte en banque mais il avait préféré ne pas y toucher pour que les intérêts viennent grossir son petit pécule. Ce capital était destiné à payer les leçons de l'Actor's Studio, où il apprenait le métier de comédien auprès de Lee Strasberg, l'âme de cette prestigieuse école. Le groupe avait été alors sa véritable raison de vivre en ces jours difficiles, et l'amitié lui était apparue comme un élément vital. C'est Gavin qui avait donné à chacun leur sobriquet pendant la première année de leur association. Rosie avait été baptisée Angel Face parce qu'elle était angélique et adorable. Nell était devenue Little Nell, d'après le nom d'un de ses personnages favoris dans le roman de Charles Dickens. Kevin, c'était Fiston 22, le nom le plus approprié pour un fils de policier qui ambitionnait de suivre la trace de son père. Mikey, lui, s'était vu attribuer le surnom de Professor, car il était le garçon le plus studieux que Gavin eût jamais connu. Enfin Sunny était Golden Girl parce qu'elle était exactement cela : toute dorée, vibrante et emplie de rires et de lumière.

C'est bien fini, pensa-t-il avec chagrin. Elle n'a plus rien de commun maintenant avec ce qu'elle a été autrefois.

C'est Rosie qui avait décidé qu'il devait avoir un nom spécial, lui aussi. Sans même consulter les autres, elle avait annoncé un jour qu'on l'appellerait Actor.

« Tu es un caméléon, Gavin, lui avait-elle dit, tu peux devenir n'importe qui, jouer n'importe quel rôle. Tu es un vrai acteur. Oui, c'est bien cela. Ce mot te définit parfaitement. »

Rosie et lui avaient toujours éprouvé l'un pour l'autre une attirance certaine, dès le premier soir où ils s'étaient rencontrés chez Kevin. Ils s'étaient aimés un an plus tard, quand elle avait dix-huit ans et lui vingt. C'était juste à l'époque où elle avait débuté à l'Institut technologique de la mode, à New York, commençant ainsi des études qui allaient durer quatre années et lui permettre de s'initier au monde du costume.

Une idylle de jeunesse, des amours juvéniles, ce n'était rien de plus, et trois ans plus tard, ils s'étaient séparés pour un motif si futile, si mesquin, qu'il ne se souvenait même plus de quoi il s'agissait. Mais vraisemblablement, toute la faute venait de lui. Il était alors d'un égoïsme irraisonné, il ne pensait qu'à lui et à son travail. Avait-il tellement changé depuis ? Il se demanda s'il n'était pas resté le même, au fond. Tous les acteurs sont égocentriques, beaucoup trop en tout cas au gré du commun des mortels.

Il avait rencontré Louise peu après et n'avait pas tardé à coucher avec elle. Ces étreintes hâtives avaient été les prémisses d'une liaison torride, et avant qu'ils n'aient eu le temps de dire ouf elle s'était retrouvée enceinte.

Ils s'étaient vite mariés parce que Louise était terrifiée par la réaction que ne manqueraient pas d'avoir ses parents, qui étaient très collet monté. Et puis il se sentait coupable, se répétant que c'était sa faute à lui si elle se trouvait dans une telle situation. Il s'était toujours enorgueilli d'être un homme d'honneur, quelqu'un sur qui on pouvait compter.

Un an plus tard, ses études terminées, Rosie, qui avait alors vingt-deux ans, était partie pour Paris où elle avait rencontré Guy de Montfleurie, par l'intermédiaire de son amie Colette dont il était le frère. Ils s'étaient aimés presque aussitôt et s'étaient mariés environ un an plus tard.

Ce qui avait mis un point final à leurs relations.

Pourtant Gavin et Rosie ne s'étaient pas perdus de vue et, leurs liens d'amitié une fois renouvelés, elle n'avait pas tardé à se joindre à l'équipe de Gavin. Ils pouvaient enfin se comporter en vrais amis, se retrouver souvent et travailler ensemble. Grâce à elle, il pouvait mieux supporter les caprices de Louise.

Gavin poussa un soupir. Oui, bien de l'eau avait passé sous les ponts depuis l'époque de leur jeunesse à New York. Ils étaient alors dynamiques, courageux et optimistes car leurs illusions étaient encore intactes. Il y avait quatorze ans de cela... Que ce passé lui semblait loin !

Louise avait insinué récemment qu'il nourrissait encore à l'égard de Rosie des sentiments profonds. C'était vrai. Elle était sa meilleure amie, après tout, et sa confidente, et elle participait à la réalisation de tous ses films. Il n'aurait jamais voulu qu'il en fût autrement. Oui, il aimait Rosalind Madigan mais il l'aimait d'un amour platonique. Le côté romantique de leurs relations était mort depuis longtemps ; avant même qu'il ne rencontre Louise, il avait déjà cessé de la désirer.

Frissonnant de froid, Gavin remonta le col de son pardessus, et s'arrêta devant l'arc de Triomphe.

Il n'avait pas été bien inspiré d'effectuer ce retour sur son passé ; ce genre de réminiscences ne servait généralement à rien, si ce n'est à attiser des douleurs que le temps avait déjà eu bien du mal à atténuer. Non, il fallait aller de l'avant. C'était sa devise. En avant et vers le haut, se dit-il en regardant l'arche énorme qui se dressait au-dessus de sa tête et le drapeau tricolore qui flottait au vent. Le drapeau de la France. Le drapeau de Napoléon.

Ce film va me donner un sacré boulot, songea-t-il; en jouant le rôle de l'empereur, je vais devoir relever le défi le plus difficile de toute ma carrière. Mais j'ai une merveilleuse équipe de production qui va m'épauler; il me suffit maintenant de recruter des acteurs qui soient à la hauteur.

Tout se passait tellement mieux sur le plateau quand on travaillait avec des professionnels!

26

Rentré au Ritz, Gavin commanda dans sa suite un sandwich au poulet et du thé au citron, puis il s'assit sur le canapé pour étudier la seconde mouture du scénario de *Napoléon et Joséphine*.

Un serveur apparut bientôt avec un plateau et, aussitôt après avoir mangé, Gavin décrocha le téléphone pour composer le numéro de Rosie dans la Loire.

« *Château de Montfleurie, bonjour*, dit une voix féminine qu'il reconnut sans peine.

– Bonjour, Rosie, c'est moi.

– Gavin ! Ça fait une éternité que j'essaie de t'avoir à Los Angeles. Depuis vendredi dernier, en fait ! Depuis que j'ai reçu le scénario du film et ton cadeau. Gavin, je tiens énormément à te remercier pour les perles. Elles sont belles, magnifiques, même. Ça a dû te coûter les yeux de la tête !

– Rien n'est trop beau pour toi, Angel Face. Tu les mérites amplement, je t'assure, après tout le travail que tu as fait pour le film et les tracas que je t'ai donnés avec mon accident. C'est encore moi qui devrais te remercier, ma chérie.

– Gavin, ne dis pas de bêtises. Je n'ai fait que le strict minimum ! s'exclama Rosie qui demanda aussitôt : mais d'où est-ce que tu appelles ?

– De Paris. Je suis au Ritz. Je viens de passer quelques jours à

Londres pour mettre au point la bande son. Tu sais comment ça se passe quand il y a trop de bruits annexes qui se juxtaposent avec le dialogue. J'ai été obligé de réenregistrer une ou deux scènes de combat, en particulier celle où Warwick parle avec Edward.

– Quel dommage que je n'aie pas su que tu venais en Europe. Tu aurais pu venir ici passer le week-end au lieu de rester à te morfondre tout seul à Paris. Car je suppose que tu es tout seul, ajouta-t-elle sur un ton interrogateur.

– Exactement. Il n'y a personne avec moi. »

Il y eut un silence puis ayant toussé pour s'éclaircir la gorge, il reprit :

« C'est vrai que j'ai été stupide de ne pas t'appeler mais à vrai dire, je ne savais pas au juste combien de temps ce travail sur la bande son me retiendrait à Londres. De plus, j'avais pris plusieurs rendez-vous avec des gens des studios de Billancourt.

– Comment ça a marché avec eux ?

– Très bien, Rosie. Comme sur des roulettes. On va pouvoir utiliser les installations du studio à partir du mois de février. Nous allons y établir notre quartier général. Ah, au fait, ce sera Aïda qui dirigera la production et il se peut que Michael Roddings se charge de la mise en scène. Qu'est-ce que tu penses de tout ça, baby ?

– Eh bien je trouve que ça se présente plutôt bien, répondit-elle en riant. Surtout si Aïda se joint à nous. Et je suis également ravie de savoir que Michael sera de la partie. C'est l'un des meilleurs metteurs en scène du moment.

– Je savais que tu serais contente, ma chérie. »

Gavin se renversa en arrière contre le dossier du canapé, puis après avoir posé ses pieds sur le guéridon il demanda :

« Alors, as-tu eu le temps de jeter un coup d'œil au scénario ?

– Jeter un coup d'œil ! Je l'ai lu en entier ! Et je le trouve brillant. J'adore cette histoire, Gavin. Elle est très touchante, parfois même pathétique, et l'intérêt dramatique ne faiblit à aucun moment. Mais il faut dire que le résultat a toujours été excellent quand tu travailles avec Vivienne. A mon avis, il n'y a plus rien à reprendre.

– C'est vrai. C'est pas mal du tout. A part un ou deux petits trucs à améliorer par-ci par-là. Alors, comment ça va au château ? Collie se porte bien ? Je sais que tu t'inquiétais à son sujet.

— Collie a l'air d'aller mieux, Dieu merci. Elle est d'une maigreur effrayante mais elle a beaucoup plus de force que je ne le croyais. Et tout le monde va bien ; bref la situation est très satisfaisante.

— Et Guy ? Comment va-t-il ? »

A l'autre bout du fil, Rosie crut déceler une pointe d'amertume dans la voix de Gavin mais elle n'y attacha pas une importance démesurée.

« Oh, il n'est pas ici, annonça-t-elle. Il y a une quinzaine de jours, il s'est disputé avec Henri et il a disparu le lendemain. Franchement, nous espérons tous qu'il ne va pas revenir avant un bon bout de temps.

— Comme l'aurait dit ma grand-mère écossaise, bon débarras pour tout le monde.

— Ça, c'est bien vrai. Ah, au fait, j'ai une bonne nouvelle à t'apprendre, Gavin. Henri et Kyra vont se marier.

— Sans blague. Ça s'est décidé comment ? »

Rosie lui raconta l'histoire de A à Z, sans omettre le moindre détail, et conclut :

« La noce est prévue pour quelques jours après Noël. Ça se passe ici, à Montfleurie, dans la chapelle privée. Le curé du village viendra dire la messe de mariage dans l'après-midi et il y aura une petite réception au château. Tu veux venir ?

— Ç'aurait été avec plaisir, mais je ne pourrai pas. Eh bien, je suis drôlement content que ça se soit arrangé comme ça pour Kyra. Je l'ai toujours considérée comme une fille bien.

— C'est vrai. Alors quand retournes-tu à Los Angeles ?

— Demain. Enfin, je prends demain le Concorde pour New York où je passerai la nuit. Je partirai pour la côte Pacifique le lendemain. Pour passer les fêtes de Noël avec David et... avec Louise.

— Ça va te faire du bien de passer un moment dans ta famille. Tu pourras enfin te reposer et te détendre.

— Évidemment..., approuva Gavin d'un ton laconique.

— Moi, je pars pour Paris immédiatement après la noce, au début de l'année prochaine, déclara Rosie. Il faut que je commence à réfléchir à la façon dont je vais habiller les personnages du film. Henri m'a déniché des livres formidables sur la période Empire ici, au château, et ça m'a inspiré un tas d'idées.

– Ça t'arrive parfois de ne pas être inspirée, Rosie ? » demanda Gavin.

Il éprouvait pour Rosie une admiration sincère, considérant qu'elle était de loin la costumière la plus talentueuse qu'il eût jamais rencontrée.

Rosie se contenta de rire et coupa court aux compliments en enchaînant vivement :

« Quand reviens-tu à Paris ?

– J'irai d'abord à Londres vers la deuxième semaine de janvier pour assister au montage du film et entendre la bande son définitive. Ensuite, je saute dans un avion à destination du gai Paris pour donner le premier tour de manivelle de *Napoléon et Joséphine*. Que penses-tu de ce programme ?

– Ce que j'ai hâte de démarrer ce film !

– Et moi donc ! OK. Eh bien, je t'appelais pour te souhaiter un joyeux Noël, Angel Face.

– Joyeux Noël pour toi aussi, Gavin chéri. Et que Dieu te bénisse.

– Prends bien soin de toi, Rosie. »

Il raccrocha et prit le texte du scénario qu'il commença à relire une fois de plus, sans vouloir s'avouer qu'il s'ennuyait d'elle. Et sans s'attarder à des considérations qui auraient risqué de l'emmener beaucoup trop loin...

27

« Quand un homme offre à une femme des perles d'une telle valeur, c'est parce qu'il l'aime passionnément », murmura Henri de Montfleurie en adressant à Kyra un regard lourd de sens.

Kyra fronça les sourcils.

« Tu crois ?

— Bien sûr.

— Tu penses vraiment que Gavin Ambrose est amoureux de Rosie ?

— C'est plus que probable, à mon avis. »

Kyra ne répondit pas tout de suite.

Elle se retourna légèrement et lança un coup d'œil vers l'autre extrémité du hall, observant plus attentivement Rosie qui prenait des photos du groupe formé par Lisette, Collie et Yvonne.

Ces dernières se tenaient toutes les trois devant le gigantesque sapin abondamment décoré de paillettes, de bougies et de guirlandes lumineuses. Comme les deux fillettes bavardaient en riant, Collie leur demanda avec un sourire indulgent de se tenir tranquilles un moment, pendant que Rosie prenait encore quelques photos.

Surexcitées par cette veillée de Noël qui s'annonçait sous de si bons auspices, elles s'amusaient toutes follement.

Surtout Collie, remarqua Kyra, que cette constatation emplit d'une grande joie. Comme Rosie, elle s'inquiétait beaucoup au sujet de la jeune femme qui maigrissait encore de jour en jour et avait les traits de plus en plus tirés. Elle faisait vraiment pitié, malgré les efforts considérables qu'elle avait manifestement multipliés pour être élégante en cette soirée de fête. La robe vert foncé qu'elle avait choisie accentuait encore la pâleur de son visage et Kyra se dit qu'elle avait un teint cireux qui lui paraissait de fort mauvais augure. A moins que cette impression ne fût motivée par la couleur du tissu.

Quand Kyra détourna son regard vers Rosie, une expression pensive s'installa sur son visage. Rosie, elle aussi, s'était faite belle pour la circonstance. Elle portait une sensationnelle tunique de velours noir dont les poches plaquées étaient incrustées de broderie. Et autour du cou, elle arborait l'extraordinaire collier en perles des mers du Sud, qui ressortait superbement à côté du noir de la robe. Il y en avait là pour une fortune, se disait Kyra. Soixante-quinze mille dollars, au bas mot. Beaucoup plus, sans doute.

Henri avait raison. On n'offre pas des perles de ce prix uniquement pour remercier quelqu'un de sa collaboration au tournage d'un film, surtout des perles de chez Harry Winston, le grand joaillier de New York.

Une autre pensée frappa alors Kyra et elle se tourna vers Henri pour lui dire à mi-voix :

« Il faut bien se rappeler qu'ils sont très amis, et depuis fort longtemps, mon chéri. Ils se sont connus à New York, pendant leur adolescence, et elle travaille à ses films depuis des années. Finalement, ces perles pourraient être un cadeau pour... pour toute cette période d'amitié et de présence à son côté.

– Ça m'étonnerait. »

Henri but une gorgée de champagne et après un moment de réflexion, il reprit :

« Je les ai vus souvent ensemble, et à chaque fois j'ai été frappé par la qualité très particulière de leur relation. Crois-moi, ils s'aiment profondément. Maintenant, est-ce qu'ils s'en rendent compte... »

Il s'interrompit, puis, haussant les épaules, il conclut :

« Ça, c'est un autre problème.

— Mais Gavin est marié, objecta Kyra en se penchant vers lui.

— Marié, c'est vraiment une façon de parler, rétorqua Henri. J'ai nettement l'impression qu'entre Gavin et Louise, les liens du mariage sont assez distendus. Remarque bien que je ne lui reproche rien. Louise est une femme très bizarre : fantasque, névrosée, toujours sous pression et totalement dépourvue d'intelligence. Et, ce qui n'arrange rien, elle est d'une maigreur à faire peur. »

Il frissonna involontairement et esquissa une grimace.

« Tu n'as jamais remarqué que sa tête paraît trop grosse pour son corps d'oiseau ? Mais pourquoi faut-il donc que tant de femmes soient obsédées à ce point par leur poids ? Et désirent avoir une silhouette filiforme ? »

Il secoua la tête avec une aversion visible.

« Il n'y a vraiment rien de féminin ni d'attirant chez des femmes comme Louise, dont l'ambition suprême est de se transformer en sac d'os. Elles ont une poitrine de garçon. Moi, je les trouve grotesques. »

Kyra lui adressa un large sourire.

« Je suis bien heureuse que tu préfères avoir quelques rondeurs à te mettre sous la main, sinon je ne serais pas là. »

Elle rit et saisit son verre qu'elle choqua contre celui d'Henri.

« Tu sais que je t'aime, Henri de Montfleurie.

— Cet amour est réciproque, ma chérie, dit-il avec chaleur.

— Louise Ambrose est vraiment une femme bizarre, je suis tout à fait d'accord avec toi », murmura Kyra.

Elle ne put s'empêcher de jeter un nouveau coup d'œil en direction de Rosie.

« Rosie et elle, c'est vraiment le jour et la nuit. Rosie est absolument superbe. On dirait une pêche mûre. »

Amusé par cette comparaison, Henri éclata de rire mais ne fit aucun commentaire.

Kyra reprit alors d'un air pensif :

« C'est vraiment dommage que Gavin soit marié.

— Qu'est-ce que ça change ? demanda vivement Henri, levant un sourcil de la manière la plus expressive qui soit. A quel moment le fait d'être marié a-t-il jamais arrêté quelqu'un ? Tu sais aussi bien que moi que la plupart des gens suivent les pul-

262

sions de leur cœur, ou de leur désir, surtout quand ils sont possédés par la passion. Et ils se moquent bien des sentiments des autres d'ailleurs. N'empêche que je suis de plus en plus persuadé que Gavin et Rosie ne se rendent pas compte de la véritable nature de l'attachement qu'ils éprouvent l'un pour l'autre. »

Kyra le fixa d'un œil perplexe.

« Voilà qui me paraît bien difficile à croire.

— Attends, laisse-moi préciser ma pensée. Ce que je veux dire, en fait, c'est que Rosie est encore trop impliquée dans ses problèmes avec Guy pour se rendre compte exactement de la profondeur de son amour pour Gavin. Elle est un peu désorientée par la perspective de son divorce et par les liens qui nous unissent tous à elle. Mais tout cela va se modifier et évoluer dans le bon sens, naturellement.

— Comment cela ?

— Maintenant qu'elle a pris la décision de divorcer d'avec Guy, sa vie va se transformer du tout au tout. Son existence sera complètement différente.

— Ça fait des années qu'ils ne vivent plus ensemble comme mari et femme, et Guy n'est pratiquement jamais ici, alors elle ne le voit presque plus. Crois-tu vraiment que le divorce va opérer un tel changement en elle ?

— Absolument. Rosie est un être d'une grande pureté et d'une irréprochable intégrité. Tant qu'elle a été légalement unie à Guy, elle a considéré qu'elle lui devait une fidélité pleine et entière, elle ne se sentait pas libre de faire ce qu'elle désirait. En tout cas, c'est ainsi que j'explique l'attitude qui est la sienne depuis si longtemps. Le simple fait de décider qu'il fallait se lancer et obtenir le divorce a déjà opéré en elle une transformation fondamentale.

— Qu'est-ce que ça a changé ? »

Henri réfléchit un moment avant d'expliquer :

« Elle s'est enfin libérée de l'influence de Guy. De la contrainte qu'il faisait peser sur elle, une contrainte purement psychologique, bien entendu. Et maintenant, elle éprouve un sentiment de libération. Elle se sentira encore mieux quand le divorce aura été définitivement prononcé.

— Oh, je l'espère, Henri ! Je l'aime beaucoup, Rosie, et je voudrais tant qu'elle soit heureuse... »

Kyra resta un moment silencieuse, puis elle articula d'une voix un peu hésitante :

« Je ne tiens pas particulièrement à ce que l'on se mette à parler de Guy... mais as-tu eu de ses nouvelles ? »

Henri hocha affirmativement la tête.

« Je n'avais pas encore eu l'occasion de te le dire, mais puisque tu poses la question... il m'a téléphoné hier soir. De Paris. Pour s'excuser, aussi invraisemblable que cela puisse paraître. Naturellement, j'ai accepté ses excuses, je ne pouvais pas faire autrement, en quelque sorte. J'en ai profité pour lui annoncer que nous allions nous marier et que j'allais reconnaître officiellement notre fils en l'adoptant légalement.

— Et comment a-t-il accueilli cette nouvelle ?

— Il m'a félicité. Il s'est déclaré ravi de notre décision de nous marier et du fait que j'allais reconnaître Alexandre.

— J'ai bien du mal à en croire mes oreilles, Henri.

— Moi aussi, bien que je l'aie entendu moi-même me parler ainsi. »

Henri lui prit le bras qu'il serra affectueusement.

« Pourtant, aussi étonnant que cela puisse paraître, je crois qu'il était sincère. C'est un bien étrange personnage, mon fils. Son comportement m'a toujours plus ou moins dérouté.

— Tu n'es pas le seul. Ce qui m'étonne, c'est qu'il n'ait pas demandé s'il pourrait venir à Montfleurie pour y passer les fêtes de Noël.

— Je ne lui en ai pas laissé l'occasion, Kyra. Après avoir accepté ses excuses, je lui ai annoncé que j'étais prêt à l'accueillir de nouveau chez moi mais que je préférais qu'il attende un peu, étant donné les circonstances. J'ai ajouté que nos retrouvailles pourraient s'effectuer sans inconvénient dans le courant de l'année prochaine.

— Et comment a-t-il pris la chose ?

— Pas trop mal, finalement. Avant de raccrocher, il m'a demandé s'il pouvait dire un mot à Rosie, alors je suis allé la chercher pour lui annoncer qu'il voulait lui parler. En revenant vers mon bureau avec elle, je lui ai conseillé d'annoncer sans ambages son intention d'entamer la procédure de divorce dès le début de l'année prochaine.

– Et elle le lui a dit ?

– Absolument. Et avec beaucoup de franchise et de fermeté. Elle a même eu la présence d'esprit de lui demander combien de temps il allait rester à Paris pour qu'elle puisse lui faire parvenir les documents administratifs. Guy a répondu qu'il serait dans la capitale jusqu'au mois de mars pour partir ensuite à Hong Kong avant de gagner l'Indonésie et d'autres pays d'Extrême-Orient.

– Il a dû être plutôt surpris, non ? »

Henri secoua négativement la tête.

« Non, je ne crois pas. D'après Rosie, il a accueilli la nouvelle avec beaucoup de flegme, sans la moindre émotion apparente. Elle m'a même dit, après avoir raccroché, qu'il lui avait paru plutôt cordial, se montrant à son égard beaucoup plus aimable en tout cas qu'il ne l'avait été depuis bien des années. »

Le visage de Kyra se teinta d'inquiétude.

« Je n'aime pas beaucoup cela, Henri ! Il doit mijoter quelque chose. Il te présente ses excuses, il te félicite de ton prochain mariage, et il accepte avec une bonne volonté apparente le projet de divorce de Rosie ! A mon avis, il a sûrement une idée derrière la tête. »

Henri la regarda longuement, les yeux plissés par l'intensité de sa concentration.

« Quelle idée peut-il avoir derrière la tête, pour reprendre ton expression ?

– Je ne sais pas ! La seule chose que je sache, c'est que cela ne me plaît pas du tout... Cette façon qu'il a de tout accepter... »

Elle n'acheva pas, faute de pouvoir préciser ce qu'elle redoutait exactement, mais son inquiétude restait entière, comme en témoigna l'expression angoissée qui passa dans ses yeux.

Henri la remarqua immédiatement. Il lui saisit le bras pour le presser d'une main rassurante.

« Je crois que tu te laisses impressionner par des dangers imaginaires, ma chérie. Ne pense plus à Guy ; il ne peut nous faire aucun mal. Viens, j'ai l'impression que nous faisons un peu trop bande à part, en restant à bavarder dans notre coin tous les deux. Allons rejoindre les filles. »

Chemin faisant, Henri leva les yeux vers l'arbre de Noël qui montait presque jusqu'au plafond du hall d'entrée.

265

« Eh bien, lança-t-il avec une pointe de fierté dans la voix, je peux vous assurer que nous nous sommes surpassés cette année. Cet arbre est absolument magnifique.

— Les guirlandes lumineuses, c'est tante Rosie qui les a rapportées de New York, grand-papa, s'écria Lisette. Elles remplissent le sapin de minuscules étoiles, comme le ciel pendant la nuit.

— Mais tu nous fais là une bien charmante description, Lisette, dit Henri en adressant un sourire ravi à sa petite-fille.

— Henri, viens te mettre avec les filles pour que je puisse faire une photo de toute la famille, lança Rosie. Et toi aussi, Kyra. Il faut que tu y sois également. »

Henri se récria aussitôt :

« Si nous voulons faire un portrait de famille, il faut que tu y sois aussi, Rosie. »

Se tournant vers Yvonne, il ajouta :

« Tu veux bien aller chercher Gaston, s'il te plaît, ma chérie. Dis-lui que je lui demande s'il est prêt à nous prendre tous en photo.

— J'y vais tout de suite, oncle Henri, dit Yvonne avec empressement.

— Et toi, Lisette, cours vite au premier pour dire à Éliane d'amener le petit Alexandre ici. Je pense qu'il doit figurer sur la photo lui aussi.

— J'y vais, dit Kyra en se dirigeant vers l'escalier. Comme ça, je le redescendrai moi-même.

— Parfait », dit Henri.

Il profita de ce court répit pour aller remplir sa coupe de champagne.

Rosie posa l'appareil photo sur l'une des consoles du hall et reprit son verre. Puis, se dirigeant vers Henri, elle lui avoua :

« Toutes ces merveilleuses odeurs qui proviennent de la cuisine me mettent l'eau à la bouche. Il faut dire aussi que je meurs de faim.

— Moi aussi, reconnut Henri en lui prenant le bras pour la ramener vers le sapin. D'après ce que m'a dit Annie, Dominique nous a préparé un véritable repas de fête; au menu, nous aurons une oie succulente, farcie aux marrons, et je t'assure que je donnerais n'importe quoi pour pouvoir la déguster tout de suite.

– Et n'oublie pas le *pâté de foie gras*, pour commencer, et la *bûche de Noël* au chocolat pour le dessert, renchérit Collie en venant s'asseoir sur la banquette garnie de tapisserie. Nous allons faire un réveillon tout ce qu'il y a de plus traditionnel.

– Nous passerons à table aussitôt que Gaston aura fait le portrait de famille », annonça Henri.

Il se tourna ensuite vers Rosie et lui demanda :

« Alors, où en sont les robes des demoiselles d'honneur ?

– Eh bien, tout à fait en bonne voie. Pratiquement terminées, en fait. Je les ai accrochées dans mon atelier. Si tu veux les voir, tu n'auras qu'à venir y faire un tour demain matin. »

Henri éclata de rire et secoua la tête.

« Pas question, protesta-t-il. Je veux que l'effet de surprise soit absolument intact, le jour de notre mariage. »

Collie intervint alors :

« La robe de Kyra est superbe, père, et d'une simplicité admirable. C'est tout ce que j'en dirai. Mais à mon avis, tu devrais lui donner la broche en diamant qui appartenait à maman, la broche des Montfleurie. Elle produirait un effet formidable sur cette robe. »

Henri regarda longuement sa fille, puis il s'approcha de la banquette et s'assit à côté d'elle. Passant un bras autour de ses frêles épaules, il l'embrassa tendrement sur la joue, ému jusqu'au tréfonds de lui-même. Au bout d'un moment, après avoir toussé légèrement pour s'éclaircir la voix, il réussit à articuler :

« C'est très gentil de ta part, Collie chérie, toi seule pouvais suggérer un geste aussi généreux. C'est une idée merveilleuse, et je crois que je vais même la lui offrir, cette broche. Ce sera notre cadeau de mariage à tous les deux. »

28

Collie était dans un état désespéré et Henri avait besoin de sa présence.

Cette pensée obsédait Rosie en cette glaciale matinée de janvier tandis qu'elle s'affairait dans son appartement parisien, jetant quelques objets de première nécessité dans une petite valise.

La troisième semaine de l'année venait à peine de commencer et Rosie avait été très occupée à exploiter ses premières idées sur les costumes destinés à *Napoléon et Joséphine.* Seule dans la capitale depuis son départ de Montfleurie, au début de la nouvelle année, elle avait apprécié cette tranquillité qui lui avait permis de se concentrer sur ses préoccupations professionnelles à l'exclusion de tout le reste.

Gavin était à Londres, occupé à assurer la postproduction de *Kingmaker* et ils se parlaient tous les jours de ce film qu'ils venaient de terminer, et surtout du nouveau projet qui était maintenant devenu le thème principal de leurs discussions. Ils passaient des heures au téléphone, généralement le soir : c'était l'heure où il avait quitté les studios pour rentrer à son hôtel et elle-même avait enfin reposé ses crayons et refermé son carnet d'esquisses jusqu'au lendemain matin.

Rosie pensa à Gavin en refermant sa valise, qu'elle laissa

ensuite sur le sol. S'approchant du téléphone, elle composa sa ligne directe aux studios Shepperton de Londres.

Il décrocha tout de suite.

« Gavin, c'est moi. Mais tu es peut-être occupé. Tu peux me consacrer une petite minute ?

— Qu'est-ce qui se passe ? Il y a quelque chose qui ne va pas, Rosie. Je le sens à ta voix.

— C'est Collie », commença Rosie.

Elle ne put continuer. Sa gorge s'était nouée.

« Oh, Rosie, je suis navré, terriblement navré. Est-ce que sa terrible maladie s'est encore manifestée ? »

Au prix d'un effort considérable, Rosie réussit à expliquer :

« Henri vient de m'appeler, il y a quelques instants. Apparemment, elle n'a pas été bien du tout la semaine dernière. En fait, je crois que son mal l'a reprise aussitôt après le mariage, mais comme il ne voulait pas m'inquiéter, il a attendu aujourd'hui pour me prévenir. Bref, hier soir, Collie a eu une crise et il me demande de passer à Montfleurie. Tout de suite. Il m'a bien recommandé de ne pas perdre un seul instant.

— Est-ce que c'est vraiment sérieux à ce point ? Tu ne crois pas qu'elle... »

Gavin ne parvenait pas à exprimer les pensées qui lui venaient à l'esprit, sachant combien Rosie tenait à Colette. Mais il était de tout cœur avec elle.

Étouffant un sanglot, Rosie reprit :

« Je ne sais rien avec certitude... Je ne peux rien affirmer mais... »

S'interrompant de nouveau, elle finit par articuler :

« Je voulais simplement te prévenir que je serai à Montfleurie pendant quelques jours. Au cas où tu aurais besoin de me parler.

— Merci de m'avoir téléphoné. Est-ce que je peux faire quelque chose ?

— Non. Merci tout de même.

— Comment vas-tu aller à Montfleurie ? Par le train ?

— Non, je prends la voiture. C'est plus facile et plus rapide. Et il faut que j'y sois le plus vite possible.

— Écoute-moi bien, Rosie : surtout sois très prudente sur la route. Je t'en supplie, ne prends aucun risque. Tu me le promets ?

269

– Je te le promets, Gavin.

– OK. Téléphone-moi dès que tu le peux, et n'hésite pas à faire appel à moi si tu as besoin de quelque chose. N'importe quoi!

– D'accord. Merci beaucoup.

– Sois très prudente, Angel.

– Ne t'inquiète pas », dit-elle en raccrochant.

Moins de trois heures plus tard, Rosie franchissait le pont-levis et s'arrêtait dans la cour intérieure du château de Montfleurie.

Comme à l'accoutumée, Gaston dévalait déjà les marches du perron avant qu'elle n'ait eu le temps d'arrêter le moteur et, quelques secondes après, il l'aidait à descendre de voiture. Le visage sombre du vieux serviteur en disait long sur la gravité de la situation.

« Le comte vous attend dans son bureau, madame de Montfleurie, dit Gaston après l'avoir saluée avec une tristesse qui lui était tout à fait inhabituelle.

– Merci, Gaston. Il n'y a qu'une valise dans le coffre », murmura Rosie en s'avançant d'un pas rapide vers l'entrée du château.

Le vaste hall qui avait résonné de rires joyeux pendant les fêtes de Noël était étrangement silencieux en cet après-midi glacial, et elle eut le pressentiment d'un malheur ; sans perdre une seconde elle partit en direction du bureau d'Henri, vers l'arrière du château.

La porte était entrouverte ; elle frappa discrètement avant d'entrer.

Henri de Montfleurie était assis sur le canapé devant le feu. Il avait relevé la tête en entendant le bruit de ses pas. Il se dressa d'un bond dès qu'il la vit franchir la porte.

« Rosie, s'exclama-t-il. Grâce à Dieu, tu es ici. Il y a des heures que Collie réclame ta présence. »

Tout en parlant, il l'avait prise dans ses bras. Après d'affectueuses embrassades, ils s'écartèrent pour se fixer d'un regard intense : chacun voulait tenter d'atténuer la peine de l'autre.

Une grande tristesse flottait dans l'air et Rosie sentit tout de

270

suite qu'en dépit de ses ferventes prières, la fin était proche pour cette amie si chère à son cœur.

En observant les traits d'Henri, Rosie y lut la souffrance qu'il était en train d'endurer ; elle se reflétait dans ses yeux sombres. Le visage était hagard et le manque de sommeil avait boursouflé le dessous des yeux rougis par les veilles.

« Comment... comment est-elle ? » demanda Rosie d'une voix étranglée, redoutant d'entendre la réponse qu'elle connaissait déjà avant qu'il lui eût répondu.

Il secoua la tête.

« Pas bien du tout, j'en ai peur.

— Déjà à Noël, ce n'était pas la grande forme, dit Rosie en essayant de calmer les tremblements de sa voix. Mais les choses se sont précipitées ensuite, il me semble.

— En fait, Collie a commencé à souffrir terriblement du dos juste avant Noël mais elle n'en a parlé à personne. Même pas à nous. »

Secouant la tête avec tristesse, il reprit :

« La douleur est devenue intolérable au début de l'année, juste après ton départ, alors elle est allée voir le docteur Junot à Tours. Il lui a conseillé de se rendre à Paris pour consulter les spécialistes qui l'avaient traitée cet été. Il était convaincu que les cellules cancéreuses avaient recommencé à se propager. Elle se préparait à partir quand.. »

Sa voix se brisa et il tourna la tête, cherchant fiévreusement un mouchoir dans sa poche. Une fois calmé, il regarda de nouveau Rosie et murmura :

« Collie veut te voir, Rosie, ne perdons pas de temps inutilement ici. »

« Je t'attendais, Rosie, j'attendais ton arrivée, dit Collie d'une voix faible, les yeux rivés sur son amie.

— Me voici, Collie chérie.

— Je m'en vais très loin, je pars pour un long voyage. »

Assise sur un tabouret à côté du lit, Rosie ne put que hocher la tête. Allongeant le bras, elle prit entre ses doigts la petite main froide de Collie et la serra doucement, lui caressant le poignet de temps à autre. De toute son âme, elle désirait apporter un peu de réconfort à la mourante.

« Il y aura une grande distance entre nous, dans un sens, et pourtant je serai toujours avec toi, Rosie. Présente dans ton cœur. Et aussi longtemps que tu vivras, je vivrai moi aussi parce que tu porteras en toi le souvenir que tu auras gardé de moi, jusqu'au jour où tu mourras toi aussi.

— Oh, Collie, ce n'est pas possible! Je ne peux pas te laisser partir. Il faut que tu te battes pour vivre, pour guérir. »

Les larmes ruisselaient sur le visage de Rosie. Elle les essuya vivement du revers de son autre main.

« Je t'en supplie, insista-t-elle, ne nous quitte pas.

— Je vais être libre, Rosie. Enfin libérée de la douleur. Libérée du chagrin. Et je serai avec Claude. Il m'attend... »

Ses yeux qui étaient toujours très bleus prirent soudain un ton plus soutenu et un éclat inaccoutumé. Ils se fixèrent sur le visage de Rosie et prirent une étrange intensité lorsqu'elle dit :

« Je suis convaincue qu'il y a une autre vie après la mort, pas toi, Rosie ?

— Oui, bien sûr.

— L'esprit continue de vivre, n'est-ce pas ?

— Oh, oui, ma chérie. »

Un sourire étira la bouche tendre de Collie.

« Un jour, il y a bien longtemps de cela, ma mère m'a dit quelque chose que je n'ai jamais oublié. Elle m'a expliqué que quand une chose est bonne elle ne peut pas mourir : elle continue de vivre à jamais. L'amour que j'ai pour Lisette, pour père et pour toi est une bonne chose, n'est-ce pas, Rosie ?

— Oh, oui, Collie, absolument. »

Rosie pouvait à peine parler tant étaient grands son chagrin et son émotion.

« Alors, mon amour vivra, hein dis ?

— Oui.

— Peux-tu me promettre quelque chose ?

— Tout ce que tu voudras, Collie.

— Tu ne laisseras pas Lisette m'oublier.

— Jamais.

— Je veux qu'elle se souvienne de moi, et qu'elle se souvienne

272

de Claude. Il ne faut pas qu'elle oublie son père. Je t'en supplie, Rosie, entretiens en elle le souvenir que nous lui aurons laissé, Claude et moi.

– Je te promets qu'elle ne vous oubliera jamais ni l'un ni l'autre », déclara Rosie d'un ton solennel, le visage crispé par le chagrin.

D'un revers de la main, elle chassa de nouveau ses larmes, faisant des efforts désespérés pour contenir son émotion en présence de Collie qui se montrait si courageuse à l'approche de la mort.

« Ma petite Lisette sera en de bonnes mains avec père et Kyra, mais tu t'occuperas aussi d'elle, n'est-ce pas ?

– Sois tranquille, je le ferai. Je l'aime beaucoup, cette petite, et je veillerai sur elle comme sur ma propre fille.

– Merci, Rosie, pour tout ce que tu as toujours fait pour nous.

– Ne dis pas cela, je t'en prie... Je n'ai rien fait du tout.

– Oh, que si ! Beaucoup trop. Je suis heureuse que tu aies décidé de divorcer. Il faut que tu refasses ta vie. Tu rencontreras quelqu'un de bien, Rosie, et tu connaîtras le même bonheur que moi avec Claude. Il n'y a que cela qui puisse rendre la vie supportable... un amour profond et durable. »

Rosie hocha la tête.

Collie lui sourit soudain et ses yeux s'agrandirent légèrement.

« Je suis tellement heureuse que nous nous soyons connues, toi et moi, quand nous étions jeunes... et que tu sois entrée dans notre famille. »

Elle ferma les yeux et son souffle changea soudain de rythme : la respiration, plus courte, parut laborieuse et précipitée.

Rosie se pencha un peu plus, fouillant le visage de Collie d'un œil anxieux. Alors, comme si elle s'était rendu compte de l'angoisse qui avait assailli son amie, Collie ouvrit les yeux.

« Tout va bien, murmura-t-elle. Je voudrais que les autres viennent aussi. Mon père... Lisette, Yvonne et Kyra. Et le père Longueville. Ça fait une éternité qu'il attend le moment de venir me voir. »

Une fois de plus, Rosie ne put rien faire d'autre que hocher la tête.

Collie serra plus fort la main de Rosie et lui imprima une petite secousse.

Rosie se pencha en avant, amenant son visage tout près de celui de Collie.

D'une voix à peine perceptible, celle-ci murmura :

« Embrasse-moi, Rosie. Dis-moi adieu. »

Les larmes jaillirent alors, sans aucune retenue, ruisselant sur le visage de Rosie, tandis qu'elle posait ses lèvres sur la joue de Collie. Elle l'embrassa plusieurs fois puis passa doucement un bras autour des épaules de sa belle-sœur pour la réconforter. Tout en la tenant bien serrée contre elle, elle lui chuchota à l'oreille :

« Je t'ai toujours aimée, Collie, et je t'aimerai toujours. Je ne t'oublierai jamais. Jamais. Et tu seras toujours dans mon cœur, Collie chérie. Oui, toujours.

— Ne pleure pas, Rosie. Là où je vais, je ne courrai aucun danger. Je serai avec Claude, et avec ma mère », dit Collie en lui adressant le plus radieux des sourires.

Rosie se leva alors et se dirigea vers la porte de la chambre.

Les autres membres de la famille s'étaient rassemblés dans le couloir, attendant le moment où ils iraient dire adieu à la mourante. Rosie leur fit signe qu'ils pouvaient entrer.

Ils pénétrèrent lentement dans la chambre, Lisette accrochée à la main de son grand-père, l'air à la fois soucieux et apeuré. Le jeune prêtre qui avait récemment marié Henri et Kyra fermait la marche, et il resta légèrement à l'écart près de la porte. Quand Collie aurait dit au revoir à ceux qui étaient chers à son cœur, il lui administrerait l'extrême-onction.

Et ensuite, Collie connaîtrait enfin la paix, se dit Rosie. Et nous la pleurerons à jamais. Mais elle est beaucoup trop jeune pour mourir. Elle n'a que trente-deux ans. Un an de plus que moi seulement.

Troisième Partie

Dangereuses fréquentations

29

« Tu avances à pas de géant, ça marche du feu de Dieu, Kevin, dit Neil. Il faut continuer comme ça, mais garde la tête froide, bon sang. S'agit pas de précipiter le mouvement ! »

Kevin hocha la tête.

« T'inquiète pas. Je prends toutes les précautions possibles. Et je surveille mes arrières. En fait, si je me fais du mouron, c'est surtout pour Tony. Il est vraiment au cœur de la mêlée, lui. Faut comprendre : infiltrer la mafia, c'est un coup à en perdre le sommeil, pour lui comme pour n'importe qui d'autre. Il est vraiment en première ligne et je te jure que je suis bien content de ne pas être à sa place. Moi, au moins, je reste sur la touche, à regarder le match, si je puis dire.

— Sur la touche, mais plutôt sur le terrain tout de même, non ? »

Kevin eut un demi-sourire.

« Ouais, si on veut, mais partiellement seulement, compadre.

— D'accord. Mais t'inquiète pas, Kev. Tony est parfait pour le rôle. Quand on est un Italien de la troisième génération, on sait ce qu'il faut faire, on connaît toutes les ficelles. Il parle leur langue, pour commencer, et n'oublie pas qu'il a côtoyé un tas de mafiosi pendant son adolescence dans les quartiers est de New York. Une vraie jungle, ce ghetto, une zone de tous les dangers. Le quartier

277

général de Murder Inc. * à l'époque d'Albert Anastasia. En ce temps-là, toute cette partie de la ville était le fief des Siciliens. »

Neil hocha la tête comme pour se confirmer à lui-même une idée qui lui était soudain venue, puis il ajouta d'une voix très calme :

« Tony est on ne peut plus flegmatique. Il possède un sang-froid à toute épreuve, comme toi. Il y est contraint, remarque, sinon les carottes sont cuites pour lui, et pour toi aussi, par la même occasion, si tu as le malheur de faire le moindre faux pas. »

Neil but une longue lampée de bière et reprit :

« Tu veux que je te dise : il est impossible de savoir que mon vieux pote Anthony Rigante est en fait un flic. Il a toujours travaillé dans l'ombre, depuis qu'il s'est joint à nous, il y a six ans. C'est devenu une seconde nature pour lui, mon vieux.

– Ouais, je crois que tu as raison. Mais y a quand même drôlement intérêt à numéroter ses abattis quand on évolue au milieu des mafiosi, en se faisant passer pour l'un des leurs. »

Neil décocha un regard entendu en direction de Kevin mais il ne fit aucun commentaire.

Les deux inspecteurs étaient installés face à face dans un coin discret d'un petit bar de la Trentième Rue, tout près de la Première Avenue. La salle était archicomble bien qu'il ne fût que cinq heures de l'après-midi et le tohu-bohu qui régnait dans l'établissement, avec le bourdonnement des voix, les éclats de rire stridents, le tintement des verres et le vacarme du juke-box, rendait le lieu absolument idéal pour ce genre de conversation. Personne ne pouvait entendre un seul mot de ce qu'ils se disaient.

Pourtant, Kevin se rapprocha encore un peu plus de Neil pour lui dire à voix basse :

« Il nous a fallu à peu près un mois, mais je commence enfin à y voir un peu plus clair. Tony a réussi à m'introduire auprès des gars qui forment le bas de l'échelle dans la famille Rudolfo. Je suis copain comme cochon avec trois ou quatre soldats et avec un *caporegime*. Eh bien, je vais te dire une bonne chose, Neil. Tu avais raison sur toute la ligne. Les Rudolfo sont plongés jusqu'aux yeux dans le trafic de la drogue, ils balancent sur le marché

_____

* Murder Incorporated. Nom donné aux équipes de tueurs opérant pour le compte de la mafia vers la fin des années cinquante *(NdT)*.

278

chaque semaine des stupéfiants d'une valeur de plusieurs millions de dollars, et il y a de tout, du crack, du smack, de la coke, exactement comme tu me l'avais dit.

— Et ils noyautent les syndicats, pratiquent les prêts à des taux usuraires, la prostitution, la fraude bancaire et toutes les escroqueries possibles. Ils s'en sont tirés impunément, les salauds, sans jamais être inquiétés, et ça fait des années que ça dure. Il faut que nous arrivions à les alpaguer, Kev, pour de bon cette fois, et il est absolument nécessaire que nos témoins maintiennent leurs accusations. »

L'air soudain satisfait, Neil conclut avec un large sourire :

« Il faut que ça se passe comme au procès intenté par les fédés contre Gotti.

— Je sais bien qu'il faut des preuves, Neil, et nous en aurons. Ça baigne, t'inquiète pas, mais il nous faut encore un peu de temps. Il est beaucoup trop tôt maintenant pour jeter bas les masques, ce serait vraiment prématuré au stade où nous en sommes.

— OK. Je vous laisse encore un peu de temps, mais pas trop. Plus vous faites traîner les choses, plus vous devenez vulnérables. Les risques augmentent à toute vitesse.

— Ça ira, te fais pas de souci. Pour moi comme pour Tony. Moi aussi, je travaille dans l'ombre depuis trop d'années pour risquer de commettre une imprudence.

— Je sais, je sais. Mais surveille tout de même tes arrières, OK ? »

Kevin acquiesça d'un signe de tête. Il acheva sa bière, recula sa chaise et se leva.

« Tu veux boire autre chose ? Une dernière bière ? Ou un truc plus costaud.

— Une bière, ce sera parfait, vieux. Merci. »

Neil écrasa le reste de sa cigarette dans le cendrier et en mit aussitôt une autre dans sa bouche, tout en regrettant de ne pas avoir assez de volonté pour s'arrêter de fumer. Mais il en était incapable. Après tout, il risquait autant de mourir d'une balle dans le buffet que d'un cancer du poumon ou d'un infarctus. Et puis merde, quoi qu'on fasse, il fallait bien qu'on finisse par y passer, d'une manière ou d'une autre. Il craqua une allumette et l'approcha du bout de sa cigarette. Autant partir en fumée, pas vrai ? Il rit d'une hilarité silencieuse et cynique.

Kevin revint à la table avec deux chopes de bières et se rassit. « A la tienne ! » lança-t-il.

Il but une longue lampée qui laissa une fine ligne de mousse au-dessus de sa lèvre supérieure. Il s'essuya du revers de la main et sourit à Neil.

« Alors, Gotti est dans la merde jusqu'aux yeux... C'est bien ça ? »

Neil ne put s'empêcher de s'esclaffer.

« Alors, là, tu l'as dit, mon gars. T'as lu le *Daily News* l'autre jour ? Ils l'ont surnommé le Al Capone des années quatre-vingt-dix. J'ai l'impression que de telles comparaisons lui sont montées à la tête.

— J'ai lu l'article, oui. Le plus marrant, c'est qu'il va être jugé à Brooklyn, qui était justement le fief du vrai Al Capone.

— Et aussi le sien, ne l'oublie pas, répondit Neil en se penchant en avant, au-dessus de la table. D'après ce que j'ai entendu dire, on a l'impression, dans le Milieu, que cette fois, il ne s'en sortira pas indemne, que la justice va enfin réussir à l'épingler. Ouais, il semble bien que le revêtement en Teflon qui protégeait le *don* se soit tout simplement évaporé. T'as entendu dire ça, toi aussi, sur le terrain ?

— Tu penses ! Le service a mené l'affaire de main de maître, en rassemblant tous les éléments que nous avons à notre disposition. Je n'arrive pas à comprendre comment Gotti a pu être aussi bête. Avait-il besoin de jacter à tort et à travers comme il l'a fait ?

— Écoute, ce mec il est fêlé, voilà ce que je pense. Remarque bien qu'il ne pouvait pas se douter que le Ravenite Club était truffé de micros ! Ni que son avocat, Bruce Cutler, serait dessaisi de l'affaire. Il faut bien le dire, c'est ce Bruce Cutler qui le tirait toujours des situations les plus épineuses. »

Neil s'interrompit un moment pour allumer une autre cigarette puis il reprit :

« D'après pas mal de ses collègues, c'est lui qui est l'artisan de ses propres malheurs. Un patron comme lui n'aurait jamais dû donner un tel luxe de détails sur des choses qui doivent rester secrètes : les règlements de compte, l'organisation interne de la mafia et tutti quanti. Faut vraiment être le roi des imbéciles pour parler de tout ça dans un club. Même si c'est son quartier général, bordel! Quand on veut parler, on va dehors. Dans la rue, il y a moins de risques.

– Il paraît qu'il a été jusqu'à admettre qu'il avait fait régler son compte à un de ses gars, ça a été enregistré sur bande. » Neil hocha la tête.

« Écoute, je suis intimement persuadé que cette fois on le tient, et qu'il va se retrouver derrière les barreaux pour un sacré bout de temps. On va le condamner à la prison à vie. Les accusations de racket qui sont portées contre lui vont aboutir, Kevin. Ce qui nous fait donc Gotti et Gravano, le mouchard, mis sur la touche définitivement. Quant à la famille Colombo, ça va barder pour son matricule. Y a un des leurs qui s'est fait descendre et ça va dégénérer en guerre civile, à mon avis : un des deux clans va vouloir en découdre avec les autres.

– Exactement. Certains prennent le parti de Persico et les autres soutiennent Little Vic Orena, qui assure l'intérim. Il paraîtrait donc qu'Orena est en train d'essayer de prendre le pouvoir pendant que Persico est en prison.

– Ça va finir par un bain de sang, cette histoire.

– Ouais, il va y avoir du sport dans Little Italy et d'autres quartiers chauds de la ville, renchérit Kevin en envoyant une bourrade à son collègue. Allez, ne fais pas cette tête-là. C'est le parti des honnêtes gens qui va l'emporter. La semaine dernière, j'ai entendu dire que les deux frères Gambino vont se retrouver avec un procès sur le paletot pour une histoire de racket. Apparemment, Gravano est prêt à en balancer d'autres auprès du procureur de Manhattan. Cette fois, il s'en prend aux Gambino. D'après lui, ils trempent dans cette histoire de détournement de marchandises dans le secteur du textile.

– J'ai entendu parler de ça, dit Neil, en jetant un coup d'œil à sa montre. Faut que je me tire, mon gars. Je suis bien content de t'avoir rencontré. On se revoit la semaine prochaine à la même heure?

– OK, Neil. Tu me dis simplement où. »

Ils reprirent leurs pardessus et sortirent du bar ensemble. Une fois sur le trottoir, Kevin dit :

« Moi, je m'en vais de ce côté. »

D'un signe de tête, il indiqua la direction de la Quarantième Rue.

« Ah! Tu vas retrouver ta poule des quartiers chic ? railla Neil avec un clin d'œil salace.

— Non, elle est de sortie. Je vais retrouver un vieux pote à moi qui vient de très loin. Nous allons casser la graine ensemble.

— Amuse-toi bien, Kev, et souviens-toi de ce que je t'ai dit : assure tes arrières. Fais gaffe!

— T'inquiète, Neil. Toi aussi. Ouvre l'œil et le bon.

— Compte sur moi, petit. »

Kevin héla un taxi et monta vivement dans la voiture en demandant au chauffeur de le conduire au carrefour de Lexington Avenue et de la Quarante-Quatrième Rue. Arrivé à l'adresse indiquée, il prit un second taxi pour se faire emmener à l'autre bout de la ville, au croisement de la Sixième Avenue et de la Cinquante-Huitième Rue, où il descendit de nouveau. Il s'engagea dans la rue d'un pas rapide et entra à l'intérieur de l'hôtel Wyndham pour en ressortir aussitôt par une porte donnant sur l'arrière. Il s'engouffra ensuite dans l'hôtel restaurant Jonathan, gagnant rapidement les toilettes après avoir traversé le hall de la réception.

Cinq minutes plus tard, il hélait son troisième taxi devant cet hôtel fréquenté par les gens du show-business et demandait au conducteur de l'emmener dans Park Avenue, à la hauteur de la Cinquante-Deuxième Rue. Quelques minutes après, il était sur le trottoir occupé à régler le montant de la course. Cette fois, il repartit à pied, enfilant la Cinquante-Deuxième Rue jusqu'à la Cinquième Avenue pour remonter jusqu'à la Cinquante-Sixième. A plusieurs reprises, il jeta un coup d'œil derrière lui pour s'assurer qu'il n'avait pas été pris en filature.

Arrivé dans la Cinquante-Sixième Rue, il se rendit immédiatement devant l'entrée de la Trump Tower, dont il poussa la porte d'entrée, et s'approcha du comptoir de l'employé chargé de la sécurité.

« Mr. Gavin Ambrose, s'il vous plaît ?

— C'est de la part de qui ?

— Kevin Madigan. »

Le gardien composa un numéro, parla au téléphone puis raccrocha.

« Vous pouvez monter. Soixantième étage, monsieur.

– Merci. »

Kevin tourna les talons et partit en direction des ascenseurs.

« Alors, ça, c'est une sacrée vue! s'exclama Kevin en arpentant la vaste salle de séjour de l'appartement où logeait Gavin. Bon sang! Vu d'en haut, New York semble sensationnel! Toutes ces lumières! Et ces tours qui se dressent vers le ciel! J'en ai la tête qui tourne, parole! Jamais encore je n'étais grimpé si haut, de toute mon existence.

– Mais si, voyons. Rappelle-toi la fois où nous sommes montés ensemble au sommet de l'Empire State Building, rétorqua Gavin avec un sourire, en lui tendant un verre de vin. Allez, arrache-toi à cette vitre. Viens t'asseoir ici, nous allons bavarder un peu.

– Merci », dit Kevin en prenant le verre que Gavin lui offrait.

Il suivit son ami jusqu'à l'autre bout de la pièce où étaient installés de grands sofas et de larges fauteuils tout blancs, autour d'un énorme guéridon chinois de l'époque impériale dont le bois laqué de noir était incrusté de perles représentant des fleurs.

Il s'assit sur l'un des sofas.

« Mais enfin, bon sang, qu'est-ce que tu fous dans un endroit pareil? On se croirait chez une poule de luxe, ma parole.

– Alors toi, t'en as de bonnes! se récria Gavin. Et c'est comment, à ton avis, le repaire d'une poule de luxe?

– Bah, il y a beaucoup de luxe, justement, un truc cossu qui pue le fric à plein nez. C'est à qui, cet appart, Gav?

– A franchement parler, je n'en sais trop rien. Je l'ai trouvé grâce à une annonce d'un agent immobilier. Je crois que c'est la propriété d'un homme d'affaires multimillionnaire qui vit en Europe et qui s'est offert ça pour avoir un pied à terre les rares fois où il vient à New York. Je l'ai loué pour quelques mois.

– Ah oui? »

Kevin se tourna vers son ami et le regarda longuement, un sourcil levé.

« Alors, ça ne marche pas très fort, là-bas, au domicile conjugal? »

Gavin eut un petit rire.

« Ni bien ni mal. Rien de spécial, quoi. On en est là, Louise et moi, et il n'y a rien de neuf pour l'instant. Il se trouve simplement que j'ai envie de rester un peu sur la côte Est en ce moment. Après tout, on m'a collé l'étiquette d'acteur " ethnique " de la côte Est ; alors je me suis dit que je pouvais aussi bien me ressourcer ici un moment.

— Tant mieux, Gav. Je suis rudement content que tu sois ici. Ça me rappelle le bon vieux temps. Et où est-ce que ça en est à Paris ? Rosie m'a dit que tu allais bientôt commencer la préproduction de *Napoléon et Joséphine* et qu'elle était chargée de concevoir les costumes.

— C'est tout à fait ça. Dès que j'aurai fini les dernières formalités pour le lancement de *Kingmaker* à New York. Il faut que je mette au point la bande son et j'ai ramené une petite équipe avec moi. Nous en avons pour deux ou trois semaines. Ensuite, je repars de l'autre côté de l'Atlantique pour m'installer à Paris pendant au moins six mois. Beaucoup plus, sans doute.

— Et cet appartement ?

— Il est à toi, si tu en as envie, Kev.

— Tu rigoles ?

— Pas du tout.

— Qu'est-ce que tu veux que je fasse d'un truc pareil ?

— Eh bien, y habiter, je suppose. »

La bouche de Gavin se crispa pour résister à une soudaine envie de rire.

« Ça sera certainement mieux que le trou à rats de la Quatre-Vingt-Quatorzième Rue, au coin de la Première Avenue, insista Gavin.

— Possible, répliqua Kevin. Mais je n'habite plus dans mon appartement en ce moment. J'ai une planque dans Greenwich Village, un studio que je sous-loue dans la Dixième Rue Est. Je suis comme qui dirait dans la clandestinité.

— Parce que ça t'arrive de ne pas y être ? »

Kevin perçut un changement soudain, presque imperceptible, dans la voix de Gavin. Comme une pointe de désapprobation à peine exprimée ; en outre, une nuance de regret formait comme un nuage dans les yeux gris et calmes de Gavin, des yeux qui ne pouvaient jamais cacher les sentiments éprouvés par leur propriétaire. Kevin ne releva pas, il se contenta de boire son vin à petites gorgées, renversé contre le dossier du sofa, ses longues jambes croisées devant lui.

« Tu commences à accuser le coup, Kev, reprit Gavin au bout d'un moment en fixant avec insistance son meilleur ami. Oui, il suffit de te regarder pour voir que ce genre de vie a laissé des traces. »

Toujours sur la défensive dès qu'on remettait son métier en question, Kevin fut sur le point de rétorquer qu'il ne voyait pas du tout à quoi Gavin faisait allusion, mais il se ravisa. Il n'allait tout de même pas se livrer à un jeu aussi stupide avec cet homme qu'il aimait entre tous, qui était pour lui comme un frère et qui accourait toujours dès qu'on lui faisait signe, quoi qu'il arrive. Bref, un ami sur qui on pouvait compter en toutes circonstances.

Lentement, il hocha la tête.

« J'ai passé de sacrés quarts d'heure, ces derniers temps, reconnut-il avec une grimace. Et ce n'est pas rose tous les jours de jouer les agents doubles.

— Tu m'étonnes! Sans compter que c'est un jeu rudement dangereux.

— Le monde entier est dangereux à notre époque, Gav.

— Je sais. Mais toi, tu es là où le danger est le plus grand. Au cœur de la mêlée. Face aux criminels. Les coups de feu claquent de tous côtés et la moindre seconde d'inattention risque de te coûter la vie. Et il en sera ainsi tant que tu resteras dans le service de renseignements de la police criminelle. Une cible humaine. »

Kevin haussa les épaules.

« Peut-être, mais ça rapporte drôlement! » lança-t-il.

Puis il éclata de rire devant l'absurdité de son propos. Mais ne valait-il pas mieux prendre un peu de recul; l'humour rend la vie plus facile, parfois.

« Tu parles si ça rapporte! » railla Gavin.

Il leva son verre qu'il avait posé sur le guéridon, but une petite gorgée et reprit aussitôt :

« Rosie se fait beaucoup de souci à ton sujet, et Nell aussi. Et il en va de même pour ton serviteur. Tu n'as donc pas songé à reprendre tes billes, Kevin?

– Tu pourrais cesser d'être acteur, toi ?

– Non.

– Eh bien, pour moi, c'est pareil.

– Mais moi, je ne cours pas le risque de me faire tuer...

– Ah tu crois ça ! Tourne dans un navet et tu verras ce qui risquera de t'arriver. Il y a toujours un dingue quelque part, un connard qui ne demande qu'à descendre quelqu'un. »

Gavin secoua la tête.

« Tu es vraiment incorrigible. Mais je suppose que c'est plus fort que toi ; il faut que tu fasses ce métier coûte que coûte.

– Exactement, mon vieux. »

Gavin se cala le dos contre un amas de coussins moelleux et murmura :

« Allez, Kevin, laisse tomber. Je vais te donner un boulot, moi.

– Ah oui ? Quoi ?

– Je t'embauche comme assistant.

– Tu te fous de ma gueule ? se récria Kevin saisi d'un accès de colère soudaine. Je n'ai nullement besoin que tu me fasses la charité, merci.

– Ça n'a rien à voir avec la charité, Kev. J'ai effectivement besoin de quelqu'un qui pourrait me soulager d'une grande partie de mon travail.

– T'as qu'à te prendre une secrétaire. C'est ce que font en général les mecs qui sont dans ta situation.

– J'ai déjà une secrétaire. Ce qu'il me faut, c'est un assistant, quelqu'un qui règle certaines affaires à ma place, qui s'occupe des finances ou autres. Un homme en qui je puisse avoir confiance. Disons les choses comme elles sont, Kevin, on est comme des frères, nous deux. Nous formons une famille, depuis toutes ces années où nous avons été ensemble.

– C'est Nell qui t'a chargé de me faire cette proposition ?

– Absolument pas, vieux. Mais elle serait ravie de te voir sortir du froid.

– Très peu pour moi, merci, Gav. Je sais que tes intentions sont bonnes mais un boulot comme ça, c'est pas du tout dans mes cordes.

– En tout cas, l'offre tient toujours. Tu n'as qu'un signe à me faire. »

Kevin poussa un soupir.

« Merci. J'ai l'air de faire le difficile mais je reconnais que tu as été vachement sympa. Juré. Seulement, vois-tu, je suis flic jusqu'à la moelle des os, comme mon père, comme mon grand-père et son père avant lui, et ainsi de suite. Et je ne vois pas du tout quel plaisir j'aurais à faire autre chose. Je serais malheureux comme les pierres.

— Évidemment. Remarque, je me doutais bien que tu réagirais de cette façon. A part ça, où est-ce que vous en êtes, Nell et toi? Avez-vous l'intention de vivre ensemble? »

Kevin fixa ses yeux noirs sur les prunelles plus claires de Gavin et ils échangèrent un regard entendu; le genre de regard que seuls des amis peuvent s'adresser.

Au bout d'un moment, Kevin répondit :

« J'y ai beaucoup réfléchi, ces derniers temps. Je lui ai même demandé de m'épouser. Elle a réfléchi elle aussi, mais elle ne m'a pas dit qu'elle acceptait.

— C'est vraiment dommage, vous êtes faits l'un pour l'autre.

— Va dire ça à Nell.

— Je le ferai avec ta permission.

— D'accord; vas-y. Au fait, tu n'as pas été très bavard non plus, toi, tout à l'heure. Où est-ce que vous en êtes, Louise et toi?

— Ça ne marche pas très fort. Elle vit chez moi, dépense mon argent et s'envoie en l'air avec un sénateur de Washington. »

Gavin haussa les épaules. Puis il reprit avec un sourire amer :

« Si mon grand-père était encore en vie, il dirait que je me laisse manger la laine sur le dos.

— Et le mien dirait que je ne suis qu'un pauvre imbécile d'Irlandais. »

Ils échangèrent un sourire joyeux. Kevin reprit :

« Est-ce que tu comptes rester avec Louise? Sérieusement, qu'est-ce que tu vas faire?

— Faire le moins de vagues possible... pour l'instant du moins...

— Et en venant t'installer dans l'Est, tu n'as pas l'impression que ça peut provoquer quelques vaguelettes?

— Je ne me suis pas installé de façon permanente. J'ai simplement loué un appartement à New York, qui est ma ville natale,

287

afin de mener à bien la postproduction de mon dernier film. A la suite de quoi je partirai en France pour y tourner un autre long métrage. Comme ça, je lui laisse un peu la bride sur le cou. Ce n'est pas elle qui va s'en plaindre. Et puis elle finira bien par s'arranger pour se mettre dans une situation inextricable. Je lui fais confiance et comme je suis d'un naturel patient, ça ne me dérange pas du tout d'attendre tout le temps qu'il faudra. Il n'y a rien qui presse.

– Tu n'as personne d'autre dans ta vie ?

– Personne. Pas le moindre jupon pour égayer mes nuits et illuminer mes journées. Rien que mon travail. Ce qui me suffit grandement.

– Tu finiras bien par rencontrer quelqu'un.

– Peut-être. »

Pris d'une idée subite, Kevin demanda :

« Est-ce que tu as quelqu'un pour te faire la cuisine ici, au fait ?

– Non, pourquoi ?

– Je me demandais où tu avais prévu qu'on aille dîner. Je sais que tu détestes les restaurants... Avec ta jolie gueule d'amour qu'on voit sur tous les écrans, tu ne peux plus faire un pas nulle part sans être assailli par des nuées d'admiratrices.

– Toi aussi, tu détestes te faire voir dans les lieux publics, Kev. Alors, ne me colle pas tout sur le dos.

– Est-ce que tu aurais pu imaginer que tu deviendrais un jour tellement célèbre que tu ne pourrais plus aller manger nulle part de crainte d'être reconnu et harcelé par des bonnes femmes à moitié fêlées ? Et que j'hésiterais à sortir avec toi de crainte qu'un gangster risque de te descendre en voulant me supprimer d'une rafale de mitraillette ?

– Non, ça ne me serait vraiment jamais venu à l'idée, reconnut Gavin avec un sourire. Mais, comme je le disais tout à l'heure, nous ne brillons ni l'un ni l'autre par une intelligence excessive. »

Gavin se leva, gagna l'autre bout de la pièce et se retourna pour faire face à Kevin.

« Eh bien, figure-toi justement que nous allons sortir quand même.

– Ah oui. Pour aller où ?

– En plein centre de Manhattan. Dans la salle de projection

privée de Bobby de Niro, au Tribeca. Je l'ai louée pour la soirée. Rien que pour nous deux. Je vais te passer *Kingmaker* et ensuite nous irons casser une petite graine au gril de l'établissement.

– Formidable. Au moins, là, nous ne courrons aucun risque.

– Absolument aucun. Ça, je peux te le garantir, Kevin. »

30

Il faisait un froid glacial et il tombait une petite pluie fine qui se transforma rapidement en neige, recouvrant les vitres de la voiture d'une pellicule blanche et tenace.

« Sale temps, Vito, dit le chauffeur en actionnant son lave-vitres pour tenter de voir un peu mieux la route dans l'obscurité. Sale temps pour se taper tout ce trajet jusqu'à Staten Island.

— Te plains pas. Ici on est au sec, Carlo, répliqua Vito de sa voix rocailleuse. Et il fait bien chaud. Alors, où est le problème ? Pourquoi tu nous mets pas un disque ? Le dernier album de Johnny, tu sais bien, celui qui s'appelle *L'Enfant de fortune.*

— D'accord, Vito », grommela Carlo en s'exécutant aussitôt.

La voix vibrante de Johnny Fortune emplit l'espace restreint de la voiture et Vito se rencogna contre le dossier du siège arrière en souriant avec béatitude, heureux d'écouter pour la énième fois *You and Me We Wanted It All* (Toi et moi, on voulait tout).

Il était vraiment très fier de son neveu. La grande vedette de la chanson. Maintenant, Johnny se trouvait à cent coudées au-dessus de ses concurrents. D'autres avaient été aussi grands que lui, autrefois, mais ils avaient dû céder la première place. Le tour de Johnny était venu. A trente-huit ans, Johnny Fortune avait atteint le pinacle : au sommet du Top cinquante, ses chansons étaient sur toutes les lèvres. Non seulement en Amérique mais aussi dans le monde entier.

Vito soupira de plaisir et ferma les yeux un moment, apaisé par le son de cette voix veloutée. Poussant un nouveau soupir, il se dit : il chante comme un ange, mon Johnny. Oui, comme un ange.

On était le 23 janvier 1992, un jeudi, et comme tous les jeudis, Vito se rendait chez Salvatore pour prendre part au dîner familial hebdomadaire. Depuis soixante ans, ce repas avait lieu tous les jeudis. C'était un rite qui avait commencé à l'époque où ils avaient eu tous les deux dix-neuf ans, juste après leur mariage, Vito avait épousé Angelina – Dieu ait son âme ! – et Salvatore venait de convoler avec Teresa.

Soixante ans ! Vito se demanda combien d'autres dîners se dérouleraient encore le jeudi soir à Staten Island. Tous deux étaient bien vieux maintenant ; soixante-dix-neuf ans. Pourtant, il ne sentait pas son âge. A part un petit soupçon d'arthrite au niveau de la hanche et quelques petits kilos en trop. Et il ne faisait pas soixante-dix-neuf ans, il le savait. Salvatore non plus, d'ailleurs. Oh bien sûr, les cheveux s'étaient teintés de gris et de profondes rides sillonnaient leurs visages, mais ils avaient conservé une forme étonnante, tout compte fait. Et aucun d'eux n'avait rien perdu de son intégralité mentale, que le bon Dieu en soit remercié.

C'est qu'il tenait encore bien le coup, son vieux *goombah*, il avait gardé la totalité de son pouvoir, en se maintenant à la tête de toutes les familles de la côte Est. Le *capo di tutti capi*, le patron de tous les patrons ! Vito était fier de Salvatore. Aussi fier de Salvatore que de Johnny.

Cette chanson de John il l'adorait.

« *Toi et moi, on a tout voulu* », chantait Johnny.

N'en était-il pas ainsi pour le monde entier ? Lui et Salvatore, ils avaient tout voulu, eux aussi, oui, tout. Et ils avaient tout pris. Par la force, à chaque fois qu'il l'avait fallu.

Les mauvaises langues prétendaient que Salvatore et lui étaient des hommes dangereux, impitoyables et pervers. Ce n'était pas vrai. Ils avaient seulement essayé de se sortir du ruisseau, de cette

291

misère crasse qui régnait dans le Lower East Side, le quartier Est de Manhattan, cette Little Italy où ils avaient échoué en débarquant avec leur famille, incapables de parler anglais, à demi affamés la plupart du temps, sans la moindre chance de s'assurer une vie décente.

Ils n'avaient pas eu le choix. C'était ça ou crever de faim.

Vito sourit intérieurement. Finalement, tout s'était bien passé pour eux. Quelques migraines de temps à autre, quelques petites anicroches par-ci par-là, mais rien d'insurmontable. Et ils avaient réussi à passer entre les mailles de la justice, pratiquement tout le temps... pendant plus de soixante ans!

Oui, d'accord, ils avaient peut-être eu un peu de chance. Mais la présence de ripoux dans la police, ça aide. Salvatore devait mettre la main à la poche toutes les semaines, mais il avait les moyens de leur graisser la patte. Quelques enveloppes bourrées de dollars, ce n'est pas ça qui pouvait grever leur capital. Ils avaient les moyens. Et passez la monnaie! De cette façon, il n'y avait plus rien à craindre des foudres de la loi.

Personne ne résiste à la tentation d'un bakchich, se dit Vito en partant d'un grand rire sonore, un rire rauque qui emplit la voiture en secouant son ventre. Oui, on peut acheter tout le monde. A condition d'y mettre le prix. Certains veulent de l'argent, d'autres aspirent au pouvoir ou sollicitent une faveur spéciale. Des putes, tous autant qu'ils sont. La seule chose dont ils discutent c'est du prix qu'il faut leur payer.

Le monde est pourri. Le genre humain est en pleine décadence. Non, Vito n'avait pas une haute idée de ses congénères. Quand je pense qu'on reproche aux *amici*, aux hommes de l'Honorable Société tous les maux qui accablent l'univers. Mais il n'y a aucune raison de nous en vouloir, se dit Vito, nous ne faisons rien de pire que les autres. La corruption, le vol, les crimes de toutes sortes y compris le meurtre, on voit ça partout, dans le monde des affaires, dans la vie courante et même au sein du microcosme politique. De beaux salauds, ces politiciens, ajouta-t-il in petto. Ils ne pensent qu'à accroître leur bas de laine, comme les flics, comme tout le monde...

Soudain distrait de sa rêverie, Vito dressa l'oreille pour mieux entendre. Cette chanson-là, il l'aimait aussi. Elle s'appelait *My Way*.

Les paroles lui rappelaient son histoire et celle de Salvatore. Nous avons vécu à notre manière, murmura-t-il à voix basse. Moi et Salvatore, c'est nous qui avons établi nos propres règles. Nous nous sommes conformés au code de la Confrérie mais à notre façon, oh ça oui!

Il sourit de nouveau. Quelques bons souvenirs remontaient à sa mémoire.

Cette chanson datait des années soixante, il la connaissait bien. Une vieille chanson que Johnny avait remise à la mode. On l'entendait à la radio à tout bout de champ.

Johnny Fortune.

La grande vedette de la chanson.

Sa fierté et sa joie.

Son neveu.

Un fils, même, plutôt qu'un neveu.

Johnny était à New York pour la semaine. Il venait dîner à Staten Island, lui aussi. On l'amènerait de Manhattan en limousine. Salvatore était heureux; vraiment heureux. La soirée s'annonçait fabuleuse.

La maison de Salvatore Rudolfo se trouvait à l'écart de la route. Entourée de hauts murs de brique, elle avait, sur le devant, une grande grille en fer que l'on actionnait électriquement. Ce système de protection soutenait la comparaison avec celui de Fort Knox.

Vito savait qu'il y avait des hommes dissimulés partout, armés jusqu'aux dents mais invisibles à l'œil humain. A l'exception des deux gardes qui surgirent du néant lorsque la voiture s'arrêta devant la grille.

Les deux battants métalliques s'écartèrent lentement une fois que les factionnaires eurent vérifié l'identité des nouveaux arrivants et Carlo engagea la Cadillac noire dans l'allée qui décrivait une courbe pour mener à l'entrée de la maison principale. Puis le conducteur freina, s'immobilisa et descendit ouvrir la portière à Vito. Carlo, un soldat de l'organisation qui assumait la fonction de chauffeur et de garde du corps auprès de Vito, reprit ensuite le volant pour emmener le véhicule vers l'arrière pendant que Vito montait les marches du perron.

Dès qu'il eut pénétré dans le hall et tout en ôtant son pardessus, Vito sentit qu'il se passait quelque chose de particulier ce soir-là. D'habitude, le jeudi, seuls les bras droits de Salvatore et les membres de sa famille étaient présents. Mais il remarqua la présence de *capi* qui s'étaient rassemblés à l'autre bout de l'entrée ; il y en avait deux autres près de la porte du bureau de Salvatore.

Cette porte s'ouvrit soudain et Anthony Rudolfo, cousin et *consigliere* de Salvatore, sortit, s'avança vers Vito et l'embrassa sur les deux joues avant de lui annoncer :

« Le grand patron t'attend. Il voudrait te dire un mot avant le dîner, Vito. »

Vito hocha la tête et se dirigea aussitôt vers le sanctuaire où le *don* se retirait pour travailler. Il fronçait les sourcils, pris d'une soudaine inquiétude à l'idée qu'il se passait peut-être quelque chose d'anormal.

Salvatore était assis dans un fauteuil auprès du feu. Il se leva dès qu'il eut aperçu Vito et vint à sa rencontre. Les deux hommes, qui étaient amis depuis la lointaine époque où ils avaient passé leur enfance à Palerme, se donnèrent l'accolade avant de s'embrasser sur les deux joues à la manière des Siciliens.

Vito hocha lentement la tête.

« Eh bien, tu m'as l'air en pleine forme, ce soir, Salvatore. Pour un vieil homme, s'entend ! »

Salvatore éclata de rire.

« Mais toi aussi, mon vieux *goombah*. »

Il frissonna imperceptiblement et reprit :

« Il fait froid, ce soir, Vito. Assez pour geler les nichons d'une sorcière et les transformer en stalactites. »

Il rit de nouveau d'un rire gras qui lui secouait le ventre.

« Tu te souviens quand nous étions gamins, ce qu'on pouvait se les geler, en plein hiver, dans nos guenilles râpées. Tu te rappelles comment on faisait pour essayer de se tenir chaud dans ces trous à rats où on logeait dans le bas de Manhattan ? »

Il secoua la tête d'un air songeur et ajouta :

« C'était une drôle d'époque !

— Tu parles que je m'en souviens. Je n'oublie jamais rien,. Salvatore. »

Le *don* passa un bras autour des épaules de Vito et il l'amena auprès de la cheminée.

« Cette époque est révolue. Ce n'est plus qu'un souvenir. Maintenant, nous avons pris de l'âge tous les deux et une fois de plus le froid est bien dur pour nos os. Il les fait grincer. Allez, viens te réchauffer un peu auprès du feu. »

Tout en parlant, le *don* avait pris une bouteille de vin rouge posée sur la petite table entre les fauteuils. Il emplit deux verres à ras bord.

« Le feu va réchauffer ta chair et le vin ton sang. »

Les deux hommes trinquèrent alors, murmurant à l'unisson : « A la Confrérie. » Puis ils prirent une longue gorgée, faisant rouler le vin dans leur bouche pour le savourer. C'était là un des rares plaisirs qui leur restaient encore dans la vie. Puis ils se renversèrent contre le dossier de leurs fauteuils et se regardèrent un long moment, exprimant dans leurs yeux toute leur sagesse, leur connaissance et leur pouvoir. Et une amitié éternelle.

Au bout d'un moment, Vito demanda :

« Pourquoi y a-t-il tous ces *capi*, ce soir ? Tu crains qu'il y ait des problèmes ou quoi ? »

Salvatore Rudolfo secoua la tête et murmura :

« Simple mesure de précaution. Je n'ai pas envie qu'on me joue un mauvais tour par surprise ou qu'on vienne me cueillir à l'improviste. La prudence a toujours été notre règle, Vito, alors pourquoi la changer ?

– Que veux-tu dire ? » demanda Vito. Ses yeux sombres étincelaient de curiosité.

« Trop de problèmes dans les autres familles. Les Gambino sont en plein dans la mélasse parce que Sammy le Taureau s'est mis à parler à tort et à travers. »

Il regarda fixement Vito et s'exclama :

« Il chante comme un canari jaune, ce sale mouchard ! Et puis c'est aussi la pagaille dans la famille Colombo ; tout le monde se tire dans les pattes, c'est un vrai massacre ! J'espère qu'il ne va pas y avoir la guerre entre les familles. Ça s'est déjà produit autrefois...

– Je ne pense pas que la violence fera tache d'huile...

– Qui peut dire ce qui va se passer ? »

Salvatore leva les mains dans un geste d'impuissance et haussa les épaules.

« L'une des autres familles de New York pourrait tenter de tirer parti de cette situation et essayer de s'emparer des territoires des Gambino ou des Colombo, expliqua-t-il. Il pourrait y avoir la guerre. Donc il vaut mieux se préparer au pire pour être paré à toute éventualité.

– T'as raison, Salvatore. On ne perd jamais rien à prendre des précautions. »

Salvatore se pencha en avant, ses yeux bleus soudain empreints de l'éclat de la jeunesse.

« Je vais peut-être organiser un conclave de toutes les familles, rassembler tous les patrons...

– Comme à Appalachia en 1957 ? s'exclama Vito.

– Oui, une conférence. Pour décider de la marche à suivre. On parle beaucoup trop de nous, Vito. Notre société fait la une des journaux pratiquement tous les jours. Les flics, les fédés, la presse, tout le monde rapplique. Ça devient dangereux. Tu piges ?

– Ouais. Et je suis tout à fait d'accord avec toi.

– Et puis il y a ce maudit Joey Fingers, annonça Salvatore.

– Qu'est-ce qu'il a fait ?

– Il commence à se prendre pour un caïd, et en plus il a vraiment la gâchette un peu trop facile. Comme il fait partie de notre "famille", ça peut devenir vraiment dangereux pour nous. A cause de lui, nous nous trouvons constamment placés sur la sellette, Vito, et cela, je l'ai toujours détesté, c'est pas bon du tout pour les affaires. »

Le *don* marqua un temps d'arrêt et bien qu'il fût chez lui, donc absolument certain qu'il n'y avait pas des micros dissimulés partout, il ajouta dans un chuchotement à peine perceptible :

« C'est mauvais pour Cosa Nostra. »

Vito hocha la tête et étendit le bras pour poser la main sur celle de Salvatore afin de lui manifester sa compréhension.

Au bout d'un moment de silence, Vito demanda :

« Et qui c'est qui va s'occuper de Joey Fingers ?

– Personne. Pas encore. Pour le moment, on attend. On va voir ce qu'il va faire. »

Un profond soupir souleva la poitrine du *don* qui secoua la tête avec tristesse.

« Vois-tu, mon vieux *goombah*, rien n'est plus comme avant. Eh oui, les choses ont bien changé ! »

Vito ne releva pas, perdu dans ses pensées. Si Salvatore était le *capo di tutti capi* ce n'était pas sans raison. C'était un homme sage ; il disait la vérité, toute la vérité. Vito resta immobile à réfléchir un moment.

Salvatore était un homme robuste, taillé en athlète, sans le moindre pouce de graisse. Il avait le visage sillonné de rides, mais on n'avait pas l'impression de se trouver en face d'un vieil homme : l'impression de puissance qui se dégageait de sa personne était beaucoup trop grande pour cela. Le nez romain s'incurvait légèrement, les sourcils bruns et parsemés de taches blanches dominaient de leurs arcs proéminents des yeux d'un bleu extraordinaire : un bleu pur comme celui de la Méditerranée autour des côtes de Sicile. Ces yeux pouvaient à certains moments refléter le soleil et la chaleur du vieux pays, mais ils devenaient tout à coup aussi froids et glacés que les eaux de l'océan Arctique.

Salvatore interrompit soudain les réflexions de Vito.

« Où est Johnny ? demanda-t-il.

— Il va arriver d'une minute à l'autre, Salvatore. Ne te tracasse pas ainsi. »

Vito se leva et se dirigea lentement vers la fenêtre devant laquelle il s'attarda un instant, scrutant les ténèbres. Soudain, il s'écria :

« Tiens, le voilà ! Toujours aussi ponctuel, ce brave garçon, conclut-il en jetant un rapide coup d'œil à sa montre. Pile à l'heure ! »

Teresa Rudolfo, épouse de Salvatore, trônait au bout de la table. C'était une femme majestueuse, grande et mince, âgée de soixante-dix ans, avec des cheveux d'un blanc immaculé et des yeux ressemblant à des éclats de jais. Comme toujours, elle avait mis sa robe noire et ses trois rangées de perles – des perles authentiques – et elle présidait le repas avec orgueil et dignité.

La table était recouverte d'une nappe blanche empesée et très joliment brodée sur laquelle étaient disposés la porcelaine la plus fine, le cristal le plus pur et l'argenterie la plus chère que l'on pût trouver sur le marché. Un vase en argent, garni de fleurs et flanqué de deux candélabres en argent eux aussi, se dressait au centre et on avait disposé partout des plats garnis des mets les plus variés.

Rassemblés autour de cette table splendide dressée dans la salle à manger d'apparat de Rudolfo, se trouvaient les quatre enfants de Rudolfo et de Teresa, tous adultes et tous mariés : Maria, Sophie, Frankie et Alfredo, ainsi que leurs conjoints respectifs. Il y avait aussi parmi les convives Charlie Salvatore, le frère de Rudolfo, qui était également son bras droit, et leur cousin Anthony, le conseiller du patron, tous deux accompagnés de leurs épouses.

Vito était assis auprès de Teresa, à sa droite.

Johnny, lui, se trouvait à droite de Salvatore, sa place habituelle.

Comme tous les jeudis, on avait préparé à l'intention des invités une énorme salade de laitue et de tomates, relevée d'olives et de petits oignons; il y avait aussi des poivrons sautés dans l'huile d'olive, une salade de fruits de mer, un poisson cuit au four, des tagliatelles à la sauce tomate et plusieurs poulets rôtis. Le vin rouge coulait en abondance, servi par Alfredo, tandis que circulait une corbeille de petits pains italiens confectionnés par la maîtresse de maison elle-même. Les plaisanteries fusaient, la conversation était générale et tout se passait dans la bonne humeur et la gaieté. Bref, le repas était on ne peut plus réussi.

Seule Teresa restait silencieuse, silencieuse comme une tombe. Elle écoutait avec attention et surveillait tout le monde de ses petits yeux précautionneux.

De temps à autre, elle murmurait une ou deux paroles à l'intention de ses filles qui l'aidaient à faire circuler les mets autour de la table ou repartaient vers la cuisine pour remplir les plats vides de pâtes fumantes et de sauces savoureuses.

Johnny, qui l'observait à la dérobée depuis un moment, eut soudain l'esprit traversé par une sorte d'éclair. Elle n'est pas contente parce que je suis là ce soir, se dit-il. Elle ne m'aime pas. Cette idée le frappa comme un coup de foudre : sa tante Teresa, qu'il connaissait depuis qu'il était au monde, ne l'avait jamais aimé. Cette certitude s'imposait à lui avec une force grandissante : elle le détestait, elle ne pouvait pas le souffrir.

Il se demanda pourquoi. Il ne voyait qu'une réponse possible.

C'était parce que l'oncle Salvatore l'avait pris sous sa protection. C'était de la jalousie. Elle était jalouse parce qu'il était le préféré de son mari, parce qu'il y avait entre Salvatore et Johnny des liens d'affection qu'elle ne pouvait pas admettre.

Juste en face de lui, Vito avait l'esprit occupé par les mêmes pensées. Mais le vieil homme se contenta de hausser les épaules. Teresa était une vieille femme, désormais. Son venin avait perdu de sa virulence avec l'âge. Personne ne faisait plus attention à elle. Surtout Salvatore, qui ne l'avait jamais aimée.

Après le dîner, Salvatore emmena Johnny et Vito dans son sanctuaire privé et referma soigneusement la porte derrière lui.

« On va se boire une strega, Johnny, dit le *don* en versant la liqueur italienne de couleur dorée dans des verres hauts et étroits. Tu en veux aussi, Vito ? » demanda-t-il en levant un sourcil.

Vito hocha affirmativement la tête.

« Merci », dit Johnny en prenant le verre que lui tendait son oncle.

Les trois hommes trinquèrent et s'assirent autour du feu qui flambait joyeusement.

« Toutes mes félicitations, Johnny, dit Salvatore en adressant au jeune homme un sourire rayonnant. Ton concert au Madison Square Garden a été formidable, samedi dernier. Sensationnel. Nous avons tous énormément apprécié.

— On a refusé du monde, déclara Johnny. C'est mon concert le plus réussi jusqu'à présent.

— Nous sommes fiers de toi, Johnny. Tu es une grande star. La plus grande de toutes. Et tu as tout fait toi-même.

— Voyons, oncle Salvatore ! C'est grâce à toi, et aussi à oncle Vito, bien entendu. Vous m'avez énormément aidé.

— Nous n'avons rien fait du tout. »

Johnny fixa le *don* d'un regard étonné puis il se tourna vers Vito qui inclina la tête pour montrer son accord avec les paroles que Salvatore venait de prononcer.

« Nous t'avons ouvert quelques portes, c'est tout, ajouta Salvatore, en demandant à un certain nombre de clubs disséminés dans le pays de bien vouloir te donner ta chance. En particulier à Las

Vegas, où les patrons de boîtes t'ont accueilli sans difficulté. Mais nous avons voulu que tu manges de la vache enragée, comme tous les autres. »

Les yeux agrandis par la surprise, Johnny demanda :

« Ah bon ? Et pourquoi donc ?

— Nous voulions que tu restes propre, nous tenions à ce que tu demeures à l'écart de nos activités, expliqua Salvatore de sa voix la plus douce.

— Si nous en avions trop fait, nous t'aurions compromis, Johnny, ajouta Vito. Nous ne voulions pas te contaminer en établissant un lien entre toi et les *amici*. »

Vito lui sourit, jugeant souhaitable de préciser :

« Nous voulions que tu n'aies aucun point commun avec notre confrérie. Nous nous sommes donc contentés de rester dans les coulisses, comme l'a dit Salvatore.

— Eh bien, en tout cas, je vous remercie », répliqua Johnny avant d'ajouter en adressant un large sourire aux deux hommes :

« Et moi qui me croyais sous votre protection !

— Mais tu y étais, murmura Salvatore ; tu y étais constamment. Seulement, nous avons préféré te laisser te débrouiller tout seul. Et nous avons eu raison de nous en tenir à cette ligne de conduite. Quant à toi... »

Il marqua un temps d'arrêt, sourit à Johnny et reprit :

« Toi, tu ne nous as jamais laissés tomber ; et pourtant, il y a une chose qui me déçoit. »

Étonné, Johnny l'interrogea du regard.

« Quoi donc ? demanda-t-il enfin.

— Tu n'es pas marié, Johnny. Ce serait tellement mieux si tu avais épousé une gentille petite Italienne. Un homme ne peut pas vivre sans femme.

— Je suis tout à fait d'accord avec toi, oncle Salvatore, seulement voilà, je n'ai jamais rencontré la jeune fille qu'il m'aurait fallu.

— C'est bien dommage, dit le *don*. Mais tu es encore jeune, il ne faut pas désespérer. »

Il but quelques petites gorgées de sa strega et les hommes restèrent muets un court instant. Soudain, Salvatore brisa le silence et s'adressa de nouveau à Johnny.

« Alors, comme ça, tu vas en Europe. Parle-moi de ce voyage. Où comptes-tu aller ? »

Johnny lui décrivit alors l'itinéraire de la tournée projetée et Salvatore l'écouta avec attention. Il hocha la tête à plusieurs reprises et posa quelques questions pertinentes.

Vito était moins attentif. Ses pensées ne tardèrent pas à dériver dans une autre direction.

Il revoyait le passé, il avait devant lui l'image de Salvatore tel qu'il avait été pendant sa jeunesse, à trente ans, l'âge de Johnny. Un bel homme, aussi joli garçon que Johnny maintenant. Les femmes se précipitaient toutes dans ses bras, mais Salvatore restait indifférent. Il était très à cheval sur le respect de la fidélité conjugale. Enfin, en principe.

Vito poussa un soupir. La vie était bizarre et beaucoup de choses restaient dans l'ombre, inexpliquées le plus souvent. Et pourtant, lui, il aimait que tout soit bien clair et il aurait voulu que Salvatore affiche la même exigence.

Vito ferma les yeux et partit à la dérive, comme ses pensées, bercé par les paroles des deux hommes, amolli par la chaleur du feu, la saveur de la strega et la satisfaction d'avoir le ventre bien rempli dans une douce ambiance familiale. Il s'assoupit avec béatitude.

« Je te téléphonerai dès que j'arriverai à Londres, oncle Salvatore, promit Johnny, et Vito se redressa, réveillé en sursaut.

– Quoi, tu disais ? » demanda-t-il en clignant des yeux en direction de Johnny.

Salvatore partit de son grand rire sonore.

« Alors, tu dormais, mon vieux. »

Vito eut un petit sourire gêné, mais comprenant qu'il serait stupide de protester, il se contenta de rester silencieux.

Johnny vint à lui, l'aida à se relever et l'embrassa sur les deux joues.

Puis, revenant auprès du *don,* il prit congé de la même manière et s'en alla, refermant la porte sans bruit derrière lui.

Une fois seuls, les deux hommes reprirent leurs fauteuils et restèrent un moment silencieux; ils se connaissaient si bien qu'ils pouvaient communiquer entre eux sans recourir à la parole.

Finalement, Vito déclara :

301

« Je ne dormais pas. »

Salvatore se contenta d'émettre un petit rire sceptique.

« Je rêvais.

– De quoi donc, *goombah* ?

– Du passé, mon vieil ami. »

Vito laissa échapper un long soupir puis, peu à peu un sourire apparut sur son visage rond.

« Je te revoyais quand tu avais l'âge de Johnny, Salvatore. Tu étais beau gosse, toi aussi. Tout comme lui. Les mêmes yeux, les mêmes cheveux, la même tête. »

Salvatore se redressa légèrement sur son fauteuil, mais il ne fit aucun commentaire, se contentant de déguster sa strega.

« Ça me rappelle, continua Vito, une photo que j'ai vue dans l'album d'Angelina, chez moi. Elle a été prise en 1946. Toi, moi, Teresa et elle. Tu avais trente-huit ans. On croirait que c'est Johnny qui est sur la photo. »

Salvatore resta silencieux.

« Je me demande vraiment pourquoi personne n'a jamais remarqué cette ressemblance. »

Salvatore se contenta de pousser un grognement.

Vito inspira à fond.

« En tout cas, Teresa, elle l'a remarquée, elle... »

Il marqua un temps d'arrêt puis ajouta, très vite :

« Elle a su tout de suite.

– Peut-être, concéda enfin Salvatore.

– Et pourquoi tu n'as jamais rien dit à Johnny ?

– C'est mieux comme ça.

– Pas sûr. Ma sœur Gina, elle t'aimait, Salvatore. Tu étais sa vie, après la mort de Roberto. Elle aurait voulu que Johnny sache que tu es son père ; sa mère aurait voulu qu'il sache la vérité.

– Non », se récria Salvatore avec une véhémence contenue.

Il reposa son verre sur la table et se pencha vers Vito ; le clouant sur place de son regard farouche, il siffla :

« Il ne faut pas qu'il sache. Jamais. Personne ne doit savoir qu'il est mon fils.

– Pourquoi ?

– Ta question est stupide, Vito, rétorqua Salvatore en secouant la tête. Tu dois commencer à te faire vieux. »

302

Vito ne releva pas l'âpreté du propos.

« Quel inconvénient y aurait-il à ce qu'il sache ?

– Il ne le faut pas. Je ne le veux pas. »

D'un ton si bas que sa voix était à peine perceptible, il chuchota :

« Je veux qu'il reste en dehors de tout ça. Il faut qu'il soit au-dessus de tout soupçon. Mon fils ne devra jamais risquer la moindre accusation. »

Il décocha à Vito un regard aigu :

« *Capisce ?* »

31

Peu après la mort prématurée de Collie, à la mi-janvier, Rosie avait quitté Montfleurie pour regagner Paris, et depuis lors elle travaillait d'arrache-pied, ne ménageant ni son temps ni sa peine.

Cet acharnement était en fait le résultat d'un choix délibéré, car elle avait découvert depuis longtemps que l'activité était pour elle le meilleur moyen d'atténuer le chagrin.

Sa peine était en effet très vive, car elle avait toujours considéré Collie comme sa meilleure amie, depuis leur première rencontre, en 1982.

« Un véritable coup de foudre », disait toujours Collie pour qualifier ce qu'elle avait elle-même ressenti ce jour-là, et Rosie avait éprouvé la même attirance pour cette jeune fille, la première amie qu'elle s'était faite à Paris, et qui devait par la suite devenir sa belle-sœur.

Leur relation n'avait jamais connu de faille. Collie avait entièrement pris fait et cause pour Rosie quand celle-ci avait eu des problèmes avec Guy ; en fait, ces déboires conjugaux les avait encore rapprochées, Collie représentant pour Rosie une source de consolation et d'amitié à une époque particulièrement pénible. Maintenant, Collie lui manquait, et elle savait qu'il en serait toujours ainsi.

Le travail avait donc représenté pour elle, au cours de ces dernières semaines, un véritable refuge et un réconfort précieux. En outre, Rosie se réjouissait de voir qu'elle avait pu progresser dans la conception des costumes bien que le début de la préproduction du film ne fût prévu que dans un mois environ. Elle bénéficiait ainsi d'une avance importante qui lui permettrait de souffler un peu quand elle en ressentirait le besoin.

Gavin avait été retardé à New York à cause de difficultés qui avaient surgi lors de la mise au point de la postproduction de *Kingmaker*. Il avait appelé Aïda à son secours et repoussé la date du début du tournage aux studios de Billancourt. Aïda et son équipe londonienne n'arriveraient pas à Paris avant le mois de mars, en même temps que Gavin.

Pourtant, Rosie savait qu'elle n'aurait pas le temps de s'ennuyer d'ici là. Elle avait à faire face à une tâche monumentale, une fois de plus, car il lui fallait créer des costumes d'époque fort compliqués et beaucoup plus difficiles à dessiner que les vêtements actuels.

En cette matinée ensoleillée du début février, Rosie observait certaines de ses esquisses, debout à sa table de travail, au milieu de son atelier. Cette vaste pièce, baignée de lumière grâce aux portes-fenêtres et à une grande lucarne ménagée dans la toiture, était située à l'arrière de l'appartement qu'elle avait loué rue de l'Université, dans le VIIᵉ arrondissement.

Il y avait là six dessins représentant le premier groupe de costumes, qu'elle avait minutieusement réalisés dans le moindre détail, les disposant un à un sur le support qu'elle s'était elle-même confectionné plusieurs années auparavant. Ce long pupitre courait sur toute la largeur du mur et, une fois en place les esquisses dominaient le studio de toute leur hauteur.

Chaque dessin en couleurs mesurait un mètre vingt de haut. Il y avait là trois costumes destinés à Napoléon, dont le rôle serait tenu par Gavin Ambrose, et trois à Joséphine, bien que Rosie ignorât encore quelle serait l'actrice qui incarnerait le personnage.

A cause de leur complexité et de leur magnificence, Rosie s'était attaquée en premier aux vêtements que Napoléon devait porter à l'occasion de son sacre. La tunique en soie blanche, ornée de broderies d'or, était recouverte d'un manteau de velours rouge rehaussé d'une cape en hermine; quant à la couronne, elle se composait d'une guirlande de lauriers à feuilles d'or. Rosie tenait à réaliser des répliques d'une authenticité parfaite. Comme toujours, elle accordait la plus grande importance au moindre détail.

Elle examina ensuite le deuxième dessin représentant l'un des uniformes de l'empereur : une culotte blanche très moulante, des bottes noires, une redingote de la même couleur et un tricorne. Sur la troisième illustration, on voyait un costume civil : une culotte et un manteau que Rosie découperait dans du drap rouge et associerait à des bas de soie blancs et à des chaussures noires à boucles dorées.

Après avoir observé ces esquisses pendant quelques minutes, elle se dirigea vers celles qui représentaient les futures toilettes de l'impératrice. Celle qu'elle avait prévue pour le sacre rivalisait de splendeur avec le costume de l'empereur. Il faudrait des mètres et des mètres de soie blanche, avec des broderies d'or ; sans oublier les joyaux somptueux et la tiare de diamant. Mais pour l'instant, Rosie concentrait toute son attention sur une robe de soirée dont elle était déjà en train de réaliser le prototype destiné à la couturière et qu'elle avait posée, en attente, sur un mannequin placé près de l'une des fenêtres.

D'une main experte, elle rectifia le drapé de la robe. C'était un modèle très courant pendant le premier Empire car il avait été popularisé par Joséphine, avec la taille très haute, une encolure en décolleté vertigineux et des manches courtes et bouffantes. Réalisée en soie argentée, elle était recouverte d'une étole en mousseline bleu pâle.

Rosie ôta quelques épingles qu'elle piqua dans la pelote fixée à son poignet, puis elle saisit le tissu de ses mains expertes et assurées. Décidée à faire en sorte que la robe tombe bien, sur le côté, elle y travailla pendant vingt bonnes minutes jusqu'au moment où elle put se déclarer satisfaite du résultat. De temps à autre, elle ouvrait le livre qui présentait des photos de ce modèle particulier et que Henri de Montfleurie avait acheté pour elle. Elle avait trouvé dans cet ouvrage des renseignements précieux, car il s'agissait d'une biographie illustrée de nombreux tableaux qui représentaient, outre Napoléon lui-même, son épouse Joséphine, les familiers des souverains, les batailles livrées par l'empereur et le cadre dans lequel il avait vécu.

Soudain, la sonnerie de la porte d'entrée l'interrompit dans son travail. Rosie sursauta et jeta un coup d'œil à sa montre, constatant avec surprise qu'il était près d'une heure de l'après-midi. Elle ôta vite sa pelote d'épingles et sa blouse de dessinatrice et courut ouvrir. Elle savait que c'était Nell, qui se trouvait en ce moment à Paris et qu'elle avait invitée à déjeuner.

Les deux femmes tombèrent dans les bras l'une de l'autre. Elles s'embrassèrent avec chaleur, se déclarant fort heureuses de se revoir enfin.

Après avoir amené son amie dans le hall d'entrée, Rosie la contempla un moment et dit :

« Tu es vraiment très jolie, Nell. Et je suis sûre que mon frère est d'accord avec moi. »

Nell éclata de rire et hocha la tête. Puis elle déclara :

« Bah, la plupart du temps, oui. »

Rosie ne releva pas. Elle aida Nell à se défaire de son manteau de vison noir et l'emmena dans la bibliothèque.

C'était une petite pièce douillette, de style Belle Époque, égayée par un feu qui brûlait dans la cheminée et fortement embaumée par l'odeur du mimosa et d'autres fleurs de printemps.

« Quoi ! s'exclama Nell. Où as-tu trouvé des mimosas à cette époque de l'année ?

— Oh, ce n'est pas moi, expliqua Rosie. C'est Johnny Fortune qui me les a fait livrer de chez Lachaume. Ce sont les fleuristes les plus chic de Paris : ils sont très bien fournis en fleurs de serre et peuvent vendre toutes sortes de variétés en dehors de leur saison normale.

— Alors là, tu m'épates, dit Nell en adressant un large sourire à Rosie. Et moi qui lui avais dit que tu aimais surtout les roses pêche et les violettes.

— Oh mais il m'en a fait envoyer aussi. Elles sont dans le salon.

— Eh bien lui, il ne fait pas les choses à moitié, au moins, dit Nell en se penchant au-dessus du vase pour y enfouir ses narines. Hmmm, quelle odeur divine ! »

Puis elle se redressa et s'approcha de la cheminée, regardant Rosie ouvrir une bouteille de vin blanc qu'elle avait sortie d'un seau à glace posé sur une petite console.

« A mon avis, il ne fait aucun doute que Johnny te fait la cour,

Rosie. Il va se livrer à une véritable offensive de charme pour te séduire, tu peux en être certaine. »

Rosie se contenta de sourire en retirant le bouchon de la bouteille de vin.

« Je m'en suis aperçue toute seule, Nellie chérie. Il y a environ un mois, je t'ai prévenue qu'il m'avait téléphoné à Montfleurie en décembre. Eh bien, la semaine dernière, il m'a appelée ici, dans cet appartement, pour me dire qu'il viendrait à Paris via Londres.

– Ah bon ? »

Nell s'assit dans un fauteuil, se renversa en arrière, le dos bien calé contre le dossier et croisa les jambes.

« Je me garderai bien de formuler la moindre critique, Rosie chérie. Bien au contraire, je pense que ce serait merveilleux si tu avais un peu d'amour et d'aventure dans ton existence. Pourquoi pas, après tout ? Surtout après toutes ces années d'abstinence que Guy t'a plus ou moins imposées. Ah, et pour ton divorce, au fait, où en es-tu ?

– Les choses suivent leur cours. Guy s'est montré très coopératif et il a signé tous les papiers.

– Et ça t'a coûté combien ? »

Rosie la regarda bouche bée.

« Comment peux-tu savoir que ça m'a coûté quelque chose ? »

Nell secoua la tête.

« Voyons, Rosie, je n'en savais rien. C'était une simple déduction. Mais je vois que je ne me suis pas trompée, n'est-ce pas ? Je ne connais que trop bien la mentalité de Guy de Montfleurie : c'est celle d'une putain, dirons-nous, faute de trouver une meilleure expression. J'étais sûre qu'il te demanderait de l'argent. Alors, combien lui as-tu donné ?

– Je lui ai payé son billet d'avion pour l'Extrême-Orient et je lui ai donné deux mille dollars. Il a essayé de me soutirer davantage mais j'ai refusé tout net. A vrai dire, j'étais à la limite de mes possibilités. Bref, il n'a pas fait trop de difficultés pour se contenter de ce que je lui offrais.

– Je ne comprends vraiment pas pourquoi tu lui as donné de l'argent, protesta Nell d'un air contrarié.

– Il ne s'est pas montré trop exigeant, finalement, crois-moi, et je ne voulais surtout pas qu'il vienne nous casser les pieds, à moi

comme à Henri. Je n'avais aucune confiance en lui et je le soup-
çonnais de vouloir encore semer la zizanie, comme il sait si bien le
faire, à Montfleurie. Alors je l'ai expédié à Hong Kong dès qu'il a
apposé sa signature. Au moins, comme ça, je suis certaine qu'il ne
va enquiquiner personne. »

Nell hocha la tête et accepta le verre de vin que Rosie lui tendait. Puis les deux amies trinquèrent et Rosie annonça au bout
d'un moment :

« Si tu n'y vois pas d'inconvénient, Nell, j'ai pensé que nous
pourrions déjeuner ici. Moi, ça me pose moins de problèmes que si
on va au restaurant. J'ai encore une montagne de travail.

– C'est absolument parfait. Et comment ça marche pour les
costumes ?

– Très bien. Ils sont compliqués, naturellement, mais j'ai
réussi à me concentrer, d'autant mieux que ça m'a aidée à surmonter le chagrin causé par la mort de Collie.

– Je comprends très bien ce que tu ressens. Elle était si jeune.

– Merci de m'avoir téléphoné comme tu l'as fait, Nell. Tu m'as
apporté ainsi un très grand réconfort. Vraiment, je t'assure.

– Je savais à quel point tu étais attachée à Collie. »

Rosie lui adressa l'ébauche d'un sourire puis, changeant brusquement de sujet, elle lui demanda :

« Et Kevin, comment va-t-il ?

– Toujours aussi beau, amoureux, excitant et... exaspérant.

– Et qu'est-ce qui t'exaspère donc tant ? »

Nell fixa les flammes de la cheminée, le visage soudain
empreint de tristesse et de gravité. Puis elle se tourna vers Rosie et
répondit avec véhémence :

« Je l'adore, Kev, tu le sais bien, mais je n'arrive pas à digérer
sa nouvelle affectation. Tu en es aussi consciente que moi, Rosie,
sa vie est en danger vingt-quatre heures sur vingt-quatre. Et moi,
je ne vis plus, l'angoisse me tenaille jour et nuit. Je te jure qu'en
ce moment j'ai les nerfs à vif.

– C'est normal, Nell, quand on aime quelqu'un comme tu
aimes Kevin.

– Tu crois ?

– Bien sûr. C'est ce que je pense, en tout cas. Sinon, tu ne te
ferais pas un tel tracas, tu ne serais pas morte d'inquiétude à longueur de journée.

– Je crois que tu as raison, reconnut Nell.

– Pourquoi est-ce que vous ne vous mariez pas ? »

Nell se contenta de fixer Rosie d'un regard indéchiffrable. Elle avait décidé de ne pas répondre.

Rosie reprit :

« Je sais qu'il te l'a demandé parce qu'il me l'a dit la semaine dernière au téléphone.

– Ah, il te l'a dit. Eh bien, oui, c'est vrai. Seulement, tu vois, je... enfin je ne crois pas être suffisamment mûre pour me ranger des voitures. En tout cas pas encore. La situation actuelle me convient parfaitement, au fond.

– Kevin t'aime comme un fou, Nell. Et Gavin m'a dit exactement la même chose l'autre jour.

– Mon Dieu ! Au prix que ça coûte de se téléphoner d'un continent à l'autre ! Mais vous n'avez donc rien d'autre à vous raconter ! Quand je pense que tu m'avais promis de n'exercer aucune pression sur moi. Non, je vous en prie, ce n'est pas le moment de me relancer avec cette histoire. Je suis déjà suffisamment stressée par un tas d'autres choses, mes clients en particulier. »

Elle esquissa un sourire pour atténuer la vivacité du propos et reprit :

« Au fait, à propos de clients, Johnny Fortune et moi, nous mettons le point final aux préparatifs du concert qu'il va donner à Paris cet été. Aussitôt après, je repars pour Londres, car j'ai quelques problèmes à régler là-bas. Mais Johnny, lui, va rester à Paris pendant quelques jours. Alors je te préviens charitablement qu'il a l'intention de ne pas te lâcher d'une semelle. »

Rosie ne put s'empêcher de rire.

« Ne présente pas ça comme une catastrophe ! Tout à l'heure tu étais ravie qu'il s'intéresse à moi.

– Je le suis toujours. Je voulais simplement te prévenir qu'il ne rentre pas à Londres avec moi demain et que...

– Mais je le savais déjà, qu'il allait rester. Il m'a téléphoné tous les jours pendant que vous étiez à Londres tous les deux. D'ailleurs, pour commencer, je dîne avec lui ce soir. Tu es sûrement au courant.

– Oui, il me l'a dit ; et tu m'en avais parlé aussi, d'ailleurs.

310

Mais je me demandais si tu savais qu'il voulait rester quelques jours de plus à Paris, peut-être même une semaine.

– Je le savais. »

Nell la regarda longuement, puis un large sourire éclaira son visage.

« Comme le disait ma tante Phyllis, tu as tout à fait la tête du chat qui vient d'avaler le canari.

– Mais non, pas du tout! protesta Rosie en rougissant jusqu'aux oreilles.

– Oh, que si, Rosalind Mary Frances Madigan! » rétorqua Nell.

Elle éclata de rire en voyant l'embarras qui empourprait le visage de son amie.

« Mais c'est très bien ainsi, Rosie chérie, tu as parfaitement le droit de te montrer satisfaite. Après tout, Johnny est un parti on ne peut plus intéressant! Et je suis persuadée que tu lui as tapé dans l'œil... Comme je te le disais en novembre dernier, en Californie, tu aurais pu tomber sur pire. Il est intelligent, séduisant en diable, sexy, riche, célèbre – c'est l'idole de millions de femmes –, et en plus il est adorable. Personnellement, je pense qu'il ferait un mari sensationnel.

– Doucement, pas si vite, Nellie, protesta Rosie. Nous n'avons pas encore passé une seule soirée en tête à tête, lui et moi, et te voilà déjà en train de nous marier.

– Ce ne serait pas une si mauvaise idée. Naturellement, tu me prendras comme demoiselle d'honneur.

– Et si nous parlions de mon frère? Quels sont tes projets, pour Kevin et toi? Et cette fois, ne me raconte pas d'histoire, pas question de me répéter que tu n'as pas encore l'intention de te ranger des voitures. »

Nellie se mordit la lèvre, et après quelques instants de réflexion, elle regarda Rosie droit dans les yeux et dit à mi-voix d'un ton monocorde :

« Si tu veux vraiment savoir la vérité, eh bien j'ai pris une décision...

– Ah oui? Laquelle?

– Je vais te le dire. Vois-tu, Kevin est en ce moment sur une affaire tout à fait spéciale. Mais il a déjà dû t'en parler, non? »

Rosie hocha la tête.

« Oui. Le service de renseignements de la police s'attaque à la mafia. Avec une famille bien spécifique dans le collimateur. Kevin a réussi à s'y infiltrer sous une fausse identité.

— Exactement. Kevin pense que cette histoire va se régler très prochainement. Il me l'a dit en passant, l'autre jour, juste avant mon départ de New York. D'après lui, dans un mois ou deux tout sera réglé, " à une vache près ", pour reprendre son expression. Je lui ai fait promettre que nous partirions en vacances tous les deux aussitôt après. Et je profiterai de ces vacances pour lui faire une proposition. »

Comme Nell ne semblait pas disposée à en dire davantage, Rosie revint à la charge.

« Quelle sorte de proposition ? demanda-t-elle.

— Je vais lui faire une offre qu'il ne pourra pas refuser. Ce sera à prendre ou à laisser, comme on dit chez nous, ajouta Nell en riant. Bref, je vends ma société, il quitte la police et nous démarrons une autre affaire ensemble.

— Mais tu vendrais réellement ta société ? s'exclama Rosie d'un air surpris.

— Oui », dit Nell d'une voix ferme.

Rosie resta un moment silencieuse, parfaitement consciente que son frère risquait fort de refuser une telle proposition. Jamais il ne consentirait à quitter la police. Après avoir réfléchi quelques instants, elle dit enfin en secouant la tête d'un air soucieux :

« Oh, Nell, ça me paraît bien imprudent ; je ne pense pas que Kevin se résignera si facilement à démissionner. On est dans la police depuis quatre générations dans la famille et il ne jure que par le NYPD.

— J'espère que son amour pour moi est encore plus fort. Et si je fais un sacrifice pour lui en abandonnant Jeffrey & Co, il me devra la réciproque en en faisant un, lui aussi.

— La situation n'est pas la même, Nell, il ne faut pas l'oublier. Toi, tu as hérité d'un patrimoine important, qui te vient de ton père et de ta grand-mère. Kevin pourrait très bien penser qu'en vendant ta société, tu ne fais pas un si grand sacrifice dans la mesure où tu n'es pas obligée de travailler pour gagner ta vie.

— Mais voyons, Rosie, j'adore mon travail, et cette société je l'ai constituée moi-même, de mes propres mains. En partant de zéro. Ce serait un sacrifice énorme pour moi.

— Mais je le sais très bien, moi. Seulement lui...

— Il le sait très bien aussi.

— En plus, il est très fier », fit remarquer Rosie.

Nell se leva et se mit à arpenter la bibliothèque. Soudain elle s'exclama :

« Je ne sais vraiment pas ce que je pourrais faire d'autre, Rosie! J'étais sûre que mon plan ne présentait aucune faille et voilà que tu sèmes le doute dans mon esprit! Mais enfin, bon sang, pourquoi a-t-il fallu que j'aille m'amouracher d'un flic?

— Ce n'est pas " un flic ". C'est Kevin Madigan.

— Mais je le sais bien. Et c'est là qu'est tout le problème. Il est tellement formidable; il est même presque trop bien pour moi.

— En tout cas, il y a quelque chose qui devrait te consoler, murmura Rosie.

— Ah oui! Et quoi donc?

— Il faudra bien qu'il prenne sa retraite de la police un jour.

— Je ne suis pas certaine d'avoir la patience d'attendre jusquelà », objecta Nell.

32

Campé devant le miroir de la chambre qu'il occupait au Plaza Athénée, Johnny Fortune s'examinait d'un œil critique. Une expression pensive ayant envahi son visage mince et hâlé, il tourna soudain les talons et partit à grands pas vers l'autre bout de la pièce.

C'était la troisième fois qu'il se changeait ce soir-là, et il n'était pas du tout disposé à recommencer. Il décida donc que le pantalon gris foncé, la veste de cachemire noire, la chemise blanche en voile et la cravate mouchetée de noir et blanc convenaient parfaitement pour dîner au Voltaire.

C'était là que Rosie avait suggéré d'aller quand il lui avait téléphoné, expliquant que ce restaurant, situé quai Voltaire, sur la rive gauche, était élégant mais sans prétention et qu'on y servait des plats succulents. Il lui avait dit que cette idée lui semblait formidable et elle avait offert de retenir elle-même leur table.

Saisissant son pardessus de cachemire noir sur le dossier d'une chaise du salon où il l'avait posé quelques instants plus tôt, il sortit dans le couloir et se dirigea vers les ascenseurs. Quelques minutes plus tard, il prenait place dans la voiture qui l'attendait devant l'hôtel situé avenue Montaigne.

Lorsque le chauffeur se fut éloigné du bord du trottoir pour partir en direction de la rive gauche, Johnny ébaucha un demi-

314

sourire. Il y avait des années qu'il n'avait pas accordé une pareille attention aux vêtements qu'il allait porter; en tout cas il ne lui était jamais arrivé de changer de tenue autant de fois avant de se rendre quelque part, sauf, bien entendu, lorsqu'il s'agissait d'un concert ou d'un rendez-vous avec des photographes de presse. Mais pour une femme, jamais. Maintenant il fallait quand même bien préciser qu'il n'avait jamais eu une femme comme Rosie dans sa vie.

En fait, il n'avait jamais été amoureux. Pourtant, cette fois, il était bel et bien mordu; il s'était épris de Rosie le soir où Nell l'avait amenée dîner chez lui, dans sa maison de Benedict Canyon.

Maintenant, quand il repensait à l'aversion qu'il avait d'abord éprouvée à son égard, il ne pouvait s'empêcher de rire. Cette antipathie initiale avait d'ailleurs rapidement fondu comme neige au soleil. Et après cette première soirée, il avait très souvent pensé à la jeune femme. En fait, elle avait rarement été absente de son esprit. Depuis deux mois, son visage le hantait jour et nuit, et à présent qu'il traversait Paris pour aller enfin la retrouver, il se sentait nerveux. Et très, très impatient.

Résistant à la tentation de demander à Alain, son chauffeur, d'écraser la pédale de l'accélérateur pour abréger cette insupportable attente, Johnny se cala contre le dossier de son siège, à l'arrière de la voiture et décida de ronger son frein.

Ah oui, il était amoureux d'elle!

Et il avait envie de faire l'amour avec elle.

Et il était prêt à l'épouser sans la moindre hésitation.

Rosalind Madigan était exactement la femme qu'il lui fallait. La seule avec laquelle il pouvait envisager de faire sa vie.

Une semaine plus tôt, à Staten Island, il avait été obligé de se retenir. Quand l'oncle Salvatore s'était mis à lui parler de mariage en regrettant qu'il n'eût pas encore jeté son dévolu sur une femme, il avait bien cru qu'il allait lui parler de Rosie. Et il ne comprenait toujours pas comment il avait réussi à tenir sa langue.

Décidément, Rosie allait être une surprise pour ses oncles, une surprise merveilleuse. Une fois rentré à New York, il allait les inviter à dîner dans un bon restaurant de Manhattan et il en profiterait pour leur présenter l'élue de son cœur. Ils seraient fous d'elle, exactement comme lui, il n'y avait pas l'ombre d'un doute, songea-t-il.

Il étouffa le rire qui lui montait à la gorge en imaginant la tête que feraient les deux hommes. Ils seront incapables de résister à Rosie. Sa Rosalind. Il répéta « Rosalind » plusieurs fois pour lui-même. Il aimait ce nom. Rosalind Madigan. Rosalind Fortune. Ça sonnait bien.

Il fronça les sourcils et, jetant un coup d'œil par la vitre, il se demanda s'ils allaient bientôt arriver rue de l'Université. Il était tellement anxieux qu'il ne parvenait plus que difficilement à rester assis sur son siège.

Et puis, quelques secondes plus tard, juste au moment où il s'apprêtait à demander à Alain où ils en étaient, la voiture s'immobilisa.

« Nous sommes arrivés à destination, Monsieur », dit Alain en souriant par-dessus son épaule.

Puis le jeune employé descendit de voiture et alla ouvrir la portière avant que Johnny n'ait eu le temps de dire ouf.

« Merci, Alain », dit Johnny.

Inspirant à fond, il se dirigea vers l'immeuble où se trouvait l'appartement de Rosie.

Dès l'instant où elle eut ouvert la porte, le visage souriant, Johnny sentit sa nervosité disparaître.

Il lui rendit son sourire, fixant sur elle un regard rayonnant de joie.

Et puis elle tendit la main, lui saisit le poignet et l'entraîna à l'intérieur de l'appartement.

Ils restèrent dans l'entrée un moment, se dévorant du regard, main dans la main.

Aucun d'eux ne dit la moindre parole.

Soudain, il fit un pas en avant en attirant la jeune femme vers lui. Et il l'embrassa : d'abord sur une joue puis sur l'autre.

« Je suis vraiment ravi de te revoir, Rosie, dit enfin Johnny.

– Moi aussi, Johnny », répondit Rosie, inondée par un flot de bonheur.

Il fixait intensément sur elle ses yeux bleus éclatants. Toutes sortes d'émotions bouillonnaient en lui. Il avait envie de couvrir ce visage de baisers, d'enlever cette robe et de faire l'amour à cette

316

femme; de l'aimer avec passion, avec tendresse et de prolonger leurs étreintes très, très longtemps.

Il avait envie de lui révéler toutes les pensées qui avaient hanté son esprit depuis leur première rencontre, de lui avouer tous les fantasmes qui l'avaient obsédé et de lui dire qu'il l'aimait, qu'il voulait l'épouser le plus tôt possible. Il désirait lui révéler tout cela, dès maintenant. Il voulait tout. Tout de suite. Il la lui fallait toute, rien que pour lui seul. Plus jamais, désormais, il ne voulait vivre sans elle : ils allaient rester ensemble tout le reste de leur existence.

Mais il savait aussi qu'il ne pouvait rien faire de tout cela, ni rien lui dire, ni lui expliquer quoi que ce soit en cet instant précis. Doucement, vas-y doucement, se conjura-t-il, et il fit un effort considérable pour faire taire ses sentiments et contrôler des pulsions qui menaçaient de tout balayer sur leur passage.

Depuis le temps qu'il attendait de rencontrer la femme de ses rêves, il n'en était plus à quelques heures près pour la prendre, la posséder complètement, car il ne doutait pas un seul instant qu'elle allait lui appartenir.

« Laisse-moi te débarrasser de ton pardessus, dit Rosie en lui lâchant la main.

– Merci », bredouilla-t-il.

Il se rendit alors compte qu'il venait de la contempler bouche bée, d'une manière sans doute plutôt niaise. Il ôta son manteau et le lui tendit sans mot dire.

Quand elle eut accroché le vêtement dans la penderie de l'entrée, elle lui sourit de nouveau, lui prit le bras et l'emmena dans le salon.

« J'ai une bouteille de champagne bien frappé et aussi du vin blanc, mais tu préfères peut-être autre chose.

– Oh, ça m'est bien égal, dit-il en lui adressant un léger sourire. Qu'est-ce que tu bois, toi ?

– Une coupe de champagne, mais tu peux prendre n'importe quoi, Johnny. Tout ce qui te fera plaisir. »

Oh, ma chérie, je l'espère bien, se dit Johnny en fixant de nouveau sur elle un regard avide. Mais gêné soudain en mesurant l'intensité du désir qui s'emparait de lui, il détourna les yeux.

Il se dirigea alors vers la cheminée en déclarant :

« Du champagne, c'est parfait, bien sûr. Pourquoi pas ? J'en prendrai une coupe, Rosie. Sans problème.

– Excuse-moi, j'en ai pour deux secondes », dit-elle.

Elle disparut avant qu'il ait eu le temps de lui offrir de déboucher la bouteille.

Il se retourna et resta le dos à la cheminée pour contempler la pièce afin de satisfaire la curiosité que lui inspirait tout ce qui pouvait toucher cette jeune femme de près ou de loin.

Il vit tout de suite qu'elle avait un goût irréprochable.

Le salon était de bonnes dimensions mais elle ne l'avait pas encombré d'un trop grand nombre de meubles. Les murs avaient une couleur crème et le sol en parquet ciré était recouvert au centre par un tapis. Johnny l'examina un instant et remarqua qu'il était usé par endroits et que la couleur avait passé mais il s'aperçut bien vite que c'était un tapis ancien qui avait manifestement beaucoup de valeur.

Les tables et les consoles, d'époque, étaient très élégantes ainsi que les fauteuils et les canapés, recouverts de soie jaune. Son regard fut aussi attiré par de très jolis tableaux accrochés au mur. Puis il examina le reste de la pièce, admirant les fleurs disposées un peu partout et de fort délicats bibelots en porcelaine blottis dans des niches de chaque côté de la cheminée.

C'était une pièce agréable et confortable, et Johnny s'y trouvait tout à fait à l'aise. Il se sentait comme chez lui, et cette impression lui causa un vif plaisir.

Près de la fenêtre, le piano semblait lui faire signe. Johnny s'en approcha mais il s'attarda un moment, chemin faisant, auprès d'un groupe de photos disposé sur une petite table. Il se demanda qui étaient tous ces gens. Il poserait la question à Rosie quand elle serait revenue. Il avait besoin de tout savoir au sujet de Rosalind Madigan.

Il s'assit devant le piano et souleva le couvercle, laissant involontairement ses doigts errer sur les touches. Incapable de résister à la tentation, il se mit à jouer un air de Cole Porter, qui était l'un de ses compositeurs favoris.

Et puis, comme il le faisait toujours, il ne tarda pas à chanter, à mi-voix, le début de *You Do Something To Me*.

« Johnny, c'est merveilleux, s'exclama Rosie qui était apparue dans l'embrasure de la porte.

– Oh, je tapote », dit-il en levant les yeux.

Elle portait un plateau chargé de verres et d'un seau à glace contenant une bouteille de champagne. Il bondit sur ses pieds et se précipita vers elle pour l'aider. Mais elle refusa de lâcher prise.

« J'y arrive sans problème », dit-elle en faisant quelques pas en avant pour poser le plateau avec précaution sur le petit guéridon qui faisait face à la cheminée.

Versant le champagne dans des flûtes en cristal, elle continua :

« Pourquoi as-tu arrêté de chanter ? J'adore ta voix. Et j'aime beaucoup t'écouter, Johnny. Je t'en prie, chante encore quelque chose. Oh, je n'aurais pas dû te demander ça, n'est-ce pas ? Pour toi, c'est ton travail, c'est ce que tu fais tout le temps. Et si tu es à Paris, ce n'est pas pour chanter mais pour prendre quelques jours de repos avant de commencer ta tournée en Angleterre... »

Le cœur en fête, Johnny prit le verre qu'elle lui tendait : elle avait dit qu'elle adorait sa voix. Pour lui, c'était terriblement important ; il était heureux qu'elle lui eût fait un tel compliment.

Il murmura :

« Quand je vois un piano, je ne peux pas m'empêcher de m'en approcher. Et je chanterai pour toi autant que tu voudras. Mais pour l'instant, j'ai surtout envie de parler avec toi. »

Levant son verre, il déclara :

« Pour toi, Rosie, la plus belle femme de Paris. »

Osant à peine le regarder, Rosie sentit qu'elle rougissait. Elle secoua la tête. Elle voulait tourner son visage dans une autre direction pour échapper à ces yeux d'un bleu éclatant qui la fixaient avec une telle intensité, mais elle s'aperçut qu'elle en était incapable. Elle secoua de nouveau la tête, partit d'un rire léger et dit :

« Je ne suis pas la plus belle femme de Paris, mais je te remercie quand même. »

Elle fit tinter son verre contre celui de Johnny.

« Bienvenue dans ma ville, Johnny, bienvenue chez moi.

– Pour moi, tu es la plus belle femme du monde », dit-il à mi-voix en fixant sur elle un regard chargé de désir.

Puis il se détourna de cet adorable visage pour jeter un coup d'œil à l'ensemble de la pièce ; changeant radicalement de sujet, il demanda alors :

« Ton appartement est très agréable, Rosie. Il y a longtemps que tu y es installée ?

— Environ cinq ans. Je l'ai trouvé par accident et je l'ai adoré tout de suite. »

Johnny se rapprocha alors des photos. Il se pencha au-dessus de la petite table et les contempla un moment.

« Ici, tu es avec Nell, et je reconnais Gavin Ambrose quand il était plus jeune. Mais qui sont les autres ? »

Il se redressa pour fixer sur elle un regard interrogateur.

Rosie vint se poser à côté de lui.

Johnny remarqua alors qu'elle avait des jambes extra-ordinaires. Il ne les avait pas encore remarquées jusque-là. Mais c'est vrai qu'il ne l'avait encore vue qu'une fois : il avait trop tendance à oublier ce détail ! Seulement voilà, il avait fait l'amour avec elle tant de fois dans sa tête qu'il avait l'impression de la connaître des pieds à la tête.

Rosie était tout près de lui, et il respirait le parfum qui se dégageait de sa personne : un mélange étourdissant, fait d'odeurs de muguet, de shampooing, de savonnette et de peau toute fraîche. Il se rendit compte qu'elle allait le rendre fou de désir avant que la soirée ne fût terminée.

Prenant la photo entourée de son cadre d'argent, il la lui montra et dit :

« Je suis sans doute bien curieux, mais qui sont ces jeunes gens ? Cette blonde capiteuse, là, par exemple ?

— C'est Sunny. Elle faisait partie de notre petite bande de copains.

— Elle est superbe. Comme on dit, elle a un vrai physique de vedette. Est-ce que c'est une actrice ? »

Rosie secoua la tête et l'expression de son visage se modifia légèrement.

« Elle est dans une clinique de New Haven. Elle s'est mise à toucher à la drogue il y a quelques années et un soir, elle a pris un truc particulièrement nocif qui lui a brouillé la cervelle. Maintenant, elle est condamnée à mener une vie purement végétative pour le reste de son existence. Pauvre Sunny !

— Mon Dieu, mais c'est horrible ! s'exclama Johnny en frissonnant. Moi aussi, j'ai vu la drogue détruire des gens que je connaissais... »

Il laissa sa phrase inachevée.

« Et là, c'est Mikey, continua Rosie. C'était un garçon charmant. Enfin, je devrais dire, c'est un garçon charmant, seulement nous ignorons totalement ce qu'il est devenu. Il a disparu il y a deux ans, et bien que Gavin ait multiplié les efforts pour le retrouver, il n'y est jamais parvenu. Même en engageant des détectives privés...

— Quand quelqu'un veut absolument disparaître sans laisser de trace, il n'y a malheureusement rien à faire pour le retrouver », commenta Johnny.

Le regard toujours posé sur la photo, il demanda :

« Et ce beau garçon avec son merveilleux sourire à la Clark Gable, qui c'est ?

— Mon frère.

— Ah oui, l'ami de Nell ?

— C'est bien ça.

— Il est diablement séduisant. Il devrait faire du cinéma, lui aussi. Mais ça ne doit pas être le cas, sinon je le connaîtrais. Qu'est-ce qu'il fait ?

— Il est comptable », répondit Rosie.

C'était la réponse qu'elle avait reçu la consigne de donner, tout comme Nell et Gavin. Personne ne devait savoir que Kevin travaillait dans la police secrète, et il n'y avait aucune exception à cette règle.

« Et vous avez passé toute votre enfance à New York, c'est bien ça ? demanda Johnny.

— Nous nous sommes rencontrés il y a une quinzaine d'années et depuis nous sommes restés en contact. Nous étions tous orphelins à l'époque : alors nous avons formé une famille de substitution. Naturellement, nous ne sommes plus que quatre maintenant, puisque Sunny et Mikey ont en quelque sorte... disparu de notre univers. »

Johnny hocha la tête et remit la photo à sa place. Un autre cliché attira alors son regard et il adressa un coup d'œil rapide en direction de Rosie avant de lui demander :

« Au risque de paraître indiscret une fois de plus, je vais te demander qui est cette gentille petite fille ?

— Elle s'appelle Lisette, et c'est ma nièce. Sa mère est à côté

321

d'elle. Collie. Tu t'en souviens peut-être, je t'ai parlé d'elle le soir où je suis allée chez toi, quand je t'ai dit que je connaissais une experte en orfèvrerie.

— En effet. Comment va-t-elle ?

— Elle... elle est morte », dit Rosie la gorge serrée.

Faisant effort sur elle-même, elle parvint à se reprendre et continua :

« Elle souffrait d'un cancer. Nous pensions qu'elle allait beaucoup mieux, qu'elle bénéficiait d'une rémission, mais elle a eu une rechute à Noël. Elle est morte il y a environ trois semaines.

— Oh mon Dieu, je suis désolé, je ne savais pas et je n'aurais jamais dû poser tant de questions », s'exclama Johnny en trébuchant presque sur les mots.

Il était vraiment gêné à l'idée d'avoir accumulé tant de gaffes en un laps de temps aussi court.

« Oh, ce n'est rien, Johnny, rien du tout, déclara Rosie d'un ton rassurant en posant une main sur son bras. Collie était ma belle-sœur et c'est son frère, Guy, qui est là sur la photo. J'étais mariée avec lui et nous sommes en instance de divorce. »

Johnny sentit poindre en lui l'aiguillon de la jalousie. Il aurait bien voulu savoir quand le divorce serait définitivement prononcé mais il n'eut pas le courage de poser la question. Il avait peur de commettre un autre impair, c'est pourquoi il se contenta de demander :

« Et la maison que l'on voit à l'arrière-plan, c'est Montfleurie ?

— Oui. »

Soulagé de voir qu'il était maintenant sur un terrain plus sûr, il reprit :

« D'après ce que m'a dit Francis Raeymaekers, c'est l'un des plus prestigieux des châteaux de la Loire.

— Tout à fait, et c'est aussi, pour moi, la maison la plus extraordinaire du monde. J'ai toujours adoré Montfleurie. Mon Dieu, Johnny, ton verre est vide, il faut que je te le remplisse bien vite ! »

Elle saisit la flûte et courut vers le guéridon sur lequel la bouteille de champagne rafraîchissait dans le seau à glace.

Il lui emboîta le pas et prit le verre en la remerciant.

« Tu m'as dit au téléphone que tu travaillais à domicile. Où est donc ton atelier ?

« – Tu aimerais le voir ? Viens, je vais te le montrer. C'est à l'autre bout de l'appartement. »

Ils sortirent ensemble du salon et retraversèrent l'immense vestibule. Il remarqua alors une petite bibliothèque dont les murs tendus de rouge étaient garnis de rayons chargés de livres ; il aperçut aussi un canapé et des fauteuils recouverts d'un tissu rouge et vert ainsi que les bouquets de fleurs qu'il avait envoyés.

Ils enfilèrent ensuite un couloir et quand il passa devant la chambre de Rosie, il détourna vite son regard car il n'osait pas jeter le moindre coup d'œil à l'intérieur, de peur de paraître indiscret. La tête droite, il suivit Rosie à pas lents pour marquer ses distances.

« Nous y voilà », dit Rosie en ouvrant la porte.

Elle lui prit le bras pour le faire entrer dans l'atelier.

« C'est l'endroit idéal pour travailler parce que j'y trouve le maximum de lumière naturelle. »

Johnny se dirigea tout de suite vers le grand pupitre et resta en admiration devant les dessins disposés dessus.

« Mais c'est sensationnel, s'exclama-t-il avec enthousiasme. Tu as un de ces talents ! Il y a des semaines et des semaines que Nell me le répète, mais maintenant je comprends mieux ce qu'elle voulait dire.

– Ce sont les costumes que je prévois pour le prochain film de Gavin : *Napoléon et Joséphine*, expliqua Rosie.

– Ça a l'air très intéressant. De quoi s'agit-il ?

– J'aimerais t'en parler en détail mais je crois qu'il vaudrait mieux le faire au Voltaire. Il commence à se faire tard et ce serait dommage que notre réservation ne soit plus assurée si nous arrivons trop longtemps après l'heure que j'ai indiquée.

– Bon, alors allons-y, dit-il. La voiture nous attend en bas. »

33

Assez bizarrement, Johnny était soulagé de se retrouver avec Rosie dans un lieu public. Tout le temps qu'ils avaient passé dans l'appartement, il avait dû lutter de toutes ses forces contre la tentation de la prendre dans ses bras, de l'embrasser avec passion et de faire l'amour avec elle.

Maintenant il n'avait pas d'autre choix que de se conduire en être civilisé, c'est pourquoi il se détendit, heureux d'être avec elle et flatté de voir les regards que les clients glissaient de temps à autre de leur côté.

Oui, vraiment, se disait-il, ils formaient un beau couple. Un couple de conte de fées en quelque sorte. Lui, une vedette de renommée internationale, qui dépassait de cent coudées toutes les célébrités du moment, et elle qui était une femme splendide, une femme que n'importe quel homme pouvait être fier d'avoir à son bras.

Manifestement, les autres clients du restaurant l'avaient reconnu car ils lorgnaient discrètement de son côté. On sait se conduire, en Europe, se disait Johnny. Les gens gardent leurs distances et se contentent de regarder.

Rosie ne jouissait pas de la même notoriété. Pas ici, en tout cas. A Hollywood, il en allait différemment, car là-bas la plupart des gens connaissaient son visage; après tout elle avait eu l'oscar des meilleurs costumes et on la photographiait constamment aux côtés de Gavin Ambrose.

Hollywood. Quel tabac ils allaient y faire tous les deux! Pourtant, il n'avait jamais été du genre à se monter en épingle, mais maintenant la situation avait changé, à cause de Rosie. Il mourait d'envie de l'exhiber. Une fois qu'ils seraient mariés, il donnerait chez lui une soirée à tout casser, chose qu'il n'avait encore jamais faite.

Il se rendit soudain compte qu'il voulait aussi montrer l'endroit où il habitait dans la mesure où Rosie y demeurerait avec lui.

Le serveur vint l'interrompre dans ses pensées en demandant ce qu'ils désireraient prendre comme apéritif.

Johnny consulta du regard Rosie qui était assise en face de lui.

« Du champagne ? »

Elle approuva d'un hochement de tête en lui adressant un sourire.

« Une bouteille de dom pérignon, s'il vous plaît », dit-il.

Et ses yeux se posèrent de nouveau sur Rosie. Elle avait saisi le menu que lui tendait le serveur et le consultait, tête baissée. Il promena son regard alentour, examinant la salle dans laquelle ils avaient pris place. Le Voltaire était un établissement d'une élégance raffinée, avec ses murs lambrissés et sa lumière tamisée, et bien que les clients fussent nombreux, il régnait dans la salle un calme et une quiétude auxquels il était particulièrement sensible. Manifestement, cet établissement était entièrement voué à la bonne chère et aux vins capiteux, car il n'y avait aucune fioriture inutile ni aucun ornement qui ne répondît à une nécessité.

Relevant la tête, Rosie avoua :

« Je ne sais jamais que choisir ici : tout est toujours tellement délicieux !

— Je vais te laisser commander pour moi. En dehors de la cuisine italienne, je n'y connais rien du tout.

— Avec plaisir, mais nous allons d'abord prendre notre apéritif », dit-elle lorsque le serveur revint à leur table avec un seau à champagne.

Une fois de plus, ils trinquèrent et Johnny reposa son verre pour la regarder en silence. Il lui était totalement impossible de rester plus de quelques instants sans avoir les yeux rivés sur elle.

325

Rosie portait une robe de laine bordeaux avec une encolure arrondie et de longues manches. Une toilette d'une grande simplicité mais d'une coupe impeccable, qui mettait en relief sa silhouette irréprochable. Quant à la couleur de la robe, elle fait ressortir le vert de ses yeux, qui paraissaient immenses dans son visage.

« Tu m'as regardée sans arrêt toute la soirée, Johnny, et maintenant encore plus que jamais, dit-elle à mi-voix en se penchant vers lui. Qu'est-ce qui se passe ? Est-ce que j'ai du noir sur la figure ou quelque chose de sale ?

— Non, non. Je me disais simplement que tu es superbe. Et j'admirais ces perles. Elles sont vraiment formidables.

— Oui, elles sont très belles, n'est-ce pas ? C'est Gavin qui me les a données pour Noël. »

Pour la seconde fois de la soirée, Johnny sentit qu'un aiguillon lui transperçait les entrailles. Il se rendit compte aussitôt que c'était la jalousie, bien que cette émotion fût entièrement nouvelle pour lui. Jamais, pour aussi loin qu'il se souvînt, il n'avait été jaloux de qui que ce fût.

Il resta un long moment sans pouvoir parler, tant il était étonné de sa réaction. Lui, Johnny Fortune, jaloux de Gavin Ambrose. Incroyable ! Il n'arrivait pas à s'en remettre.

Il parvint pourtant, au prix d'un gros effort, à ébaucher un pâle sourire.

« Il les a très bien choisies. Elles te vont à la perfection.

— Merci, Johnny. Gavin me fait toujours un cadeau à chaque fois qu'il a terminé un de ses films. »

Johnny but une petite gorgée de champagne en essayant de dissiper les dernières traces de jalousie qui subsistaient encore en lui.

« Quand démarre-t-il le prochain ? demanda-t-il enfin.

— Nous commençons les repérages en mars, et comme il s'agit d'un très long métrage qui va revenir fort cher à cause des scènes de bataille, il nous faudra au moins cinq mois de préproduction, sans doute davantage. Mais Gavin espère pouvoir donner le premier tour de manivelle en août. Il a prévu de filmer les extérieurs en premier, pendant qu'il fera encore beau, et les scènes d'intérieur il les réserve pour la fin de l'année. Mais naturellement, il devra tenir compte des impondérables. »

Comme Johnny fixait sur elle un regard interrogateur, elle crut bon de fournir quelques explications supplémentaires.

« Oui, tu comprends, parfois nous ne pouvons disposer d'un acteur que pendant quatre semaines, par exemple. Cela nous oblige donc à tourner toutes les scènes où il apparaît à la suite, en bousculant un tant soit peu la chronologie. »

Elle saisit son verre et sourit à Johnny, les lèvres au-dessus du bord de la coupe, avant de boire une petite gorgée. Puis elle ajouta :

« Oui, j'ai bien l'impression que le tournage de ce film va durer un bon bout de temps. »

Johnny se rembrunit, comprenant qu'elle allait rester en France au moins jusqu'à la fin de l'année. Son cœur se serra.

« Quand est-ce que tu auras fini les costumes ? demanda-t-il.

— Les maquettes devraient être terminées d'ici la fin avril, début mai au plus tard. J'ai pris un peu d'avance sur le planning et mes deux assistantes vont arriver de Londres dans une quinzaine de jours. Elles vont m'être d'un grand secours ; ce sont elles qui dessineront les costumes des personnages secondaires.

— J'ai remarqué tout à l'heure la robe qui était épinglée sur le mannequin, dans ton atelier. Qui est-ce qui les confectionne, les costumes ?

— Pas moi, Dieu merci, ni mes assistantes non plus, dit-elle en riant. Je recours aux services de toute une équipe de couturières et justement, en ce moment, je suis en train de recruter des spécialistes à Paris. Pour les figurants, comme les soldats de l'armée de Napoléon par exemple, nous louons les uniformes à des costumiers de Paris ou de Londres. C'est pareil pour les robes et les accessoires vestimentaires des figurantes féminines. Ça nous prendrait un temps de tous les diables s'il nous fallait tout faire nous-mêmes. Moi, je concentre tous mes efforts sur la création des costumes des personnages principaux. »

Bien qu'il fût peiné à l'idée qu'elle allait être prise pendant des mois à cause de ce film, Johnny était suffisamment intéressé par ces explications pour chercher à en savoir davantage. Il demanda :

« Et où le tournage aura-t-il lieu ?

— Dans différentes régions de France. Et aussi à Paris et en banlieue. En fait, notre quartier général sera établi dans les studios de Billancourt. Brian Ackland-Snow, notre réalisateur artistique, va construire certains décors dans les studios, mais nous utiliserons aussi des demeures et des châteaux existants. Et naturellement, nous irons filmer à Malmaison. L'administration française nous en a déjà donné l'autorisation.

— Malmaison ? questionna Johnny en fronçant les sourcils. C'est quoi ?

— Le château que Napoléon a acheté pour Joséphine et dont il a fait leur résidence privée, expliqua-t-elle. Il est situé tout près de Paris, à Rueil, au bord de la Seine, à une quinzaine de kilomètres d'ici. Maintenant, c'est un musée. Un très beau musée, d'ailleurs. Est-ce que tu aimerais le voir, Johnny ? »

Johnny n'éprouvait aucun intérêt particulier pour les musées mais il était prêt à aller n'importe où dans la mesure où cela lui permettait de se retrouver en compagnie de Rosie. Il s'empressa donc de hocher affirmativement la tête.

« Quand est-ce que tu peux m'y emmener ? Demain ?

— Si tu veux.

— Parfait. C'est formidable, Rosie. Et nous déjeunerons ensemble. Ça te va ?

— Tout à fait. En attendant, nous pourrions peut-être passer la commande pour le dîner. Je commence à avoir la tête qui tourne avec tout ce champagne.

— Comme tu voudras, Rosie.

— Et si on démarrait avec un pâté de campagne, ensuite on prendrait une sole grillée comme plat de résistance.

— Ça me va tout à fait, ça a l'air délicieux. »

Un peu plus tard, tout en dégustant la sole, Rosie dit à Johnny :

« D'après Nell, tu as amené un tas de gens avec toi à Paris.

— Bah oui, en effet. Il y a mon assistant personnel, Joe Angon, Kenny Crossland qui m'accompagne au piano et mon imprésario Jeff Smailes. Les autres membres de mon groupe ont préféré rester à Londres, ajouta-t-il en souriant.

— Et où sont-ils en ce moment Joe, Kenny et Jeff ?

— Ils se baladent en ville. Sans doute vont-ils faire une descente dans les clubs de jazz les plus cotés de la capitale.

« – Je parie qu'ils ont dû se pointer du côté de la rue de la Huchette. Il y a des boîtes terribles dans cette rue, et aussi dans tout le quartier Latin. »

Johnny hocha la tête et but une gorgée de montrachet.

« Puisqu'on parle de mon groupe, as-tu déjà assisté à un de mes concerts, Rosie ? »

Elle secoua négativement la tête.

« Non, hélas ! Et je le regrette, crois-le bien. Comme je te le disais tout à l'heure, j'adore le timbre de ta voix, Johnny.

– Ça te dirait de venir à Londres la semaine prochaine ? Je me produis à l'Arena, à Wembley. »

Rosie le regarda sans répondre, saisie d'un embarras soudain.

Il s'empressa de préciser :

« Tu n'auras aucun souci à te faire. Tu pourras m'accompagner dans mon avion lundi matin. Ou alors, je le renverrai te chercher un peu plus tard dans la semaine. Dis oui, Rosie, ce serait formidable pour moi, et pour toi aussi. Tu verras, c'est passionnant. Je suis sûr que tu trouveras ça inoubliable si tu n'as jamais assisté à ce genre de concert, avec la foule et le luxe de la mise en scène !

– Bon, d'accord, j'irai », dit-elle après avoir soudain pris son parti, en lui décochant un sourire.

Ce sourire éblouit Johnny et avant qu'il n'ait eu le temps de se maîtriser, il lui avait saisi la main qu'elle avait posée sur la table.

« Tu n'auras à t'occuper de rien. Les employés de Nell vont te retenir une suite à mon hôtel, le Dorchester. Et je peux te promettre que tu passeras une journée merveilleuse.

– Je te crois sans peine, Johnny. »

Et elle pensait : je suis contente qu'il m'ait invitée. Je suis heureuse d'aller là-bas. Il y a des années que je n'ai pas pris un peu de bon temps.

Au fond d'elle-même, Rosie avait maintenant l'intime conviction que Johnny et elle allaient bientôt connaître des moments de grand bonheur.

34

Rosie avait la nette impression que Johnny Fortune avait pris possession de son existence. Mais il convient de préciser que c'était elle qui lui avait donné le feu vert; en fait, elle s'était comportée comme une victime tout à fait consentante.

Depuis leur dîner au Voltaire, le mardi soir, il était resté constamment à son côté. Elle l'avait emmené visiter Malmaison le mercredi après-midi, et il lui avait demandé ensuite de lui montrer les quartiers de Paris qu'il n'avait encore jamais eu l'occasion de voir lors de ses précédentes incursions dans la capitale. Il y était déjà venu plusieurs fois, en effet, mais c'était toujours pour y donner des concerts et il n'avait jamais eu le temps de visiter la ville en touriste.

Puisant dans toutes les ressources de son imagination, Rosie avait sélectionné les endroits qui, selon elle, ne pouvaient que plaire à son soupirant. Et ils avaient passé des journées merveilleuses à flâner dans cette cité qu'elle aimait entre toutes et qu'elle connaissait si bien, déjeunant le midi dans des petits bistros de quartier pour dîner le soir dans des restaurants de grande classe comme Taillevent et la Tour d'Argent.

Riant comme des collégiens, ils avaient toujours quelque chose à se dire, et une atmosphère de franche camaraderie s'était peu à peu installée entre eux.

Pourtant, le vendredi midi, assise en face de Johnny à une table du Relais Plaza, Rosie ne pouvait s'empêcher de se demander quelle mouche avait bien pu le piquer. Il paraissait froid et distant, voire franchement maussade, et elle avait nettement l'impression qu'il avait l'esprit ailleurs; c'est à peine s'il lui répondait quand elle lui adressait la parole.

« Est-ce qu'il y a quelque chose qui ne va pas ? demanda-t-elle enfin en le fixant d'un air soucieux, les sourcils froncés.

– Non », dit-il d'une voix à peine perceptible.

Elle se pencha un peu plus vers lui et lui parla à voix basse elle aussi.

« Écoute, Johnny. Je vois bien qu'il y a quelque chose qui ne tourne pas rond. Je t'en prie, dis-moi ce qui te tracasse. »

Il secoua la tête mais resta muet.

« Est-ce que j'ai fait quelque chose qui t'a ennuyé?

– Mais non, voyons, pas du tout. »

Il lui adressa un pâle sourire comme pour tenter de la rassurer.

« Tu as l'air tellement triste, Johnny. »

Il se contenta de détourner son regard sans répondre.

« Et tu ne manges rien », insista-t-elle.

Elle était décidée à tenter l'impossible pour savoir à quoi s'en tenir, l'obliger à dire ce qu'il avait sur le cœur et avoir le fin mot de cette histoire.

« Je n'ai pas faim, Rosie, c'est tout. »

Baissant les yeux sur les œufs brouillés qu'elle avait elle-même dans son assiette et qu'elle s'était contentée de chipoter sans grand appétit, elle murmura :

« Moi non plus, d'ailleurs. »

Johnny la fixa longuement et constata qu'elle était d'une pâleur inaccoutumée.

Il prit la main que Rosie avait posée sur la table et la serra très fort. Puis, lentement, il hocha la tête, comme si une idée venait de traverser son esprit.

« Et si nous allions dans ma suite... pour prendre le café?

– D'accord. »

Elle le fixa à son tour, pressant les doigts de Johnny dans les siens.

Elle tenait son manteau à la main. Il le lui prit dès qu'ils furent à l'intérieur de la suite.

Leurs mains se frôlèrent et ils se regardèrent brièvement. Johnny jeta avec impatience le manteau de Rosie sur la chaise la plus proche. Rosie se débarrassa alors de son sac et de ses gants qui suivirent le même chemin.

Les yeux de Johnny ne la lâchaient plus.

« Je ne mangeais pas parce que je ne peux plus supporter cette torture...

— Je sais pourquoi tu ne pouvais pas manger, Johnny, l'interrompit Rosie à voix basse. Et moi, je ne le peux pas davantage pour la même raison. »

Ils échangèrent un regard empreint d'une tendre complicité et tombèrent dans les bras l'un de l'autre, s'étreignant avec passion.

Il posa tout de suite sa bouche sur celle de Rosie et il la dévora, multipliant les baisers avec avidité. Il introduisit sa langue entre les lèvres et l'entraîna doucement vers le lit. Quand il l'eut allongée, Johnny resta un moment immobile à la contempler. Elle avait un corps svelte qui faisait paraître plus volumineux les globes de ses seins. Jamais de toute son existence, il n'avait vu une poitrine aussi tentante. Il avait envie d'y enfouir son visage. Après s'être débarrassé de ses derniers vêtements, Johnny lui prit les mains et la tira doucement pour l'asseoir sur le lit tout contre lui. Il la serra dans ses bras. Elle comprit que le supplice qu'il avait enduré depuis une semaine était maintenant insupportable; il était prêt à exploser.

« On est bien ensemble, Rosie; ça a vraiment été formidable. J'espère que tu n'es pas pressée de partir.

— Bien sûr que non. Il faut d'abord que tu me nourrisses avant que je m'en aille.

— Je ne parlais pas de maintenant. Je voulais dire que tu pourrais peut-être rester avec moi... pendant, enfin tu vois, pendant un bon moment. »

Il avait envie de dire pour toujours mais il n'osait pas. Pas encore du moins. Il se rendait compte qu'avec Rosie il ne fallait pas brusquer les choses. Mais après tout, rien ne pressait. Rien ne l'obligeait à régler l'ensemble des problèmes d'un seul coup.

Rosie lui sourit.

« Bien sûr que je vais rester. Qu'est-ce qui m'en empêcherait ? Mais en attendant, tu pourrais peut-être songer à nourrir une femme affamée. Je meurs d'inanition, Johnny.

— Moi aussi, Rosie. J'ai faim de toi. »

Il l'embrassa sur les lèvres, mais délicatement, et plongea son regard dans les yeux de Rosie.

L'expression qu'il avait sur son visage était celle d'une adoration totale, et lorsqu'il lui caressa les cheveux, ce fut avec une sorte de respect.

« Jamais encore je n'ai éprouvé un tel bonheur, Rosie, déclara-t-il. Je n'ai jamais rencontré quelqu'un comme toi. Depuis que nous nous sommes vus pour la première fois, je n'ai pas réussi à avoir une autre image que la tienne dans mon esprit. »

Rosie resta silencieuse mais elle tendit la main, lui toucha la joue et suivit du bout du doigt le contour de sa bouche.

« Dis quelque chose, murmura-t-il. Dis-moi ce que tu ressens.

— Je me sens bien, aimée et satisfaite », répondit-elle.

Ces paroles le ravirent mais il voulait encore autre chose. Il insista :

« Et toi, tu as pensé à moi après notre première rencontre ? As-tu parfois pensé à moi une fois que j'ai commencé à te téléphoner ? »

Elle hocha la tête.

« Oui, souvent.

— Et qu'est-ce que tu pensais ?

— Que je voulais te revoir. Et plus récemment, que j'avais hâte de te rencontrer. Et...

— Et quoi ?

— Et depuis mardi soir, j'ai eu envie de toi. J'ai eu envie que tu me fasses l'amour. Et je... »

Une fois de plus, elle n'acheva pas et il la pressa de terminer sa phrase :

« Allez, ne sois pas si réservée. Parle-moi. Je veux savoir. »

Un léger sourire étira ses lèvres.

« Je voulais que nous soyons ensemble, comme ça, au lit. Mais j'avais aussi un peu peur.

— Pourquoi ? demanda-t-il avec une inquiétude soudaine. Pourquoi avais-tu peur ?

333

– Ce n'est peut-être pas le mot qui convient tout à fait. Disons plutôt que je me sentais un peu nerveuse. »

Il fronça les sourcils mais ne dit rien.

D'une voix à peine perceptible, elle murmura :

« Mon mariage a tourné au fiasco il y a cinq ans. Un peu plus, même. Et depuis, eh bien, tu vois ce que je veux dire, je n'ai pas fait l'amour avec un homme depuis lors. Je suppose que c'est à cause de ça que je me sentais un peu nerveuse. »

Il fut heureux d'apprendre qu'elle n'avait pas eu d'autre homme dans sa vie depuis qu'elle avait quitté son mari et que c'était justement lui qu'elle avait choisi pour mettre fin à cette longue période d'abstinence. Il était le premier depuis cinq ans. En somme, c'était un peu comme si elle avait été vierge. Cette pensée lui plaisait et l'excitait à la fois.

« Est-ce que je t'ai déçue ? demanda-t-il.

– Bien sûr que non, voyons, Johnny. J'essayais seulement de t'expliquer pourquoi j'étais un peu nerveuse. Tu comprends, j'ai vécu en célibataire pendant si longtemps ! »

Il se pencha au-dessus d'elle et l'embrassa sur la bouche. Puis il s'agenouilla et se mit à tracer des lignes sur son corps. Il lui caressa la poitrine et toucha une à une toutes les parties de son anatomie, suivant du bout du doigt le contour de ses bras, de ses jambes et de ses pieds pour revenir ensuite à sa poitrine. Et ses yeux restaient emplis d'une immense tendresse à laquelle se mêlait une profonde dévotion. Il était vraiment fou d'elle.

35

Rosie arriva au Dorchester Hotel une semaine plus tard, débarquant du taxi qui l'amenait de l'aéroport de Londres. Johnny l'attendait dans la suite qu'il avait réservée pour elle.

Quand elle y entra, suivie du groom qui portait ses bagages, il se leva précipitamment du divan où il lisait un magazine et courut à elle pour l'accueillir.

Il la prit dans ses bras avec fougue et lui chuchota à l'oreille :
« Bon sang, ce que tu as pu me manquer ! »

Il donna un pourboire au groom et referma la porte derrière lui, puis il aida Rosie à défaire son manteau, qu'il laissa tomber sur une chaise, attirant ensuite la jeune femme sur le divan pour qu'elle s'assoie à côté de lui. Il l'embrassa de nouveau, passionnément, et elle lui rendit ses baisers, aussi heureuse de ces retrouvailles qu'il l'était visiblement lui-même.

« Toutes ces journées sans toi, quel supplice ça a été, Rosie ! s'exclama-t-il enfin entre deux baisers. Ce que j'ai pu être malheureux !

— Mais je suis là, maintenant. Et je suis toute à toi. »

Rayonnant de joie, il lui prit la main pour l'aider à se lever.

« Viens, il faut que je te montre ta suite. Elle est superbe, tu verras. »

Dès l'instant où elle avait franchi la porte, Rosie avait remar-

335

qué l'élégance de l'ameublement du salon ; elle avait aussi noté la présence des nombreux vases emplis de roses pêche disposés un peu partout.

« Merci d'avoir pensé à y mettre mes fleurs préférées, Johnny, murmura-t-elle tandis qu'il l'emmenait à l'autre bout de la pièce. Elles sont absolument magnifiques.

— Mais toi aussi, tu es magnifique, et crois bien que tout le plaisir est pour moi, répondit-il en ouvrant une porte pour l'entraîner dans la pièce voisine. Ici, c'est ta chambre. Elle est grande, hein ? Et la salle de bain est là. A ta droite, il y a le dressing-room. Tu pourras examiner le détail tout à l'heure. Tu veux que j'appelle une femme de chambre pour qu'elle t'aide à déballer tes affaires ?

— Non, ce n'est pas la peine, mais je te remercie tout de même. »

En passant devant le lit, elle vit le petit vase de violettes sur la table de nuit. Elle prit le bras de Johnny et le serra avec tendresse, se penchant ensuite vers lui pour l'embrasser sur la joue.

« Tu es gentil comme tout. »

Il lui adressa un sourire radieux.

« Maintenant, on ne s'embrasse plus, sinon on va se retrouver dans ce lit, et j'ai un concert tout à l'heure... J'aurai besoin de toute mon énergie. Il faut que je garde la pêche pour la séance de ce soir. »

Ils retournèrent dans le salon et Johnny montra une porte que Rosie n'avait pas encore remarquée.

« Par là, c'est ma suite. Alors si tu as besoin de moi, il te suffira de crier un bon coup, mon amour ! »

Rosie se contenta de sourire en entendant cette invitation. Puis elle s'assit sur le divan.

Johnny s'approcha pour aller s'adosser au manteau de la cheminée, les yeux fixés sur la jeune femme.

« Ça y est, tu recommences, Johnny.

— A quoi faire ?

— A me regarder.

— C'est plus fort que moi. Tu es tellement belle, Rosie. Je n'arrive pas à me rassasier.

— D'ici la fin de la semaine, je suis sûre que tu en auras assez de me voir.

– Sûrement pas ! » rétorqua-t-il.

Changeant subitement de ton, il déclara d'un air mystérieux :

« Au fait tu sais qu'aujourd'hui, ce n'est pas un jour comme les autres. Tu vois ce que je veux dire ? »

Elle fronça les sourcils d'un air perplexe.

« Eh bien... euh... Ah oui, bien sûr : ce soir, c'est ton premier concert, le début de ta tournée en Grande-Bretagne.

– Oui, c'est vrai. Mais c'est aussi vendredi 14 février. Le jour de la Saint-Valentin.

– Oh, mon Dieu, j'avais oublié.

– Eh bien, moi, non. »

Il plongea une main dans la poche de sa veste et sortit un petit paquet enveloppé dans un papier cadeau.

« Ça, c'est pour toi, Rosie. Avec tout mon amour. »

Rosie le fixa d'un œil rond et secoua la tête lentement, le visage envahi soudain par la tristesse. Avec un pâle sourire, elle expliqua :

« Et moi qui ne m'en suis pas souvenue ! Je n'ai rien acheté pour toi. Je suis désolée, Johnny. Oui, vraiment désolée.

– Il ne fallait pas. Tu es venue ici, non ? Pour moi, c'est le meilleur cadeau que tu puisses me faire. Eh bien, tu n'ouvres pas le paquet ? »

Elle dénoua le ruban de satin blanc, déchira le papier et trouva un petit étui de cuir rouge incrusté d'or. Soulevant le couvercle, elle eut un haut-le-corps et ses yeux s'agrandirent. Posée sur un coussinet de velours noir, il y avait une grosse bague en diamant. Rosie tourna son regard vers Johnny, submergée par l'émotion. Immobile, il la regardait, attendant qu'elle dise quelque chose.

Mais elle ne prononçait pas une seule parole ; intrigué par ce mutisme total, il finit par demander d'un ton où perçait une certaine anxiété :

« Tu ne l'aimes pas, cette bague ? Elle n'est pas assez jolie ?

– Johnny, elle est magnifique ! Absolument superbe ! Mais je ne peux pas l'accepter, suffoqua-t-elle, étourdie par la surprise.

– Et pourquoi ?

– Je ne peux pas prendre un bijou d'une telle valeur.

– Mais ce n'est pas une bague comme les autres. C'est une bague de fiançailles.

337

« – Oh, Johnny...

– Je t'aime, Rosie. »

Elle le fixa d'un œil surpris, se mordant nerveusement l'intérieur de la lèvre.

Il reprit :

« Je veux que nous nous fiancions. Et nous allons nous marier. Je veux passer avec toi le reste de ma vie. Je te l'ai dit le dernier week-end : je n'avais encore jamais aimé une femme, je n'avais jamais désiré me marier avant de te rencontrer. »

Ses yeux d'un bleu extraordinairement limpide la fixaient intensément, et son visage était empreint d'une grande solennité. Impossible de mettre son sérieux en doute ni de s'interroger sur la sincérité de ses intentions.

« Oh, Johnny, je suis vraiment flattée et honorée mais je ne peux pas accepter cette bague maintenant; il m'est impossible de prendre le moindre engagement. Je suis encore mariée, mon chéri.

– Mais tu es en instance de divorce!

– Bien sûr, mais il va falloir des mois et des mois pour que la situation se clarifie, peut-être même une année entière.

– Mais je me moque du temps que cela prendra, trancha-t-il avec fièvre en la dévorant du regard. J'attendrai. De toute façon, nous vivrons ensemble en attendant de pouvoir nous marier. »

Après avoir inspiré profondément, il déclara d'une voix plus calme :

« Je t'en prie, prends cette bague. Allez, ma chérie. Je vais te la passer au doigt. »

Il fit un pas en avant en lui adressant un sourire rayonnant.

« Non, Johnny, je ne peux pas! » s'exclama-t-elle.

Remarquant alors que le ton de sa voix avait été assez brutal, presque cassant, elle reprit plus calmement, en secouant la tête :

« C'est absolument impossible, Johnny. »

Il s'arrêta net, coupé dans son élan.

« Mais voyons, Johnny, ne fais pas cette tête-là!

– Quelle tête est-ce que je fais?

– La tête de quelqu'un qui souffre. Et moi, je ne veux pas te faire souffrir.

– Mais tu n'es pas disposée à accepter ma proposition, n'est-ce pas?

« – Je ne sais pas... tu vas trop vite pour moi. »

Elle se força à rire et expliqua avec douceur :

« Tu vois, je suis un peu plus lente que toi, je suppose. Je me suis fait gravement échauder, alors je ne tiens pas du tout à commettre une nouvelle erreur. Je te jure que ça fait trop mal. Un mariage raté, c'est un véritable enfer. Tu peux me croire sur parole ; je sais ce que c'est.

– Mais je ne suis pas du tout comme Guy de Montfleurie, moi. Tu m'as dit qu'il courait sans cesse après tous les jupons, qu'il te trompait à tout bout de champ en couchant avec la première venue. Moi, je ne veux pas d'autre femme que toi, Rosie. C'est toi et personne d'autre.

– Oui, je sais ce que tu ressens, Johnny. Mais le problème n'est pas là. J'essaie simplement de ne pas me laisser entraîner, de garder la tête froide pour nous deux. Tu n'as jamais été marié, Johnny, alors tu ne peux pas imaginer ce que l'on peut éprouver quand le couple s'en va à vau-l'eau. C'est absolument abominable. Il n'y a pas d'autre mot.

– Notre couple ne s'en ira pas à vau-l'eau, protesta-t-il. Je t'aime beaucoup trop. »

Mais Rosie ne releva pas le propos. Elle continua sur sa lancée :

« Je me suis mariée beaucoup trop précipitamment, la première fois. Je connaissais à peine Guy. Quant à nous, nous nous connaissons à peine, nous aussi, tu ne peux pas le nier. Nous n'avons vécu ensemble que pendant une semaine.

– Dix jours, exactement », corrigea-t-il.

Il s'interrompit et la regarda avec attention, ses yeux se rétrécissant très légèrement tandis qu'il ajoutait :

« Écoute-moi. On peut vivre avec une personne pendant cinquante ans sans jamais la connaître ; et on peut aussi rencontrer quelqu'un et boum !, tu te rends compte immédiatement que tu es en présence de l'âme sœur, que tu vis une aventure tout à fait exceptionnelle... C'est comme une illumination. Eh bien, c'est exactement ce qui s'est passé pour nous. Nous sommes deux âmes sœurs, ma chérie. Je t'aime, et je dirais même : je t'adore. »

Elle ne répondit pas.

« Mais enfin, tu n'éprouves donc aucune espèce de sentiment pour moi ?

« — Bien sûr que si! s'écria-t-elle en se redressant sur son siège. Je t'adore, moi aussi, Johnny. Je suis folle de toi. Tu es gentil, doux et plein de tendresse. »

Johnny eut un sourire radieux. Il était heureux d'entendre ces paroles, heureux de voir qu'il ne lui était pas indifférent et que finalement tout pouvait encore s'arranger comme il le voulait.

« Alors, pourquoi ne prends-tu pas cette bague? demanda-t-il.

— Je t'en prie, Johnny, il ne sert à rien de vouloir brûler les étapes. Évitons de précipiter les choses.

— Mais qu'est-ce que ça va changer si tu la portes à la main droite au lieu de la mettre à la main gauche? »

Rosie secoua énergiquement la tête.

« Non, il faut laisser le temps au temps. Attendons au moins que je sois entièrement libre pour afficher les symboles des liens qui nous unissent. »

Elle referma l'étui et le posa sur la table.

« Mais je veux quand même que tu saches, ajouta-t-elle, que cette bague est la plus magnifique que j'aie jamais vue, Johnny. »

Il vint s'asseoir auprès d'elle sur le divan et passa un bras autour de ses épaules, la serrant contre lui avec fougue; puis il l'embrassa passionnément. Au bout d'un long moment d'intimité totale, il relâcha son étreinte et la regarda droit dans les yeux.

« Je n'arrive pas à penser à autre chose qu'à nous deux, Rosie, et j'ai constamment envie de toi. Il ne faut plus que nous nous quittions, ma chérie. Tu seras ma femme, tu prendras le nom de Johnny Fortune?

— Oh Johnny, Johnny chéri », soupira-t-elle en se blottissant contre son épaule, heureuse d'être à nouveau tout près de lui.

Il sentit que la tension qui était apparue en elle avait maintenant disparu et il comprit soudain qu'elle était aussi vulnérable en sa présence qu'il l'était lui-même avec elle. Cette constatation le ravit au-delà de toute mesure.

Incapable de résister à la tentation, Johnny se mit de nouveau à l'embrasser; la renversant en arrière contre les coussins, il passa la main dans ses cheveux qu'il caressa longuement. Elle réagit avec ardeur, les bras serrés autour de lui, se collant à lui.

Mais soudain, il lâcha prise et prit ses distances en s'excusant :

« Je suis désolé, ma chérie, mais il faut que je m'arrête avant qu'il ne soit trop tard. Nous n'avons pas le temps maintenant... »

Il poussa un soupir et lança d'un ton de reproche feint :

« Tu te rends compte de l'effet que tu produis sur moi ? J'en arrive à perdre complètement la boule.

— Mais pour moi, c'est la même chose », murmura-t-elle.

Il lui prit le visage entre ses deux mains et l'observa longuement.

« Alors, dis-moi où nous en sommes, demanda-t-il d'une voix pressante.

— Exactement au même point que la semaine dernière et que quand je suis arrivée ici tout à l'heure. Rien n'est changé par rapport à ce qui s'est passé à Paris, Johnny. Sinon, je ne serais pas ici. J'ai envie d'être avec toi, tout simplement, parce que je suis folle de toi.

— Est-ce que j'ai une chance de t'épouser un jour ? »

Il baissa les bras, se calant contre le dossier du divan.

« Mais naturellement.

— Tu envisages vraiment de te marier avec moi ?

— Oui.

— C'est pas bon, nous deux, quand on est au lit ? »

Elle se contenta de sourire.

« Tu connais la réponse aussi bien que moi, dit-elle enfin.

— Dis-le-moi, dis-le, rien que pour moi.

— Nous deux, au lit, c'est formidable.

— Et aussi quand on n'est pas au lit. Dis-le, Rosie.

— C'est formidable aussi ailleurs qu'au lit. »

Un sourire satisfait étira ses lèvres et il annonça :

« Donc, nous avons tout ce qu'il faut pour être heureux tous les deux. Eh bien, tout est arrangé. Nous nous fiancerons le jour même où ton divorce sera prononcé et le lendemain, nous nous marierons. »

Prise de court, Rosie décocha un rapide regard dans sa direction.

« Je n'ai pas dit ça », protesta-t-elle.

Mais il ne lui prêtait plus la moindre attention. Bondissant sur ses pieds, il lança :

« Faut que je m'en aille, baby. Nell va arriver d'un moment à l'autre. Elle t'emmènera au concert. »

Il partit à grands pas vers la porte menant à la suite qu'il occupait juste à côté.

Rosie saisit sur la table l'étui contenant la bague de chez Cartier et se précipita derrière lui.

« Johnny, attends! La bague! » s'écria-t-elle, la main tendue. Il fit non de la tête.

« Je l'ai achetée pour toi. Elle est à toi. Tu n'as qu'à la garder.

— Je ne peux pas. Il faut que tu la prennes. J'aurais trop peur de la perdre. Je t'en prie, Johnny, garde-la pour moi, mets-la en lieu sûr.

— OK », dit-il enfin à contrecœur en laissant tomber l'étui dans la poche de sa veste.

Il se pencha vers elle et l'embrassa sur le bout du nez.

« Tu te marieras avec moi, Rosie. C'est écrit dans les cartes. C'est notre destinée. *Que sera sera.* »

Elle le regarda d'un œil fixe, incapable de trouver les paroles qu'il aurait fallu prononcer.

En ouvrant sa porte, il expliqua :

« Ah, au fait, il y a deux types qui travaillent dans ma suite. Mais tu ne risques rien, ils ne vont pas venir chez toi. En tout cas, tu n'as qu'à fermer la porte à clé si tu as l'impression que ça te tranquillise.

— D'accord. Je vais fermer de mon côté. »

Il hocha la tête, puis il dit :

« Alors, c'est toujours d'accord, tu m'accompagnes dans ma tournée?

— Si tu t'imagines que je vais te laisser partir tout seul dans la nature, tu te mets le doigt dans l'œil jusqu'au coude. Bien sûr que je t'accompagne, répondit-elle en riant.

— Et n'oublie pas que nous allons aussi en Écosse, Rosie, à Glasgow et à Édimbourg, après notre incursion à Manchester, Leeds et Birmingham. A tout à l'heure, baby. »

Il lui adressa un clin d'œil et entra dans sa suite, refermant la porte derrière lui.

36

Une heure plus tard, Rosie se mettait au garde-à-vous en face de Nell, au milieu de la chambre, et lui demandait :

« Alors, comment me trouves-tu ?

— Parfaite, s'exclama Nell. Élégante, raffinée et terriblement sexy, ma jolie Rosie. Juste ce qu'il faut pour Johnny. Car n'oublie pas que tu es la femme de sa vie. »

Rosie lui lança un rapide coup d'œil et éclata de rire.

« La femme de sa vie ! Voilà une bien étrange manière de présenter les choses.

— C'est pourtant ainsi qu'il les présente, lui. Rosie, c'est la femme de ma vie, voilà ce qu'il annonce sans cesse, et il le dit à tout le monde. Il est très fier de toi, très fier de t'avoir dans sa vie, tu sais. »

Regardant Rosie avec attention, les sourcils froncés, Nell s'inquiéta soudain :

« Est-ce que ça t'ennuierait, par hasard ? » demanda-t-elle.

Rosie secoua la tête.

« Non, pas vraiment. Mais ça me paraît aller un peu vite en besogne quand même.

— Bah, tu sais, avec Johnny, on peut s'attendre à tout. Surtout que dans le genre intello, y a mieux, tu sais.

— Ce n'est pas très gentil, ce que tu dis là.

343

– Oh, je ne cherchais pas à me montrer désobligeante à son égard. Je l'aime beaucoup, Johnny, et tu ne l'ignores pas. En fait, j'ai beaucoup d'estime pour lui. C'est un brave garçon, un type bien, ce qui est très rare de nos jours, surtout dans le milieu où nous travaillons. »

Nell fit un pas en arrière et examina Rosie d'un œil critique, la tête inclinée sur le côté.

« Tourne-toi, lança-t-elle. Je voudrais voir le dos.

– Oui, m'dame », dit Rosie.

Elle fit le salut militaire et pivota lentement sur ses talons pour bien montrer son ensemble de velours noir composé d'un pantalon très collant et d'une chasuble aux longues manches. Le col, tout en soie, était décoré de triangles rouges, orange, violets, jaunes et noirs. Au-dessus, elle portait un manteau sans manche et sans aucune fermeture sur le devant, qui lui tombait jusqu'aux chevilles.

« Tu as vraiment une allure sensationnelle, conclut enfin Nell d'un air sentencieux, en hochant la tête avec approbation. Mais où est donc la bague ? »

Rosie fit volte-face.

« Tu es au courant pour la bague ?

– Naturellement. Qui a-t-il entraîné de force chez Cartier, à ton avis, mardi dernier, pour acheter le fameux bijou ? Et moi qui venais de Londres, après avoir subi la traversée de l'Atlantique la veille. J'étais complètement crevée.

– Il l'a achetée mardi ?

– Oui, aussitôt après que je lui ai donné mon avis favorable. Comment aurais-je pu faire autrement, d'ailleurs ? Après tout, c'est de l'or à dix carats avec un diamant d'un blanc très pur, taillé par Starbust. Le fin du fin. Bon, alors, Rosie, qu'est-ce que tu en as fait ?

– Je l'ai rendue à Johnny. Tu sais très bien que je ne pouvais pas accepter cette bague, Nell. Johnny et moi on se connaît à peine. Il y a quelques jours que notre liaison a commencé. Et en plus je ne suis pas divorcée. Alors comment veux-tu que je me fiance ?

– Je ne vois vraiment pas ce qui t'en empêche.

– Mais enfin, Nellie, il faudrait tout de même essayer de garder la tête froide. Comme nous le faisons habituellement. »

Nellie éclata de rire et haussa les épaules.

« Tu pourrais la porter à la main droite.

– Ne sois pas ridicule.

– Je ne vois pas ce qu'il y a de ridicule là-dedans. Nous évoluons dans un milieu d'artistes, ne l'oublie pas. »

Rosie scruta le visage de Nell pour essayer de voir si elle parlait sérieusement. Mais son amie affichait une expression indéchiffrable. Rosie murmura :

« Tu n'as pas vraiment cru que j'allais accepter cette bague, n'est-ce pas ?

– Franchement, non, mais il n'a pas voulu m'écouter ; il s'était mis dans la tête qu'il achèterait cette bague. Je n'ai pas eu d'autre solution que de le laisser agir à sa guise. »

Nell s'approcha du lit et s'assit, le buste renversé en arrière, en appui sur les coudes. Elle resta un moment sans parler, le visage pensif.

Rosie lui lança un rapide coup d'œil, puis elle alla dans le dressing-room pour mettre trois étroits bracelets en or et des boucles d'oreilles toutes rondes faites du même métal. Elle se parfuma ensuite avec du Bijan et revint au pied du lit, en face de Nell qui leva les yeux vers elle.

« Je suis heureuse que tu sois avec Johnny, dit celle-ci. Tu ne pouvais pas tomber mieux. Il est gentil avec toi, n'est-ce pas ? Et au lit, il est bien, non ?

– Fantastique.

– Pas trop excentrique ? »

Rosie secoua la tête en riant.

« Non, Dieu merci. Tout ce qu'il y a de plus orthodoxe. Un peu du genre insatiable, peut-être. Dès mon arrivée, tout à l'heure, il s'en est fallu de bien peu. En fait, je crois qu'il y a vraiment des atomes crochus entre lui et moi. »

Nell sourit.

« Je savais que c'était Johnny Fortune qu'il te fallait. Bon sang, j'en aurais mis ma main au feu. Non mais regarde-toi, tu rayonnes littéralement. Ta peau est veloutée comme une pêche et il y a un de ces éclats dans ton regard ce soir, ma petite !

– Oh, Nell, tu es unique. Personne ne t'arrive à la cheville, je te le garantis. Tu ne peux pas savoir à quel point je t'aime. Bon, maintenant, dis-moi comment va Kevin.

– Très bien, Rosie. Merveilleusement bien. Nous avons passé un week-end sensationnel tous les deux. Mais je dois t'avouer que l'aller et retour au-dessus de l'Atlantique cette semaine m'a pas mal fatiguée, même en Concorde. Bref, il m'a dit de t'embrasser très fort de sa part. Je croyais te l'avoir dit au téléphone.

– Non, répliqua Rosie. Au téléphone, nous n'avons parlé que de Johnny hier soir. »

Une expression rêveuse traversa alors les traits de Nell. Elle poussa un soupir et leva les yeux vers Rosie.

« Sais-tu que je serai peut-être ta belle-sœur un jour, ma chérie.

– Mais je l'espère bien. Au fait, as-tu dit à Kevin que Johnny et moi, nous...

– Non. Tu ne m'avais pas interdit de lui en parler mais tu ne m'y avais pas autorisée non plus, alors je me suis abstenue. Au fond, je déteste les commérages. Ce qui se passe entre Johnny et toi ne regarde que vous deux. »

Nell redressa le buste et regarda bien en face sa meilleure amie.

« Bon, dis-moi, maintenant. Mis à part l'attirance physique, qu'est-ce que tu lui trouves à notre chantre du bel canto ?

– Je suis folle de lui, Nell. Il correspond tout à fait au portrait que tu m'en avais tracé. Très tendre, très chaleureux. Plein de prévenance. Vraiment, on peut dire que j'en suis complètement toquée.

– C'est donc le grand amour ? demanda Nell en décochant, sous son fin sourcil blond, une œillade complice en direction de Rosie.

– Alors là, je ne voudrais quand même pas trop m'avancer, Nellie, après l'horrible mésaventure qui m'est arrivée avec Guy.

– Ah, l'abominable Guy ! Il s'est vraiment conduit comme un beau salaud, celui-là et, sincèrement, je ne peux pas te blâmer de te montrer prudente maintenant. Tu as rudement raison d'y aller doucement. D'autant plus que tu as ta propre carrière à mener, et une vie personnelle déjà très riche, qui n'a rien à attendre de Johnny. Parce que lui, il peut être très exigeant.

– Comment cela, exigeant ?

– Johnny est une star, ne l'oublie pas.

– Gavin aussi est une star et il n'exige rien. A ma connaissance, du moins.

346

« – Gavin est un acteur, et un acteur new-yorkais par-dessus le marché. Johnny, lui, est d'une tout autre étoffe, Rosie. C'est un chanteur, une idole de la chanson, et la plus grande star que l'on puisse compter aujourd'hui dans le monde musical. Et crois-moi, il évolue dans un milieu qui n'a absolument rien à voir avec celui du film ou du théâtre. C'est le monde de l'épate, du fric et de la démesure. Un monde démentiel à bien des égards.

– Pourtant, il me paraît avoir la tête bien sur les épaules, Johnny.

– C'est vrai, mais à force de soulever l'enthousiasme des foules, de voir les gens se bousculer pour te toucher, pour être plus près de toi, avec les femmes qui se pâment de bonheur et les groupies qui meurent d'envie de coucher avec toi, tu finis par t'habituer à la flatterie et à tout avoir pour toi à tout instant. Il y a là de quoi pourrir le cerveau le plus solide.

– Sauf que Johnny est tout à ma dévotion et semble bien loin de ces mesquineries.

– N'empêche qu'il n'aime pas qu'on le contrarie. Regarde par exemple l'affaire de la bague. A aucun moment il n'a voulu écouter mes objections ni se rendre à la raison. Il s'était mis dans le crâne qu'il achèterait la bague de fiançailles, eh bien il a fallu qu'il l'achète coûte que coûte. Même s'il avait dû pour cela tuer père et mère. »

Nell poussa un soupir et reprit :

« Combien de fois lui ai-je dit que tu n'accepterais jamais de t'engager maintenant ! Mais il n'a rien voulu entendre, et pourtant Dieu sait s'il fait grand cas de ce que je peux lui conseiller en temps normal ! Bref, tu vois, Johnny a l'habitude d'obtenir ce qu'il veut quand il le veut.

– Je vois. »

Rosie détourna la tête, prise soudain d'un doute sur ce que pourrait devenir la nature de ses relations avec Johnny ; elle n'était plus sûre de pouvoir s'accommoder longtemps de son caractère. Les gens obstinés la perturbaient. Ils avaient souvent des comportements déraisonnables et se montraient d'un commerce difficile, avec leurs sautes d'humeur perpétuelles.

« Allons, ne fais pas cette tête, dit alors Nell. Il n'y a tout de même pas de quoi baisser les bras. Johnny est un être fabuleux, en dépit de ce que je viens de te dire. D'ailleurs, ça fait des années que je te répète qu'il est un homme précieux. C'est le meilleur parti dont une femme puisse rêver, tu es bien d'accord ?

— Oui, c'est vrai.

— Il a un cœur d'or, avec tout le monde. Il est d'une gentillesse à toute épreuve et, bien qu'il n'aime pas qu'on le contredise, il n'impose jamais son point de vue à personne. Enfin pas trop. Et il mène une existence tout ce qu'il y a de plus *clean*.

— Comment ça *clean* ?

— Il ne touche pas à la drogue. Jamais il n'a fumé le moindre joint. Même pas la cigarette. Quant à ce qui est de boire, il fait preuve de la plus grande modération. D'ailleurs, il ne fréquente pratiquement personne à Hollywood. Tu ne le verras jamais faire la bringue chez les uns ou les autres, ni s'éclater dans les boîtes à la mode. Non, il mène une petite vie plutôt pépère.

— C'est tout à fait l'impression qu'il m'a faite, dit Rosie en souriant. Mais tu sais, je n'étais pas vraiment inquiète.

— Eh bien tant mieux, ma petite Rosie. »

Nell jeta un rapide coup d'œil à sa montre.

« Va falloir se dépêcher un peu, ma chérie. Il est déjà cinq heures et demie.

— Mais le concert ne commence pas avant huit heures.

— Je sais, mais n'oublie pas qu'il nous faut une bonne heure pour nous rendre à Wembley, sans doute davantage avec les encombrements de la fin de l'après-midi. Et Johnny veut que nous allions le voir dans sa loge avant le début de son concert.

— Je vais prendre mon sac à main. »

Quand Rosie fut revenue du dressing-room attenant à la chambre à coucher, elle trouva Nell debout devant la glace qui surmontait le manteau de la cheminée. Elle lissait ses longs cheveux aux reflets argentés et dorés.

« Tu es superbe, Nellie, murmura Rosie en allant vers elle. Cet ensemble rouge te va à ravir. Il te met en valeur beaucoup mieux que n'importe quoi d'autre.

— Merci. Nous avons drôlement bien fait de nous concerter pour savoir ce que nous allions mettre. Moi, tu vois, j'envisageais de porter un ensemble pantalon de velours noir. Heureusement que j'ai choisi le rouge, nous aurions eu l'air de deux clowns ! »

Elle s'esclaffa et se retourna vers Rosie.

« Allons-y, dit-elle. Nous ne cherchons pas du tout à contrarier la grande star, n'est-ce pas ? »

Rosie éclata de rire et passa son bras sous celui de Nellie. Elles sortirent de la suite côte à côte, bras dessus, bras dessous.

En s'engageant dans le couloir de l'hôtel, Nell dit à Rosie :

« La limousine est en bas. Et Johnny nous a donné Butch pour qu'il s'occupe de nous.

— Butch ? Qui c'est, Butch ?

— L'un de ses gardes du corps. Les deux autres, Andy et Jack, sont partis avec lui à Wembley.

— Je vois. Au fait, pourquoi Johnny est-il parti si tôt ? demanda Rosie quand elles arrivèrent devant les ascenseurs. Il a quitté l'hôtel à quatre heures et demie.

— Je te l'ai dit tout à l'heure, il faut une bonne heure pour se rendre à Wembley Arena et il a sans doute voulu éviter les bouchons du soir. De toute façon, il se réserve toujours une heure pour se faire coiffer et maquiller et il aime bien avoir du temps devant lui pour s'échauffer, se mettre dans l'ambiance avant le concert.

— J'ai hâte de le voir en pleine action.

— Mais je croyais que tu l'avais déjà vu en pleine action, rétorqua Nell en la fixant d'un œil malicieux.

— Nell Jeffrey ! Vous avez l'esprit vraiment mal tourné.

— C'est exactement ce que ton frère me dit toujours. »

La loge de Johnny était archicomble et pendant un moment Rosie ne put voir le chanteur.

« Est-ce que c'est toujours comme ça ? demanda-t-elle à Nell.

— Oui, mais ça va se dégager d'ici peu. D'ailleurs, nous ne sommes pas vraiment dans sa loge. Le coiffeur et le maquilleur opèrent là-bas, de l'autre côté de cette porte. Viens, on va y aller tout de suite. »

A peine avaient-elles fait quelques pas que Nell saisit le bras de Rosie et dit :

« Johnny est dans le coin, là-bas. Il est en train de parler à Kenny, le musicien qui l'accompagne au piano, et à Joe, son premier assistant.

— Il m'a déjà cité leurs noms tout à l'heure. Mais es-tu certaine que nous pouvons aller le déranger ?

— Tu plaisantes ou quoi ? s'esclaffa Nell en la poussant en avant d'une poigne irrésistible. Je donnerais ma main à couper qu'il grille d'impatience en attendant le moment où il pourra enfin te présenter à ses potes. Il ne parle plus que de toi depuis le début de la semaine, et comme je te l'ai dit tout à l'heure, à l'entendre, on croirait que tu es sortie de la cuisse de Jupiter. Bref, la huitième merveille du monde, c'est toi.

— Vraiment, Nell, tu dois en rajouter, non ? » protesta Rosie d'un air confus.

Johnny venait de tourner le dos à ses deux interlocuteurs avec une telle soudaineté qu'elle vit tout de suite qu'il était en colère. Son air buté ne fit que la confirmer dans cette impression. Il était furieux, c'était évident, ainsi qu'en témoignaient ses lèvres rigides et ses yeus bleu centaurée qui luisaient d'un éclat inquiétant.

Puis il fit de nouveau face aux deux hommes qui affichaient maintenant un air contrit. Il leur lança quelques paroles d'une voix sifflante, et s'en alla vers l'autre bout de la pièce pour entrer dans la salle de maquillage. Rien qu'à la façon dont il crispait les épaules, il était visible que quelque chose l'avait vivement contrarié.

« Il a l'air furieux, dit Rosie à Nell à mi-voix d'un air inquiet.

— Oh, c'est probablement une tempête dans un verre d'eau. Il est très soupe au lait, par moments, répondit Nell sur le même ton. Je suis sûre qu'il n'y a pas de quoi fouetter un chat. Il est toujours à cran et il a du mal à se contrôler avant de monter en scène. Un grand concert comme celui-là, ça le rend hypernerveux.

— Il vaudrait peut-être mieux le laisser tranquille. Ce n'est sûrement pas le moment de le déranger.

— Le déranger ! Avec toute la cohue qui se presse ici ! Arrête de dire des bêtises. Il nous attend, Rosie, viens. Je parie qu'Allie est en train de finir de le maquiller. Après ça, Maurie va s'attaquer à sa coiffure. Ensuite, notre vedette n'aura plus qu'à défaire son peignoir pour enfiler son costume de scène.

— OK, Nell. Je te fais confiance. Au fond, tu le connais mieux que moi.

— Si je le connais ! »

D'une main ferme elle poussa son amie vers la porte.

« Salut, Johnny, s'exclama-t-elle. On peut entrer ? Mais tu veux peut-être finir de te préparer tranquillement. »

Johnny était assis sur une haute chaise devant un large miroir entouré de spots lumineux. Il vit les deux visiteuses dans la glace et leva la main pour les accueillir. Puis il tourna la tête pour les regarder par-dessus son épaule.

« C'est OK, Nell, murmura-t-il en la gratifiant d'un large sourire. Viens, Rosie, approche. Je te présente Allie et Maurie qui font tout ce qu'elles peuvent pour cacher la misère. »

Rosie sourit et s'approcha. Elle vit aussitôt qu'il avait un air parfaitement serein ; toute trace de colère avait complètement disparu. Après l'avoir présentée à Allie, Maurie et Jeff Smailes, son manager qui venait de pénétrer dans la loge, Johnny s'immobilisa sur sa chaise pour permettre aux maquilleuses de terminer le travail qu'elles avaient déjà commencé une bonne heure plus tôt.

« Prends la chaise près de Johnny, Rosie, dit Nell. Moi, je vais me mettre ici.

– Merci. »

Rosie s'assit sur le siège indiqué, accepta la coupe de champagne que quelqu'un lui tendait et regarda Allie s'affairer sur le visage de Johnny. Déjà beau sans fard, il était encore plus séduisant une fois que les cosmétiques avaient été appliqués sur sa peau. Une beauté dévastatrice, elle ne pouvait pas trouver d'autre mot pour qualifier l'effet qu'il produisait maintenant. Comme il était naturellement bronzé par le soleil californien, Allie avait utilisé un fond de teint bistre dont elle avait délicatement enduit les joues avant de lui poudrer le visage. Maintenant, elle appliquait un très léger nuage de bleu sur les yeux pour en intensifier la couleur.

Croisant le regard de Rosie dans le miroir, Johnny lui adressa un sourire complice, puis il laissa Allie lui mettre du rouge aux lèvres. Quand elle eut terminé, il s'essuya la bouche avec un mouchoir en papier, se lécha les babines plusieurs fois, s'essuya de nouveau et se regarda attentivement dans la glace.

« OK, maestro, dit alors Maury. Au tour des cheveux, maintenant. Il ne nous reste plus beaucoup de temps. »

Tout en parlant, il avait saisi les mèches aux reflets blonds pour commencer à les mettre en forme.

« Vas-y doucement sur la laque, Maury », dit Johnny.

Un quart d'heure plus tard, il sautait à bas de sa chaise.

« Faut que j'y aille, chérie, dit-il à Rosie. Faut que je mette mon costume de scène. Attends-moi ici. »

Lançant un coup d'œil vers Maury, il s'exclama d'un ton enthousiaste :

« Tu vois, cette dame, c'est ma dame de cœur, la femme de ma vie ; elle est la plus belle d'entre toutes ! »

Là-dessus, il se précipita vers la porte et disparut dans la pièce voisine.

Nell s'approcha de Rosie en tirant une chaise derrière elle.

« On va attendre ici qu'il revienne en tenue de scène. On passera quelques minutes avec lui, et ensuite je crois que nous aurons intérêt à regagner nos places.

— Comme tu voudras. Je me fie à ton expérience.

— Le problème, Rosie, c'est qu'il va être de plus en plus tendu, à mesure que l'heure fatidique approchera, et... »

Elle s'interrompit car Johnny venait de réapparaître.

« Je vous ai fait placer au premier rang », dit Johnny en revenant vers la table de maquillage.

Il portait un pantalon noir, une chemise blanche empesée, ouverte au col, et tenait sur son bras une veste noire. Il s'approcha de Rosie, lui serra le bras nerveusement, puis tournant les talons, il se regarda brièvement dans la glace en lissant ses cheveux ; après quoi, il but une gorgée d'eau et s'essuya la bouche avec un Kleenex.

Alors, il se mit à marcher de long en large dans la loge, s'interrompant soudain pour donner sa veste à Jeff, et recommença à faire les cent pas, en se mâchonnant la lèvre inférieure. Il s'arrêta un moment, levant les yeux au plafond et, les paupières closes, il articula quelques mots du bout des lèvres, comme s'il se remémorait en silence les paroles d'une chanson.

Dans la pièce voisine, un éclat de rire général retentit soudain. Johnny ouvrit brusquement les yeux et lança d'un ton sans réplique :

« Jeff, tu vas aller me virer tout ce monde. Faut que je me concentre. »

Il reprit ses allées et venues et un léger voile de sueur

commença à couvrir son visage. Il s'arrêta, prit une gorgée d'eau et se remit à marcher.

Rosie ne doutait plus un seul instant qu'il avait complètement oublié leur présence. Consciente de la tension insoutenable à laquelle Johnny était soumis, car elle savait par expérience par quelles affres les artistes pouvaient passer avant de monter sur scène, elle se rapprocha de Nell. Lui prenant le bras, elle murmura d'une voix à peine audible :

« Allons-nous-en, il a besoin d'être seul. »

Nell hocha la tête en signe d'assentiment.

Ensemble, elles sortirent de la loge en se faufilant au ras du mur, laissant le centre de la pièce à la disposition de Johnny. Il marchait toujours, les yeux mi-clos, et remuait les lèvres en repassant les paroles de ses chansons.

En franchissant la porte, Rosie constata que la pièce attenant à la loge s'était miraculeusement vidée ; Nell lui prit le bras et la guida vers la sortie. Butch les attendait devant la porte pour les accompagner jusqu'à leurs places, au tout premier rang, juste devant le centre de la scène.

Dès qu'elles se furent installées dans leurs fauteuils, Rosie regarda autour d'elle avec une grande curiosité. Jamais encore elle n'avait vu tant de gens rassemblés sous un même toit. Le vacarme était assourdissant.

« Il y a là plusieurs milliers de personnes, dit-elle à Nell. Ça ne m'étonne pas qu'il soit si tendu. Tu te rends compte, venir chanter devant une foule pareille !

— N'oublie pas que Johnny est une star confirmée ! Mais je reconnais que ça doit quand même être très éprouvant pour les nerfs. »

Elle regarda l'assistance d'un œil connaisseur et conclut :

« En tout cas, ils m'ont l'air drôlement excités.

— Et ce sont tous des fans. Mon Dieu, Nell, on peut dire qu'il a un sacré pouvoir d'attraction.

— Ça oui ! Johnny est une véritable idole. Au fait, il m'a dit que tu partais avec lui en tournée dans le Nord, jusqu'en Écosse.

— Il s'est montré très persuasif pendant le dernier week-end à Paris.

– Eh bien, du coup, je vais y aller aussi... ça sera plus rigolo, dit Nell.

– Très bien! Excellente idée! Iras-tu en Australie avec lui à la fin du mois?

– Seulement une semaine. La deuxième semaine de mars, pourquoi?

– Johnny voulait que je l'accompagne en Australie, expliqua Rosie, mais je lui ai objecté que c'était absolument impossible. J'ai beaucoup trop de travail. Il a fallu que je me lève à quatre heures tous les matins cette semaine pour terminer les dessins de certains costumes afin de pouvoir m'octroyer quelques jours de répit. »

Nell lui lança un coup d'œil circonspect.

« Tu n'ignores pas qu'il est en tournée une partie de l'année, bien sûr?

– Je le sais parfaitement, en effet. »

Le silence s'installa entre elles. Bien calées dans leurs fauteuils, elles restèrent un moment absorbées dans leurs pensées.

Soudain, les lampes s'éteignirent dans la salle, l'orchestre se mit à jouer, et des centaines de projecteurs se concentrèrent sur la scène; des lumières multicolores jaillirent, faisant naître des formes aux contours surréalistes. Plusieurs minutes s'écoulèrent ainsi.

Johnny entra en scène.

Rosie eut alors l'impression que la salle tout entière vacillait sur ses fondations; des milliers de personnes avaient bondi sur leurs pieds. Tous tapaient du talon, agitaient les bras, poussaient des acclamations et scandaient le nom de Johnny de toute la force de leurs poumons. Un vent de folie soufflait sur l'assistance.

Rosie n'avait encore jamais rien vu de semblable.

Un frisson la parcourut et elle joignit les mains devant elle, en proie à une anxiété insurmontable. Elle sentait qu'il y avait quelque chose d'effrayant dans les rugissements de cette foule, dans cette adulation dont Johnny était l'objet. Et si jamais, pour une raison quelconque, ils se retournaient contre lui? Ils pouvaient le déchiqueter, le mettre en pièces! Elle frissonna de nouveau et se raidit sur son siège.

Nell avait remarqué cette réaction. Prise d'inquiétude à son tour, elle demanda :

« Qu'est-ce qu'il y a, Rosie ? Quelque chose qui ne va pas ?

— C'est à cause de tous ces gens. Tu as vu ce qu'ils font ? On pourrait être piétinées à mort si jamais il y avait le moindre mouvement de panique.

— Je vois ce que tu veux dire. En fait, c'est pour ça qu'on nous a placées au premier rang. Nous sommes tout près d'une sortie de secours qui mène droit dans les coulisses. Alors tu n'as aucune raison de t'inquiéter. D'ailleurs, Butch est là, il veille sur nous. Une quinzaine de minutes avant la fin du tour de chant, il nous emmènera par cette porte. Nous entendrons les dernières chansons dans les coulisses. »

Rosie hocha la tête ; elle fixa son regard droit devant elle.

Johnny était maintenant au centre de la scène.

Il avança jusqu'au bord de la plate-forme en agitant le bras, puis il s'inclina pour saluer l'assistance. Regardant ensuite dans la direction de Rosie, il lui envoya un baiser et fit volte-face, retournant vers le milieu de la scène.

Il resta immobile, le dos tourné à la salle.

Tout le monde avait fini par se rasseoir.

Le bruit s'atténua, puis s'arrêta complètement.

L'orchestre cessa de jouer.

Au piano, Kenny Crossland commença à jouer les premières mesures de *My Heart Belongs To Me* (Mon cœur m'appartient).

Johnny se retourna, tête baissée. Puis, lentement, il releva le front et commença à chanter.

Rosie ne pouvait plus détacher son regard ; elle était fascinée. Tout comme les autres spectateurs, hypnotisés eux aussi.

Cette silhouette frêle, debout au milieu de la vaste scène, paraissait étrangement vulnérable. Et immensément attirante. Sa séduction, encore accrue par le maquillage, lui apparut encore plus forte que d'habitude, et elle se rendit compte du prodigieux effet qu'il produisait sur l'assistance, vêtu d'un costume noir tout simple et de cette chemise blanche d'une grande sobriété. Il se dégageait de sa personne un magnétisme extraordinaire ; sa voix était superbe, et la salle, envoûtée, restait suspendue à ses lèvres.

355

Par son immobilité totale, il exigeait une attention sans faille.

Johnny était figé sur place. Tout juste si, de temps en temps, il ployait les jambes en mesure, mais ses pieds ne bougeaient pas d'un pouce. Parfois, il inclinait son corps, mais le mouvement était pratiquement imperceptible. Un moment, il leva une main, mais ce fut tout : il semblait enraciné sur la scène. Tout son pouvoir résidait dans les inflexions de sa voix mélodieuse et dans la beauté de son visage.

Quand il eut fini la première chanson, la réaction du public fut assourdissante.

Il inclina la tête, acceptant avec grâce l'hommage que l'on rendait à son talent, puis il leva la main pour réclamer le silence afin de passer à l'air suivant. Après avoir interprété deux autres titres, accompagné par quelques choristes, il saisit le micro et s'avança jusqu'au bord de la scène.

« Merci, dit-il au public quand les derniers applaudissements se furent calmés. Je suis vraiment enchanté de me trouver avec vous ce soir. »

Il marqua une courte pause. Arpentant à grands pas le bord du plateau, il ne s'arrêta que lorsqu'il fut juste en face de Nell et de Rosie.

Plongeant son regard dans la salle, il murmura dans le micro :

« La prochaine chanson, je la dédie à la dame de mes pensées. »

Tourné vers Rosie, il lui envoya de nouveau un baiser.

Rosie lui sourit avec reconnaissance.

Le public se déchaîna pendant de longues secondes. Mais Johnny leva soudain le bras en commençant à fredonner et un silence total envahit la salle. Se balançant d'avant en arrière, au rythme de la musique, il baissa la tête, fredonnant toujours, puis leva les yeux pour les concentrer sur Rosie. Et sa voix retentit, pure et claire, tandis qu'il commençait à chanter *Lost Inside of You* (Perdu en toi).

Cette chanson, il la chantait à l'intention de Rosie et seulement à son intention.

Assise devant Johnny, le regard fixé sur lui, Rosie ne pouvait s'empêcher d'admirer le talent consommé avec lequel il interprêtait ce morceau. C'était vraiment du grand art. Et elle comprit aussi finalement à quel point Johnny l'aimait, mesurant enfin l'intensité de son désir de l'avoir toute à lui. Complètement et pour toujours.

Elle sentit alors son cœur se serrer imperceptiblement; puis l'aiguillon de la peur la transperça soudain. Elle venait de comprendre qu'il était obsédé par elle; et pour Rosie toutes les formes d'obsession étaient un objet de terreur...

37

Le soleil du matin pénétrait à flots par les immenses baies vitrées. Il rebondissait sur les murs d'un blanc cru, sur les meubles d'acier et de verre, et sur les collections d'obélisques – en cristal, en marbre et en métal – disposées sur les étagères de verre et de chrome.

Dans la vaste salle à manger de cet appartement qu'il avait loué dans la Trump Tower, tout scintillait, tout resplendissait, et Gavin commençait à trouver exaspérante l'intensité obsédante de cette aveuglante luminosité.

Il se leva de son fauteuil et s'approcha de la baie vitrée à l'autre bout de la pièce, dans l'intention d'abaisser le store. Mais au dernier moment, il s'en abstint. Pendant un bref instant, il resta à contempler les gratte-ciel de Manhattan, hypnotisé par cet extraordinaire spectacle. La vue était vraiment superbe. Nulle part au monde, il n'y avait l'équivalent. Il le savait. L'architecture de Manhattan défiait l'imagination la plus folle. Le beau absolu, se dit-il. Et puis, de toute façon, c'est ma ville.

La salle à manger donnait sur la Cinquième Avenue, et de là où il était, il voyait la Sixième, la Septième, la Huitième et la Neuvième Avenue, derrière lesquelles apparaissait, s'étirant sur des kilomètres, le ruban argenté formé par l'Hudson.

Il cligna les yeux, ébloui par l'éclat de la lumière, et tira sur le cordon de métal. Le store vénitien s'abattit d'un seul coup sur toute la surface de la vitre et plongea brusquement la pièce dans l'obscurité, la rendant par là même beaucoup plus accueillante.

Revenu à la table de la salle à manger, il feuilleta rapidement le *New York Times*, s'attardant un moment sur la critique d'une nouvelle pièce que l'on donnait à Broadway, puis il passa à la rubrique cinématographique. Comme la sonnerie du téléphone retentissait derrière lui, il laissa tomber le journal.

Il se leva pour aller jusqu'au bahut laqué de blanc et décrocha le combiné.

« Allô ?

– Gavin ?

– Oui.

– C'est Louise.

– Je sais. »

Jetant un coup d'œil à sa montre, il fronça les sourcils. Il était neuf heures.

« A t'entendre, on croirait que tu es tout près d'ici.

– C'est le cas.

– Où es-tu ?

– Au Pierre Hotel.

– Et David, il est où, lui ?

– A la maison. En Californie...

– Louise, tu sais très bien que je n'aime pas du tout que nous nous absentions tous les deux, coupa-t-il. Je croyais que nous nous étions bien mis d'accord là-dessus.

– Oui, je le sais. Mais il n'est pas seul. Ma sœur est avec lui, elle est venue passer quelques jours à la maison. Et de toute façon, il a une nurse, ne l'oublions pas, sans compter la gouvernante, le majordome et la cuisinière qui restent en permanence là-bas. Il est en sécurité, ne t'inquiète donc pas. »

Gavin poussa un soupir résigné.

« Que fais-tu à New York ?

– Je suis venue te voir.

– Ah oui ?

– Oui. Je veux te parler.

– Et tu ne pouvais pas me parler au téléphone ?

– Pas vraiment. Je suis arrivée hier soir et je repars en fin d'après-midi.

359

« — Direction Washington, je suppose.

— Non, Gavin, pas du tout. Je retourne en Californie, puisque tu ne tiens pas à ce que nous nous absentions de la maison tous les deux en même temps à cause de David, rétorqua-t-elle avec une pointe d'exaspération dans la voix.

— Quand veux-tu que nous nous rencontrions ? demanda-t-il.

— Disons dans une heure ?

— D'accord. Tu viens ici ?

— Oui. Ce sera parfait. A tout de suite. »

Il resta un moment à écouter la tonalité. Elle avait raccroché sans autre forme de procès. Il fit une grimace au combiné et le remit sur son support. Puis il revint à sa table, but d'un trait la dernière gorgée de café qui restait dans sa tasse et traversa le hall d'entrée au sol de marbre pour se diriger vers sa chambre.

Comme le reste de l'appartement, cette pièce avait été équipée d'un mobilier ultramoderne, qu'il avait en horreur. Il y avait tellement de blanc qu'il en arrivait à ne plus pouvoir supporter cette couleur.

Jetant un coup d'œil alentour, il ne put s'empêcher de marmonner :

« Cet appartement commence sérieusement à me porter sur les nerfs ! »

Il entra dans la salle de bain toute revêtue de marbre blanc. Il se rasa puis défit son peignoir, prit une douche, se lava les cheveux et sortit de la cabine en cherchant une serviette à tâtons.

Un quart d'heure plus tard, Gavin avait enfilé un pantalon gris foncé, une chemise blanche et un blazer bleu marine.

Il partit alors en direction de la petite bibliothèque.

Il s'assit à son bureau et passa quelques coups de fil en prévision de son voyage en France. Puis il appela son avocat, Ben Stanley, qui habitait à Bel Air.

« Je vois avec plaisir que je n'ai pas eu besoin de te tirer des toiles, Ben, dit-il en riant, une fois que l'avocat eut décroché dès la seconde sonnerie. Comme tous les gens bien de la côte Ouest, tu t'es levé dès potron-minet, je le constate une fois de plus.

— Salut, Gavin. Comment vas-tu là-bas, dans ma ville favorite, celle où j'ai vécu toute mon enfance ?

— Pas mal, Ben. La postproduction de *Kingmaker* est enfin ter-

360

minée et le film m'a l'air plutôt réussi. Je suis sûr que tu vas l'aimer. Mon équipe est partie pour Londres il y a quelques jours et nous allons nous installer dans les studios de Billancourt d'ici une petite semaine.

— Et toi, quand pars-tu pour Paris ?

— Demain. Écoute-moi, Ben. Je t'appelle parce que Louise est à New York. Elle vient de me téléphoner pour m'annoncer sa visite. Elle veut me parler. Je suis sûr que c'est pour m'annoncer qu'elle demande le divorce.

— Je vois. Fais très attention, Gavin, et surtout, tu ne lui fais aucune promesse, tu ne prends aucun engagement. Si elle a consulté un avocat, et tu peux être certain qu'elle l'a déjà fait, il faut que ce soit lui qui me contacte. Pense à ton gosse, Gavin ; il ne faut surtout pas risquer de tout gâcher.

— T'inquiète pas. Je te rappellerai aussitôt qu'elle sera repartie. Naturellement, à Paris je descends au Ritz, comme d'habitude, et tu sais où me joindre pendant la journée.

— J'ai le numéro de Billancourt. Ta secrétaire a envoyé un fax avec toutes tes coordonnées à mon bureau hier.

— Seigneur, j'entends la sonnerie de l'interphone. Elle est en bas. Il faut que j'y aille, Ben. Je te rappelle aussitôt après.

— Fais attention, Gavin.

— T'inquiète pas. »

Après avoir raccroché, Gavin saisit le combiné de l'interphone et dit au gardien de faire monter Mrs. Ambrose immédiatement.

Louise avait grossi, c'était évident, mais finalement, ce léger excédent de poids lui allait plutôt bien. Pourtant elle était pâle, et de grands cernes noirs obscurcissaient le dessous de ses yeux. Gavin ne put s'empêcher de se demander ce qui se passait dans sa vie privée. Il lui prit son manteau et le posa sur la banquette de l'entrée sans dire un seul mot. Elle garda le silence elle aussi.

Après l'avoir introduite dans le salon, Gavin parla enfin.

« Est-ce que tu veux boire quelque chose ? Il y a du café dans la cuisine. »

Elle fit non d'un signe de tête et s'assit sur le canapé.

Gavin prit une chaise et se mit en face d'elle.

« De quoi voulais-tu me parler, Louise ? »

Elle hésitait à se lancer. Elle toussa pour s'éclaircir la gorge, changea de position sur son siège, puis ajusta la jupe de son ensemble.

Voyant qu'elle avait les nerfs à fleur de peau, Gavin se vit contraint de tenter de la rassurer.

« Voyons, Louise, je ne vais pas te manger. Je ne suis pas du tout l'ogre que tu as prétendu que j'étais toutes ces dernières années.

— Je veux divorcer, lâcha-t-elle enfin en le regardant bien en face, les mains crispées sur ses genoux.

— Pas de problème. On va divorcer.

— Vraiment ? Sans discuter ? »

Elle n'en revenait pas. Elle fixa son mari d'un œil agrandi par l'étonnement.

Gavin lui sourit et dit :

« Sans discuter. »

Il marqua une courte pause pour ménager son effet puis ajouta :

« Naturellement, j'y mettrai certaines conditions.

— Ah bon ? Une histoire de gros sous, je suppose.

— Non, je n'ai pas l'intention de parler argent avec toi, pas plus que du partage des biens ou autres problèmes du même genre, Louise. Nos avocats se chargeront de le faire pour nous. Mes conditions concernent notre enfant.

— Je me doutais bien que tu allais mêler David à toutes nos histoires, lança-t-elle d'un ton hargneux.

— Bon, alors ce n'est pas une surprise pour toi si je te dis que je veux le garder.

— Ce n'est pas toi qui en auras la garde, cria-t-elle, les traits déformés par la colère.

— Nous en aurons la garde à tour de rôle, Louise, et avec ton accord. Sinon, pas question de divorcer.

— Étais-tu déjà le dernier des salauds quand tu m'as épousée, ou es-tu devenu ainsi depuis que tu joues les grandes vedettes ?

— Voyons Louise, ne recommence pas ce cirque. Pour l'amour du ciel, épargne-moi tes insultes. Tu veux divorcer, alors tu prends l'avion pour New York, tu arrives ici en brandissant le

362

drapeau blanc et voilà tout d'un coup que tu te mets à m'envoyer des vannes. Ce n'est pas la meilleure méthode pour obtenir ce que tu veux, crois-moi. »

Elle soupira et se renversa contre le dossier du canapé en étudiant le visage de son mari de ses yeux froids et calculateurs. Au fond d'elle-même, elle sentait s'accumuler la haine que lui inspirait cet homme.

Gavin soutint son regard puis il eut un petit rire.

« Je sais très bien que tu as une liaison avec Allan Turner et que tu souhaites te marier avec lui. Allez, sois raisonnable. »

Comme elle ne répondait pas, se contentant de le fixer d'un œil glacé, il reprit :

« Je suppose que tu vas aller vivre à Washington. Ça ne pose aucun problème puisque moi j'ai l'intention de rester sur la côte Est aussitôt que mon prochain film sera terminé. Ça va donc réduire les déplacements, pour moi comme pour David. Au fait, quand as-tu prévu de quitter la Californie pour venir à Washington ?

— Je n'ai jamais dit que je m'installerais à Washington ! protesta-t-elle d'une voix cinglante.

— Mais tu en as tout de même l'intention, non ? »

Elle se mordit les lèvres, comprenant qu'il ne servirait à rien de tergiverser ou de mentir et finit par hocher la tête.

« Oui, en effet. Mais pas tout de suite.

— As-tu essayé de trouver une école pour David ?

— Non.

— Ne t'inquiète pas pour ça. Je vais m'en occuper. Il y a de bonnes écoles privées dans la région et nous lui trouverons une place sans problèmes.

— Et en plus du partage de la garde, qu'est-ce que tu comptais demander comme conditions ?

— Tu es d'accord pour le partage ? »

Louise ne répondit pas. Elle détourna la tête puis fixa de nouveau son regard sur lui.

« Oui, dit-elle enfin. Je suis d'accord. »

Gavin poussa un soupir de soulagement.

« Mes autres conditions, les voici : je veux qu'il passe avec moi au moins deux périodes de vacances scolaires, soit en été soit en

363

hiver. Et que tu ne fasses rien pour m'empêcher de l'emmener à l'étranger afin d'y passer ces vacances. »

Elle hocha la tête en signe d'assentiment.

« Tu es donc d'accord également sur ces deux conditions ? demanda Gavin qui voulait que tout fût parfaitement clair entre eux.

— Oui, je suis d'accord.

— Parfait.

— Les biens de la communauté devront être partagés en deux, Gavin, c'est la loi. Qu'est-ce que tu me donneras d'autre ?

— De quoi subvenir aux besoins de l'enfant, bien sûr. Mais je te l'ai dit tout à l'heure, tu régleras les problèmes financiers avec Stanley. Ou plutôt, tu laisseras ton avocat se charger de le faire. Tu as bien un avocat, n'est-ce pas ?

— Oui.

— Parfait ; tout est donc arrangé, dit Gavin.

— C'est ça. Tout est arrangé. »

Gavin se leva.

« Je ne comprends toujours pas pourquoi tu as fait ce voyage. Nous aurions très bien pu discuter de tout ça au téléphone. »

Louise haussa les épaules en se levant à son tour.

« J'ai pour principe de toujours régler les problèmes en présence des gens. J'y mets mon point d'honneur. »

Il commença à se diriger vers la porte, sans chercher à formuler le moindre commentaire. Il n'avait aucune envie de se disputer avec elle. Maintenant que la discussion était terminée, il avait hâte qu'elle s'en aille.

Louise lui emboîta le pas sans se faire prier.

Une fois dans le hall d'entrée, elle demanda :

« Alors, quand pars-tu pour Paris commencer le tournage de *Napoléon et Joséphine* ?

— Demain.

— Décidément, il était grand temps que je vienne, hein ? »

Sans un mot, Gavin prit son manteau de zibeline sur la banquette et l'aida à l'enfiler sans la quitter des yeux un seul instant. Puis, au bout d'un moment, il déclara d'un ton conciliant :

« Nous avons traversé bien des épreuves, toi et moi, quand nous étions plus jeunes. Oui, on peut dire que ça n'a pas toujours été rose pour nous deux. Je suis désolé que nous en soyons arrivés là, Louise. »

Il poussa un soupir et c'est avec une nuance de regret dans la voix qu'il répéta :

« Oui, je suis vraiment désolé. Pour toi comme pour moi. Nous avons gâché des années qui auraient dû être les plus belles de notre vie. Mais l'essentiel, c'est que David n'en ait pas souffert, et je veux faire tout ce qu'il faut pour qu'il n'ait pas à en souffrir maintenant. Essayons de maintenir un climat de bonne entente pendant la procédure de divorce, Louise, je t'en prie. Faisons-le pour David.

— Oui », dit-elle.

Elle ouvrit la porte et se dirigea vers l'ascenseur. Tournant brusquement la tête vers Gavin, elle annonça sur un ton confidentiel :

« Je t'ai aimé, tu sais. Et Dieu sait que j'ai fait l'impossible pour que ça marche, nous deux. Mais notre couple n'avait aucune chance de survivre parce que tu ne m'as jamais aimée, Gavin. Si tu m'as épousée, c'est uniquement parce que j'étais enceinte.

— Louise, je...

— Je t'en prie, ne proteste pas. J'ai toujours su, depuis que nous avons connu cette horrible tragédie avec le premier bébé, que tu ne serais jamais à moi, que jamais tu ne consentirais à rester avec moi toute ta vie. D'autant que ton cœur était ailleurs...

— Que veux-tu dire ? demanda-t-il avec surprise. Est-ce que tu parles de ma passion pour le cinéma ?

— Si tu ne sais pas de quoi je parle, ce n'est pas à moi de te l'apprendre, Gavin Ambrose. »

Surprise autant que lui par son geste, elle se haussa sur la pointe des pieds et l'embrassa sur la joue.

« Au revoir », dit-elle.

Puis d'une voix d'où toute trace de rancœur s'était évanouie, elle ajouta :

« Je te reverrai au tribunal. »

La porte de l'ascenseur s'ouvrit, et elle la franchit sous l'œil attentif de Gavin, qui remarqua une fois de plus qu'elle était nettement plus rondelette qu'il ne l'avait vue depuis des années.

C'est au moment où il refermait la porte de son appartement

365

que la lumière se fit en lui, comme si un éclair l'avait traversé : Louise était enceinte, cela ne faisait pas l'ombre d'un doute. Bien qu'il n'éprouvât plus pour elle la moindre trace de passion, il avait appris à la connaître pendant toutes ces années de vie commune. Louise ne consentirait jamais à avoir un enfant d'un autre homme si le mariage n'était pas prononcé officiellement. Surtout après ce qui s'était passé avec leur premier bébé.

D'ailleurs, il était manifeste qu'elle aimait Allan Turner. Ils étaient indiscutablement faits l'un pour l'autre. Il comprenait maintenant pourquoi elle s'était montrée si coopérative et pourquoi elle avait accepté sans la moindre difficulté tout ce que Gavin avait proposé. Elle avait évidemment hâte d'épouser son sénateur.

Après tout, c'est son problème, songea-t-il. Il voulait recouvrer sa liberté lui aussi. Il y tenait autant que sa femme.

38

Henri de Montfleurie ne s'était jamais piqué de bien comprendre les femmes car il les jugeait trop compliquées pour connaître les ressorts secrets de leur âme. Pourtant, il n'était dépourvu ni d'intuition ni de sensibilité, et il savait toujours déceler la détresse d'autrui, qu'il se trouvât en présence d'un homme ou d'une femme.

Et ce soir-là, il se rendait parfaitement compte que Rosie, qu'il aimait comme sa propre fille, était en proie à un profond désarroi. Cela se voyait à la pâleur de son visage, à son silence inhabituel et à son air perpétuellement absent. A plusieurs reprises, elle lui avait fait répéter ce qu'il venait de dire une fraction de seconde plus tôt, et il en avait conclu qu'elle n'avait rien écouté, perdue dans ses rêves, l'esprit à cent lieues de là.

Il était installé avec elle dans la petite bibliothèques aux tons roses et verts de l'appartement qu'elle occupait à Paris. Ils prenaient l'apéritif avant de partir dîner au restaurant. Henri était venu avec Kyra passer quelques jours dans la capitale, afin de régler une affaire de famille. Kyra étant allée rendre visite à une de ses tantes, ils avaient décidé de se retrouver à huit heures et demie au Vieux Bistro, dans la rue du Cloître-Notre-Dame.

Après avoir donné les dernières nouvelles du château de Mont-fleurie, que Rosie aimait tant, et répondu aux questions qu'elle avait posées sur toute la maisonnée, Henri ajouta :

« Si j'ai bien compris ce que m'a expliqué Hervé, ton divorce devrait être définitivement prononcé en septembre prochain.

— Oui, c'est bien ça.

— Voilà une nouvelle qui me fait plaisir, Rosie. Il est grand temps maintenant que tu recouvres ta liberté pour pouvoir mener ta vie à ta guise. Quand je pense à toutes ces années gâchées, ça me fait vraiment de la peine... »

Il s'interrompit soudain car la sonnerie stridente du téléphone venait de retentir.

« Excuse-moi, dit Rosie en se levant pour aller répondre. Allô ? Ah, bonsoir, Fanny, murmura-t-elle dans le micro. Non, tu ne me déranges pas du tout. Tu n'as qu'à m'exposer brièvement le pro-blème, j'espère pouvoir te donner la solution. Sinon, il faudra attendre demain matin. »

Elle resta silencieuse un moment, l'oreille collée au récepteur, écoutant attentivement les explications que lui donnait son assis-tante à l'autre bout du fil.

Henri se versa une seconde dose de whisky, puis il s'approcha de la fenêtre pour regarder au-dehors. On était presque à la fin mars et la nuit s'annonçait peu clémente. Une brusque rafale de vent secoua les vitres, tandis qu'un coup de tonnerre retentissait non loin de là, claquant comme un coup de feu. Un violent orage allait s'abattre sur la capitale. A peine Henri en était-il arrivé à cette conclusion que de grosses gouttes commencèrent à s'écraser sur les carreaux.

Il tourna les talons, frissonnant légèrement, et revint s'asseoir à la chaleur de la cheminée.

Reprenant sa place dans le même fauteuil qu'auparavant, il but son verre à petites gorgées tout en pensant à Rosie. La seule chose qu'il souhaitait pour elle, c'était le bonheur, un bonheur du même genre que celui qu'il connaissait lui-même avec Kyra. Il aurait voulu le donner à Rosie, le lui transmettre de la main à la main, en quelque sorte, et il regrettait bien sincèrement de ne pouvoir le faire.

En fait, il n'y avait qu'un homme au monde qui pouvait donner à Rosie la joie et le bonheur qu'elle méritait; malheureusement elle n'en était nullement consciente, et d'ailleurs l'homme en question ne le savait probablement pas non plus.

Henri poussa un soupir de regret. Rosie faisait preuve d'un manque de discernement total dès qu'il s'agissait de ses propres sentiments. Si seulement elle avait pu voir un peu plus clair en elle, elle aurait déjà pris depuis bien des années le parti qui lui aurait permis de s'engager enfin dans la bonne direction.

Décidément, le cœur humain est bien complexe, se dit-il.

« Excuse-moi, Henri, dit Rosie en raccrochant le combiné. Il y a toujours un nouveau problème qui surgit avec ces fichus costumes.

— Viens t'asseoir ici, près de moi, Rosie. Je voudrais que nous ayons une petite conversation. C'est important. »

Elle se hâta d'aller le rejoindre, et il fut heureux de constater qu'il avait enfin réussi à capter toute son attention.

« Y a-t-il quelque chose qui ne va pas, Henri ? Tu as l'air bien soucieux.

— Je le suis, en effet.

— A quel propos ?

— A propos de toi. »

Elle s'était confortablement installée dans le fauteuil. En entendant ces derniers mots, elle posa vivement sur la petite table le verre qu'elle venait de reprendre et se pencha en avant, les coudes aux genoux, toute son attention rivée sur lui.

« Pourquoi te fais-tu tant de soucis à mon sujet ?

— Parce que je t'aime comme ma propre fille. Il y a quelque chose qui ne tourne pas rond, Rosie. Tu as perdu beaucoup de poids, tu as les traits tirés, presque pincés même, et tu as une mine à faire peur, avec un teint... gris cendré, dirais-je.

— Mais je vais très bien, je t'assure !

— Attends. L'apparence physique est déjà suffisamment éloquente mais en plus tu as un comportement tout à fait inhabituel. Depuis que je suis arrivé chez toi, je constate que tu as les nerfs à fleur de peau, tu sembles préoccupée, perdue dans tes pensées. Et tu donnes l'impression d'être déprimée, ce qui ne te ressemble pas du tout. Bref, il est évident qu'il y a un problème qui te tracasse, ma chérie. Un problème important, ajouterais-je. »

Rosie ne répondit pas. Les yeux fixes, elle semblait contempler un tableau accroché entre les fenêtres, comme si elle le voyait pour la première fois. Soudain, de l'air de quelqu'un qui vient de prendre une décision, elle se tourna vers Henri et annonça d'une voix calme :

« J'ai fait une terrible erreur. »

Il hocha la tête et attendit la suite. Comme elle tardait à venir, il demanda doucement :

« Puis-je émettre l'hypothèse que cette erreur a un quelconque rapport avec un homme ?

— Oui.

— Johnny Fortune ?

— Comment le sais-tu ?

— Simple déduction, Rosie. A Noël tu m'as dit que Johnny t'avait appelée de Las Vegas. Rappelle-toi, Collie était toute surexcitée à l'idée que le célèbre chanteur te relançait jusqu'à Montfleurie. Et puis tu as annoncé qu'il viendrait te voir à Paris au début de l'année. Il y a six semaines, Kyra m'a appris qu'il était à Paris, et quelques jours plus tard, elle m'a dit que tu étais partie pour Londres. Au moment même où il commençait sa tournée en Grande-Bretagne. J'en ai donc conclu que tu avais une liaison avec lui. Il ne faudrait pas oublier que je suis français, donc incurablement romanesque. »

Un sourire effleura les lèvres de Rosie, mais il s'effaça bien vite.

« Tu ne t'es pas trompé, Henri. Nous avons effectivement eu une liaison. Mais cela n'aurait jamais dû se produire, Henri ; jamais, au grand jamais.

— Et pourquoi donc ?

— Parce qu'il est impossible que ça marche entre lui et moi.

— Tu en es sûre ?

— Absolument. Johnny est un être à part... Il n'est pas comme les autres gens, comme toi ou comme moi. En fait, il n'est pas normal. »

Henri fronça les sourcils d'un air perplexe.

« Je ne suis pas certain de bien te comprendre, Rosie.

— C'est une très grande star, l'une des plus célèbres vedettes du monde entier, et il vit dans un monde totalement différent, sur une autre planète, en quelque sorte... »

La voix brisée par l'émotion, elle fixait obstinément le feu qui brûlait dans la cheminée.

« Je te connais suffisamment, Rosie, pour savoir que tu as dû éprouver quelque chose de très fort pour lui, sinon tu ne serais jamais partie le retrouver à Londres.

– C'est vrai! Johnny est très séduisant. C'est un garçon généreux, très chaleureux et d'une tendresse extrême. Et puis, sur le plan... sexuel, nous nous entendons à merveille. »

Elle dut s'éclaircir la voix pour pouvoir continuer.

« Je voulais être avec lui, vivre avec lui, le revoir le plus vite possible, et c'est pour cela que je suis allée là-bas. Nous avons passé des heures merveilleuses, lui et moi. Pendant plusieurs semaines. J'avais l'impression de renaître à la vie.

– Tu ne m'étonnes nullement. Tu sortais d'un véritable désert sentimental, et après avoir décidé de mettre un terme à cette union ridicule et désastreuse qui te liait à mon fils, tu avais enfin l'impression d'être libre. Je te comprends parfaitement, Rosie, tu peux me croire. D'ailleurs, ça faisait des mois que je te le répétais : tu es beaucoup trop jeune pour rester seule, pour ne pas avoir dans ta vie un homme que tu aimes.

– Seulement, je ne pense pas que Johnny soit l'homme qu'il me faut, Henri. En ce moment, il est en tournée en Australie, mais je suis sûre que s'il était resté à Paris, il y aurait déjà eu des problèmes entre nous.

– Comment ça ? »

Rosie baissa les yeux et, du bout des doigts, tritura un moment le cordon qui ourlait le bas de sa jupe. Puis elle finit par relever la tête pour expliquer :

« Johnny est d'un naturel très possessif.

– Et tu ne t'es pas demandé si ce n'était pas parce qu'il était amoureux de toi ?

– Oh mais je le sais bien qu'il m'aime. Il m'a même demandé de l'épouser aussitôt après mon arrivée à Londres. D'ailleurs, il avait déjà acheté la bague de fiançailles. Naturellement, j'ai refusé de m'engager aussi vite. D'abord, je ne suis pas encore divorcée officiellement, et ensuite je ne tiens pas du tout à précipiter ainsi les choses.

– Et comment a-t-il réagi ? »

— Assez bien, au début. Bien sûr, je lui ai expliqué la situation avec beaucoup de ménagements, en lui faisant comprendre que je préférais procéder plus lentement, pour que nous apprenions à mieux nous connaître. Il a accepté mes objections... pendant cinq minutes environ. Et puis il m'a annoncé que nous nous marierions dès le lendemain de mon divorce. »

Rosie poussa un soupir et joua un moment avec les anneaux d'or qui pendaient à ses oreilles.

« Vois-tu, reprit-elle enfin, Johnny est très *macho*. Oui, je crois que c'est le mot qui le décrit le mieux. Il n'admet pas que je tienne à poursuivre mes activités professionnelles et il veut que je les abandonne toutes le plus vite possible. Pour que je sois tout le temps avec lui, que je l'accompagne dans ses tournées aux quatre coins de l'univers.

— Et toi, tu n'es pas d'accord ? Tu n'as pas envie de te marier avec lui ?

— Je le crois de moins en moins. D'abord, je ne pourrai jamais m'habituer à son emploi du temps, à cette existence extravagante que mène une vedette de l'envergure de Johnny. Quand il est en tournée, il commence à dîner à l'heure où j'ai envie d'aller me coucher, et il est en tournée la moitié de l'année. Pendant ces quelques jours que j'ai passés en Angleterre, j'ai essayé de tenir le coup et de me conformer à ses exigences tout en continuant mes activités professionnelles. J'ai gardé le contact, à distance, avec mes collaborateurs ; eh bien il y avait des moments où j'avais l'impression d'être dans le tambour d'une machine à laver, chamboulée et tourneboulée dans tous les sens, sans jamais pouvoir réussir à me remettre d'aplomb.

— Mais tu n'as pas essayé de lui parler, de lui expliquer ce que tu ressentais ?

— Non, pas sur le coup, ni à Londres ni pendant le reste de la tournée en Angleterre et en Écosse. J'étais comme... envoûtée par son charme, sa tendresse et sa sensualité. Il est très séduisant, tu sais. »

Elle se mordit la lèvre et secoua la tête.

« Mais il y avait une idée qui me trottait dans le crâne. Une idée qui m'était venue à Londres, pendant son concert : je m'étais aperçue que j'étais devenue pour lui une véritable obsession, et cela m'a effrayée, Henri.

372

– L'obsession est quelque chose de très préoccupant. Ce n'est pas un phénomène... »

Il s'interrompit, cherchant le mot qui correspondait le mieux à ce qu'il voulait dire.

« Normal », suggéra-t-elle.

Il acquiesça et au bout d'un moment de réflexion, il reprit :

« A mon avis, la meilleure chose à faire pour rectifier cette... terrible erreur, comme tu dis, c'est de rompre toute relation avec Johnny. »

Rosie lui lança un regard si horrifié qu'il en fut tout décontenancé, et il s'empressa d'ajouter :

« A moins, bien entendu, que tu ne préfères renoncer au mariage en restant simplement sa maîtresse. Est-ce vraiment impossible ?

– Johnny ne l'accepterait jamais. Enfin si, il se résignerait à cette situation tant que le divorce ne serait pas prononcé officiellement, mais ensuite il exigerait que nous nous mariions immédiatement. Et en plus, il y a un autre problème qui a surgi.

– Ah oui ? Lequel ? »

Il fixait sur Rosie un regard scrutateur qu'elle soutint un moment mais elle sentit bientôt, à sa grande irritation, que les larmes commençaient à poindre sous ses paupières. Détournant les yeux, elle toussa dans son poing et tenta de maîtriser son émotion. Avalant sa salive avec effort, elle réussit à dire :

« Je crois qu'il y a en moi quelque chose qui n'est pas normal, Henri.

– Comment cela ? Qu'est-ce qui n'est pas normal, ma chérie ? demanda-t-il avec inquiétude.

– Je... Je n'éprouve plus du tout la même attirance qu'au début pour Johnny.

– Quand as-tu constaté ce changement ?

– Il doit y avoir une quinzaine de jours, peut-être un peu plus, d'ailleurs. Nous étions en Écosse, pendant la dernière semaine de février, et il avait un comportement étrange. Il se montrait terriblement possessif. Il n'admettait pas que je me soustraie à sa vue un seul instant. Alors, j'ai pris peur. Et depuis, je me suis aperçue que je me passais très bien de lui, je n'ai plus l'impression d'éprouver ce désir physique qu'il faisait naître en moi auparavant.

373

« – Mais je ne vois pas du tout ce qu'il y a d'anormal là-dedans, Rosie. Ce sont des choses qui arrivent tous les jours. Vois-tu, il se produit parfois qu'une passion soudaine se consume très rapidement. Quelque chose qui commence comme un brasier se termine en cendres froides au bout de très peu de temps. Ce feu de paille est provoqué par un désir sensuel intense, mais s'il n'y a rien derrière, il cesse bien vite de brûler.

– Oui, tu dois avoir raison.

– Au risque de passer pour un vieux croûton, Rosie, je te dirai que le sexe n'est jamais un élément suffisant pour établir une relation durable. Il faut aussi qu'il y ait de l'amour. Tu t'es trouvée attirée sexuellement par Johnny, et la passion t'a complètement fait perdre les pédales, d'après ce que tu m'as dit tout à l'heure. Mais au fond, il ne s'agissait que d'une simple flambée des sens. Et c'est pour ça que maintenant il ne reste plus rien. »

Rosie hocha la tête mais elle ne fit aucun commentaire.

Jetant un coup d'œil à sa montre, Henri enchaîna :

« Nous pourrons reparler de tout ça plus tard, si tu veux ma chérie, mais je crois qu'il vaudrait mieux partir au plus vite maintenant. Je ne voudrais pas faire attendre Kyra par un temps pareil. Tu as vu cette pluie battante ? Nous allons avoir du mal à trouver un taxi. »

Rosie se leva de son fauteuil.

« D'accord. Je vais prendre mon manteau. »

Henri se leva à son tour et s'approcha d'elle pour la prendre dans ses bras, l'étreignant avec tendresse. Il avait envie d'en dire plus, mais il considéra qu'il était plus sage de remettre à plus tard la suite de cet entretien.

« Merci, Henri, murmura-t-elle, les lèvres contre sa joue. Merci de m'avoir comprise et de me manifester tant d'amitié.

– Mais Rosie, je t'aime comme si tu étais ma fille, » dit-il en lui souriant affectueusement.

Ces mots la touchèrent profondément, et comme ses émotions ne demandaient qu'à déborder, elle ne put y résister davantage.

« Allons, ne pleure pas, dit-il doucement. Tout cela va s'arranger, crois-moi. »

39

Vito Carmello était si heureux qu'il avait toutes les peines du monde à s'empêcher de sourire, et sa joie se voyait aussi bien à l'exubérance de ses manières qu'à l'élasticité inhabituelle de son pas. Il se sentait rajeuni de dix ans. Et tout cela à cause du coup de téléphone que lui avait adressé Johnny ce matin-là...

Son Johnny l'avait appelé de Perth, et ce qu'il avait dit avait donné à Vito un regain d'intérêt pour la vie. Il savait qu'il en serait de même pour Salvatore, qui n'avait pas l'air de tourner bien rond ces derniers temps. C'est la raison pour laquelle il s'était précipité à Staten Island dès le milieu de la matinée : pour annoncer la bonne nouvelle au *don*. Son vieux *goombah* allait se montrer aussi surpris que lui-même et manifester une joie comparable !

Deux soldats de l'organisation montaient la garde près de l'entrée, et tous deux l'accueillirent gaiement tandis qu'il gravissait les dernières marches du perron. Mais Salvatore n'avait pas de temps à perdre avec ces minables.

« *Gintaloons* », marmonna-t-il en sicilien.

Pourtant en dépit de cette épithète peu flatteuse, il leur adressa un large sourire en franchissant la porte qui menait au hall d'entrée.

La première personne qu'il vit fut Joey Fingers, qui traînait ses guêtres près de la cuisine. Joey venait rarement chez Salvatore et Vito se demanda ce qui se passait.

« Salut, Vito, comment ça va ? s'écria Joey en lui saisissant le bras pour tenter de lui administrer une fraternelle accolade.

– Très bien, Joey, très bien », répondit Vito en repoussant loin de lui le répugnant homme de main.

Quelle nullité, ce type, se dit-il en traversant le hall d'entrée pour se diriger vers le bureau de Salvatore, cette pièce que le patron appelait son sanctuaire.

Salvatore était assis à sa table de travail. Il parlait à Anthony, le *consigliere*, qui avait pris place dans un fauteuil en face de lui. Tous deux se retournèrent vers la porte quand Vito entra et se levèrent pour l'accueillir avec affection. Il les embrassa tous les deux de très bon cœur.

« Assieds-toi, assieds-toi, dit Salvatore en désignant une chaise située auprès du feu. Ce n'est pas souvent que tu viens ici dans le courant de la journée, Vito, et j'ai dit à Teresa que tu resterais déjeuner avec nous. Elle te prépare ton plat favori : mozarella et tomates avec de l'huile d'olive maison, et spaghetti bolognaise. Rien ne vaut la bonne nourriture italienne, pas vrai ?

– Merci, Salvatore, je resterai avec plaisir. De toute façon, je n'avais pas un emploi du temps très chargé ce matin. J'irai au club après. Qu'est-ce qu'il fabrique dans le coin, Joey Fingers ?

– Anthony voulait lui parler. »

Salvatore secoua la tête et reprit, d'un air méprisant :

« Joey est complètement fou. Il ne veut rien écouter. Mais aujourd'hui, j'espère qu'il a compris la leçon. J'ai l'impression qu'Anthony a su trouver des arguments qui lui ont flanqué une frousse de tous les diables.

– Malheureusement, il n'en fait qu'à sa tête, dit Anthony en regardant tour à tour Salvatore et Vito. Et ça devient de pire en pire. La prochaine fois qu'il commet une bourde, nous le supprimons. Ce type va finir par être dangereux, patron. Il parle beaucoup trop. Je sais pas, mais moi, il m'inquiète. J'ai l'impression qu'il est sur un coup.

– Tu crois qu'il pourrait s'agir de la poudre blanche ? demanda Salvatore en se tournant vers Anthony.

– Peut-être, fit Anthony en haussant les épaules.

« — Moi aussi, il m'inquiète, dit le *don* en venant s'asseoir dans le fauteuil en face de Vito. Mais assez parlé de lui pour l'instant. »

Il tendit ses mains largement ouvertes vers la braise incandescente et reprit :

« On va rester ici tranquillement à discuter entre vieux *goombata*, tout en dégustant un petit verre de vin. Nous travaillerons cet après-midi, quand Francis sera revenu du New Jersey. »

Salvatore frissonna. Il se leva pour venir se poster devant le feu afin de se réchauffer le corps.

« Il fait froid pour un mois de mars, Vito. Nos vieux os ont bien besoin de soleil, pas vrai ? »

Vito hocha la tête.

Anthony adressa un petit signe d'adieu à Vito puis il dit à Salvatore :

« A tout à l'heure, patron.

— Tu restes déjeuner avec nous, Anthony ?

— Bon bah, d'accord, j'accepte avec plaisir », dit le conseiller en quittant la pièce.

Dès qu'ils furent seuls, Salvatore se tourna vers Vito pour l'examiner attentivement dans la pénombre où était plongé le « sanctuaire ».

« Alors, quel bon vent t'amène, Vito ? C'est un vrai événement de te voir comme ça, si tôt dans la journée. Et pourquoi ce large sourire ? »

Vito eut un petit rire.

« Ah, Salvatore, j'ai une bonne nouvelle. Une nouvelle merveilleuse. Johnny a téléphoné ce matin. D'Australie. Il s'est trouvé une fiancée. Tout à fait la fille qu'il lui fallait. »

Salvatore fronça les sourcils.

« Il s'est trouvé une fiancée en Australie ? C'est une Australienne ?

— Non, chez nous. Enfin elle est à Paris. Mais elle viendra vivre ici. Johnny m'a dit qu'il avait trouvé la fille qu'il voulait épouser et qu'elle serait ici quand il rentrerait en avril.

— C'est une Française ?

— Non, Salvatore. Une Américaine. Une gentille petite Américaine. Mais elle habite à Paris.

— C'est donc pour ça que tu souriais, vieux chenapan. Il s'est trouvé là-bas une gentille Italo-Américaine et il va la ramener ici. Parfait, parfait. Je comprends maintenant pourquoi tu jubilais tant. Eh bien, c'est une bonne nouvelle, en effet. Elle s'appelle comment ?

— Rosalind, mais Johnny l'appelle Rosie. »

Salvatore fronça les sourcils.

« C'est pas un nom italien, ça. C'est quoi son nom de famille ?

— Madigan.

— Madigan ? C'est une Irlandaise ?

— Peut-être bien, mais elle est catholique, une bonne catholique, Johnny me l'a dit.

— D'où est-ce qu'elle vient ?

— Du Queens. Elle a passé toute son enfance dans le Queens.

— Et qu'est-ce qu'elle fait à Paris ? »

Salvatore se rassit dans son fauteuil et fixa sur Vito un regard inquisiteur.

« Elle fait des costumes.

— Ah !

— Oui, enfin, elle dessine des costumes. Pour les acteurs de cinéma.

— Alors, c'est pour ça qu'il t'a téléphoné ? Pour te raconter tout ça ? »

Le visage de Vito était fendu jusqu'aux oreilles par un large sourire. Il hocha la tête plusieurs fois et dit :

« Il voulait que tu saches que Rosie va bientôt venir au pays. En avril. Je ne sais pas exactement quel jour, mais elle viendra ici. Johnny me l'a dit. Il veut que nous passions la soirée ensemble. Nous irons dans un restaurant chic de Manhattan. Ouais, il y tient beaucoup.

— Il a l'air heureux ?

— Oui, vraiment heureux. Il est au septième ciel, comme il dit, d'autant plus que la tournée se passe comme sur des roulettes.

— Il l'aura finie quand, cette tournée ?

— A la fin du mois. Il prendra l'avion à Sydney directement pour Los Angeles et il viendra à New York vers la mi-avril.

— A Pâques sans doute. Et la petite ?

— En même temps. Je te l'ai dit tout à l'heure. »

Salvatore hocha la tête et se leva pour se diriger vers un petit

378

placard dissimulé dans un coin, à l'autre bout de la pièce. Il en sortit une bouteille de vin qu'il déboucha et emplit deux verres qu'il rapporta vers la cheminée. Il en tendit un à Vito.

« A la Confrérie, dirent-ils à l'unisson, ainsi qu'ils le faisaient toujours, en choquant leurs verres l'un contre l'autre.

— Johnny est mon fils, *sangu de ma sangu*, le sang de mon sang, dit Salvatore. Je veux qu'il soit heureux, qu'il se marie et qu'il ait des enfants. Mes petits-enfants.

— Et il est *sangu de ma sangu*, le seul fils de ma sœur Gina, que Dieu ait son âme. Moi aussi, je veux qu'il soit heureux.

— Bon, alors qu'est-ce qu'on sait sur cette fille, cette Rosie Madigan ? Parle-moi d'elle.

— Mais je ne sais rien d'autre, Salvatore. Johnny ne m'a rien dit d'autre ce matin. Je t'ai tout répété mot pour mot. »

Salvatore but quelques gorgées de son vin rouge, l'air pensif, ses yeux d'un bleu fané perdus dans le lointain. Puis il leva la tête et regarda longuement son seul vrai ami, le seul homme en qui il eût confiance.

« Et sa famille ? Qui est-ce ? Où est-elle ? Toujours dans le Queens ?

— J'en sais rien, marmonna Vito. Johnny ne m'en a pas parlé. Mais en tout cas il va l'épouser. Il m'a dit qu'il lui avait acheté une grosse bague de fiançailles.

— Alors, il faut nous renseigner sur elle, Vito. Mets un de nos hommes sur cette affaire, un *capo*. Qu'il n'hésite pas à poser des questions. Il faut que nous sachions exactement qui est cette femme que mon fils veut épouser. »

40

Sentant qu'une violente nausée lui tordait l'estomac, Rosie se leva brusquement. Aïda, Fanny et Gavin la regardèrent avec surprise. Ils s'étaient tous réunis pour une séance de travail dans les bureaux de la production des studios de Billancourt.

« Tu as encore un malaise, Rosie ? s'exclama Fanny.

— Non, ça va très bien, j'ai seulement la tête qui tourne un peu », dit-elle en se dirigeant vers la porte.

Un étourdissement l'avait prise, s'ajoutant à la sensation d'écœurement. Juste avant de sortir, elle ajouta :

« J'ai dû attraper froid. Excusez-moi, je reviens dans une minute. »

Elle enfila le couloir à la hâte et gagna les toilettes. Prenant appui sur l'un des lavabos, elle attendit que le malaise s'atténue. Elle n'avait aucune idée de ce qui lui arrivait, mais il y avait déjà plusieurs jours qu'elle ne se sentait pas bien. C'était peut-être la grippe, tout simplement.

Soudain, une autre idée lui traversa l'esprit. Prise de panique, elle s'agrippa au bord du lavabo. Et si elle était enceinte ? Mais non, impossible ! Elle chassa aussitôt cette éventualité de son esprit, se souvenant que Johnny avait toujours utilisé un préservatif. D'ailleurs, elle ne l'avait pas revu depuis février dernier, le dimanche 23 pour être précise, et on était déjà la première

380

semaine d'avril ; et puis elle avait eu ses règles une fois depuis ses derniers rapports avec lui.

J'ai quelque chose qui ne tourne pas rond dans ma tête, à cause de la fatigue, se dit-elle en cherchant dans le miroir la confirmation de son diagnostic. Elle avait de grands cernes noirs sous les yeux et ses traits étaient tirés dans un visage crayeux presque émacié. Je manque de sommeil, conclut-elle, repassant dans sa mémoire les longues et interminables nuits de veille qu'elle avait connues dernièrement. Je travaille trop.

Le travail. Pas question de rester à broyer du noir sans rien faire d'utile ! Il fallait retourner à la réunion. Faisant effort sur elle-même, elle s'aspergea la figure d'eau froide, s'essuya avec un mouchoir en papier et sortit des toilettes.

En revenant vers le bureau de la production, Rosie se rendit compte qu'elle tenait mieux sur ses jambes et que sa nausée s'estompait.

« Alors, où en est-on ? demanda-t-elle en ouvrant la porte pour retrouver ses compagnons. Qu'avez-vous décidé pendant mon absence ?

— Pas grand-chose, dit Gavin. En fait, nous avons parlé de toi.

— En bien, j'espère, s'exclama-t-elle avec un rire un peu forcé.

— Aïda trouve que je te donne trop de travail et il semble bien que Fanny soit d'accord avec elle. Toutes deux sont persuadées que tu as besoin de deux ou trois jours de congé ; c'est pourquoi j'ai décidé de te les accorder, Rosie, avec mes excuses en prime.

— Des excuses ? Mais pourquoi donc ?

— Mais pour m'être comporté en véritable négrier.

— Tu n'as rien d'un négrier, voyons, Gavin, protesta Rosie. Et je vais très bien. »

Son regard se détourna de Gavin pour se porter sur Aïda.

« Ce n'est pas le travail qui m'a épuisée, c'est le manque de sommeil. Je m'en rends compte maintenant : je n'ai pas assez dormi ces derniers temps. »

Prenant Fanny à témoin, elle ajouta :

« Tu le sais très bien, toi, que je n'ai pas été accablée par le travail.

— Bah, tout de même..., marmonna Fanny.

— Accorde-toi deux jours de repos, Rosie, intervint Aïda. Nous sommes tout à fait dans les temps pour les costumes, on a même pris un peu d'avance, et tu le sais très bien, puisque c'est grâce à l'acharnement dont tu as fait preuve ces dernières semaines. Tu mérites une petite pause. Fanny et Val peuvent très bien se passer de toi pendant une journée ou deux.

— Mais...

— Il n'y a pas de mais, trancha Gavin d'un ton péremptoire. Je te ramène immédiatement à ton appartement. »

Il releva la manche de son chandail et regarda sa montre.

« Déjà quatre heures. Allez, Aïda, on arrête les frais. Ça suffit pour aujourd'hui.

— Partez sans moi, répliqua Aïda. Il faut que je reste encore une heure ou deux pour revoir mon nouveau budget et faire quelques calculs. La scène de bataille que tu as ajoutée va nous coûter la peau des yeux, ça je peux te le garantir, mais c'est mon problème, et je me débrouillerai pour le résoudre. Ramène Rosie chez elle, Gavin, je vais demander qu'on te fournisse une voiture et un chauffeur. »

Tout en parlant, elle avait décroché le téléphone pour donner ses instructions.

Un quart d'heure plus tard, Rosie et Gavin étaient installés sur la banquette arrière d'une grosse Mercedes qui franchissait la grille des studios de Billancourt pour se diriger vers le centre de Paris.

« Aïda a raison, tu sais, tu n'as pas l'air bien du tout, murmura Gavin en observant Rosie avec attention. Tu es trop maigre, trop pâle et trop tendue. Et tu as des cernes noirs sous les yeux. »

Il crispa les lèvres et secoua la tête.

« C'est ma faute, j'aurais dû alléger ton travail. Tu ferais peut-être mieux de consulter le médecin des studios. Dommage que je n'y aie pas pensé avant notre départ.

— Ne sois pas ridicule. Je ne suis pas malade. Un peu surmenée, c'est tout.

— Eh bien, tu vois, tu as fini par le reconnaître. Moi, je dis que tu es épuisée, et par ma faute, encore! C'est moi qui suis responsable. Eh bien, en tant que producteur de ce film, je t'ordonne de prendre quelques jours de repos, ma petite. »

– Nous ne sommes qu'en milieu de semaine, Gavin. Je ne peux pas me permettre de dételer comme ça, avec tout le travail qui reste à faire.

– Ce n'est pas le milieu de la semaine : nous sommes jeudi ! Et tu vas faire ce que je te dis.

– Il faut toujours que ce soit toi qui aies le dernier mot. » Il s'esclaffa.

« Tu vas avoir un long week-end. Comme ça, lundi, tu seras dans une forme du tonnerre.

– Bon, d'accord, convint-elle enfin, incapable de mobiliser l'énergie nécessaire pour continuer la discussion. »

Le confort douillet de la voiture l'incitait à la somnolence ; ses paupières se fermaient toutes seules. Dix minutes plus tard, Rosie dormait à poings fermés, la tête appuyée sur l'épaule de Gavin.

Elle resta assoupie pendant tout le trajet.

Gavin ne la réveilla que lorsque la voiture se fut arrêtée devant l'appartement de la rue de l'Université. Il ouvrit lui-même la porte d'entrée et prit l'initiative des opérations. Il insista pour qu'elle prenne un bain chaud et lui fit avaler trois cachets d'aspirine et une grande tasse de thé au citron qu'il avait lui-même préparée. Et il la borda dans son lit.

« Je veux que tu te reposes pendant au moins quatre ou cinq heures, dit-il en éteignant la lampe de chevet. Ensuite, nous irons manger un morceau tous les deux quelque part. Une bonne soupe bien consistante et un plat de poisson. Ça te fera le plus grand bien. Je suis sûr que tu ne manges pas assez. D'accord ?

– Comme tu voudras, Gavin », murmura-t-elle.

Elle s'endormit tout d'une masse tandis qu'il sortait en refermant la porte derrière lui.

Pourtant, une fois de plus, le sommeil fut bien vite interrompu.

Quelques secondes plus tard, elle avait les yeux grands ouverts, regardant fixement le vide dans la pénombre de la chambre. Elle pensait à Johnny. L'image de Johnny la hantait. Pour elle, leur relation était une histoire terminée, que rien ne pourrait jamais raviver. Henri avait vu juste, la semaine précédente, en lui faisant remarquer qu'après cinq ans de solitude quasi totale, elle avait constitué une proie facile pour Johnny, en se laissant hypnotiser par sa virilité et par l'adoration qu'il lui avait vouée.

C'était vrai. Johnny lui avait redonné l'impression d'être une femme, il l'avait fait vibrer des pieds à la tête et lui avait remis le sang en mouvement ; bref, il lui avait redonné le goût de vivre. L'homme était excitant, la situation l'avait été aussi. Mais il ne s'agissait que d'une flambée des sens, d'un feu de paille sans lendemain.

Le désir. Le sexe. Une flambée. Un feu de paille. Et au bout de tout cela, il ne reste plus que des cendres froides.

C'étaient là les paroles d'Henri ; il avait tout de suite vu où se trouvait la vérité car il était un homme avisé, un homme d'expérience. Il connaissait la vie, car lui aussi il avait vécu avec intensité, brûlant parfois la chandelle par les deux bouts, et il avait eu sa part de passion et plus que sa part de chagrin et de déceptions. Tout cela, elle le tenait de Collie. Et elle savait aussi que pour Henri seul comptait l'intérêt de Rosie. C'est pour cela qu'elle avait été si heureuse de pouvoir parler avec lui, de se confier à lui quand il était venu la voir à Paris. Et comme toujours, Henri de Montfleurie lui avait donné de bons conseils.

« N'aie pas peur de scruter ton cœur pour sonder tes sentiments, lui avait-il dit. Demande-toi ce que tu veux, comment tu veux vivre ta vie. Après tout, cette vie, elle est à toi et à personne d'autre. Et sois honnête avec toi-même, avait-il ajouté, il ne faut jamais te mentir, et ne jamais te contenter d'une solution qui ne te satisfait qu'à moitié. »

Son cœur, elle l'avait scruté. Des jours et des jours et même des nuits durant. Et elle avait ainsi réussi à établir des vérités essentielles. D'abord et surtout, elle n'aimait pas Johnny Fortune. Elle n'avait éprouvé pour lui qu'une passion passagère. Ils ne pourraient jamais passer ensemble le reste de leurs existences. Ce n'était pas un méchant garçon, certes, mais il y avait entre eux trop de différences. Et ils n'avaient pas suffisamment de points communs.

Il faut aller trouver Johnny le plus vite possible et lui dire que tout est fini entre nous. Je vais me rendre à New York pour lui annoncer la vérité en face. Il n'y a rien d'autre à faire. Il s'est comporté correctement envers moi, il faut que ma conduite envers lui soit irréprochable.

384

Elle a pris la décision qui s'imposait, elle le sait. Et pourtant elle redoute le moment où il faudra la lui annoncer. Il va souffrir. Il est amoureux fou d'elle et il veut l'épouser. Comment va-t-il réagir à une nouvelle qui va lui causer une telle souffrance, lui qui n'avait encore jamais aimé ?

Johnny allait quitter l'Australie dans une semaine pour se rendre directement à Los Angeles. Ensuite, de la mi-avril jusqu'à la fin mai au moins, il serait à New York pour enregistrer son nouvel album à la Hit Factory, le célèbre studio de Manhattan.

Il lui avait rappelé ses projets immédiats quand il l'avait appelée de Perth, quelques jours plus tôt.

« Je suis malheureux comme les pierres sans toi, avait-il murmuré d'une voix qui paraissait si proche qu'on aurait pu croire qu'il se trouvait dans la pièce voisine. Cette séparation m'est insupportable, Rosie. Il ne faudra plus jamais que nous nous quittions, sinon la vie sera intolérable pour moi. »

Et il avait continué ainsi pendant de longs moments.

Elle lui avait débité quelques paroles apaisantes, pour mettre fin à cette incessante litanie et avait réussi à obtenir qu'il raccroche. Et maintenant, elle s'inquiétait. Manifestement, Johnny était toujours aussi amoureux d'elle. Il l'était même de plus en plus.

En pensant à la décision qu'elle venait de prendre, Rosie frissonna. La tête enfouie dans les oreillers, elle remonta le drap et ferma les yeux. Il lui fallut beaucoup de temps mais elle réussit enfin à trouver le sommeil.

Elle rêva de sa mère : elle était redevenue une petite fille dans le Queens.

« Pourquoi ne m'as-tu pas réveillée ? » demanda Rosie, debout dans l'embrasure de la porte donnant sur le living-room.

Gavin sursauta et regarda par-dessus son épaule.

« Bon sang, tu m'as fait peur ! s'exclama-t-il en se levant de son fauteuil. Je ne t'avais pas entendue arriver.

– Excuse-moi. »

Elle regarda les feuilles du manuscrit étalées à terre autour de lui.

« Encore en train de travailler ! Tu es pire que moi, à ce que je vois.

— Peut-être. En tout cas, tu as l'air en meilleure forme. Ces trois heures de sommeil t'ont fait du bien.

— Je me sens reposée, c'est sûr », répondit-elle en entrant dans la pièce pour aller s'asseoir sur le canapé.

Elle jeta un coup d'œil à la bouteille de vin blanc qu'il avait ouverte et dit :

« Tiens, j'en prendrais bien un petit verre. »

Il saisit la bouteille, remplit le verre qu'il avait songé à sortir pour elle quelques instants plus tôt et le lui tendit.

« Merci », dit-elle.

Levant son verre dans sa direction, elle ajouta :

« A ta santé, Gavin ; et en te remerciant encore d'être si gentil et de t'occuper de moi comme tu le fais !

— Mais tout le plaisir est pour moi. A ma place tu aurais fait la même chose. De toute façon, ce qui t'est arrivé est entièrement ma faute. »

Il leva son verre à son tour.

« A ta santé. »

Après avoir bu quelques gorgées de vin, Gavin posa son verre et se mit à rassembler les feuillets étalés à terre en disant à Rosie :

« Je commence à m'inquiéter pour Joséphine. Enfin pour l'actrice qui va jouer son personnage. Le casting n'a toujours pas trouvé de solution vraiment satisfaisante.

— Avez-vous pensé à Sara Sommerfield ? »

Gavin se redressa et lui adressa un regard chargé de reproche.

« Mais voyons, Sara Sommerfield a un visage tellement vide qu'elle ne supporte pas le moindre gros plan.

— D'accord, mais elle est belle.

— Pour figurer sur la couverture d'un magazine, d'accord, mais nous avons besoin de quelqu'un qui ait de la personnalité, Rosie. »

Il réunit les pages du scénario à l'intérieur d'une chemise qu'il posa sur le guéridon.

« Non, j'avais plutôt pensé à Jennifer Onslow ; elle était parfaite pour le rôle mais elle n'est pas libre en ce moment. C'est un véritable problème : il y a toujours quelque chose qui cloche.

— Tu la trouveras, ton actrice, Gavin. Comme toujours. D'ailleurs, tu as encore le temps. Nous en avons encore pour quatre mois de préparatifs avant de pouvoir donner le premier tour de manivelle.

– Ouais, c'est vrai. »

Il se replongea quelques instants dans ses pensées puis il fixa son regard sur Rosie.

« Et qu'est-ce que tu penserais de Miranda English pour le rôle de Joséphine ? »

Rosie fit la grimace.

« Non, je ne la vois pas du tout. Elle est un peu... marginale, non ? Mais c'est vrai que c'est une bonne actrice.

– Pourquoi dis-tu qu'elle est marginale ? Parce qu'elle se drogue ?

– C'est donc ce qu'on dit à son sujet ? En fait, ce n'est pas à ça que je pensais. Je la trouve simplement un peu... imprévisible.

– Ça t'arrive souvent de penser à Sunny ? Aux effets que la drogue a produits sur elle ? »

Rosie fit oui d'un hochement de tête et une ombre passa sur son visage.

Gavin se leva et alla jusqu'au petit secrétaire dans lequel Rosie rangeait sa collection de photographies. Il prit celle où l'on voyait la petite bande qu'ils avaient formée autrefois et l'étudia un moment avant de la remettre à sa place. Glissant un œil vers Rosie, il dit avec un sourire un peu contraint :

« C'est marrant, cette manie que nous avons tous de garder cette photo avec nous constamment, hein ? Toi, moi, Nell et Kevin. »

De prime abord, Rosie ne releva pas. Puis elle dit :

« Je me demande si Sunny l'a emportée, cette photo, dans sa maison de repos de New Haven. Et si Mikey l'avait sur lui quand il a disparu. »

Gavin la fixa d'un air étonné. Elle avait eu une intonation étrange dans la voix et il constata que ses yeux exprimaient une certaine amertume.

« Qu'est-ce qu'il y a ? demanda-t-il. Tu as dit ça d'une drôle de façon.

– Rien de grave, Gavin mais l'idée m'est venue l'autre jour, elle s'est même imposée à moi, qu'aucun d'entre nous n'avait eu un comportement particulièrement brillant.

— A quoi fais-tu allusion, Rosie ?

— A la façon dont nous nous sommes conduits les uns envers les autres. Vois-tu, nous formions une famille, quand nous étions jeunes, parce que nous étions tous orphelins, et nous nous étions promis de nous épauler quoi qu'il arrive. Et pourtant, nous n'en avons rien fait. C'est ça le drame. Et nous sommes tous coupables. »

Gavin resta silencieux. Il but une gorgée, emporta son verre avec lui jusqu'au fauteuil et s'assit.

« Coupables de quoi ? demanda-t-il enfin.

— De négligence. D'égoïsme. D'indifférence à l'égard d'autrui. D'orgueil. D'ambition. C'est tout ça qui nous a empêchés de tenir nos engagements. Mais c'est surtout la négligence qui a tout gâché. Nous avons laissé tomber Sunny au moment où elle avait le plus besoin de nous. Nous ne nous sommes pas occupés d'elle. Et ç'a été pareil pour Mikey. Lui aussi, on l'a royalement laissé choir.

— Pour Sunny, tu as raison. On aurait dû se rendre compte qu'elle s'adonnait à la drogue. Mais pour Mikey, je ne vois pas du tout ce qu'on aurait pu faire.

— Nous ne l'avons pas aidé au moment où il a commencé à perdre les pédales, juste après sa rupture avec Nell ; il était complètement déstabilisé, il ne savait même plus s'il devait continuer ses études d'avocat. »

Elle haussa imperceptiblement les épaules et secoua la tête avec lassitude.

« Il y a des fois où je me dis que si Mikey a disparu, c'est parce qu'il voulait rompre complètement les ponts avec nous. »

Ces paroles surprirent Gavin qui s'exclama :

« Alors là, tu vas trop loin, Rosie. De toute façon, toi, tu as toujours été merveilleuse avec nous, tu n'as donc absolument rien à te reprocher.

— Je n'ai pas respecté la promesse que je t'avais faite.

— Allons !...

— Non, écoute-moi. Quand nous étions jeunes, je t'ai promis de toujours faire l'impossible pour comprendre tes ambitions d'acteur, pour te faciliter la vie absurde que tu menais. Rappelle-toi : à cette époque-là, tu travaillais comme serveur à Greenwich

Village et en même temps, tu jouais à la fois dans des théâtres de Broadway et dans des séries destinées à la télévision, ce qui ne t'empêchait d'ailleurs pas de suivre les cours de Lee Strasberg. Moi, je ne t'ai vraiment pas épaulé comme j'aurais dû le faire, surtout vers la fin. Et j'ai trahi ma promesse envers toi. Rappelle-toi cette horrible scène que je t'ai infligée. Tout était entièrement ma faute mais j'ai été trop fière pour aller ensuite m'excuser auprès de toi.

— C'est à ce moment-là que j'ai rencontré Louise. Elle est devenue ma maîtresse et j'ai fini par l'épouser. »

Gavin s'interrompit et la regarda longuement dans les yeux.

« Moi aussi, j'ai trahi ma promesse envers toi, Rosie. Il faut bien voir les choses en face. Je t'avais dit que nous nous marierions tous les deux, et que nous travaillerions ensemble dans les mêmes pièces et dans les mêmes films, que nous formerions une équipe. »

Elle sourit.

« Ne prends donc pas cet air lugubre. Nous avons bien fini par y arriver à travailler ensemble et par former une équipe, non ?

— Oui, c'est vrai.

— D'ailleurs, je me suis conduite comme une imbécile. Non mais fallait-il que je sois bête et têtue comme une mule avec ça ! Il a fallu que je prenne mes cliques et mes claques pour m'installer à Paris et me jeter dans le lit du premier abruti qui me demandait ma main. »

Il lui sourit à son tour.

« Ma mère disait toujours quelque chose qui se révèle particulièrement vrai dans notre cas : si tu te maries dans la précipitation, tu auras tout le temps de t'en repentir par la suite.

— Ta mère avait bien raison. »

Elle leva son verre et but une longue gorgée de vin.

« J'ai également trahi la promesse que j'avais faite à Kevin, tu sais. Je lui avais toujours dit que je me mettrais en travers de sa route si je pensais qu'il s'apprêtait à commettre une imprudence et pourtant je l'ai laissé suivre les traces de père, je n'ai rien fait pour l'empêcher de devenir policier.

— Mais voyons, Rosie, comment aurais-tu pu espérer le dissuader d'entrer dans la police new-yorkaise ? Il ne rêvait que de ça depuis sa plus tendre enfance.

– Oui évidemment... »

Lentement, elle fit tourner le verre entre ses doigts, le regard perdu dans le lointain. Une pensée la taraudait, revenait sans cesse dans son esprit.

« Pourtant, un moment, il était plutôt indécis et j'aurais pu en profiter pour essayer de le convaincre, je crois. Il s'était toujours intéressé aux études de droit, il avait même parlé un jour de se faire avocat.

– Oui, c'est vrai, je m'en souviens...

– Et enfin, n'oublions pas Nell.

– Nell ? A quel moment l'avons-nous laissée tomber, Nell ? »

Rosie lui adressa un sourire rassurant.

« Nous n'avons rien à nous reprocher, à propos de Nell. Nous ne l'avons jamais laissée tomber, ni toi, ni moi et je suis bien certaine que nous n'avons trahi aucune des promesses que nous lui avions faites. Pourtant...

– Pourtant quoi ? Allez, tu en as trop dit pour ne pas aller jusqu'au bout, Angel Face.

– Je crois que c'est Kevin qui n'a pas été à la hauteur de la situation.

– Ah ? Et pourquoi donc ?

– Il s'est obstiné à rester dans la police, allant même jusqu'à accepter les missions les plus dangereuses. Du coup, la voilà morte d'inquiétude, Gavin : la peur la hante jour et nuit. Au début, j'ai été heureuse qu'ils soient ensemble, mais maintenant je me demande s'ils ont raison de continuer. Il faut que Kevin donne sa démission le plus vite possible, c'est absolument indispensable, pour lui comme pour elle.

– Tu sais très bien qu'il ne le fera jamais.

– Je le crois, en effet. Comme il le dit toujours : " N'oubliez pas que je suis un policier de la quatrième génération ! "

– De toute façon, nous ne pouvons pas nous mêler de ça, Rosie. Il faut laisser à chacun le soin de mener l'existence qu'il s'est choisie. Tout être humain doit se considérer comme responsable de la voie dans laquelle il s'est engagé.

– Oui, c'est vrai. Alors, pourquoi t'es-tu ma... »

Elle ne put aller jusqu'au bout. Le visage empourpré, elle détourna la tête et redressa machinalement les cadres posés sur la table.

390

« Allez, que voulais-tu dire ? »

Le silence se prolongea quelques instants. Finalement, Rosie le regarda droit dans les yeux et demanda :

« Pourquoi as-tu épousé Louise ?

— Parce qu'elle était enceinte. Je me suis senti responsable. J'avais le devoir de rester à son côté.

— Tu ne m'avais jamais dit ça.

— Tu ne me l'as jamais demandé.

— Mais quand le bébé est mort... »

Rosie se rendit compte qu'elle ne pouvait pas aller jusqu'au bout. Elle se sentait horriblement gênée, tout d'un coup.

« Tu te demandes pourquoi je suis resté avec Louise quand ce malheur s'est produit ? »

Comme elle restait silencieuse, Gavin dit lentement, d'une voix altérée par une profonde tristesse :

« Je vais te dire ce qui s'est passé en réalité, Rosie. Le bébé n'est pas mort à la naissance, comme nous l'avons alors annoncé à tout le monde. Il avait déjà cessé de vivre quinze jours avant la date de la délivrance, dans le ventre de Louise. Et il a fallu qu'elle le porte ainsi jusqu'au bout. Si bien qu'elle est restée avec un enfant mort dans ses entrailles pendant deux semaines, et, crois-moi, ça nous a profondément marqués l'un et l'autre.

— Oh, mon Dieu, Gavin, mais c'est horrible ! Quelle terrible expérience pour une mère ! Pauvre Louise. Et pour toi aussi bien entendu ! Ça a dû être le cauchemar le plus terrible que vous ayez jamais eu l'un et l'autre.

— Oui, c'est vrai. Je suis resté avec elle pour l'aider à surmonter cette épreuve et pour me réconforter moi-même en lui apportant mon soutien... »

Gavin s'interrompit pour boire une gorgée de vin.

« Mais il y a eu beaucoup d'eau qui est passée sous les ponts depuis, dit-il enfin.

— Je suis vraiment navrée. Je n'aurais pas dû te poser toutes ces questions, Gavin. Vraiment, je le regrette beaucoup, crois-moi.

— Mais ce n'est rien, et cesse donc de t'accuser ainsi, sans raison. Bon, il serait peut-être temps de songer au dîner, non ? Seulement, il est un peu tard pour se mettre en quête d'un restaurant, tu ne crois pas ? »

Avant qu'elle n'ait eu le temps de répondre, il enchaîna vivement :

« J'ai une idée. Je vais nous préparer un bon petit plat italien. Tu as bien un paquet de pâtes qui traîne dans ton placard, non ?

— Oui, j'en ai un mais il va y rester. Tu es peut-être un acteur hors pair mais comme cuisinier tu ne vaux pas tripette.

— Tiens ? Pourtant, autrefois, tu me disais toujours que je cuisinais comme un chef.

— J'étais jeune en ce temps-là, et je n'avais aucun point de comparaison, s'esclaffa Rosie. Je crois qu'il vaudrait infiniment mieux que nous allions au bistro du coin. Allez, viens, mets ton manteau. On va y courir avant l'heure de fermeture. »

41

Assis sur le canapé du salon de la suite qu'il occupait au Ritz, Gavin dégustait une tasse de café tout en feuilletant le Bottin des meilleures actrices établi par la Players Academy.

Car c'était bien cela qu'il recherchait, une star, une comédienne ayant un cœur et une âme pour jouer le rôle de Joséphine et donner la réplique au Napoléon qu'il allait lui-même incarner.

Rosie ne s'était pas trompée le jeudi précédent en lui disant qu'il avait encore beaucoup de temps devant lui, mais un grand nombre de films étaient actuellement en cours de tournage et les meilleures interprètes féminines du moment se trouvaient déjà engagées. Kevin Costner venait d'attaquer une nouvelle production; Dustin Hoffman annonçait lui aussi son intention de recommencer à tourner et Sean Connery se préparait à filmer une épopée de grande envergure. Ce soudain regain d'activité rendait Gavin d'autant plus nerveux qu'il attachait toujours le plus grand soin au choix de ses interprètes. La semaine précédente il avait renoncé pour diverses raisons à contacter les trois actrices dont le nom avait été évoqué lors de sa discussion avec Rosie.

Son café achevé, il reposa la tasse sur le plateau et s'approcha de la fenêtre pour jeter un coup d'œil à la place Vendôme. Il y avait un soleil magnifique, en cet après-midi de veille des

Rameaux, et Gavin se demanda ce qu'il faisait enfermé entre quatre murs à regarder les photos des vedettes de Hollywood.

« Tout simplement parce que c'est ton métier, connard », se dit-il alors.

Mais au fond, ça pouvait attendre. Il allait appeler Rosie et voir ce qu'elle avait prévu par cette belle journée d'avril.

Elle répondit dès la première sonnerie.

« Tu étais en train de le couver, ton téléphone ou quoi ? demanda-t-il en riant.

— Si on veut, oui. Non, en fait, je m'apprêtais justement à t'appeler, Gavin.

— Eh bien, me voilà, Angel Face ! Ça va même te faire économiser le prix d'une communication. Alors, qu'est-ce que tu voulais me dire ?

— Il m'est venu une idée il y a une dizaine de minutes. Je me suis dit que tu pourrais très bien engager une actrice anglaise ou même une Française. Rien ne t'oblige à avoir une star de Hollywood, puisque c'est toi qui tiens le premier rôle. Et je me suis souvenue d'Annick Thompson. Elle est française mais elle parle très bien anglais. Elle a vécu plusieurs années à Londres après son mariage avec Philip Thomas, le metteur en scène. Je trouve qu'elle a beaucoup de talent et qu'elle serait une Joséphine tout à fait acceptable.

— C'est une excellente actrice, en effet, Rosie. Comment se fait-il que je n'aie pas pensé à elle ? Ah oui, je sais pourquoi. Elle est très grande.

— On pourrait la mettre dans un trou, et toi tu monterais sur une boîte, plaisanta Rosie.

— Eh bien, je te remercie. Avec des amis comme toi on n'a pas besoin d'ennemis.

— Allons, je disais ça pour rire. Mais elle n'est pas tellement plus grande que toi, tu sais ; deux ou trois centimètres tout au plus. Et dans ce film, les femmes ne portent pas de talons hauts : que des ballerines, c'était la mode sous l'Empire.

— Ton idée est bonne, Rosie. Je vais proposer ce nom à Aïda, pour voir ce qu'elle en pense.

— Au fait, pourquoi voulais-tu m'appeler, Gavin ?

— Je me demandais si tu avais des projets pour cet après-midi.

Il fait tellement beau qu'on pourrait peut-être faire quelque chose. On a travaillé comme des forçats l'un et l'autre.

— Tu pensais à quoi, toi?

— Aucune idée. Mais tu connais Paris mieux que moi; je te laisse donc l'initiative.

— On pourrait faire une promenade à pied dans le bois de Boulogne, mais je rentre de faire mes courses du samedi et j'ai pu constater qu'il fait plus froid que tu ne le crois. Je dirai même que ça pince, avec un vent à décorner les bœufs.

— Oh mais je ne tiens pas spécialement à rester dehors. Du moment que je ne suis plus dans cet hôtel! Et si on allait au cinéma?

— Voilà une idée très originale. Eh bien, c'est OK, dit-elle en riant.

— Et ensuite je t'emmènerai dîner quelque part. On pourrait retourner à ton petit bistro, par exemple.

— D'accord. C'est encore là qu'on mange le mieux.

— A quelle heure veux-tu que je passe te prendre, Angel Face?

— Ce n'est pas la peine que tu viennes jusque chez moi. On peut se retrouver sur les Champs-Élysées, disons au Fouquet's. Ça nous fera gagner du temps. Dans une demi-heure, ça te va?

— Tout à fait.

— Alors à tout de suite.

— OK. Ciao! »

Finalement, ils renoncèrent à aller voir un film sur les Champs. Certains cinémas étaient bondés, ailleurs il fallait faire la queue très longtemps avant de pouvoir entrer. La moitié de Paris semblait avoir eu la même idée qu'eux.

Ils décidèrent de se rendre dans une salle que Rosie connaissait sur la rive gauche.

« On n'y joue que des vieux films, expliqua-t-elle à Gavin une fois qu'ils se furent installés sur la banquette arrière du taxi qu'ils avaient hélé. Évidemment, je n'ai aucune idée de ce qu'ils ont à l'affiche ce week-end mais il s'agit sûrement d'un grand classique. »

Regardant le chapeau de feutre dont Gavin s'était affublé, elle protesta:

« Es-tu vraiment obligé de garder ce galure, Gavin ? Ça te fait une de ces tronches ! »

Il lui octroya un large sourire.

« C'est justement pour ça que je le mets, figure-toi. Comme ça, je passe inaperçu.

— Tu plaisantes ou quoi ? Moi, je te reconnaîtrais sous n'importe quel déguisement. Comme les bonnes femmes tout à l'heure au Fouquet's. Je les voyais te dévisager. Elles en bavaient d'admiration, les chiennes !

— Mais ce n'est pas moi qu'elles regardaient, voyons. Non mais je suis sérieux, Rosie. Personne ne sait qui je suis quand j'ai ce chapeau sur le crâne. D'ailleurs, il n'est pas si mal, hein.

— Moi, je dirais plutôt qu'il a l'air complètement bouffé aux mites. »

Il rit de bon cœur et la taquina sur sa cape en loden qu'il ne voulait plus voir, et ils échangèrent ainsi quelques plaisanteries du même tabac tout en s'acheminant doucement vers la rive gauche. Vingt minutes plus tard, ils se précipitaient dans une salle où l'on donnait *Casablanca*. Ils avaient manqué les dix premières minutes mais ils n'en avaient cure ni l'un ni l'autre car ils connaissaient par cœur le début de cet immortel chef-d'œuvre.

Tout en s'asseyant, Gavin chuchota à l'oreille de Rosie :

« J'ai hâte d'entendre Bogie dire à sa partenaire qu'il se demande bien pourquoi elle a choisi de venir justement boire un verre dans le même bistro que lui. C'est la réplique que je préfère dans ce film. »

La séance terminée, ils allèrent dans le petit restaurant que Rosie aimait tant. Il était bondé mais elle y avait ses petites entrées et on ne tarda pas à leur dénicher une table qui s'était libérée comme par miracle.

« Cette fois, tu vas me retirer ce chapeau, siffla Rosie dès qu'ils se furent assis. Je refuse de rester en face de toi si tu gardes ce couvre-chef ridicule. Et en plus, c'est impoli. Tout le monde te regarde.

— Ils me regarderont encore plus si je l'enlève.

— Personne ne va venir t'importuner ici », promit-elle.

Elle releva soudain la tête et sourit au serveur qu'elle connaissait bien maintenant.

« *De la vodka avec des glaçons, s'il vous plaît, Marcel* », lui dit-elle.

Puis, s'adressant à Gavin, elle demanda :

« Tu veux la même chose ? »

Il hocha la tête et précisa.

« Avec un zeste de citron, *s'il vous plaît.* »

Le garçon le fixa d'un œil inquisiteur puis, se tournant vers Rosie, il murmura :

« Très bien, madame de Montfleurie. »

Et il repartit avec empressement vers le comptoir.

« Lui, il m'a reconnu, dit Gavin en adressant un clin d'œil à Rosie. Mais je vais ôter ce chapeau uniquement pour te faire plaisir. »

Il l'enleva aussitôt, le posant à terre, sous sa chaise.

« Tu es beaucoup mieux maintenant, Gavin. Et tu verras, personne ne viendra t'embêter. Ici, c'est *la Belle France*. Le haut lieu de la civilisation, tu vois le genre. »

A peine avait-elle fini sa phrase qu'un jeune homme s'approcha de leur table, s'excusa avec beaucoup de circonlocutions et présenta une feuille de papier à Gavin. Dans un anglais approximatif, il demanda :

« Monsieur Ambrose, je pourrais avoir votre autographe, s'il vous plaît ? »

Gavin inclina la tête avec grâce, apposa sa signature à l'endroit indiqué et gratifia d'un sourire éblouissant le jeune homme qui repartit en jubilant, le visage fendu d'une oreille à l'autre.

« Alors, tu vois bien..., commença-t-il.

— Surtout ne t'avise pas de me dire que tu l'avais prévu, sinon je m'en vais. »

Il lui adressa un sourire béat.

Elle lui rendit son sourire et pendant un moment, elle fixa sur lui un regard interrogateur, la tête penchée sur le côté. Elle s'apprêtait à lui poser une question quand le serveur arriva avec leurs apéritifs.

Voyant Gavin sans son chapeau, il s'exclama :

« *Ah oui, monsieur Ambrose, bien sûr.* »

A la suite de quoi, il ajouta en anglais :

« Je me doutais bien que c'était vous... »

Gavin hocha la tête et sourit sans grande conviction au serveur, puis quand ils furent de nouveau seuls, il regarda Rosie en fermant à demi les yeux.

« Bravo pour ta perspicacité », lança-t-il. Éclatant de rire, il choqua son verre contre celui de Rosie et ajouta en imitant à la perfection l'accent et le timbre de Bogart :

« Je bois à ta santé, la gosse. »

C'est seulement à la fin du repas, tout en buvant le café, que Rosie lui dit à mi-voix :

« Est-ce que je peux te demander quelque chose, Gavin ?

— Bien sûr. Vas-y.

— Pourquoi es-tu resté avec Louise pendant tant d'années ? Elle a bien fini par se remettre de la mort de son premier bébé. Toi aussi, d'ailleurs. Alors pourquoi ne l'as-tu pas quittée si tu étais si malheureux avec elle ?

— Pour plusieurs raisons, Rosie, mais la première et la plus importante, c'était la présence de mon fils. Je savais ce que c'était que de ne pas avoir de père. Oh, bien sûr, grand-père m'aimait beaucoup mais ce n'est pas tout à fait la même chose. Moi, j'ai voulu que David ait un père, qu'il m'ait, moi, à son côté, dès qu'il avait besoin de moi.

— D'accord, mais tu avais ton métier...

— Justement. Les rôles que j'avais au théâtre et au cinéma exigeaient de ma part une très grande concentration. Il fallait que je m'y consacre exclusivement si je voulais arriver à quelque chose, et j'ai donc dû chasser de mon esprit toutes ces préoccupations d'ordre conjugal, le projet de divorce ou même le désir de connaître d'autres femmes. Ne jamais se distraire du but à atteindre, telle a été ma règle de conduite.

— Comment ? Tu n'aurais donc jamais eu d'autre femme dans ta vie ? demanda-t-elle à mi-voix sans chercher à dissimuler son étonnement.

— Il n'y en a pas eu beaucoup, Rosie. J'ai toujours voulu sauver les apparences, donner l'impression que nous formions un couple uni. Est-ce que j'y ai réussi ?

– Absolument. Il n'y a que très peu de temps que je me suis aperçue à quel point tu étais malheureux en ménage. Encore en novembre dernier, après la fin du tournage de *Kingmaker*, j'étais persuadée que Louise et toi vous formiez le couple idéal. Je l'ai même dit à Nell.

– Et comment a-t-elle réagi ?

– Elle n'était pas du tout d'accord. Elle a d'ailleurs ajouté qu'il ne fallait surtout pas oublier que tu étais un très bon comédien.

– Oh, mais c'est qu'elle est futée, notre miss Jeffrey.

– Pour ça tu peux lui faire confiance.

– Rosie...

– Oui, Gavin ?

– Il y a une troisième raison qui explique pourquoi je n'ai pas quitté Louise... »

Une courte pause s'ensuivit. Il fixait de ses yeux gris et froids le regard de Rosie qu'il maintenait suspendue à ses lèvres.

« Je ne voyais pas à quoi ça m'aurait avancé dans la mesure où tu étais mariée à un autre. »

Rosie le considéra d'un œil rond. Au bout d'un moment, elle articula lentement :

« Et c'est pour ça que je suis restée avec Guy. Parce que toi, de toute façon, tu t'étais marié de ton côté. »

La nuit était claire et froide. Une lune toute ronde brillait dans un ciel limpide, que n'obscurcissait aucun nuage.

Ils ne se parlaient pas en remontant la rue pour gagner l'immeuble où se situait l'appartement de Rosie. Ils marchaient côte à côte mais ils ne se touchaient pas.

Une fois rentrée chez elle, Rosie jeta sa cape en loden sur le petit banc de bois qui trônait dans le vestibule et Gavin fit de même avec son pardessus.

Sans un mot, elle entra vivement dans le salon et elle resta debout au milieu de la pièce, évitant de se tourner vers Gavin qui était resté à la porte pour la suivre du regard.

Il n'y avait qu'une lampe allumée et il faisait trop sombre pour qu'il pût voir l'expression de son visage. Il mourait d'envie de s'approcher d'elle mais il sentait qu'il en était incapable. Pour une raison qu'il ne comprenait pas, il était cloué sur place.

C'est alors qu'elle se tourne vers lui...

Ils se regardent fixement, sans parler.

Elle fait un pas dans sa direction.

Il avance d'un pas vers elle.

Au moment précis où ils commencent à aller l'un vers l'autre, au milieu de la pièce, ils comprennent tous les deux que leur vie va changer. Que ce changement sera total et irrévocable. Avec une lucidité soudaine et inattendue ils se disent que désormais plus rien ne sera comme avant.

Elle arrive dans ses bras, perdant presque l'équilibre au moment où elle le rejoint.

Il la serre contre sa poitrine, avec force, il la tient d'une étreinte solide, irrésistible.

Elle s'agrippe à lui, fait remonter ses mains vers la nuque de Gavin, raidissant ses doigts au contact de sa peau. Et lui, il appuie ses paumes contre le dos de Rosie.

Et ils s'embrassent enfin : un long baiser qui ne se terminera jamais. Car il faut que ce baiser annule toutes ces années de souffrance et de solitude. Les lèvres dévorent les lèvres, les langues se mêlent l'une à l'autre, et ils s'étreignent comme si le flot allait les emporter. Plus rien ne pourra les séparer.

Il se délecte de la douceur de ces lèvres qui lui avaient laissé un si bon souvenir, et il sent le goût salé de ses larmes. Finalement, il écarte son visage et du bout des doigts, il touche les joues de Rosie. Elles sont trempées.

Leurs regards sont rivés l'un à l'autre.

Elle le fixe avec une intensité farouche.

« Gavin ! Oh, Gavin ! Je t'aime. Je t'aime tant.

— Et moi aussi, je t'aime, Rosie. Je n'ai jamais cessé de t'aimer, pas un seul jour, pas un seul instant. »

Il a fini par le dire.

Il a enfin fait cet aveu, après toutes ces années de silence.

Le regard qu'ils échangent est lourd de sens et de compréhension. Sans formuler la moindre parole maintenant, il lui prend la main et lui montre le chemin.

Rosie se demanda comment elle avait pu aller aussi vite du milieu de ce salon jusque sur le lit. Et elle ne comprenait pas comment, où et quand ils avaient pu se débarrasser de leurs vêtements. Mais ces questions disparurent complètement de son esprit quand Gavin l'attira à lui et la couvrit de baisers.

Rosie lui rendit ses caresses avec ferveur. Tout se passait comme s'ils n'avaient jamais été séparés. Les années n'existaient plus. Ils revenaient en un lieu qu'ils avaient connu autrefois, un lieu familier et qui n'appartenait qu'à eux.

Ils n'avaient pas fait l'amour ensemble depuis près de onze ans, mais Gavin connaissait encore toutes les ondulations et tous les recoins de ce corps, comme s'il s'était agi de son corps à lui. Et rien de ce qui composait le corps de Gavin n'était étranger à Rosie.

Ils se touchaient avec fièvre, revivaient les sensations d'autrefois, les plaisirs qui leur étaient familiers, parvenant à maintes reprises au bord de l'extase. Et les souvenirs affluaient en eux, les emportant dans un tourbillon d'ivresse.

Elle avait été son premier amour, comme lui pour elle. Et maintenant, ils se retrouvaient enfin dans les bras l'un de l'autre. C'était comme s'ils s'aimaient pour la première fois.

Et pourtant, il y avait une différence. Ils savaient apprécier ce bonheur tout neuf car ils avaient souffert l'un pour l'autre ; et cette souffrance ravivait leur tendresse.

La nuit fut comme un rêve pour Gavin et pour Rosie. Ils s'endormirent après avoir fait l'amour une première fois pour se réveiller quelques heures plus tard, se cherchant avec anxiété, affolés à l'idée que rien de tout cela n'avait été réel.

Et il la reprit, le cœur débordant d'un amour que nulle contrainte ne venait plus gâcher et elle l'aima elle aussi, consumée d'un désir sans cesse renouvelé. Ils dormirent encore et refirent l'amour au petit matin. Finalement, ils sombrèrent dans le sommeil le plus profond qu'ils aient jamais connu l'un et l'autre depuis bien des années.

Rosie se retourna dans son lit et tendit la main en direction de Gavin. Il n'y avait personne.

Elle se dressa sur son séant, clignant les yeux à la vive clarté du matin et regarda autour d'elle dans la chambre, se demandant, comme la veille au soir, si tout cela n'avait pas été qu'un rêve.

Mais non. Elle le sentait à son corps. Elle avait encore sur elle l'empreinte laissée par le contact de Gavin.

Elle sourit et rejeta draps et couvertures pour se lever. Enfilant sa robe de chambre, elle partit à la recherche de l'homme qu'elle aimait.

Il était dans le studio, assis à la table de travail, vêtu de son pull et d'un pantalon, ses lunettes à monture d'écaille perchées sur le bout du nez. Les feuillets du manuscrit étaient étalés devant lui.

« Gavin, c'est mon texte! Fais attention, il y a toutes les notes que j'ai écrites en marge. »

Il leva la tête et lui sourit.

« C'est comme ça que tu dis bonjour à l'homme que tu aimes, après tout ce qu'il t'a fait hier soir et cette nuit!

— Oh, toi alors! s'écria-t-elle en riant. Tu es impossible, Ambrosini.

— Ah, au fait, je t'aime.

— Et moi, je t'aime. »

Elle fit le tour du bureau et se pencha au-dessus de Gavin pour lui planter un baiser sur la joue. Il bougea légèrement la tête afin de pouvoir l'embrasser sur la bouche puis il l'attira à lui pour qu'elle s'assoie sur ses genoux, enfouissant le front contre son épaule.

« Mon Dieu, ce que je t'aime, Rosie. Je t'aime à un point que même toi, tu ne peux pas imaginer. »

Il la serra contre lui quelques instants encore avant de lâcher prise.

« Ne t'inquiète pas pour ton manuscrit, je n'en ai sorti qu'une seule page pour changer quelques petits trucs dans le dialogue. Je t'en remettrai le double demain au studio. »

Elle se remit debout et repartit vers la porte, lançant par-dessus son épaule :

« Je sens l'odeur du café que tu as préparé. C'est très gentil à toi, mon chéri. Tu en veux une autre tasse?

— Non, merci, Angel. »

Le téléphone sonna.

Tous deux restèrent figés sur place, regardant fixement l'appareil.

Rosie fut la première à réagir. Elle dit à mi-voix :

« J'espère que ce n'est pas Johnny. »

Gavin se leva.

« Je te laisse », dit-il en contournant le bureau.

Elle protesta d'un signe de la tête.

« Ce n'est pas la peine ! Tu peux rester. Je n'ai aucun secret pour toi, Gavin. De toute façon, j'ai branché le répondeur. »

Mais la sonnerie continuait de retentir.

« Non, Rosie, ton répondeur n'est pas branché. »

Elle saisit le combiné.

« Allô ? »

Soudain son visage s'éclaira :

« Nell, comment vas-tu ? D'où est-ce que tu appelles ? »

Une fraction de seconde plus tard, son sourire s'effaça.

« Oh, Nell, ce n'est pas possible ! Mon Dieu ! »

Sa main se crispa sur l'appareil. Elle se laissa tomber lourdement sur la chaise.

« Oh, mon Dieu, s'écria-t-elle, le visage soudain exsangue. Oui, oui, j'arrive. Aussitôt que je peux. »

Elle se tut un long moment pour écouter les explications de Nell, regardant fixement Gavin qui était debout auprès du bureau, les sourcils froncés. Il vit qu'elle avait les yeux agrandis par l'effroi ; elle tremblait.

« Oui, oui, c'est entendu. Je laisserai un message sur ton répondeur. »

Elle raccrocha.

« Qu'est-ce qu'il y a, Rosie ? Qu'est-ce qui se passe ? » demanda-t-il en allant à elle.

Rosie le fixait, l'air hébété, elle secouait la tête. D'une voix incertaine, elle expliqua :

« C'est Kev. On lui a tiré dessus. Il est très grièvement blessé. Les médecins de Bellevue ont dit à Nell qu'il n'avait pratiquement aucune chance de s'en sortir. »

Elle fondit en larmes.

« Ils pensent que Kev va mourir. »

42

Le lendemain, dans la matinée, dès leur arrivée à l'aéroport Kennedy, Rosie et Gavin se firent conduire en taxi directement à l'hôpital Bellevue où Nell les attendait, en proie à la plus grande anxiété.

Elle avait un teint cireux, épuisée par cette longue journée du dimanche, et dès qu'elle les aperçut elle éclata en sanglots. Rosie fondit en larmes en essayant de la réconforter, et les deux femmes restèrent dans les bras l'une de l'autre pendant quelques instants. Gavin embrassa Nell et l'étreignit un moment, tentant de lui redonner quelque espoir en répétant les paroles qu'il avait déjà adressées à Rosie dans l'avion.

« Kevin est un dur à cuire, il est fort comme un cheval », conclut-il.

Passant un bras autour de ses épaules il l'entraîna vers les chaises alignées à l'autre bout de la salle d'attente.

« S'il y a quelqu'un qui peut s'en tirer c'est bien lui, ajouta-t-il d'un air confiant.

— Mais tu n'as pas compris, protesta Nell d'un ton éploré. Il n'a pas reçu qu'une seule balle, ils se sont acharnés sur lui, en le criblant de coups de feu. Il a perdu presque tout son sang. »

Malgré l'angoisse qui lui nouait la gorge, Rosie réussit à articuler :

« Gavin a raison, Kev va s'en tirer. Il ne peut pas faire autrement. Il ne va quand même pas mourir comme papa. »

S'asseyant auprès de Nell, elle reprit :

« Quand pourrons-nous le voir ? Où sont les docteurs ?

— Je vais aller parler à l'infirmière-chef, dit Nell. Elle appellera le docteur Morris. Il lui a demandé à être prévenu dès votre arrivée. »

Rosie hocha la tête et Nell partit aussitôt.

Gavin saisit la main de Rosie et la tint serrée dans la sienne.

« Si Kev a besoin d'une autre transfusion, je serai heureux de lui donner mon sang, Rosie. Et je sais que tu es prête à le faire toi aussi. »

Elle le regarda avec étonnement.

« Mais il ne risque rien si on lui a déjà donné le sang d'un autre, n'est-ce pas ? Toutes les précautions ont été prises, j'espère.

— Oui, bien sûr, ne t'inquiète pas. Je voulais seulement que tu saches que j'étais prêt à lui donner aussi le mien. Kev aurait fait la même chose pour moi.

— Bien sûr. Merci de ton offre, Gavin. Nous verrons ce que le docteur en pense. »

Nell revint quelques minutes plus tard avec un homme en blouse blanche qu'elle présenta comme étant le docteur Morris. Rosie demanda aussitôt quand ils pourraient voir Kevin.

« Il est encore inconscient, miss Madigan, dit le docteur Morris. On l'a placé dans l'unité de soins intensifs mais vous pouvez le voir dès maintenant si vous le souhaitez.

— Merci, docteur, dit Rosie. Quelles chances a-t-il de survivre, à votre avis ?

— Nous sommes un peu plus optimistes qu'hier. On l'a de nouveau opéré ce matin pour extraire les quatre balles restantes et il semble que son état se stabilise sans trop de problèmes. Il est jeune, miss Madigan, il est robuste et sa forme physique était excellente. Tout cela va dans le bon sens, heureusement. »

Rosie hocha la tête. Elle était de nouveau au bord des larmes et elle dut détourner la tête. Toussotant pour s'éclaircir la voix, elle cherchait fébrilement un mouchoir dans son sac à main.

« S'il a besoin de nouvelles transfusions, miss Madigan et moi sommes volontaires pour lui donner notre sang, déclara Gavin.

« — Nous n'avons pas besoin de sang pour lui en ce moment et j'espère que ce ne sera pas nécessaire de lui faire d'autres transfusions, mais je vous remercie de votre offre. Si vous voulez bien m'accompagner... »

Ils partirent tous les trois, à la suite du Dr Morris, en direction du service de soins intensifs.

Après les avoir emmenés dans un dédale de couloirs, le docteur s'arrêta enfin, ouvrit une porte et les fit entrer dans la chambre de Kevin. Celui-ci était allongé sur un lit, relié par des tubes à toutes sortes de machines. Il était aussi blanc que les draps qui le recouvraient. Il avait les yeux fermés et respirait à petits coups précipités.

Rosie s'approcha du lit et prit la main de son frère. Elle se pencha vers lui et lui déposa un baiser sur la joue.

« C'est moi, Kev chéri, dit-elle en ravalant ses larmes. C'est Rosie. Je suis venue te voir. Avec Gavin. Et Nell. Nous t'aimons tous, Kev. »

Kevin restait figé dans une immobilité totale. Pas un cil ne bougeait. Rosie lui pressa de nouveau la main et détourna la tête. Les larmes ruisselaient sur ses joues. En le voyant ainsi, totalement privé de forces, elle sentait son cœur se comprimer dans sa poitrine. Tout d'un coup, elle mesurait la gravité de la situation et comprenait pleinement l'inquiétude manifestée par les médecins.

Gavin s'approcha du lit à son tour et prit la main de Kevin.

« Kev, c'est moi, Gavin. Nous allons rester avec toi jusqu'à ce que tu ailles mieux. »

Comme Rosie, Gavin se pencha vers lui et l'embrassa sur la joue.

En ressortant dans le couloir, ils croisèrent Neil O'Connor, qui revenait voir Kevin. Nell présenta le policier à Rosie et à Gavin. Le docteur étant reparti, ils regagnèrent tous la salle d'attente.

« Que s'est-il passé ? » demanda Rosie.

Neil secoua la tête dans un geste d'ignorance.

« Je suis navré, Rosie. Je n'en sais rien du tout. Et nous resterons dans le noir tant que Kev n'aura pas repris connaissance.

— Nell nous a dit hier que le collègue de Kev avait été blessé lui aussi. Il n'a rien dit non plus ? Est-il dans le coma, lui aussi ? »

Neil secoua de nouveau la tête, une expression de chagrin

intense passant sur son visage. Un silence brusque se fit sur eux tous et Neil dit très bas, d'une voix qui tremblait très fort :

« Hélas, Tony vient de mourir.

— Mon Dieu ! » s'écria Nell en portant une main sur sa bouche. De nouveau les larmes jaillirent de ses yeux.

Rosie agrippa le bras de Gavin. Son teint avait pris la pâleur de la mort.

Les trois amis se relayèrent au chevet de Kevin pendant quatre jours.

C'est seulement le vendredi suivant, le 17 avril, que Kevin reprit connaissance et ouvrit les yeux. C'était le vendredi saint, le début du week-end pascal.

Nell était assise auprès de son lit et elle fut la première personne qu'il aperçut. Il ébaucha un faible sourire.

« Salut, chérie, dit-il d'une voix à peine audible.

— Oh, Kev ! Dieu merci », s'écria-t-elle.

Elle lui saisit la main et la serra très fort. Puis elle se leva et se pencha au-dessus de lui pour l'embrasser sur la joue, murmurant contre son oreille :

« Je t'aime.

— Moi aussi, je t'aime, Nell », chuchota-t-il d'une voix rauque.

Lui tenant toujours la main, elle se rassit, sans le quitter des yeux un seul instant. Les larmes lui brouillaient la vue.

« Je suis désolé, Nellie.

— Ne t'inquiète pas. Évite de parler. Tu es encore très faible. Mais j'ai toujours eu la certitude que tu allais t'en tirer. »

Elle essaya de libérer sa main mais lui ne voulait pas lâcher prise.

« Attends, Kev, dit-elle. Laisse-moi partir. Juste une minute. Il faut que j'aille chercher Rosie et Gavin. Ils sont tout près d'ici, dans la salle d'attente. »

43

Johnny était à Manhattan; Rosie le savait.

Il avait laissé de nombreux messages sur le répondeur de Rosie, rue de l'Université à Paris, et il avait souvent appelé l'agence Jeffrey & Associés pour essayer de parler à Nell. Mais la secrétaire qu'il avait alors au bout du fil lui expliquait immanquablement que Nell était partie en vacances et qu'il était impossible de la joindre.

Ayant maintenant la certitude que son frère était hors de danger, Rosie décida de profiter de cet après-midi du vendredi saint pour essayer de voir Johnny. Elle voulait lui annoncer de vive voix son intention de rompre.

Elle appela le Waldorf Astoria et comme on lui passait le bureau des messages, elle raccrocha. Manifestement, il avait donné la consigne qu'on ne le dérange sous aucun prétexte mais elle ne tenait nullement à laisser le numéro de téléphone de Gavin.

Après avoir réfléchi un instant à la situation, elle décida de se rendre aux studios de la Hit Factory, sachant que Johnny devait y travailler à son prochain album. Un jour où ils avaient discuté ensemble de ces séances d'enregistrement, il lui avait confié qu'il aimait commencer de bonne heure, vers onze heures, et travailler jusqu'à six ou sept heures du soir.

Jetant un coup d'œil à sa montre, elle constata qu'il était près de trois heures. Elle décida donc que le mieux était d'appeler un taxi, dès qu'elle serait prête, pour se rendre au studio.

Elle se précipita dans la salle de bain pour prendre une douche rapide, se remaquilla de frais et se recoiffa, puis elle enfila un ensemble pantalon gris et un manteau trois quarts assorti.

Gavin était resté à l'hôpital Bellevue avec Kevin et Nell. Elle laissa un papier sur son bureau annonçant qu'elle serait rentrée vers cinq heures, et après avoir consulté les pages jaunes de l'annuaire de Manhattan, elle nota mentalement que la Hit Factory se trouvait toujours à son ancienne adresse, dans la Cinquante-Quatrième Rue Ouest.

Dix minutes plus tard, au moment où elle réglait le prix de la course au chauffeur de taxi, Rosie aperçut Kenny Crossland, le musicien qui accompagnait Johnny au piano. Il se tenait planté à l'entrée de l'immeuble où était sise la Hit Factory.

Dès qu'il l'eut reconnue, il lui adressa un large sourire et lança :

« Salut, Rosie. Johnny va être rudement content de te voir. Depuis le temps qu'il essaie d'avoir de tes nouvelles! Il nous a fait mener une de ces vies en voyant qu'il n'arrivait pas à te contacter!

– J'ai essayé de le joindre, moi aussi, dit Rosie. Et puis, il a fallu que je prenne l'avion pour venir ici. »

Elle haussa les épaules et lui adressa un petit sourire.

« Bref, me voilà », conclut-elle.

Kenny passa un bras autour de ses épaules et ils entrèrent ensemble dans l'immeuble. Une fois dans l'ascenseur, il expliqua :

« Aujourd'hui on enregistre la musique, mais Johnny a tenu à venir quand même. Il aime bien assister à tous les stades de la production. Il en profite pour répéter entre deux, à moins qu'il ne travaille à la synchronisation. »

Rosie se contenta d'incliner la tête sans parler. Elle ne souhaitait pas en dire trop à Kenny. Après tout, ce n'était pas lui qu'elle était venue voir. D'ailleurs, elle avait remarqué au cours de la tournée en Angleterre que Johnny et lui se querellaient souvent à propos de tout et de rien. Elle jugea donc qu'il valait mieux ne pas

409

trop faire souffrir l'amour-propre du chanteur et éviter de donner à ses compagnons matière à plaisanterie.

Kenny l'amena dans le hall d'accueil et lui demanda d'attendre un moment pendant qu'il allait prévenir Johnny. Elle le remercia et il disparut après lui avoir décoché un large sourire.

En s'asseyant dans un des fauteuils, Rosie se sentit soudain envahie par la lassitude et le découragement. Le dos renversé contre le dossier, elle fixa sur les murs un regard vidé de toute expression. Partout, on avait encadré les disques de platine et les disques d'or des superstars comme Bill Joel, Michael Bolton, Paul Simon, Madonna et Johnny Fortune.

Elle se demanda pourquoi Johnny n'était toujours pas arrivé, mais l'idée lui vint alors qu'il était sans doute en plein milieu d'une séance d'enregistrement; il ne pouvait donc pas se libérer avant d'avoir totalement terminé.

Une quinzaine de minutes plus tard, un jeune homme entra dans le hall et se présenta comme l'un des producteurs des disques de Johnny. Tout en devisant aimablement avec elle, il l'amena à un autre étage pour la faire entrer dans la salle de contrôle. De l'autre côté d'un vaste panneau vitré, elle vit Johnny qui chantait dans un micro. Il avait les yeux fermés et portait des écouteurs sur les oreilles.

« Il n'en a pas pour longtemps, expliqua alors le jeune homme. Johnny est en train d'enregistrer les paroles de la chanson sur la bande sonore. »

Estimant sans doute qu'elle avait besoin de détails supplémentaires sur ce qui se passait exactement, il ajouta :

« Johnny reçoit l'accompagnement musical dans les écouteurs et il chante les paroles correspondantes dans le micro.

— C'est très intéressant », murmura Rosie sans quitter Johnny des yeux un seul instant.

Le jeune homme sourit, hocha la tête et sortit, la laissant seule dans la salle de contrôle avec l'ingénieur du son.

Dès que Johnny en eut terminé avec son enregistrement, il ouvrit les yeux et regarda l'ingénieur du son qui se trouvait dans la salle de contrôle. Le technicien hocha la tête avec enthousiasme et leva le pouce pour montrer que la séance s'était déroulée sans aucun problème.

C'est alors que Johnny la vit.

L'espace d'une fraction de seconde, il parut décontenancé.

Puis son visage s'illumina et il fit un geste de la main. Il posa le micro et enleva les écouteurs pour lui faire signe de s'approcher.

Rosie alla le rejoindre au centre du studio.

Aussitôt, il lui saisit les poignets et la serra dans ses bras, l'embrassant avec passion.

Au bout d'un moment, elle réussit à se dégager doucement, et avec un petit rire nerveux, elle dit :

« Johnny, l'ingénieur du son est en train de nous regarder.

– Et après ? Oh, ma chérie, que je suis heureux de te voir ! Tu m'as tellement manqué ! »

La tenant toujours par les épaules, il s'écarta pour mieux la regarder, les yeux dans les yeux, le visage fendu d'un large sourire. Pourtant elle nota qu'une lueur d'irritation passait soudain au fond de ses prunelles et sa voix monta d'une octave quand il s'exclama :

« Dis donc, Rosie, ça fait des jours et des jours que j'essaie de te joindre ! J'ai appelé je ne sais combien de fois à ton appartement. C'était à devenir dingue ! Pourquoi tu m'as pas rappelé ? Où donc étais-tu passée ? »

Muette de surprise, elle le considéra un moment. Accablée par la gravité des blessures de son frère, épuisée par le voyage, par le décalage horaire et par les nuits de veille à l'hôpital, les nerfs à vif à cause de l'anxiété qu'avait fait naître en elle la perspective de cette confrontation, elle sentit qu'elle allait perdre tout contrôle d'elle-même en dépit de ses efforts pour rester calme.

Comme elle ne lui répondait toujours pas, Johnny reprit avec une vivacité accrue :

« Il va falloir nous organiser autrement, ma chérie ; je ne peux plus vivre comme ça, moi. Dorénavant, tu vas rester avec moi en permanence. »

Scrutant le visage anxieux de Rosie, il demanda d'une voix pressante :

« Pourquoi tu m'as pas prévenu que tu venais ? Ça fait combien de temps que tu es à New York ? »

411

Ces paroles lui firent l'effet d'un soufflet. Elle revit son frère allongé sur son lit d'hôpital et luttant contre la mort; elle éclata en sanglots, le visage ruisselant de larmes.

Étonné et confus, Johnny passa un bras autour de ses épaules et l'emmena hors du studio en disant :

« Mais voyons, ma chérie, ne pleure pas. Je me suis un peu énervé, mais c'est parce que j'étais mort d'inquiétude. »

Il la fit entrer dans un bureau et referma la porte derrière eux.

Rosie ne pouvait plus s'arrêter de pleurer. Elle se laissa tomber sur une chaise, ouvrit son sac et en sortit un mouchoir pour s'essuyer les yeux. Mais la tension nerveuse qui s'était accumulée en elle et qu'elle avait contenue tant bien que mal jusqu'alors, se déchaînait maintenant, et elle sanglota avec une violence accrue.

Complètement désemparé, Johnny s'assit sur une chaise en face d'elle. Il réussit enfin à articuler, d'un ton beaucoup plus conciliant :

« Excuse-moi, Rosie. Je ne voulais pas te faire de la peine. Si j'avais su que tu le prendrais comme ça... »

Inspirant à fond, elle parvint à dire entre deux sanglots :

« Ce n'est pas à cause de toi, Johnny. »

Puis, incapable de se contenir davantage, elle lâcha tout d'une traite :

« C'est mon frère, Kevin! Il a reçu plusieurs coups de feu. Il a failli mourir. C'est pour ça que tu n'as pas eu de mes nouvelles ces derniers jours, Johnny. J'étais auprès de lui à l'hôpital. »

Une fois de plus elle revit le visage exsangue de Kevin, et les larmes coulèrent de plus belle.

« Des coups de feu? Que s'est-il donc passé? On l'a attaqué dans la rue? demanda Johnny en fronçant les sourcils.

— Non, ce n'est pas ça du tout. On a voulu le tuer à cause de son travail. Ce sont les tueurs de la mafia. Oui, je suis sûre que c'est la mafia. Ils l'ont abattu comme ils avaient abattu mon père, s'écria Rosie entre ses sanglots.

— La mafia, s'étonna Johnny. Je ne comprends pas...

— Mon frère est un agent de la police secrète. En principe je ne devrais le dire à personne, mais...

— Un policier? murmura Johnny en la fixant avec stupéfaction.

« – Oui. Un policier. Il fait partie du Police Department de New York. Depuis des années. Et il y a quelques mois, il est entré au service de renseignements pour enquêter sur une famille de la mafia. Les Rudolfo. Tu as dû entendre parler de ces truands. Tout le monde les connaît. Ils ont tiré sur Kevin. Les Rudolfo ont ordonné le meurtre de mon frère. »

Le mouchoir comprimé sur ses yeux, elle s'efforçait d'endiguer ses larmes.

Johnny s'était raidi sur sa chaise, le visage livide. Il fixait sur Rosie un regard incrédule, essayant de réaliser l'étendue du désastre dont elle venait de l'informer. A Paris, elle lui avait dit que son frère était comptable et maintenant elle lui révélait qu'il appartenait à la police secrète. Un policier qui s'était fait tirer dessus par les Rudolfo.

Son univers venait de basculer complètement.

« Mais je ne suis pas venue ici pour te parler de Kevin, dit lentement Rosie. Si je t'ai dit tout ça, c'est parce que je suis encore sous le coup de ce terrible choc. Non, Johnny, je suis venue pour t'expliquer quelque chose. Quelque chose qui nous concerne tous les deux.

– De quoi tu veux parler ? » demanda-t-il à voix basse.

Rosie le regarda bien en face et se força à sourire, mais son sourire disparut bien vite de son visage. De sa voix la plus douce possible, elle dit :

« Johnny, ça ne peut pas marcher.

– Quoi donc ?

– Nous deux. »

Cette déclaration ne le surprit pas vraiment.

Dans un sens, il comprenait qu'elle réagisse ainsi, mais il n'était pas question pour lui de se résigner pour autant.

Le choc fut quand même rude : il eut l'impression que tout son sang se figeait en lui ; abasourdi, il se renversa contre le dossier de sa chaise, agité de tremblements intérieurs.

Au bout d'un moment, il réussit à dire :

« Pourquoi ça ne peut pas marcher ? Je t'aime, Rosie, et tu le sais bien. »

Elle reprit une longue inspiration et lui saisit la main en disant :

« Mais moi, je ne t'aime pas, Johnny. Du moins pas de la manière dont tu voudrais que je t'aime.

— Mais c'est formidable, nous deux ! Sensationnel au lit, super hors du lit. Tu le disais toi-même, à Londres.

— Bien sûr, Johnny. Tu es si gentil, si tendre et si généreux. Seulement, je ne peux pas me marier avec toi. Ça ne marcherait jamais. Nous sommes tellement différents, et sur tant de points.

— Quels points ? Hein ? Dis-moi ça ? En quoi sommes-nous si différents ?

— Eh bien, dans la manière d'organiser notre existence.

— Je ne vois pas du tout ce que tu veux dire.

— Écoute-moi, Johnny. Tu es l'une des plus grandes vedettes de la chanson qu'il y ait au monde, une mégastar, en quelque sorte, et tu mènes une existence particulière, qui s'explique par la nature de ton travail. Tu n'as pas d'horaires réguliers et tu as besoin d'avoir auprès de toi, constamment, une femme aimante et dévouée. Jour et nuit. Même quand tu pars en tournée, il faut qu'elle soit à ton côté. Je suis incapable de jouer ce rôle, Johnny. J'ai ma propre carrière à mener. J'adore mon travail et il n'est pas question pour moi d'y renoncer.

— Qui te parle d'y renoncer ?

— Je ne pourrai pas faire autrement, Johnny. Tu es trop possessif, trop exclusif, même, alors que moi j'aspire à mener une vie indépendante. Il y aurait constamment des étincelles entre nous.

— Les étincelles, elles jaillissent quand nous sommes au lit. Tu vois bien que nous ne sommes pas aussi différents que tu le dis !

— Sur ce plan-là, non. C'est vrai. Tu es très sensuel et moi je suis très sensible à ton charme. Mais il n'y a pas que le sexe dans la vie. Pour se marier, il faut qu'il y ait autre chose.

— Donne-nous une autre chance, une toute petite chance, plaida-t-il, faisant taire toute fierté, concentrant tous ses efforts sur cette ultime tentative. J'ai été en Australie pendant plus d'un mois. Nous sommes restés sept semaines sans nous voir. Ce qu'il nous faut, Rosie, c'est rester un peu ensemble. Viens passer quelques jours avec moi au Waldorf et tu verras que rien ne sera plus pareil. Nous serons comme à Paris et à Londres. J'en suis sûr, Rosie. »

Elle secoua la tête et lâcha la main qu'elle tenait encore. Puis elle se leva.

« Non, Johnny. Ce n'est pas possible.

— Tu te trompes, ma chérie, protesta-t-il en se levant à son tour. Tu ne peux pas affirmer que tu n'éprouves rien pour moi, que tu ne m'aimes pas autant que je t'aime! Je me souviens, comme si c'était hier, de chaque minute que nous avons passée ensemble... Tu ne jouais pas la comédie... Tu étais sincère, ma chérie. »

Elle acquiesça d'un hochement de tête.

« C'est vrai, Johnny. J'étais bien avec toi. J'étais sous le coup d'un engouement passager mais ça n'a pas débouché sur un amour véritable. Je ne t'aime pas, Johnny. C'est pour ça qu'il n'y a pas d'avenir pour nous deux. »

Il la regardait, la mâchoire pendante. Assommé par la douleur, il n'arrivait plus à parler.

Touchée par cette souffrance, mue par un élan de générosité si naturelle chez elle, Rosie lui prit la main. D'une voix altérée par la tristesse et par le regret, elle chuchota :

« Je suis désolée, Johnny. Vraiment navrée.

— Donne-nous une dernière chance », supplia-t-il.

Elle le fixa d'un air pensif en se mordillant la lèvre. Elle le plaignait du fond du cœur mais elle avait l'intime conviction qu'elle ne pouvait rien faire pour atténuer son chagrin.

Il y avait des larmes qui perlaient à ses yeux.

« Mais je t'aime, Rosie. Qu'est-ce que je vais devenir sans toi ? Je t'en prie, reste avec moi pendant quelques jours, supplia-t-il. Tu verras, tout redeviendra comme avant. Il y a sûrement un moyen de tout arranger.

— Non, Johnny, il n'y en a pas. D'ailleurs, je ne peux pas rester, je pars pour Paris dimanche matin. Il faut que je me remette au travail. »

Arrivée à la porte, elle se tourna une dernière fois vers lui.

« Au revoir, Johnny », dit-elle.

44

Johnny était complètement effondré.

Rosie l'avait quitté. Tout son univers croulait. Il ne pouvait pas vivre sans elle. Il voulait qu'elle revienne. Il fallait qu'il trouve un moyen de la faire revenir.

Assis sur la banquette arrière de la limousine qui l'emmenait à Staten Island, il tournait et retournait ses pensées dans son esprit. Il ne pouvait pas admettre les motifs qu'elle lui avait donnés pour justifier cette rupture; il savait qu'elle mentait. En fait, si elle refusait de l'épouser c'était uniquement parce qu'elle savait, par son frère, que Johnny faisait partie de la famille des Rudolfo. Et elle était persuadée que c'étaient les Rudolfo qui avaient tiré sur Kevin.

Dans l'après-midi, dès qu'elle avait quitté le studio d'enregistrement, il s'était précipité sur le téléphone pour appeler l'oncle Salvatore. Et maintenant, il se rendait chez lui, pour lui parler, pour lui demander un service personnel. Il n'avait encore jamais sollicité la moindre faveur, c'est pourquoi il était certain que le *don* ne lui refuserait rien.

Tout à l'heure, Salvatore l'avait invité à venir souper. « Après tout, nous sommes le vendredi saint, Johnny, ce n'est pas un jour comme les autres. »

Mais il avait respectueusement décliné l'invitation, expliquant qu'il enregistrait jusqu'à sept heures. Ce n'était pas vrai. En fait, il avait quitté le studio juste après Rosie, une fois sa conversation avec le *don* terminée. Il n'était plus capable de se concentrer sur son travail. Profondément perturbé, il était rentré à son hôtel, sachant qu'il fallait à tout prix qu'il se remette de son choc avant de se rendre à Staten Island. Il ne voulait pas montrer le moindre signe de faiblesse en présence de l'oncle Salvatore.

Ses pensées se fixèrent de nouveau sur Rosie. Et sur son frère Kevin.

Tout lui paraissait parfaitement clair maintenant. En menant son enquête sur la famille, Kevin avait découvert le lien de parenté qui existait entre Johnny et les Rudolfo, l'oncle Vito étant *caporegime* de l'organisation dirigée par son meilleur ami, Salvatore Rudolfo. Il avait donc prévenu Rosie en lui demandant de rompre toute relation avec le neveu du truand. Oui, voilà ce qui s'était passé; ça ne pouvait être que cela.

Il était impossible qu'elle eût cessé de l'aimer. Comment aurait-elle pu en arriver là? Après tout, il était Johnny Fortune. Les femmes défaillaient en le voyant. Elle avait dit qu'il était une mégastar, elle avait dit qu'il était séduisant, sensuel. C'était un aveu particulièrement éloquent, non?

Johnny ferma les yeux.

Le visage de Rosie dansa dans sa tête.

Elle était belle.

Il l'aimait. Elle était la seule femme qu'il eût jamais aimée. Et elle l'aimait. Il en était certain. Ensemble, ils pouvaient vaincre tous les obstacles.

Il allait la ramener à lui.

Son oncle Salvatore allait l'y aider.

Ils étaient assis face à face dans le sanctuaire secret.

Salvatore Rudolfo dégustait une strega et Johnny un verre de vin blanc. Ils parlèrent brièvement de la tournée que Johnny venait d'effectuer en Australie, du nouvel album qu'il était en train d'enregistrer, et du déroulement de sa carrière en général.

Et puis Salvatore s'installa plus confortablement dans son fauteuil et il sourit à Johnny. *Sangu de ma sangu*, songea-t-il. Le sang de mon sang. Mon fils. Seulement, Johnny ne savait pas que Salvatore était son père.

Ces derniers temps, Salvatore s'était demandé s'il n'avait pas commis une erreur en se montrant si discret sur sa parenté réelle avec lui. Vito avait peut-être raison, après tout. Il aurait sans doute mieux valu que Johnny sache la vérité. Quel risque y avait-il ? Johnny était une grande vedette maintenant, la plus grande de toutes. Rien ne pouvait plus l'atteindre. D'ailleurs, Johnny aurait été seul à le savoir ; le reste du monde aurait continué d'ignorer.

Il allait encore y réfléchir mais il prendrait sa décision juste avant que Johnny ne reparte pour la Californie. Ainsi, ils auraient un secret à se partager.

Concentrant son regard pénétrant sur son fils, Salvatore dit :

« Je suis content que tu sois venu me voir, Johnny. Maintenant, je peux te féliciter personnellement. Vito m'a dit que tu avais trouvé l'épouse idéale, une bonne catholique dont tu ferais ta femme. Quand allons-nous avoir le plaisir de faire sa connaissance ? »

Johnny respira un bon coup, puis il se jeta à l'eau.

« C'est pour ça que je suis venu te voir ce soir, oncle Salvatore. Pour te parler de Rosie. Il y a un problème.

– Ah bon ? Quelle sorte de problème ?

– Rosie a rompu avec moi. »

Salvatore en eut le souffle coupé.

« C'est impossible. Les femmes sont toutes folles de toi, Johnny.

– Je suis sûr que Rosie m'aime encore.

– Alors pourquoi ? »

Salvatore avait levé son sourcil de neige.

« Le frère de Rosie est dans la police. Il s'est fait tirer dessus, il est grièvement blessé.

– Un flic, Johnny ? Son frère est flic ? Et tu t'es fiancé avec elle ?

– Je ne savais pas qu'il était dans la police. Je ne l'ai appris qu'aujourd'hui. Rosie dit que son frère a été abattu par la famille Rudolfo. Je crois qu'il a découvert mon lien de parenté avec l'oncle Vito et il doit savoir que je ne suis pas étranger à votre famille. Il a donc prévenu Rosie. Et c'est pour ça qu'elle veut rompre.

418

« – Peut-être, en effet. Seulement son frère n'a pas été abattu par la famille Rudolfo. La famille Rudolfo n'a pas pour habitude de tirer sur les flics. C'est trop mauvais pour les affaires. *Capisce ?* »

Johnny hocha la tête et une expression de soulagement apparut sur son visage.

« C'est bien ce que je pensais, oncle Salvatore, et c'est pour ça que je suis venu te voir. Je voulais être certain que Rosie se trompe.

– Elle se trompe, Johnny. Du tout au tout. »

Johnny hésita une fraction de seconde, puis il se lança :

« Je veux que tu m'aides à la reconquérir.

– Comment cela ?

– Je veux que tu en appelles aux autres familles, oncle Salvatore, pour découvrir le coupable de cette tentative de meurtre. Je voudrais lui prouver que ce ne sont pas les Rudolfo qui ont fait le coup. »

Rudolfo le regarda et ses yeux se rétrécirent légèrement. Au bout d'un bref instant de réflexion, le *don* inclina la tête.

« Je vais en parler à Anthony. Il trouvera tout ce que nous avons besoin de savoir. Laisse-moi faire, nous en reparlerons à la fin du week-end. »

Cinq minutes après le départ de Johnny, le *consigliere* entra dans le bureau du *don*.

Sans préambule, il dit :

« Écoutez, patron, Joey Fingers s'apprête à partir. Il veut d'abord venir ici pour vous présenter ses respects. Voulez-vous le recevoir ?

– Non. Je ne veux pas le voir.

– Je lui ai dit que c'était notre dernier avertissement. Que s'il recommence à parler de nos affaires à tort et à travers on lui réglera son compte.

– Joey Fingers est un homme dangereux. Débarrasse-toi de lui, Anthony. »

Le *consigliere* décocha un regard aigu à son supérieur.

« Vous voulez que je le descende ? »

419

– Oui. Élimine-le.

– C'est comme si c'était déjà fait, patron. »

La limousine traversait Staten Island à vive allure en direction du pont de Verrazano. Johnny était maintenant plus détendu. Son problème avec Rosie allait bientôt se résoudre. Salvatore Rudolfo était *capo di tutti capi*, le patron de tous les patrons des États de la côte Est. Il incarnait le pouvoir suprême. Les autres familles lui donneraient le renseignement dont il avait besoin. Dès demain, dimanche au plus tard, le *don* saurait exactement qui avait tiré sur le frère de Rosie.

Johnny irait alors la trouver. S'il fallait aller jusqu'à Paris, il le ferait. Et il lui dirait la vérité. Les Rudolfo seraient lavés de tout soupçon.

Pour la première fois depuis des heures, Johnny retrouvait son humeur d'autrefois. Il sourit. Tout allait s'arranger. Il se marierait avec Rosie aussitôt que le divorce aurait été prononcé définitivement.

Une demi-heure plus tard, la limousine s'engageait sur le pont. Soudain, le moteur cala et la voiture s'immobilisa peu à peu. Dressé sur son siège, Johnny se pencha en avant et dit :

« Alors, Eddie, qu'est-ce qui se passe ? »

Eddie jeta un coup d'œil par-dessus son épaule.

« Bah, j'en sais rien, monsieur Fortune. C'est la panne. Un problème de transmission, peut-être. C'est déjà arrivé une fois.

– Quelle barbe ! s'exclama Johnny. J'avais bien besoin de ça ! Qu'est-ce qu'on va faire ?

– Je vais appeler la société avec le téléphone de voiture. On va nous envoyer un autre véhicule immédiatement, monsieur Fortune.

– D'accord, passe ton coup de fil tout de suite. Il faut que je rentre au Waldorf au plus vite », lança Johnny d'un ton impérieux.

Dix minutes plus tard, Joey Fingers s'engageait à tombeau ouvert sur le pont. La première chose qu'il vit fut la limousine, rangée sur le côté, feux de détresse allumés. Il ralentit d'instinct et s'approcha de la voiture en panne, reconnaissant le véhicule dans lequel Johnny avait pris place pour repartir de chez le patron.

Il se gara juste derrière et descendit pour aller taper à la vitre du conducteur.

Johnny reconnut Joey et dit à Eddie :

« Je le connais. Demande-lui ce qu'il veut. »

Eddie abaissa la vitre et, passant la tête par l'ouverture, Joey s'écria :

« Bah alors, Johnny ? Qu'est-ce qui se passe ? Qu'est-ce que vous fabriquez ici ?

— La limousine a rendu l'âme, expliqua Johnny. Nous attendons une autre voiture. »

Joey s'esclaffa.

« J'ai l'impression qu'ils vous font poireauter ! dit-il à Eddie. Vous êtes pas sortis de l'auberge ! » conclut-il avec un gros rire.

Eddie se contenta de fixer sur lui un regard glacial, sans prononcer la moindre parole.

« Bah quoi, Johnny, reprit alors Joey. Vous allez quand même pas rester là à vous morfondre ! Montez dans ma voiture, je vais vous ramener à Manhattan. Où c'est que vous perchez ?

— Au Waldorf, dit Johnny en ouvrant la portière sans se faire prier. Bon, à tout à l'heure, Eddie. »

Johnny suivit Joey et s'installa à côté de lui sur le siège avant. Quelques secondes plus tard, ils arrivaient à l'autre extrémité du pont de Verrazano pour se diriger vers la voie express qui allait les amener à la pointe sud de l'île de Manhattan.

Tout en conduisant, Joey débitait sans discontinuer des propos insignifiants, s'arrangeant toujours pour mettre en avant ses grandes qualités de séducteur auprès de la gent féminine. Johnny, qui ne l'écoutait que d'une oreille, finit par se renverser contre le dossier de son siège et ferma les yeux.

Joey alluma alors la radio et se mit à chantonner, le pied au plancher. Ils avaient atteint la voie express. Ils arrivèrent sous le tunnel de Brooklyn en un temps record, pénétrant dans Manhattan par la pointe sud.

Joey se concentrait sur la conduite maintenant ; Johnny sommeillait à côté de lui.

Aucun d'eux ne vit la fourgonnette noire qui s'approchait d'eux

421

par-derrière : elle les suivait depuis l'entrée du tunnel où elle s'était postée pour les attendre.

Elle bondit soudain en avant et arriva bientôt à la hauteur de la portière de Joey. Juste au moment où ce dernier, s'apercevant de cette présence insolite, tournait la tête pour voir qui pouvait effectuer une manœuvre aussi hardie, une rafale de balles jaillit de la mitraillette Kalachnikov braquée dans sa direction. Touché en de multiples parties du corps, Joey s'affaissa sur le volant. Les tueurs continuèrent de tirer plusieurs rafales avant de prendre le large.

Trois balles avaient atteint Johnny Fortune. L'une lui avait perforé le crâne et les deux autres s'étaient logées dans sa poitrine, le tuant instantanément.

La voiture de Joey, livrée à elle-même, alla s'écraser contre le mur bordant la voie express.

Quatrième Partie

Les amours vraies

45

« Dès que je suis sorti de là-dedans, on se les prend, nos vacances », annonça Kevin en souriant.

Nell, qui redressait les oreillers sous sa tête, continua ses occupations sans répondre.

« Alors, où tu veux aller ? » demanda-t-il en lui prenant la main au moment où elle commençait à lisser le drap.

Nell s'assit sur la chaise, auprès du lit, et se décida enfin à parler.

« Je n'en ai aucune idée, Kevin. Il faut d'abord que tu te rétablisses tout à fait. Tu en as encore pour plusieurs semaines dans cet hôpital et ensuite il y aura la convalescence. Ce qui compte en priorité pour moi, c'est que tu sois guéri. Pour les vacances, on verra après.

– Eh bien, tu n'as guère l'air enthousiaste », lança-t-il.

Il se racla la gorge. Sa voix était encore rauque bien que plus claire et plus forte que la veille, au moment où il avait repris conscience.

Nell lui adressa un sourire.

« On pourrait aller faire un tour en France, quand Gavin commencera le tournage de son film, suggéra-t-elle.

– C'est pas l'endroit idéal pour une lune de miel. Avec tous les gens qu'il y aura autour.

– Qui te parle de lune de miel ?

– Moi. A l'instant même. »

Nell le fixa d'un œil surpris.

« Eh bien quoi ? Tu n'as donc pas envie de te marier avec moi ? » demanda-t-il.

Les yeux de Nell ne pouvaient plus se détacher de son visage. Il était encore d'une pâleur mortelle mais on sentait que le blessé était en train de récupérer rapidement. En fait, en vingt-quatre heures, son état avait progressé de façon vraiment spectaculaire. Pendant cinq jours il avait lutté contre la mort et Neil avait souffert avec lui. Maintenant, elle savait qu'elle ne pourrait jamais plus revivre une telle épreuve sous peine de risquer elle-même de perdre la raison.

« C'est à cause de mon métier, Nell, n'est-ce pas ? C'est pour ça que tu ne veux pas m'épouser ? »

Elle était incapable de prononcer la moindre parole. Elle l'aimait de toute son âme ; elle voulait être sa femme. Mais elle se connaissait et elle comprenait maintenant qu'elle ne pourrait jamais surmonter la peur qui allait la tenailler s'il restait dans la police secrète.

Elle ne put s'empêcher de soupirer.

« Je ne tiendrai jamais, Kev. Avec la meilleure volonté du monde, je ne pourrai jamais.

– Mais tu n'en auras pas besoin, Nell.

– Comment cela ? demanda-t-elle, le cœur battant.

– Quand Neil O'Connor est venu me voir ce matin, je lui ai dit que je démissionnais. Je vais envoyer ma demande officielle la semaine prochaine.

– Oh, Kev, c'est formidable ! »

Mais sa jubilation fut de courte durée. Elle se rembrunit presque aussitôt.

« Seulement, dit-elle, si tu quittes la police à cause de moi, tu finiras par m'en vouloir et ton amour se muera en haine.

– Absolument pas. Ce n'est pas seulement pour toi que je le fais. Je le fais pour nous deux. J'ai commis une erreur grave en menant cette dernière enquête. Je ne sais pas laquelle, et j'ignore à quel moment je me suis trompé parce que je n'ai pas encore eu le temps de bien réfléchir à ce qui s'est passé. Mais une chose est pourtant certaine : j'ai péché par excès de confiance. Et je m'étais toujours dit... »

Elle leva la main.

« Ne parle pas tant, Kev. Tu vas te fatiguer. De toute façon, je sais très bien ce que tu t'apprêtais à dire : tu t'étais promis que tu arrêterais dès que tu aurais commis ta première erreur. »

Kevin acquiesça d'un hochement de tête.

« Et Tony est mort... »

Il ne put terminer. Une expression de profonde tristesse avait envahi ses traits.

« Oui, Kev », dit-elle.

Prête à tout pour le soustraire à cet accès de mélancolie, elle lui prit la main en répétant :

« Oui, c'est entendu, je vais me marier avec toi. »

Elle se leva de sa chaise pour se pencher au-dessus de lui et déposer un baiser sur ses lèvres. Puis elle ajouta :

« Et il faut que le mariage ait lieu le plus tôt possible. »

On frappait à la porte. Rosie passa la tête dans l'entrebâillement. Elle entra bientôt suivie de près par Gavin.

« Vous tombez à pic tous les deux, s'écria Nell. Juste à temps pour nous féliciter. »

Le regard de Rosie alla de Nell à Kevin. Elle vit tout de suite le bonheur qui se lisait sur leurs visages. Elle eut un large sourire.

« Vous allez vous marier ! » lança-t-elle.

Kevin, rayonnant de joie, se laissa retomber sur les oreillers. Une lassitude soudaine l'avait saisi ; il n'avait plus la force de parler.

« C'est tout à fait ça, confirma Nell en serrant dans ses bras Rosie puis Gavin. Et nous avons devant nous notre demoiselle et notre garçon d'honneur, n'est-ce pas, Kev ? Alors vous êtes d'accord pour nous assister le jour de nos épousailles ?

— Moi, je ne laisserai ma place à personne d'autre, s'exclama Gavin en venant s'asseoir à côté de Kevin. Félicitations à l'heureux couple.

— Kev quitte la police, annonça Nell.

— Dieu merci ! s'exclama Rosie en se tournant vers son frère. Tu as pris là deux décisions fort sages en une seule journée. Préserver tes chances de survie et épouser la fille la plus merveilleuse du monde entier.

« – Ça, c'est bien vrai, murmura Kevin. Elle est tout simplement merveilleuse.

– Mais ça va bien, toi ? demanda soudain Rosie qui, debout au pied du lit de son frère, observait son visage avec attention. Tu as l'air fatigué, Kev. Tout à l'heure, en venant à l'hôpital, Gavin et moi on se demandait s'il était bien prudent que nous repartions si tôt. On devrait peut-être rester un ou deux jours de plus.

– Non, Rosie, ce n'est pas la peine. Ça va aller, maintenant. Et puis j'ai ma petite Nell qui reste tout près de moi.

– Oh oui, tu l'as, confirma Nell. Et jusqu'à la fin de tes jours. »

46

C'est seulement en arrivant au carrefour de la Soixante-Douzième Rue et de Madison Avenue que Rosie s'aperçut qu'ils avaient dépassé la Trump Tower depuis longtemps.

« Gavin, où m'emmènes-tu ? Il faut encore que je fasse les valises.

— Tu as largement le temps. On ne quitte pas l'appartement avant onze heures demain matin. L'avion décolle à une heure de l'après-midi. Mais pour l'instant je veux te montrer quelque chose.

— Qu'est-ce que tu veux me montrer ? »

Il passa un bras autour de ses épaules et lui embrassa le bout de son nez.

« Un peu de patience, mon ange. »

Quelques instants plus tard, la voiture s'engageait dans la Quatre-Vingt-Troisième Rue puis dans la Cinquième Avenue. Lorsqu'elle se fut arrêtée devant un immeuble résidentiel, Rosie lança un bref coup d'œil vers Gavin et demanda :

« Est-ce qu'on va rendre visite à quelqu'un ?

— Ne pose aucune question, tu risqueras moins qu'on te raconte des boniments. »

Le chauffeur vint ouvrir la portière arrière et il aida Rosie à descendre. Le concierge de l'immeuble hocha la tête et sourit en voyant Gavin entrer dans le hall, Rosie sur ses talons. Pendant qu'ils attendaient l'arrivée de l'ascenseur, Rosie ne put dissimuler davantage son impatience.

« Allez, Ambrosini ; dis-moi à qui nous montons rendre visite.

– C'est une surprise », répondit-il.

Ils ne ressortirent de l'ascenseur qu'une fois arrivés au dernier étage, et Rosie ne put se défendre d'un mouvement de surprise en voyant Gavin sortir une clé de sa poche pour l'introduire dans la serrure. Il ouvrit toute grande la porte d'entrée et invita Rosie à pénétrer dans l'appartement.

Constatant immédiatement qu'il n'y avait aucun meuble, elle tourna vers lui un regard étonné.

« C'est à toi, ça, Gavin ? »

Il hocha affirmativement la tête.

« Absolument, Angel Face.

– Tu l'as depuis combien de temps ?

– Je l'ai trouvé il y a quelques mois, mais la vente vient seulement de se conclure. Tu sais comment ça se passe avec ces immeubles en copropriété ? En tout cas, maintenant, il est à moi. Viens, je vais te faire visiter. »

Il lui prit la main et l'emmena de l'autre côté du hall d'entrée pour qu'elle puisse voir le grand salon puis la salle à manger et la cuisine.

Ensuite il la ramena au point de départ.

« La plupart des pièces principales donnent sur l'avenue, dit-il. Mais je trouve aussi que c'est bien agréable de voir de chez soi les arbres de Central Park.

– Sûrement, dit-elle. Et c'est le cas ici ?

– Viens, je vais te montrer. »

Ils enfilèrent un couloir et il ouvrit une porte qui débouchait sur une pièce spacieuse en expliquant :

« Je me suis dit que cette chambre serait parfaite pour David. A cause de ses dimensions et aussi parce qu'elle est située un peu à l'écart du reste de l'appartement. »

Rosie approuva d'un mouvement du menton et il repartit pour lui montrer la bibliothèque. Il continua encore la visite, s'arrêtant enfin devant une grande porte à double battant qu'il ouvrit. Il invita alors Rosie à entrer en disant :

« Regarde, il y a une cheminée et la fenêtre donne sur le parc elle aussi. »

Il lui lâcha la main et alla jusqu'au milieu de la pièce, d'où il jeta un regard circulaire.

« Nous serons très bien ici tous les deux, Rosie, tu ne trouves pas ?

— Comment ça tous les deux ? »

Soudain, il y eut comme un éclair en elle.

« Qu'est-ce que tu veux dire, Gavin ? » bégaya-t-elle.

Il alla la rejoindre d'un pas alerte, et quand il fut près d'elle il lui prit le menton pour lever son visage vers lui.

« J'aimerais que nous installions notre chambre ici, Rosie.

— Comment ? »

Il se pencha vers elle et lui embrassa les lèvres.

« Nous avons déjà gâché beaucoup trop d'années, dit-il. Tu ne trouves pas qu'il serait grand temps de songer à nous marier ? Aussitôt que nous serons libres l'un et l'autre. »

Elle lui sourit. C'était un sourire étincelant qui illuminait son visage et faisait resplendir le vert de ses yeux.

« Oh oui, Gavin chéri. Oui », répéta-t-elle sans la moindre hésitation.

Gavin passa un bras autour de sa taille et l'embrassa avec fougue. Puis il dit, desserrant son étreinte :

« J'ai lu quelque chose récemment, Rosie, et je veux que tu partages avec moi le plaisir que ces quelques lignes m'ont procuré. »

Elle hocha la tête.

« Les anges dans leur grande sagesse restent toujours là où ils ont trouvé leur place. Fais comme eux, ne va pas chercher le bonheur à l'autre bout du monde. Sinon tu passeras à côté de la splendeur aux multiples visages. »

Tout en parlant, Gavin n'avait pas un seul instant détaché son regard du visage de Rosie.

« Eh bien, tu vois, mon ange, je suis ravi que nous ne soyons pas passés à côté de cette splendeur aux multiples visages. »

Une fois de plus, il se pencha vers elle et l'embrassa longuement sur les lèvres.

Aubin Imprimeur

LIGUGÉ, POITIERS

Cet ouvrage a été imprimé
sur du papier bouffant Skoura
des papeteries de la Gorge de Domène
par Aubin Imprimeur à Poitiers/Ligugé
et relié par la Nouvelle Reliure Industrielle
à Auxerre
pour le compte de France Loisirs
123, bd de Grenelle, 75015 Paris
N° d'édition 23537 / N° d'impression L 45085
Dépôt légal, juin 1994
Imprimé en France